suhrkamp taschenbuch 2462

Den Träumen hat Hermann Hesse zeitlebens eine besondere Aufmerksamkeit zugewandt und ihre »nächtlichen Spiele« von seinem ersten Prosabuch *Eine Stunde hinter Mitternacht* (1899) bis zu seinen späten Betrachtungen sowohl mit artistischem wie auch psychologischem Interesse verfolgt. Als Dichter fand er im Traum »jene von der Logik entbundene Welt der Assoziationen und Symbole, aus welchen einst Sagen und Märchen entstanden sind«. Nirgendwo sonst als an der verborgenen Quelle des Traumbrunnens schien ihm die Sprache der Seele deutlicher vernehmbar. Deshalb ließ er sich immer wieder auf das Abenteuer ein, sie in das Wachbewußtsein zu übersetzen. Nicht von ungefähr hat Hesse auch Traumtagebücher geführt, deren umfangreichstes und interessantestes hier erstmals veröffentlicht wird. Es stammt aus dem Ersten Weltkrieg, einer folgenreichen Lebenskrise, die ihn dazu nötigte, als erster deutscher Dichter die Psychoanalyse zu erproben. Der vorliegende Band setzt ein mit grundsätzlichen Betrachtungen über das Träumen, gefolgt von authentischen Träumen aus Hesses Notiz- und Tagebüchern sowie einigen fiktionalen Traumdichtungen aus seinen Märchen und Erzählungen. Eine Auswahl von Gedichten schließt diesen Themenband ab, der somit aus den verschiedensten Blickwinkeln zeigt, was der Traum – über seine psychohygienische Funktion hinaus – für einen Künstler an kreativen Impulsen enthalten kann.

»Der Traum ist das Loch, durch das du den Inhalt deiner Seele siehst, und dieser Inhalt ist die Welt, die ganze Welt, von deiner Geburt bis heute, von Homer bis Heinrich Mann, von Japan bis Gibraltar, vom Sirius bis zur Erde, vom Rotkäppchen bis zu Bergson« … »Ich halte viel von poetischen Träumen und halte den Kosmopolitismus, den Gedanken, Europa als ideale Zukunftseinheit könne eine Vorstufe zu einer geeinigten Menschheit werden, durchaus nicht für den holden Traum einiger schöner Geister wie Goethe, Herder, Schiller, sondern für ein seelisches Erlebnis, also das Realste, was es geben kann.« *Hermann Hesse*

Hermann Hesse, am 2. Juli 1877 in Calw/Württemberg als Sohn eines baltendeutschen Missionars und der Tochter eines württembergischen Indologen geboren, 1946 ausgezeichnet mit dem Nobelpreis für Literatur, starb am 9. August 1962 in Montagnola bei Lugano.

Seine Bücher, Romane, Erzählungen, Betrachtungen, Gedichte, politischen, literatur- und kulturkritischen Schriften sind mittlerweile in einer Auflage von 100 Millionen Exemplaren in aller Welt verbreitet und haben ihn mittlerweile zum meistgelesenen europäischen Autor des 20. Jahrhunderts gemacht.

Hermann Hesse
Traumgeschenk

Betrachtungen, Tagebücher, Erzählungen und Gedichte über das Träumen

Herausgegeben von
Volker Michels

Suhrkamp

Umschlagmotiv:
»Maskenball«, Aquarell von Hermann Hesse, 1926

suhrkamp taschenbuch 2462
Erstausgabe
Erste Auflage 1996

Quellennachweise am Schluß des Bandes
Suhrkamp Taschenbuch Verlag

Satz: Hümmer GmbH, Waldbüttelbrunn
Druck: Ebner Ulm
Printed in Germany
Umschlag nach Entwürfen von
Willy Fleckhaus und Rolf Staudt

1 2 3 4 5 6 – 01 00 99 98 97 96

Inhalt

Betrachtungen

Tagebücher

Traumdichtungen

Gedichte

Betrachtungen

Traumtheater

Jahrzehnte schon sind vergangen, seit ich eine gewisse Übung in der Kunst besaß, meiner nächtlichen Träume mich zu erinnern, sie nachdenklich zu reproduzieren, zuzeiten sogar aufzuschreiben, und sie nach den damals erlernten Methoden um ihren Sinn zu befragen oder doch ihnen so weit nachzuspüren und zu lauschen, daß etwas wie Mahnung und Instinktschärfung sich daraus ergab, Warnung oder Ermutigung je nachdem, jedenfalls aber eine größere Vertrautheit mit den Traumbezirken, ein besserer Austausch zwischen Bewußtsein und Unbewußtem, als man durchschnittlich besitzt. Das Kennenlernen einiger psychoanalytischer Bücher und der praktischen Psychoanalyse selbst, das ich erlebt hatte, war mehr als nur eine Sensation gewesen, es war eine Begegnung mit wirklichen Mächten.
Aber wie es auch der intensivsten Bemühung um Wissen, der genialsten und packendsten Belehrung durch Mensch oder durch Bücher ergeht, so erging es mit den Jahren auch dieser Begegnung mit der Welt des Traumes und des Unbewußten: das Leben ging weiter, es stellte neue und immer neue Forderungen und Fragen, das Erschütternde und Sensationelle jener ersten Begegnung verlor an Neuheit und an Anspruch auf Hingabe, das Ganze des analytischen Erlebnisses konnte nicht als Selbstzweck weiter und weiter gepflegt werden, es wurde eingereiht, wurde teilweise vergessen oder doch durch neue Ansprüche des Lebens übertönt, ohne doch seine stille Wirksamkeit und Kraft je ganz zu verlieren, so wie etwa im Leben eines jungen Menschen die erste Lektüre von Hölderlin, Goethe, Nietzsche, das erste Kennenlernen des anderen Geschlechtes, das erste Bewegtwerden durch soziale und politische Mahnungen und Ansprüche einmal Vergangenheit wird und mit anderem Gut an Erlebnis koordiniert werden muß.

Seither bin ich alt geworden, ohne daß die Fähigkeit, mich durch Träume ansprechen und zuweilen sanft belehren oder führen zu lassen, mich je wieder völlig verlassen hätte, aber auch ohne daß das Traumleben je wieder jene aktuelle Dringlichkeit und Wichtigkeit gewann, die es einst eine Weile gehabt hatte. Seither wechseln bei mir Zeiten, in denen ich mich meiner Träume erinnere, mit solchen, in denen ich sie am Morgen spurlos vergessen habe. Immer wieder aber überraschen mich die Träume, und zwar die Träume anderer nicht weniger als meine eigenen, durch die Unermüdlichkeit und Unerschöpflichkeit ihrer schöpferischen Spielphantasie, durch ihre so kindliche wie geistreiche Kombinatorik, durch ihren oft hinreißenden Humor.

Ein gewisses Vertrautsein mit der Traumwelt und vieles Nachdenken über die künstlerische Seite der Traumkunst (die bisher von der Psychoanalyse, wie die Kunst überhaupt, noch nicht annähernd verstanden oder auch nur bemerkt worden ist) hat mich auch als Künstler beeinflußt. Ich habe das Spielerische in der Kunst immer gern gehabt und habe schon als Knabe und Jüngling häufig und mit großem Vergnügen, meistens nur für mich allein, eine Art von surrealistischer Dichtung betrieben, tue das auch heute noch, zum Beispiel in schlaflosen Morgenstunden, freilich ohne diese seifenblasenartigen Gebilde aufzuschreiben. Und bei diesen Spielen, und beim Nachdenken über die naiven Kunstgriffe des Traumes und die unnaiven der surrealistischen Kunst, deren Genuß und deren Ausübung so viel Vergnügen macht und so wenig Anstrengung fordert, ist mir auch klar geworden, warum ich als Dichter auf die Ausübung dieser Art von Kunst verzichten müsse. Ich erlaube sie mir mit gutem Gewissen in der privaten Sphäre, ich habe Tausende von surrealistischen Versen und Sprüchen in meinem Leben gemacht und tue das noch immer, aber die Art von künstlerischer Moral und Verantwortlichkeit, zu der ich mit den Jahren gekommen bin, würde mir heute nicht mehr erlauben, diese Produktionsweise aus dem Privaten und Unverantwortlichen auf meine ernstgemeinte Produktion anzuwenden.

Nun, diese Raisonnements können hier nicht ausgesponnen werden. Wenn ich mich heut einmal wieder mit der Traumwelt befasse, so geschieht es nicht mit Absichten und gedanklichen Zielen, sondern wurde einfach dadurch angeregt, daß mir innerhalb ganz weniger Tage mehrere eigentümliche Träume begegnet sind.

Den ersten Traum hatte ich nachts nach einem schlechten Tag mit Schmerzen und großer Müdigkeit. Mit stark bedrücktem und entwertetem Lebensgefühl und von Gliederschmerzen im Liegen behindert, lag ich und schlief, und in diesem schlechten, unfrohen Schlaf träumte ich genau das, was ich in der Wirklichkeit tat, ich träumte, daß ich im Bett liege und schwer und schlecht schlafe, nur war es an einem unbekannten Ort in einem fremden Zimmer und Bett. Ich träumte weiter, daß ich in dem fremden Zimmer aus meinem Schlaf erwache, langsam, widerwillig und müde erwache, und daß ich lange brauche, um durch die Schleier der Müdigkeit und des Schwindelgefühls hindurch mir der Situation bewußt zu werden. Langsam rang und wälzte sich mein Bewußtsein empor, langsam und ungern gab ich zu, daß ich nun wach sei, leider, nach einem unechten, mühsamen, wertlosen Schlaf, der mich mehr angestrengt als gestärkt habe.

Nun also war ich (im Traum) wachgeworden, öffnete langsam die Augen, stützte mich langsam auf meinem eingeschlafenen und gefühllos gewordenen Arm ein wenig in die Höhe, sah durch das fremde Fenster graues Tageslicht fallen, und plötzlich gab es mir einen Ruck, es durchfuhr mich ein Unbehagen und etwas wie Angst oder schlechtes Gewissen, und ich griff hastig nach der Taschenuhr, um nach der Zeit zu sehen. Richtig, hole es der Teufel, es war zehn Uhr vorbei, schon beinah halb elf, und ich war ja doch seit Monaten Schüler oder Gast in einem Gymnasium, wo ich fleißig und heldenhaft ein altes Versäumnis gutmachen und die letzten Klassen nachholen wollte. Mein Gott, und nun war es halb elf, und seit acht Uhr hätte ich in der Schule sitzen sollen, und wenn ich auch dem Rektor, wie schon neulich einmal, mein Versagen mit den zunehmenden Altersbehinderungen erklären konnte, ja seines Verstehens im voraus gewiß war, so hatte ich eben doch diesen Vormittag versäumt und war nicht einmal sicher, ob ich nachmittags wohl genug sein werde, in die Schule zu gehen, und inzwischen ging dort der Unterricht weiter, und mein Mitkommen in der Klasse wurde zweifelhafter und zweifelhafter, und jetzt würde sich ja wohl auch plötzlich einmal irgendeine erschreckende Erklärung für die Tatsache einstellen, daß ich zu meiner Beunruhigung in diesen paar Monaten seit meinem Wiedereintritt ins Gymnasium noch keine einzige griechische Lektion gehabt und in meiner schweren Schulmappe, die oft so mühsam zu tragen war, noch nie eine griechische Grammatik hatte finden können. Ach, vielleicht war es nichts mit meinem edlen Entschluß, meine versäumten Pflichten gegen die Welt und die Schule nachzuholen und doch noch etwas Rechtes zu werden, und vielleicht war der Rektor, der mich dort immer so verständnisvoll behandelte, längst und schon von Anfang an von der Verstiegenheit

meines Unternehmens überzeugt, auch kannte er mich ja einigermaßen aus einigen meiner Bücher. Sollte ich am Ende lieber die Uhr wieder hinlegen, die Augen wieder zumachen und den Vormittag vollends im Bett bleiben, und vielleicht auch gleich den Nachmittag, und damit zugeben, daß ich mich auf etwas Unmögliches eingelassen hatte? Auf jeden Fall: für den Vormittag hatte es keinen Sinn mehr, sich aufzuraffen; er war vertan. Und kaum hatte ich in der fremden Stube im fremden Bett diese Gedanken gedacht, so erwachte ich wirklich, sah einen dünnen Strahl Licht vom Fenster kommen, und fand mich im eigenen Zimmer und eigenen Bett, wußte unten das Frühstück und die viele Briefpost warten, und erhob mich unlustig, von diesem Schlaf und diesem Traum in keiner Weise gestärkt, aber doch erstaunt und ein klein wenig zum Mitlachen geneigt über diesen Künstler von Traum, der mich so vor den Spiegel gestellt und dabei von den Tricks der Surrealistik so sparsamen Gebrauch gemacht hatte.
Kaum hatte ich, einen Tag später, diesen so realistischen und so wenig dichterischen, so wenig märchenhaften Traum wieder untersinken lassen und beinah vergessen, da sprach schon wieder ein Traum mich an, diesmal ein poetischer und lustiger, und nicht ich selbst hatte ihn geträumt, sondern eine unbekannte Frau, eine Leserin meiner Bücher irgendwo in einem norddeutschen Städtchen, teilte ihn mir mit. Schon vor etwa zwölf Jahren habe sie diesen Traum gehabt, ihn aber nie vergessen, und jetzt erst sei ihr der Einfall gekommen, mir ihn mitzuteilen. Ich zitiere nun den Brief selbst wörtlich:
»Ich fand mich in Däumlingsgröße auf einem großen Gartenhut, den Sie trugen. Sie pflanzten Sträucher, und ich wußte, daß Sie Erde mit Wasser rührten und kneteten. Sehen konnte ich es nicht, die breite Hutkrempe verhinderte das. Vor meinen Augen lag eine wunderbare Terrassenlandschaft. Ich lief ein wenig ängstlich wie auf einer schwankenden Kettenbrücke nach hinten, um nicht abzurutschen, wenn Sie sich bückten. Auch mußte ich von Zeit zu Zeit mich unter der seitlichen Bandschlaufe bergen, wenn eine Ihrer Hände bedrohlich zugriff, um den Hut auf dem Kopf festzupressen. Es machte mir großen Spaß, daß Sie von meiner Gegenwart nichts ahnten. Die Freude erhöhte sich, als herrlicher Vogelsang ertönte. Ich sah den Feuervogel im dunklen Laub eines Baumes aufglühen und sagte leise zu mir: ›Wenn H. Hesse wüßte, daß der Feuervogel es ist, der singt! Er denkt, es sei der Papageno.‹

Irgendwie tröstete mich das Ganze: die Landschaft, mein Zwergendasein auf dem großen Hut, der Vogelgesang, Ihre Gartenarbeit und auch Ihr Irrtum über den Feuervogel.«
Das war nun wirklich ein hübscher, ein schöner und auch spaßiger Traum. Und da es ein fremder war, spürte ich keinen Trieb, ihn zu verstehen und zu deuten. Ich hatte nur mein Vergnügen an ihm, dachte aber immerhin: Weiß Gott, ob es nicht doch der Papageno war!
Als hätte dieser Traum einer Unbekannten, der, von mir aus gesehen, so viel hübscher und harmloser war als meine eigenen, mein Traumvermögen angeregt oder ehrgeizig gemacht, brachte ich gleich darauf selbst wieder einen Traum zustande, diesmal einen zwar nicht eigentlich schönen oder witzigen, aber einen recht phantastischen.
Ich befand mich mit anderen Leuten in einem der oberen Stockwerke eines großen Hauses und wußte, daß es ein Theater sei und daß darin der »Steppenwolf« aufgeführt werde, aus dem irgend jemand ein Theaterstück oder eine Oper gemacht habe. Offenbar war es die Erstaufführung, und ich war dazu eingeladen; auch waren die Vorgänge auf der Bühne mir teilweise bekannt, sehen und hören aber konnte ich nichts von ihnen, ich saß in einer Art Nische, ähnlich etwa, als säße ich auf der Empore einer Kirche hinter der Orgel verborgen. Es waren noch manche solche Nischen da, der eigentliche Theatersaal schien von ihnen wie von einer Laube umgeben, und hie und da stand ich auf und ging auf die Suche nach einem Platz, von dem aus man das Theater sehen könnte, aber ein solcher Ort war nicht zu finden, wir saßen so herum etwa wie Leute, die zu einer Aufführung zu spät gekommen sind und nur wissen, daß hinter der Wand das Theater stattfindet. Ich wußte aber, daß jetzt jene Szenen des Stückes kamen, aus denen die Bearbeiter und Regisseure mit großem Aufwand von Musik sowohl wie von Dekoration und Beleuchtung etwas gemacht hatten, was ich mit Ekel »großes Theater« nannte und gern verhindert hätte. Ich fing an unruhig zu werden. Da kam Dr. Korrodi lächelnd auf mich zu und sagte: »Sie können ruhig sein, da braucht man keine leeren Häuser zu fürchten.« Ich sagte: »Schon recht, aber dieses große Theatergetue versaut mir den ganzen dritten Akt.«
Weiter wurde nichts gesprochen. Ich hatte allmählich entdeckt, daß die unübersichtliche und rätselhafte Architektur, die mich

vom eigentlichen Theater trennte, eine Orgel war, und setzte mich wieder in Bewegung, um sie zu umgehen und vielleicht doch noch einen Zugang zum Zuschauerraum zu entdecken. Das gelang nun nicht, aber auf der andern Seite des Orgelbaues, der aber auch sehr an eine Bibliothek erinnerte, kam ich zu einem Gerüste, einer Maschine, einem Apparat, der einigermaßen einem Fahrrad glich, wenigstens hatte er zwei gleich große Räder und über ihnen etwas wie einen Sattel, und sofort war die Sache mir klar: Wenn man da oben auf dem Sattel saß und die Räder in Schwung brachte, dann konnte man durch eine Art von Röhre die Vorgänge auf der Bühne sowohl sehen wie hören.

Das war eine Lösung, und es wurde mir wohler. Mehr an Lösung und Befriedigung aber brachte der Traum nicht zustande, es genügte ihm, diese geniale Maschine erfunden zu haben, und es machte ihm Spaß, mich vor ihr stehen zu lassen. Denn diesen ziemlich hochgelegenen Sattel, über die Räder hinweg, zu erreichen, schien gar nicht einfach, höchstens für junge Leute, die ohnehin Radfahrer waren. Auch war der Sattel niemals leer, es saß immer, wenn ich mich zum Ersteigen anschicken wollte, schon irgendein anderer droben. Und so stand ich, starrte auf den Sattel und auf die wunderbare Röhre, durch deren engen Schacht man sowohl sehen wie hören konnte, was im Theater vor sich ging, wo die Fachleute inzwischen den dritten Akt versauten. Ich war nicht aufgeregt und auch nicht eigentlich traurig, aber ich kam mir doch gefoppt und um irgend etwas betrogen vor, und hätte, obgleich die Dramatisierung des Steppenwolfes durchaus gegen meinen Geschmack war, etwas darum gegeben, ins Theater selbst zu gelangen oder doch wenigstens auf den Sattel über der wundertätigen Röhre. Es ist jedoch nicht dazu gekommen.

(1948)

Traumgeschenk

In einer Zeit und Zivilisation, welche zwar für jede medizinische, psychologische oder soziologische Sondererscheinung eine spezielle Wissenschaft, Sprache und Literatur ausgebildet hat, eine Anthropologie aber, eine Kunde vom Menschen, überhaupt nicht mehr besitzt, können einem gelegentlich alle menschlichen Erlebnisse und Fähigkeiten zu unlösbaren Problemen und erstaunlichen Merkwürdigkeiten werden, manchmal zu faszinierenden, entzückenden, begeisternden, manchmal zu erschreckenden, bedrohenden und düsteren. Das zersplitterte, nicht mehr ganze und heile, sondern in tausend Spezialitäten und willkürlich gewonnene Ausschnitte zerlegte Menschenwesen kann uns dann, wie mikrotomische Präparate im Mikroskop, in eine Welt von Bildern zerfallen, deren viele an Menschliches, Tierisches, Pflanzliches, Mineralogisches erinnern, deren Formen- und Farbensprache scheinbar unbegrenzt über alle Elemente und Möglichkeiten verfügt, welchen ein gemeinsamer, zusammenhaltender Sinn fehlt, deren einzelne Bildsplitterchen aber absichtslose, zauberhafte, urweltlich schöpferische Schönheit haben können. Es ist ja auch diese Schönheit, dieser Zauber des Zerstückelten und aus dem Ganzen und Wirklichen Erlösten, welche die Maler seit einigen Jahrzehnten so heftig anzieht und vielen ihrer des Sinnes entbehrenden Bildern eine so reizvolle Traurigkeit des Nichtseienden, eine so flüchtige und seelenbetörende Schönheit verleihen kann, daß man zuweilen in ihnen wieder ein Ganzes und Echtes dargestellt zu finden meint: nicht mehr die Einheit und Beständigkeit der Welt nämlich, sondern die Einheit und Ewigkeit des Todes, des Hinwelkens, der Vergänglichkeit.

So wie diese Maler arbeiten, die das Ganze zerstückeln, das Feste auflösen, die Formelemente durcheinander schütteln und zu neuen, verantwortungslosen, aber oft wunderbar reizvollen Kombinationen umbauen, so arbeitet unsre Seele im Traum, und es ist kein Zufall, daß zu den neuen Menschentypen unserer Zeit, die es vordem nicht gab, auch der Typus des Menschen hinzugekommen ist, der nicht mehr lebt, nicht mehr tut, nicht mehr verantwortet, handelt und verfügt, sondern träumt. Er träumt des Nachts, und oft auch bei Tage, und hat sich angewöhnt, seine Träume aufzuschreiben, und da das Aufschreiben eines Traumes das Vielfache an Zeit erfordert als das Träumen selbst, sind diese Traumliteraten nun ihr ganzes Leben lang überbeschäftigt; niemals kommen sie zu Rande, niemals können sie auch nur halb soviel aufschreiben, wie sie träumen, und wie sie zwischen Träumen und Aufschreiben doch immer einmal wieder dazu kommen, eine Mahlzeit einzunehmen oder sich einen Knopf anzunähen, ist beinah ein Wunder. Diese Traumliteraten oder Berufsträumer haben einen Teil, einen in gesunden Zeiten kleinen Teil des Lebens, eine Nebenfunktion des Schlafens, zur Hauptsache, zum Mittelpunkt und Beruf ihres Lebens gemacht. Wir wollen sie darin weder stören noch verlachen, obwohl wir gelegentlich lächeln oder die Achseln zucken, wir finden zwar das Tun dieser Menschen unfruchtbar, aber wir finden es auch harmlos und unschuldig, egoistisch zwar, aber auf eine kindliche Art, ein klein wenig verrückt zwar, so wie auch jene wirklichkeitslosen Maler, so wie auch wir selber und die gesamte heutige Welt ein wenig verrückt sind, aber nicht auf böse und gefährliche Art. Der Mann, der einmal entdeckt hat, wie gut ein Glas Wein schmeckt, kann unter Umständen zum Trinker werden, indem er das Glas Wein zum Sinn und Mittelpunkt seines Lebens macht, oder der Mann, der einmal entdeckt hat, wie gesund und erfrischend rohe Gemüse schmecken können, kann unter Umständen darüber zum Berufs-Rohkostler und Gesundheitsfanatiker werden; auch dies sind verhältnismäßig harmlose Spezialitäten der Verrücktheit, und sie beweisen nichts gegen die Güte des Weines und gegen die Bekömmlichkeit der Salate. Das Richtige, so scheint uns, wäre, sowohl dem Glase Wein wie dem rohen Gemüse je und je seine Anerkennung darzubringen, sie aber nicht zur Achse werden zu lassen, um die sich unser Leben dreht.

So ist es auch mit dem Träumen und Traumbetrachten. Wir glauben nicht, daß es sich nach Gottes Willen wirklich zum Beruf und zur beherrschenden Hauptsache im Menschenleben eigne, aber wir konnten des öfteren entdecken, daß ein Zuwenig an Träumen und an Aufmerksamkeit für unsre Träume auch nicht das richtige sei. Nein, je und je müssen und wollen wir uns über diesen holden Abgrund beugen und ein wenig in seine Geheimnisse staunen, in seinen zerstückten Bilderfolgen Hinweise auf das Ganze und Wirkliche entdecken und uns beschenken lassen von den oft unsäglichen Schönheiten seiner Phantome.

Dieser Tage war ich im Traum im Tessin, in einem etwas fremden, überhöhten, übersteigerten Tessin, und ich ging mit einem Begleiter durch eine unbekannte Vorstadt, wo zwischen Mauern, Zäunen und Neubauten die Berge hereinsahen. Unter den Gebäuden war eines, das »Neue Mühle« hieß, es war sehr viele Stockwerke hoch und hellrot bemalt, und hatte trotz dem Unproportionierten und allzu Kolossalischen einen eigentümlichen Reiz, ich mußte es immer wieder ansehen. Doch waren wir nicht müßig, sondern gingen recht eifrig, ich glaube, wir mußten auf einen Zug, trugen Gepäck und waren, des Weges unkundig, in einer gewissen Hast und Unruhe. Wer mein Begleiter war, ist ungewiß, aber auf jeden Fall war es ein sehr naher Freund und Vertrauter, einer der zu mir und meinem Leben gehörte. Wir kamen an ein Mäuerchen, hinter dem in kleinem Abstande alte verwahrloste Häuser standen, und ich verließ die Straße, stieg über das ganze niedrige Mäuerchen mit einem großen Schritt hinweg und ging dort weiter, obwohl ich genau zu wissen glaubte, daß hier kein Weg sei, daß wir hier sehr bald in Höfen, Gärtchen und andern privaten Räumen steckenbleiben und als Eindringlinge Verdruß haben würden. Es kam indessen nichts dergleichen, wir kamen ungehemmt vorwärts, immer in dieser etwas gehetzten Unruhe, neben und hinter uns gingen auch andre Leute, und von ferne sah ich auf dieser Straße, die keine war, unter andern Gestalten auch einen alten Freund von mir kommen, er war ganz unverändert und in den vielen Jahren, die wir uns nicht mehr gesehen hatten, scheinbar um nichts älter geworden. Es war mir aber, weil wir Eile hatten und auch aus anderen, unklaren Gründen, nicht lieb, ihn zu begrüßen, ich blickte beiseite und tat fremd, und siehe, er ging an uns vorbei, oder vielmehr er verschwand schon, ehe er uns erreicht hatte, als errate er meinen Wunsch und komme ihm entgegen.

Nun tat sich zwischen den Häusern zu unsrer Rechten ein Ausblick auf, und seinetwegen habe ich diesen Traum nicht vergessen und Lust bekommen, eine Erinnerung an ihn aufzuzeichnen. Es eröffnete sich ein Ausblick auf eine weite, von uns weg sachte bis zu großer Höhe ansteigende Landschaft. »Siehst du's denn nicht?« rief ich meinem Kameraden zu, ohne aber stehenzubleiben, »so sieh doch, sieh, das ist ja unerhört schön!« Der Freund blickte hinüber, blieb aber gelassen und gab keine Antwort. Mir jedoch sprach diese Landschaft zu allen Sinnen und zur ganzen Seele, sie drang in mich ein, ich trank sie und nahm sie mit mir wie ein großes Geschenk, eine seltsame Wunscherfüllung. Und zwar war es das Eigentümliche dieser schönen Landschaft, daß sie zugleich Wirklichkeit und Kunst, zugleich Landschaft und gemaltes Bild war. Sie stieg bergan, in ihrer Mitte auf einem Vorberg stand eine Kirche, Dörfer hier und dort, hinten rosig leuchtende Berggrate, am Hang unterhalb der Kirche zwei kleine Kornfelder, und diese Kornfelder vor allem waren es, an denen ich das Ganze als nicht nur schön, sondern auch als gemalt und gewollt empfand und erkannte, sie waren teils mit Neapelgelb, teils mit einer Mischung von Englischrot und viel Weiß gemalt. Es fehlten alle kalten und kühlen Farben, alles blieb innerhalb der Skala von Rot und Gelb.

Neben uns auf der Straße ging ein junger Mann, ein Franzose oder Welschschweizer, mit seiner Frau. Als ich meinen Begleiter so entzückt und eifrig auf den Durchblick aufmerksam machte, lächelte der Welsche mir freundlich-listig zu und sagte: »Ja, nicht wahr, nichts Kühles, lauter warme Farben; so etwa würde Cézanne sagen.« Ich nickte ihm glücklich zu, und es lag mir schon auf der Zunge, ihm die Farben des Bildes wie einem Kollegen aufzuzählen: Ocker, Neapelgelb, Englischrot, Weiß, ganz heller Krapplack und so weiter, doch schien mir das dann doch allzu intim oder kollegial, und ich unterließ es, aber ich lachte ihn an und freute mich, daß da noch einer war, der genau das gleiche sehe und das gleiche dabei empfinde und denke wie ich.

Aus dem Traume, der noch weiterging und völlig neue Szenen brachte, habe ich das Bild dieser warmen Zauberlandschaft aufbewahrt und trage es als Geschenk des Traumgottes in mir. Ihre Farben waren die Lieblingsfarben meiner Palette gewesen, als ich noch zuweilen mich als Maler-Dilettanten betätigte, sie hatten auch auf der Palette meines Freundes, des Malers Louis, eine Zeitlang dominiert. Und nun ist es wunderlich und ein wenig schade: wenn ich die im Traum gesehene ideale Landschaft, die so erregend schön, so wunderbar beglückend strahlte, mir nun im Wachen wieder aufbaue, ihre neapelgelben Kornfeldchen, die rötlich ragende Bergkirche, das ganze Spiel von warmen, gelben und rötlichen Tönen, die ganze märchenhafte und festliche Musik ihrer Palette: dann ist diese Landschaft zwar noch immer leuchtend, warm und schön, aber ein klein wenig allzu schön, ein klein wenig allzu rosig, ein klein wenig allzu harmonisch, ein klein wenig allzu nah am Süßen, ja am Kitschigen.

Und nun habe ich Mühe, mir das Geschenk unverdorben zu bewahren, es vor Skepsis und Kritik zu schützen, mich seiner Schönheit, die mich eine Traumsekunde lang so innig beglückte, auch weiterhin in der Erinnerung rein zu freuen. Sie ist mir nach dem Erwachen und beim Versuch, sie mir wieder genau vorzustellen, ein wenig zu schön, ein bißchen zu hübsch, ein bißchen zu ideal erschienen, und diese heimliche Kritik will sich nicht wieder zum Schweigen bringen lassen, oder doch nur für Augenblicke. Und war nicht in dem so sehr verständnisvollen Lächeln des welschen Kollegen, in seinem Wort über die Landschaft, das er unnötigerweise dem alten Cézanne in den Mund legte – war nicht in diesem sympathischen und kollegialen Lächeln des Künstlers oder Kenners, des Eingeweihten, auch etwas Listiges und Augurenhaftes gewesen?

(1946)

Des Deutenwollens müde…

… Du weißt, daß ich auch das Träumen unter Umständen zu den Dingen zähle, die ich Erlebnisse nenne. Ohne daß ich mit Freud und Jung gebrochen hätte, bin ich doch – Ausnahmen zugegeben – des Verstehen- und Deutenwollens müde geworden und zu der naiven und kindlichen Weise zurückgekehrt, mit der die Künstler die Welt und also auch die Traumwelt betrachten, als Erscheinung, als Bild, als Augen- und Sinnenerlebnis oder dann als groteskes Gedankenspiel. Ob ein Traum mich auf Trübungen meines Verhältnisses zu Freunden, auf Störungen in meinem seelischen Haushalt, auf baldigen Tod oder andre drohende Gefahren aufmerksam machen wolle, lasse ich gern ununtersucht; er muß schon stark anklopfen, wenn ich mich darauf einlassen soll. Aber wenn er mich zum Staunen über die Buntheit und Pracht seiner Kulissen und Kostüme, zum Entzücken über ideale Landschaften und Phantasiegärten, zur frohen Rührung über die Wiederkehr geliebter, lang verstorbener Menschen, zum Lachen über ein ausgelassenes Spielen mit gedanklichen, sprachlichen oder visuellen Kombinationen und Verrenkungen bringt, dann gehört ihm meine Aufmerksamkeit, meine Hingabe und Dankbarkeit.

Zwei kleine aparte Traumbruchstücke aus den letzten Tagen (nein, Nächten) will ich Dir ihrer Kuriosität wegen mitteilen.

Ich bin etwa zwanzigjährig und Buchhändler in Tübingen. Es ist, glaube ich, das erstemal, daß ich im Traum mit meinem damaligen Prinzipal, dem Herrn Sonnewald, zu tun habe. Er war ein noch junger, etwas lungenkranker, ein wenig ängstlich oder schüchtern wirkender Mann mit hellblondem Vollbart, verheiratet mit einer Engländerin, die während der dreieinhalb Jahre meiner dortigen Tätigkeit nicht ein einziges Mal unsre Räume im Erdgeschoß, den Buchladen, das Kontor und das Antiquariat, betreten hat, sondern unsichtbar mit drei hübschen kleinen Kindern eine Treppe höher in Räumen wohnte, die uns Unteren ebenso unbekannt und unbetretbar blieben wie ihr das Kontor. Im Traum nun war ich wieder der junge Untergebene und er der nicht gerade gefürchtete, aber doch in hohem Respekt stehende Herr Prinzipal, Herr sowohl unten im Laden wie oben in der Wohnung. Im Traum aber hatte er überdies ein privates Büro für sich allein, vor dessen Tür ich stand und anklopfte. Ich trat ein und sah ihn in einem erstaunlich großen, höchst komfortabel ausgestatteten Raume sitzen. Er hieß mich näher treten, er saß hinter einem riesigen Tisch, der voll großer Blätter lag, neben sich hatte er eine Staffelei stehen und auf ihr eines dieser Blätter aufgestellt, es war ein Aquarell, ein wenig an die meinen erinnernd, aber weit größern Formats, auch gekonnter und mit tief glühenden Farben. Ich stand und staunte bald das große Aquarell, bald den auf so ungewöhnliche Art beschäftigten Herrn Sonnewald an. Er schien zu merken, wie erstaunt und neugierig ich war, wußte auch sehr wohl, daß es mir nicht zustand, dieser Neugierde mit einer Frage Ausdruck zu geben, und verharrte eine gute Weile schweigend. Dann erbarmte er sich meiner, wies mit großer Gebärde erst auf den papierbedeckten Tisch, dann auf das schöne leuchtende Staffeleiblatt und sagte mit einiger Feierlichkeit: »Ich muß da ein Inselbändchen zusammenstellen.« Ob es hier um eine Auswahl meiner eigenen, durch Zauber verschönerten Malereien, ob um Werke eines mir unbekannten Malers ging oder gar er selbst der Urheber dieser Werke war und wie er dazu kam, im Auftrag des Inselverlags tätig zu sein, diese Fragen blieben offen.

Die andere Traumszene spielte in einem völlig veränderten Montagnola. Überraschend war hoher Besuch erschienen: André Gide stand da, wollte mich noch einmal sehen, war aber wortkarg und schlechter Laune und zog sich bald ins Gastzimmer zurück. Als er sich wieder zeigte, trat er mit mir vor die Haustür, vermutlich zu einem Spaziergang entschlossen, blieb aber dicht vor dem Haus stehen, zögerte wie im Nachdenken versunken und vollführte dann eine tiefe Kniebeuge. Aus dieser ohnehin schon mühsamen Stellung streckte er ein Bein nach vorn in die Luft, etwa wie slawische Tänze es verlangen, nur viel langsamer und feierlicher, es war ein unverkennbar religiöser, sakraler Akt, dessen Bedeutung ich nicht erraten konnte. Als er sich wieder aufgerichtet hatte, gab er mir eine Erklärung mit den Worten. »Alles ist. Alles ist nicht. Es ist indisch.« »Ah«, sagte ich, »also die coincidentia oppositorum.« Er starrte mich verloren an, offensichtlich überlegend, ob er mir zustimmen solle oder nicht, sagte aber nichts. Und plötzlich stand noch ein dritter Mann bei uns, ein sehr französisch aussehender Herr, brünett mit Schnurrbart, und alsbald war ich für Gide nicht mehr vorhanden, er begann mit seinem Landsmann zu plaudern und ging in lebhaftem Gespräch mit ihm fort. So ließ er mich stehen, ohne Erklärung, ohne Abschied, dem Pariser zuliebe. Es war nicht hübsch.

(1962)

Schreiben und Schriften

Mir träumte: ich saß auf einer stark tätowierten Schulbank, und ein mir unbekannter Lehrer diktierte mir das Thema zu einem Aufsatz, den ich schreiben sollte. Es lautete:

Schreiben und Schriften

Ich saß und dachte nach, ich besann mich auf einige der Regeln, nach denen ein Schüler sich beim Abfassen solcher Kunstwerkchen zu richten angewiesen war: Exposition, Aufbau, Gliederung, und habe dann, glaube ich, recht lange Zeit mit einem hölzernen Federhalter in ein Schulheft geschrieben, doch war mir beim Erwachen die Erinnerung an das Geschriebene unfaßbar gewesen und ließ sich auch seither nicht wieder erwecken. Übrig geblieben war von meinem Traume nur die Schulbank mit ihren Runen und ihrem splittrigen Rand, das linierte Heft und der Befehl des Lehrers, und ihm zu gehorchen spürte ich auch jetzt im Wachsein noch Lust. Ich schrieb also:

Schreiben und Schriften

Da der Traumlehrer nicht mehr da und seine Kritik nicht mehr zu fürchten ist, lege ich meiner Fleißarbeit keinen Plan zu Grunde, teile sie nicht in gleichmäßige Abschnitte und überlasse es dem Zufall, welche Form sie annehmen wird. Ich warte einfach auf die Bilder, Gedanken und Vorstellungen, lasse sie kommen, wie sie mögen, und unterhalte damit, Homo Ludens, mich und ein paar Freunde, so gut es gehen will.

Bei dem Wort »schreiben« denke ich zunächst nur an eine menschliche und mehr oder weniger geistige Tätigkeit, an das Malen oder Zeichnen oder Kritzeln von Buchstaben oder Hieroglyphen, an Literatur, an Briefe, Tagebücher, Rechnungen, an indogermanisch rationale oder ostasiatisch bildhafte Sprachen; der junge Josef Knecht hat einst ein Gedicht darüber gemacht.

Anders ist es bei dem Wort »Schriften«. Das erinnert mich nicht nur an Feder, Stift, Tinte, Papier, Pergament, an Briefe oder Bücher, sondern ebensosehr an Spuren und Zeichen anderer Art, an »Schriften« der Natur vor allem, an Bilder und Formen also, die fern vom Menschlichen, ohne Geist, ohne Willen entstehen, die aber unsrem Geist Kunde geben vom Dasein großer und

kleiner Mächte, die wir »lesen« können und die immer neu zum Gegenstand sowohl der Wissenschaft wie der Künste werden.
Wenn ein kleiner Knabe in der Schule Buchstaben und Wörter schreibt, tut er es nicht freiwillig, will auch mit seinem Schreiben niemandem etwas sagen, und ist überdies bestrebt, seine Gebilde einem unerreichbaren aber mächtigen Ideal anzunähern: den schönen, makellosen, korrekten, vorbildlichen Buchstaben, die der Lehrer mit unbegreiflicher, schrecklicher und doch tief bewunderter Vollkommenheit an die Wandtafel gezaubert hat. »Vorschrift« nennt sich das, und gehört zu den vielen anderen Vorschriften moralischer, ästhetischer, denkerischer, politischer Art, zwischen deren Befolgung und Mißachtung unser Leben und Gewissen spielt und kämpft, deren Mißachtung uns oft sehr froh machen und Erfolg bedeuten kann, deren Befolgung aber, man plage sich, wie man wolle, immer nur eine mühsame und schüchterne Annäherung an das ideale Vorbild auf der Wandtafel sein kann. Die Schrift des Knaben wird ihn selbst enttäuschen und den Lehrer auch im besten Fall nie ganz befriedigen.
Wenn derselbe Schüler, solang er sich nicht beobachtet weiß, mit seinem kleinen, schlecht geschliffenen Taschenmesser seinen Namen in das alte spröde Holz der Schulbank zu schnitzen oder kratzen sucht – eine langwierige aber schöne Arbeit, mit der er schon seit Wochen in günstigen Augenblicken beschäftigt ist –, dann ist das ein ganz anderes Tun. Es ist freiwillig, es ist lustvoll, ist heimlich und verboten, hat keine Regeln einzuhalten und keine Kritik von oben zu befürchten, es hat auch etwas zu sagen, etwas Wahres und Wichtiges zu sagen, nämlich die Existenz und den Willen des Knaben kundzugeben und für immer festzuhalten. Überdies ist es ein Kampf und, wenn es gelingt, ein Sieg und Triumph, das Holz ist hart und hat noch härtere Fasern, es setzt dem Messer lauter Widerstände und Schwierigkeiten entgegen, und das Messer ist kein ideales Werkzeug, die Klinge schon etwas wacklig, die Spitze splittrig, die Schneide nicht mehr scharf. Eine große Erschwerung liegt auch darin, daß dies so geduldige wie kühne Arbeiten nicht nur vor den Augen des Lehrers verborgen, daß die Geräusche des Schneidens, Stechens und Kratzens auch seinen Ohren verheimlicht werden müssen. Das schließliche Ergebnis dieses zähen Kampfes wird etwas völlig anderes sein als die mit unlustigen Buchstaben bedeckten Zeilen im papiernen Heft. Es wird hundertmal wieder betrachtet, wird Quelle der Freude,

der Genugtuung, des Stolzes sein. Es wird dauern und kommenden Geschlechtern von Friedrich und Emil künden, ihnen Anlaß zum Raten und Nachdenken geben und ihnen Lust machen, Ähnliches zu unternehmen.

Viele Handschriften habe ich mit den Jahren kennengelernt. Ich bin kein Schriftkundiger, doch hat mir das graphische Bild von Briefen und Manuskripten meistens etwas gesagt und bedeutet. Es gibt da Typen und Kategorien, die man nach einiger Erfahrung sofort erkennt, oft sogar schon an der Adresse auf dem Briefumschlag. Ähnlich wie die Handschriften von Schulkindern haben zum Beispiel die von Bettelbriefen eine unverkennbare Verwandtschaft und Gleichförmigkeit. Die Leute, die nur einmal und in dringender Not etwas erbitten, schreiben ganz anders als jene, denen das Schreiben von Bettelbriefen eine ständige Gewohnheit, ja ein Beruf geworden ist. Nur selten habe ich mich da getäuscht. Ach, und die wackligen Zeilen der schwer Behinderten, der Halbblinden, der Gelähmten, der im Spitalbett Liegenden mit bedenklicher Fieberkurve überm Kopfkissen! In ihren Briefen spricht das Zittern oder Schaukeln oder Hintaumeln der Wörter und Zeilen manchmal stärker, deutlicher und herzbeklemmender als der berichtende Inhalt. Und umgekehrt: wie beruhigend und freundlich sprechen Briefe mich an, in denen ganz alte Menschen noch einer heilen, festen, kräftigen und frohen Handschrift fähig sind! Sie kommen sehr selten, die Briefe dieser Art, aber es gibt sie, auch noch von Neunzigjährigen.

Von den vielen Schriften, die mir wichtig oder lieb wurden, war die merkwürdigste, keiner andern auf Erden ähnliche die von Alfred Kubin. Sie war ebenso unleserlich wie schön. Solch ein Briefblatt war bedeckt mit einem dichten, anregenden, graphisch höchst interessanten Netz von Strichen, dem vielversprechenden Gekritzel eines genialen Zeichners. Ich glaube nicht, daß ich jemals in einem Kubin-Brief jede Zeile habe entziffern können, auch meiner Frau ist das nie gelungen. Wir waren zufrieden, wenn uns zwei Drittel oder gar drei Viertel des Inhalts lesbar wurden. Und jedesmal mußte ich beim Anblick solcher Blätter an Stellen in Streichquartetten denken, wo durch manche Takte alle viere kräftig und wie berauscht drauflos und durcheinander kratzen, bis wieder die Linie, der rote Faden deutlich wird.

Viele schöne und wohltuende Handschriften sind mir vertraut und teuer geworden, ich notiere nur die goethisch-klassische von

Carossa, die kleine, flüssige und kluge von Thomas Mann, die schöne, sorgfältige, schlanke von Freund Suhrkamp, die nicht ganz leicht lesbare, aber charaktervolle von Richard Benz. Wichtiger freilich und teurer wurden mir die Schriften meiner Eltern. So vogelfluggleich, so mühelos, so völlig gelöst und flüssig dahineilend und dabei so gleichmäßig und deutlich habe ich niemanden schreiben sehen wie meine Mutter, es fiel ihr leicht, die Feder lief von selber, es machte ihr und machte jedem Leser Vergnügen. Der Vater bediente sich nicht der deutschen Schrift wie die Mutter, er schrieb römisch, war auch ein Latein-Liebhaber, seine Schrift war ernst, sie flog und hüpfte nicht, floß nicht wie ein Bach oder Brunnen, die Worte waren genau von einander getrennt, man spürte die Pausen des Nachdenkens und der Wortwahl. Die Art, wie er seinen Namen schrieb, nahm ich mir schon in früher Jugend zum Vorbild.

Die Graphologen haben eine wunderbare Technik der Schriftdeutung erfunden und beinah bis zur Exaktheit vervollkommnet. Ich habe diese Technik nicht studiert oder gar erlernt, sah sie aber in vielen, oft schwierigen Fällen sich bewähren, und entdeckte nebenbei, daß zuweilen die Charaktere von Graphologen nicht auf der Höhe ihrer Verdienste um die Einsicht in menschliche Seelen standen. Es gibt übrigens auch gedruckte, auf Holz, Pappe oder Metall schablonierte oder in Emailschildern zur Dauer verurteilte Buchstaben und Zahlzeichen, die zu deuten wenig Mühe macht. Auf amtlichen Kundgebungen, auf Verbottafeln, auf Email-Nummernschildern in Eisenbahnwagen habe ich zuweilen Buchstaben und Zahlen bestaunt so blutlos, so schlecht, so ohne Liebe, ohne Leben, ohne Spiel, ohne Phantasie und Verantwortung erfunden und erquält, daß sie noch in der Vervielfältigung, im Blech oder Porzellan schamlos die Psychologie ihrer Erfinder verrieten.

Ich nannte sie blutlos, denn beim Anblick solcher Miß-Schriften fiel mir immer der Spruch aus einem berühmten Buche ein, den ich in meiner Jugend gelesen und der mich damals sehr gepackt und bezaubert hatte. Des Wortlauts bin ich nicht mehr ganz sicher, meine aber, es sei dieser gewesen: »Von allem Geschriebenen liebe ich am meisten, was einer mit seinem Blute schreibt.« Jenen amtlichen Buchstabengespenstern gegenüber war ich dann immer ein wenig geneigt, dem schönen Spruch eines Einsamen und Leidenden wieder zuzustimmen. Doch tat ich das nur für Augenblicke. Der Spruch, und ebenso meine jugendliche Bewunderung für ihn, stammte aus einer unblutigen und unheroischen Zeit, über deren Schönheit und Adel die in ihr Lebenden weit weniger im klaren waren als einige Jahrzehnte später. Wir haben dann lernen müssen, daß die Preisung des Blutes auch eine Schmähung des Geistes sein kann und daß die Leute mit der rhetorischen Begeisterung für das Blut meistens nicht ihr eigenes, sondern das Blut anderer Leute meinen.

Es schreibt aber nicht nur der Mensch. Es kann auch ohne Hände, ohne Feder, Pinsel, Papier und Pergament geschrieben werden. Es schreibt der Wind, das Meer, der Fluß und Bach, es schreiben die Tiere, es schreibt die Erde, wenn sie irgendwo die Stirn runzelt und damit einem Strom den Weg sperrt, ein Stück Gebirge oder eine Stadt wegfegt. Doch ist es freilich nur der Menschengeist, der alles von scheinbar blinden Kräften Gewirkte als Schrift, als objektivierten Geist also, anzusehen geneigt und fähig ist. Vom zierlichen Vogeltritt Mörikes bis zum Lauf des Nils oder Amazonas und des starren, unendlich langsam seine Formen verändernden Gletschers mag jeder Vorgang in der Natur von uns als Geschriebenes, als Ausdruck, als Gedicht, Epos, Drama empfunden werden. Es ist dies die Art der Frommen, der Kinder und Dichter, auch der echten Gelehrten, aller Diener des »sanften Gesetzes«, wie Stifter es genannt hat. Sie suchen nicht wie die Gewalt- und Herrenmenschen die Natur auszubeuten und zu vergewaltigen, sie beten auch nicht angstvoll deren Riesenkräfte an, sie möchten schauen, erkennen, staunen, verstehen, lieben. Ob ein Dichter dem Ozean oder den Alpen in Hymnen huldigt, ob ein Insektenforscher im Mikroskop das Netz kristallener Linien auf dem Flügel des winzigsten Glasflüglers beobachtet, es ist stets der gleiche Trieb und der gleiche Versuch, Natur und Geist als Brüder zusammenzubringen. Dahinter steht immer, ob bewußt oder nicht, etwas wie ein Glaube, etwas wie eine Gottesvorstellung, nämlich die Annahme, es werde das Ganze der Welt von einem Geist, einem Gott, einem Gehirn, dem unsern ähnlich, getragen und gesteuert. Die Diener des sanften Gesetzes machen sich die Erscheinungswelt dadurch verwandt und lieb, daß sie sie als Schrift, als Kundgebung des Geistes betrachten, einerlei, ob sie sich diesen Weltgeist als nach ihrem Bilde geschaffen denken oder umgekehrt.
Seid gepriesen, wunderbare Schriften der Natur, unbeschreiblich schön in der Unschuld eurer Kinderspiele, unbeschreiblich und

unbegreiflich schön und groß auch in der Unschuld des Vernichtens und Tötens! Kein Pinsel keines Malers hat je so spielerisch, so liebevoll, so gefühlig und zärtlich die Leinwand gestreichelt wie der Sommerwind, wenn er das hohe wallende Gras oder das Haberfeld zu liebkosen, zu kämmen und zu zausen gelaunt ist oder mit taubenfederfarbenen Wölkchen spielt, daß sie wie in Reigen schweben und das Licht ihre zu Hauch verdünnten Ränder in winzigen Regenbögen von Sekundendauer entzündet. Wie spricht Vergänglichkeit und Flüchtigkeit allen Glückes, aller Schönheit in diesen Zeichen uns mit ihrem Zauber, ihrer sanften Trauer an, Schleier der Maya, wesenlos und zugleich Bestätigung allen Wesens!

Und wie der Graphologe die Schrift eines Humanisten, eines Geizkragens, eines Verschwenders, eines Draufgängers, eines Behinderten liest und deutet, so liest und versteht der Hirt und Jäger die Spuren des Fuchses, des Marders, des Hasen, erkennt seine Art und Familie, stellt fest, ob er sich wohl befinde und alle vier Pfoten unbehindert spielen, ob Wunden oder Alter ihm den Lauf erschweren, ob er müßig schlendert oder es eilig hatte.

Auf Grabsteinen, Denkmälern und Ehrentafeln schrieb Menschenhand mit sorgfältigem Meißel Namen, Preisungen und Zahlen der Jahrhunderte und Jahre. Ihre Botschaft reicht zu Kindern, Enkeln und Urenkeln, zuweilen noch viel weiter. Langsam wäscht am harten Stein der Regen, langsam ziehen die Spuren und Hinterlassenschaften von Vögeln, von Schnecken, von weither gewehtem Staub ihre Schicht als stumpfe Trübung über die Flächen, haften in den vertieften Runen, mildern ihre glatten klaren Formen und rüsten den Übergang des Menschenwerks in Werke der Natur, bis Algen und Moose sie überziehen und der schönen Unsterblichkeit den sanften langsamen Tod bereiten. In Japan, das einst ein vorbildlich frommes Land war, modern in tausend Wäldern und Schluchten unzählige Bildwerke, von Künstlern geschaffen, schöne heiterstille Buddhas, schöne gütige Kwannons, schöne ehrfürchtige Zen-Mönche in allen Zuständen des Verwitterns, des Hinüberschlummerns ins Gestaltlose, tausendjährige Steingesichter mit hundertjährigen Bärten und Lokken aus Moos, aus Gras, aus Blumen und struppigem Gesträuch. Ein fromm gesinnter Nachkomme derer, die hier einst gebetet und Blumenopfer dargebracht haben, hat in unsern Tagen viele von ihnen in einem wunderbaren Bilderbuch gesammelt; nie habe ich aus seinem Lande, mit dem ich vielen Austausch pflege, ein schöneres Geschenk bekommen.

Alles Geschriebene erlischt in kurzer oder langer Zeit, in Jahrtausenden oder Minuten. Alle Schriften und aller Schriften Erlöschen liest der Weltgeist und lacht. Für uns ist es gut, einige von ihnen gelesen zu haben und ihren Sinn zu ahnen. Der Sinn, der sich aller Schrift entzieht und ihr dennoch innewohnt, ist immer einer und derselbe. Ich habe in meiner Aufzeichnung mit ihm gespielt, ich habe ihn um ein weniges verdeutlicht oder auch verschleiert, ich habe nichts Neues gesagt, wollte auch nichts Neues sagen. Viele Ahnende und Dichter haben es schon viele Male gesagt, jedesmal ein wenig anders, jedesmal ein wenig heiterer oder klagender, ein wenig bitterer oder süßer. Man kann die Vokabeln anders wählen und die Satzgefüge anders anlegen und verschränken, die Farben auf der Palette anders ordnen und verwenden, den harten Stift nehmen oder den weichen – zu sagen gibt es immer nur eines, das Alte, das Oftgesagte, Oftversuchte, das Ewige. Interessant ist jede Neuerung, spannend jede Revolution in Sprachen und Künsten, entzückend alle die Spiele der Artisten. Was sie damit sagen wollen, was sagenswert doch nie ganz sagbar ist, bleibt ewig eins.

(1961)

Tagebücher

Aus meinem Traumbuch

I

Ich schlug einen wenig gepflegten Waldweg ein, der mehr und mehr verwilderte. Ein voller Wind fuhr über die Kronen alter Eichen, die mit vielfach gekrümmten Ästen, obwohl einer weitab vom andern stehend, einander umarmten und nach Raum und Licht rangen. Oft fand ich auf dem schwarzen Waldboden scharfe Spuren kleiner Hufe, den Pfad der Quere schneidend, und einmal meinte ich im Halbdunkel eines nahen Dickichts den feinen Kopf eines Hirsches über die Laubwand erhoben zu sehen. Ich spähte und lauschte und stand manchmal lange still mit verhaltenem Atem, bis meinen oft getäuschten und immer neu erregten Sinnen der Wald voll von Wundern und schweigsamen Geheimnissen war. Ein breiter Bach ging brausend und über Stein und Moos talab. In seinen Rändern, wo er stiller floß, spiegelte sich unterhöhltes Wurzelwerk in krausen, zitternden Linien. In den Tiefen des Bettes, die oft von Wasserstürzen überwölbt waren, schwammen lautlos und dunkel die scheuen Forellen und verschwanden mit jäher Bewegung, sobald nur mein Schatten über ihren Schlupfwinkel hinwegstrich.
Dem fröhlichen Stürmer folgend, gelangte ich in ein wohlbekanntes Tal. An dessen Mündung bog ich um die vortretende Höhe und verließ den Bach, der zur andern Seite strebte und bald nur leise noch zu hören war. Ein junger Buchenstand, langsam sich lichtend, trat endlich ganz zurück und gab ein heimlich anmutendes Bild meinen Blicken frei. Mehrere Hügel streckten in ein breites Wiesental bewaldete Ausläufer vor. Vor mir lag in hohen Buchen ein dunkler Weiher, an dem ich als Knabe viele Mittagstunden verweilt hatte. Einzelne Laubbäume, schlank mit astlosen Stämmen und hohen, schmalen Kronen, spiegelten sich voll in der bräunlichen Fläche. Meine ersten Lebensträume waren an diesem Schilfufer über die Tiefe meiner Kinderseele gegangen, sich in der unbewegten Fläche spiegelnd. Die ersten wunderlichen Dichtergedanken hatte diese freundlich ernste Einsamkeit in mir erregt.
Ich beschattete meine Augen mit der Rechten und sog die milden Farben in mich, und die Stille und den Frieden, von dem mir

schien, als hätte ich ihn dort bei den Lieblingsplätzen einer anderen Zeit zurückgelassen. Die trockenen Spitzen der Halme und Schilfblätter bewegten sich unregelmäßig mit einem feinen Geräusch, welches die Stille noch fühlbarer machte. Am jenseitigen Ufer entstieg dem warmen, feuchten Boden ein dünner Dampf, der die weiter liegenden Hügel mit dem hellen Himmel zu einer sanften Ferne verband. Und über den nächsten Hügelrücken ragte schlank und spitz der Turm der Klosterkirche. Dort begann auch bald ein reines, schönes Geläut.

Die langen Töne gingen in milden Wellen über mich hin.

Hinter dem Hügel wußte ich das Kloster stehen, wo ich zum erstenmal über Heute und Morgen denken lernte, wo ich zum erstenmal die herbe Süßigkeit des Wissens kostete und die süßeren Ahnungen verborgener Schönheit. Zum erstenmal vernahm dort mein empfindlicher Sinn die großen Namen, die wie Türme über meinen Träumen standen, die großen Namen des Themistokles und des Perikles und den größeren des Homer.

Mein Geist sah die Wölbungen der Säle und die gotischen Fenster der Kreuzgänge deutlich vor sich, und es zog mich hinüber, die wehe Lust des Wiedersehens in vollen Zügen zu trinken. Aber ich blieb; ich fürchtete, mir das innere Bild zu zerstören; ich fürchtete, andere dort gehen zu sehen, wo ich in Träumen heimisch war.

Die Sonne glänzte auf der Spitze des Turmes. Der Hügelrücken stand scharf und ernst zwischen hier und dort, zwischen mir und jenen glücklichen Dämmerungen.

Ich streckte grüßend die Hand aus und war im Innern bewegt. Dort lag ein Stück von mir verloren. Ich dachte an verlassene Tempel, an einen verflogenen Vogel, an Sterne, die gefallen sind.

Ein schmaler Brettersteg ragte in den Weiher. Ich beschritt das zitternde Gerüst und beugte mich, wie ich früher oft getan, über die Brüstung vor. Mein Spiegelbild lag ruhig im blanken Wasser und ich suchte an ihm die Züge, welche mich an das Gesicht erinnerten, das damals aus der Tiefe mich ansah.

Als mein Spiegelbild den fragenden Blick verschleierte, als ein schwerer Tropfen ins Wasser fiel und die klaren Umrisse des Bildes zitterten und zerrannen, merkte ich erst, daß ich weinte.

II

An einer schmalen Straße stehn
In langen Reihen die Zypressen
Und legen breite Schatten vor sich nieder.

In Tempeldämmerungen liegt
Der schmale Weg, darauf die Schatten
Sich überkreuz in strenger Wölbung bündeln.

Mein Traum wird bang und zwingt den Schritt
Beklommen wie ein Dieb und schweigend
In scheuem Takt den rätselvollen Weg hin.

Da schwimmt ein schwacher Veilchenduft
Mir lockend nach und weckt verwehend
Nach Licht und Tag und Menschenlaut mein Heimweh.

Es kennt mein Herz den weichen Duft,
Der einer andern Zeit ist eigen,
Da meine Träume andre Wege gingen.

Mein Traum kehrt um – und stockt – und sieht
Ein Weib in seinen Spuren wandeln,
Das mit erhobner Hand die Rückkehr weigert.

Er schweigt und neigt das Haupt und zwingt
Den Schritt die lange Straße weiter,
Darauf sich überkreuz die Schatten bündeln…

III

Die Nacht zog ihren Kreis enger um die Gärten; sie kam rasch und herrisch wie die Nächte des Südens. Nacheinander versanken Hügel, Gebüsch und Hain, bis auch die nahe stehenden Bäume sich vor meinen Blicken verhüllten und ein fremdes Ansehen gewannen.

Ich saß zu Füßen der Königin in dem weiten Halbrund einer offenen Halle. Die schweren Säulen hoben sich fest und ruhig, Wächtern gleich, von der matten Ferne ab; die Kapitäle standen rein und edel gegen den lichteren Himmel. Zwei rote Feuer brannten am Eingang in steinernen Becken, über uns hing eine runde silberne Ampel mit vier Flammen. Von drei Seiten hatte die schwere Nachtluft Zutritt und führte den Duft des wohlriechenden Öles in langsamen Wogen davon. Das Meer, dessen Geräusch am Tage nicht bis an Palast und Gärten reichte, sang gedämpft in gleichmäßigen Intervallen.

Der Gesang der Frauen war kaum verstummt, in der Luft lag noch ein Nachhall festlicher Melodien. Mir wurde eine fünfsaitige Laute gebracht; die Augen der Wartenden hingen an meinem Munde. Ich schloß die Augen und sog den Duft der Nacht und fühlte ihren Atem in meinem Haar. Mein Herz war voll wehen Glückes und meine Stimme zitterte, als ich zu singen begann. Mein Finger rührte an die feinen Saiten – ich hatte lange nimmer gesungen. Takt und Tonfall der Verse stieg mir neu und berückend zu Häupten.

Ich sang von einem vergangenen Sommer, da zum erstenmal mein Knabenauge an der Gestalt und dem Gange eines jungen Weibes hing. Und sang von den späten Abenden, da der Lindenduft schwoll und da ich mein wehes Verlangen mit wildem Ruderschlag über den schwarzen Weiher ruderte, da ich die Bänke und Wege und Treppen besuchte und alle Stätten, an denen ich die schlanke Wohlgestalt am Tage aus banger Ferne erblickt hatte. Ich gedachte der voll erblühten Rosenhecken und pries die schattigen Gänge, welche der Duft des Jasmin erfüllte.

Von den Frauen lächelten manche, und manche sahen mich mit ernsthaft großen Augen an. Als ich aber den Blick nach der Schönsten wandte, sah ich breite, bläuliche Lider über ihren Augen geschlossen und sah ihren Mund und die zarte Färbung der Wangen und die kurz gelockten Haare über der Stirn. Ich erblickte

das Bild meiner ersten Liebe, schön und rein und verzaubert von Erinnerung und Heimweh, wie ich's in Lieblingsträumen oft erschaute. Mir war das Herz erregt und schwer von Liedern und Sehnsüchten einer andern Zeit.
»Ich berührte die Hand der Königin« –
– »Erinnerst Du dich noch?«
Sie schlug die Augen auf –
»Bist Du nicht glücklicher als andre gewesen?«
Ich nickte mit dem Haupt und konnte das Auge nicht von den Lippen wenden, die Elisens Lippen waren.
»Bist Du nicht undankbar gewesen?«
Ich war traurig und mußte wieder das Haupt neigen...

IV

Ein Knabe mit schmalen Händen führte mich durch einen Garten.
Seine nackten Füße traten weich in den Sand.
Ich hörte den Wind, und ich trank den lauen Duft, der in Wellen über die Erde ging.
Ich fühlte die Sonne auf meinen Schultern und Händen und schritt langsam die Terrasse empor.
Auf der erreichten Höhe stieß meine vorgestreckte Hand an die niedrige Mauer. Dort setzte ich mich und hörte tief mit dunklen Stimmen das Meer singen und den heimatlich einfachen Refrain der Brandung.
Ich wußte kleine Schiffe mit farbigen Segeln und schlanken Schnäbeln in der Ferne und das Meer am Horizonte silbern, und wenig aufragend in violetten Tönen das bewaldete Ufer der weit entfernten Insel. Dort mußten jetzt die rötlichen Mittagslichter glänzen und die hellen Felswände.
Und ich war blind.

(1898)

Singapur-Traum

Den Vormittag hatte ich zwischen den Gärten der Europäer auf den grasbewachsenen, laubig umrahmten Wegen Schmetterlinge gefangen, war in der weißen Mittagsglut zu Fuß in die Stadt zurückgegangen und hatte den Nachmittag mit Spazierengehen, Lädenbesuchen und Einkaufen in den schönen, lebendig wimmelnden Straßen von Singapur hingebracht. Nun saß ich im hohen Säulensaal des Hotels mit meinen Reisegefährten beim Abendessen, die großen Flügel der Fächer surrten fleißig in der Höhe, die weißleinenen Chinesenboys schlichen still und gelassen durch den Saal und trugen das schlechte englisch-indische Essen auf, das elektrische Licht blitzte in den kleinen schwimmenden Eisstückchen der Whiskygläser. Müde und ohne Hunger saß ich meinen Freunden gegenüber, schlürfte kaltes Getränk, schälte kleine goldgelbe Bananen und rief frühzeitig nach Kaffee und Zigarren.

Die andern hatten beschlossen, in einen Kinematographen zu gehen, wozu meine von der Arbeit in voller Sonne überangestrengten Augen keine Lust hatten. Dennoch ging ich schließlich mit, nur um für den Abend versorgt zu sein. Wir traten barhaupt und in leichten Abendschuhen vor das Hotel und schlenderten durch die wimmelnden Straßen in gekühlter blauer Nachtluft; in ruhigern Seitengassen hockten bei Windlichtern an langen rohen Brettertischen hunderte von chinesischen Kulis und aßen vergnügt und sittsam ihre vielerlei geheimnisvollen und komplizierten Speisen, die fast nichts kosten und voll unbekannter Gewürze stecken. Getrocknete Fische und warmes Kokosöl dufteten intensiv durch die von tausend Kerzen flimmernde Nacht, Rufe und Schreie in dunkeln östlichen Sprachen hallten in den blauen Bogengängen wider, geschminkte hübsche Chinesinnen saßen vor leichten Gittertüren, hinter denen reiche goldene Hausaltäre düster funkelten.

Von der dunkeln Brettertribüne des Kinotheaters blickten wir über unzählige langzopfige Chinesenköpfe hinweg auf das grelle Lichtviereck, wo eine Pariser Spielergeschichte, der Raub der Mona Lisa und Szenen aus Schillers Kabale und Liebe, alle in derselben seelenlosen Anschaulichkeit, vorübergeisterten, doppelt gespensterhaft in der Atmosphäre von Unwirklichkeit oder

peinlicher Zweifelhaftigkeit, welche diese westlichen Angelegenheiten hier zwischen Chinesen und Malayen annehmen.
Meine Aufmerksamkeit war bald erlahmt, mein Blick ruhte zerstreut in der Dämmerung des hohen Saales aus, und meine Gedanken fielen auseinander und blieben leblos liegen wie die Glieder einer Marionette, die man im Augenblick nicht braucht und weggelegt hat. Ich senkte den Kopf in die aufgestützten Hände und war alsbald allen Launen meines denkmüden und mit Bildern gesättigten Gehirns preisgegeben.
Es umgab mich zunächst eine schwach murmelnde Dämmerung, in der ich mich wohl fühlte und über welche nachzusinnen ich kein Verlangen trug. Allmählich begann ich zu merken, daß ich auf dem Deck eines Schiffes lag, es war Nacht, und nur wenige Öllaternen brannten, neben mir lagen viele andere Schläfer Mann an Mann, jeder am Boden auf seiner Reisedecke oder Bastmatte hingestreckt.
Ein Mann, der mir zur Seite lag, schien nicht zu schlafen. Sein Gesicht war mir bekannt, ohne daß ich seinen Namen wußte. Er bewegte sich, stützte die Ellbogen auf, nahm eine goldene Brille ohne Ränder von den Augen und begann sie mit einem weichen, flanellenen Tüchlein sorgfältig zu reinigen. Da erkannte ich ihn; es war mein Vater.
»Wohin fahren wir?« fragte ich schläfrig.
Er putzte, ohne aufzublicken, an seiner Brille weiter und sagte ruhig: »Wir fahren nach Asien.«
Wir redeten Malayisch, mit Englisch vermischt, und dieses Englisch erinnerte mich daran, daß meine Kindheit lang vorüber sei, denn damals besprachen meine Eltern ihre Geheimnisse alle englisch, und ich verstand nichts davon.
»Wir fahren nach Asien«, wiederholte mein Vater, und plötzlich wußte ich alles wieder. Jawohl, wir fuhren nach Asien, und Asien war nicht ein Weltteil, sondern ein ganz bestimmter, doch geheimnisvoller Ort, irgendwo zwischen Indien und China. Von dort waren die Völker und ihre Lehren und Religionen ausgegangen, dort waren die Wurzeln alles Menschenwesens und die dunkle Quelle alles Lebens, dort standen die Bilder der Götter und die Tafeln der Gesetze. Oh, wie hatte ich das nur einen Augenblick vergessen können! Ich war ja schon so lange Zeit unterwegs nach jenem Asien, ich und viele Männer und Frauen, Freunde und Fremde.

Leise sang ich unser Reiselied vor mich hin: »Wir fahren nach Asien!« und ich gedachte des goldenen Drachens, des ehrwürdigen Bobaumes und der heiligen Schlange.
Freundlich sah mich mein Vater an und sagte: »Ich lehre dich nicht, ich erinnere dich nur.« Und indem er es sagte, war er nicht mein Vater mehr, sein Gesicht lächelte eine Sekunde lang genau so wie das Gesicht, mit welchem in den Träumen unser Führer, der Guru, zu lächeln pflegt, und im selben Augenblick erlosch das Lächeln, und das Gesicht war rund und still wie die Lotosblüte und glich genau dem goldenen Bildnis Buddhas, des Vollendeten, und wieder lächelte es, und es war das reife, schmerzliche Lächeln des Heilands.
Der neben mir lag und gelächelt hatte, war nicht mehr da. Es war Tag, und alle Schläfer hatten sich erhoben. Bestürzt raffte auch ich mich empor und irrte auf dem ungeheuren Schiff umher, zwischen fremden Menschen, und sah auf dem schwarz-blauen Meere Inseln mit wilden, gleißenden Kalkfelsen und Inseln mit wehenden hohen Palmen und tiefblauen Vulkanbergen. Kluge, braune Araber und Malayen standen mit vor der Brust gekreuzten mageren Händen, verneigten sich bis zum Boden und verrichteten die vorgeschriebenen Gebete.
»Ich habe meinen Vater gesehen«, rief ich laut, »mein Vater ist auf dem Schiff!«
Ein alter englischer Offizier in einem geblümten japanischen Morgenkleide sah mich aus hellblauen Augen glänzend an und sagte: »Ihr Vater ist hier und ist dort, er ist in Ihnen und außer Ihnen, Ihr Vater ist überall.«
Ich gab ihm die Hand und erzählte ihm, daß ich nach Asien fahre, um den heiligen Baum und die Schlange zu sehen und um in die Quelle des Lebens zurückzugehen, in welcher alles seinen Anfang nahm und welche die ewige Einheit der Erscheinung bedeutet.
Aber ein Händler hielt mich eifrig an und nahm mich in Anspruch. Es war ein Englisch redender Singhalese, er zog aus einem Körbchen kleine Lappenbündel hervor, die er auseinanderwickelte und aus denen kleine und große Mondsteine zum Vorschein kamen.
»Nice moonstones, Sir«, flüsterte er beschwörend, und da ich mich heftig abwenden wollte, legte jemand eine leichte Hand auf meinen Arm und sagte: »Schenken Sie mir ein paar Steinchen, sie sind wirklich hübsch.« Die Stimme fing mein Herz alsbald ein wie eine Mutter ihr entlaufenes Kind, ich wandte mich glühend um

und begrüßte Miß Wells aus Amerika. Unbegreiflich, daß ich sie so ganz hatte vergessen können!
»O Miß Wells«, rief ich erfreut, »Miß Anni Wells, sind Sie denn auch hier?«
»Wollen Sie mir einen Mondstein schenken, Deutscher?«
Ich griff schnell in die Tasche und zog den langen gestrickten Geldbeutel hervor, den ich als Knabe von meinem Großvater bekommen und als Jüngling auf meiner ersten Italienreise verloren hatte. Es war mir lieb, ihn wiederzuhaben, und ich schüttete eine Menge silberner Ceyloner Rupien heraus; aber mein Reisekamerad, der Maler, von dem ich nicht gewußt hatte, daß er noch da sei und neben mir stehe, sagte lächelnd: »Die können Sie als Hosenknöpfe tragen, sie gelten hier keinen Cent.«
Verwundert fragte ich ihn, wo er herkomme und ob er die Malaria wirklich überwunden habe. Er zuckte die Achseln und sagte: »Man sollte die modernen europäischen Maler alle einmal in die Tropen schicken, da könnten sie sich ihre Orangepalette wieder abgewöhnen. Gerade hier kommt man mit einer dunkleren Palette der Natur viel näher.«
Es war klar, und ich stimmte lebhaft bei. Aber die schöne Miß Anni hatte sich inzwischen im Gedränge verloren. Beklommen ging ich auf dem riesigen Schiffe weiter, wagte jedoch nicht, mich an einer Gruppe von Missionsleuten vorbeizudrängen, die im Kreise sitzend die ganze Deckbreite versperrten. Sie sangen ein frommes Lied, in das ich bald einstimmte, da ich es von Hause her kannte:

Darunter das Herze sich naget und plaget
Und dennoch kein wahres Vergnügen erjaget...

Ich war damit einverstanden, und die schwermütig pathetische Melodie stimmte mich traurig, ich dachte an die schöne Amerikanerin und an unser Reiseziel Asien und fand so viel Ursache zur Ungewißheit und Kümmernis, daß ich einen der Missionare fragte, wie denn das nun sei, ob sein Glauben denn wirklich gut und auch für einen Mann wie mich zu brauchen sei.
»Sehen Sie«, sagte ich trostbegierig, »ich bin Schriftsteller und Schmetterlingssammler...«
»Sie irren sich«, sagte der Missionar.
Ich wiederholte meine Erklärung. Aber auf alles, was ich sagen

mochte, gab er mit einem hellen, kindlichen, bescheiden triumphierenden Lächeln dieselbe Antwort: »Sie irren sich.«
Verwirrt floh ich davon. Ich sah, daß ich hier nicht zurecht kam, und ich beschloß, auf alles zu verzichten und meinen Vater zu suchen, der würde mir gewiß helfen. Wieder sah ich das Gesicht des ernsten englischen Offiziers und glaubte seine Worte zu hören: »Ihr Vater ist hier und ist dort, er ist in Ihnen und außer Ihnen.« Ich begriff, daß dies eine Mahnung war, und ich kauerte mich nieder, um mich zu versenken und meinen Vater in mir selbst zu suchen.
So saß ich still und versuchte zu denken. Allein es ging schwer, die ganze Welt schien auf diesem Schiffe versammelt, um mich zu stören. Auch war es furchtbar heiß, und ich hätte gerne meines Großvaters gestrickten Geldbeutel für einen frischen Whisky-Soda hingegeben.
Von diesem Augenblick an, wo sie mir zum Bewußtsein gekommen war, schien diese satanische Hitze beständig anzuschwellen wie ein furchtbarer, unerträglich gellender Klang. Die Menschen verloren alle Haltung, sie soffen aus Korbflaschen gierig wie Wölfe, sie machten es sich auf die seltsamsten Arten bequem, und es geschahen rings um mich her unbeherrschte und sinnlose Taten; das ganze Schiff war offenbar im Begriff, wahnsinnig zu werden.
Der freundliche Missionar, mit dem ich mich nicht hatte verständigen können, war zwei riesengroßen chinesischen Kulis zum Opfer gefallen und wurde von ihnen auf das schamloseste als Spielzeug benützt. Sie wußten ihn durch einen heillosen Kunstgriff echt chinesischer Mechanik dazu zu bringen, daß er auf einen Druck hin seine gestiefelten Füße zu seinem eigenen Mund herausstreckte. Auf einen anderen Druck hin hing er beide Augen lang wie Würste aus den Höhlen, und als er sie wieder zurückziehen wollte, sah er sich dadurch verhindert, daß sie ihm Knoten darein geschlungen hatten.
Es war grotesk häßlich, aber es focht mich weniger an, als ich gedacht hätte, jedenfalls weniger als der Anblick, den Miß Wells mir bot, denn sie hatte sich ihrer Kleider entledigt und trug in überraschend draller Nacktheit nichts auf dem Leib als eine wundervolle, braungrüne Schlange, die sich rund um sie geringelt hatte.
Verzweifelt schloß ich die Augen. Ich hatte das Gefühl, unser

Schiff fahre sehr rasch abwärts in einen glühenden Höllenrachen.

Da hörte ich, dem Herzen tröstlich wie Glockengeläut einem im Nebel verlaufenen Wanderer, vielstimmig ein feierliches Lied ertönen, das ich alsbald mitsang. Es war das heilige Reiselied: »Wir fahren nach Asien«, und es klangen darin alle menschlichen Sprachen, es rauschte darin alle Ehrfurcht, alle müde Menschensehnsucht, die Not und das wilde Verlangen aller Kreatur. Ich fühlte mich von Vater und Mutter geliebt, vom Guru geleitet, von Buddha gereinigt und vom Heiland erlöst, und ob das, was nun käme, Tod sei oder Seligkeit, schien mir durchaus gleichgültig.

Ich erhob mich und tat die Augen auf. Um mich her waren sie alle, mein Vater, mein Freund, der Engländer, der Guru und alle, alle Menschengesichter, die ich je mit Augen gesehen. Sie schauten geradeaus, mit ergriffenen, schönen Blicken, und auch ich schaute, und vor uns tat ein vieltausendjähriger Hain sich auf, aus himmelhoher Wipfeldämmerung rauschte Ewigkeit, und tief in der Nacht des heiligen Schattens glänzte golden ein uraltes Tempeltor.

Da fielen wir alle auf die Knie nieder, unser Sehnen war gestillt und unsere Reise zu Ende. Wir schlossen die Augen, und wir beugten uns tief und schlugen unsere Häupter an die Erde, einmal, und wieder, und nochmals, in atemloser, rhythmischer Andacht.

Hart schlug meine Stirn auf und schmerzte, Lichtfunken drangen in meine Augen, und mein Körper arbeitete sich mühsam aus tiefer Erstarrung. Meine Stirn lag auf der hölzernen Kante der Brüstung, unter mir dämmerten bleich die rasierten Schädel der chinesischen Zuschauer, die Bühne war dunkel, und Beifallgemurmel hallte in dem großen Kinematographentheater wider.

Wir standen auf und gingen. Es war quälend heiß und roch durchdringend nach Kokosöl. Draußen aber wehte uns nächtliche Meerluft, Lichtgeflimmer des Hafens und matter Sternenschein entgegen.

(1912)

Der Traum von den Göttern

Vorbemerkung

Es sind jetzt zehn Jahre her seit dem Beginn des Weltkrieges. Unter den vielen Erinnerungen, die an jene Zeit mahnen, finden sich in aller Welt auch sehr zahlreiche Fälle von Vorahnungen, von Prophezeiungen, Wahrträumen, Visionen, die sich auf den Krieg bezogen. Es wird mit diesen Erlebnissen mancher Humbug getrieben, und mir liegt nichts ferner, als mich unter die vielen Vorauswisser und Propheten des Krieges einzureihen! Ich war im August 1914 ebenso überrascht und entsetzt von den Ereignissen wie jedermann. Und dennoch habe ich, ebenso wie Tausende von Menschen, die neue Katastrophe kurz vorher gefühlt. Wenigstens hatte ich, etwa acht Wochen vor dem Beginn des Krieges, einen sehr merkwürdigen Traum und habe diesen Traum noch Ende Juni 1914 aufgezeichnet. Allerdings ist diese Aufzeichnung keine aktenmäßige, wörtlich treue Darstellung des Traumes mehr, sondern es ist mir damals eine kleine Dichtung daraus entstanden. Das Wesentliche aber, die Erscheinung des Kriegsgottes und seines Gefolges, ist nicht von mir bewußt erfunden, sondern ist wirkliches Traumerlebnis gewesen.
Nicht der Kuriosität wegen, sondern weil sich für manchen ernste Gedanken daran knüpfen mögen, teile ich jene Aufzeichnungen vom Juni 1914 hier mit. *(1924)*

Ich ging allein und hilflos und sah es überall dunkel und gestaltlos werden und suchte und lief, um zu finden, wohin denn alle Helligkeit entflohen sei. Da stand ein neues Gebäude, dessen Fenster strahlten, und über den Türen brannte taghelles Licht, und ich ging durch ein Tor hinein und kam in einen erleuchteten Saal. Viele Menschen hatten sich hier versammelt und saßen schweigend und voll Aufmerksamkeit, denn sie waren gekommen, um bei den Priestern der Wissenschaft Trost und Licht zu suchen.
Auf einem erhöhten Boden vor dem Volke stand ein Priester der Wissenschaft, ein schwarzgekleideter, stiller Mann mit klugen, ermüdeten Augen, und er sprach mit einer klaren, milden, bezwingend ruhigen Stimme zu den vielen Zuhörern. Vor ihm aber

standen auf hellen Tafeln viele Abbilder von Göttern, und er trat soeben vor den Gott des Krieges und erzählte, wie einst in älteren Zeiten dieser Gott entstanden sei, aus den Bedürfnissen und Wünschen jener damaligen Menschen, welche noch nicht die Einheit aller Weltkräfte erkannt hatten. Nein, sie sahen stets nur das Einzelne und Augenscheinliche, jene früheren Menschen, und so brauchten und schufen sie je eine besondere Gottheit für das Meer und für das feste Land, für die Jagd und für den Krieg, für den Regen und für die Sonne. Und so war also auch der Gott des Krieges entstanden, und der Diener der Weisheit erzählte fein und klar, wo seine ersten Bildnisse errichtet und wann ihm die ersten Opfer dargebracht worden seien, bis dann später mit dem Siege der Erkenntnis dieser Gott entbehrlich geworden wäre.

Und er bewegte die Hand, und der Gott des Krieges erlosch und fiel dahin, und es stand statt seiner auf der Tafel ein Bild des Schlafgottes, und auch dieses Bild wurde erklärt, o allzu rasch, denn gerne hätte ich von diesem holden Gott noch lange gehört. Sein Bild sank dahin, und nach ihm erschien der Gott der Trunkenheit und der Gott der Liebesfreude und die Göttinnen des Ackerbaues, der Jagd, der Häuslichkeit. Jede von diesen Gottheiten leuchtete in ihrer besonderen Form und Schönheit auf als ein Gruß und Widerschein aus den fernen Jugendaltern der Menschheit, und jede wurde erklärt und warum sie längst entbehrlich geworden sei, und ein Bildnis um das andere erlosch und sank dahin, und jedesmal zuckte in uns ein kleiner, feiner Triumph des Geistes auf und zugleich ein leises Mitleid und Bedauern im Herzen. Einige aber lachten immerzu und klatschten in die Hände und riefen »Weg damit!«, sooft wieder ein Götterbild vor dem Wort des gelehrten Mannes auslosch.

Auch Geburt und Tod, so erfuhren wir aufhorchend, bedurften keiner besonderen Sinnbilder mehr, nicht Liebe noch Neid, nicht Haß noch Zorn, denn die Menschheit war seit kurzem all dieser Götter satt geworden und hatte erkannt, daß es weder in der Seele des Menschen noch im Innern der Erde und Meere einzelne Kräfte und Eigenschaften gäbe, vielmehr nur *ein* großes Hin und Wider der *einen* Urkraft, deren Wesen zu erforschen nunmehr die nächste große Aufgabe des menschlichen Geistes sein werde.

Mittlerweile war es im Saale, sei es durch das Erlöschen der Bildnisse, sei es aus anderen mir unbekannten Ursachen, immer dunkler und dämmernder geworden, so daß ich sah, es strahle mir auch hier in diesem Tempel keine reine und ewige Quelle, und ich beschloß, aus diesem Hause zu fliehen und lichtere Orte zu suchen.

Aber ehe der Entschluß in mir zur Bewegung geworden war, sah ich die Dämmerung im Saale noch viel trüber werden, und die Menschen begannen unruhig zu werden, zu schreien und sich durcheinander zu drängen wie Schafe, wenn ein plötzlich ausbrechendes Gewitter sie erschreckt, und niemand wollte mehr auf die Worte des Weisen hören. Eine gräßliche Angst und Schwüle war auf die Menge herabgesunken, ich hörte Seufzer und Schreie und sah die Menschen wütend zu den Toren drängen. Die Luft wurde voll Staub und so dick wie Schwefeldampf, es war ganz nächtig geworden, aber hinter den hohen Fenstern sah man eine unruhige Glut in trüber Röte flackern wie bei einem Brande.

Mir vergingen die Sinne, ich lag am Boden, und unzählige Flüchtlinge traten mit ihren Schuhen auf mich.

Als ich erwachte und mich auf blutenden Händen emporrichtete, war ich ganz allein in einem leeren und zerstörten Hause, dessen Wände zerfallend klafften und über mich zu stürzen drohten. In der Ferne hörte ich Lärm und Donner und wüsten Schall undeutlich toben, und der durch zerbrochene Wände scheinende Luftraum zuckte von Gluten wie ein schmerzvolles, blutendes Antlitz. Aber jene erstickende Schwüle war geschwunden.

Da ich nun aus dem zertrümmerten Tempel des Wissens hervorkroch, sah ich die halbe Stadt im Brand stehen und den Nachthimmel von Flammensäulen und Rauchfahnen durchweht. Erschlagene Menschen lagen hier und dort zwischen den Trümmern der Bauwerke, es war still umher, und ich konnte das Knistern und Blasen der entfernten Flammenmeere vernehmen, dahinter aber hörte ich, aus großer Ferne her, ein wildes und angstvolles Geheul, wie wenn alle Völker der Erde sich in einem unendlichen Schrei oder Seufzer erhöben.

Die Welt geht unter, dachte ich, und ich war so wenig darüber verwundert, als ob ich seit langem gerade darauf gewartet hätte.

Mitten aus der brennenden und einstürzenden Stadt hervor aber sah ich jetzt einen Knaben kommen, der hatte die Hände in den Taschen stecken und hüpfte tänzelnd von einem Bein aufs andere, elastisch und lebensfroh, und dann blieb er stehen und stieß einen kunstvollen Pfiff aus, das war unser Freundschaftspfiff aus der

Lateinschülerzeit, und der Knabe war mein Freund Gustav, der sich als Student erschossen hat. Alsbald war gleich ihm auch ich wieder ein Knabe von zwölf Jahren, und die brennende Stadt und der ferne Donner und das sausende Sturmgeheul von allen Ecken der Welt klang uns jetzt wunderbar köstlich in die wachen Ohren. Oh, jetzt war alles gut, und weg und versunken war der finstere Alptraum, in dem ich so viele verzweifelte Jahre gelebt hatte.
Lachend deutete Gustav auf ein Schloß und einen hohen Turm, welche soeben drüben zusammenstürzten. Mochte das Zeug untergehen, es war nicht schade darum. Man konnte Neues und Schöneres bauen. Gott sei Dank, daß Gustav wieder da war! Jetzt hatte das Leben wieder einen Sinn.
Aus der riesigen Wolke, die sich über dem Zusammenbruch der Prachtgebäude erhoben hatte und die wir beide erwartungsvoll und schweigend anstarrten, aus der Staubwolke löste sich ein ungeheures Gebilde, reckte ein Götterhaupt und riesige Arme empor und schritt siegreich in die rauchende Welt. Es war der Gott des Krieges, genau wie ich ihn im Tempel der Wissenschaft vorgezeigt gesehen hatte. Aber er war lebendig und riesengroß, und sein flammenbestrahltes Gesicht lächelte stolz in frohem Knabenübermut. Wir waren alsbald ohne Worte einig, ihm zu folgen, und wir folgten ihm wie auf Flügeln rasch und stürmend über Stadt und Brand hinweg in die weite flatternde Sturmnacht, der unsere Herzen entzückt entgegenschlugen.
Auf der Höhe des Gebirges blieb der Kriegsgott jubelnd stehen und schüttelte seinen runden Schild, und siehe, von allen Enden des Erdkreises erhoben sich ferne große, heilige Gestalten und kamen ihm groß und herrlich entgegen: Götter und Göttinnen, Dämonen und Halbgötter. Schwebend kam der Gott der Liebe und taumelnd der Gott des Schlafes und schlank und streng die Göttin der Jagd gegangen und Götter ohne Ende; und da ich geblendet vor dem Adel ihrer Gestalten die Augen niederschlug, war ich nicht mehr allein mit meinem lieben Freunde, sondern mit ihm und mir beugte ringsum ein neues Menschenvolk in der Nacht seine Knie vor den heimkehrenden Göttern.

(1914)

9. Juli 1917

Gestern Abend fuhr ich von Luzern nach Bern zurück. Unterwegs in der andern Wagenhälfte ein Verein vob jungen Mädchen, lauter hübsche, frische, nett aussehende, die plötzlich das Lied anstimmten: "Wo findet die Seele die Heimat, die Ruh? Wer deckt sie mit schützenden Fittichen zu?" Das Lied, mir aus aller Kindheit wohlvertraut, rührte mich. Es wurde auch so gesungen wie einst von meiner Mutter und von den Mädchen, die sie um sich hatte, so mit Hingabe und Sehnsucht. Alle diese braven jungen Mädchen haben sich zusammengetan um der Sünde zu entgehen, um rein und gut zu bleiben, und die Sünde ist für sie vor allem das Geschlechtliche. Es fallen mir die Nonnen von Ingenbohl[2] ein, bei denen eine junge Novize einst nichts andres zu beichten hatte als: "Ich habe mich gemeint, weil ich der Frau Priorin den Schirm habe tragen dürfen". Alle diese Unschuld, alle diese Bestrebungen zu Erhaltung einer innern Kindlichkeit haben für mich, bei allem Beiklang von Drolligem, etwas tief Rührendes. Mit dem Lied und den hohen, reinen langgezognen Tönen der Mädchenstimmen kam eine Bewegung über mich, die ich nur dann fühle, wenn irgend etwas mich poetisch tief berührt oder etwas mich an die Kinderzeit erinnert. Auch sonst berühren Erinnerungen an die Vergangenheit mich stark, das Wiedersehen von Orten, an denen ich einst gelebt habe, ist mir immer etwas Rührendes, selbst die Sonnmat sehe ich fast nie ohne eine leise Bewegung von Erinnerung, Begrüsung und beinah Heimweh, obwohl ich dort weder glücklich war noch Wichtiges erlebte. Ueberall hat das Vergangene (am meisten die Kindheit) und das Entfernte, Entrückte für mich Reiz und Lockung, alles wird durch die Entferung, durch das Vergangensein und Verlorenhaben wertvoller, reizender, schöner, neu wünschenswert.

In der Eisenbahn und auch sonst habe ich, sobald ich nicht in dem schrecklichen, toten Zustand gänzlicher Stimmungslosigbin, oft das Bedürfnis vor mich hin zu singen, wobei der Text nur anregend sein mus, sonst aber nichts bedeutet. Oft sang ich italienische oder französische Worte, deren Klang mir gefiel, in Locarno gewöhnte ich mir, bis hute, an, oft den Text zu singen:

"Sei mir gegrüst, geliebtes Leben,
Sei mir gegrüst, geliebter Tod!"

Wobei manchmal diese Zusammenstellung nur Spielerei und Ulk war, oft auch ernst und im franziskanischen Sinn des frate morte. Gestern im Zug kam mir ein neuer Text auf die Lippen, der mir eine Weile sehr schön vorkam:

Singe, Vogel in meiner Brust!

Ich wollte dran weiterspinnen, ein Gedicht draus machen, der Vogel war die Seele, gefangen im kleinen Haus, aber es ging nicht weiter. Sonst sang ich auch oft Arien und ganze Stücke auf irgend einen sinnlosen, aber klingenden Text, z. B. auf die Worte "era mufid ota tei wei" was die Umkehrung von "e vietato di fumare" ist. Das Umkehren, das ich zuweilen mit meinen Buben treibe, stellt sich hie und da bei Müdigkeit zwanghaft ein. Es erinnert mich an Gewohnheiten mancher Onkel, des Grosvaters etc, entweder die Worte zu verdrehen oder "wirlewantsch" zu reden. Oft wenn ich meine Buben anrede mit erfundenen Namen und Worten: zwanke, zwaranko, Walascone, Brimborius, Quampo etc, erinnert mich der Zustand einer gewissen einfallslosen geistigen Dämmerung und müder Zärtlichkeit dabei an Onkel David, der auch so viel solche Worte brauchte, übrigens ein so andrer, energischer Mann war.

Die erste Seite aus dem Traumtagebuch 1917/18

»Möglichst vorurteilslos nur die Erlebnisse der Seele notieren«

Traumtagebuch der Psychoanalyse 1917/1918

9. Juli 1917

Gestern Abend fuhr ich von Luzern nach Bern zurück.[1] Unterwegs in der anderen Wagenhälfte ein Verein von jungen Mädchen, lauter hübsche, frische, nett aussehende, die plötzlich das Lied anstimmten: »Wo findet die Seele die Heimat, dic Ruh? Wer deckt sie mit schützenden Fittichen zu?«[2] Das Lied, mir aus aller Kindheit wohlvertraut, rührte mich. Es wurde auch so gesungen wie einst von meiner Mutter und von den Mädchen, die sie um sich hatte, so mit Hingabe und Sehnsucht. Alle diese braven jungen Mädchen haben sich zusammengetan, um der Sünde zu entgehen, um rein und gut zu bleiben, und die Sünde ist für sie vor allem das Geschlechtliche. Es fallen mir die Nonnen von Ingenbohl[3] ein, bei denen eine junge Novize einst nichts andres zu beichten hatte als: »Ich habe mich gemeint, weil ich der Frau Priorin den Schirm habe tragen dürfen.« Alle diese Unschuld, alle diese Bestrebungen zur Erhaltung einer innern Kindlichkeit haben für mich, bei allem Beiklang von Drolligem, etwas tief Rührendes. Mit dem Lied und den hohen, reinen, langgezogenen Tönen der Mädchenstimmen kam eine Bewegung über mich, die ich nur dann fühle, wenn irgend etwas mich poetisch tief berührt oder etwas mich an die Kinderzeit erinnert. Auch sonst berühren Erinnerungen an die Vergangenheit mich stark, das Wiedersehen von Orten, an denen ich einst gelebt habe, ist mir immer etwas Rührendes, selbst die Sonnmatt[4] sehe ich fast nie ohne eine leise Bewegung von Erinnerung, Begrüßung und beinah Heimweh, obwohl ich dort weder

1 Ab Juni 1916 fuhr Hesse allwöchentlich von seinem damaligen Wohnort Bern in das Luzerner Sanatorium Sonnmatt zu therapeutischen Gesprächen mit seinem Psychoanalytiker Josef Bernhard Lang.

2 Geistliches Lied irischer Herkunft (nach Henry Bishop, 1826), das besonders bei Trauerfeiern gesungen wurde.

3 1856 gegründetes Frauenkloster der barmherzigen Schwestern vom Hl. Kreuz im Schweizer Kanton Schwyz am Vierwaldstätter See.

4 Die Sonnmatt bei Luzern hatte Hesse im Sommer 1900 bei seinen wochenlangen Ruderfahrten auf dem Vierwaldstätter See erstmals kennengelernt. (Vgl. das »Tagebuch 1900« in »Hermann Lauscher«.)

glücklich war noch Wichtiges erlebte. Überall hat das Vergangene (am meisten die Kindheit) und das Entfernte, Entrückte für mich Reiz und Lockung, alles wird durch die Entfernung, durch das Vergangensein und Verlorenhaben wertvoller, reizender, schöner, neu wünschenswert.

In der Eisenbahn und auch sonst habe ich, sobald ich nicht in dem schrecklichen, toten Zustand gänzlicher Stimmungslosigkeit bin, oft das Bedürfnis, vor mich hin zu singen, wobei der Text nur anregend sein muß, sonst aber nichts bedeutet. Oft sang ich italienische oder französische Worte, deren Klang mir gefiel, in Locarno gewöhnte ich mir, bis heute, an, oft den Text zu singen:

»Sei mir gegrüßt, geliebtes Leben,
Sei mir gegrüßt, geliebter Tod!«

Wobei manchmal diese Zusammenstellung nur Spielerei und Ulk war, oft auch ernst und im franziskanischen Sinn des frater morte. Gestern im Zug kam mir ein neuer Text auf die Lippen, der mir eine Weile sehr schön vorkam:

Singe, Vogel in meiner Brust!

Ich wollte dran weiterspinnen, ein Gedicht draus machen, der Vogel war die Seele, gefangen im kleinen Haus, aber es ging nicht weiter. Sonst sang ich auch oft Arien und ganze Stücke auf irgend einen sinnlosen, aber klingenden Text, z.B. auf die Worte »era mufid ota tei we!«, was die Umkehrung von »e vietato di fumare«[5] ist. Das Umkehren, das ich zuweilen mit meinen Buben treibe, stellt sich hie und da bei Müdigkeit zwanghaft ein. Es erinnert mich an Gewohnheiten mancher Onkel, des Großvaters etc., entweder die Worte zu verdrehen oder »wirlewanisch« zu reden. Oft wenn ich meine Buben anrede mit erfundenen Namen und Worten: swanke, zwaranko, Walascone, Brimborius, Quampo etc., erinnert mich der Zustand einer gewissen einfallslosen geistigen Dämmerung und müder Zärtlichkeit dabei an Onkel David[6], der auch so viel solcher Worte brauchte, übrigens ein so andrer, energischer Mann war.

Von dem Ausflug aufs Stanserhorn[7] klingt allerlei nach. Aus der Erkenntnis, daß bei mir der Trieb zu rascher Gestaltung und

5 italienisch: Rauchen verboten
6 David Gundert (1850-1945), jüngster Bruder von Hesses Mutter, der von 1878-1936 Geschäftsführer des Calwer Verlages war.
7 1898 m hoher Berg im Schweizer Kanton Nidwalden.

Ausmünzung das Erleben schädigt, entstand der Wunsch, so ein Tagebuch zu versuchen, wie ichs hier anfange, möglichst vorurteilslos nur die Erlebnisse der Seele, Phantasien etc. notierend. Der Distelfalter fällt mir wieder ein, der auf dem Weg dort oben flog und dessen Flügelrückseite ich Dr. Lang[8] zeigen wollte, wohl mit dem vagen Wunsch, ihn womöglich noch näher fühlen zu lassen, was ich als Knabe der Natur gegenüber empfand, zumal den Schmetterlingen, Fischen und Eidechsen, auch manchen Blumen gegenüber, und besonders bei der Rückseite der Distelfalter – und andrer Schmetterlingsflügel –, wie da in dem feinen alabasternseidigen Schimmer für mich alles Herrliche und Wünschenswerte der Welt begriffen war, während ich doch schon ahnend fühlte, daß es auch damit nicht getan sei, daß auch Besitz und Betasten dieser Schätze nicht lang befriedige.

18. Juli 19[17]

Seither war eine schlechte Zeit. Keine Träume, d. h. keine Erinnerung an sie, und schlechtes Befinden, tagelang und nächtelang heftige Zahnschmerzen. Plötzlich war alles wieder abgerissen und fern, was analytisch angebahnt war. Heut Nacht der erste deutlichere Traum, von dem schönen Mädchen, das einen Mann besuchte, bei dem ich war. Er war eine Art Offizier oder so was, und sie schien mir anfangs ganz fremd und unnahbar, von dem eleganten Welt-Typ, der auf unsereinen nicht reagiert. Dann war sie aber ganz sanft und lieb, und er, der in der Nähe blieb, ließ auch alles geschehen, ich spielte mit ihr, sog an ihren Brüsten, besaß sie ganz, und sie war freundlich und zutraulich, viel harmloser als ich ihr zugetraut hätte.
Am Sonntag war Molt[9] da. Er war sehr lieb, ich sprach den ganzen Nachmittag mit ihm, hatte aber wieder große Mühe, unterlag einem Zwang, sprach und lächelte mit Anstrengung und krampf-

8 Josef Bernhard Lang (1881-1945), Psychotherapeut, mit Hesse seit seiner Analyse 1916/17 lebenslang befreundet.

9 Emil Molt (1876-1936), Schulfreund Hesses seit Calwer Lateinschulzeiten, der ihn bei der Kriegsgefangenenfürsorge finanziell und publizistisch unterstützte. Er begründete die Zigarettenfabrik Waldorf-Astoria. Als Anhänger des Anthroposophen Rudolf Steiner initiierte und finanzierte er auch die sogenannten Waldorfschulen, die nach seiner Firma benannt wurden.

Der Psychoanalytiker Dr. Josef B. Lang (1881-1945). Federzeichnung von Gregor Rabinovitch

haft. Seiner mir sehr sympathischen Frau[10] gegenüber habe ich zunehmend eine Ermüdung und Abneigung, weil ihre Neurasthenie der meinen verwandt ist.

20. Juli [1917]

Es ist zum Teufelholen: Man braucht nur einen kleinen Aufschwung zu nehmen und einen guten Vorsatz zu fassen, dann liegt man sicher sofort wieder auf der Nase. Gestern Abend kam ich mühsam von schwerer Depression wieder etwas erholt und mit guten Vorsätzen, namentlich fürs Tagebuch, von Luzern zurück, und noch am Abend begann wieder wildes Zahnweh, das die ganze Nacht dauerte und noch jetzt da ist. Ich schlief keine Minute.
Jetzt sitze ich wieder vor der Maschine mit völlig leerem Kopf ohne jeden Einfall, ein kompletter Idiot. Es ist, wie wenn alle Gedanken und Gefühle bei mir unter einer dicken Decke vor sich gingen – ich kann auch tagelang Bücher lesen, die ich sofort wieder vergesse, und als sei nur die Fähigkeit, Unlust und Schmerzen zu empfinden, noch richtig in Funktion. Ich habe keinen Wunsch, als einmal eine Weile ohne Schmerzen zu sein und einmal wieder das Leben als etwas Erfreuliches zu empfinden.
Alle Phantasien, die ins Bewußtsein treten, nehmen bei mir immer gleich die Form poetischer Pläne an, die ich doch nicht ausführe. So stellte ich mir dieser Tage etwas als Buch vor, was ich in der Tat doch nicht täte: Ein Mann baut sich eine Hütte, à la Robinson und schnitzt, schmückt, biegt, malt, jeden Pfosten, jede Schwelle, jedes Brett an Tür und Wand individuell, formt Lieblingsphantasien hinein, umgibt sich mit lauter Sinnbildern seiner Gedanken und Triebe. Übrigens hat Stifter das herrlich ausgesprochen, seine Leute sind so.[11]

10 Berta Molt, geb. Heldmaier, gleichfalls aus Calw, Tochter des Schlossers Georg H. aus der Ledergasse. Ihr widmete Hesse sein im April 1917 entstandenes Gedicht »Im vierten Kriegsjahr«.
11 Der österreichische Dichter Adalbert Stifter (1805-1868).

21. Juli [1917]

Heut in der Stadt, auf dem Weg zum Zahnarzt, nach einer durchgeschlafenen Nacht mit Veronal und schwerem Kopf, hatte ich wieder einmal, wie oft, das Gefühl von Gereiztheit und zugleich Müdigkeit in der Genitalgegend, und war empfindlich gegen alles Weibliche. Junge Mädchen in leichten hellen Sommerkleidern!
Gestern machte ich wieder die alte Erfahrung, wie nach schlaflosen Nächten, bei körperlicher Erschöpftheit, geistig oft eine besondere Empfänglichkeit da ist, wenigstens eine Aufgelegtheit zum Dichten. Abends, bei einer halben Flasche Wein, nachdem meine Frau[12] im Bett war, zeichnete ich noch[13] und schrieb zwei Gedichte[14], nach langer Pause.

22. Juli [1917]

Reste von zwei Träumen:
1. [Traum]: Ich ging mit Mia durch Stuttgart, wir hatten Schlittschuhe mit. Es schien Sonne, aber Teile der Stadt lagen im Nebel, ich deutete dorthin und sagte, das sei die königliche Bibliothek, dort herum sei immer Nebel, und auch beim Schloß selber. (Diese Bibliothek, die ich aus einem früheren Traum her kenne, existiert in Realität nicht.) Dann kam ein mit Eis bedeckter Platz. Mia begann sofort Schlittschuh zu laufen, sehr rasch, gewandt und schwebend, einigemal schwankend, den Boden rasch mit den Händen berührend und sich gleich wieder aufrichtend. Ich war inzwischen damit beschäftigt, meine Schlittschuhe anzuziehen. Dabei hatte ich es mit Gummistücken zu tun, die irgendwie angeschnallt werden mußten, so etwas wie Gummiabsätze oder so, und mit denen ich nicht in Ordnung kam, weil es zweierlei waren, ein altes und ein neues, oder sonst eben nicht zusammenpassende Stücke.
Zur Erklärung: Mia ist meine Frau. Die »königliche Bibliothek«

12 Maria [genannt Mia] Hesse (geb. Bernoulli 1868-1963), die Mutter der drei gemeinsamen Söhne, mit der er von 1904-1923 verheiratet war.

13 Ab März 1916 hatte Hesse erste systematische Versuche zu malen unternommen.

14 Nur eines davon »O brennende Welt« ist überliefert. Siehe H. Hesse, »Die Gedichte«, Frankfurt am Main 1977, S. 420.

muß früher (nicht als Bibliothek mit Büchern, nur als Gebäude) öfter in meinen Träumen vorgekommen sein, ich sehe dabei eine geneigte breite Straße und einen Platz, an dem das Gebäude liegt, nicht sehr weit von Bahnhof und Schloß in Stuttgart entfernt, aber in Wirklichkeit nicht vorhanden, erinnert mehr an *moderne* Städte.

2. Traum: Ich war mit andern (von denen ich niemand kenne, es waren lauter Männer) in einem Restaurant oder Hotel, mit einem dicken, sehr reichen Mann, dessen Gäste wir zu sein schienen. Er wurde aber mehr als komische Figur angesehen. Zwischenein ist es mehr, als seien wir bei ihm in seinem Privathaus: er zeigt uns in einem Wandschrank allerlei Schätze, darunter offenbar auch seltene Bücher, Sachen, die er zum Teil nur vorsichtig und ungern aus [den] Händen gibt. Dann zeigt er (der Raum wird hier wieder Restaurant) eine Art Schere, offenbar ein Vexiergegenstand, gibt sie mir und fragt, ob ich wisse, was das sei. Ich sah, daß die Scherenarme hohl waren, und entdeckte oder erfuhr, daß man daraus, wenn man unten drückte, Wasser spritzen könne. Ferner hing die Schere an einem umsponnenen Draht mit elektrischem Anschluß, damit konnte man reichlicher und mit warmem Wasser spritzen. Ich spritze damit im Lokal herum, was mir Spaß macht. Der reiche Mann erzählt, seine Kenntnis von diesem Spritzen stamme aus einem sehr feinen Hotel; dort habe er sich einst nach dem Geheimnis erkundigt, wie man einen ganz feinen, raffinierten Kaffee mache, und habe dabei erfahren, daß man mit einem solchen Ding den Raum spritzen müsse, gewissermaßen parfümieren. Inzwischen hatte der Mann mit seinem Kameraden etwas Komisches begonnen: einer von ihnen lüpfte ihn in die Höhe, ein dritter nahm ebenso diesen zweiten, ein vierter den dritten, so daß oben der Mann erhöht über dem Getriebe des Restaurants schwebte und schwankte. Daran hatte er offenbar Freude, was ich nicht recht begriff. Ich probierte es und versuchte, den ganzen Knäuel von mehreren Menschen ein wenig zu lüpfen, was mir einen Augenblick gelang, wobei aber alles schwankte und umzufallen drohte. Ich sage ihm das, er aber ist befriedigt und sagt: Ja, es schwanke wohl, aber »im Ganzen« sei man doch dort oben fein dran. Während ich dann die Spritzenschere einer Kellnerin zurückgeben wollte, fühlte ich, daß ich einen meiner Schuhe halb verloren habe und nur noch mit halbem Fuß drin stehe. Ich habe die Absicht, mir den Schuh von der Kellnerin wieder anziehen zu

lassen, was mir erotisch angenehm scheint. Aber wie ich bei ihr stehe, tue ichs nicht, geniere mich und ziehe den Schuh selber an.

Einfälle: Der Mann und seine Begleiter erinnern mich an niemand. Aber das Verhältnis eines ältern dicken Mannes, der andere im Restaurant freihält, kenne ich von einem Basler Buchhändler her, mit dem ich befreundet war und der immer mit uns Billard spielte.[15] Er hatte immer ein paar junge Leute um sich, die er freihielt, schwärmte für Billardspielen und Radfahren, ein guter wohlwollender Mensch, vielleicht leicht homosexuell, da er gerne junge Leute um sich sah, aber jedenfalls auf die dezenteste Weise, wir gaben einander meist nicht einmal die Hand und während der langen Zeit, die ich mit ihm umging, kam mir nie ein Gedanke hieran.

Zu dem Wandschrank mit kostbaren Sachen fällt mir ein: als Kinder hatten wir große Ehrfurcht vor solchen Schränken, vor dem Armoir der Mutter und einem oder zwei Schränken beim Großvater[16], worin seltne, exotische Sachen standen (Missionsfamilie). Ferner besitze ich selbst einen alten Schrank, in dem ich besonders kostbare, das heißt besonders luxuriöse und kostbar eingebundene Bücher stehen habe, die ich früher zum Teil als Liebhaber kaufte, zum Teil von Verlegern bekam. Unter diesen Büchern, die übrigens unverschlossen stehen, sind auch einige wenige Erotika, so das Leben des Casanova.

Jene Schere glich etwas der Lockenschere bei der weiblichen Toilette. Sie erinnert mich an Vexierringe, die man früher auf Jahrmärkten kaufen konnte. Diese Fingerringe sind hohl, und es ist ein Gummiball voll Wasser an ihnen befestigt, den man in der Hand verbirgt. Der Ring selbst hat vorn ein winziges Loch, durch das man, wenn man den Ball drückt, andre bespritzen kann. Als Halbwüchsiger hatte ich für solche Spielereien viel Interesse, überhaupt für Jahrmärkte, Buden und Volksfest-Kuriositäten. Daß ich später nie mehr solche Sachen ansah und mich von allem derartigen fernhielt, lag zum Teil an der Vereinsamung durch

15 Vermutlich Theo Baeschlin. Siehe »Hermann Hesse in Basel«, in: »Hermann Hesse in Augenzeugenberichten«, herausgegeben von Volker Michels, Frankfurt am Main 1991, S. 39ff.

16 Hermann Gundert (1814-1893) Theologe, Indologe und Sprachwissenschaftler, Großvater mütterlicherseits. Vgl. u. a. seine Darstellung in Hesses Märchen »Kindheit des Zauberers«.

Hermann Hesse mit seiner ersten Frau Mia und ihrem Sohn Heiner im Garten ihres Berner Hauses

Onanie und durch Geistigkeit, zum Teil war es wohl schon Folge der Verdrängung, der alle populären Ideale unterlagen.
Zum »raffinierten Kaffee«: es gibt eine Kultur des Kaffees, die ich zwar nicht verstehe, aber schätze und Sinn dafür habe wie für jeden feinen, halbvergeistigten Luxus in materiellen Genüssen. Unter andrem weiß ich oder hörte sagen, daß in Arabien der Kaffee in Mörsern mit Holzkeulen zerstoßen wird und daß die harthölzernen Keulen, die mit der Zeit den feinsten Kaffeeduft in sich aufnehmen, je nach dem Alter zum höchsten Werte steigen, so daß eine solche Kaffee-Keule von 50 oder mehr Jahren Alter die stattliche Mitgift eines Mädchens sei. Ferner: das Geheimnis eines sehr guten schwarzen Kaffees wird oft besprochen, und jedesmal hört man andres, was die Hauptsache dabei sei, das Ganze wird hypothetisch und zu reinen Liebhaberwerten.
Das Einander-Herumtragen der Männer erinnert mich an Knabenspiele, auch an Jahrmarkts- und Cirkus-Szenen, hat etwas roh-Lustiges, gutmütig-Dümmliches an sich, wie alte fidele Bräuche bei zurückgebliebnen Völkern, bei deren Anblick man halb überlegen lächelt, halb aber auch die frische Lebensfreude beneidet, die darin liegt.
Das mit dem Schuh erinnert mich an meine Schüchternheit gegen Frauen. Noch in Locarno dies Frühjahr hatte ich zum Zimmeraufräumen am Morgen ein junges kleines Mädchen, vielleicht sechzehnjährig, ein Bauernkind, der wollte ich immer einmal die Backen streicheln oder sonst eine kleine, leichte Zärtlichkeit antun, konnte es aber nie über mich bringen. Leute, die eine Frau, etwa eine Kellnerin, plump und derb anfassen können, haben mir stets, obwohl sie mir sehr zuwider waren, imponiert. Das Schuhanziehen erinnert auch noch an Schuhgeschäfte, wo das Anprobieren von Schuhen mit Hilfe der Ladendienerinnen manchmal erotische Reize hat.

Ich lese im Casanova. Dieser Mann betrieb das Sexuelle als Hauptsache, ließ nicht nach, bis er jede Frau besaß, die ihm gefiel, und erzählt naiv und stolz, wie oftmal in einer Nacht er coitieren konnte. Übrigens ist er klug, für seine Zeit gebildet und ein anständiger Kerl, nur eitel.[17]

17 Siehe Hesses 1906 erstmals publizierte Erzählung »Casanovas Bekehrung« und seinen Aufsatz »Über Casanova« (1925) in H. Hesse, »Eine Literaturgeschichte in Rezensionen und Aufsätzen«, Frankfurt am Main 1970, S. 110ff.

Ich habe begonnen, meine neueren Gedichte in einer illustrierten Abschrift herzustellen, wobei jedes Blatt oben eine kleine Federzeichnung trägt, zum Teil farbig. Dabei fällt mir wieder auf, wie fast alle meine neuern Gedichte, seit etwa zwei Jahren, in Locarno entstanden sind. Kaum bin ich dort unten, so ist ein eingeschlafner Sinn wieder da, wenigstens ein Rest davon, und eine gewisse Produktionslust stellt sich ein. Mit dem Malen dort war es ebenso.

24. Juli 1917

Heut Nacht eine Reihe von Träumen, von denen mir aber nur äußerst dünne, zerfließende Reste von Bildern geblieben sind. Einmal sah ich aus dem Fenster einer Stadtwohnung nahe gegenüber aus den Fenstern des Nachbarhauses zwei Professoren blicken, ich weiß die Namen nicht.
Später kam ich in einem Gasthaus oder Festhaus in einen Saal, wo irgend eine Feier begangen wurde. Haußmann[18] und Payer[19] waren dabei. Ich wollte sie begrüßen, wurde aber von einer Frau, die mich empfing, beiseite geführt, so als störe ich, und im Nebenraum bei den Kindern untergebracht. Einer der Gäste erinnerte mich zuerst an Dr. Trog[20], schien aber ein Missionar oder andrer Frommer aus dem Verkehrskreis meines Vaterhauses zu sein.
Heut früh – ich mußte wieder zum Zahnarzt – ging ich auf der Straße ein Stück hinter einer hübschen jungen Frau, die in einem ärmlichen Morgenschurz einen Ausgang machte in der Nähe ihrer Wohnung. Feste gesunde Figur, die Schürze knapp über den Formen, weiße Unterkleidung da und dort vorschimmernd. In der Haustür blieb sie einen Moment stehen und sah mich an, als habe sie meine Blicke gespürt ... *

18 Conrad Haußmann (1857-1922), Rechtsanwalt und Reichtagsabgeordneter, seit 1908 mit Hesse befreundet. Politischer Mitarbeiter der Zeitschrift »März«, München.

19 Friedrich Payer (1847-1931), Mitglied der (südd.-demokr.) Deutschen Volkspartei und des Deutschen Reichstags, von 1917-1918 deutscher Vizekanzler.

20 Hans Trog (1864-1928), Kritiker und Essayist. Redakteur der »Allgemeinen Schweizer Zeitung«, Basel, der Hesses erste Buchbesprechungen veröffentlichte. Später Kulturredakteur der »Neuen Zürcher Zeitung«.

* Hier fehlt eine Seite in dem von Ninon Hesse durchgesehenen Typoskript.

26. Juli [1917]

Zwei Träume

1. Ich war in England, zusammen mit zwei andern, die ich nicht bestimmen kann. Wir standen hinten auf einem Trambahnwagen. Es war in der jetzigen Kriegszeit, also lebensgefährlich. Ein Mann, der mit andern neben uns stand, macht diese auf uns aufmerksam, sagt ihnen vermutlich, daß er uns für Deutsche halte. Jedenfalls spricht er sichtlich despektierlich über uns und deutet dabei mehrmals mit dem Finger auf uns. Dadurch gereizt, erwidere ich es, indem ich auf ihn deute, mit übertriebener Gebärde. Er nähert sich drohend, ich sage ihm (während ich mein miserables Englisch als lebensgefährlich empfinde): don't make that! (Tun Sie das nicht!), womit ich meine, er solle seine Mordpläne nicht ausführen. Weiter weiß ich nichts mehr, nur daß ich (wohl auch von der Tram aus) von oben auf eine belebte Straße sah, wo auch viele Soldaten gingen. Es fiel mir auf, daß alle die Leute dem äußern Aussehen nach gerade so gut Deutsche sein konnten, es war jedesmal fast verwunderlich, sie englisch reden zu hören ...*

Ich empfand, daß diese Menschen ganz gleich seien wie wir und daß ihr Haß gegen mich, wie aller Nationalhaß, unnatürlich sei. Einfälle dazu habe ich nicht. In England war ich nie. Die englische Sprache lernte ich nie richtig, fühlte aber eine Begabung dazu, und bedauerte es oft, wie ich überhaupt zum konsequenten Lernen fremder Sprachen nie die Energie hatte.

2. An einem Fremdenort, halb wie im Gebirg, halb wie im Süden. Es war alles überfüllt, ich mußte in einem andern Hotel wohnen als meine Frau. Im Hotel meiner Frau, wo der ganze Traum spielt, ist alles etwas lieblos und schäbig, richtiger Fremdenbetrieb, mir sehr zuwider. Ich hatte das Gefühl, es sei etwa zwei Uhr Mittags, aber es wurde schon dunkel, ich sagte das jemand, und daß ich mich nicht erinnern könne, schon zu Mittag gegessen zu haben. Ich beschließe Abreise, packe. Dann fällt mir ein, ich könnte die Rechnung meiner Frau bezahlen, um sie damit zu überraschen. Ich habe damit viel Mühe, stehe lang an einer Art Schalter, wühle in einer Banknotentasche, in der ich nichts finde; dann fällt mir ein, daß ich ja Gold mithabe, ich suche im Portemonnaie und

* Hier fehlt 2/3 einer Seite in dem von Ninon Hesse durchgesehenen Typoskript.

finde eine Anzahl Goldstücke, darunter einige ausländische, die oval und sonst ungewöhnlich geformt sind. Ich frage, was dies Goldstück (ein englisches) gelte. Er sagte: 60 Franken, mir schien das viel zu wenig, ich schimpfte, beruhigte mich aber wieder und ließ es gelten. Dann stieg ich die Treppe hinauf zu meiner Frau, es eilte, wenn wir noch auf den Zug wollten. Eine Hausdienerin unterwegs auf der Treppe meint, ich sei ein ankommender Fremder, ruft dem Knecht, er solle mich hinaufführen und mir Zimmer zeigen. Ich schimpfe und sage, in diesen verfluchten Saukasten würde ich gewiß nimmer kommen. Auf der Treppe waren Hindernisse, die Treppengeländer standen wie Kulissen und Befestigungen einwärts, dem Hinansteigenden entgegen. Endlich bin ich oben, finde meine Frau in ihrem Zimmer, halb weinend, dann wieder vergnügt und mich tröstend. Ich bin sehr deprimiert, weil wir nicht mehr fort können, es fällt mir ein, daß ja mein eigener Koffer (der in einem andern Hotel ist) noch nicht gepackt ist. Auch ist es mir peinlich, noch hier zu sein, nachdem ich im Hotel über alles so geschimpft hatte. Wir gehen zu einer Mahlzeit, es ist ein Kommerzienrat aus meiner Heimat dabei. Er fragt mich nach dem Süden und erinnert scherzend an irgend eine Ulkerei, die ich dort getrieben habe und die etwa darin bestand, daß ich mit Kameraden aus südlichen Städten her um Geld gebettelt habe, wohl für einen andern Zweck als den wirklichen, denn wir verbrauchten es selber. Dieser ganze letzte Teil des Traumes ist sehr undeutlich.
Einfälle: Das Hotel, in dem meine Frau ist, erinnert mich an eines, das ich auch nur aus Träumen kenne, das aber oft in frühern Träumen vorkam; es ist ein kleines, unfreundliches Touristenhotel in Italien oder auf dem Weg dahin. – Der Entschluß abzureisen, ist charakteristisch für mich. In jedem Zustand von Ermüdung, Schlaflosigkeit und Nervosität, der mich auf Reisen überfällt, ist mein erster Gedanke: Flucht! Ich habe das hundertmal praktiziert, manchmal bin ich von Reisekameraden weg morgens mit dem ersten Frühzug abgefahren. Die Abneigung gegen Hotels und Reisebetrieb hängt zusammen mit meiner hochentwickelten Phobie vor Schlaflosigkeit und mit dem Gefühl des Übervorteiltwerdens. Daran erinnert mich auch die Sache mit der Rechnung. Daß ich sie für meine Frau zahle, kommt daher, daß öfters meine Frau im Sommer kurz in den Bergen war, ohne mich und auf eigene Rechnung, und daß ich ihr dazu manchmal zu ihrem Geburtstag,

der im Sommer ist[21], Geld geschenkt habe. Sonst aber erinnert mich die Rechnungszahlung wieder an mein abhängiges und unfreies Verhältnis zum Geld, das ich verachte, während ich es doch mit Geiz spare und auch häufig gestohlen habe. Dazu weiß ich nichts Neues, wir sprachen oft davon.

4. August [1917]

Traum-Fragmente:
In einem Garten, der dem meinigen hier in Bern gleicht (vorher war auch einer meiner Söhne dabei), ist außer mir mein Vater[22] und meine älteste Schwester.[23] Ich sehe in einem Weg, hinter Buchs halb verborgen, einen Vogel stehen, später weghüpfen, und mache meinen Vater auf ihn aufmerksam. Der Vogel ist sehr schön und farbig, mit einem großen bunten Schwanz. Mein Vater und meine Schwester gehen ihm nach, aber zu rasch, ich mahne sie, vorsichtiger zu sein, der Vogel hüpft auf dem Weg weiter. Später sagen sie, ich solle nicht schießen, ohne daß ich weiß, ob ich das im Sinn hatte.
Außerdem mehrere erotische Träume, von denen nur kleine Bruchstücke noch da sind.

5. August [1917]

Es nimmt mich Wunder, wie lange ichs noch treibe. Dieser Zustand, der sich seit Jahren mehr und mehr zum Unerträglichen und Wahnsinn verdichtet, bringt vielleicht doch noch den Selbstmord. In Zürich verabredete ich mit Dr. Lang, daß ich ans Zeichnen oder Malen gehen solle, und nahm mir auch sonst vor, möglichst viel der Analyse zu leben – hier probiere ichs nun, und es geht und geht eben nicht. Mit dem Zeichnen am wenigsten. Im Ganzen ist mein Zustand der: ich lebe in einem Mangel an Gedanken und an Gedächtnis, den ich bei einem andern für idiotisch erklären würde; ich bringe den Tag mit Kleinigkeiten hin, lese mit

21 Hesses erste Frau wurde am 7.8. (1868 in Basel) geboren.
22 Johannes Hesse (1847-1916), Missionar in Indien und Leiter des Calwer Verlagsvereins.
23 Adele Gundert (1875-1949), die 2 Jahre ältere Schwester des Dichters.

Wichtigkeit die Post und Zeitung, arbeite etwas im Garten, Momente des Wohlseins verdanke ich der Cigarre und abends dem Wein. Morgens ist der Zustand am elendesten, kein Gedanke möglich, alles Stumpfheit und Ekel.
In Zürich sprach ich einen Abend mit dem Komponisten Wolff-Ferrari[24], der samt seiner Frau bei jener Miß M. und auch mit Dr. [C.G.] Jung[25] Analyse treibt. Er lebt ganz darin (war allerdings nie mit körperlichen Symptomen krank), und es gelingt ihm, dauernd intensiv an der Analyse tätig zu sein. Er ist seiner Arbeit etwas entfremdet, dafür zeichnet er fleißig, und ist von einer Ruhe, Gelassenheit und Unanfechtbarkeit durch äußere Dinge, die man nur beneiden kann. Ich habe das Gefühl, auch ich müßte irgendwie soweit kommen können, sei aber noch weit davon, den Weg dazu gefunden zu haben.
Aus einem dicken Knäuel von Träumen, aus denen eine nicht ausdrückbare Symbolik mit nachklingt, kann ich jetzt bei trübem Kopf nur ein winziges Fragment retten:
Ich bin krank, ein Arzt nimmt mich in Behandlung, wobei ich drüber erstaunt bin, daß er zu physischen Mitteln greift. Er umwickelt mir Brust und Schultern mit Schläuchen, die erwärmt scheinen, nachher heißt er mich in eine Kammer auf ein erwärmtes Kissen stehen, während von beiden Seiten aus der Wand und aus metallenen Stäben elektrische Ströme blitzen und krachen. Ich reguliere die Ströme durch Verschieben der Stäbe, das Ganze ist wie eine Dusche von Elektrizität.
Dazu fällt mir ein:
Der Arzt ist eine Figur, die ich kenne, ein Berner Herr etwa in meinem Alter, elegant und weltmännisch, hellblonder Bart, ich halte ihn für einen Ingenieur, nervös und temperamentvoll, aber angepaßt, Gegenteil von mir. Ich kenne ihn von einem Flug her, den ich vor Jahren mit dem Aviatiker Bider[26] machte – da war dieser Herr mein Nachfolger. Neulich sah ich ihn, bei der Heimkehr aus Zürich, auf dem Berner Bahnhof an mir vorübergehen.

24 Ermano Wolff-Ferrari (1876-1948), in Venedig gebürtiger deutsch-italienischer Komponist, Direktor des Konservatoriums in Venedig und Lehrer am Salzburger Mozarteum, Erneuerer der Opera buffa.

25 C.G. Jung (1875-1961), Psychotherapeut, Lehrer und Kollege von Hesses Arzt Dr. J.B. Lang.

26 Oskar Bider (1891-1919), Schweizer Flugpionier, mit dem Hesse 1913 einen Rundflug über Bern machte. Vgl. Hermann Hesse, »Luftreisen«, herausgegeben von Volker Michels, Frankfurt am Main 1994.

Zu dem Umwickeln mit Schläuchen, das etwas Angenehmes hatte, fällt mir eine kurze Kur ein, die ich früher einmal bei Dr. Gräter in Basel anfing und die, wie so viele, ohne Erfolg blieb. Dieser Arzt arbeitete ein wenig mit Hypnose, doch ziemlich oberflächlich, und hatte einige Ahnungen vom Analytischen, doch lief es, da die Offenbarungen ausblieben, auf ein wenig Massieren etc. hinaus. Unter andrem umwand er mir jedesmal den ganzen Kopf fest mit einer Gummibinde, und wenn später die Binde abgenommen wurde, gab es ein wohliges Gefühl von erhöhter Zirculation in der Kopfhaut. An das erinnern mich die Schläuche, und auch an die Behandlung in der Sonnmatt[27] mit Diathermie, gegen die kalten Füße.

6. August [1917]

Nach einem trostlosen Tag gestern hatte ich heut Nacht sehr viele Träume. Als ich morgens ziemlich früh erwachte, konnte ich davon nichts mehr finden als die Gestalt meines Freundes Schädelin.[28] Er spielte in den Träumen eine Rolle, und zwar war er im Besitz von etwas Wertvollem, Rassigem, was mir in der Erinnerung bald wie eine Anzahl hölzerne Stäbe oder Ruten, bald wie Zeichnungen, bald wie Knaben erscheint. Vielleicht war es das alles, ich habe oft ähnliche Träume, wo Bilder gleichsam übereinander photographiert sind, was die Erinnerung erschwert.
Nach diesem Erwachen schlief ich morgens nochmals ein, und aus diesem kurzen Schlaf von kaum einer Stunde habe ich folgende Traumbilder –
Es war Abend, ich spazierte mit Freund Schoeck[29] bergan durch eine waldige Hügellandschaft, hinter uns wurde eine Schubert-Symphonie gespielt, deren Klänge im Wegschreiten immer schwächer wurden. Ich bedauerte das und sagte zu Schoeck: diese Symphonie könne er ja oft hören oder dirigieren, ich aber nur selten. Wir gingen weiter, Schoeck sagt mir, daß er morgen fort-

27 Im April/Mai 1916, zu Beginn in der Luzerner Klinik wurde Hesse auch elektrotherapeutisch behandelt.

28 Walter Schädelin (1873-1953), Forstwissenschaftler und Professor an der ETH Zürich, nächster Freund Hesses in Bern.

29 Othmar Schoeck (1886-1957), schweizer Lieder- und Opernkomponist, mit Hesse seit 1911 befreundet.

reise, und zwar »ins Vogtland«. Das tut mir sehr leid. Wir kommen in eine Art Steinbruch oder Kiesgrube, hinten ein Haus oder Hütte, vorn einige große Lachen oder Pfützen mit stehendem Wasser. In eine davon springt Schoeck hinein, wie um sich zu baden. Hier werden die Bilder zum Teil verschwommen – Schoeck ist bald bekleidet und steht nur mit den Schuhen im Wasser, bald ist er nackt. Ich merke, daß ich Kot in den Hosen habe, setze mich auf eine Art Abtritt, suche es in Ordnung zu bringen, Schoeck und noch ein Freund (nicht erkennbar) sehen lachend zu. Wir kommen, beide nackt, an dem Mann vorbei, der hier wohnt, und an seiner Frau, sie lächeln nur.
Jetzt wird die Szene unklar, der Ort verändert sich. Ich bin, als Angestellter oder Gehilfe, in einem Geschäft, das zuerst eine Buchhandlung scheint (ein früherer Kollege von mir sitzt wie einst am Bestellbuch), dann mehr wie ein Laden. Ich avanciere zu etwas, ich glaube zum Kellner. Ein Mann schließt mit mir einen Kauf ab, ich...*
Einfälle zum Schoeck-Traum:
Sch[oeck] ist einer meiner liebsten Freunde. Ich hoffte neulich in Zürich ihn zu treffen, doch war er nicht da. Im Traum bedaure ich die Nachricht von seiner Wegreise mit dem Gefühl: wenn man es einmal schön haben könnte, kommt doch immer gleich was dazwischen! Mit Schubert hat Sch[oeck] als Musiker sehr nahe Verwandtschaft. Jene Symphonie gehört zur schönsten Musik, die ich kenne. Auffallend ist, wie in diesen Träumen wieder nackte Männer kommen; Anklänge erotischer Empfindungen habe ich nur bei Schoeck. Schoeck ist in Wirklichkeit sehr dezent und schamhaft. Zur Kotszene fällt mir die Kinderlust an solchen Dingen ein, ich mußte mit der Hand Kot aus den Unterkleidern entfernen.
Zum Geschäftstraum fällt mir ein, daß 10 Prozent das für Kellner übliche Trinkgeld sind. Ferner denke ich an Geldentwendungen in frühern Geschäften, mit Angstgefühl; einmal hatte ich dabei mehrere Fünfliber[30] in der Westentasche. Das kleine Mädchen gleicht einem, das in meiner Nähe wohnt, hellblond und rotbackig, robust-hübsch, aber jünger als das im Traum. Auch fällt mir dazu Casanova ein, ich las, wie er einem auf einer Leiter stehenden Mädchen die Genitalien betastet.

* Hier fehlt eine halbe Seite in dem von Ninon Hesse durchgesehenen Typoskript.

30 Fünf-Frankenstücke.

Die Tessinerin ist die, mit der ich in Locarno etwas flirtete. Sie hat in Wirklichkeit ein lahmes Bein, im Traum nicht. Der Italiener erinnert mich an Typen wie man sie unter Arbeitern trifft, nicht sympathisch, eher häßlich, individualisieren kann ich ihn nicht.

10. August 1917 (Tag nach Luzern)

Beim ersten Erwachen heut früh, vielleicht um 5 Uhr, erinnerte ich mich an mehrere Traumbilder, die alle im allgemeinen Stimmungen von gestern variierten und seltsam befriedigend nachklangen. Vor allem spielte das Lachen eine Hauptrolle, ein kinderhaftes, lautes, triebhaftes, befreiendes Lachen. Ferner sah ich am Horizont rote Haare oder rote zackige Flammen, mit freudiger Bedeutung. Alle diese Bilder waren lustbetont.
Eine oder anderthalb Stunden später, als ich wieder erwachte, herrschte schon die Morgen-Ernüchterung wieder vor, auch hatten sich Reste aus andern Träumen dazwischen gemischt. Unter anderm ging ich mit meinem zweiten Söhnlein[31] zum Rodeln, in einer Stadt, die zum Teil an meine Heimat erinnerte; auf einer abschüssigen Straße fuhren Leute auf kleinen Schlitten, wir wollten auch dort fahren, dann beschloß ich aber, weiter bergan zu gehen, wo ich eine längere Bahn vermutete. Ich glaubte, mein Bub sei unten geblieben, und oben bei der Kirche verlor sich die Schlitten-Absicht, ich sah meinen Vater gegen die Kirche hin gehen, es war Nachmittag, und es schien mir wahrscheinlich, daß er drinnen eine Predigt halten werde. Ich ging in die Kirche, aber nicht in den eigentlichen Kirchenraum, sondern in Nebenräume, ich glaube im untern Teil des Turmes. Plötzlich stand mein Bub wieder bei mir, erzählte, er sei mir nachgegangen, die andern hätten ihn abhalten wollen, er sei aber doch mir gefolgt. Es ist deutlich mein zweiter Knabe, hat aber Züge vom dritten[32] und ist jünger und schwächer als in Wirklichkeit. Rest undeutlich.

31 Heiner Hesse (* 1909 in Basel)
32 Martin Hesse (* 1911 in Gaienhofen)

11. August [1917]

Heut Nacht lauter auffallend sanfte, eindruckslose Träume, ich habe nur einen Nachhall davon. Unter andrem kam der Gedanke vor, daß ich mich herumtreibe, während ich zuhause in meinem Zimmer einen Hund eingeschlossen habe, der hungere. Der Vergleich mit dem vernachläßigten Unbewußten liegt nahe. Aber auch dieser Traum war ohne Affekte oder starke Bilder, es sind nur noch Schatten davon da.

Gestern fing ich an, einige meiner frühern Träume zu malen, das heißt kolorierte Illustrationen dazu zu machen. Analytisch sind diese Bildchen nicht, sie zeigen mehr das Gemeinverständliche an jenen Träumen. Mein Spieltrieb nimmt ja immer diese Richtung auf das Geformte, Gemünzte, Mitteilbare. Es fällt mir ein, daß das schon früh in meinen Knabenjahren der Fall war. Da pflegte ich oft darüber zu klagen, daß alles, was ich tue, doch »keinen Wert habe«. Und wenn ich, wie so oft, an Langeweile litt, und man mir sagte, ich solle doch eine Burg bauen, ein Haus zeichnen oder so etwas, dann war ich trostlos darüber, daß das alles ja bloß gespielt sei, bloß subjektiven Wert habe und Kinderei bleibe, daß ich nicht Burgen bauen und Zeichnungen machen könne, die allgemein gelten und auch von den Erwachsenen anerkannt werden könnten. Aber was man in der Jugend wünscht, hat man im Alter die Fülle.[33] So ging es mir später, indem die öffentliche Anerkennung und »Berühmtheit« sehr bald für mich etwas wurde, was ich nur in Anführungszeichen schreiben kann, etwas lächerlich Unwirkliches und Wertloses. Und doch muß in mir ein großes Verlangen nach Geltung bei anderen sein, darauf weisen so viele Symptome.

Sonntag 12. August [1917]

Heut Nacht im Traum kam der Name Miß Cormick vor, er wurde geschrieben und buchstabiert. Ich hatte ihn früher immer falsch verstanden und dachte, er heiße etwas Macolnic oder so. Nachher kam im Traum unter verschiedenen Bildern (bald als Straße, bald als Gesicht, bald in der Bedeutung einer Ferienzeit oder einer Kur)

33 Eine von Hesse häufig zitierte Sentenz Goethes.

etwas vor, was Enttäuschung ausdrückte. Es wurde offenbar auf Miß C. bezogen, ich legte es mir so aus, daß eine Kur bei Miß C. oder nach ihrer Methode so sein würde wie jene Straße (Gesicht, Kur etc.), nämlich auf den ersten Anblick ganz einleuchtend und hübsch, dann aber durch irgend eine Schwäche, eine gar zu glatte Gradlinigkeit enttäuschend und ohne rechten Wert.
Im übrigen ist heute wieder der Teufel los. Der kleine Aufschwung von neulich ist wieder weg, die Träume bleiben aus, die guten Gedanken auch, dazu kaltes Regenwetter, ich sitze und friere und bin wütend über die Kinder, die unter mir Lärm machen. Für sie, meine Frau und die Nachbarn bin ich seit langer Zeit der Sonderling und verrückte Kerl, der immer zu schimpfen hat. Diese Besessenheit, die meiner Familie das Leben verdirbt, beruht auf meiner völligen Unfähigkeit, mit den andern zu leben. Ich sehe sie alle in einem natürlich heitren Lebensgefühl ihre Tage hinbringen, bloß mir wird jede Stunde zur Qual.
Das Fatale ist: je mehr ich mich besinne, wann dies Unwesen wohl angefangen habe, desto mehr finde ich, daß es schon in den frühsten Kinderzeiten da war, nur damals als Ausnahme, während es jetzt ständig geworden ist. Im Alter von etwa vier Jahren unterlag ich furchtbaren Zornanfällen, die sich zum Teil gegen mich selber richteten.

Montag 13. August [1917]

Ich habe das Gefühl, mein Schlaf bestehe zur Zeit ganz aus einem Gewirr und Gefilz von Träumen, von hunderten vielleicht. Beim Erwachen sind lauter kleine Reste davon noch da, wobei es mir scheint, es gehe grade das eigentlich Bedeutsame verloren, es bleibe mehr das Allgemeinere, Gröbere zurück.
Reste von Träumen aus dieser Nacht: Es handelte sich, in verschiedenen Situationen (die wohl auch verschiedenen Träumen angehören) immer darum, daß ich auf den Bahnhof mußte, einmal sollte es zusammen mit meinem ältern Stiefbruder Karl[34] sein. Ich war irgendwo, ich glaube in Stuttgart, und sollte in meine Vaterstadt[35] zurück. Es ist zehn Minuten nach elf. Ich sage, der Zug

34 Karl Isenberg (1869-1937), zweiter Sohn aus Marie Hesses erster Ehe mit dem Missionar Charles Isenberg.
35 Calw im Nordschwarzwald.

gehe um zwölf Uhr zehn Minuten, man sagt mir, nein, um zwölf Uhr. Ich glaube nah bei der Bahn zu sein, als ich aus dem Haus trete, fällt mir aber ein, daß ich noch in einem andern Haus mein Gepäck und Kleider habe, auch sah ich, daß zwischen hier und jenem Haus ein hügeliger Stadtteil lag. Eilig strebte ich den Hügel hinan, es ging durch ganz neue Anlagen, ziemlich steil, die Anlagen gehörten zu einem neu gebauten großen Ding, Institut oder so, und führten in Terrassen bergan, zuletzt ging es durch einen alten Friedhof (das war der Name, von Gräbern etc. sah man nichts), wo einige Soldaten auf Wache standen.

Noch früher im selben Traum liegen, glaube ich, diese Bruchstücke: Ich sehe eine Menge alter Bücher an, um mir was davon auszuwählen, es sind offenbar Sachen von meinem Großvater, ein Raum nebenan saalartig wie der »Saal« in meines Großvaters und unserer Wohnung.[36] Außer den Büchern waren dort auch große Pakete oder Rollen mit exotischen Sachen drin, mir schien, es waren z. B. Modelle eines Löffels voll Reis, eines andern Löffels voll einer ander Speise (Curry?) usw. Ein Teil der Speisen schien mir verdorben und erregte Ekel.

Hierzu fällt mir ein: Die Bücher meines Großvaters sind in Wirklichkeit vorhanden und haben eine Rolle in meiner Jugend gespielt, einmal als Bibliothek, aus der ich meine Jugend hindurch Lektüre schöpfte, später als begehrenswerter Gegenstand, wovon ich mir hie und da ein Buch, ohne jemand zu fragen, aneignete. Es waren alte, zum Teil seltne und kostbare Bücher, viel Romane und Dichter aus dem 18. Jahrhundert, auch ausländische Literatur. Dort lernte ich Claudius, Hamann, Gellert, Engel, Weiß und viele andre Dichter des 18. Jahrhunderts früh kennen, einige der Bücher habe ich noch.

Die Eß-Sachen erinnern mich an Sammlungen indischer und auch sonst exotischer Art, die in unsrem Hause (ein großer Teil der Familie gehörte der Heidenmission an und war in Indien etc. gewesen) waren. Auch indische Speisen bekamen wir öfter, wovon Reis mit Curry (Gewürzsauce) stets mein Lieblingsessen war. Auch wurde uns von den Ceremonien des asiatischen Essens manchmal erzählt, z. B. daß an einem reichen Brahmanen-Tisch den Gästen stets zehn, ja mehr als 20 Arten von Curry vorgesetzt werden. Auch die Chinesen essen so, daß es eine große Menge

36 Im Haus des Calwer Verlagsvereins, Bischofstraße 4, das die Familie Hesse ab 1886 bewohnte.

winziger einzelner Gerichtchen gibt, aber von keinem viel. – Zu den verdorbnen Speisen fällt mir ein, was ich gestern in einem Roman von Hamsun las[37]: von einem uralten Mann, der kindisch und vertiert im Bett liegt und halb verfault zwischen Speiseresten und eignem Unrat.
Noch ein Traum. Nach ersten Erwachen schlief ich nochmals eine halbe Stunde. *Traum*: Ich war, mit Max Bucherer[38], Molt und andern Freunden, die sich abwechselnd zeigten, in einer Art von Theater. Es ging Treppen auf und ab, auch Kinder waren dabei. Manche Leute, darunter auch Freunde von mir, krochen ins obere Stockwerk durch enge Röhren hinauf (etwa wie Ofenrohre oder Dachrinnen), die ich für mich zu eng fand. Im Theater, das eine Mischung von Ernst und Variété schien, trat ein ungeheuer dicker, klotziger Mensch als Geiger auf, er saß tief in einer Art von mächtigem Clubsessel, dirigierte zuerst und fing dann an zu geigen. Offenbar war er eine Berühmtheit, doch fand ich nichts Besonderes an seinem Spiel. Er begann ein Stück, das eine Spezialbearbeitung der »Forelle« von Schubert schien; nach einigen Takten unterbrach er sich, um nach Art der Komiker und Clowns einige stimmungmachende Worte zu sagen, in halb bayrischem Dialekt. Darin nahm er plötzlich Bezug auf mich, so als habe er mich im Theater bemerkt. Er sagte so etwas wie: da hört auch der Hesse auf – was bedeuten sollte, daß das, was er da darbiete, so poetisch und herrlich sei, daß andre Künstler daneben verstummten, natürlich als komische Bemerkung gemeint. Ich war verlegen und reagierte nicht darauf, kurz nachher aber, es war eine Art Pause, kam ich in die Nähe des Geigers, er fragte mich, ob ich jenen riesigen indischen Tempel gesehen habe. Ich sagte, nein, der sei auf Java, ich sei nur auf Sumatra[39] gewesen und habe dort nur kleinere Tempel gesehen.
Einfälle zum Theatertraum:
Der dicke Geiger, der auch im Traum Gürtler hieß und eine Art Variétégröße war, ist offenbar aus zwei Gürtlern der Wirklichkeit komponiert. Der eine, Danny Gürtler, war ein Variétéheld, den

37 Knut Hamsun, »Die Stadt Segelfoß« 1915, deutsch: München 1916.

38 Max Bucherer (1883-1974), mit Hesse seit 1903 befreundeter Schweizer Maler und Graphiker.

39 Im Verlauf seiner Indonesienreise kam Hesse am 4. 10. 1911 nach Sumatra, wo er sich ca. 3 Wochen aufhielt. Vgl. Hermann Hesse, »Aus Indien«, Frankfurt am Main 1980.

ich nie sah, von dem ich aber oft hörte, er nannte sich den »König der Bohème« und pflegte, wie der Mann im Traum, seine Vorträge durch direkte Anrufe ans Publikum zu unterbrechen, ein Kerl von witzigem Zynismus und einem gewissen selbstverachtenden und doch stolzen Zigeunertum. Ferner gibt es einen Wiener Sänger Gürtler, den ich nie singen hörte, aber in St. Moritz kennenlernte. Er gleicht dem im Traum, ist groß und dick und auffallend. Ich sprach wenig mit ihm, er ging in St. Moritz im Hotel auf mich zu und sprach mich an, indem er mich zu seinem Liederkonzert einlud, in dem unter andrem ein Gedicht von mir vorkam, das ein ihm befreundeter Züricher Musiker komponiert hatte. Das Gedicht hieß der »Trinker«[40], und Gürtler rühmte sehr, wie der Komponist die »morbide« Stimmung getroffen habe. – Zu den Tempeln: der Tempel, den er meinte, ist ein ungeheurer Buddhatempel auf Java, den ich in Natur nie gesehen habe. Die Tempel spielten auf meiner indischen Reise überhaupt keine große Rolle, da ich ja nicht im alten Kultur-Indien reiste, sondern im naiven malayischen Gebiet, wo alles primitiv ist.

Der ganze »Gürtler« mit seinem Milieu von Variété und seiner einesteils zynisch-grotesken Künstlermaske, andernteils einer gewissen wirklichen Bohème und hanswurstiger Weltverachtung erinnert mich an die Welt der Salon-Pessimisten und Kunstzigeuner, die ich meist wenig achte, die aber Erscheinungen wie Heine, Verlaine und andre große Dichter hervorbrachte. Das Groteske, Phantastische, zwischen Kunst und Verblüffungstrick Schwebende überhaupt hat mich zu Zeiten, meiner Kunstmoral entgegen, angezogen. Schließlich ist ja die ganze Welt der Bühne so, ein Kompromiß von Flitter und Gold, von Schwindel und Echtem. Dem allem gegenüber war ich mit den Jahren mehr und mehr ablehnend und gleichgültig geworden. Die Art, wie auf der Bühne sich der Künstler direkt ans Publikum wendet, wie er Beifall sucht und um ihn wirbt, wie die groben Mittel wirken, ist mir immer zuwider gewesen. Hingegen hatte das Theater in der Jugend für mich noch den Reiz des Seltsamen, Weltlichen, auch Verbotenen. Heute ist meine Stellung etwa die, daß ich im Ganzen fast nie ins Theater gehe, etwa alle Jahr einmal, daß ich das Schauspiel gar nicht liebe, aber die Oper und jenen Teil des Theaters, der nicht Wirklichkeit imitieren sondern frei phantasieren will, liebe.

40 Gleichnamiges Gedicht von Hesse (ca. 1901 entstanden). Siehe Hermann Hesse, »Die Gedichte«, Frankfurt am Main 1977, S. 106 f.

14. August 1917

Traumstücke:
Ich bin bei dem Schriftsteller I. C. Heer[41], zwei hübsche erwachsene Töchter sind da und empfangen mich in Abwesenheit der Eltern. Sie sagen, der Vater müsse mich bestimmt noch sehen. Die eine, die mir gegenüber sitzt, sehr hübsch, lockt mich sehr, ich spiele mit meinem Fuß um ihren Rocksaum und ihre Waden, erotische Erregung. Indessen trete ich nach einiger Zeit auf die Straße hinaus, bleibe dort eine Weile stehen, es ist halbdunkel, einzelne Häuser, sonst eher wilde Gegend. Ich sehe unter mir bei einem Baum oder Stab häufig etwas zucken, das sind Schüsse, ich weiß, daß Schützen in der Nähe sind. Plötzlich merke ich, daß es da und dort um meinen Kopf pfeift und ich zwischen Schüssen stehe, ich blicke gaßaufwärts, da winkt mir einer, ich solle doch beiseite gehen. Ich gehe zur Seite, in den Schutz der Mauern, aber ich gehe nach der entgegengesetzten Seite als wo das Haus Heers liegt. Eine der Töchter kommt nach mir zu sehen, ich laufe ihr entgegen und warne sie vor den Kugeln. – Nachher sind wir wieder im Haus, die Eltern Heer sind da, er sagt, er sei froh, mich noch anzutreffen. Er ist größer, aufrechter, hübscher und jünger als in Natur, auch bedeutender von Ansehen und weniger schwerfällig im Reden. Die Frau tritt gar nicht in Aktion. Dagegen ist nach einer Weile auf einmal der Dichter Emil Strauß[42] dabei. Jetzt sieht Heer wieder anders aus, er hat einen auffallend gelbblonden Bart. Es scheint, wir sind im Süden. Strauß fragt mich, wo die Madonna del ponte sei. Ich entschuldige mich, ich wisse gar nicht recht, wo wir seien. Wir waren soidisant in Locarno, mit Anklängen an andre Gegenden, alles recht unklar. Kurzes Gespräch, ob eine gewisse Kirche in der Nähe der Dom (Strauß sagt »Münster«) oder die Ponte sei.
Morgentraum: Ich steige, auf Ski, einen Berg hinan, ähnlich wie auf Alp Giop über St. Moritz. Ich habe das Gefühl, nach langer Zeit zufällig einmal wieder im Gebirg zu sein, und es scheint mir, ich habe die Ski nur zufällig heut angezogen, unten sei meine Frau, die darüber überrascht sein würde. Einige Leute zeigen sich weiter

41 Jakob Christoph Heer (1859-1925), Schweizer Erzähler und Verfasser populärer Romane; bis 1899 Feuilletonredakteur der »Neuen Zürcher Zeitung«, danach bis 1902 Schriftleiter der Zeitschrift »Gartenlaube«, Stuttgart.
42 Emil Strauß (1866-1960), mit Hesse seit 1903 befreundeter Schriftsteller.

unten. Ich fahre eine Strecke weit, mit unsicherem Gefühl auf den zu lockeren Skiern stehend, balanciere mich aber so durch. Die Fahrt geht ziemlich rasch, bei kleinen Hügeln entstehen größere Sprünge als je in Wirklichkeit, ich lenke die Ski mehr in der Art wie ein Rodelschlitten, erfreut und etwas erstaunt darüber, daß es so gut ging. Unten stand irgendwo »Weg von Bern«, ich kam gegens Dorf, meine Frau erschien. Rest undeutlich, es handelte sich um ein Reklamebild in einem Hotelgarten.

Einfälle: Heer ist ein Romanschreiber, den ich als solchen nicht schätze und nicht lese, aber als Mensch und Charakter hat er etwas Sympathisches, Aufrichtiges, obwohl schwerfällig. Ich sah ihn seit Jahren nimmer, wechselte aber diesen Sommer in einer Angelegenheit einen Brief mit ihm und hatte Freude an ihm. Neulich in Rüschlikon[43], wo er wohnt, wollte ich ihn besuchen, traf ihn aber nicht daheim. Er hat eine Tochter, die mir vor Jahren, als sie noch ledig war, einmal einen Nachmittag lang sehr gefiel, gesund und frisch mit viel Liebreiz. Jetzt ist sie längst Frau eines bekannten Bildhauers. Emil Strauß ist einer der heutigen Dichter, die ich besonders schätze, bin auch mit ihm nah bekannt. Er ist elf Jahre älter als ich und galt mir stets als eine Art vorbildlicher Mann, sehr reinlich, treu und charaktervoll in seiner Kunst, schreibt ein sehr klares, famoses Deutsch. Er ist übrigens krank, wollte diesen Sommer in die Schweiz kommen, ich sollte ihm helfen, die Erlaubnis zum Verlassen Deutschlands zu erreichen, es gelang aber nicht.[44] – Die Landschaften im Traum waren alle phantastisch, erinnerten mich aber an andre Träume vom Süden. Locarno ist ja mein alter Lieblingsort. Eine Madonna del Ponte ist mir in Wirklichkeit nur in Brissago bekannt, eine sehr reizvolle kleine Architektur. Das Kirchenansehen mit Strauß erinnert mich an einen meiner ersten Besuche bei ihm, wo er mir einige mir noch nicht bekannte Städtchen am Bodensee zeigte, darunter Konstanz und Überlingen (ich wohnte damals noch nicht am See), mit schönen Kirchen und Rathäusern, die er gut kannte. Strauß ist ein zarter, aparter, kritischer Mensch, von scharfem Urteil, etwas verbittert durch ein ziemlich hartes Leben und Ausbleiben wohl-

43 Ende Juli 1917 war Hesse bei seinem Freund Max Bucherer in Rüschlikon am Zürichsee.

44 Vgl. H. Hesse, Gesammelte Briefe, Erster Band 1895 – 1921. In Zusammenarbeit mit Heiner Hesse herausgegeben von Ursula und Volker Michels, Frankfurt am Main 1973, S. 350.

verdienten Erfolges, er gehört zu den paar wirklichen Dichtern, die Deutschland hungern läßt. Ich liebe ihn und verstehe ihn gut, habe aber eine leise Scheu vor seinem scharfen, oft spöttischen Urteil. Heer ist das Gegenteil, gutmütig und bürgerlich. – Zu dem Stehen im Kugelregen fällt mir kein eigenes Erlebnis ein, doch hat Schädelin mir erzählt, daß es ihm im Wald so gegangen sei, er fand sich plötzlich dem Feuer einer Militärschießübung ausgesetzt und hörte die Kugeln um sich pfeifen. Die Traumgasse, in der es geschah, hatte eine ganz entfernte Ähnlichkeit mit einer Gasse in Tübingen.[45] Alle Menschen, Lokale und Landschaften dieses Traumes sind verwischt und farblos, der »Süden« z. B. bestand bloß in unsrem Wissen darum, zu sehen war nichts Südliches. Nur die Figur Heers war eine kurze Zeit lang sehr deutlich, als er (ich glaube, es war nur vorübergehend) einen so gelben Bart hatte. Dieser gelbe Bart erinnert mich an irgend jemand, doch weiß ich nicht an wen, ich meine, es müsse ein Landwirt oder Forstmann oder sowas sein, ein wenig klingt er auch an den Leiter eines Instituts am Bodensee[46] an, den ich kenne und der mir als stramme, schneidige Erzieher-Figur in Erinnerung ist. Daß Strauß statt »Dom« das Wort »Münster« sagt, erinnert mich an die Münster am Bodensee, die ich mit ihm sah, auch klingt es, im Gegensatz zum Südlichen, sehr deutsch, was gut zu ihm paßt.
Zum Ski-Traum: Das Wieder-auf-Skiern-stehen ist jedesmal ein eigentümliches Gefühl, da man ein Jahr lang keine Übung mehr hatte und sich unsicher fühlt, diesmal kommt bei mir dazu, daß ich mir letzten Winter beim Skilaufen den Fuß verdarb, den ich zu Zeiten noch spüre. Merkwürdig war mir das Gefühl, bei meiner Abfahrt von Leuten beobachtet zu sein, ich gab mir Mühe, möglichst gut zu fahren und ihnen zu imponieren. Diese einfache Lust, beachtet zu werden, und die Bemühung, sich in dieser Beachtung zu bewähren und ja kein Lachen zu erregen, fühle ich (der ich doch im Ganzen sehr außerhalb der bürgerlichen Welt lebe) je und je sehr stark. Als Knabe hatte ich stets das Bedürfnis, zu glänzen, einerlei wie, und wenn ich es nicht als Dichter konnte, so wollte ich wenigstens glänzen als Springer oder Läufer, sehr oft auch als Hanswurst und Mime. Heute spüre ich dieses Gelüst weniger, dafür aber spüre ich oft den Menschen gegenüber eine Scheu und das Gefühl, von ihnen als lächerlich und auffallend empfunden zu

45 Während seiner Buchhändlerlehre von 1896-1899 lebte Hesse in Tübingen.
46 Dr. Otto von Greyertz im Landschulheim Glarisegg.

werden. Es scheint mir, mein Mangel an Angepaßtheit müsse allen auffallen und mich dem Spott ausliefern. Unabhängig von den Leuten bin ich sehr selten; das Gefühl, beobachtet zu sein und auf mich achten zu müssen, verläßt mich unter Menschen selten. Ich lebe ja fast immerzu völlig allein. Wenn z. B. in meinem Garten mich jemand sehen und beobachten kann, etwa ein Taglöhner, so ist mir nicht wohl.

18. August 1917

Reste aus vielen Träumen dieser Nacht:
Ich stand auf einem Bahnhof, hatte Geld vor mich gelegt und suchte und zählte, weil ich am Schalter bezahlen mußte. Außer dem Geld zog ich aus meinen Taschen auch eine Anzahl kleiner, schwerer Figuren aus Metall, wie Blei oder Zinn, oder waren es kleine Würfel, jeder trug ganz oder halb plastisch eine Figur, das Ganze erinnerte mich an einige kleine malayische Bronzen, die ich habe. Leute sahen mir vom Schalter her zu und jemand deutete an, wie schön und wertvoll meine Sachen da wären. Ich verbarg sie, während ich zum Schalter ging, unter ein Tuch, das feucht war. Ich war in ängstlicher Unsicherheit wegen meiner Reise, fühlte irgend ein Ziel, zu dem ich verpflichtet war, und kannte es doch nicht recht, war im Unklaren über den Preis des Billetes.
Einfälle: Zu Bahnhof und Reise ist zu sagen, daß ich, obwohl ich sehr viel im Leben gereist bin, doch stets einen Rest von kindlichem Reisefieber behalten habe, der sich äußert entweder in Angst vor Zuspätkommen, öfterem Abzählen des Geldes vor dem Schalter (auch Additionen auf dem Papier muß ich meist öfter machen, weil ich immer meinem Ergebnis mißtraue) oder auch in Befangenheit den Mitreisenden gegenüber. Jene kleinen Bleifiguren bedeuten eine Art von Geld, von der mir schien, daß sie exotisch sei und hier nicht gelte, darum freute es mich, daß jemand wenigstens ihren ästhetischen oder Seltenheitswert anerkannte. Die Figürchen, die ich besitze, sind ohne besondre Bedeutung. Als Knabe hatten kleine Plastiken für mich einen großen Reiz, ich kaufte einmal von gestohlenem Geld für einige Groschen eine winzige Büste des Kaisers aus einer Art Terracotta, bloß weil die plastische Arbeit, das Plastische an sich, mir so sehr gefiel. Daß die Figürchen zum Teil als hohe Reliefs auf würfelför-

migen Metallstücken angebracht waren, erinnert mich an einen chinesischen Würfel aus Bronce, den ich habe, und an einige würfelförmige, hölzerne Clichés, ebenfalls chinesisch, die ich aus Singapore mitbrachte. Sie sind Druckstöcke zu Visit- oder Gratulationskarten, bestehend aus ornamental schön geordneten chinesischen Zeichen. Das feuchte Tuch klingt etwas an an das nasse Tüchlein, in das ich jene paar leicht eintrocknenden Malfarben hülle. (Während ich dies schreibe, zwickt es mich nervös im Magen, weil ich voraussehe, daß aus diesem Tüchlein Dr. Lang wieder einen Aufruf zur Malerei machen wird.) Übrigens will ich heut oder morgen (ich habe sehr strenge Arbeit) es doch wieder mit [dem] Zeichnen probieren.
Gegen Abend.
Die Umstände sind der Analyse wieder recht zuwider. Ich muß sehr viel arbeiten, auch viel rechnen und schreiben, und heut früh rief man mich plötzlich zur Eröffnung der Werkbund-Ausstellung ...[47] *

Sonntag Morgen [19. August 1917]

Traumreste:
Ich fuhr in einem kleinen Automobil auf der Straße nur zum Spaß, meine beiden kleineren Buben[48] waren in der Nähe, der Kleinste zu Fuß, der nächste selber in einem kleinen Auto. Der Kleinste jubelte dem Auto zu, einmal fuhr ich ganz nah an ihm vorbei und mußte aufpassen. Dann sah ich den andern Buben in seinem kleinen Auto bergab fahren, einem Tal entgegen, wo ich unten einen Fluß vermutete. Ich rief ihm zu, er solle halten. Er lachte aber und zeigte mir, daß er ohne Motor fahre, also den Wagen bloß bergab laufenlasse und in der Gewalt habe. Plötzlich löste sich von seinem Auto ein vorderer Teil, so etwas wie eine Deichsel und ein oder zwei Räder, und sauste den Abhang hinab. Ich glaubte zuerst, der Knabe sei in Gefahr, aber es zeigte sich, daß

47 Ausstellung des »Deutschen Werkbundes« in Bern. Diese 1907 begründete Vereinigung der besten deutschen Architekten, Kunstgewerbler, Bildhauer und Keramiker hat Hesse von Anfang an gefördert. Siehe u.a. seine Würdigung »D. W. B.« in der Zeitschrift »März«, München vom 3. 8. 1912.
* Hier fehlen ca. 12 Zeilen in dem von Ninon Hesse durchgesehenen Typoskript.
48 Heiner * 1909 und Martin Hesse * 1911.

sein Auto ganz war, von jenem hinabgesausten Teil wurde als vom Vorderteil eines Velocipeds gesprochen. (Velo fährt mein Ältester[49], und der tritt nun auch im Traum mit auf, obwohl nur als Nebenfigur.) Wir gehen nun alle (zwischenein ist auch meine Frau da) den Berg hinab, um den Veloteil zu suchen. Links geht Kies und auch grüne Matte bis zum (nicht sichtbaren) Fluß hinab, rechts geht den ganzen Abhang hinab eine gerade Mauer, hinter der eine Fabrik oder irgend sonst ein großer Betrieb liegt. Wir können irgendwo unter der Mauer durch eine Art Loch oder Kanal, und stehen nun in dem Betrieb, wo ein Kanal oder besser Schacht den ganzen Berghang hinab läuft, nicht tief aber steil, fast wie eine Rutschbahn. Hier laufen wir suchend herum, meine Frau mit dem Zweiten ist voraus in der Tiefe, ich rufe ihnen, aber sie haben den Veloteil nicht gefunden. Es scheint mir ganz unmöglich, ich beginne den Buben zu schimpfen. Der Besitzer des Werks, ein Mann, den ich nicht kenne, erklärt, das Ding sei nicht da, es müsse sich kolossal überschlagen haben. Rest ganz undeutlich.
Einfälle (sehr mager): Meine Buben fahren häufig in ihrem kleinen Wagen den Abhang bei unsrem Haus hinab. Der Älteste fährt auch Velo. Der Abhang erinnert an Fabrikgelände vor einer Stadt, alles etwas neu und durcheinander, Wiesenstücke und daneben alles aus Zement, Kanäle und Betonmauern. Der Mann im Werk war wie ein Müller oder Handwerker. Das Schelten mit dem Buben kommt in Wirklichkeit oft vor, ich bin oft unnötig hinter ihnen her, immer nur in Momenten des Zorns und innerer Unruhe, der Gedanke plagt mich oft, daß diese zornigen Momente, wo ich die Buben anfahre oder (selten) auch einmal ohrfeige, sehr im Mißverhältnis stehen zu meiner sonstigen Art, mich für mich allein zu halten und um die Familie so wenig zu kümmern.
Noch zwei Traumstücke:
Es wurde irgendwo in einem Hause, ich glaube im Keller oder doch irgendwie unter unseren Füßen, etwas aufgeführt, ich glaube eine Oper, und es war fraglich, ob sie nicht von mir sei.
In einem andern Traum kam vor, daß ein Arbeiter, Taglöhner oder Gärtner, der bei mir arbeitete, dicht vor mir seine kurze Tabakspfeife niederlegte, die sehr feucht und speichelig und wenig appetitlich war. Ich wollte ihm helfen und die Pfeife so legen, daß ihr nichts geschehen konnte.

49 Bruno Hesse * 1905.

20. August [1917]

Heut Nacht eine Menge von Träumen, die alle einander ähnlich waren, wenigstens in der Stimmung. Allen gemeinsam war, daß ich mich in unsicherer, zweifelhafter, sozial undefinierbarer Stellung befand, bald dienend oder zu Gast, bald hochmütig, und ebenso war ich in Stimmung Charakter: schwankend, haltlos, bald stolz oder frech, bald kriecherisch, im Ganzen recht gemein! Meistens war ich (nach Art Hamsuns, von dem ich in letzter Zeit wieder einige Bücher las) zu Gast auf dem Lande, wo man mich halb als »Herrn«, halb als armen Schlucker behandelte.

Traumstücke:

Ich kam von einem Gang zurück, war etwas krank und sollte sehr geschont werden. Ich trug ein Tuch um die Beine, wie man es etwa beim Wagenfahren hat, das beim Gehen wie ein Rock aussah. Ich kam zu dem Wagen, der vermutlich für mich bestimmt war, er saß aber voll von Leuten, unter denen ich niemand kannte außer meinem Vater, der sehr deutlich war. Ich hatte etwas gegen ihn. Ich glaubte sicher zu sein, daß er aussteigen und den Wagen mir anbieten werde, da ich krank war, aber ich wollte das nicht haben und blickte darum stolz an ihm vorbei ...*

Einfälle zu 1: Im selben Traum oder in einem vorhergehenden hatten allerlei Wagen eine Rolle gespielt. Ich hatte mit einem kleinen Buben und andern Kindern zu tun, denen ich einen Wagen spendieren wollte (d.h. also eine Spazierfahrt), und dann kam statt des erwarteten Wagens einer ohne Pferde, den die Kinder bei einem Wagner entlehnt hatten und der nichts kostete. Daran schließt irgendwie obiges Fragment an. Beim Gehen in dem »Rock« hatte ich etwas Sorge, mich lächerlich zu machen oder für eine Frau gehalten zu werden. Ich erinnere mich sehr dunkel, daß ein Gefühl von Männlichkeit sowie ein gewisser Stolz auf mein übriges Aussehen (schwarzer Bart? etc.) mich überzeugten, daß ich das nicht zu fürchten habe. Die Stimmung gegen meinen Vater ist die gleiche, die ich sehr oft gegen jedermann hatte und noch habe, eine Gereiztheit und Abwehr, ein Nichtsannehmenwollen und Fürsichbleibenwollen. Ich weiß auch, da ich als Knabe es nicht liebte, wenn nach einer Tränenszene oder einem Zornausbruch jemand (namentlich mein Vater) mich zum Lachen brachte.

* Hier fehlt eine halbe Seite in dem von Ninon Hesse durchgesehenen Typoskript.

Der Übergang von einem exaltierten, traurigen oder pathetischen Zustand zum Lachen, also zum gewöhnlichen alltäglichen Behagen, schien mir unwürdig und schien mich vor mir selbst herabzusetzen. Oft gelang es meinem Vater, wenn ich lang geweint oder gezürnt und getrutzt hatte, mich zum Lachen oder Lächeln zu bringen, und ich erinnere mich genau des gemischten Gefühls dabei: es war halb Freude und Aufatmen über den gebrochenen Bann, über die Rückkehr zu Frieden und Vergnügen, halb aber Wut darüber, daß ich mich hatte herumkriegen lassen, und Selbstverachtung, weil ich die tragische Rolle wieder mit der alltäglichen tauschte.

Zum Sexuellen:

Die Strichzeichnung mit den 32 Personen mahnt mich an ein Spiel, das wir als Knaben besaßen. Es hieß »Belagerungsspiel«, war ein Kartonbrett mit ähnlicher Netzzeichnung, auf dem man mit Figuren (es waren zwei Farben, ein Belagerer und sein Gegner, sie sahen etwas wie kleine Holzsoldaten aus) ziehen mußte. Soweit ich mich erinnere, habe ich dies Spiel, obwohl etwas dran mich hie und da lockte, nie recht kapiert, entweder leuchteten die Spielregeln mir nicht ein, oder es fehlte irgend etwas dabei, was ich nicht wußte.

Bei den Buchstaben und dem P fällt mir ein, was wir neulich über ähnliches sprachen. Bei P fällt mir ein, daß der Laut »Pf« an Flatus und andre unanständige Töne mahnt und daß »Furz« wohl eine dezentere Abform von »Pfurz« ist. Merkwürdig war, daß im Traum diese Sachen (von dem, der das Papier mir zeigte oder doch es mit mir ansah) mit einer gewissen Wissenschaftlichkeit betrachtet wurden. Dazu fällt mir noch ein: ich begann in den »Dokumenten der Gnosis« zu lesen, zunächst in der Einleitung, bis jetzt noch mit wenig Ergebnissen, doch nicht ohne wirkliches Interesse.

24. August [1917] (nach Luzern)

Traum:

In einem Nebenraum wartete mein Vater auf uns, er war, wie es scheint, zu Besuch da oder war von uns eingeladen. Ich mit meiner Frau im Raum daneben, wo mein Vater uns hören konnte, geriet in Zank und Streit, schließlich lief ich weg und sagte, dann könne sie eben allein bei den Leuten bleiben, ich gehe fort. Zank und Weglaufen waren gleich wie oft in der Realität, der Grund war nichtig, schuld war meine Laune, vielmehr mein inneres Nicht-in-die Situationpassen und meine Reizbarkeit, wessen ich mir auch bewußt war. Schrecklich aber wurde die Sache dadurch, daß mein Vater nebenan alles hörte. Er bekam damit zum erstenmal einen vollen Einblick in meinen Zustand, vor allem in meine Ehe, und die Art, wie es mit dieser Ehe stand und wie lieblos und häßlich alles war, machte einen furchtbaren Eindruck auf ihn. Während ich fortlief, kam er mir nach (aus irgend einem Grund, der wohl mit einem frühern Traum zusammenhängt, war ich barfuß und wußte meine Schuhe irgendwo anders stehen). Mich einholend, begann nun mein Vater mit Kraft und voll Entrüstung auf mich einzureden. Es handelte sich nicht um meine Krankheit, sondern um die Ehe, und er brachte sie in Zusammenhang mit meiner Dichtung, vor welcher er nun auch die Achtung verloren hatte. Wenigstens sprach er vorwurfsvoll und höhnisch von den »Schmerzen«, für welche ich als Dichter Beachtung und Würdigung verlange, während ich doch in Ehe und allem ein geringer Kerl sei. »Charakterlos« war das Hauptwort. Für mich war diese ganze Szene entsetzlich! Ich hatte mit meinem Vater seit zehn und mehr Jahren so gelebt, daß ich mein Tun und Lassen außer seiner Autorität und Kontrolle hielt, desto zarter verkehrten wir bei Besuchen etc. miteinander. – Jetzt, bei seinen Vorwürfen, empfand ich fast alles, was er sagte, als berechtigt, namentlich den Vorwurf »charakterlos«, aber je mehr ich innerlich ihm recht gab, desto weniger wollte ich mir doch die Vorwürfe gefallen lassen und wehrte mich, während mein Herz blutete, heftigst gegen ihn. Auf irgend einen neuen Vorwurf hin, der offenbar oberflächlich war, rief ich ihm sogar zu, »ach du bist ein Rindvieh!« Später kamen wir zu Verwandten, ein Onkel war dabei, wir hielten uns still, und als mein Vater wegging, sagte der Onkel mir, ich möchte ihn doch begleiten. Zaghaft, weil ich neuen unnützen Streit fürchtete, ging ich ihm nach, wir waren beide in schlechter und weinerlicher Stimmung. Er war jetzt wieder (wie in Wirklichkeit in seinen letzten Jahren) blind, was vorher keine Rolle gespielt hatte. Auf der Straße schien er auf mich zu warten (hier wird alles unscharf), und als er mir entgegenkam, war es statt seiner eine mir nicht bekannte Magd, offenbar die seine, und ich wunderte mich drüber, daß sie das Blindsein nachahmte (sie tastete sich den

Häusern entlang, obwohl ich sie bestimmt für sehend hielt); dann schien mir, das sei eine Gewöhnung oder Rücksicht auf den Blinden. Rest völlig unerkennbar.

Einfälle: Mein Vater bedeutet hier wohl sicher eine kollektive, autoritative Einstellung und ist ein Bild für das in mir, was dem Unbewußten Unrecht tut. Daß ich ihm in Vielem recht gebe, erinnert daran, daß ich mich sehr als ihm ähnlich und erblich reich von ihm belastet fühle. Es gibt eine Menge von nervösen Symptomen, in [der] Qualität des Schlafes, Arten von Kopfweh und Rückenschmerzen und andre Dinge, in denen ich mich seiner Leiden oder vielmehr seiner Ausdrücke darüber genau erinnere und die ich bei mir genau wiedererkenne. – In Wirklichkeit wußte mein Vater über meine Ehe, die nach kurzer Zeit etwas getrübt war, nichts als was er zufällig etwa von meinen Geschwistern erfuhr, die selber wenig davon sahen. Ein Besuch von ihm und sein Einblick in unser Alltagsleben wäre mir auch in Wirklichkeit äußerst peinlich gewesen. – Mein Vater repräsentiert mir vor allem den Begriff der Reinlichkeit, oder jene Art von Verdrängung, die das Gemeine, vor allem das Sexuelle, nur in einer gewissen Idealisierung verträgt und gelten lassen kann, er hatte auch sehr viel Sinn für englische Art und sprach mit Vorliebe englisch.

25. August [1917]

Traum-Fragment:

Es war morgens. Ich war in einem großen Raum, halb Kirche, halb Museum. Einer gewölbten Wand entlang führte ohne Geländer eine schmale schwindlige Treppe hinauf in die Empore oder den zweiten Stock. Ich stieg hinauf, hinter mir kam eine Frau, die mich unterwegs einholte, da ich langsam stieg und Furcht hatte. Bei den letzten Stufen, die besonders schwierig waren, schien es mir, ich müsse erst meinen Regenschirm, den ich bei mir trug, oben am Boden ablegen können, dann werde es vollends gehen (vermutlich weil ich dann beide Hände frei hätte). Ich langte mit dem Schirm nach oben, versuchte ihn hinauf zu bekommen, er fiel aber in die Kirche hinab. Ich sagte der Frau, die inzwischen hinter mir wartete, wir müßten jetzt eben beide die Treppe wieder hinunter gehen. Wir klagten im Gespräch sehr über diese Zustände, daß eine so miserable Treppe da sei.

Ich habe keine Einfälle dazu, namentlich kann ich die Frau mit niemand vergleichen, sie war groß, dunkel gekleidet, etwas vulgär, ohne Reiz. Aber sie hatte offenbar mehr Mut als ich.
In dem Schwindelgefühl, das oft in meinen Träumen vorkommt, will ich als gute Ergänzung noch den Traum von vorgestern hersetzen (vom Tag vor meinem letzten Besuch in Luzern, wir hatten nimmer Zeit, diesen Traum vorzunehmen):
Traum von vorgestern:
Ich war oben an einem Abhang, wie im Wald. Unten war etwas, was mir gehörte und mich anging, ich glaube, es brannte ein Feuer (so wie man im Garten ein Feuer macht), auf das ich hie und da etwas hinabwarf, Laub oder Zweige. Jenseits der Talsohle unten stieg wieder ein kleiner Abhang hinan, an dem eine Straße entlang führte. Auf einer Seite, gegen das Tal, war sie ohne Häuser, dort sah ich ein Mädchen (oder zwei) gehen. Teils weil ich beim Feuer unten zu tun hatte, teils um mir die Mädchen anzusehen oder auch um mich vor ihnen zu zeigen. Ich machte einen gewaltigen, merkwürdigen Sprung (halb Sprung, halb Flug): Ich sprang in das Tal hinab, ohne aber dort den Boden zu betreten, mein Sprung ging weiter, drüben wieder bergan, über die Straße weg. Er endete jenseits der Straße bei den Häusern, und zwar flog ich noch bis ziemlich hoch. Da, wo der Schwung meines Sprungs oder Flugs zu Ende war, hatte ich ein Dach oder Fenster zu erreichen gedacht. Nun aber erwischte ich nichts als einen runden Holzbalken, den Balken einer Winde, eines Aufzugs, wie man ihn an ältern Häusern zum Holzaufziehen etc. hat. An diesem Balken, der etwas alt und morsch schien, hing ich nun in verzweifeltster Lage. Hier ist der Traum aus, ich weiß nur noch, daß ich voll Todesangst war und es für besser hielt, gleich loszulassen und totzufallen, es aber doch nicht wagte, und daß vorübergehend mir die Hoffnung kam, man könne mich an dem Balken hinab winden, was absurd war, da ich dazu ja an einem Seil hätte hängen müssen.
Einfälle: Ein Feuer habe ich oft im Garten brennen und habe oft, aus einer kleinen Entfernung Unkraut etc. darauf geworfen. Dies Werfen hat den Reiz einer körperlichen Geschicklichkeit, das Treffen befriedigt sehr, als Knabe trieb ich das mit Wonne. Z. B. einen Stein zu werfen und ein Ziel damit zu treffen, ist sehr genußreich, da alles rein mit dem Gefühl getan wird, und wohl Übung, aber keine Berechnung zu Grunde liegt. Billardspielen ist ähnlich, auch das trieb ich jahrelang mit Leidenschaft. – Der

Sprung erinnert mich an das Schweben und Fliegen in Träumen, wobei die Bewegung bis zu einem gewissen Grade frei und willkürlich, doch irgendwie aber noch an ein Gesetz außer mir gebunden scheint. – Der Balken oben am Haus war rund und schien mir alt und unsicher, ich konnte es beim Flug noch so einrichten, daß ich ihn an der Seite, nicht in der Mitte, zu fassen bekam, so daß die Gefahr, er werde unter meiner Last brechen, geringer war. Die Todesangst war groß ...*

27. August [1917]

Aus einem ganzen Knäuel von ähnlichen Träumen (ich war mehrmals und bei verschiedenen Leuten zu Besuch, nahm Abschied und wartete auf Wagen oder Eisenbahn) weiß ich noch diese Bruchstücke:
Ich war zu Besuch bei Maler Albert Welti[50] und seiner Familie, wollte wieder fort, nahm Abschied von der Frau. Wir sprachen noch von einer Melodie, die ich zu summen versuchte, es war aber nicht die rechte, Welti sang sie mit rauher Stimme. Die Frau kam ein Stück auf einer Straße mit, an der Ecke wollte ich (mit noch jemand, der bei mir war oder mich begleiten wollte) in die Trambahn steigen, es fuhr eben eine vorbei und uns vor der Nase weg.
Dann war ich ebenfalls zu Besuch, diesmal bei Verwandten oder auch bei Molts, und zwar hatte ich in zwei Häusern einer Stadt, die ziemlich weit voneinander lagen, Freunde oder Verwandte, und war bald da, bald dort. Es war morgens, ich war früh um 6 aufgestanden und mußte heut früh verreisen, hatte aber keinen Fahrplan. Meine 2 Schwestern[51] kamen, und andre Verwandte, ich fragte nach [dem] Fahrplan, war aber sehr übler Laune, es hieß, es gehe morgens kein Schnellzug, nur ein gewöhnlicher nach Zürich (was aber nicht mein Ziel war, nur eine Station der Reise). Meine Laune war ganz schlecht, ich fand, man kümmere sich zu wenig um mich, auf einmal war ich in dem andern Hause und ließ dort die Leute merken, daß es jetzt eigentlich höchste Zeit fürs

* Hier fehlen fünf Zeilen in dem von Ninon Hesse durchgesehenen Typoskript.
50 Albert Welti (1862-1912), Schweizer Maler, seit 1905 mit Hesse befreundet. Nach Weltis Tod mietete Hesse seinen Landsitz am Melchenbühlweg bei Bern, wo auch dieses Traumtagebuch geschrieben wurde.
51 Adele und Marulla.

Frühstück sei. Jetzt war Molt da, ich sprach von einem Wagen, den ich erwarte; er meinte, ich könne ganz wohl zu Fuß gehen, ein Wagen sei da gar nicht nötig.

Das merkwürdigste Traumstück ist dies letzte:
Ich kam (noch in dunklem Zusammenhang mit dem Vorigen) zu meiner Frau, und hatte eine höchst seltsame Sehenswürdigkeit mitgebracht: eine Art von Relief in einem runden Rahmen. Es war ein junger Adler, der aus dem Ei kroch (ein Anklang an einen ausschlüpfenden Falter war auch dabei), und der Kopf des Adlers (ja manchmal schien es, der ganze Adler) war echt und lebendig, er arbeitete sich aus dem Rahmen heraus, vielleicht war er unter Glas, jedenfalls standen die Spitzen der Krallen und des Schnabels fühlbar heraus, während das Übrige gewissermaßen künstlich und Bild blieb. Ich wollte ihn meiner Frau zeigen, grade jetzt im Augenblick des Ausschlüpfens, und rief ihr lebhaft zu, sie solle sich das da anschauen. Obwohl sie aber nur drei Schritt von mir saß, kam sie doch nicht, schaute nur oberflächlich herüber und zeigte gar kein Interesse. Ich war gekränkt und böse, und als ich nochmals umsonst gerufen hatte, stand ich auf und ging zum Zimmer hinaus, wütend und traurig, schlug die Tür zweimal hinter mir zu. Ich hatte die zornige Absicht, nicht wieder zu kommen, und wußte doch, daß ich das nicht täte, daß überhaupt mein Zorn und das alles eine Verrücktheit war, die ich selber halb erkannte. Diese Stimmung voll Elend, in der sich Wut und Selbsterkenntnis, Projektion nach außen und Wissen um das eigene Innere mischte, war genau wie in der Wirklichkeit, wo ich das fast täglich erlebe.
Einfälle: ich habe wenig Einfälle dazu. Auffallend ist mir in sämtlichen Traumstücken dieser Nacht die Wiederkehr ähnlicher Situation und völlig ähnlicher Stimmung: Gereiztheit etc. Molt ist jener reiche Freund, dessen Gast ich in St. Moritz war, und von dem ich durch Anleihen in einer gewissen Abhängigkeit stehe, während er mich als Kopf und Künstler anerkennt und sich im Gespräch mir häufig subordiniert. – Der Adler kommt von einem Raubvogel her, den ich kürzlich zufällig aus sehr großer Nähe zu sehen bekam, es war vermutlich ein Wanderfalke. Ich erzählte es neulich Schädelin und sprach davon, wie fein, edel und scharf der Kopf des schönen Vogels war. Genau so war der Traumadler. Er erinnert mich auch an den schönen ägyptischen Sperberkopf. Daß

der Vogel halb lebendig, halb Bild war, mahnt auch wieder an jene Vogelbilder, die wir als Kinder in einem kostbaren Album manchmal sehen durften, und die zum Teil gezeichnet und koloriert, zum Teil aus wirklichen aufgeklebten Vogelfederchen waren. Unklar war, ob der Adler aus dem Ei krieche oder ob er einfach aus dem Rahmen und dem Bildzustand heraus wollte.

Donnerstag, 30. Aug[ust] [19]17

Heut Nacht lange Traumfolgen im selben Milieu, ich habe nur schwache Bruchstücke davon übrig: das ganze Milieu war heimatlich-friedlich, mit Anklängen an Tübingen und an ländliche schwäbische Gegenden, Verkehr in lieben, fröhlichen Landpfarrhäusern etc. Unter andrem hatte ich in einer kleinen ländlichen Eisenbahn eine kleine Strecke hinaus zu fahren, zu einem Freund oder auch einem Mädchen; das einemal fuhr ich direkt, das zweitemal nahm das Bähnchen eine Seitenstrecke, es hieß aber, von der Endstation aus könne ich jenes Dorf auch ganz leicht erreichen. Dann war eine Szene in einem kleinen Garten, wo ich eingeladen war, ich glaube in einem Landpfarrhaus. Es waren einige junge Leute da, Theologen und mit mir bekannte Studentengesichter aus der Tübinger Zeit, und wir alle mußten an die Wand schiffen und machten dazu einander höflich Platz, wenn einer fertig war. Ich hatte den jungen Theologen gegenüber das Gefühl des Weltmannes und Weitgereisten, fand aber bald, daß sie in Kleidung, Benehmen und allem mir keineswegs nachstanden, sondern tadellos waren.
Einfälle: Das ländliche Bähnchen, Dorf etc. erinnert mich an idyllische schwäbische Sommer, namentlich an den in Kirchheim, den ich im ›Lauscher‹ als ›Lulu‹ erzählt habe. Da lebten wir, einige Freunde, einen Sommer lang überaus glücklich in Freundschaft und Vergnügtheit, in einer schönen freundlichen Landschaft, jung und begeistert und immer guter und unternehmenslustiger Laune. Der Freund, der damals und auch noch viele Jahre später dominierte, war Ludwig Finckh[52], mit dem ich sehr viel geteilt habe und

52 Ludwig Finckh (1876-1964), Arzt und Dichter, Jugendfreund Hesses seit seiner Tübinger Zeit, beschrieben u.a. in Hesses erster autobiographischer Dichtung »Hinterlassene Schriften und Gedichte von Hermann Lauscher«, Basel 1901.

von dem ich mich erst viel später in Gaienhofen[53] allmählich und ganz langsam entfremdet habe. Er war sehr glücklich in seiner Ehe, ich nicht; auch verstanden die Frauen sich nicht gut, damit fing die Entfremdung an. Bei mir kam die zunehmende Neurose dazu, mit dem Gefühl, mein Freund sehe ja gar nicht, wie sehr ich leide, sein Glück schien mir (objektiv mit Unrecht) als philisterhaft etc. – Zu den jungen Theologen fällt mir ein: sie gehören (Protestanten) zu einem Typ, den ich aus Tübingen her gut kenne und sehr liebe: alle mit dem jahrhundertealten, seltsam eigenartigen, philosophisch wohlgebildeten, humorvollen, geistreichen Geist des Tübinger »Stifts« gezeichnet. Sie stammen alle aus armen Familien und studieren als Stipendiaten, in ihren Verbindungen und Festen herrscht Humor und Witz, sie stehen hoch über allem Studentischen, was ich irgend sonst kennen gelernt habe. Aus diesem Milieu sind fast alle geistig bedeutenden Schwaben heraus gekommen: Mörike, Vischer, Hegel, Hölderlin und sehr viele andre.- Zum Benehmen fällt mir ein: wenn ich als junger Mensch von meinen ersten Reisen und Ausland-Aufenthalten heimkam, fühlte ich mich stets sehr interessant und wichtig, und öfters passierte es mir, daß ich Leute über die Achsel ansah, von denen sich nachher zeigte, daß sie weiter gewesen waren und mehr Welt kannten als ich. Ich hatte stets das Bedürfnis, mich äußerlich anzupassen, fremde Sitten, Dialekte etc. anzunehmen, das Fremde auf Kosten des Heimatlichen zu schätzen. Diese jungen Schwaben waren das Gegenteil, sie waren viel charaktervoller, paßten sich schwer an und blieben mehr sie selbst, was ihnen äußerlich oft den Anschein von Schwerfälligkeit gab, was sich auf die Dauer aber doch als solid und gut bewährte. Auch sonst lebte ich, vom Vater her, mitten im heimatlichen Schwaben in mancher Hinsicht wie ein Fremder. Mein Vater, ganz anderswo her stammend[54], hatte sich in Schwaben nie recht angepaßt, sprach norddeutsch und machte sich gern über schwäbische Art, schwäbische Küche, schwäbische Eigentümlichkeiten etwas lustig. Ich folgte dem gern und kam mir mit meinem feinen, fremdartigen Vater nobel und interessant vor.
Ich las jetzt das kleine neue Buch von Dr. Jung.[55] Über manches

53 Im August 1904, nach dem Erfolg des »Peter Camenzind« hatte sich Hesse in Gaienhofen am Bodensee niedergelassen, bald darauf auch Ludwig Finckh.

54 Johannes Hesse wurde 1847 im baltischen Weißenstein geboren und verbrachte seine Jugend bis zur Reifeprüfung in Reval.

55 C. G. Jung, »Die transzendente Funktion«, Zürich 1916.

hat es mich sehr klar und wertvoll belehrt, z. B. die Trennung der Inhalte des Unbewußten in persönliche und kollektive ist mir erst bei dieser Darstellung ganz klar geworden. Anderes bleibt mir noch rätselhaft. Ob ich selbst intro- oder extrovertiert sei, weiß ich auch nicht.

31. August [19]17

Traum:
(Eben wie ich beginnen wollte, den Traum aufzuschreiben, kam die Morgenpost, eine Postkarte fiel mir in die Augen. Sie kam von einem Schriftsteller, der mir neulich einen lächerlichen Antrag literarischer Art machte, den ich empfindlich abwies, statt einfach zu schweigen. Nun schrieb er ebenfalls empfindlich und gereizt zurück. Ich mußte erst die Karte lesen und beantworten und brauchte dann noch eine Weile, bis ich wieder etwas ruhig war.)
Traum: Ich war auf einem sehr großen neuen Bahnhof, zwei Hallen nebeneinander. Ich wollte nach München fahren. Zuerst wurde ich durch Leute aufgehalten, dieser erste Teil des Traumes ist mir ganz entschwunden. Dann wurde es Zeit, ich suchte den Schalter, fand in der zweiten Halle einen Verschlag, gelb gestrichen, der wie ein Postschalter aussah, es war dann, glaube ich, beides, Billetschalter und Post nebeneinander. Ich rief laut, ich wolle nach München fahren. Ein neben mir stehender niederer Beamter, wie ein Dienstmann, fragte mich etwas zurück. Ich verstand ihn falsch und meinte, er spreche etwas vom »Brenner«.[56] Ich sagte belehrend und etwas gereizt, von hier nach München komme man nicht über den Brenner, ich wolle nach München und weiter nichts. Er beachtete das weiter nicht und sagte, ich müsse meinen Namen angeben. Ich sagte »Hesse«, und buchstabierte es. Er sagte sofort den Vornamen Hermann dazu so als kenne er mich. Dann sagte er aber, ich sei wohl der – (das Wort weiß ich nimmer, es bezeichnete ein Handwerk, etwas wie Maler oder auch wie Schwertfeger). Ich sagte, nein, das hätte ich nicht gewußt, daß es auch so einen gebe. Er deutet an die gewölbte Decke hinauf, sie war bemalt, und zwar stark defekt und verdorben, wie mans in Wartesälen und Wirtschaften sieht: unter einer

56 Der Brennerpaß, Verkehrsverbindung über die Ostalpen von Innsbruck nach Bozen.

neuen, schon beschädigten Malerei sahen da und dort Ornamente einer etwas ältern hervor, alles modern, kitschig und schablonenhafte Dekorationsmalerei. Er fragte, was das sei. Ich erklärte ihm, daß diese Ornamente (es war in gelblicher Farbe eine Art Stern) Reste seien, von denen die Übermalung abgegangen sei. Endlich bekam ich irgendwie ein Billet, nachdem ich noch sehr in Unruhe gewesen, was für eines ich nehmen solle (retour oder nicht, welche Klasse?). Schon ganz im Anfang, noch eh ich an den Schalter kam, hatte ich meinen großen schweren Koffer in einer Ecke abgestellt. In der Hand trug ich noch ein leichtes Paket, ich glaube mit Zigarren; ich wollte es als Postpaket aufgeben, verzichtete aber wieder darauf, zum Teil wegen mangelnder Adresse. Nun begann ich, mich nach dem Zug umzusehen und unruhig zu werden. Als er da war, und höchste Zeit, fiel mir plötzlich mein großer Koffer wieder ein, ich begann ihn zu suchen, wußte nimmer genau, in welcher Halle und welcher Ecke er stehe. Irgendwo, wo viel Kisten standen, vermutete ich, er stehe dahinter, und begann mühsam abzuräumen, er war aber nicht dort. Dann suchte ich in der andern Halle. Ich sah ihn endlich, gerade wie ein Gepäckträger sich an ihm zu schaffen machte, so als untersuche er, was denn da herumstehe. Ich rief – es war allerhöchste Zeit – dem Träger zu »Nach München!« und lief selber in größter Hast, den Zug zu suchen. Da und dort rief ich Bahnbeamte an, wo der Zug nach München sei, sie gaben keine oder sehr langsam und gleichgültig Antwort, ich kam mehr und mehr in Verzweiflung, fühlte auch meine Beine beim Rennen und die Stimme beim Rufen mehr und mehr gehemmt und gebunden. Ob ich endlich den Zug noch bekam (ich glaube fast, ja), weiß ich nimmer.

Einfälle: Charakteristisch für den ganzen Traum ist das Gefühl der Gereiztheit und wütenden Ohnmacht gegen die phlegmatische Gleichgültigkeit und den blöden Formalismus aller der vielen Beamten. Das erinnert, wie so Vieles, an mein Verhältnis zur offiziellen Welt, an die zornige Ohnmacht des Geistigen gegen die grobe mechanisierte Welt. München als Reiseziel erinnert mich daran, daß München einst jahrelang stets mein Reiseziel war[57], wenn ich reisen und ein wenig aus meiner Bodensee-Einsamkeit in

57 Von 1906-1913 war Hesse etwa zwanzigmal nach München gereist u.a. in seiner Funktion als Mitarbeiter bzw. Herausgeber der Zeitschriften »Simplicissimus« und »März«. Einige seiner Erzählungen u.a. »Taedium vitae« und »Der Weltverbesserer« spielen dort.

die Welt kommen wollte. Außer Kneipereien mit Freunden und hübschen Weibern gehörte zu München die Literatur, ein Kreis von Künstlern und Kollegen; ich war dort als Dichter nicht ein vereinsamter Einzelner, sondern gehörte zu einem Kreis, war gewissermaßen besser legitimiert.

2. September [1917]

Traumreste: Ich ging mit meiner Frau, wir wollten in die Berge und irgend eine Tour machen, ich hatte Angst davor. In einem Dorf bekamen wir Streit, meine Frau blieb zurück. Statt ihrer war nun der Dichter Emil Strauß da. Wir fuhren in einer Eisenbahn, ich hatte ein Billet, das bis zu einer Station mit einem Namen wie »Belair« galt, später gingen wir zu Fuß. Ich setzte Strauß eifrig auseinander, daß ich keine bestimmten Pläne habe und noch gar nicht sagen könne, ob ich eine größere Bergtour machen werde. (Dazu ist zu sagen: die Angst vor der Bergtour entspricht der Wirklichkeit. Ich leide an Schwindel und habe in den Bergen nie viel geleistet, mehrmals bin ich auf geplanten Touren wieder umgekehrt, und gewöhnte mich dran, meistens meine Frau allein gehen zu lassen, die eine sehr gute Bergsteigerin und schwindelfrei ist. Mit dem strengen, kritischen, überlegenen Strauß zu gehen, davor hatte ich noch mehr Angst. Übrigens sagte er im Traum, er glaube, es werde Föhn geben, und das sei ihm lieb. »Belair« ist der Name eines schönen Gutes in Schaffhausen[58], wo ein mir nahe befreundeter Maler lebt, das Gut erinnert in einigem an das in meiner »Roßhalde«.[59])
Ich war in einem Laden und auch bei einem Essen oder Gelage mit Moselwein, später auf der Straße stand ich an einem Pissoir, und jemand sagte (oder ich hatte so gehört oder gelesen), daß manche junge Leute stundenlang an den Pissoirs stehen blieben und sich damit verdürben. Später hatte ich Streit mit meinem Vater, ähnlich wie im Traum von neulich, und sagte unter andrem zu ihm: »Ja, predigen kannst du!«
(Beim Pissoir fällt mir das Gemisch von Grauen und Reiz ein, das ich als Kind vor solchen Dingern empfand, namentlich vor dem

58 Von Hesses Malerfreund Hans Sturzenegger (1875-1943), mit dem er 1911 die Reise nach Indonesien unternahm.
59 H. Hesse, »Roßhalde«, Roman, Berlin 1914.

heftigen, etwas an Salmiak erinnernden Uringeruch. Als kleines Kind, wo ich nur sehr selten ein öffentliches Pissoir sah, erinnerte mich dieser Geruch immer an irgend etwas Böses und Verbotenes, aber auch irgendwie Lockendes.)

7. September 1917

Traumstücke aus dieser Nacht: Es war ein feiner, alter ehrwürdiger Herr da, der von allen sehr verehrt wurde, mit einem Einschlag ins Geistliche und Priesterliche. Ein großes Gemälde war da, das ihn darstellte. Ich sagte, ich wolle ihn nun auch malen, aber so wie er mir von etwas früher her in Erinnerung sei (mit etwas längerem Bart und andern Abweichungen). Ein Freund von mir (den ich aber nicht mehr erkennen kann) kopiert jenes Porträt. Ich mache mein Gemälde, es wird dilettantisch aber doch recht anständig, man lobt es. Nun wendet sich alles wieder jenem Originalgemälde zu, und jetzt ist es so, als sei der alte Herr nicht nur das Modell, sondern auch der Maler des Bildes, man bringt ihm und dem Bild viele Huldigungen dar. Er erinnert ein wenig an einen berühmten alten Maler, der zugleich fromm ist, etwa an Steinhausen.[60] Er gibt Ratschläge für das Kopieren seines Bildes, das auch ich versuchen will. Unter andrem sagte er, gewisse Nebenfiguren könne man frei behandeln und etwas ändern. Das Bild selbst, sehr schön, ist, obwohl modern, ganz wie ein Bild aus der Zeit Tischbeins und Goethes, die Figur steht in einer großen Landschaft, Gewölberuinen oder so etwas stehen da, ähnlich wie auf Bildern aus der römischen Campagna.
Etwas später (neuer Traum, aber mit dem vorigen in Zusammenhang) bin ich im sehr vornehmen Speisesaal eines Sanatoriums oder Hotels. Man ist bei Tisch, ich aber bin zugleich im Bett und gelte für sehr krank. Irgendwie komme ich liegend und im Krankenhemd an einen der Tische. Ein alter Herr ist da, so ziemlich derselbe wie im Vorigen, halb als Arzt halb als Geistlicher, sehr väterlich und ehrwürdig. Er ist mit mir ganz besonders freundlich, mild und liebevoll, überhaupt genieße ich in diesem Traumstück

60 Wilhelm Steinhausen (1846-1924), namhafter Frankfurter Maler aus der Hans Thoma-Schule, mit Hesse seit seiner Gaienhofer Bodenseezeit befreundet. In Mannenbach am gegenüberliegenden Seeufer hatte Steinhausen seine Sommerwohnung.

lauter Sorgfalt, Verehrung und Aufmerksamkeit. Ich fühle mich müde in meinem Krankenbett, aber sehr wohl, ich übertreibe mein Kranksein vor mir und den andern und genieße das Gepflegtwerden, wie ein verwöhntes Kind. Plötzlich bin ich nimmer im Bett, sondern sitze angekleidet an einem andern Tisch und erwarte, daß mir das Essen serviert werde. Hinter oder neben mir an einem andern Tisch sind zwei Damen, namentlich ein junges Mädchen, die interessieren sich für mich, und aus einer Karte oder Inschrift erkennen sie plötzlich, wer ich sei. Sie flüstern einander meinen Namen zu; ich habe das Gefühl, als berühmter Dichter entdeckt zu sein, und wende mich ab, halb beschämt und verlegen, halb erfreut und geschmeichelt. Unterdessen bringt mir ein österreichischer Herr Essen, süße gute Sachen aus Früchten etc. Gleich darauf werde ich vollends ganz der Gegenstand öffentlicher Aufmerksamkeit: ein Herr (es ist der mir gut bekannte Leiter eines Landerziehungsheims am Bodensee), der mit einer großen Knabenschar da ist, erhebt sich und sagt, an den ganzen Saal gewendet, seine Schüler besäßen ein Manuskript von mir, das ich ihnen geschenkt habe, und nun werde ich gewiß die Güte haben und der Versammlung mein Gedicht vorlesen. Alles schaut her, alles kennt mich, ich stehe auf, beschämt aber noch mehr beglückt und in meiner Berühmtheit schwelgend. Das Manuskript wird mir gegeben, ich erkenne etwas wie den Schluß des »Camenzind«.[61] Rest undeutlich.

Später erscheint noch folgendes kleines Traumbild: eine alte Dame mit Begleiterin oder Tochter (ich meine, sie schon aus dem vorigen Traum zu kennen), hat ebenfalls im Hotel erfahren, wer ich sei. Sie kommt zu mir, viele Leute sehen zu, und da sie mich, wie ich fühle, als einen ganz großen Dichter oder Menschen verehrt, kommt sie mit Tränen in den Augen sehr feierlich und will mich küssen, was mich in Verlegenheit bringt.

Einfälle: Der feine ehrwürdige Alte ist ein ganz bestimmter Typ, er ist eine Art Seelsorger. Ich kenne einen solchen, den Pfarrer Blumhardt[62] in Boll, in ganz Deutschland berühmt, ein Mann, der

61 Hesses erster Roman »Peter Camenzind«, Berlin 1904.

62 Christoph Blumhardt (1842-1919), Leiter eines (von seinem Vater gegründeten) religiösen Erweckungs- und Erbauungszentrums in Bad Boll. Er war mit Hesses Eltern befreundet. Dort wurde Hesse im Juni 1892 knapp 14 Tage lang untergebracht. Vgl. H. Hesse, »Kindheit und Jugend vor 1900«. Herausgegeben von Ninon Hesse, Frankfurt am Main 1966 bzw. 1984.

kraft seines Charakters und Geistes suchende Menschen anzieht und eine Art von Gemeinde um sich hat, auf viele wirkt sein Umgang heilend und anregend. Ganz ähnlich denke ich mir den berühmten Johannes Müller.[63] Bei Blumhardt war es so: man wohnte in seinem großen, fast schloßartigen Hause als zahlender Pensionär. Viele kamen einfach zur Erholung und zum Ausruhen her, die weitaus meisten aber waren Stammgäste, die einen Teil jedes Jahres hier zubrachten, um in Blumhardts Nähe zu sein. Blumhardt war in Sprechstunden für die zu haben, die besondre Anliegen hatten. Die Hauptsache aber waren die Gespräche und Reden bei und nach Tisch, verbunden mit einer Art »Andacht«, die an eine Bibelstelle anknüpfte und an die sich fast immer Diskussionen, Fragen etc. schlossen, wobei Blumhardt viele originelle, kräftige Gedanken hergab. Er galt für fromm, aber für dogmatisch sehr frei. Das ganze Haus, mit 50 oder noch viel mehr Gästen, hatte einen eigenen Geist. Ich war dort einige Wochen als 15jähriger Junge, sollte mich von meiner Nervosität erholen, im Anschluß an meine Flucht aus dem Seminar.[64] Blumhardt war meinen Eltern schon lange bekannt. Die Gesellschaft war ganz gemischt, mit sehr viel Leuten aus den höheren Schichten, mit denen ich den Verkehr noch nicht gewohnt war, es waren viel Adlige da, auch Grafen und einmal ein Fürst, aber auch einfache schwäbische und schweizer Bürgersleute, alle einigermaßen verbunden durch ein ähnliches geistiges Suchen oder doch durch die gemeinsame Verehrung für Blumhardt.
Der Mann im Traum war nicht bestimmt Blumhardt, erinnerte aber sehr an ihn und stellte diesen Typ dar. Maler Steinhausen (auch Hans Thoma)[65] hat auch etwas Ähnliches, indem seine Persönlichkeit und Kunst den Einschlag einer altmodischen, doch zarten und feinen Frömmigkeit hat. Mir sind solche Figuren immer doppelt sympathisch, weil die Erinnerung an innige Frömmigkeit mir als Erinnerung an Vaterhaus und Kindheit überaus

63 Johannes Müller (1864-1949), evang. Schriftsteller, der 1902 zunächst in Schloß Mainberg bei Schweinfurt, ab 1914 in Schloß Elmau (Obb.) als »Freistatt persönlichen Lebens« ein Kurheim gründete, in dem er eine Gemeinschaft »weltanschaulich suchender Menschen« führte. Zahlreiche Publikationen und »Flugschriften zur Menschenkunde«.

64 Ende März 1892 war Hesse aus dem ev. theol. Seminar Maulbronn entflohen, weil er »entweder Dichter oder gar nichts werden wollte.«

65 Hans Thoma (1839-1924) populärer Maler badischer Landschaften und bäuerlicher Motive.

wertvoll und rührend ist, während ich doch die Äußerungen dieser Gesinnung, wie sie sich bei schlichteren Leuten im Volk zeigen, nicht mehr leiden mag, die Andachten, das Singen, Beten etc. Leute wie Steinhausen erinnern mich an dies ganze Milieu, und verbinden es doch durch ihre Person mit jenem anderen, in dem auch ich lebe, mit dem der Welt und der Kunst.
Das Gefühl des Krankseins und Gepflegtwerdens habe ich stets sehr geschätzt und bin als Kind manchen Schultag mit mehr oder weniger erfundenen oder gemimten Leiden daheim geblieben. – Der Österreicher erinnert mich an Typen aus Wien, er hat etwas von dem Dichter R.H. Bartsch.[66] Das erinnert mich an Wien, auch das gute süße Essen, und dorthin mahnt mich auch die Atmosphäre von Bewunderung und übertriebener Begeisterung der Leute. In Wien, und nur dort, wird man, wenn man z.B. als Dichter eine Vorlesung hält, von den Leuten als »verehrter Meister« etc. angesprochen und um Namenszüge etc. bestürmt, wie ein Schauspieler, und das hat sowohl etwas Komisches wie etwas Verlockendes und Süßes, es schmeichelt aufs Angenehmste und äußert sich in sehr hochkultivierten Formen. Daran erinnert mich auch die alte Dame, die mich küssen will wie einen Sohn oder auch fast wie einen Heiland. Zugleich erinnert sie mich an die sentimental-schöne Verehrung für Dichter, welche frühere Zeiten hatten, z.B. an die Aufzeichnungen so vieler, die einst zu Goethe oder zu Jean Paul wallfahrteten und selig waren, das Gesicht ihres Dichters zu sehen oder ein Wort mit ihm sprechen zu dürfen. – Mein Verhältnis zum Ruhm und Publikum haben wir ja oft besprochen, da ist nichts Neues zu sagen.
Daß meine Abneigung dagegen, als berühmter Autor begrüßt zu werden, und meine beständige Flucht ins Incognito nicht echt, sondern eine Maske ist, daß ich im Grunde sehr empfänglich für Ruhm und Lob bin, weiß ich. Es herrscht hier eine Moral, die mehr dem Geschmack als dem Ethischen gilt, und ich lehne die Verehrer vor allem deshalb ab, weil ich sie stets im Verdacht habe, daß sie für irgend einen Kitsch und Schund ebenso schwärmen wie für meine Bücher.

66 Rudolf Hans Bartsch (1873-1952), österreichischer Erzähler und Romancier, dessen Bücher Hesse von 1908-1915 rezensierte und den er damals als Mitarbeiter für seine Zeitschrift »März« gewann. Vgl. H. Hesse, »Die Welt im Buch«, Bd. I, Leseerfahrungen 1900-1910, Frankfurt am Main 1988.

8. Sept[ember 19]17

Gestern Abend telefonierte mir Dr. Jung[67] aus Zürich, der grade dienstlich hier ist, und lud mich ins Hotel zum Abendessen. Ich nahm an und war den Abend bis gegen elf mit ihm zusammen. Mein Urteil über ihn wechselte während diesem ersten Zusammensein mehrmals, sein starkes Selbstbewußtsein gefiel mir bald, bald stieß es mich ab, im Ganzen blieb aber ein sehr guter Eindruck.
In der Nacht glaube ich mehreres von ihm geträumt zu haben, weiß aber nichts mehr. Nur das eine schwebt mir ganz undeutlich noch vor, als habe er (ähnlich wie gestern im Gespräch) zum Beweis irgend etwas, was er sagte, sich vorgenommen, Träume (Material) zu produzieren, und die Träume kamen wirklich und zeigten sich mir wie etwas Weißes (mit weißer Deckfarbe gemaltes Blatt, Zeichnung oder so).
Wir sprachen gestern Abend über Vieles, auch das Gnostische und das Chinesische kam dran, es war wertvoll und spannend, ihn zu hören. Interessant war mir namentlich, wie wir allmählich tiefer ins Gespräch kamen (anfangs wußte er fast nichts von mir, namentlich nicht, daß ich in der Analyse begriffen bin). Ich sagte ihm unter andrem, daß die Analyse mir früher schon zweimal entgegengetreten, gewissermaßen sich angeboten habe, einmal durch Pfarrer Keller, dann durch den Berner Dr. Jung[68] (der ein Vetter des andern ist), und daß ich trotz meinem großen Interesse dafür beidemal nicht darauf einging, weil ich für beide nicht genug Vertrauen aufbringen konnte. Dr. Jung lachte und sagte: ja, das sei ganz richtig gefühlt, das seien beides Leute, für die die Analyse eine intellektuelle Angelegenheit sei, die sie nur lehren und studieren, nicht aber leben. Von Dr. Lang sagte er mit Nachdruck, das sei einer, der seine Sache auch *lebe*.

9. September [1917]

Traumreste: Ich war an einem Ort, der an das Seminar erinnerte, dabei war ich im Gefühl halb wieder ein Knabe, halb doch jener

67 C.G. Jung, vermutlich kam dieser erste persönliche Kontakt über Hesses Therapeuten Dr. J.B. Lang zustande.
68 Felix Jung (1892-1969) Dr. med., Psychiater und Neurologe.

Der Psychoanalytiker Dr. C. G. Jung (1875-1961)

Zeit entwachsen. Ich rannte sehr rasch durch mehrere Stockwerke die Treppen hinauf, dabei fällt mir auf, daß ich zwar sehr außer Atem komme, aber ungemein leichtfüßig bin. Von den Kameraden werde ich (das kam öfters in Träumen vor) etwas seltsam angesehen, so als habe ich irgend etwas begangen oder sei krank. (In Wirklichkeit wurde ich auch damals so angesehen, nachdem ich meinen Fluchtversuch aus dem Seminar gemacht hatte.) Plötzlich empfinde ich stark und schmerzlich, wie schön, reich und genial meine frühe Jugend einst war, wie viel Fülle und Zukunft in mir steckte, wie sehr ich vor den meisten überlegen war, und wie das alles zu nichts geworden [ist] und sich verloren hat!

Einfälle: Das letzte Gefühl, von dem unwiderbringlichen Glanz einer glücklichen, geistig strahlenden Jugend, der verloren ist, habe ich sehr oft, hatte es schon sehr früh. Neulich sprach ich auch mit Dr. Jung davon; er meinte, er fühle seit seiner Beschäftigung mit dem Unbewußten viel von damals wiederkommen, von der intensiven Freude an Farben etc. – Auffallend ist mir, wie in dem Traum, von dem ich nur obige Fragmente weiß, die Empfindung meiner Leichtfüßigkeit stark war, sie stand etwas (doch nicht sehr ausgesprochen) im Kontrast zur Atemlosigkeit. Mir fällt dazu ein, daß ich als Knabe sehr flink und elastisch, aber nicht ausdauernd war, sehr weit gehen konnte ich nicht, wohl aber war ich gut im kurzen Schnellauf, im Hochsprung etc. Das Seminar erinnert mich an die spätere Knabenzeit; die damalige Unterbrechung meiner Studienlaufbahn (ich probierte noch allerlei, studierte aber nicht, sondern endete beim Buchhandel) kommt öfters in Träumen in der Form vor, daß ich als Erwachsener es nochmals mit großer Mühe und geringer Hoffnung probieren muß, ein Gymnasium zu absolvieren.[69] Das Gefühl der Hoffnungslosigkeit und vergeblicher Mühe irgendwelchen Studien gegenüber hatte ich bis etwa zum 14. Jahr gar nicht gekannt; bis dahin war es mir selbstverständlich, daß ich alles lernen könne, wenn ich wolle,

69 In seinen »Biographischen Notizen« (1922/23) erinnert sich Hesse: »Im Herbst 1892 kam ich nach monatelangem Herumsitzen (siehe »Unterm Rad«) ins Gymnasium Cannstatt, wo ich wenig länger als ein Jahr blieb, bis in die Obersekunda, aus der ich während des Schuljahrs austrat. Ich war in Sprachen, Geschichte etc. gut, das hielt mich. Dagegen kam ich in der Mathematik, gegen die ich ganz gleichgültig war, nicht mit, und geriet damals in Kameradschaft mit den ›Lumpen‹ und übel angesehenen älteren Schülern, lernte die Abende verbotenerweise in Wirtshäusern hinbringen, tüchtig saufen etc. Einiges davon steht im ›Demian‹.«

auch war ich immer ein zwar launenhafter, aber guter Schüler. Erst im Seminar, wo mit der beginnenden Pubertät oft phantastische Launen und sentimentale Stimmungen mich beherrschten, lernte ich die Schwäche kennen, daß ich einzelne Gebiete als zu mühsam empfand und darüber gewissermaßen resignierte. Dazu gehörte vor allem die Algebra, die ich nicht begriff, und zum Teil auch das Hebräische. Wenn ich später wieder von Seminar oder Gymnasium träumte, geschah es immer mit dem Gefühl, daß ich der Sache doch nicht gewachsen sei, mit einem Mißtrauen gegen meine Kräfte. – Daß die Kameraden mich seltsam ansehen, das war auch im Seminar und Gymnasium wirklich oft so, und zwar galt ich bei den einen für krankhaft und einen komischen Kauz oder Hanswurst, bei den andern für genial. Bei vielen wechselten beide Auffassungen, und ich selber empfand die Blicke der andern sowohl als beschämend wie auch als auszeichnend.

Ein andres Traumstück aus dieser Nacht: Ich saß an einem Tisch einigen Kindern gegenüber, denen ich Schule halten sollte. Ich sollte den Unterricht über Geschichte, Nationalökonomie etc. geben und wollte diesen Unterricht mit einigen allgemeinen Worten beginnen, in denen ich persönlich und unakademisch sein und meine Schüler gewinnen wollte. Ich sagte: ich will euch, ehe ich euch Geschichtsstunde gebe, etwas darüber sagen, was eigentlich Geschichte ist. Dabei wollte ich von »Geschichte und Politik« sprechen, sagte aber »Geschichte der Völker und persönliche Geschichte« (was mich an individuelles und kollektives Unbewußtes mahnt). Dann wollte ich erklären, wie unsicher geschichtliche Wahrheiten seien, und wollte als Beispiel irgend ein kleines Geschehnis aus dem täglichen Leben nehmen, wie es in Wirklichkeit verläuft und wie anders es sich nachher in den Aussagen derer spiegelt, die dabei waren und davon erzählen. Doch kam es nicht mehr dazu. Einige von den Kindern waren unaufmerksam, und im Ganzen hatte ich im Traum selbst das Gefühl, daß meine Absichten im Widerspruch zum Alter der Schüler standen. Auch war ich in jenem Raum mit meinen Schülern nicht allein, sondern es waren noch andre da, ich stand irgendwie unter Aufsicht eines Höheren, etwa eines Direktors (der aber auch an meine ältere Schwester erinnerte), oder konnte doch von diesem gehört und kontrolliert werden, war also selbst nicht nur Lehrer, sondern auch Untergebener.

Einfälle: Den Zustand, daß man Lehrer ist und doch selber eigentlich Schüler, lernte ich damals in einer Anstalt kennen[70], wohin man mich als etwa 15jährigen tat wegen Verdacht von moral insanity etc. Es war eine Anstalt für Schwachsinnige und Epileptiker, doch gab es auch einzelne nervöse Gäste. Mich verwendete der Direktor, als ich gegen Gartenarbeit etc. Widerwillen zeigte, öfter zum Schulehalten, d.h. ich vertrat (selber erst 15jährig!) einzelne Lehrer öfter in ihren Stunden, übrigens meistens völlig frei und ohne daß eine Kontrolle meiner Leistung da war. Die (meist epileptischen) Kinder schwärmten fast alle für mich, da ich so jung und neu war, keine Strenge und Pedanterie zeigte und ihnen viel erzählte. – Zu Geschichte, Politik etc. hatte ich nie ein starkes Verhältnis, in Wirklichkeit hätte ich nie hierin auch nur den untersten Schulstufen Unterricht geben können.

11. Sept[ember 19]17

Von einem langen, mühsamen Traum weiß ich nur noch das, daß es sich immerfort um Geld handelte. Das Geld wurde jemand geschickt, der es in bestimmtem Sinn (ich glaube zu Geschenken) verwenden sollte, was aber nie ging, das Geld war irgendwie entwertet oder man kam nicht dazu, es zu verwenden. Dabei ist unklar, ob ich der bin, der das Geld schickte, oder der, der es verwenden soll, vermutlich beides.
Ein zweites kurzes, etwas deutlicheres Traumstück von heut früh: Ich war in einem Hof oder Gärtchen zusammen mit einem, der die Schweizer Offiziersuniform trug, und trug auch selber eine solche. Ich war beschäftigt damit, Unkraut zu jäten und allerlei an einem Komposthaufen zu treiben, wobei ich dachte oder sagte, daß man diesen ganzen Kompost umordnen müsse. Der Widerspruch zwischen meiner Uniform und meiner schmutzigen manuellen Tätigkeit kam mir einigemale zum Bewußtsein. Während ich so tätig war, stand der andre Offizier draußen auf der Straße, ich glaube, zusammen mit seiner Mutter (ich war bei ihnen Gast oder sonst von ihnen abhängig), grüßte auch einen vorübergehenden anderen Offizier, wobei mir auffiel, daß er ihn nicht sehr steif oder

70 Ende Juni bis Oktober 1892 war Hesse (nach einem mißglückten Versuch, sich zu erschießen) in die Heil- und Pflegeanstalt Stetten im Remstal eingewiesen worden. Vgl. die Dokumentation »Kindheit und Jugend vor Neunzehnhundert«, Bd. 1, Frankfurt am Main 1966 bzw. 1984.

förmlich, sondern salopp und bequem grüßte, und ich selber fühlte mich geniert, sah weg und fühlte, daß ich, weil in Uniform, den andern eigentlich auch grüßen sollte, was ich aber nicht konnte oder wollte, weil ich ja gar nicht Offizier war. Von einem Nachbarhause her sahen Leute, besonders Kinder, mir mit einer gewissen Neugierde zu, wohl weil es auffiel, daß ein Mann in Uniform da am Unkraut und Kompost arbeitete. (In Wirklichkeit tue ich solche Arbeit oft und gern, habe es allerdings nicht gern, wenn man mir dabei zusieht.) Nun kam ein kleines Mädchen von dort herüber und fragte mich, ob ich Schneider (?) sei. Zugleich gab sie mir einen Brief, mit Kinderhandschrift wohl von ihr selber geschrieben, darin stand etwas von ihrer Mutter (vielleicht daß sie gestorben sei?) und daß sie ihren Vater (oder Stiefvater) sehr liebe. Es war auffallenderweise mit dem Wort »anhängen« oder »Anhänglichkeit« ausgedrückt.
Einfälle: Zu dem Geld fällt mir vor allem das deutsche Geld ein, das jetzt so entwertet ist. Geld einzunehmen (nämlich deutsches) ist mir jetzt jedesmal kein Vergnügen, sondern das Gegenteil. Auch fällt mir das Geld ein, das für die Gefangenenzwecke durch meine Hände geht. Der ganze Traum besteht nur aus einem unklaren, stumpfen Gefühl von Behinderung, Nichtvorwärtskommen. Ich hätte ihn gar nicht erwähnt, wenn es mir nicht so vorkäme, als habe ich den gleichen Traum auch neulich schon einmal gehabt.
Zur Uniform fällt mir Dr. Jung in seiner Arztuniform ein, die ja ein Bild der Angepaßtheit ist. Im Traum trug er seine Uniform zu Recht, ich aber hatte die meine nur entlehnt und nur zum Schein an, war nicht wirklich Offizier. Ein gewisses Gefühl, daß er mir überlegen sei, hatte ich auch hier im Traum gegen Jung, ich habe dies Gefühl sehr oft Leuten gegenüber, die ich als angepaßt und gesund empfinde. Von seiner Mutter weiß ich in Wirklichkeit nichts. Der andre Offizier schien ein Verwandter oder Freund von ihm zu sein. Beim Kompost denke ich an meine eigene Gartenarbeit, und daß neulich ein angestellter Taglöhner mir sagte, unser Komposthaufen müsse einmal umgebaut und umgegraben werden. Persönlich habe ich immer Interesse dafür gehabt, daß im Kompost sich durch Zersetzung von Pflanzen und Abfall Humus bildet: wenn ich am Kompost arbeite, ihm neue Stoffe zuführe etc., habe ich das Gefühl, etwas Wertvolles und Fruchtbares zu fördern. Vergleich mit den Materialien im Unbewußten liegt nah.

Jetzt fällt mir noch ein: im Traum war der Komposthaufen nach einer Pause (ich hatte gedacht, es müsse etwas mit ihm geschehen, Wasser oder sonst etwas drüber getan werden) plötzlich mit Eis überzogen, d. h. mit gleichmäßigen Eisstücken wie mit Bausteinen überdeckt. – Daß die Nachbarn und Kinder sich neugierig über den Mann wundern, der in Uniform Gartenarbeit tut, erinnert mich an folgendes: ich arbeite gern im Garten, trage sehr gern und zuhause überhaupt fast immer alte abgetragene Kleider. Wenn jemand mir zusieht, geniert es mich zuweilen, daß mein Tun und Aussehen nicht stimmt zu meiner Bildung oder gesellschaftlichen Stellung. Wenn z. B. unerwartet Besuch kommt und mich im Gartenkostüm antrifft, ist es mir oft etwas peinlich. –
Auf der Heimfahrt gestern Abend las ich »septem sermones ad mortuos«[71] und hatte einen sehr starken Eindruck davon, obwohl es mir nicht als eine reine Äußerung des Unbewußten erscheint. Dafür ist es allzu klar und systematisch, scheint mir. Jedenfalls ist vieles darin, namentlich der Ausdruck für das principium individuationis, ungemein durchdacht und richtig. Andres blieb mir unklar. Beim Nachdenken über Dr. Jung fällt mir noch ein: er erinnerte mich ein klein wenig an einen Pfarrer Steudel[72] in Bremen, der freilich das Gegenteil eines Mystikers ist. Steudel ist einer der paar ganz freien Geistlichen Deutschlands, von einer freien Gemeinde gewählt, er ist Monist und Naturwissenschaftler und predigt Darwin oder Bölsche.[73] Er imponierte mir, als ich in Bremen einst ein paar Tage bei ihm war, durch seine männliche Freimütigkeit, die sich aber zuweilen sehr derb äußerte, und durch seine gesunde Angepaßtheit, die mir zu Unrecht oft fast wie zynisch erschien. Ein Wort von ihm blieb mir eindrücklich. Ich hatte erzählt, daß meine Frau viel älter[74] sei als ich. Da sagte er grade heraus: »So, haben Sie diese Dummheit auch

71 »Septem sermones ad mortuos«. Die sieben Belehrungen der Toten. Geschrieben von Basilides in Alexandria, der Stadt, wo der Osten den Westen berührt. Anonyme Schrift C. G. Jungs. 1916 als Privatdruck erschienen.

72 Friedrich Steudel (1866-1939), den Hesse Anfang Oktober 1909 in Bremen besucht hatte.

73 Charles Darwin (1809-1882), englischer Naturforscher und Begründer der Selektionstheorie als Antrieb der Evolution. (»Über den Ursprung der Arten durch Zuchtwahl«, 1859.)
Wilhelm Bölsche (1861-1939) populärwissenschaftlicher Schriftsteller (u. a. »Das Liebesleben in der Natur«, 1898-1902).

74 Mia Hesse war 9 Jahre älter als ihr Mann.

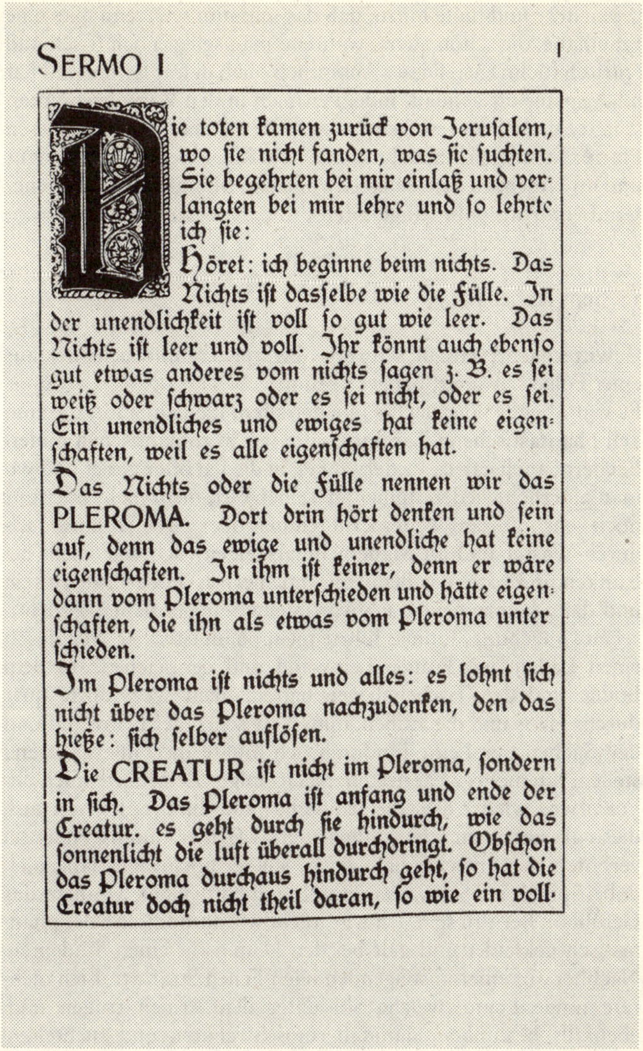

SERMO I

1

Die toten kamen zurück von Jerusalem, wo sie nicht fanden, was sie suchten. Sie begehrten bei mir einlaß und verlangten bei mir lehre und so lehrte ich sie:

Höret: ich beginne beim nichts. Das Nichts ist dasselbe wie die Fülle. In der unendlichkeit ist voll so gut wie leer. Das Nichts ist leer und voll. Ihr könnt auch ebenso gut etwas anderes vom nichts sagen z. B. es sei weiß oder schwarz oder es sei nicht, oder es sei. Ein unendliches und ewiges hat keine eigenschaften, weil es alle eigenschaften hat.

Das Nichts oder die Fülle nennen wir das PLEROMA. Dort drin hört denken und sein auf, denn das ewige und unendliche hat keine eigenschaften. In ihm ist keiner, denn er wäre dann vom Pleroma unterschieden und hätte eigenschaften, die ihn als etwas vom Pleroma unterschieden.

Im Pleroma ist nichts und alles: es lohnt sich nicht über das Pleroma nachzudenken, den das hieße: sich selber auflösen.

Die CREATUR ist nicht im Pleroma, sondern in sich. Das Pleroma ist anfang und ende der Creatur. es geht durch sie hindurch, wie das sonnenlicht die luft überall durchdringt. Obschon das Pleroma durchaus hindurch geht, so hat die Creatur doch nicht theil daran, so wie ein voll-

Erste Textseite der »Septem sermones ad mortuos« von C. G. Jung

gemacht?« und fügte hinzu, daß das schlimm sei, wenn man eine Frau habe, die schon altere, während man selber noch frisch und erotisch tüchtig sei. Dieser Ausspruch blieb in mir haften und hat mich später oft gequält, indem er mich in den Vorwürfen unterstützte, die ich mir wegen meiner Ehe machte. Also an diesen Pfarrer Steudel erinnert Jung mich ein klein wenig, in der Figur und im Wesen, zu dem Selbstbewußtsein, Männlichkeit und jener Grad von Angepaßtheit gehören.

12. Sept[ember 1917]

Gewitternacht, schwül, schwere Gewitter, Traumbruchstück aus einer Folge schwerer, banger Träume:
Es war abends oder nachts in einer alten, kleinen Stadt, die zum Teil phantastischen Charakter hatte wie in romantischen Bilderbüchern; auch gab es Vexierwinkel, in die ich öfter geriet und wo man plötzlich wieder, immer am selben Ort, nicht mehr oder nur noch sehr mühsam weiter kam (einmal oder zweimal mußte ich durch Wasser und an Mauern hinabsteigen). Ich war leicht betrunken und hatte das Bedürfnis, noch etwas an der Luft zu sein und dann heimzugehen, ich war in einer einigermaßen studentischen Umgebung. Einmal führte mein phantastischer Weg durch einen Laden, wo Frauen Leinwand und dergleichen auf dem Boden und den Tischen liegen hatten, mein Weg führte quer durchs Haus und die Stuben, mitten zwischen der Leinwand und den Sachen der Leute hindurch, ich mußte die Füße ganz eng stellen, um nichts zu zertreten. Nach einiger Zeit führte mich der Vexierweg wieder dieselbe Straße her und durchs gleiche Haus, diesmal sagten mir die Frauen, der Weg hier durchs Haus sei verboten. Ich entschuldigte mich, ich sei noch nicht lang hier, dabei sprach ich Schweizerdeutsch und hatte einen Moment das Gefühl, in Bern zu sein. Ich war irgendwie altmodisch oder phantastisch gekleidet und galt bei den Leuten für einen Studenten. Nachher auf einer ansteigenden nächtlichen Straße traf ich mehrere junge Leute, welche Ski unter den Armen trugen und, ebenfalls betrunken, damit herumschwenkten und fuchtelten, daß die Passage gefährlich wurde. Ich rief ihnen zu, das dürfe man nicht, und zielte einem von ihnen mit meinem Stock (ich hatte einen geschnitzten, langen, unpraktischen Stock) nach den Bei-

nen. Da erkannte ich in einem von ihnen den Dichter Emanuel von Bodman[75], grüßte ihn, ließ mich aber nicht weiter ein und ging weiter. Diesmal schien es mir, ich komme aus dem verhexten Revier, in dem ich bis jetzt immer rund gelaufen war, heraus und richtig heimwärts. Da erschien wieder eine Nachtfigur, vermutlich auch trunken, mit scheinbar schwachen Beinen, ich glaubte ihn leicht zu Fall bringen zu können, erst mit meinem Stock, dann ringend; aber er war sehr stark und bezwang mich. Am Schluß hatte er mir beim Ringen Geld abgenommen und deutete an, daß er das nun als Lohn behalte. Ich dachte, es wären nur die paar Geldstücke, die ich in der Westentasche getragen hatte, aber da zeigte sich, daß er all mein Geld genommen hatte, was offenbar viel war. Der Mann, der mehr und mehr unheimlich und gefährlich erschien, hieß »Demian«: Jetzt wird alles dunkel. Ich glaube, ich rang bald darauf nochmals mit ihm, in der Hoffnung auf einen Helfer, den ich nah glaubte, verlor aber wieder, doch ist das ganz unklar. Später war ich mit Demian (er glich jetzt ein wenig einem Schulkameraden von mir) eingeschlossen in einem Zimmer (es war vermutlich noch jemand dabei) und es war, als dürfe ich den Raum nicht verlassen und müsse bei Demian bleiben, der sich hingelegt hatte. (In Wirklichkeit hatte ich, wie ich bald darauf beim Erwachen sah, den Kopf unter der Decke und litt an Hitze und Luftmangel.) Demian schien jetzt krank zu sein, und deutete auf einen kleinen Schaden, eine kleine Wunde oder Schorf, in der Gegend der Nasenwurzel, zwischen Auge und Nase. Es schien nur eine kleine Verletzung zu sein, und als er daran drückte und das Ding mit dem Fingernagel öffnete, hielt ich es für eine Art Hitzebläschen oder so, denn es kam etwas Eiter heraus. Aber dann erschrak ich sehr, denn Demian lüpfte mit seinem Finger ein Stück Haut und einen Deckel in die Höhe, und darunter war alles, die ganze Gegend um Auge und Nase, krank und scheußlich, voll von einem brandig eitrigen Saft, wie verfault. Er klagt über große Schmerzen. Rest völlig verwischt.
Einfälle: Die kleine Stadt hatte etwas von Kubins Traumstadt[76], jedoch mehr im romantisch-malerischen Sinn, nicht im häßlich-grotesken. Erinnerlich ist mir ein (ich glaube doppeltes) Tor,

75 Emanuel von Bodman (1874-1946), Lyriker, Erzähler, Dramatiker am Bodensee; mit Hesse seit seinen Gaienhofener Jahren in lockerer Verbindung.

76 Die Traumstadt »Perle« in Alfred Kubins 1909 veröffentlichtem phantastischen Roman »Die andere Seite«.

nieder, eng und massiv, sehr farbig, ich glaube rot gemalt. Das Gehen durch Haus und Laden war wie in »Durchhäusern«, die es in alten Städtchen gibt, wo Passagen durch den Gang eines Privathauses führen. Meine Rolle und Verkleidung hatte auch etwas Romantisches, so wie wenn ich einen Jüngling aus der Zeit vor etwa 100 Jahren darstellte (das war nur im ersten Traumteil, später fiel das weg). Daß ich wie verhext immer wieder an die gleichen Ecken und vor die gleichen Hindernisse kam, glaube ich schon öfter geträumt zu haben, auch erinnert es sehr an Motive in Märchen. Die Leute mit den Skiern erinnern mich an das Herumfuchteln junger Leute mit Skiern, das man oft im Winter auf Bahnhöfen sieht. Auch auf Touren kann man mit den auf der Schulter getragenen Skiern, wenn man nicht aufpaßt, seinen Hintermann leicht verletzen und stören. Der Dichter E. von Bodman, den ich hier betrunken in nächtlicher Studentenlaune sah, ist in Wirklichkeit gar kein Bacchant, sondern ein ziemlich zahmer Mann, jedoch folgt er mit Treue seinem eigenen Wesen und hat Phantasie; als Dichter ist er mir oft zu pedantisch und klassizistisch, als Mensch ist er ein großer Egoist, zweimal von Frauen geschieden (die jedoch ihn verlassen haben, nicht er sie). Ich verkehrte mit ihm am Bodensee, sehr nah stand er mir nie. Zu Demian fällt mir ein: es ist eine Verstümmelung von Damian, klingt aber eben durch den veränderten Laut stark an »Dämon« an, erinnert mich auch etwas an Demiurg.[77] Auch der wirkliche Name »Damian« hat für mich stets etwas Seltsames, ein wenig Unheimliches gehabt, etwas, was an Katholisches, an finstre Romantik oder so was anklang. Das Ringen war unheimlich, der Mann sehr stark, das Gefühl des Unterliegens häßlich. Aus diesem Unterliegen und dem Beraubtsein, das ich anfangs leicht nahm, entwickelte sich mehr und mehr eine Art Bann, der mich an diesen Demian fesselte. Der Schulkamerad, dem er ein wenig glich, ist ein hübscher, kräftiger Mensch, mir heut noch befreundet, ein Ingenieur[78], eigenwillig und kräftig in jeder Hinsicht, sehr begabt mit eigenartigen Gedanken und einer seltenen geistigen Energie, da-

77 Bei Platon und in der Gnosis: Der Schöpfer der Welt.

78 Vermutlich Dr. Ing. Theodor Rümelin (1877-1920), Schulkamerad Hesses in Maulbronn, der zunächst in Tübingen Theologie, später in Stuttgart Bauingenieurwesen studierte. Er promovierte über das Thema »Wie bewegt sich fließendes Wasser?« und wurde u.a. Oberbauleiter eines Kanalisierungsprojekts der Isar durch das Erdinger Moos bei München.

bei eigensinnig und nicht von seinem Weg abzubringen. Bei alledem ist er kein Sonderling, sondern angepaßt und gesund. Die Traumfigur klang freilich nur schwach an ihn an, und hatte nichts von seinen (sehr sympathischen) Zügen. – Zu der Wunde am Auge fällt mir ein: ich hatte selber kürzlich eine. Ich war auf eine Hacke im Gartenhaus getreten, die mir ins Gesicht schnellte, sie traf mitten ins linke Auge, wobei sie das Brillenglas zerschlug. Es tat sehr weh, aus dem schmerzhaft zusammengekniffenen Auge troff Blut, ich glaubte, eine oder zwei Minuten lang, das Auge sei verloren. Dann zeigte es sich als harmlos: ich hatte ein tüchtiges blaues Mal unterm Auge, im obern und untern Augenlid staken kleine Splitter von der Brille, und das Nasenbein (eine Gegend, die ich von frühern argen Schmerzen bei Tränenkanal-Entzündungen kenne!) tat weh. Das war vor mehr als 14 Tagen; ich spüre fast gar nichts mehr davon, fand aber dieser Tage beim Betasten eine winzige Schramme oder Erhöhung an der Nase oben, welche an Demians Wunde erinnern kann. Furchtbar war im Traum der Moment, wo der kleine Schaden sich als so groß erwies, wo ich unter dem Hautdeckel in lauter Fäulnis sah, furchtbar ekelhaft und grausig. Vor solchen Sachen hatte ich immer leicht Ekel, ohne mich freilich bestimmter Idiosynkrasien zu erinnern. Blut konnte ich zur Not wohl sehen, sah auch als Knabe oft Tiere schlachten; aber vor Eiter, Geschwüren etc. ferner vor Krankenhäusern, Operationen und alledem hatte ich und habe ich noch jetzt ein Grauen, obwohl ich mit der Zeit manche dieser Dinge näher kennen lernte und ruhiger ansehen lernte. Als Jüngling war die Vorstellung eines Spitals für mich etwas vom Gräßlichsten, ich lehnte auch das Mitleid mit Kranken ab, das Leiden schien mir ekelhaft und unreinlich, ich wollte nichts davon wissen. Auch hing damit die Ablehnung des Christlichen und des Mitleids zusammen, die ich bei Nietzsche früh kennenlernte. Tolstoi war mir zuwider. Erst ziemlich später fand eine Art Rückkehr zu Mitleid und Christentum statt.

14. Sept[ember 1917]

Träume aus dieser Nacht:
1. Es war eine Gesellschaft in einem Schiff unterwegs, ich mit im vordern Teil auf Deck, auch meine Frau dabei. Es war etwa wie

auf dem Bodensee, ein kleines Dampferchen. Einmal wurde das Wasser bewegt, und es gab eine Welle, die am Schiff hochspritzte, so daß man kreischte, schrie und lachte. Die Welle überspritzte mich, und da, wo sie über uns in der Luft geschwebt war, blieb eine Art sichtbarer Spur zurück. Wir näherten uns dann dem Land und legten an; jetzt war es aber nur noch ein kleines Boot und ein Flußufer. Am Ufer war eine andre Gesellschaft, mit fast lauter Personen aus meinem Basler Bekanntenkreis, meist junge Mädchen, die die Aussteigenden empfingen. Ich war einer der Letzten, außer mir war nur noch ein junges Mädchen im Boot, das sich nicht recht traute, kränklich schien und unschön und verschüchtert aussah, aber etwas Rührendes hatte wie es kranke Kinder haben können. Ich half ihr beim Aussteigen und nahm sie dabei...*

2. Eine Festtafel, an deren unterstem Ende ich mit einigen Bekannten war. Neben mir saß ein Mädchen, ein Kind. Oben an der Tafel in dem großen Saal fanden gesellschaftliche und höfische Zeremonien statt, über die wir uns unten heimlich lustig machten. Es war der deutsche Kaiser, der einen berühmten medizinischen Geheimrat begrüßte, offenbar war dieser Jubilar oder so was. Einen Augenblick tauschten sie auch die Rollen (?) Der Kaiser gab dem Arzt die Hand und ließ sie ihm sehr lange und leutselig, dann wurden die Assistenten des Arztes kurz begrüßt, welche in einer Reihe nebeneinander am Tisch saßen, wie militärisch geordnet, und wie in Uniform in ihre weißen Klinik-Schürzen gekleidet, alles sehr feierlich und steif zeremoniös. Der Arzt war sehr streng und schneidig, recht wie ein deutscher Reserveoffizier und kaisertreuer Beamter, es schien einer der Assistenten zu fehlen und er fragte sehr scharf nach ihm. Endlich setzte sich alles. Später erschien unten bei uns am Tisch eine sehr hohe Dame, die sonst oben beim Kaiser saß und eine Marquise war (sie erinnerte ans Rokoko und der Kaiser und seine Umgebung sahen jetzt mehr wie französische Hofleute vom 18. Jahrhundert aus). Die Marquise kannte mich offenbar, ich sie nicht oder doch nicht sicher. Sie fragte nach dem kleinen Mädchen, das bei mir saß, und wollte es, glaube ich, mitnehmen oder einladen, um oben bei den hohen Herrschaften vorzulesen, wovon ich abriet. Die Marquise fragte, warum ich so ablehnend sei (ich war ziemlich ruppig gegen sie),

* Hier fehlen 9 Zeilen in dem von Ninon Hesse durchgesehenen Typoskript.

ich habe ihr doch schon öfter 60 und mehr Zeilen geschrieben. Erst jetzt sah ich, daß sie mich besser kenne als ich sie, und nahm an, sie sei eine der Damen, die mir hie und da Leserbriefe schreiben und denen ich antwortete, ohne viel dabei zu denken. Ich entgegnete, ich sei eben nicht mehr in gleicher Laune, und bezog mich ärgerlich auf das Recht eines Jeden, Launen zu haben und so weiter, kurz es war ein kleiner Ausbruch nervöser Gereiztheit, ähnlich doch schwächer, als er oft in Träumen vorkam und im Leben bei mir sehr häufig ist. Rest völlig undeutlich.

3. Auch eine Art Tafel, wie in einer Pension. Es war an einem Ort, der als Straßburg bezeichnet wurde, aber gar nicht so aussah. An der Tafel lauter Fremde, ich hatte wieder die Rolle des Kranken oder Sonderlings, benahm mich nachlässig und wurde wenig geachtet, mehr nur geduldet, litt darunter aber gar nicht. Einzelne im Haus schienen mich zu kennen, wenigstens erinnere ich mich undeutlich, daß eine Dame sich zurückzog, um zu Bett zu gehen, und mir gute Nacht sagte. Neben mir war ein junger Mensch aus Dänemark, der ein Gespräch anfing, anfangs sprach er, wie mir schien, zu andern, doch gab nur ich ihm Antwort. Er begann damit, daß er gelehrt und steif wie aus einem Bädeker einen Satz sagte, des Inhalts: hier an dieser Stelle (wir sahen durch die Fenster auf einen Platz ähnlich wie beim Casino in Bern) sei Straßburg zum erstenmal besiedelt worden. Ich fragte, ob er genau diese Stelle hier meine, dann könne ich seine Meinung nicht teilen, denn hier seien ja alle Gebäude modern, und die ganz alten Bauten, Kirchen usw. liegen ja weiter unten (oder oben) am Fluß. Wir sprachen noch einiges derart, er wurde warm und gab mir zuletzt eine fast homosexuelle Zuneigung zu erkennen, indem er sich zu mir neigte und mich entweder küßte oder doch mit seiner Wange die meine berührte, in der Art eines schüchternen Liebhabers. Ich wandte mich ab, nicht gerade degoutiert, aber verlegen. Nachher war statt dieses jungen Dänen ein Mädchen da (er verwandelte sich aber nicht direkt in sie, ich erinnere mich, daß einen Moment er und sie beide auf der Bühne waren), und ich interessierte mich für dies Mädchen oder war etwas in sie verliebt. Ich hatte ein Kind bei mir (keines meiner eigenen), und ehe ich ins Bett ging, beschloß ich, mich dem Mädchen noch zu nähern. Ich zog mich aus, nahm das Kind auf den Arm, trat zu dem Mädchen hin und reichte ihr das Kind zum Küssen hin, mit der heimlichen Absicht, sie dann selber auch zu küssen, wenn sie sich nicht zu ablehnend zeige.

Aber sie wehrte das Kind, das sie küssen wollte, mit Freundlichkeit ab, und zwar so, daß ich einen Augenblick dachte, sie sei vielleicht lungenkrank und wollte das Kind darum nicht küssen, um es nicht anzustecken. Ich verzichtete nun mit Bedauern auf weitere Annäherung und ging hinaus.

Einfälle zu 1.: Das mit der Welle war so: das Schiff hatte sich vorn etwas gehoben und platschte, wie es bei Stürmen vorkommt, mit dem Vorderteil aufs Wasser zurück, davon entstand die Spritzwelle, die dicht am Schiff senkrecht wie ein Springbrunnen in die Höhe ging und über uns sich auflöste. Es erinnert mich an Momente bei »rauher See« auf meiner Seereise, und an die Brandung, wie ich sie da und dort sah, z. B. auf Ceylon in Colombo, wo beim Hafen dauernd hohe weiße Spritzwellen aufsteigen. An eigentliche Gefahr dachte im Traum niemand. Merkwürdig war, daß von der Welle etwas in der Luft zurückblieb, was mich an die Asche oder Hülse einer Rakete erinnert. Schwacher Rest, materieller Rest einer schönen, glühenden Erscheinung. Als unser Boot landen wollte und ich die Basler Leute am Ufer sah, glaubte ich erst, sie seien zufällig da und es sei vielleicht klüger, sie gar nicht anzureden, dann aber sah ich, daß sie uns erwarteten und begrüßten und auch zu uns gehörten. Es waren die Frau und Töchter eines mir sehr lieben Basler Hauses, desselben, das im »Camenzind« vorkommt[79], wo ich in meiner Basler Zeit sehr liebe Aufnahme und Freundschaft fand. Der Mann ist Gelehrter, und zwar ein bedeutender, übrigens bucklig, ein überaus gescheiter, klassisch gebildeter, feiner und auch gütiger Mann, Goetheleser und guter Typ humanistisch-klassischer Bildung. Die Frau, lebhaft und warm von Temperament, überaus gütig und rastlos liebevoll, ist fromm und betätigt sich und einige ihrer Töchter dauernd mit Liebeswerken jeder Art, auf eine hübsche und persönlich lebendige Art, doch mir immer allzu pietistisch. Sie ist das Urbild eines guten, unruhig tätigen Sinnes (wie Martha im Neuen Testament), hinter dem eine gewisse Seelenunruhe und Konfusion sich verbergen kann. Ihre Töchter sind mir befreundet, d.h. die beiden ältesten – die andren waren in der Zeit, wo ich viel ins Haus kam, noch zu klein. Die älteste[80], die auch hübsch war, machte mich seinerzeit einigemal verliebt, sie ist eine reizende, feine Frau

79 Das Haus des Staatsarchivars Dr. Rudolf Wackernagel (1855-1925) im Brunngäßli 11 und seiner Frau Elisabeth (1859-1931).

80 Mathilde Wackernagel-Börlin (1882-1969).

geworden, übrigens überaus sensibel und sehr wenig erotisch. Die zweite ist groß und stark, lustig und kraftvoll, nicht hübsch, sie ist Krankenpflegerin geworden. Wenn ich jetzt, nach vielen Jahren, in das Haus komme, so bin ich sehr willkommen, man erinnert sich der Zeit, in der wir einst Freundschaft schlossen, wie einer besonders glücklichen, einer Höhezeit. Ich glaube, das stimmt auch. Damals, als mein Verkehr mit dem Haus in Blüte stand, war der ganze Ton des Hauses ein sehr glücklicher und froher und strahlte etwas Schönes aus. Später, scheint mir, ist nicht nur das Alter gekommen, sondern es ist auch mit der zunehmenden Frömmigkeit der Hausfrau etwas gekommen, was die Harmonie störte, obwohl dafür keine äußern Zeichen zu sehen sind. – Das Mädchen im Boot flößte mir anfangs Mitleid ein, ich wollte ihr nur Helfer, Ritter, etc. sein, und diese Rolle erinnert mich an Jugendideale einer »reinen« Liebe und Hingabe, wobei das Sexuelle wegblieb oder doch nicht dominieren durfte. Einer bestimmten Person gleicht das Mädchen nicht.

[Einfälle] zu 2: Der Kaiser war deutlich erkennbar, der Arzt nicht. Es war so ein richtiger Geheimrat, und es fällt mir dabei die offizielle, akademische Medizin in Deutschland ein, wie ich sie mit Dr. Lang und Jung schon besprach, diese karikierte Offizialität. Bei den Assistenten fällt mir Freud[81] ein, d.h. das, was ich gestern in seinem Aufsatz las, wo er von seinen Kollegen und Schülern in Wien erzählt. Die Assistenten sind zwar erwachsen, müssen aber wie Schulbuben vor dem Götzen »Chef« strammstehen und sich vor ihm beugen, natürlich auch geistig. Der Kaiser zeigte sowohl sympathische wie dumme Züge, auch in der Realität hatte ich beiderlei Eindrücke von ihm. In der Art, wie er den Arzt behandelte, war viel mehr Feinheit und Zartheit, als in der Art, wie der Arzt gegen seine Assistenten war. Der Arzt war ganz kalter Streber. Nachher hatte sich diese offizielle Welt (die ich halb anerkennen muß, halb verlache) oben am Tisch mehr ins Historische und Maskierte verwandelt, ich glaube es war eine Perücke dabei. Dazu fällt mir ein: das 18. Jahrhundert habe ich einmal, in einem Aufsatz über Wilhelm Meister[82], gegen die land-

81 Sigmund Freud (1856-1939), Begründer der Psychoanalyse.

82 H. Hesse, »Wilhelm Meisters Lehrjahre« 1911, geschrieben als Vorwort zum Wilhelm Meister-Band der Goethe-Ausgabe des Ullstein Verlags, Berlin. Siehe H. Hesse, »Eine Literaturgeschichte in Rezensionen und Aufsätzen«, Frankfurt am Main 1970, S. 159ff.

läufigen Verleumdungen sehr verteidigt und in ihm nicht die Zeit des Zopfs und der oberflächlichen Galanterie gesehen, sondern die Zeit Goethes und eines neuen Humanismus (Herder etc.), den letzten großen Versuch einer Formulierung und Manifestierung schöner, kultivierter Menschlichkeit. Was freilich wieder sehr einseitig ist! Die Marquise mahnt mich an Leute, die man einmal kennen gelernt hat und deren Namen man vergaß, so daß man in Verlegenheit kommt, wenn man sie wieder sieht.
[Einfälle] zu 3: Der junge Däne sah aus wie ein Jüngling, den ich gestern in der Eisenbahn sah: sehr bleich, schwarzhaarig, sensibel, etwas kränklich. Zu »Däne« fällt mir Andersen ein, den wir in letzter Zeit lasen. In diesem Zusammenhang ist »Däne« etwas Zartes, nordisch-Unschuldiges, Poetisches. Zu Straßburg fällt mir Goethe ein und die Pension, in der er dort lebte. Das Küssen zwischen Männern, das bei uns zuhause in der Familie nicht selten vorkam und das im 18. Jahrh. in der sogenannten »empfindsamen« Zeit ja auch sehr Mode war, habe ich auch in Italien schon gefunden. Dort küßte mich einmal bei der Abreise ein Mann, bei dem ich einige Wochen als Mieter gewohnt hatte, feierlich auf beide Wangen, und ich erfuhr später, daß er das bei allen so mache. Das Kind als Liebesvermittler erinnert mich an Freud und an den ersten Eindruck, den es (wohl schon vor 9 Jahren) auf mich machte, als ich sagen hörte, das Küssen zwischen Eltern und Kindern, das Saugen, die Zärtlichkeit der Kinder sei Sexualität. Ich lehnte das damals entrüstet ab, empfand aber, glaube ich, doch schon eine Mahnung verborgener Wahrheit. Es fällt mir dazu auch noch ein: ein Onkel von mir hatte eine Tochter, die als kleines Mädchen (von etwa 7 oder 8 Jahren) sehr hübsch war. Ich machte einmal, von dem Onkel eingeladen, mit ihm und einigen seiner Kinder eine Sonntagstour in der Schwäbischen Alb, ich war damals etwa 16 Jahre alt. Bei der Heimfahrt im Zug, in der Dämmerung, war mein Onkel eingenickt, das kleine Mädchen wurde auf eine Bank gelegt, ich beugte mich über sie und imitierte die Einschläferungsversuche, wie man sie mit ganz kleinen Kindern macht, summte und sagte: so, jetzt lieb schlafen! usw. hatte aber nur die Absicht dabei, dem Mädchen einen Kuß zu geben. Als ich so weit war und sagte: »so, jetzt lieb sein und Küßle geben«, wachte mein Onkel auf, blickte verweisend herüber, und die Sache hatte ein Ende.

Montag 17. Sept[ember 1917]

Gestern Abend nach der Heimkehr von Kirchdorf[83] schrieb ich noch mehrere Seiten an meinem neuen Manuskript.[84] Schwerer Schlaf mit Träumen, von denen ich fast nichts mehr weiß. Ich hatte es mühsam mit allerlei Aufgaben zu tun, dazwischen aber triumphierte ich auch und leistete viel. Unter andrem kam vor, daß mir von gescheiten Berliner Juden geistige Leistungen zugemutet wurden, worin Zutrauen und Anerkennung, aber auch Verführung zur intellektuellen Lösung von künstlerischen Aufgaben lag. Einmal war ich ein Held, kommandierte glaube ich sogar ein Schiff, wurde sehr bewundert, unter andrem von einem hiesigen Literaten und Kritiker, der viel von meinem Reichtum rühmte, obwohl ich wußte, daß er mindestens ebenso vermöglich sei; doch sah ich ein, daß in seiner Hand das Geld nicht den halben Wert habe wie in meiner. Das einzige deutliche Traumstück ist dies: ich ging in einer langen Reihe von Leuten, etwa wie ein Hochzeitszug, einer hinter dem andern. Vor mir ging der Basler Maler Löw[85], mit einem zylinderartigen Hut, der etwas Komisches hatte. Wir mußten eine himmelhohe Leiter hinaufsteigen, und auf der andern Seite eines Daches oder einer Mauer wieder herunter. Als ich auf dieser schwindelnden Höhe stand, nicht ohne Angst, gab mein Vordermann mir die Hände, um sich und mir mehr Halt zu geben. Mir schien, unsre Leiter schwanke, oder die jenseitige, auf der Löw eben Fuß faßte, stehe noch nicht ganz richtig. So stand ich auf schwankender Leitersprosse schwindlig hoch in der Luft.
Einfälle dazu habe ich wenig. Beziehen kann ich das meiste nur auf meinen neuen literarischen Versuch, wobei die Gefahr einer zu intellektuellen, zu objektiven Behandlung innerer eigener Phänomene angedeutet wird, andrerseits auch die Möglichkeit einer Leistung. Die Berliner Juden bedeuten mir das Äußere des literarischen Betriebs, Verleger und Kritiker etc. Der Basler Maler ist ein eigenartiger Mensch, nahezu in meinem Alter, war früher höchst

83 In Kirchdorf bei Bern lebten die Schwestern Johanna und Alice Ringier, bei denen Hesses jüngster Sohn Martin von seinem 3. bis 9. Lebensjahr aufwuchs.

84 »Demian«.

85 Rudolf Löw (1878-1948), Schweizer Maler, der u. a. Hesses Freund, den Basler Staatsarchivar Dr. Rudolf Wackernagel portraitiert hat.

nervös, ist jetzt auf Grund einer gewissen intellektuellen Selbstkultur viel besser ausbalanciert, ein sehr gescheiter und interessanter Mensch, aber vielleicht steril, jedenfalls sehr intellektuell eingestellt. Im Traum trug er einen Hut, wie bei einer lustigen Maskerade, und ich rief ihm hie und da lustige Berliner Ausdrücke zu: »Junge, Junge, nee so wat!« etc. Diese Ausdrücke gehören einer Welt an, die ich nur sehr wenig kenne. Der Berliner Humor war mir früher verhaßt und zuwider, mit der Zeit lernte ich seine verblüffende, kühle Gescheitheit und seine Drastik mehr schätzen (ohne übrigens selber je in Berlin gewesen zu sein). Manchmal hat er etwas fast Shakespearisches in seiner Ausdruckskraft und stellt jedenfalls einen hoch ausgebildeten sozialen Faktor (Selbsterziehung oder doch Regulierung des Volkes durch Ironie und witzige Kritik) dar. – Die Stellung auf der hohen Leiter war so, daß meine Person einige Augenblicke die Verbindung zwischen den beiden Leitern darstellte, die man sich nur durch eine hohe Mauer getrennt zu denken braucht. Ich glaube, ich hing sogar, die Leiter nur noch mit den Füßen festhaltend, an der Mauer, und wartete in großer peinlichster Gefahr darauf, daß die Leiter wieder richtig unter mir zu stehen komme. Aus frühern Träumen (schon vor Jahren) erinnere ich mich an eine Situation, wo ich unendliche Stufen empor steigen mußte, auf schmaler Basis, wie auf eine Pyramide, mit argem Schwindelgefühl. Der Schwindel selbst erinnert an das moralische Schwanken des Nervösen, er enthält einen Appell, sich dagegen zu wehren, aber auch eine Lockung, ihm nachzugeben und sich fallen zu lassen; damit erinnert er an das Schwanken des Nervösen zwischen dem Sichaufraffen und der Flucht in die Krankheit.

18. Sept[ember 1917]

In Träumen kam vor: Ich war zuhause, krank und schonungsbedürftig, bei den Eltern, ich war aber doch schon erwachsen. Mein Vater war streng mit mir, unter andrem nötigte er mich, an einem Ort aufzuräumen, wo ich gewesen war und (das ist ungewiß) vielleicht gegessen hatte, außerdem hatte ich Unrat (Fäkalien) aufzuräumen und wurde darüber böse und bekam Streit mit meinem Vater. Alles sehr undeutlich.
Andres Traumstück: Ich war ein berühmter Künstler oder Dich-

ter, in meinem Zimmer, einer Art Atelier, bekam ich merkwürdigen Besuch. Es kam namentlich ein unangenehmer und unschöner Kerl, etwas krumm und komisch im Wuchs und Benehmen, elegant aber geschmacklos gekleidet, ich wußte von ihm, daß er Verleger war. Der wollte mich umarmen, redete mich gleich mit Du an und wollte völlig mit mir, als dem von ihm geliebten Künstler, fraternisieren. Ich war sehr grob gegen ihn, sagte: Ich könne ja Du zu ihm sagen, er aber nicht zu mir, und hielt ihn mir durch eine übertriebene Grobheit vom Leibe. Diese Grobheit war eine Rolle, die ich spielte, es war eine Imitation nach dem Muster andrer berühmter Künstler, ich selber mußte mich zu der Rolle nötigen, führte sie aber gut durch, während ich innerlich nicht so frei und rücksichtslos war, wie ich tat.
Einfälle bleiben fast ganz aus. Es ist morgens, ich muß die Träume immer gleich morgens aufschreiben, sonst kommt Arbeit, Vergessen etc. dazwischen, und morgens bin ich im Kopf immer schwach. Zu dem Künstlerbenehmen fallen mir viele Anekdoten von berühmten Malern etc. ein, die es verstanden, dem Publikum gegenüber, das sie oft belästigte, sich durch originelle Grobheit zu wehren, besonders Lenbach[86] war dafür bekannt. Die Äußerung eines großen, unbeirrten Selbstgefühls, das ja die Quelle dieser Grobheit ist, gelang mir im Traum ziemlich gut, war aber nur eine Nachahmung, im Innern war ich wie sonst, nämlich meiner selbst gar nicht so sicher. Der Kerl, der sich so anbiederte, erinnert mich an die Zeit der Kraftgenies, wo man einander mit Tränen umarmte, Du nannte usw., wie es im Kreise der Klopstock etc. Mode war. Diese Zeit und ihre Dichter war mir in der Jugend sehr lieb, weil sie etwas Kühnes, Pathetisches und Revolutionäres hat, so wie Schillers »Räuber«.

20. Septem[ber 1917]

Traumstück: Der Anfang sehr undeutlich: es handelt sich um einen, der Fürst oder König wird, ich bin dabei und kenne ihn, er sieht wie ein Knabe aus. Gleich darauf scheint es mir, als werde nun dieser schattenhafte König schon wieder gestürzt oder müsse fliehen (bis hierher alles ganz verschwommen). Ich war auch

86 Franz von Lenbach (1836-1904), naturalistischer Maler und Portraitist.

dabei. Es war abends oder Nacht, wir verließen das Haus, in dem wir waren, und ich dachte, wir würden weit fort fliehen, doch war keine Angst dabei, nur das Gefühl von Abenteuer. Wie wir aber dahin kamen, wo der König wohnte, ging alles dort hinein. Es waren zwei Frauen dabei, die in Tracht und Haltung wie Krankenschwestern aussahen, d.h. sie glichen völlig jenem Frauentyp, der als Pflegerin oder Diakonissin einen besondern Stand bildet und sich zwischen geistlich und weltlich hält. Diese beiden gingen in das Haus daneben, das das ihre war, und ich folgte ihnen, um drinnen zu schlafen. Sie setzten sich sehr zur Wehr und sagten, davon sei gar keine Rede, und verteidigten ihr Haus wie ein Kloster gegen den eindringenden Mann. Von hier an ist das ganze Interesse des Traumes ein rein erotisches. Ich dringe mit in das Haus, habe es jetzt nur noch mit *einer* »Schwester« zu tun, sie droht alles zu wecken, schweigt aber doch, während ich ihr folge und sie an der Brust anfasse. Wir kommen in einen Schlafsaal, da lagen viele in Betten, ich wollte mir sofort eine aussuchen, um bei ihr zu schlafen. Als ich mich über ein Bett beugte, waren mehrere Schlafende untereinander, ich sah drei oder mehr Gesichter, jedes etwas tiefer liegend als das andre, wie in Stockwerken. Es mißfiel mir einen Augenblick, daß zum Teil viel zu junge und wenig schöne Mädchen dabei waren, und dazwischen lag auch ein ganz kleiner Knabe, ein Kind von höchstens sechs Jahren. Trotzdem legte ich mich über das Bett, gleichsam alle zugleich umfassend, – Pollution.

Einfälle: die Königsgeschichte erinnert mich an orientalisch-antike Geschichten, die Bezeichnung »Schattenkaiser« fiel mir ein. Gestern hatte ich mit Max Scheler[87], einem der bedeutendsten heutigen Philosophen Deutschlands, über Politisches gesprochen und dabei erfahren, daß man in hohen Kreisen in Berlin pessimistischer über die Lage denke, als wir wissen. Unter andrem erzählte er von der Kronprinzessin, daß sie in Angst sei vor dem Zusammenbruch ihres Hauses und seiner Macht. Hingegen habe der Kronprinz (was gut zu ihm paßt) gelegentlich zu befreundeten Offizieren gesagt: wenn sein Haus abdanken müßte, könne er immer noch sein Brot als Trainer (mit Wettrennen etc.) verdienen. – Die beiden »Schwestern« waren in Begleitung des Hofes. Ihr

87 Max Scheler (1874-1928), Begründer der Philosophie des Relativismus und der soziologischen Einflüsse auf kulturelle Veränderungen. Von 1914-1933 hat Hesse mehrere Werke Schelers rezensiert und empfohlen.

Haus stieß an das fürstliche an. Verhältnis von offiziell-dekorativer Macht zur dienenden, die oft mächtiger ist. Der Schlafsaal erinnert mich an Internate, vor allem an das Seminar.[88] Das Übereinanderliegen Mehrerer bleibt mir dunkel, doch fällt mir zum Ganzen noch ein, daß ich als junger Mensch beim Onanieren manchmal Kollektivvorstellungen mehrerer oder vieler Mädchen hatte, gleichsam die Phantasie einer ganzen Liebesgalerie, die mir gleichzeitig angehörte.

Freitag, 21. Sept[ember 1917]

Heut Nacht ein wichtiger, aktueller Traum, von dem ich folgende Stücke noch weiß:
Ich war bei Dr. Lang oder er bei mir (Lokal unbestimmt), und es handelte sich darum, daß er mit mir noch eine besondere, irgendwie wichtige Kur probieren wollte. Soviel ich weiß, waren es die Tage Freitag und Samstag, die für diese Kur bestimmt waren. Der erste Teil des Traumes spielte größtenteils oder ganz in der Nacht, in einem Schlaf- oder Krankenzimmer, wo ich im Bett lag und krank war. Dr. Lang sprach viel von einem Schlafmittel, das er mir geben wollte oder schon gegeben habe (?), und es schien, als bleibe die Wirkung lang aus, er sagte dann: es sei eben bei solchen Schlafmitteln nicht das Richtige, daß man die Dosis »mit Zahlen« bestimme, wenn man die Wirkung auf den Kranken nicht schon genau kenne. Das klang also so, als habe nicht er, sondern ein andrer Arzt mir das Schlafmittel verschrieben, und Lang wäre, als er mirs gab, nur Ausführender gewesen. Die Folge der Szenen ist nicht klar, doch kam wiederholt Dr. Lang zu mir ans Bett (einmal weckte er mich auf), und war dann mit mir beschäftigt, wobei wir beide wußten, daß es eine wichtige Kur sei. Sie bestand hauptsächlich aus Massieren, wobei Dr. Lang sich in vielerlei Stellungen über mich beugte und legte und auffallend große Kraft zeigte. Ich war bequem und faul, erstaunte über die Kraft, mit der er mich anfaßte, und hatte ein halb wohliges, halb widriges Gefühl, wie wenn man gekitzelt wird. Zeitweise nahm die Situation indezenten Charakter an, wir waren beide nackt, und es genierte mich, daß ich den Penis des Arztes glaubte sehen zu können (ich blickte

88 Im ev. theologischen Seminar von Maulbronn, das Hesse von Juni 1891 bis zu seiner Flucht im März 1892 sieben Monate lang besucht hatte.

gleich weg) und er den meinigen. Dabei fiel mir (noch im Traum selber) sofort ein: das sei ja nun die homosexuelle Einstellung zum Arzt, von der Lang oft geredet, aber es zeige sich nun, daß das mit dem Homosexuellen nicht so schlimm sei, denn von erotischen Gefühlen oder gar Betätigungen war keine Rede. Ich fühlte nur ein Widerstreben der Schamhaftigkeit und war im übrigen angenehm darüber verwundert, daß die Nacktheit des Arztes (etwas bleiche Haut) nicht abstoßend auf mich wirke. – Damit ist dieser Teil des Traumes vorbei, ich weiß leider nicht mehr davon. Später saß ich (im selben Traum) bei zwei Frauen, deren eine Frau Dr. Lang sein sollte, die andre war eine alte Person von dienendem Stand, eine vertraute alte Magd oder so was. Die angebliche Frau Lang sah völlig anders aus, älter, unschön, unsympathisch, dabei schien sie ziemlich hysterisch oder doch aufgeregt und erinnerte mich an Typen von Frauen bei den Vegetariern und Naturheil-Leuten. Ich erzählte ihr, ich hätte einen Traum gehabt: in dem Traum hätte ich ein Kind gesehen, das so helle und selbstbewußte Augen hatte, daß ich es nicht habe ansehen können. Sie fragte, ob ich das jetzt, während dieser aktuellen Kur, geträumt habe, und als ich bejahte, rief sie sehr erregt und heftig: dann gratuliere sie mir, dann sei ich geheilt! Ich fand sie übertrieben, spürte auch Kopfweh und Müdigkeit, und sagte daher: sie solle mir lieber erst dann gratulieren, wenn ich mich wirklich wohl fühle.

Mit den Einfällen steht es wie stets schwach; ich habe am frühen Morgen immer einen wirren, schweren Kopf und bin so ungünstig wie möglich disponiert für Assoziationen. Doch macht mir der ganze Traum den Eindruck einer gewissen Wichtigkeit und Aktualität, wie nicht viele Träume sie haben. Daß ich mit Lang eine besondre Kur mache, bei der seine Person eine große Rolle spielt, das knüpft direkt an unser gestriges Gespräch über Arztübertragung etc. an, hier wird versucht zu realisieren, wovon wir sprachen. Das Schlafmittel klingt an viele Zeiten an, in denen ich Schlafmittel brauchte. Das schlechte Schlafen gehörte zu den Symptomen, die mich zeitweise besonders deprimierten und mir eine tiefe Stimmung von Müdigkeit, Erschöpfung und Melancholie gaben (siehe auch mein Gedicht »Schlaflosigkeit«)[89]. Daß Lang es tadelte, wenn man ein Schlafmittel »mit Zahlen« dosiere,

89 Hesse veröffentlichte zwei Gedichte unter diesem Titel. Das erste entstand im November 1907, das zweite im April 1908. Siehe H. Hesse, »Die Gedichte« a.a.O. S. 300 und 326f.

ist gewiß eine Ablehnung der kritisch-intellektuellen Behandlung, das ängstlich-genaue Dosieren, das schließlich ja doch auch nur auf einem Erraten und Versuchen beruht, erinnert mich an Dr. Hotz[90] und manche andre Ärzte, die ganz genaue Kurvorschriften geben, so und so viel Minuten Bad, so und so viel Temperatur des Wassers, und so weiter, was alles nur ein Versuch ist, dem Kranken zu suggerieren, daß man ihn verstehe; seine Krankheit kenne und ihn heilen werde. – Das Massieren ist etwas, was ich stets gern hatte, und gerade jenes auch im Traum wiederholte Gefühl von Kitzeln, ja Vergewaltigung hat oft großen Reiz. Beim Massieren genießt man Reize der Aktivität, während man doch passiv bleiben darf. Das ist das Schöne und etwas Perverse dabei, war bei den Römern sehr beliebt. Die Nacktheit und das Sehen des Penis erinnern mich an die Empfindlichkeit, die ich immer dagegen hatte, mich nackt zu zeigen, dazu kam seit diversen Jahren ein Gefühl der Unfrische und Erschöpfung in den Genitalien, das auch äußerlich sichtbar ist, wenigstens fiel es bei einer militärischen Musterung vor drei Jahren einem Arzte auf. – Im zweiten Teil des Traums erzähle ich einen Traum, den ich zwischen dem ersten und zweiten Traumteil gehabt haben muß. Er zeigte mir ein Kind (ich glaube es war ein Kind einer der beiden Frauen???). In meiner Erzählung davon gegen Frau Lang brauchte ich das Wort »selbstbewußt« von dem Kind und seinen Augen. Damit ist wohl gemeint, daß der ungewöhnliche Glanz der Augen von einem erhöhten Persönlichkeitsgefühl her kam. Ich denke dabei auch an Demian. Diese Augen sagen gewissermaßen: so wie ich kann man werden, wenn man im vollen Besitz seiner Kräfte ist, wenn man sich selber kennt. Die sogenannte Frau Dr. Lang im Traum muß ein Vorbild haben, auf das ich aber nicht mehr kommen kann, sie erinnert mich an irgend jemand. Sie war sehr geschwätzig, seltsam hysterisch-eifrig, durchaus wohlwollend, ja voll Interesse für mich, aber mir etwas zuwider. Offenbar war es ihr wichtig, daß ihrem Mann diese Kur gelungen sei, als sie mir so lebhaft gratulierte. Daß sie überhaupt so dezidiert von Genesung sprach (während mir selbst die Relativität jeder »Genesung« stets klar ist), erinnert mich auch an die fanatische Gläubigkeit der Naturheilkünstler, die immer meinen Spott provozierte. Ich erinnere

90 Arzt und Leiter des Luzerner Sanatoriums Sonnmatt, wo er Hesse von April bis Juni 1916 behandelte.

mich, daß Meyrink[91] über solche Tanten, welche Spiritismus, Vegetarismus, Theosophie etc. treiben, im Grund der Seele aber tiefe Philister sind, bitter höhnen konnte. Um die Theosophen zu verhöhnen, erzählte er mir einmal von einer sächsischen [Kranken]schwester, welche dieser Sekte anhing. Als einst ihre Schwester eine Kaffeetasse fallen ließ, rief sie: »Emma, du hast eben immer noch kein gutes Karma!«

22. September [1917]

Zwei Traum-Fragmente:
1) Ich war mit Schoeck in einer Kirche, er sollte dort ein Konzert (Klavier) geben. Das Konzert hatte noch nicht begonnen, oder es war eine Pause, die Leute saßen alle schweigend und andächtig in der Kirche. Schoeck unterhielt sich ungeniert, wurde mehr und mehr laut und übermütig, rief einem Bekannten, der unten in der Halle saß (Schoeck war oben) laut zu, warf ihm Papierzettel hinab, und erregte durch sein Benehmen den größten Unwillen bei den Andächtigen. Jemand protestierte, Schoeck lachte nur.
2) Ich war in Wien, doch sah die Stadt anders aus. Ich fuhr in einem Auto, das ich selber lenkte, es war in einer Gegend nicht im Innern der Stadt, und als ich mich [dem Innern näherte, überkam mich die] Furcht vor dem Verkehr in den Gassen. Mein Auto fuhr ziemlich langsam, es hatte wenig Schwung oder einen schwachen Motor, hie und da mißtraute ich ihm und hatte das Gefühl, es sei eben doch kein rechtes Auto, wie ja auch ich selber kein richtiger Lenker war. Doch kam ich überall so leidlich durch, einigemal ziemlich knapp, zum Beispiel sehr dicht vor einer Droschke vorbei. Endlich hielt ich irgendwo in der Stadt. Ich war müde, hatte eigentlich Sehenswürdigkeiten besuchen wollen, jetzt aber schien es mir besser, einfach etwas spazieren zu fahren, einerlei wohin. Von hier an ändert sich die Szene, das Auto verschwindet. Ich war in einem Laden, ich glaube, es war bei einem Coiffeur. Ein Fräulein bediente mich. Ich hatte ein Instrument, einen Apparat zum Rasieren oder Haarschneiden oder etwas dergleichen, und wollte etwas daran ändern lassen oder ihn umtauschen. Schließlich wurden wir einig, sie wollte mir dagegen einen etwas größeren

91 Gustav Meyrink (1868-1932), der von Hesse geschätzte österreichische Verfasser des »Golem« und anderer Erzählungen, die Hesse rezensierte.

Apparat geben. Sie holte ihn, er war in einer Schachtel oder in einem kleinen Wagen mit einer Holzkuh davor (Kinderspielzeug). Ich war enttäuscht, der Apparat schien mir gut, aber die Verpakkung war nicht gut, und der Wagen, die Kuh etc. schien mir unpraktisch für die Reise, weil es viel zu viel Raum einnahm. Ich sagte das, und sagte, dann wolle ich lieber meinen frühern Apparat mitnehmen, für die Reise könne ich den hier nicht brauchen. Das Fräulein sagte scharf, jetzt werde nimmer umgetauscht, ich müsse diesen jetzt behalten. Es war noch ein Coiffeurgehilfe da, in weißer Schürze, der sah zu, lachte, und als ich mich an ihn wandte und ihm eindringlichst mein Recht und meine Ansicht auseinandersetzte, lachte er nur und nahm mich gar nicht ernst. In diesem Laden war, soweit ich mich erinnere, mein ältester Sohn mit dabei (undeutlich).

Einfälle: Schoeck würde so etwas nicht tun, aus Geschmack, aber die Freimütigkeit dazu würde ihm nicht fehlen. Er zeigt sich hier, wie in der Realität sehr oft, als ein Künstler, der seiner eigenen Natur sicher ist und ihr durchaus folgt, wobei er es verschmäht, sich einer philiströsen Kollektiv-Moral anzupassen oder ihr doch Wesentliches zu opfern. Zum Konflikt führte das bei ihm in einer Liebesgeschichte. Er hat ein Mädchen, mit dem er zusammenlebt, und man nimmt daran sehr Anstoß, auch seine Eltern erfuhren es, und er ist dadurch sehr in Bedrängnis gekommen. Die Verachtung des Philisters und das Fürsichbleiben des Künstlers, auch wo er auf Vorteile verzichten muß, das hat Schoeck oft bewahrt. – Mir selbst war in der Kirche im Traum nicht wohl, es genierte mich, daß Schoeck sich so gehen ließ und daß wir auffielen, während es ihm ganz egal war. Diese Abhängigkeit vom Kollektiven, von der Öffentlichkeit etc. spüre ich ja sehr oft; es ist mir peinlich aufzufallen, ich suche mich lieber unter Opfern vorübergehend anzupassen und habe doch das Gefühl dabei, das sei charakterlos.

zu 2) Das Auto war merkwürdig, ich habe öfters in Träumen ähnliches erlebt: es war ein Auto, und war doch zugleich bloß ein Traum-Auto, es funktionierte, und wurde doch angezweifelt. Angst vor großem Verkehr, in dem ich ein Rad, Auto, Ski oder so etwas leiten soll, kam auch öfter in Träumen vor; es ist ein starkes Gefühl meiner Unzulänglichkeit dabei und ein Bedürfnis, zu fliehen und mich zu verkriechen. So auch hier: die Müdigkeit beim Besehen der Stadt ist auch ein charakteristisches Gefühl, das ich hundertmal erlebt habe. Ich kam z. B. auf Reisen in eine Stadt, voll

Begierde sie anzusehen; aber die Müdigkeit (die mich auf Reisen stets verfolgte, zum Teil mit Schlaflosigkeit zusammenhing) machte es mir fast unmöglich. Noch kürzlich in Zürich ging mirs so. Diese Müdigkeit trifft seit Jahren grade da oft ein, wo ich viel Freuden fand: bei Reisen und in Gesellschaft. Reisen durch fremde Städte und Länder sowie eine freie Künstlergeselligkeit mit festlichem und etwas bacchantischem Anstrich waren früher meine höchsten Genüsse, sie haben seit Jahren mehr und mehr versagt. – Der Apparat klingt an an Apparate, die ich habe, ich habe einen zum Rasieren und eine Tondeuse.[92] Das Milieu beim Coiffeur ist eines, in dem ich meistens nicht gut bestehe. Beim Coiffeur gelten Eleganz, Frisur, Kleidung, freches Auftreten, Pomade und der ganze äußere Apparat der Angepaßtheit, für die innern Werte ist hier keine Geltung, unsereiner ist für den Coiffeur immer ein armer Tropf und schäbiger Kerl, während jeder elegante Hochstapler (mit Recht) von ihm weit höher geschätzt wird. Daß ich selbst zuweilen darunter leide, nicht elegant und tadellos in Kleidung, Manieren, Frisur etc. sein zu können, zeigt, daß ich im Grunde doch sehr hoch vom Angepaßtsein an diese »äußere« Welt denke. Wir besprachen auch schon, daß zum Coiffeur und seinem Milieu auch der Kellner, die Dirne etc. gehört. Die »Apparate« sind auch ein Stück Welt, sie sind meist patentiert und funktionieren meist zu Anfang sehr hübsch, aber immer ist bald ein Schaden da, ein Teil geht verloren oder eine Schraube wird locker, es offenbart sich meistens bei diesen »praktischen« Sachen die Kehrseite der Technik: daß nämlich diese Apparate nicht in erster Linie den Zweck verfolgen, gut zu funktionieren, sondern dem Fabrikanten Geld einzubringen. – Merkwürdig ist die Verpackung des angebotnen Apparats, in einem Spielzeugwägelchen mit einer kleinen Kuh davor, die rot oder braun bemalt war. Kinderspielzeug bedeutet vielleicht etwas, was der Erwachsene zu wenig schätzt, was er gern als Ballast etc. ansieht, während es doch für das Kind ebenso wichtig ist wie für die Großen ihre Sachen.

92 Haarschneidemaschine

28. Sept[ember 19]17

Depression, Müdigkeit und Ärger. Der verunglückte und erfolglose Besuch in Luzern klingt ungünstig nach, aus der Nacht sind nur verschwommene Reste unverständlicher Träume da, die ich nicht mehr fixieren kann. Beim Frühstück finde ich meinen Ältesten (bald 12jährig), der sich schon etwa 10 Tage halbkrank herum drückt und die Schule versäumt, wieder mit neuen halbhysterischen Beschwerden und Klagen. Er hat tiefe Depressionen, aus denen er dann Übelkeit, Kopfweh, Schmerzen im Bein etc. produziert. Dann liegt er daheim herum, liest viel, mag gar nimmer zur Schule. Ich schnauzte ihn vorher an, und als meine Frau mir sagte, ich solle doch den deprimierten armen Kerl nicht so anfahren, sagte ich: »Er ist krank an uns, er verträgt uns nicht, grade wie der Kleine«.[93] Das Haus ist voll Depression und miserabler Stimmung, hol es der Teufel!
Mit schwerem Kopf, halbschläfrig, versuche ich Reste der Träume aus dieser Nacht festzuhalten. Mir scheint, es waren hunderte von Träumen, alle seltsam unklar und unbefriedigend. Eine Zeitlang hatte es mit irgendeiner Aufgabe zu tun, welche ich auf eine alte, mir einst geläufige Art zu bewältigen suchte, die aber nimmer ausreichte. Diese Aufgaben, an denen ich mich abmühte und für welche der Traum von mir eine neue Einstellung verlangte, bestanden zum Teil aus rein geschäftlichen (ich glaube, es waren Arbeiten, wie ich sie als Buchhändler oft tun mußte), manchmal aber schien es mir, es handele sich um »Psychologie«. Kurz, immer wieder lag eine Aufgabe vor mir, die ich mit unzulänglichen Mitteln zu lösen suchte, während ich ahnte, daß es eine andre, neue Lösung dafür geben müsse.
Ein andermal in diesen vielen wirren Träumen verrieb ich Salmiakgeist zwischen den Händen, um ihn einzuatmen und mich damit zu betäuben, was irgend einen heilenden oder tröstenden Sinn haben sollte. Ich glaube, meine Mutter war dabei.
Einfälle habe ich keine, ich bin heut so demens wie nur möglich und reif, um mich totschlagen zu lassen. Einige Erinnerungen an gestern will ich wenigstens notieren. Bei der Ankunft in Luzern war ich zwar müde und hatte leichtes Kopfweh, war aber doch zur

93 Martin Hesse, der nach einer Gehirnhautentzündung ab April 1914 beim befreundeten Arzt Dr. Ernst Ringier und dessen Töchtern Alice und Johanna in Kirchdorf bei Bern lebte.

Analyse bereit und willig. Ich wurde von Frau Dr. Lang empfangen und mußte eine kleine Weile zwischen ihr und Frau Dr. Schn. sitzen und den Schwall eines Frauengeschwätzes anhören, was mich so ermüdete und unglücklich machte, daß ich am liebsten sofort wieder abgereist wäre. Nachher in der Konsultation empfand ich denselben Widerstand und dieselbe Verzweiflung, wenn man von draußen Stimmen hörte (Abschied der beiden Damen?), es war, wie wenn ich aufhören und verzweifeln müßte, das Weitersprechen kostete mich eine unsägliche Überwindung. Den selben Zustand habe ich zuhause sehr oft, namentlich fast immer am Morgen ... *

29. September 1917

Zwei Träume aus dieser Nacht:
1) Ich las im »Buchhändler-Börsenblatt« die Anzeige des Verlegers über ein neues Buch von mir. Statt einer andern Besprechung oder Empfehlung war der Brief eines Buchhändlers abgedruckt, den er an den Verleger über mein Buch geschrieben. Es hieß darin unter andrem, einiges sei ihm zuerst beinahe roh erschienen, er habe sich aber ganz damit versöhnt, und so empfiehlt er denn das Buch sehr. Die Anzeige schloß, wie üblich, mit Angabe der Preise, zu denen der Verleger das Buch den Händlern liefert, und mit den Zahlen 10-100-1000. Später war ich selber Buchhändler und hatte im Laden ein Buch von mir verkauft, dessen Titel ich ins Kassenbuch eintragen wollte. Zuerst wollte ich Camenzind schreiben, dann schrieb ich bloß Hesse, keinen Titel dazu. Dabei war es meine Absicht, das für das Buch eingenommene Geld für mich zu behalten.
2) Ich war mit meinem Ältesten (Bruno) in einer Art von Schule oder Pension. Es war etwa so, wie wenn ich als Vater ihn in einer Erziehungsanstalt besuchen würde. Ich sah ihn mit Kameraden daherlaufen, es schien mir, es sei etwas mit ihm los und ging hin, um nachzusehen. Die andern erzählten mir, er habe den »Sintis« verloren. Sintis heißt (nach des Kindes eigener Erfindung) sein kleiner Spielzeug-Bär. Es war nicht recht klar, ob Bruno über den Verlust traurig sei oder nicht, bald schien er es, bald nicht. Er

* Hier fehlen 13 Zeilen in dem von Ninon Hesse durchgesehenen Typoskript.

berichtete auf meine Fragen, der Sintis sei ihm in ein Lehrerzimmer hinuntergefallen. Ich deutete mir das, wie es auch wahrscheinlich war, so: der kleine Bär war ihm, während er vor dem Hause spielte, durch ein Fenster (etwa wie beim Souterrain) ins Haus hinab gefallen, und er traute sich nicht, ihn zu holen, weil der betreffende Raum ein »Lehrerzimmer« sei. Ich ging nun mit dem Buben, um den Bär wieder zu holen, ins Haus. Hier ging es durch große, viele Gänge und Räume, es war, wie ich allmählich mit Erstaunen und Bewunderung sah, ein sehr schöner, großer, schloßartiger Landsitz, in vielem an die Berner Gegend erinnernd, in anderem doch wieder großartiger, größer und mehr südlich im Stil, mehr wie in Italien oder doch Tirol. Einmal begegnete ich einer Dame, die ich für die Besitzerin oder zur Besitzerfamilie gehörig hielt, und ich grüßte sie stumm, hatte aber Mühe, den Hut zu ziehen, weil ich irgend etwas in den Händen trug. Einmal kam mir Bruno in einem langen Korridor abhanden, er war vorausgelaufen, und ich wußte nicht nach welcher Seite, ich rief ihn laut. Da sah ich einen Schulkameraden und seine Schwester auf mich zukommen, die mich offenbar begrüßen wollten und deren Begegnung mir unter andern Umständen höchst erfreulich gewesen wäre. Jetzt aber mußte ich Bruno suchen, ich nickte den Bekannten nur rasch zu und ging weiter. Bruno kam wieder. Rest vergessen.

Einfälle zu 1.: Bezieht sich deutlich auf mein angefangenes Manuskript, das mich gestern Abend nach längerer Pause wieder beschäftigte. Ich weiß zwar noch nicht recht weiter, schrieb aber doch einige verbindende Zeilen zum nächsten Kapitel, sie handeln (allgemein psychologisch) vom Aufhören der Kindheit und dem Sichlösen vom Infantilen, das so Vielen nicht glückt.[94] Die Form des Briefes etc. entspricht der Wirklichkeit. Das Börsenblatt ist das unentbehrliche Fachblatt des Buchhandels, das jeder gute Buchhändler täglich liest. Daß unter den Anzeigen darin der Brief eines Buchhändlers über ein neues Buch (als Reklame) abgedruckt wird, ist schon je und je vorgekommen.[95] Daß der Briefschreiber Stellen meines Buches als fast roh empfand, ist sehr deutlich. Ich empfand das gestern selbst, daß im Vergleich mit dem wehmütig-

94 Ende des dritten »Demian«-Kapitels »Der Schächer«.

95 So z.B. ausgerechnet zum »Demian« der Auszug eines Briefes von Thomas Mann an den gemeinsamen Verleger S. Fischer in der Anzeigenbeilage der Zeitschrift »Die Neue Rundschau« vom Oktober 1919.

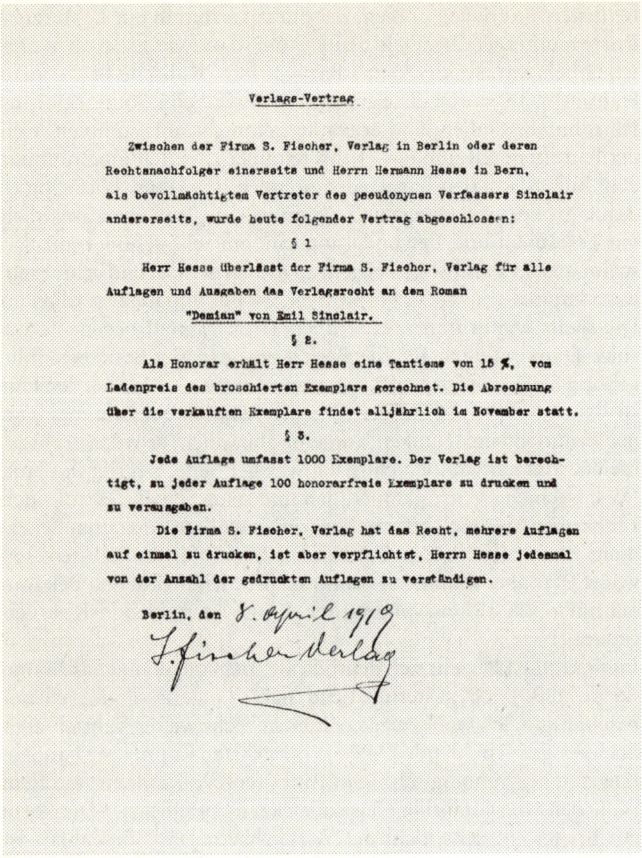

Verlags-Vertrag

Zwischen der Firma S. Fischer, Verlag in Berlin oder deren Rechtsnachfolger einerseits und Herrn Hermann Hesse in Bern, als bevollmächtigtem Vertreter des pseudonymen Verfassers Sinclair andererseits, wurde heute folgender Vertrag abgeschlossen:

§ 1

Herr Hesse überlässt der Firma S. Fischer, Verlag für alle Auflagen und Ausgaben das Verlagsrecht an dem Roman

"Demian" von Emil Sinclair.

§ 2.

Als Honorar erhält Herr Hesse eine Tantieme von 15 %, vom Ladenpreis des broschierten Exemplars gerechnet. Die Abrechnung über die verkauften Exemplare findet alljährlich im November statt.

§ 3.

Jede Auflage umfasst 1000 Exemplare. Der Verlag ist berechtigt, zu jeder Auflage 100 honorarfreie Exemplare zu drucken und zu verausgaben.

Die Firma S. Fischer, Verlag hat das Recht, mehrere Auflagen auf einmal zu drucken, ist aber verpflichtet, Herrn Hesse jedesmal von der Anzahl der gedruckten Auflagen zu verständigen.

Berlin, den 8. April 1919

S. Fischer Verlag

Vertrag des S. Fischer Verlages mit Emil Sinclair (alias H. Hesse) über die 1917 entstandene Erzählung »Demian«

idyllischen Verweilen beim schönen Ehemals (das früher meine Bücher erfüllte) die zugreifende, unerbittliche Psychologie des jetzigen Manuskriptes ganz herzlos anmute. Der Buchhändler empfindet ebenso, gibt mir aber doch recht. Das Ganze ist eine Rechtfertigung meiner neuen Arbeit und der Analyse. Doch fehlen nähere Angaben, vor allem über Titel, Inhalt, Preis, Verlag etc. des Buches. Ich glaube zwar, es erschien in einer sehr billigen Ausgabe, etwa für eine Mark. Ich war darüber etwas betroffen, weil ich dabei nur äußerst wenig verdienen kann, wie ich bei meinen zwei letzten Büchern erfuhr, die ich beide so billig herausgab, und welche trotz großem Absatz sehr wenig einbringen.[96] Die Zahlen am Schluß der Anzeige bedeuten, dem Usus nach, die sogenannten »Partien«. Wenn ein Buchhändler von einem Buch gleich auf einmal zehn, 20 oder mehr Stück bestellt, so ist das eine »Partie«, und es gibt dafür extra ermäßigte Preise. Daß der Verleger meines Buches mit Partien bis zu 1000 rechnet, zeigt, daß er die Möglichkeit eines sehr großen Absatzes im Auge hat. In Wirklichkeit kommen Bezüge bis zu 100 Stück von einem Buch wohl vor, bis zu 1000 aber niemals. Dazu fällt mir ein: Als Verleger für mein Buch, falls es anonym erschiene, hatte ich an einen in Leipzig gedacht. Über eben diesen Verleger erfuhr ich neulich durch einen Schriftsteller, daß er gewöhnlich ein einziges Buch seines Verlags besonders protegiere, also immer einen »Schlager« haben wolle. Es ist Kurt Wolff, der Verleger Meyrinks, [Heinrich] Manns etc. Mein Traum schmeichelt mir also damit, daß der Verlag mein neues Buch mit besonderen Hoffnungen herausgebe. In Wirklichkeit ist es für den äußeren Erfolg eines Buches sehr wichtig, daß der Verleger sich speziell dafür interessiert, daß er es nicht bloß seinem Schicksal überläßt, sondern dafür tätig ist und sich Mühe gibt. Die Ungewißheit des Titels etc. entspricht der augenblicklichen Lage, da ich ja hierüber selbst noch im Dunkeln bin. Jedenfalls spricht der Traum den Wunsch aus, das Buch möge zustande kommen und erscheinen können. Das entspricht meinem Interesse für das Manuskript. In diesen paar Tagen, wo ich mich recht miserabel befand (es ist noch gleich), dachte ich oft mit großer Sehnsucht an das neue Werk und ob ich es wohl fertig bringen würde. Gestern, obwohl ich im Plan der Dichtung noch

96 Die in S. Fischers »Bibliothek zeitgenössischer Romane« zum Preis von 1 RM erschienenen Erzählungen »Knulp«, Berlin 1915 und »Schön ist die Jugend«, 1916.

gar nicht weiter bin, hatte ich das Bedürfnis, wenigstens ein paar Zeilen dran zu schreiben, nur zur Beruhigung, und um den Kontakt damit nicht zu verlieren. Jene »beinah rohen« Worte über das Abschließenmüssen der Kindheit knüpfen an Jungs »Wandlungen«[97] an, d.h. sie sind mitbeeinflußt durch die dort zitierten Nietzscheworte über die Vereinsamung des Denkers, und daß gerade der Ehrfürchtigste, Gehorsamste, Treueste der ist, der nach geschehenem Bruch mit der Autorität am unerbittlichsten als Neurer auftreten müsse. Dieser Zusammenhang hatte mich schon früher, schon in der Jugend beim ersten Nietzschelesen, sehr tief und wie auf mich gemünzt berührt, wie überhaupt Nietzsches geistig-moralische Struktur mir der meinigen sehr verwandt erscheint. Zum Schluß des Traumes keine Einfälle, nur das alte Problem des Stehlens. Daß man stiehlt und onaniert und daß das nicht paßt zu den edlen Stimmungen, mit denen man Nietzsche liest und selber dichtet, das empfand ich als Jüngling von 21 Jahren oft stark.

zu 2) Bruno ist der, der zur Zeit wieder etwas kränkelt, wobei Depressionen und etwas Schulangst die Hauptsache sind. Er war stets zart und zur Depression geneigt, glaubt nicht an Erfolg, hält sich leicht für ungenügend, ist dabei nicht unbegabt und sehr fein und zart im Geistigen. Sein Bär, den er schon seit seinem ersten Jahr besitzt und den er Sintis nannte, ist ein Dokument für seine Art. Er hat auf diesen kleinen Bären ungemein viel Liebe, Phantasie und Sorge etc. verwendet, besitzt ihn (was bei Kindern sehr selten ist!) nun seit mehr als zehn Jahren, er hat Kleider, Waffen, Spielzeug, Messer, Pfeilbogen, Köcher, Rucksack und viele andere Sachen für Sintis angefertigt, alle mit größter Einfühlung den Größenmaßen angepaßt. Einmal, als Bruno etwa 4 bis 5 Jahre alt war, ging Sintis verloren und war gut ein halbes Jahr lang verschwunden. Als er, der schon Vergessene, wieder gefunden wurde, war es ein großes Fest für das Kind! So hat er durch seine ganze Kindheit hindurch an diesen Bär ungemein viel Libido gehängt, und mit der Zeit trat wohl das Objekt dieser Liebe mehr und mehr in Mißverhältnis zu seinen Jahren. Die Bärenliebe, die sich genau so äußert wie die Mädchenliebe zu Puppen, beginnt mehr und

97 C.G. Jung, »Wandlungen und Symbole der Libido«. Vorlesungen über psychoanalytische Theorie an der Fordham University New York 1912. (Wegen dieses Buches kam es zum Bruch zwischen C.G. Jung und seinem Lehrer Sigmund Freud.)

mehr infantil und rückständig zu werden, obwohl sie nicht nachläßt.
Ich muß aufhören, die Post ist da, und bald muß ich ins Büro.*

4. Dez[ember 19]17

Heut Nacht hatte ich viel Träume, darunter einen langen und vielfältigen, den ich nicht mehr weiß, den ich aber als ungewöhnlich tief und bedeutend nachempfinde. Unter andrem kam darin ein Mädchen mit eingesunkenen Wangen vor, das gerade durch die Schmalheit und Verfallenheit des kranken Gesichtes schön wirkte und Macht ausübte. Auch ein überschwemmter Hof kam vor, auch war, glaube ich, Dr. Lang zeitweise dabei. Doch ist alles verweht.
Ein andres Traumstück von heut Nacht, ebenfalls merkwürdig und zum Teil sehr schön, ist mir besser in Erinnerung:
Ich kam in ein Zimmer in unserem alten Vaterhaus in Calw. Die Stube war offenbar viele Jahre gar nicht mehr benutzt gewesen, ich sah auf dem Tische zwischen den Ritzen der Bretter hohe Grasbüschel wachsen, mit deren Ausreißen ich mich beschäftigte. Jemand (ich glaube meine Mutter) kam dann dazu. Es standen eine Anzahl Gläser und Vasen da, darunter namentlich eines, das uralt schien und dunkelbunt in tiefen seltenen Farben glänzte, es war nicht recht sicher, ob es wirklich eine echte alte Kostbarkeit sei oder nur ein Scherben, den man weggeworfen und der zufällig durch Alter und Zersetzung solche Farben angenommen. Inmitten dieser alten, sehr romantischen und poetischen Umgebung erzählte mir der Jemand, der da war (ich glaube, es war meine Mutter) von einer ebenfalls romantischen und poetischen Person, nämlich von einer Dame, einer Verwandten oder Freundin, die im Hause wohnen sollte und die mit Geistern umging oder somnambul war oder dergleichen. Wir empfanden diese Person halb als ehrwürdig halb als etwas komisch und diskutierten drüber, ob sie geisteskrank sei oder nicht.

* *[Hier beginnt eine neue Seitenzählung des Tagebuches; möglich, daß die Aufzeichnungen unterbrochen wurden wegen des Abschlusses des »Demian«-Manuskripts, das Hesse Ende Oktober 1917 seinem Verleger S. Fischer als die Arbeit eines ihm befreundeten kranken Dichters sandte und zur Veröffentlichung empfahl.]*

Einfälle und Erklärungen:
Diese Person knüpft an die Lektüre der Dissertation Jungs an, die ich gestern begann, über okkulte Phänomene.[98] Dort ist von einer jungen Person erzählt, die in Anfällen Geister sieht. Mich erinnerte das an die Seherin von Prevorst[99], an Kerner, Schubert und ähnliche Erscheinungen im süddeutschen Geistesleben vor 80 Jahren. Auch in unser Haus klangen solche Erinnerungen noch hinein. Mein Großvater war befreundet mit Prof. Schubert[100], dem damals berühmten christlichen Mystiker und Verfasser der »Nachtseite der Natur«. Schuberts Büste stand im Gang unsres Hauses.[101] Ferner war in der Nähe von Calw der alte Pfarrer Blumhardt[102] zuhause gewesen, der jahrelang eine berühmte Somnambule beobachtete und pflegte und mit geistlich-pastoraler Diätetik behandelte. Das war die berühmte »Gottliebin«[103],

98 C. G. Jung, »Zur Psychologie und Pathologie sogenannter okkulter Phänomene«, 1902.

99 Die Försterstochter Friederike Hauffe (1801-1829), die von gespenstischen Halluzinationen befallen war. 1826 wurde sie in Weinsberg von dem Dichter und Arzt Justinus Kerner mit Magnetismus behandelt, was zu Somnambulismus und gesteigerten Ekstasen führte. Kerner gab u. d. T. »Blätter aus Prevorst« 1831 eine Schriftenreihe über Magnetismus, Hellsehen und Geistererscheinungen heraus, woran u. a. Franz Baader, Eschenmayer, H. G. Schubert und andere Gelehrte und Psychologen mitgearbeitet haben. Eine Auswahl dieser Schriften publizierte Hesse 1926 u. d. T. »Blätter aus Prevorst« im S. Fischer Verlag Berlin. Neuausgabe Frankfurt am Main 1987 als insel taschenbuch 1019.

100 Gotthilf Heinrich Schubert (1780-1860), Arzt und Naturphilosoph in der Nachfolge Schellings, Professor der Naturwissenschaften in Erlangen und München. Sein Werk »Ansichten von der Nachtseite der Naturwissenschaft« erschien 1808 in Dresden.

101 Daran erinnert Hesse sich im Nachwort zu seiner Auswahledition der »Blätter aus Prevorst«: »Jener protestantischen Linie gehörten, als damals sehr gelesene und einflußreiche Autoren, Justinus Kerner und G. H. Schubert an, letzterer der Verfasser vielgelesener und stark pietistisch gefärbter Bücher, deren ich als Jüngling in der großväterlichen Bibliothek manche fand und las, wie auch die Büste Schuberts zu Häupten dieser schönen Bücherei stand, aus welcher ich den geistigen Durst der ersten Jugend stillte.«

102 Johann Christoph Blumhardt (1805-1880), pietistisch geprägter Pfarrer in Möttlingen (Freund Eduard Mörikes), der auch als Dämonen- und Teufelsaustreiber galt. 1852 erwarb er das schwefelhaltige Christophsbad in Boll bei Göppingen und gründete dort ein religiöses Erweckungs- und Heilungszentrum.

103 Gottliebin Dittus (1815-1872), eine Waise, die als zauberkundig und von Dämonen besessen galt, welche ihr u. a. lebensbedrohliche physische Verletzungen beigebracht haben sollen. Ihre Delirien, Zuckungen und Konvulsio-

eine Kollegin und genaue Parallelerscheinung der Seherin von Prevorst. Von ihr und Blumhardt (dem Vater des noch lebenden, auch mir bekannten freien Predigers und Erziehers Blumhardt, von dem wir schon sprachen) wurde uns viel erzählt, oder wir waren doch von der Romantik dieser Tradition angeweht.

Ferner erinnert die Person im Traum mich leise an eine »Tante Peregrina«, die in unsrer Familie existierte (keine sehr nahe Verwandte) und welche meines Wissens schwermütig oder sonst seelenkrank war. Ich glaube, ich habe sie nie gesehen. Aber man sprach von ihr wie von einem fremdartigen, sanften und feinen Wesen, oder ich stellte sie mir doch so vor, wozu der schöne poetische Name viel beitrug. Später duftete dieser ganze Vorstellungskreis einer solchen poetisch-exzentrischen Erscheinung mir wieder entgegen in der »Peregrina« Mörikes, welche im »Maler Nolten«[104] vorkommt und an welche die wunderbaren Peregrinalieder gerichtet sind. Übrigens steckt in Mörike, speziell im Maler Nolten (den ich sehr liebe), außer der zeitlosen herrlichen Poesie auch ein gutes Stück schwäbisch-mystischer Romantik mit dem spezifischen Duft jener Zeit Kerners und seines Kreises.

8. Dez[ember 1917]

Traum: Ich hatte mich entschlossen, auf einen bestimmten Tag wieder als Gehilfe in die Buchhandlung in Tübingen[105] einzutreten, und war ein oder zwei Tage vorher in Tübingen angekommen. Dort hatte ich mein altes Zimmer wieder gemietet, in dem ich vor 20 Jahren wohnte, bei einer alten Witwe. Der Traum beschäftigt sich hauptsächlich mit dieser Wohnung. Sie war in mancher Hinsicht gegen früher verändert. Z. B. war über meinem Raum noch einer da, durch eine Treppe erreichbar, und es war

nen »behandelte« Blumhardt zwei Jahre lang, indem er die »Dämonen, die nach Befreiung schmachteten« durch Zuruf von biblischen Zitaten austrieb. Die solcherart geheilte Achtundzwanzigjährige nahm Blumhardt ab 1846 als Haushälterin und Kindererzieherin in sein Pfarrhaus zunächst in Möttlingen und später in Bad Boll auf, wo sie am 21. 1. 1872 starb.

104 Eduard Mörike, »Maler Nolten«. Roman, Stuttgart 1877.

105 Mitte Oktober 1895 hatte der 18jährige H. Hesse in der Tübinger Buchhandlung Heckenhauer seine Lehrzeit begonnen und in der Herrenbergstr. 28 bei Frau Dekan Leopold ein Zimmer bezogen.

nicht ganz klar, ob beide Räume zu meiner Verfügung stehen oder nur einer. Das untere Zimmer sah ganz anders aus als früher, ein Teil der Wände war durchbrochen, die Küche war mit in den Raum einbezogen. Einerseits gefiel mir dies, die rohen Wände, das Dabeisein der Küche etc. gab der Bude ein naives primitives, zigeunerhaftes Aussehen, das mir besser gefiel als die ehemalige schmale Mietbude. Andrerseits mußte ich fürchten, durch die Küche, die nun zu meinem Raum gehörte, sehr gestört zu werden. Die Sorgen um das künftige Wohnen in diesem Zimmer, dem ich mißtraute, bildeten überhaupt den Gefühlsinhalt des Traumes. Außer der Raumveränderung waren noch andre Traumzutaten da: vor dem Zimmer (Erdgeschoß) war eine Art Laube, ein bedeckter Vorraum wie die Lauben in Bern, und es standen vor den 2 Fenstern meiner Bude 2 kleine Tischchen. Die Leute liefen vorbei, saßen an den Tischchen u. s. w., es war ganz wie in Bern in einer alten Gasse. Einmal setzte auch ich mich hinaus an eins meiner Tischchen: da kam ein Trambahnführer in Uniform, legte ein in Papier gewickeltes Brot auf das Tischchen und forderte mich auf, ihm Platz zu machen. Ich war darüber entrüstet, denn ich meinte, das Tischchen gehöre mir und zu meiner Wohnung, es zeigte sich aber, daß es dem Trambahnmann selber gehörte und ich kein Recht darauf hatte. Ich ging ins Haus und war entschlossen, mein Zimmer gleich wieder zu kündigen, tat es aber zunächst doch nicht. Mittlerweile entdeckte ich einen anderen Schaden der Wohnung. Es kam Regenwetter, und es regnete durch die Zimmerdekken herein, sowohl im unteren wie im oberen Stockwerk. Ich war sehr enttäuscht und traurig. Die Hausfrau kam im Traume nicht vor, wohl aber zwei Dienstboten, welche beide nach 20 Jahren noch da waren und fast noch gleich aussehen. Die Magd glich wirklich der, die mich einst hier bedient hatte, doch war früher kein zweiter Dienstbote da gewesen, während jetzt noch ein Diener da war, ein hübscher, freundlicher Mensch, den ich aber auch so anredete, als sei er von früher her noch da.

Einmal schien es mir, es sei morgens acht Uhr und ich sei verspätet und sollte längst schon in meiner Buchhandlung sein. Im übrigen spielte die Buchhandlung im Traum keine Rolle.

Ein anderer kleiner Appendix des Traumes ist der: im gleichen Haus wie mein Zimmer war oben auch eine Schule, und neben der Treppe im obern Stock lag eine lange, sehr große Halle oder Veranda. Dort hatte ich Tags zuvor irgend etwas getan, ich glaube

gezeichnet oder gemalt. Andern Tages kam ich wieder, um meine Sachen zu holen, die noch dort lagen, vor allem einen großen grauen Koffer. Da kam, eben als ich zur eisernen Tür in die Halle hinein wollte, ein Abwart, ein häßlicher ruppiger Kerl, und hielt mich zurück, es dürfe niemand hinein. Ich sagte, ich habe ja von gestern her meine Sachen noch drin, und ich wohne hier im Haus, aber er ließ nichts gelten und hielt mich hartnäckig zurück.
(Der graue Koffer im Traum stammt aus der Lektüre des neusten Buchs von Meyrink »Walpurgisnacht«[106])

9. Dez[ember 1917]

Gestern war ich im Theater und sah den »Hans im Schnakenloch« von Schickele[107], ein Elsäßerdrama, das bei Kriegsausbruch spielt, das ich übrigens vom Lesen schon kannte.
Dann hatte ich stundenlang eine Art von Traum, die mir stets sehr quälend ist: mehr ein dumpfes Denken als ein Träumen, das stete Wälzen eines Problems oder Kämpfen gegen etwas Feindliches. Ich hatte im Theater auch noch eine kleine Szene mit einem Nachbarn gehabt, er hatte bei einer Stelle des Dramas halblaut eine abfällige Bemerkung gegen die Franzosen gemacht und ich hatte ihn schroff zur Ruhe verwiesen. Ich weiß, ohne ihn sonst zu kennen, daß er ein deutscher Internierter ist, vermutlich Offizier, und bei der Gesandtschaft arbeitet. Nun plagte mich die ganze Nacht im Schlaf ein Gefühl von machtloser Empörung gegen Gesandtschaft, Staat und Krieg, auch schien mir, ich verstehe das Stück von Schickele in seinem tiefsten menschlichen Sinn, noch tiefer als jeder andre Hörer und als der Dichter selber.
Daran schlossen sich nachher, ungewiß in welcher Reihenfolge, einige lockere, doch irgendwie zusammengehörige Traumfragmente:
Es handelte sich um eine Dame, die unter falschem Namen, offenbar in erotischer Absicht, in einem Hotel abgestiegen war, bald schien es, als sei ich es, der die Sache erlebte, und sei ihr

106 Gustav Meyrink, »Walpurgisnacht«, Phantastischer Roman, Kurt Wolff Verlag, München 1917.
107 René Schickele, »Hans im Schnakenloch«. Schauspiel in vier Aufzügen. Cassirer Verlag, Leipzig/Berlin, 1916.

Liebhaber, bald war es, als würde alles mir nur erzählt. Statt des Hotels war dann plötzlich unser Vaterhaus da, wir wollten jene Dame verbergen, da kam eben mein alter Vater durch den Korridor, wir ließen lachend jene Dame in den Abtritt verschwinden. Meine ältere Schwester (sonst meinem Vater sehr ähnlich und durchaus fromm) half dabei. Die Dame nannte sich »Douglas«. Das ist ein schottischer Name, und ich kenne eine sehr aparte und interessante Frau in München, die aus dieser Familie stammen soll und mir stets einen ungemein sensitiven und stark erotischen Eindruck machte. Im Traum war aber keine erotische Beziehung oder Erregung da. Nachher war ich, mit anderen Leuten, an einem merkwürdigen Ort, wie auf der Flucht in einer Höhle oder so, zwei Männer spalteten Holz und häuften es auf kleine Haufen, die ich dann anfaßte, wobei ich sah, daß das Holz ganz fein in winzige Stäbchen gespalten war, etwa so wie man es für Feueranzünden macht.

11. Dez[ember 1917]

Traumstück: ein junges Mädchen sang uns etwas vor, ein Volkslied, und erklärte zugleich das gesungene Lied durch Worte, etwa so, wie wenn man einen fremdsprachigen Text übersetzt. Das Lied war offenbar ein naives Liebeslied, und einmal hieß es: das Mädchen weiß, daß der junge Bursche »Brunner« heißt.
Dazu ist zu sagen: Die Herkunft des Traums ist eine doppelte. Das singende Mädchen erinnert mich stark an eine junge, sehr feine und begabte, ja geniale Schwäbin, die ich zwar nie sah, die mir aber zuweilen schreibt und von der ich Photographien sah. Sie trug neulich einmal öffentlich Gedichte von mir vor. Das naive Liebeslied mit dem Namen stammt von der Lektüre [Jeremias] Gotthelfs, wir lesen jetzt abends einen Band Gotthelf. Da lasen wir gestern von einem jungen Paar, das sich zum erstenmal trifft und miteinander tanzt, dann auseinandergeht, ohne daß eins den Namen des andern weiß, denn sie sind aus verschiedenen Dörfern. Daher die Sache mit den Namen. Zu »Brunner« fällt mir nichts ein. Ich kenne den Namen, doch heißt niemand so, mit dem ich je näher zu tun hatte. Es gibt einen Arzt, der so heißt, und ich erinnere mich, daß ich oft nicht sicher war, ob er Brunner oder Brugger heiße.

Die Bilder[108] sind nach der Entstehungszeit numeriert. Das erste ist mir weitaus das liebste und macht mir am meisten Eindruck, aus ihm sind auch die zwei andern entstanden, die eine Steigerung erreichen wollten, was aber nicht gelang.
Urbild dieser drei Blätter ist der Vorgang in einem meiner frühern Träume, wo ich eine Blechschachtel mit Farben gegen ein Fenster warf, wo die Schachtel hängen blieb und sich zu drehen anfing. Ich wollte so etwas wie einen Farbenkreisel darstellen. Beim ersten Blatt ist das am besten gelungen. Hier empfinde ich außer dem Farbenkreisel noch allerlei geahnte Formen, unter andrem die Erinnerung an große farbige Fensterrosetten in gotischen Domen. Ich fand, daß auch ein Gesicht darin stecken könne, und wollte das beim zweiten Blatt ausdrücken, dort war anfangs ein ganzes Gesicht drin, das ich dann bis auf die Augen wieder zumalte.

14. Dez[ember] 1917

Meine Träume sind immer noch, wie seit längerer Zeit, sehr reichlich aber meist nicht sehr eindrücklich, ich sehe in einer einzigen Nacht manchmal Dutzende, vielleicht Hunderte von Bildern, von denen ich die letzten jeweils beim Erwachen noch weiß, dann aber sehr bald vergesse.
Heut Nacht war zwischen vielen andern Bildern ein stärkeres:
Traum: Mit mir und zwei anderen (Malern) saß in einem Raum der Maler Fritz Widmann[109], mein naher Freund, und wir malten alle, doch habe ich an die Bilder, die wir malten, keine Erinnerung, sie spielten keine Rolle. Es drehte sich alles um Widmann. Irgendwie entstand gegen ihn der Vorwurf oder Verdacht, er habe einen Fehler gemacht, und zwar habe er mir »ein Kuhbein gestohlen«. Das soll etwa bedeuten: er habe auf seinem Bild, das offenbar Kühe darstellte, ein Kuhbein, das eigentlich auf *mein* Bild gehöre. Ich selber war unbeteiligt, fühlte mich nicht geschädigt und nahm alles nicht ernst. Kaum war nun dieser Vorwurf gegen Widmann

108 Diese frühen Malversuche, die Hesse seinem Therapeuten Dr. Lang beilegte, sind offenbar nicht mehr erhalten.

109 Fritz Widmann (1869-1937), der Hesse auf mehreren Italienreisen begleitete. Schweizer Maler, Sohn des Schriftstellers Josef Viktor Widmann. Verheiratet mit der Photographin Gret Widmann, von der viele der ausgezeichneten Portraitaufnahmen Hesses bis etwa zu seinem 50. Lebensjahr stammen.

entstanden, so suchte er dadurch abzulenken und sich zu salvieren, daß er sich an den wandte, der neben ihm saß, und scheinbar Streit mit ihm anfing, er parlierte und schimpfte, gestikulierte und griff jenen heftig an, alles war gespielt und Theater, und wir hörten ihm alle belustigt zu (genau wie in der Wirklichkeit, wo Widmann sehr oft diese Rolle spielt und alle amüsiert). Ich selber tat und sagte gar nichts, hörte und sah bloß zu. Da sprang Widmann auf und lief weg mit dem schmerzlichen, aber auch noch halb scherzhaft vorgebrachten Ruf »Ich habe Angst vor dem Hesse«. Wir nahmen nichts ernst, was er tat, er schwang sich in ein Fenster, und plötzlich stürzte er sich hinaus. Sofort empfand ich tief, daß sein Hanswurstspielen einen tiefen Schmerz verborgen habe, daß er zwar nicht wegen mir und dem Kuhbein sich das Leben nehme, sondern aus dem Gefühl einer eigenen, inneren Unzulänglichkeit. Wir waren alle entsetzt, ich saß tief erschrocken und sah, wie die andern zu den Fenstern liefen. Dabei war das seltsam, daß Widmann zu einem Fenster rechts von mir hinausgesprungen war (in einem Eckzimmer), während ich ihn gleich darauf mir gegenüber, wie aus den Fenstern des Nachbarhauses, stürzen sah. Ich erwachte mit einem Schrei.
Einfälle: Widmann ist im Leben wie hier im Traum. Ein begabter Mensch und sehr lieber Kerl, seelengut, sehr witzig, oft komische Figur. Wir alle lieben ihn sehr, doch kommt es oft vor, daß man ihn nicht ganz ernst nimmt, weil er gar so schwatzhaft ist. Etwas ungemein Heiteres und etwas Operettenhaftes umgibt ihn. Dabei ist er klug und kann denken, hat literarische Bildung.
Das gemeinsame Malen (ich glaube, die andern zwei waren Gamper[110] und Sturzenegger oder doch Anklänge an sie) erinnert mich teils an die paar Male, wo ich mit Gamper und andern Malern zusammen skizzierte, teils an meinen starken Wunsch, das wieder und öfter zu tun.[111]

110 Gustav Gamper (1873-1948) Schweizer Maler und Graphiker, mit dem Hesse während seiner Berner Jahre gelegentlich gemeinsame Malausflüge unternahm und den er in seiner Erzählung »Klingsors letzter Sommer« als »Thu Fu« darstellte.

111 An dieser Stelle fanden sich in Hesses Typoskript zwei Briefe seines Therapeuten Dr. Lang, worin er einige von Hesses seit dem 4. 12. 1917 aufgezeichneten Traumnotizen zu deuten versucht.

[Dr. Josef B. Lang] Luzern, den 12. December 1917.

Mein lieber Herr Hesse!

Ich danke Ihnen herzlichst für Ihre beiden lieben Briefe[112]*, die mir sehr wertvoll sind. Frau Bucherer*[113] *will ich heute (ich kam leider früher nicht dazu, ich habe auch allerlei Arbeit, die mich nicht gerade interessiert) noch den Faustvortrag schicken, den ich übrigens in nächster Zeit etwas weiter ausarbeiten möchte. Diese beiden Frauen, die ich an jenem Tage kennen gelernt habe, interessieren mich sehr; wenn es möglich wäre auch mit Frau Durigo*[114] *in Kontakt zu kommen, so würde mich das selbstverständlich sehr freuen, besonders später, jetzt bin ich momentan noch zu stark mit mir selbst beschäftigt, sie kommen aber beide seither in meinen Träumen immer wieder als wichtige Incarnationen vor. Ich bin gegenwärtig in einer Entwicklungsphase drin, die mich sehr absorbiert. Auch Herr Gamper hat mir sehr gut gefallen, aber ich war an jenem Tage durch die vielen ungewohnten Eindrücke schon derart gefesselt & verbraucht, daß ich nur sehr schwer noch herauskam, ich hoffe aber, daß mir einmal Gelegenheit geboten werde, auch ihm etwas näher zu kommen, er war mir sehr sympathisch. Auch Schöck habe ich als etwas durchaus Verwandtes empfunden, er incarniert für mich das »Umbrische«, das ich aber noch nicht näher definieren kann.*

Jetzt würde ich gerne etwas auf Ihre Träume eingehen, die mir sehr bedeutsam erscheinen. Vielleicht schreiben Sie mir daraufhin, wenn Sie Zeit haben, weitere Gedanken zu Ihren Einfällen.

Traum vom 4. Dec.

Der Eingang der Scene erinnerte mich sofort an das Zimmer Wagners, in das Mephisto den Faust nach der Beschwörung von Helena betäubt zurückbringt[115]*, & wo unterdessen Wagner an der Erschaffung des Homunkulus gearbeitet hat. Erst m i t dem Homunkulus, dem Kinde des persönlichen Wissens, kann Faust den schöpferischen Abstieg in die Gefilde der Unterwelt wagen, wo er erst mit Helena, dem schönsten Weibe der Vorzeit, das nach*

112 Von Hesses Briefen an J. B. Lang haben sich nur ganz wenige erhalten. Die hier und später erwähnten Schreiben waren nicht mehr auffindbar.

113 Els Bucherer (1888-1967), Frau des Malers Max Bucherer, die in Anlehnung an Goethes Farbenlehre eine eigene Theorie der Farben-Harmonie und deren Entsprechungen in den Tonarten der Musik entwickelte.

114 Die mit Hesse seit 1911 befreundete und als Konzert-Altistin bekannte Kammersängerin Ilona Durigo (1881-1943).

115 J. W. Goethe, »Faust«. Zweiter Teil. 2. Akt. Laboratorien.

dem Orient hinzeigt, in innigere Beziehung treten & mit ihr den Euphorion erzeugen [kann], von dem ihm aber auch nur wieder die Kleider bleiben. Nach dem wäre jetzt ein Stück Wagner anzunehmen, also eine Technik mit seinem Ubw. [Unterbewußtsein] in Verkehr zu treten. Ob das auf das Malen hinweist? Fast möchte mir das scheinen, nachdem Sie mir jetzt eine Illustration zu einem Traume schicken, der wenigstens 3-4 Monate zurückliegt (wir analysierten ihn, als Sie im Sommer bei Frl. Schwarzenbach[116] *waren). Und in jenem Traum war ausgedrückt, wie eine Wurfbewegung in eine drehende am gleichen Platz bleibende Bewegung umgesetzt wird. Ich glaube nach der Analyse eines eigenen Traumes jetzt dieses Symbol besser zu verstehen: Sie werfen die Farbenschachtel hinaus=projicieren etwas mittelst Farben aus Ihrem Unbewußten heraus, aber nicht in die Unendlichkeit, sondern auf eine Wand, das daselbst zu einem neuen Leben kommt (kreisende Bewegung), das die Gestalt einer Windmühle annimmt, womit eine schöpferische Beziehung zur Umwelt angedeutet wird. Es schaut aber auch ein Gesicht daraus hervor, das ein Indianerhäuptling zu sein scheint, der Ihnen wohl sehr viel zu sagen haben dürfte. Wenn Sie auf seine Stimmen lauschen, so werden Sie die Weisheit des primitiven Zauberers vernehmen & damit wäre der Kreis wieder geschlossen (Projektion, Belebung der Projektion & Introjektion der Weisheit des projicierten Stükkes). Damit wäre ein Mechanismus einer ewigen Fruchtbarkeit gefunden, denn die Inhalte des zu Projicierenden sind eigentlich unerschöpflich (Gestaltung, Umgestaltung des ewigen Sinnes, ewige Unterhaltung). Dahin gehört natürlich die Seherin von Prevorst, der Gottliebin & der Tante Peregrina. Da scheint es nach diesen Assoziationen wirklich in die Tiefe zu gehen, in die klassische Walpurgisnacht. Ich würde die uralten, dunkelbunten, in tiefen seltenen Farben glänzenden Kostbarkeiten oder Scherben zu sammeln suchen oder zu malen, das scheinen mir Seelensymbole zu sein (Gral). Vielleicht schreiben Sie mir noch mehr über diesen Traum.*

Traum vom 8. Dec.

Sie kommen wieder als Gehilfe in die Buchhandlung zurück, Sie werden also wieder Gehilfe, aber jetzt ist die Küche auch zu Ihrem

116 Mathilde Schwarzenbach, Tante von Hesses Mäzen Georg Reinhart, die den Dichter u.a. bei der Finanzierung seiner Kriegsgefangenenfürsorge unterstützte. Sie wohnte damals in Zürich.

Zimmer geschlagen, Ihr Bewußtseinsumfang ist also jetzt bedeutend erweitert durch die Aufnahme der »Küche« welches wohl das Primitive bedeutet & hier besonders das Homo, resp. Hermaphroditische (Dienerin & Diener, ich finde wichtig, daß es das Dienende ist). Aber es kommt jetzt scheints eine Tendenz des Anschlusses an die Kollektivität (Lauben mit Tischchen) die wohl zu Schwierigkeiten führen kann (Trambahnführer in Uniform) doch kann ich da nichts sagen, weil das nähere Material fehlt. Auch dieser Traum hat das Wiederkehrmotiv.
Was der graue Koffer bei Meyrink bedeutet, weiß ich leider noch nicht, weil das Buch erst etwa in 14 Tagen bis drei Wochen im Buchhandel erscheinen wird. Wenn Sie mir Ihr Exemplar nach seiner Lektüre für diese Zeit überlassen könnten, wäre ich Ihnen schon dankbar. Ich würde es Ihnen dann sofort wieder zurückschicken. Nach der ganz abfälligen Kritik von Korrodi[117] *in der N. Z. Z. muß das Buch sich mit ganz bedeutenden Problemen beschäftigen, er hat natürlich gar nichts davon verstanden. Der Abwart des Traumes scheint eine Kerberusrolle zu incarnieren.*
Traum vom 9. Dec.
Bedeutet die Dame unter falschem Namen nicht, daß sich etwas unter einem erotisch-sexuellen Gewande meldet, das aber in Wirklichkeit etwas sehr Aristokratisches, Feines aber Schottisches, d.h. wohl Fantastisch-gespensterhaftes ist & deshalb von einer autoritativen Einstellung (Vater) nicht angenommen wird & darum ins Anale (Abtritt) verdrängt wird, mit dem sich dieses Autoritative nicht beschäftigen will. Darauf deuten auch die zwei Männer (vielleicht Sie & ich?), die für ein künftiges Feuer Holz spalten.
Traum vom 11. Dec.
Wahrscheinlich handelt es sich um das gleiche Problem wie im vorigen Traum, nur daß hier das Mädchen, das singt, angenommen zu sein scheint, es ist das Geniale, das sich anschickt, zum Wort zu kommen und Ihnen den fremdsprachlichen Text Ihres Ubw. zu übersetzen. Auch diese Funktion kennt man nicht von Angesicht, sondern nur aus Briefen & Bildern. Zuerst macht sie einen Tanz mit uns, ohne uns den Namen zu nennen, aber sie kommt mit jedem neuen Jahr und bringt uns ihre Gaben. »Brunner« geht wohl auf Brunnen, Quelle, die aus der Tiefe kommt &

117 Eduard Korrodi (1885-1955), Feuilleton-Redakteur der Neuen Zürcher Zeitung.

nicht versiegt, dazu gehört auch die Wünschelrute, dann der Arzt & auch Brugger gehört wohl hierher (Brücke zwischen den beiden Welten!).
So viel kann ich Ihnen über Ihre sicherlich sehr interessanten Träume sagen, wenig genug & vielleicht regt es Sie doch zu weiteren Einfällen an. Ich würde mich sehr freuen, wenn Sie mir noch mehr darüber schreiben könnten.
Ich schicke Ihnen Ihre Notizen auch zurück, denn vielleicht haben Sie keine Kopie davon. Könnten Sie vielleicht in Zukunft mir nur einen Durchschlag schicken, damit ich denselben einige Zeit behalten könnte für Träume, die später wieder kommen. Sie haben sich ja mit genügend Papier verproviantiert! Sie sehen, so ganz ohne ist die Kleptomanie auch nicht. Auch die interessanten Bilder sende ich Ihnen wieder retour; wenn Sie wieder einmal kommen, kann ich Ihnen auch einige neue zeigen. Ich glaube, ich habe jetzt auch das Modell zum Grabstein für unsern lieben Bubi[118] *gefunden, ich möchte dann noch mit Ihnen darüber reden.*
Über die gegenseitigen Beziehungen zwischen uns müssen wir übrigens auch wieder einmal reden, aber das geht wohl nur mündlich, meinen Sie nicht auch?
Was für Bücher verlegen Sie denn in Ihrem Verlage?[119]
Ihrem speziellen Wunsche gemäß übersende ich Ihnen die Rechnung pro 1917, es eilt aber nicht.
Schreiben Sie mir auch bald wieder.
Unterdessen Ihnen & Ihrer werten Familie unsere herzlichsten Grüße von meiner Frau

und Ihrem
Jos. B. Lang

Wenn Sie mir über das Problem Durigo gelegentlich etwas schreiben könnten, wäre ich Ihnen dankbar.

[Dr. Josef B. Lang] Luzern, den 18. Dec. 17.

Lieber Herr Hesse!
Ich möchte Ihnen recht herzlich für die schönen Bücher danken, die mir sehr gefallen, es [ist] zu lieb von Ihnen; sie sind so alle auf

118 War bisher nicht zu ermitteln.
119 Der Ende 1917 von Hesse gegründete »Verlag der Bücherzentrale für deutsche Kriegsgefangene«.

mich abgestimmt; auch meine Frau läßt Ihnen vorläufig herzlich danken. Wir [wünschen] Ihnen & Ihrer verehrten Familie von Herzen recht schöne Weihnachten.
Ich habe den Meyrink anfangs einmal gelesen, er sagt mir sehr viel, es war mir als höre ich mein Spiegelbild (wissen [Sie], das mit den sechs Spiegeln) reden. Den Schluß des Buches verstehe ich noch nicht recht. Ich möchte das Buch nach einigen Tagen gerne noch einmal lesen, wenn ich es bis dahin behalten darf, es ist im Buchhandel noch nicht erschienen. Ich danke Ihnen sehr, daß Sie mir das Buch so schnell geschickt haben.
Soeben habe ich Ihren lieben Brief erhalten mit der interessanten Sinclair-Fabel.[120] *Dieselbe scheint mir sehr bedeutsam zu sein, in erster Linie bringt sie uns nämlich ein Programm für die gesuchte Technik, das Unbewußte zum Sprechen zu bringen, resp. sie ist ein Paradigma für Gespräche mit dem Ubw. Nachdem nun die europäische Psychologie untergegangen resp. sich selbst aufgegeben hat, erscheinen nun die Tiere & die Primitiven, welche Ihnen ihre Weisheit bringen wollten, ich meine, Sie haben nun eine schwere Arbeit vor sich, jedem einzelnen dieser Geschöpfe Audienz zu gewähren, & sich mit ihm auseinanderzusetzen, aber dabei Ihren Europäerstandpunkt diesen Erscheinungen gegenüber zu vertreten, da scheint in der Fabel noch eine Gefahr zu sein, resp. ein Fehler, daß Sie vielleicht als die andere Schwingung des Pendels vielleicht den Verstand (ich möchte dabei den Hauptnachdruck auf die zweite Silbe legen: Stand, archimedischer Punkt, von dem aus Sie den Kontakt mit dem Unbewußten wagen können) zu stark heruntersetzen. Als Intellektualismus allein ist er unfruchtbar (hat kein Weib), aber für einen fruchtbaren Kontakt mit dem Ubw. ist er als statisches Moment in der Erscheinungen Flucht unendlich wichtig, sonst ist Ihnen das Ubw. nicht zugänglich, denn Sie sind im Grunde eine zu gesunde Natur, als daß Ihnen ohne diese Garantie das Ubw. zugänglich wäre. Ich weiß nicht, ob ich klar genug bin. Wenn Sie etwas davon nicht verstehen, so möchte ich Sie bitten, mich zu fragen. Es ist schade, daß wir uns nicht mündlich darüber aussprechen können, aber andererseits ist es auch wieder gut so, denn dann muß man sich conciser ausdrükken, was allerdings nicht meine force ist. Ist in dem mir geschickten Traume nicht in Maler Widmann die extravertierte Attitüde*

120 Emil Sinclair (alias H. Hesse), »Der Europäer«.

von Ihnen gemeint, die etwas Hanswurstartiges beim intuitiven Typus hat, diese Seite wird hinausgeworfen, resp. sie zieht sich zurück, Sie bleiben bei Gamper, dem Intuitiven zurück, der Kontakt mit dem Ubw. erhält. Was meinen Sie zu dieser Deutung?
Ich will für heute schließen, es wird mir selbstverständlich sehr lieb sein, wenn ich bald wieder einen Brief von Ihnen erhalte. Auch rein literarisch & psychologisch gefällt mir natürlich die Fabel sehr gut & ich hoffe, sie bald irgendwo lesen zu können. Vielleicht…
Auch für das Bild der Durigo danke ich Ihnen bestens, es ist mir eine sehr liebe Erinnerung an schöne wertvolle Stunden & an die Frau, die in meiner Seele eine große Rolle spielt.
Inzwischen mit vielen herzlichen Grüßen *Ihr*
Jos. B. Lang

P.S. Ich habe das letztemal die Rechnung leider nicht beigelegt, ich tue es heute; damit Sie sie mir nicht noch einmal schicken müssen, habe ich sie gleich quittiert.

17. Dezember 1917.

Traumbilder von heut Nacht:
Wieder sah ich Fritz Widmann, auch Gamper war einen Augenblick dabei. Widmann saß vor einer Staffelei und macht wieder den Hanswurst, er spielte den Schnellmaler, strich einige weiße Flächen quer übers Bild, die den Himmel vorstellten, eine rote Sonne hinein, dann patzte er mit der roten Farbe spritzend mitten ins Bild hinein und verarbeitete die Farbreste dann schnell in etwas, was von weitem wie eine Landschaft aussehen konnte. Ich hörte Gamper laut lachen.
Ein andres Traumstück: Ich machte mit einigen Bekannten, darunter meinem ältesten Bruder[121], eine lustige Nacht durch, es wurde gekneipt und gegessen, herumgezogen und Witze gemacht. Dazwischen kam eine halbernste, halbkomische Szene: in einem Raum waren zwei Gemälde aufgestellt, die wir ansahen. Das eine hatte irgendwas mit Goethe zu tun, stellte glaube ich ihn und

121 Theo[dor] Isenberg (1866-1941), der ältere Sohn aus Marie Hesses erster Ehe mit dem Missionar Charles Isenberg.

seinen Sohn[122] dar, aber mehr symbolisch. Ich sagte: »Ist das ein Wüllner?« Dabei sollte »Wüllner« etwas bedeuten wie die nicht ganz ernst zu nehmende Kopie oder Imitation von etwas Klassischem. Das Bild veränderte sich, wurde mehr und mehr komisch, aber doch mit einem Klang von Bedeutung dabei. Es bewegte sich, die große Männerfigur auf dem Bild warf ihren Mantel oder Pelz ab, richtete sich auf und begann mit der kleinen Figur, einem nackten Knaben, zu spielen und gymnastische Übungen zu machen, etwa wie man es in Sonnenbädern sieht. – Später kam in diesem Traum eine Szene vor, wo mein älterer Bruder mit mir ganz ähnliche Übungen anstellte, er massierte mich stehend von hinten, ich vollführte rhythmisch-turnerische Schritte und Bewegungen.

19. Dez[ember 1917]

Mir scheint, meine Träume sind nicht nur sehr reichliche Folgen von flüchtigen Bilderreihen, sondern die Bilder sind zum großen Teil *gleichzeitig* da, in der Weise, wie wenn man mehrere Glasscheiben mit Bildern übereinander legt. Das kompliziert die Träume sehr und erschwert die Erinnerung ungemein.
Zugleich aber erinnert mich diese Gleichzeitigkeit mehrerer Traumschichten, die in einander übergehen können, an die Gleichzeitigkeit des Realen und Visionären, die uns erstrebenswert scheint, und die Meyrink im grünen Gesicht[123] gut beschrieben hat als einen Zustand, in dem wir gewissermaßen durch die Wirklichkeit hindurch wie durch Glas eine bedeutsamere, andere, höhere Welt sehen.
Mehrere Traumstücke dieser Nacht:
Ich sah den deutschen Reichstag, es war eine regelmäßig angeordnete Versammlung nach dem Muster einer Landsgemeinde, auf einer niedern Tribüne, alle schwarz gekleidet. Das Bild erinnerte zugleich an [Albert] Welti's Landsgemeindebild und an Hodlers Hannoveraner Schwurbild, welche sonst absolute Gegensätze sind. Ich begriff, warum man von einer »Rechten« und »Linken« im Reichstag redet, ich sah deutlich die konservative Gruppe

122 August Goethe (1789-1830)
123 Gustav Meyrink, »Das grüne Gesicht«. Ein Roman. Kurt Wolff Verlag, Leipzig/München 1916. Hesse hatte den Roman am 23. 12. 1916 in der Zeitschrift »März«, München empfehlend rezensiert.

rechts symmetrisch angeordnet, ein Geistlicher sprach dort eben, seine Rede war wie eine Predigt oder Gebet. Zugleich fiel mir auf, daß das »Rechts und Links« vom Zuschauer aus gelte, so wie in Theaterstücken allemal angegeben ist: rechts und links vom Zuschauer (oder vom Schauspieler) aus. Neben der Feierlichkeit hatte dieser Reichstag auch etwas Schäbiges, erstens war er als Ganzes viel kleiner als ich gedacht hätte, auch sehr viel kleiner als er wirklich ist, und dann war der Zugang zu ihm so wenig würdig und sorglos, daß es mir auffiel. Man konnte durch eine Art Vorhang hineingehen, etwa wie der Eingang zu einer Jahrmarktbude, und man ging hinein und wieder weg, wie man wollte.

Teilweise gleichzeitig mit diesem Traum lief ein andrer, in dem ich spazieren ging, sehr schöne Gegend, rechts neben mir fiel eine Mauer ab, ohne Brüstung, so daß ich, obwohl sie nicht sehr hoch war, etwas Sorge tragen mußte. Ich sah und fing Schmetterlinge. Daran wohl anschließend ein Bild: Ich habe unter meinem Hut einen oder mehrere Schmetterlinge gefangen, die ich nun hervorholen und töten will, doch ist es nimmer im Freien, sondern in einem Raum, der teilweise an den »Saal« in meinem alten Vaterhaus erinnert. Ich finde unter dem Hut mehrere Falter, darunter einen hellen, weißlichen, der anders konstruiert ist und sich anders anfühlt als die gewöhnlichen Falter, er erinnert mich ein wenig an tropische Falter. Auf der Rückseite der Flügel hat er ein schönes, nie gesehenes Farbenspiel, die Flügel sind sehr schlaff, weich und biegsam, wie ganz junges Buchenlaub (ganz frisch ausgeschlüpfte Schmetterlinge sind so), außerdem schien er mehrere Lagen von dünnen Flügeln übereinander zu haben. Ich traute mich nicht recht, ihn in die Hand zu nehmen und zu töten, hatte ein wenig Angst, wie man sie vor unbekannten Insekten hat, welche stechen oder giftig sein können. Als ich schließlich mit seiner Tötung beschäftigt bin, habe ich es plötzlich nimmer mit einem Falter zu tun, sondern mit einem größeren Vogel, etwa wie ein großes Huhn oder ein Fasan. Ich ziele auf den Kopf dieses Vogels mit einem Stock oder einer Waffe, verwunde ihn, er wendet sich in Verzweiflung gegen mich, ich wünsche ihn rasch zu töten, um seinen Leiden ein Ende zu machen, verwunde ihn aber wieder nur, ich reiße ihm mit meiner Waffe ein Stückchen Fleisch aus dem Leib. Gleichzeitig bin ich nebenan in einer Ecke damit beschäftigt, ein viel größeres Stück Fleisch, wie ein größeres etwas widerliches anatomisches Präparat, zu verbergen oder beiseite zu tun, es ist in einer Art Küche, und es sieht mir halb spöttisch eine Frau oder Mädchen zu, in der ich eine Krankenschwester oder Ärztin sehe, während ich selber das Gefühl habe, ich sei so etwas wie Gehilfe oder Stellvertreter bei einer ärztlichen oder naturwissenschaftlichen Arbeit, also eine Art neugebackener, noch sehr unerfahrener Kollege der Pflegerin. – Aber zugleich bin ich auch mit dem Schmetterling (oder Fasan) beschäftigt.

21. Dez[ember] 1917

Gestern hatte ich kurzen Besuch von einem deutschen Theosophen, einem der bedeutenderen Schüler Rudolf Steiners[124]. Wir sprachen über die Haltung der Offizialität und Wissenschaft den seelischen, »okkulten« Erkenntnisquellen gegenüber. Nachts hatte ich eine ganze Reihe von Träumen, von denen ich wenig mehr weiß, die aber alle von mystischen und magischen Dingen handelten. Teils wurden wunderbare Fernwirkungen und Ähnliches erzählt und besprochen, teils geschahen sie in meinem Beisein und zum Teil durch mich. Ich hatte das Gefühl, nun plötzlich auch praktisch mitten in einer okkulten Welt zu stehen. Im zweiten Teil dieser Traumreihe trat ein Mann auf, ich glaube, ein Russe, der großen Einfluß auf mich und alle hatte. Er las ein Buch vor, das er verfaßt hatte und in dem ich ein Sensationsbuch meiner Knabenjahre wiederzuerkennen meinte: nun sah ich aber, daß es ein magisches Buch war und von ihm selbst handelte. Dieser Mann las bald aus seinem Buche vor, bald auch trat er direkt in Aktion und tat wirklich Wunder, statt nur vorzulesen. Es wurde Abend, ich war sehr erregt und müde, fürchtete Schlaflosigkeit: der Mann magnetisierte oder bezauberte mich, ich fühlte mich unter angenehmen Schauern hypnotischen Wirkungen hingegeben, lag auf dem harten Boden hingestreckt und fühlte die betäubende Macht des Magiers über mich.

124 Rudolf Steiner (1861-1925) österreichischer Theosoph. Begründer der Anthroposophie. Welcher seiner Schüler Hesse damals besuchte, konnte bisher noch nicht ermittelt werden.

24. Dez[ember 1917]

Traum: Ich wohnte allein in einem Mietszimmer, mit Anklängen ans Tessin. Es war früh morgens, ich war noch nicht auf, da hörte ich durchs Fenster zu meinem Erstaunen den Fritz Widmann mit anderen Malern unten sprechen. Er redete laut und lebhaft wie immer und sagte unter anderem, wie als Verteidigung gegen einen Angriff, man könne bei ihm immer sehen, wie viel er wert sei, die Zahl stehe oben an seinem Kopf. Ich blieb allein in meinem Zimmer, stand auf und begann zu zweifeln, ob das, was ich gehört, keine Täuschung gewesen sei. Aber als ich später ausging, um zu frühstücken, traf ich richtig Widmann auf der Gasse an. Wir begrüßten uns, und beschlossen, miteinander zu frühstücken, ich sagte ihm auch, daß ich ihn morgens schon gehört habe. Ich bewunderte ihn, da er so früh am Morgen schon draußen fleißig war. Wir gingen nun, ich wollte in meinem gewohnten Gasthaus frühstücken. Widmann aber in seinem, und ich gab nach. Dennoch ging ich in mein altes Gasthaus, eine halbitalienische Spelunke. Man trat direkt von der Gasse in das Haus, ging eine Stiege hinab und konnte unten auf eine andere Gasse hinaustreten. Ich wollte das tun, ohne im Haus etwas zu verzehren, da meldete sich der Wirt, ein Italiener, und verlangte zehn Rappen für die Benützung des Durchgangs. Ich war darüber entrüstet und sagte ihm italienisch, daß das gemein sei, einem alten treuen Gast den Durchgang durch sein Haus nicht frei zu erlauben, ich würde nie mehr bei ihm essen. Dann gingen wir weiter, zu Widmanns Wirtshaus, dort sah ich einen abgeschlossenen Hof mit seltsamen Pflanzen, alles etwas steif und tot. Widmann sagte, daß er und seine Freunde zur Zeit dort malen, ich wunderte mich darüber, da alles so unmalerisch aussah. Als ich aber mit eingekniffenen Augen Einzelheiten des Hofes ansah, entdeckte ich doch malerische Qualitäten, fand es aber sehr schwer, sie darzustellen. Rest vergessen.

26. Dez[ember] 1917

Traumfragmente:
Ich war auf einen Abtritt gegangen, dessen Boden war ganz alt und schwankend, in der Ecke bog er sich hinab, ich trat darauf

und konnte mich schwankend darauf auf und ab wiegen. Dann war es, als sei ich vor dem Fenster draußen, ich hing an etwas Schwankendem, an einigen Zweigen oder Stricken, die elastisch waren, und wußte am Ende nicht recht, sollte ich mich wieder oben durchs Fenster hineinschnellen oder mich vollends zum Boden hinab lassen. Ich war nur halb angekleidet und hatte einige Kleidungsstücke überm Arm. Ich ließ mich in den Hof hinunter, dort war eine Magd und arbeitete, ich wußte jetzt, daß ich wieder in meinem alten Zimmer in Tübingen wohne und wieder in die Buchhandlung gehen müsse. Bei der Magd wählte ich etwas zum Anziehen aus, sie sagte (wie zu einem eben erst eingezogenen Mieter), ich solle dann nur alles sagen, was ich brauche, man werde mich mit dem Zimmer, mit Einheizen u.s.w. stets gut bedienen. Ich ging weg, ins Geschäft, aber unterdessen veränderte sich zwar nicht die Stimmung, aber der Ort des Traums, ich ging durch halb bekannte Gassen meiner Vaterstadt einem Hügel entgegen, wo das Bezirkskommando[125] liegt, zugleich wußte ich aber, daß dort neuerdings auch eine Handels-Schule liege, in die ich jetzt gehen müsse. Als ich oben war, traf ich meinen Freund, den Kommerzienrat Molt, der nun auch wieder in diese Schule mußte. Er lächelte ergeben und sagte, er habe sich nun einmal darein geschickt, aber mir war es entsetzlich, in diese Schule zu gehen. Ich sagte: »Bis man sich daran gewöhnt hat, ist es hoffentlich wieder aus.« – In diesem Traum taucht auch, ohne daß ich mehr weiß wo, die Gestalt des ehemaligen Rektors unsrer Calwer Lateinschule[126] auf, der jetzt Rektor der Handelsschule sein sollte. Dieser Rektor war in Wirklichkeit ein sehr nervöser, unangenehmer, aber begabter Lehrer, im Traum fürchtete ich ihn als Pedanten und Tyrannen, als richtigen Schulmeister. Unter andrem begegnete ich ihm in diesem Traum einmal, als ich mich eben nach einem Bade anzog, und zog meine Mütze vor ihm, wobei ich ein beschämtes knabenhaftes Gefühl hatte.

125 Militärdienst- und Musterungsbehörde.
126 Dr. Paul Weizäcker, von dem Hesse in seiner 1954 entstandenen Betrachtung »Beschwörungen« den Ausspruch überliefert, der Schüler H. Hesse sei nicht wert, daß ihn die Sonne anscheine.

27. Dez[ember 1917]

Träume dieser Nacht:
Ich war auf Reisen, die Orte erinnerten teils an den Tessin, teils an den Rhein und andre Gegenden, teils an Italien. Maler Kreidolf[127], mit dem ich vor bald einem Jahr im Tessin zusammen war[128], sagte, es gehe mir doch jetzt viel besser als damals. Ich sagte, ja, damals seien es auch meine schwersten Zeiten gewesen. Dann kam ein langes, unentschlossenes, unerfreuliches Hin und Her zwischen Ausflugsplänen, Spaziergängen, ich ging zu einem Vorortbahnhof, fuhr einige Zeit auf einem kleinen Dampfer, alles war im Nebel, wir kamen an einem sehr berühmten Ort vorbei (etwa wie der Rheinfall), der auch ganz im Nebel lag und der den Namen »Erfrischungsplatte« trug, er erinnerte an irgend etwas aus dem Trompeter von Säckingen[129] oder einem ähnlichen Buch, der komische Name ist wohl Anspielung auf die Hotels etc., die jeden schönen Platz ausnützen und versauen. Bei »Erfrischungsplatte« klingt einerseits der Begriff einer Speise im Restaurant an, andererseits die Tellsplatte[130].
Später saß ich an einem Tisch bei Leuten, ungewiß ob Wirts- oder Privathaus. Es war ein Mann da, der Französisch sprach, ein Welschschweizer, halbgebildet. Er sah ein kleines Wörterbuch daliegen, das den Titel hatte »En Suisse«, und fragte, was das für ein Buch sei. Ein andrer (er erinnert an meinen einstigen Kollegen in Basel, einen sehr gelehrten, von mir sehr geschätzten und geliebten Antiquar[131]) gab Auskunft, es sei ein Wörterbuch, aber ein populäres für die gangbaren Redensarten, kein gelehrtes. Es

127 Ernst Kreidolf (1863-1956) Schweizer Maler, der vor allem durch seine zauberhaften Kinderbücher überregional bekannt wurde. Vgl. Hesses Besprechungen in »Die Welt im Buch«. In Zusammenarbeit mit Heiner Hesse herausgegeben von Volker Michels. Frankfurt am Main 1988, S. 334ff.

128 Im Oktober 1916 war Hesse bei Hildegard Jung-Neugeboren in Monti bei Locarno, wo er u.a. den Puppenspieler Jakob Flach und Ernst Kreidolf traf.

129 Joseph Victor von Scheffels erste Publikation »Der Trompeter von Säckingen«. Ein Sang vom Oberrhein, Metzler Verlag Stuttgart 1854.

130 Fremdenverkehrsattraktion am östlichen Ufer des Urner Sees im Schweizer Kanton Uri, wo Wilhelm Tell aus dem Boot des Landvogtes Gessler gesprungen sein soll.

131 Julius Baur, Geschäftsführer im Basler Antiquariat E. von Wattenwyl, wo Hesse vom September 1901 bis September 1903 als Gehilfe beschäftigt war. Über ihn berichtet er 1954 in seiner Betrachtung »Beschwörungen«. Vgl. auch H. Hesse, »Gesammelte Werke«, Frankfurt am Main 1970, Bd. 10, S. 369f.

wurde Französisch gesprochen, ich verhielt mich möglichst still, da die Sprache mir Schwierigkeiten macht. Später aber sprach jener halbgebildete Westschweizer ganz gut Deutsch mit mir. Er ließ sich Essen und eine Flasche mit einem Getränk wie Champagner kommen, wovon er auch mir ein Glas einschenkte. Ich sagte danke und merci, trank auch davon. Später warf die Wirtin bei einer raschen Bewegung mein Glas um, was aber kaum beachtet wurde. Es war jetzt bei dem Welschen noch ein zweiter, der mit rotem dickem Kopf gewöhnlich, etwas roh und geil aussah, sein Gesicht erinnert an das etwas groteske Weingesicht eines mir bekannten älteren Malers. Der Welsche fragte mich auf deutsch: was »érecté« heiße. Ich wußte sofort, daß es sich um etwas wie »Erotismus« oder etwas Sexualpathologisches handle. Während ich nun, hochdeutsch redend, den beiden meine Auskünfte gab, kam ich ihnen und auch mir selber sehr gebildet und überlegen vor, es war (im Gegensatz zu vorher, wo ich des Französischen wegen ganz im Schatten geblieben war) jetzt so, daß ich der verehrte, geistvolle Mann war, dessen Worten man mit Ehrfurcht zuhörte. Dabei sprach ich völlig wissenschaftlich, affektlos und mit geistreicher Pointe, die Zuhörer aber, namentlich der Dicke, hörten auf nichts als auf das Thema, das erotisch war und von dem sie also Zoten erwarteten, sie kicherten zu allem. Ich sagte etwa (teilweise war es wörtlich – ich hatte also die Aufgabe, zu erklären, was ich unter sexueller Anomalie verstehe, und ich faßte die Frage so auf, als sei das Problem das eines Mißverhältnisses zwischen sexueller Libido und sexueller Leistungsfähigkeit). Ich sagte etwa so: »Es ist schade, daß Männer und Frauen Kinder zeugen können, auch wenn sie sexuell minderwertig sind, das verschlechtert die Rasse. Im Übrigen aber glaube ich, daß die Libido stets in einem richtigen Verhältnis zum sexuellen Vermögen steht.« Rest vergessen.
Einfälle: Mit Kreidolf hatte ich kürzlich ein Telefongespräch: ich war bei einem befreundeten Musiker zu dessen Weihnachtsfeier eingeladen[132], wohin auch Kreidolf kam, seit Jahren habe ich jedes Jahr diesen Abend bei jenem Freund verbracht und wollte es auch dies Jahr tun, obgleich ich sonst jegliche Besuche, Einladungen u. s. w. seit einem Jahr und länger weggelassen habe. Aber am

132 Bei Fritz Brun (1878-1959), Komponist, Dirigent und Leiter des Berner Symphonieorchesters.

Tag vorher war Haußmann[133] hier, wir saßen lang beisammen, und das lebhafte Gespräch etc. ermüdete mich sehr, ich schlief nicht und war am Tag, an dem ich nun zu meinen Freunden kommen sollte, ganz unfähig dazu, sagte telefonisch ab und ließ meine Frau allein hingehen. Abends, als ich allein daheim saß, spürte ich, daß ich bei einiger Energie die Kraft schon aufgebracht hätte, um doch hinzugehen, aber ich war sehr zufrieden und begehrte gar nicht dort zu sein. Kreidolf telefonierte mir noch am Abend und versuchte mich doch noch zum Kommen zu überreden. Er kennt mich ziemlich gut, ist selbst sensibel und versteht meine Art von Nervosität, während manche andre Freunde sie nicht kapieren.
Zur Sexualität: Das Mißverhältnis zwischen Libido und Vermögen, das heißt, das Auftreten starken Geschlechtsreizes trotz sexueller Erschöpfung ist mir stets als ein besonderes Merkmal von Anomalie erschienen. Aber auch als Merkmal genialen Dranges, der nie zu sättigen ist.

30. Dez[ember] 1917

Traum:
Jemand las mir eine lange, sehr schöne, schlichte, idyllischrührende Liebesgeschichte vor, ich hörte zu voll resignierter Wehmut und empfand Bedauern und Neid, daß ich das nicht selber erlebt oder wenigstens gedichtet habe. Der, der vorlas, war zugleich der Dichter und der Held der Geschichte, und auch die schöne Heldin war zeitweise da oder doch als Bild sichtbar.
Andre Traumstücke: Ich war mit Haußmann irgendwo bei Stuttgart unterwegs, man sprach schwäbisch. Ein Herr begegnete uns, mir vom Sehen aus alten Zeiten her bekannt, man redete ihn als Herr Amtsrichter an, wir sprachen einiges mit ihm, dann ging er weiter. Nachher erzählte Haußmann, dieser Herr habe ihm allerlei übel genommen, was er angeblich (politisch, im Landtag) über seine Freunde und über Religiöses gesagt habe.
Eine Zeitlang war Haußmanns Sohn[134] dabei, und mein Stiefbru-

133 Vgl. Fußnote 18 und Hesses Bericht an Max Bucherer vom 25. 12. 1917 in H. Hesse, »Gesammelte Briefe«, Bd. 1 a.a.O. S. 366 ff.
134 Robert Haußmann, ältester Sohn von Conrad Haußmann.

der Karl[135], Philologe, der sich wie ein Student benahm und den Eindruck großer Fidelität erwecken wollte, während mir alles philiströs vorkam (in Wirklichkeit ist dieser Bruder bei großen Gaben doch stark Philister). Es handelte sich um Zigarren, die wir hatten und anzünden wollten, er sang zu den Mägden in eine Küche hinab mit theatralischem Pathos etwas, was bedeuten sollte, daß man ihm Zigarren oder Zündhölzer geben sollte. Ich gab der Wirtin zehn Pfennig, sie gab mir ein angebrauchtes Schächtelchen Zündhölzer und ich wußte nicht, ob ich das nun für meinen Zehner behalten dürfe oder ob ich nur ein einzelnes Streichholz daraus nehmen dürfe (es war während dem Krieg in Deutschland und große Teuerung).
Auf dem Weg zu der Wirtschaft, wo dies geschah (wir fuhren in einem Wagen hin), kamen wir an einem Neubau vorbei, eine Art Scheuer oder sonst ein ländliches Ökonomiegebäude, aus Backstein mit großem, sehr weit überstehendem Dach. Ich sagte, in dieser ganzen Villenstraße bei Stuttgart sei dies weitaus das schönste Haus. Man gab mir Recht.

1. Januar 1918

Träume:
Ich kam mit einem Bruder von Schoeck und noch jemand in eine Gegend gegangen, ich glaube es war die Heimat Schoecks[136], gegen ein Dorf oder Landstädtchen, das malerisch aussah. Ich hatte im Sinn, dort zu malen, und trennte mich zu diesem Zweck von den andern. Ich deutete auf eine kleine Kirche und sagte, ich werde etwa diese Kirche und ihre Umgebung malen, damit sie wüßten, wo ich sei. Dann ging ich allein weiter, und da es mir mit dem Malen pressierte, rannte ich sehr rasch durch die Gasse, es waren Lauben oder Arkaden, mit allerlei Hindernissen, Stangen, Barrieren etc., die ich alle mit erstaunlicher Schnelligkeit und Leichtigkeit elastisch umging oder übersprang. Der Weg führte auch durch ein Haus, und dort war ich einen Augenblick in Versuchung, gegen den Keller hinab zu gehen, wo ein interessan-

135 Karl Isenberg (1869-1937), Gymnasialprofessor in Ellwangen, der jüngere der beiden Söhne von Hesses Mutter aus ihrer ersten Ehe mit dem Missionar Charles Isenberg.

136 Othmar Schoeck stammt aus Brunnen am Vierwaldstätter See.

tes Tor mich lockte, aber ich sah, der Weg ging wieder zur Haustür hinaus, und folgte ihm.

Zweiter Traum: Ich war soeben von England (London) heimgekommen, ich glaube, zusammen mit Haußmann, wir waren also mitten während des Krieges dort im Feindesland gewesen, irgendwie incognito und maskiert. Ich war in meiner Heimat, man sprach vom Krieg, auf der Straße sah ich einmal einen verwundeten Offizier gehen, erkannte ihn als einen Jugendbekannten und wich ihm aus, da es mir peinlich war ihn anzusprechen. Später waren wir alle in einer Art Kirche. Ein Sänger, Mitglied oder Leiter eines Kirchenchors, stimmte ein Lied an, das auf einen spaßhaften, ulkigen Text in choralartiger Form komponiert war. Er sang irgendeine Frage an die Mädchen, und der Chor der Mädchen antwortete sehr bewegt, fröhlich und lustig. Gleich darauf sagte mir jemand: das sei nun doch ein sehr guter Choral, aber trotzdem sei er nach ein paar Monaten schon wieder ganz aus der Mode gekommen.

2. Januar 1918

Träume:

Ich war in einem Hotel oder Bahnhof, an einer bestimmten Stelle wußte ich meinen Zug warten, der um vier Uhr gehen sollte. Ich hatte noch im Haus zu tun, mit Gepäck etc., da sah ich unter andern Gästen auch einen langen, mageren, hinkenden Mann, Künstler, durch den Raum laufen, der wie ein Wartesaal war. Der Mann trug ein ungeheuer langes Gepäckstück in der Hand, es waren zwei aneinander gebundene, lange Geigenkästen, und man sah ihm an, daß er Geiger war. Er eilte rücksichtslos quer durch das Gedränge und richtete mit seinen langen Kästen überall Unheil an, ohne darauf zu achten. – Etwas später, als ich sah, daß es bald Zeit sei, und zum Zug hin ging, wußte ich, daß dieser Mann ein berühmter Geiger sei, vorher war er eher schäbig gewesen, jetzt sah ich ihn wieder, häßlich von Gesicht aber elegant und von sicherem Auftreten. Er (oder seine Begleiterinnen, es waren irgendwie zwei Mädchen bei ihm, die aber zeitweise auch wieder mit den Hunden zusammenflossen) hatte zwei schöne junge Hunde bei sich, die auch mit mir eine Art Freundschaft schlossen. – Als ich dahin kam, wo der Zug sein sollte, war es statt dessen ein

Speisesaal, viele Gäste saßen an Tischen, auch ich suchte Platz. Dann gab es eine Szene mit den Hunden. Ich spielte mit ihnen, sie wurden bös, ein Mann kam und brüllte sie an, es half nichts. Rest ganz vergessen. In diesem ganzen Traum ist meine eigene Identität überall zweifelhaft. Zum Beispiel am Schluß scheint mir: der starke Mann, der mit lauter Stimme die Hunde zu regieren sucht, war auch ich.

Aus der selben Nacht ein kurzes Traumbild, ohne Zusammenhang. – Ich stand neben einem Bach, Sumpf oder Tümpel, in dem Fische und andre Tiere waren. Ich hatte einen Regenschirm in der Hand und steckte ihn ein wenig ins Wasser, um die Tiere anzufühlen, es waren dicke schwere Fische, an denen ich anfangs nur Wohlgefallen hatte. Die Vorstellung von großen, fetten Fischen, die so dicht im Wasser beisammen sind, daß man sie mit Händen greifen kann, hat für mich etwas Schönes, naiv Fettes und Fruchtbares, als Knabe wünschte ich mir's so. Aber jetzt waren zwischen den Fischen auch Molche, und zwar sehr große, etwa einen halben oder ganzen Meter lang. Die ergriffen meinen Schirm, bissen sich an ihm fest, ich war unschlüssig, ob ich ihn zurückziehen oder preisgeben und den Bestien überlassen solle. Inzwischen kamen einige Molche schon am Schirm hoch gekrochen, begannen an meinen Händen zu beißen und zu fressen, ich sah mich plötzlich in großer Gefahr, obwohl mir schien, die Tiere seien doch wohl nicht imstande, mich wirklich zu töten, ihr Biß war schwach und unsicher wie von jungen Hunden oder Katzen, die man spaßeshalber sich in die Hand beißen läßt.

Gegen Morgen noch ein Traum: Ich sprach mit Woltereck[137], der aus Deutschland zurück kam. Wir sprachen, im Zusammenhang mit meinem Artikel[138] in der Zürcher Zeitung, von Preußen und der Obrigkeit. Ich nahm an, man werde mich des Artikels wegen zitieren und plagen, Woltereck schien der Meinung, ich werde ohnehin bald wieder zum Militär berufen werden. Ich sagte, er kenne meine Stellung dazu, ich würde nicht folgen, ich pfeife auf diese offizielle Welt und sei mindestens ebenso viel wie so ein

137 Richard Woltereck (1877-1944), Professor für Biologie, Partner und Mitarbeiter Hesses in der Leitung der Deutschen Kriegsgefangenenfürsorge in Bern.

138 Am 25. 12.1917 war in der »Neuen Zürcher Zeitung« Hesses zeitkritische Betrachtung »Weihnacht« erschienen. Vgl. H. Hesse, »Politik des Gewissens«. Herausgegeben von Volker Michels, Frankfurt am Main 1981, S. 237ff.

Offizier oder Minister. Dann beklagte ich mich darüber, daß es in der Schweiz diverse deutsche Schriftsteller gebe, denen man von Seiten der Behörde beim Umgehen der Militärpflicht direkt behilflich sei, weil man sie als Pazifisten und Revolutionäre fürchte. Und mich, der ich auch noch jahrelang im Staatsdienst gearbeitet habe, schikaniere man so! Woltereck sagte dann, ja es wäre richtig, wenn ich ein ordentliches Gehalt bekäme. Ich sagte, das sei nicht, was ich wolle, ich begehre frei zu sein.
Zum letzten Traum: Alles ist genau der Realität entsprechend, das Gespräch könnte wörtlich so stattfinden. Wegen meinem Artikel schrieb mir jemand, daß zahlreiche Deutsche in der Schweiz wütend über ihn seien und daß ich mich auf eine Flut von Schmähbriefen gefaßt machen solle. Von einem Schweizer bekam ich schon einen, aber umgekehrt im Sinne der Entente, er meint ich arbeite nur für Deutschland!

9. Januar 1918

Traumstücke aus dieser Nacht:
Mein Vater war bei mir, alt und schwach, kleiner als sonst, schlecht aussehend, aber mit manchen Zügen seiner Feinheit und Liebenswürdigkeit. Er seufzte darüber, wie schlecht die Welt heut sei. Ich widersprach heftig, ich sah in seinen Worten eine Spitze gegen meine ihm zu ungläubige Weltanschauung. Ich rief, nein, die Welt sei gut, aber sie seien an vielem schuld, sie, die Frommen, namentlich die Protestanten, welche überall fanatisch national seien, während die Katholiken und der Papst noch mehr christliche Auffassung hätten. Überhaupt sei ich völlig anderer Meinung als sie alle. Ich rief und stritt heftig, er schwieg duldend, litt offenbar tiefen Schmerz, sagte aber nichts mehr, und während ich ihn bekämpfte und schrie, tat er mir leid.
(*Erklärungen*: Diesen Gedanken über die Protestanten äußerte ich neulich im Brief an einen Pfarrer. Mein Vater selbst hat kurz vor seinem Tod ein kleines Schriftchen fertig gemacht »Krieg und Bibel«[139], worin er Krieg und Christentum in Einklang zu bringen sucht, übrigens ohne Fanatismus, nur durch Zitate, aber doch im Sinn der kollektiv-nationalen Auffassung.)

139 Johannes Hesse, »Die Bibel als Kriegsbuch«, Verlag der Evangelischen Gesellschaft, Stuttgart 1916.

In einem andern Traum war ich betrunken, lief mit zwei Kameraden (wir waren jung) durch ein Städtchen mit sehr schönem Marktplatz, dann ins Freie und über eine Brücke, unter der ein angeschwollener Strom floß. Ich hatte ein Bäumchen oder einen langen Prügel bei mir, den ich aus Mutwillen herumschwenkte, den wollte ich jetzt auf einen Holzhaufen neben dem Fluß werfen, warf ihn aus Versehen aber ins Wasser, er schwamm schnell weg. Ein Teil der Brücke oder des Weges war leicht überschwemmt, ich nahm den kleineren, jüngeren von meinen Begleitern lachend am Arm und rannte schnell mit ihm über die Stelle weg, dabei fühlte ich einigemal die Gefahr, in meinem Rausch und auf dem schlüpfrig nassen Boden zu fallen, wobei ich mich scheußlich beschmutzt hätte. Es passierte nichts, nur am Ende der Brücke oder des Dammes riß es mich nach links statt nach rechts, und ich rief lachend: »natürlich nimmt es mich jetzt wieder nach links, ich habe mirs doch gedacht!« Ich wollte damit humoristisch meinen berauschten Zustand bekunden und mußte selbst sehr drüber lachen, daß ich so unter der Gewalt einer Macht war, die anders wollte als ich. Ich lachte so, wie man tatsächlich im Rausch oft lachen muß, was in Wirklichkeit äußerst belustigend sein kann.
In einem spätern Traumstück kam ein Restaurant vor, erst saßen wir drin, dann waren wir in seiner Nähe und sahen Männern zu, die zum Essen dort hineingingen. Es waren lauter behäbige, sehr würdige Beamte etc. Ich behauptete, in dieser Wirtschaft esse man am besten von ganz Bern, und hielt mich über die Bundesräte und andren Würdenträger auf, die hier ständig sichs wohl sein ließen. Ein junger Mann in meiner Begleitung widersprach mir höflich und sagte, nein, in diesem Lokal esse man ganz einfach. Ich sagte, darüber könne man nur urteilen, wenn man sehr viel dorthin gehe, was bei mir nicht der Fall sei. Aber neulich sei ich mit zwei Herren von der Gesandtschaft dort zum Nachtessen gewesen, nachdem wir Mittags in dem bekannten feinen Schlemmerlokal von Dätwyler gewesen seien, und die Herren hätten gesagt, hier esse man noch besser als bei Dätwyler. Einer von den würdigen Bürgern, die in das Lokal gingen, erinnerte mich leicht an die Figur des Palestrina in Pfitzners Oper.[140]
(In Wirklichkeit war ich neulich einen Abend bei Dätwyler, einem

140 Der Komponist Giovanni Pierluigi Palestrina aus Hans Pfitzners 1917 in München uraufgeführter Oper »Palestrina«, die Hesse noch im selben Jahr in Zürich sah.

Traiteur, der für den besten Koch in Bern gilt und wo viel Leute von den Gesandtschaften etc. essen, ich war dort mit Stegemann[141] und Haußmann.)

Zuletzt, morgens acht Uhr bei ganz kurzem nochmaligem Einschlummern, hatte ich noch dies Traumbild:

Ich war, mit einem Freund, der etwas an den Maler Sturzenegger erinnert, in einem Warteraum, wo noch andre Leute saßen und warteten. Es kam ein Schneider herein, sehr fein und salonmäßig, und ich sah nun, daß wir in einem sehr feinen Schneidergeschäft zum Anmessen seien. Zunächst kamen wir nicht an die Reihe. Ein fremder, etwas komisch und auch etwas leidend aussehender Mann trat vor und vor einen Spiegel, gleichzeitig wurde neben ihm an einer Schnur vom Plafond herab ein monströses Ding herabgelassen: eine Art Maske, wie ein Ballon, ein großer, wohl viermal lebensgroßer Männerkopf mit karikiertem Fratzengesicht, er schien aus dünnem Papier und mit Luft gefüllt zu sein. Ich deutete ihn sofort so, daß man das hier zum Anmessen etc. brauche, daß es zu den Finessen dieses feinen Geschäfts gehöre. Doch reizte die Komik der Situation (der selbst schon etwas philiströs-komische Fremde vor dem Ballonkopf und dem Spiegel) mich stark, ich gab dem nahe sitzenden Maler einen Schupf mit dem Fuß, um ihn darauf aufmerksam zu machen. Er hatte es schon gesehen, nickte und deutete an, daß er die Komik genieße, hielt aber aus Anstand sein Gesicht sehr beherrscht und ruhig. Jetzt trat der Schneider, oder ein zweiter?, auch zu uns. Ich war müde, gähnte und schlief ein, und während dem Einschlafen, wobei ich mich faul und gähnend ausreckte, merkte ich, daß jetzt der Schneider sich an mir zu schaffen machte. Er maß meinen Kragen, meine Ärmelweite, und mir schien, daß er mich dabei kaum berührte und daß ich nicht steif dazu hinstehen mußte, sondern gähnend und halbschlafend in bequemstem Sitzen gemessen werde, das gehöre zu dem Raffinement dieses Geschäftes. Dazu fallen mir ein die modernen »Kunstphotographen«, die ihre Klienten möglichst natürlich abzubilden suchen, sie daher belauschen und umschleichen, um sie möglichst mit der Aufnahme in einem ganz natürlichen, ungezwungenen Moment zu überraschen.

141 Hermann Stegemann (1870-1945) Historiker und Publizist, während des Ersten Weltkriegs Kriegsberichterstatter der Berner Tageszeitung »Bund«.

12. Januar 1918

Traum:
Ich war bei einem Mann in Kur, bei irgend einem Naturarzt, dessen Person ich nicht kannte, der aber an ganz vulgäre Typen erinnerte, an Unteroffiziere und Zollwächter. Ich glaube, die Kur war eigentlich eine analytische, aber er hielt es nun für nötig, für meine Beschwerden auch eine physische Kur zu machen. Mit Hilfe eines Knaben applizierte er mir eine Dusche. Der Knabe hielt die Mündung der Dusche oder Spritze von unten her gegen meinen Leib, es war ein Ding mit mehreren, ich glaube vier Mündungen, aus denen das Wasser kam. Ich hatte etwas Angst vor einer recht kalten Dusche, sie war aber ganz angenehm temperiert. Dann brachte man mich zu Bett, ich schlief lang. Als ich erwachte, wollte ich aufstehen und weggehen, es schien Nacht zu sein und mir schien, jener Arzt schlafe in der Nähe in seinem Bett. Als ich mich im Bett erhob, rief er mir mit sehr lauter, befehlender Stimme etwas zu, was ich nicht mehr genau weiß, doch weiß ich, daß es einen suggestiven Befehl enthielt, bis zu einer gewissen Zeit weiter zu schlafen. Als ich dann wieder erwachte, war es Morgen und er kam mit einem Apparat, in welchem ich wieder eine Dusche vermutete. Er lächelte aber, zog plötzlich die Teile des Apparates auseinander und hielt zwei Schalen mit Kaffee und Milch in der Hand, das war unser Frühstück.
Einfälle: Der Rückkehr von analytischer zu gewöhnlicher Kur entspricht keinerlei Regung in meinem Bewußtsein. Im Traum war ich auch darüber etwas enttäuscht und mißtrauisch dagegen, empfand aber auch etwas Hoffnung dabei. Der Arzt schien mir irgendein Mensch von gewöhnlichem, niederen Beruf zu sein, der aber nebenher auch Kuren macht. Eine wirkliche Macht über mich besaß er nur in dem Moment, wo er mir den suggestiven Schlafbefehl zurief. Dies alles ist im Traum unklar, doch scheint es mir etwa so gewesen zu sein: er rief einen Befehl, der nicht hieß »Schlafe!«, sondern irgend etwas Belangloses enthielt, ich wußte aber sofort, daß er mir Weiterschlafen suggerieren wollte, wehrte mich etwas dagegen, und fühlte mich doch sofort unterliegen. – Der Apparat am Schluß erinnert mich an moderne Utensilien für die Reise etc., wo man irgendeinen Gegenstand zu diversen Zwekken verwenden kann, an zusammensetzbare Tische, die man auch als Bett oder Schrank verwenden kann. Der ganze Vorgang von

Dusche etc. erinnert mich an jene kurze Behandlung damals vor Jahren bei Gräter in Basel, wo Massieren der schmerzenden Kopfstellen sowie Früh-Aufstehen etc. die Heilung bringen sollten. Dabei fällt mir ein: in der letzten Zeit bin ich, nach monatelangem Stubensitzen, sehr verwöhnt im Körperlichen geworden, fühle mich im Ganzen wohl, stehe aber z. B. morgens sehr ungern auf, entschließe mich sehr ungern zum Ausgehen in die Kälte etc., und dachte in letzter Zeit mehrmals, ich sollte eigentlich einmal wieder mich besser aufraffen, etwas früher aufstehen etc. Bei meinen zwei größeren Buben, von denen der eine in letzter Zeit eine Infektion hatte, die mit eiternden kleinen Hautwunden da und dort zum Ausbruch kam (zuletzt hatte er es am Penis), warnte dieser Tage der Arzt sehr vor Onanie und sagte, daß namentlich das faule Herumliegen morgens im Bett, wenn man schon wach ist, dafür gefährlich sei. Ich selber hatte seit längerer Zeit praktisch mit dem Onanieproblem nichts zu tun.

17. Januar [1918]

In den letzten Nächten hatte ich mehrere neue Träume, konnte mich aber nicht mit ihnen abgeben, ich hatte sehr viel Arbeit und war in den Pausen ganz mit meinem neuen Märchen »Iris«[142] beschäftigt. Einiges wenige von diesen Träumen weiß ich noch: Aus der letzten Nacht: Ich war mit Malern zusammen, einer davon war Hodler, erinnerte mich zeitweise aber wieder mehr an Max Buri[143]. Sowohl er wie ein Herr Fretz, ein Zürcher Lithograph, hatten in jener Gegend ein Fischwasser, Hodler trug Angelzeug und man sprach von Forellen. Wir gingen auf einer Landstraße bei sehr schlechtem Wetter, es regnete und war sehr naß und rauh. Eben sagte ich: »Das ist ein Sauwetter!«, da zeigte Hodler vor sich hin und sagte: »Das ist schön!« Da kam aus Wolken ein unglaublich heller Strahl ganz weißen Lichts herab und ließ ein Stück Landstraße hell aufleuchten, es war in der Tat malerisch wundervoll. Hodlers Stimme und Ausdrücke klangen jetzt genau wie die meines Freundes, des Malers Sturzenegger. Ich stimmte nun zu

142 Aufgenommen 1919 in den ersten Sammelband seiner »Märchen«. Vgl. H. Hesse, »Gesammelte Werke«, a.a.O. Bd. 6, S. 110ff.

143 Der Schweizer Maler Ferdinand Hodler (1853-1918) und dessen Schüler Max Buri (1868-1915).

und rühmte, wie schön das sei, brauchte aber übertriebene Ausdrücke, und hatte das Gefühl, ein Schwätzer zu sein und auch als solcher beurteilt zu werden.
Dazu fällt mir ein: Das Malen beschäftigte mich in letzter Zeit wieder, teils in Gedanken teils auch in kleinen Versuchen mit neuer Farbstifttechnik. Das »Schwätzen« erinnert mich peinlich an ähnliche Situationen, wo es mir je und je passiert, daß ich aus Rücksicht auf jemand, mit dem ich rede, unnötig Worte mache, wie um ihn meine Gleichgültigkeit ja nicht merken zu lassen. Früher ging es mir oft in Gesellschaft so, daß ich an nichts teilnahm, aber doch nicht still sein konnte, sondern aus Unruhe und aus einem gewissen Pflichtgefühl mitsprach und Worte machte, die mir Mühe machten und von denen ich an Mund und Gesicht ganz müde wurde.

20. Januar 1918

Reste aus sehr vielen und bilderreichen Träumen:
Ich kam vor das Haus eines sehr reichen und mächtigen Mannes, etwa eines großen jüdischen Finanzmanns. Seine Frau ging mit mir, ich wußte, daß er allein im Hause sei und daß sie eigentlich nicht hinein dürfe, das Haus bestand aus zwei aneinandergebauten Häusern, die einem Haus glichen, in welchem wir in Basel in den achtziger Jahren wohnten.[144] Ich war erstaunt über das Haustor. Es sah aus wie die Tür eines Kassenschrankes oder Eisenkoffers. Innen empfing uns der Mann, er war ungeheuer groß, benahm sich aber freundlich. Nachher war im Haus eine Gesellschaft und eine Art Theater.
In einem andern Traum war ich in einem großen Theater, ich sah ganz entfernt hoch oben in einem höhern Rang Conrad Haußmann sitzen, allein, er sah verändert aus. (An Haußmann dachte ich dieser Tage sehr viel, er ist politisch von seinen Gegnern neulich sehr schwer verdächtigt worden, von derselben Presse, welche soeben auch mich wieder heftig angegriffen hat). Nachher sah ich oben auf den höchsten Balkonplätzen des Theaters hintereinander eine Menge sehr hübsch gekleideter Damen eintreten, mit auffallender Deutlichkeit sah ich besonders die Kleider, zwei

144 Von April 1881 bis Juli 1886 wohnte die Familie Hesse am Spalenring in der Basler Vorstadt bei Gundeldingen.

Bern, den 16. Dezember 1917. Erscheint wöchentlich. Heft Nr. 65/66.

Deutsche Internierten Zeitung.

Wenn auch —

Wenn auch der Abend kalt und traurig ist
Und Regen rauscht,
Ich singe doch mein Lied zu dieser Frist,
Weiß nicht, wer lauscht.

Wenn auch die Welt in Krieg und Leid erstickt —
An manchem Ort
Brennt heimlich doch, ob niemand sie erblickt,
Die Liebe fort.

Hermann Hesse.

Titelblatt einer der Zeitschriften, die Hesse im Rahmen seiner Tätigkeit für die Deutsche Kriegsgefangenen-Fürsorge herausgab

jüngere Mädchen (sie glichen Cousinen von mir, deren eine hübsch war) traten in wollenen hellfarbigen Kostümen ein, etwa wie man sie im Winter im Gebirg trägt.

21. Januar [1918]

Traumbilder: Ich hielt mehrere Postkarten in der Hand, welche amtlichen Inhalts waren und sich auf meine Gefangenenbibliotheken[145] bezogen. Einige jüngere deutsche Offiziere waren da, welche eben abreisten, jedem gab ich eine solche Karte mit, mit der Bitte, sie zu besorgen. (In Wirklichkeit geht meine amtliche Post per Kurier). Unter den jungen Offizieren und Ärzten, welche übrigens sofort wieder verschwanden, war auch ein Arzt, von dem wußte ich, daß er sehr Pech gehabt habe, er sei sehr in Not gewesen und dann auch noch von einer Lungenentzündung überfallen worden, von welcher er eben erst sich wieder erhoben habe. Die Geschichte dieses jungen Arztes kehrt nun im Traum mehrmals wieder, stets etwas verändert, bald traurig, bald harmlos. Einmal heißt es, er sei ganz arm und im Elend gewesen, und seine Frau sei eine geborene W. aus Calw (aus dieser Familie, die ich von Kind auf kenne, stammt auch das hübsche Mädchen, das in »Schön ist die Jugend« vorkommt).[146] Dann wieder sah ich ein Billet, das dieser junge Arzt selbst geschrieben hatte und worin er sein Mißgeschick mit seiner Erkrankung berichtete, dabei fiel mir auf, daß in der zweiten oder dritten Zeile der Name seiner Krankheit mehrmals gestrichen und korrigiert war; einmal hieß es »Epiphanias«, einmal so etwas wie »gelbe Epidemie«. Jetzt schien es wieder, als lebe er in ganz guten Verhältnissen. Er sollte jetzt als Assistent zu Dr. Fränkel[147] kommen (das ist ein mir befreundeter

145 Als Ende 1917 der Spendennachschub von Büchern, die für die Kriegsgefangenen geeignet waren, immer knapper wurde, eröffnete Hesse bei Bern einen eigenen Verlag der Bücherzentrale für deutsche Kriegsgefangene, in welchem (gesponsort von den verschiedensten Firmen und Gönnern) bis 1919 etwa 25 Bücher erschienen, dazu Kalender und Broschüren.

146 Helene Kurz in der 1907 entstandenen Erzählung »Schön ist die Jugend«. Ihr Vorbild war Elisabeth Würz, die Tochter eines Calwer Tuchfabrikanten.

147 Prof. Albert Fraenkel (1864-1938), Arzt und Pharmakologe, Begründer der intravenösen Strophantintherapie. Die erste seiner beiden Kuren (1909 und 1912) in Fraenkels Badenweiler Sanatorium beschrieb Hesse in seinem Bericht »Haus zum Frieden«, der erstmals 1910 u. d. T. »Aufzeichnungen eines Herrn im Sanatorium« in den »Süddeutschen Heften«, München, veröffent-

Arzt in Badenweiler, ein bedeutender Arzt und ein Mensch, Jude, mir sehr lieb, spielt jetzt im Krieg als Chef großer Betriebe eine Rolle).
Etwas später kam ich in ein Zimmer, das war wie ein Seminaristenzimmer, wo mehrere Schüler miteinander wohnen. Einer lag im Bett, ich kümmerte mich aber nicht um ihn, setzte mich müde auf einen Stuhl neben dem Bett. Da kam ein Arzt, um den im Bett Liegenden zu besuchen, und ich sah, daß der Patient mein Freund, der Kommerzienrat Molt sei. Der Arzt setzte voraus, ich sei bei Molt gesessen, um ihn zu pflegen, und ich war etwas verlegen, weil ich mich nicht um ihn gekümmert hatte. (In Locarno sah ich damals wiederholt den Arzt bei Molt im Hotel.)

22. Januar [19]18

Aus einem Traum: Ich war mit anderen auf einem Bahnhof, wir waren eben aus dem Zug gestiegen und sollten hier irgendwo einen Besuch machen. Einer meiner Begleiter glich Freund Molt. Wir sahen einen Knaben, der taumelte gerade vor uns, wie schwindlig geworden, und fiel zu Boden. Ich lachte und rief: »Wie es den hingedreht hat!« Molt lachte auch, und nun begann er, mit je einem großen Koffer in jeder Hand, das Taumeln und Kreisen des Gefallenen im Spaß nachzuahmen. Ein Gepäckträger mit einem Koffer kam ihm entgegen, mit dem stieß Molt nun zusammen. Der Dienstmann (er sah genau aus wie einer am Berner Bahnhof, ein kleiner, magerer, ältlicher Mann) wurde böse und tat oder sagte irgend etwas, worauf ich ihm andeutete, so müsse er nicht mit Herrschaften reden. Da sagte der Dienstmann, so hätte er's machen sollen, und nahm ein kleines Wägelchen, das er plötzlich hatte und auf dem nun Molts Gepäck lag – er gab dem Wägelchen einen starken Schwung und ließ es laufen. Es beschrieb einen Bogen und kam, scheinbar bergab und ziemlich rasch, auf dem steinernen Perron herangesaust bis ganz hart an den steilen Rand, wo der Perron aufhört und die Bahngeleise beginnen. Man sah, daß im nächsten Augenblick der kleine Wagen mit dem Gepäck umwerfen und zu Schaden kommen müsse – aber statt dessen bog der Wagen wie verzaubert hart am

licht wurde. Vgl. H. Hesse, »Kleine Freuden«. Kurze Prosa aus dem Nachlaß, Frankfurt am Main 1977, S. 60ff.

Rande ein und lief sanft längs dem Perron weiter. Der Dienstmann, der dies Kunststück gekonnt hatte, lächelte über unsre Betroffenheit.

25. Januar [1918]

Traum: Ich war in Deutschland und besuchte meinen Freund, den Dichter L[udwig] Finckh. Das Verhältnis zu ihm war sehr ähnlich wie in der Realität: Versuche zu Wiederanknüpfen und erneuter Herzlichkeit stießen gegenseitig auf Nervosität und Widerstände. Im Gespräch betonte er immer wieder das Patriotische, ich das Gegenteil. (Hier klingt die durch den Krieg vergrößerte Störung unsres Verhältnisses an, auch erinnert einiges an die Stadt Konstanz, und aus Konstanz bekam ich neulich, ebenfalls von einem guten Bekannten meiner Bodenseezeit, einen Brief, der auch versteckte Vorwürfe über meine politische Haltung enthielt.) Zum Wohnen brachte man mich in ein Zimmer, das war in manchem wie eines im Elternhaus in Calw. In der Ecke des Zimmers war eine eingebaute Ecke, darin hörte man es morgens laut klingeln, und ich wußte, daß das die Telefonzelle war, die zum Postamt gehörte. (In Wirklichkeit war neben meinem Elternhaus in Calw das Postamt.) Morgens, ehe ich ausging, wollte ich das Zimmer lüften und doch nicht zu kalt werden lassen; ich tat ein Fenster auf, zwischen Fenster und Ofen entstand ein Durchzug, der den reichlichen Zigarrenrauch rasch wegnahm. Zugleich legte ich noch einiges Holz in den eisernen Ofen, damit es bei meiner Rückkunft dann warm sei. Plötzlich sah ich, daß durch die Zugluft Teile des Feuers im Zimmer verstreut wurden. Es war gegen alle Physik, aber ich sah sofort ein, daß es so habe gehen müssen, ich schloß das Fenster und begann nun überall, namentlich vom Bett, glühende leichte Holzkohlen- oder Holzstückchen aufzulesen. Die Bettdecke und Bettücher waren recht schwärzlich geworden, aber auffallend wenig angebrannt. – Später war ich in einem andern Raum mit Finckh und seiner Frau beim Frühstück (zwischenein war es so, als sei ich nicht wohl und liege zu Bett, dann wieder war ich auf), ich ärgerte mich sehr über die Behandlung, die ich von ihnen erfuhr, sie waren sehr hochfahrend und aufreizend im Benehmen. Ich glaube, ich war ihr Gast, dazwischen merkte ich, daß ich selber auch noch einigen Brot-Vorrat habe, den bot ich nach einigem Zögern an. Dann ging ich mit Finckh, jetzt schon ziemlich heftig mit ihm streitend, in einem Städtchen eine Gasse bergan, immer mit dem Gefühl, daß ich in Deutschland sei und im Bann der Kriegszustände. Ehe es zwischen Finckh und mir zum Bruch kam, sah ich noch hinter uns einen etwas schüchternen, hageren jungen Mann gehen, der sehr bescheiden aussah. Ich hörte, daß er hinter mir mit Finckh sprach, ihn mit seinem Namen anredete, dann meinen Namen nannte und berichtete, daß er mich kenne – er habe in alten Zeiten (wo ich gewissermaßen noch seinesgleichen gewesen sei) einmal mit mir in Trient in der »Arche« übernachtet. Inzwischen verzankte ich mich in zunehmender gegenseitiger Gereiztheit mit Finckh völlig, ich sagte mich von ihm los, und er ging fort. Schon vorher hatte ich einigemal unterwegs sehr laut und erregt irgend etwas Politisches gesagt, über Militär und Krieg geschimpft etc., und hatte an Finckhs Erschrecken und am Benehmen der Leute gemerkt, daß das sehr gefährlich sei und mich Freiheit und Leben kosten könne. Jetzt, wo Finckh im Streit mich endgültig verlassen hatte, war der junge Mann bei mir, er fragte mich, ob ich mich seiner noch erinnere. Es war nicht der Fall, aber da ich vorher seine an F[inckh] gerichteten Worte gehört, tat ich nun, als kenne ich ihn wohl noch und habe nur seinen Namen vergessen. »Heißen Sie nicht Müller?« fragte ich. Aber er hieß nicht so. »Aber Sie sind Ingenieur, oder Mechaniker, oder sonst so was Technisches?« Das bejahte er. Dieser junge Mann blieb nun bis zum Ende des Traumes bei mir, und zwar war er anfänglich bescheiden, fast schüchtern, sah kränklich aus und war in Zivil gekleidet, im Lauf des weiteren aber verwandelte er sich allmählich in einen frischen, selbstbewußten, aber sehr gutmütigen Soldaten, von dem ich annahm, er sei in Urlaub aus dem Felde daheim. Er war beständig jung und ordnete sich mir unter, aber mit der Zeit gewann er durch seine Uniform die Bedeutung eines Schutzes für mich. Bald schien er mein Diener, bald mein Vertrauter zu sein. Ich hatte ihn sehr gern, es gab für mich im Moment auch keinen bessern Freund und Schutz als ihn, der an die Kriegswelt vollkommen angepaßt und in ihr zuhause, als Soldat auch geachtet war, während er doch mich liebte und schätzte und meine völlig abweichenden politischen Meinungen und Gefühle verstand. Wir stellten also zunächst fest, daß wir vor Jahren einmal auf einer Reise in Trient (ich war in Wirklichkeit nie dort, der Name erinnert mich an das dortige Konzil[148]) zusammen gewesen seien. Dazwischen nahm ich mit wachsendem Entsetzen wahr, daß ich hier in Deutschland nicht lang bleiben könnte, da meine Gesinnungen mich bald verraten und mir höchst gefährlich werden würden. Ich sagte zu meinem jungen Begleiter: ich müsse notwendig schon übermorgen wieder in der Schweiz sein, ich halte es hier nicht aus und ersticke in dieser Luft, gleich morgen würde ich telegrafieren. Zugleich empfand ich aber, daß es mit dem Telegrafieren noch nicht getan sei, daß es sehr schwer halten werde, wieder über die Grenze zurückgelassen zu werden. Ich fühlte mich äußerst elend in dieser Luft von völliger Vereinsamung und Exponiertheit, ich hatte alle gegen mich. – Wir beide gingen nun in ein Theater, es war ein moderner, ziemlich prächtiger Bau. Ich wurde nicht recht klar darüber, ob der Bau mir gefalle oder nicht, er hatte etwas Feierliches und Schönes, aber auch etwas von dem Gewollten, Unnaiven, was die moderne Baukunst fast überall, besonders in Deutschland, hat. Wir gingen durch verschiedene Teile des Theaters, die Vorstellung begann noch nicht, schließlich nahmen wir Platz in einer äußeren Halle, sie ging mit offenen Bogen wie eine Laube gegen's Freie. Wir setzten uns auf beliebige Stühle, ein Stuhl zwischen uns blieb leer, ich fragte, ob denn das auch unsre richtigen Plätze seien. Wir zogen unsre Billette heraus und sahen nach, die Nummern stimmten genau mit denen unsrer Plätze. Da kam ein Kontrolleur, der sagte, wir könnten mit unsern Billetten überall hingehen und seien nicht an bestimmte Plätze gebunden. Ich sagte zu meinem Kameraden: »Nachher beim zweiten Akt gehen wir dann in den inneren Saal, es hat keinen Sinn, daß wir für unser Geld, das wir gezahlt haben, hier draußen auf der Straße sitzen.« (Übrigens wurde mir vom Theater selbst, von Bühne usw. nichts sichtbar und spielte im Traum keine Rolle.) Mein Kamerad war schon seit längerer Zeit nicht mehr Zivilist, sondern in Uniform, benahm sich sehr ungezwungen und machte ganz den Eindruck eines Kriegsurlaubers. Manchmal tat er einen lauten, behaglichen Pfiff oder machte laute Bemerkungen; dann sah man ihn verwundert und erschrocken an, doch wagte ihm niemand direkt etwas zu sagen und zu verbieten. Ich fühlte, daß er das seiner Uniform verdanke und daß ich als junger, gesunder Mann

148 Das Trienter Konzil (1545-1563), das nach der Reformation die Lehre der römisch-katholischen Kirche im sogenannten »Trientinischen Glaubensbekenntnis« festlegte.

in Zivil auffalle und beargwöhnt werde (wie es in Deutschland wirklich auch ist). Später gingen wir also in den inneren Saal des Theaters, setzten uns wieder. Hinter uns saßen zwei junge Soldaten oder Offiziere, der eine rot gekleidet, die sahen sehr frech und anmaßend aus. Ich spürte, daß die Soldaten und gar die Offiziere hier alles beherrschten und tyrannisierten. Der eine Offizier griff nach mir, nahm mir die Mütze vom Kopf und sagte spöttisch dazu so etwas wie »Es ist wohl erlaubt?« und nahm mir die Mütze weg. Ich war zuerst ganz erstaunt und dachte, das habe er nur getan, weil ich mit bedecktem Kopf ins Theater gekommen sei. Dann erst begriff ich, daß er es aus andern Gründen getan hatte. Er tat es, weil ich eine Militärmütze auf dem Kopf trug (ich glaube, ich hatte sie kurz zuvor der Kühle wegen von meinem Begleiter entlehnt) und weil er nicht dulden wollte, daß ein lumpiger Zivilist in einer Soldatenmütze herumlaufe. Mein Begleiter blieb ruhig und lustig, ich gab mir innerlich eine gewaltige Mühe, mich zu beherrschen, denn ich fühlte einen Eklat und eine große Katastrophe sich nahen. Mein Kamerad begann inzwischen, den Offizieren ihre Frechheit heimzuzahlen. Er nahm ihren kleinen Hund, den sie bei sich hatten, wälzte ihn auf dem Boden hin und her und sagte immer dazu »Es ist wohl erlaubt?«, offenbar um jene zu verhöhnen und zu provozieren. Ich saß wie auf glühenden Kohlen – darüber erwachte ich.

10. Februar 1918

Heut Nacht mehrere Träume, zum Teil sehr ängstlich, alle deutlicher und wichtiger als in letzter Zeit:
Zuerst war ich zusammen mit einem Jugendfreund namens Mörike[149] (er heißt in Wirklichkeit so und ist aus der Familie des Dichters) in einer Stadt; die Häuser hatten alle kleine eiserne Balkone, und er schlug vor, wir sollten an diesen Balkonen hinauf klettern. Er tat es auch sofort, es sollte eine Art von Studentenspaß sein. Ich hatte Mühe, vom ersten Balkon aus den des nächst höhern Stockwerks zu erreichen, Mörike aber turnte sehr leicht

149 Otto Mörike (1877-1955) Klassenkamerad Hesses in Calw und der Lateinschule Göppingen (ein Großneffe Eduard Mörikes). Vgl. seinen Bericht »Der junge Hesse« in »Hermann Hesse in Augenzeugenberichten«. Herausgegeben von Volker Michels, Frankfurt am Main 1987 und 1991, S. 17ff.

und rasch wie ein Eichhorn bis ins höchste Stockwerk hinauf und wieder herab.
Im zweiten Traum (der dann unmerklich in den dritten übergeht) war ich in Deutschland, war viel mit befreundeten Offizieren zusammen. Unter andrem sah ich eine Szene, wie ein süddeutscher und ein preußischer Offizier sich zanken (anfangs war es so, als geschehe es im Ernst, dann mehr so, als werde die Szene mimisch dargestellt). Ich stand als Zuschauer dieser Szene zwischen Offizieren und rief laut: »O du A!« (was Arschloch bedeuten sollte und dem Preußen galt), merkte aber schnell, daß das sehr unvorsichtig von mir war, die Offiziere blickten alle streng weg.
Ohne Zusammenhang damit kam dann eine Szene, wo ich in ein Haus eintrat und im Treppenhaus vor den Türen aller Stockwerke mit einem Schraubenschlüssel eine Schraube probierte. Es war irgendeine Mechanik, die mit Heizung oder ähnlichem zusammenhing, und ich tat so, als wäre ich der Mechaniker und Kontrolleur, der sie nachsieht. Doch hatte ich dabei auch ein Gefühl wie beim Stehlen, Angst vor Entdeckung. Ein junger Bursche kam mir nach die Treppe herauf, was mich genierte. Oben, als er bei mir stand, sagte er: ich sei wohl ein Mechaniker oder so was, das sehe man meinen Sandalen an. Ich trug nicht Sandalen, sondern dieselben Stiefel wie meistens am Tage, und sah nun, daß sie sehr unelegant und schäbig aussahen.
Diese ganze Traumreihe, wo ich bald geehrter Gast und Freund war, bald in fatalen und ängstlichen Lagen, endete mit einer sehr eindringlichen Szene. Ich war plötzlich bei einer militärischen Musterung, und während ich wußte, daß ich nur zu Besuch in Deutschland sei und bald nach Bern (im Traum nannte ich es Basel) zurückkehren würde, bekam ich während dieser furchtbaren Musterung doch mehr und mehr Angst, man werde mich dabehalten und ins Heer stecken. Die Musterung geschah nicht etwa grob und roh, die Unteroffiziere und andre Beteiligte (es waren auch Frauen dabei, so wie in Deutschland jetzt überall Frauen als Kondukteure, Trambahnführer, Briefträger etc. [eingesetzt] sind) waren alle ruhig, fast höflich – aber das Ganze war von einer unpersönlichen, furchtbaren, unentrinnbaren Sachlichkeit – ich war in Händen eines allmächtigen militärischen Mechanismus. Erst mußte ich das Hemd vorzeigen, es war ein Flanellhemd, wie ich sie seit mehr als 14 Jahren nie mehr trug, und erinnerte an ein Hemd, das im Traum vorher irgendeine jetzt vergessene Rolle gespielt hatte. Man fragte

mich, auf das Hemd deutend, ob das nicht »so ein Ehehindernis« sei. Offenbar meinte man damit, das Hemd sollte Schuld sein an nervösen und sexuellen Störungen. Ich sagte, nein, ich habe das Hemd eben erst auf der Reise gekauft. Die Musterung ging weiter, oder vielmehr war es eine Art Exerzieren. Ich mußte stramm stehen, den Bauch einziehen, Bewegungen ausführen, wobei ich Mühe hatte, den Stand zu behalten und nicht aus dem Gleichgewicht zu kommen. Alles wurde mir ruhig und kühl befohlen, ohne Grobheit, aber mit jener entsetzlichen Allmacht und Sachlichkeit. Heimlich dachte ich: die scheinen gar nicht zu wissen, daß ich wieder nach Bern an die Gesandtschaft muß – aber wenn sie mich wirklich im Ernst dabehalten, dann fliehe ich bei erster Gelegenheit oder nehme mir das Leben. Ich begann nach wenigen Übungen schon müde zu werden – die Aussicht auf den beginnenden Kasernendienst schien mir trostlos! Dabei war Publikum zugegen, die Musterung fand öffentlich statt, unter andern sah ich einen alten mir bekannten Professor und meine ältere Schwester vorbeigehen, die mich traurig ansah. Mir schien, sie sei betrübt, daß ich nun auch in den Krieg müsse, aber doch froh, daß ich da sei und nicht Dienstverweigerer. Am Schluß kam das Unheimlichste. Zwei Unteroffiziere (beide waren nicht in richtigen Uniformen, sahen bleich aus und erinnerten auch etwas an Ärzte in einer Klinik) standen bei mir, und machten sich noch irgend etwas an mir zu schaffen, was ich nicht mehr weiß, was aber mit Messungen oder Untersuchungen zu tun hatte. Zum Beispiel hatte der eine ein Instrument wie eine ganz kleine, feine Tondeuse (so ein Maschinchen, wie man sie zum Haarschneiden hat) und schnitt mir damit an allen Fingern die kleinen Nagelwurzeln und andre Unebenheiten der Haut ab, also eine Art Manicure. Der andre aber nahm plötzlich meine Hoden in die Hand, ich erschrak sehr. Und nun sprachen die beiden flüsternd miteinander über mich, und ich verstand, daß mir die Hoden (oder wenigstens einer) sollten abgenommen werden. Der eine, der offenbar mehr Autorität hatte, sagte zum andern, es sei einer zuviel, er werde ihn morgen Abend abschneiden. Der andre bot ihm dann (als wolle er sie kaufen und treibe einen Handel damit) für meinen Hoden eine Mark an. Ich dachte nochmals voll Verzweiflung, ob ich nichts sagen solle, reklamieren und rufen, daß ich wieder zur Gesandtschaft in die Schweiz müsse, ich sei ja dorthin abkommandiert. Aber ich beschloß doch lieber, bis morgen zu warten. Dann Erwachen.

Einfälle: Jener Freund Mörike war ein netter lustiger, sehr harmloser schwäbischer Schulfreund von mir. Er war gleich mir Buchhändler geworden und wir trafen, als wir etwa 20jährig waren, wieder öfter zusammen, unter andrem machte ich eine Reise mit ihm, wo wir in Luzern bei einem furchtbaren Nachtgewitter übernachteten und bei großer Schwüle die halbe Nacht im Hemd auf einem kleinen Balkon draußen saßen. Ich weiß von Mörike seit vielen Jahren nichts Näheres mehr, nur soll er sehr dick geworden sein, was mir immer seltsam vorkam, denn als Jüngling war er mager wie eine Bohnenstange. Er machte als junger Mensch nette, zierlich-lustige kleine Gedichte, die ich überschätzte, ich dachte damals eine Zeitlang daran, mit ihm gemeinsam ein Büchlein Gedichte herauszugeben. – Die Balkonszene hat Anklänge an jene Nacht in Luzern – vergnügt ausgelassene Stimmung nach einer Kneiperei, sorglose Jugendlust und Tollheit. Beim Klettern an den Balkonen war übrigens Mörike zu meinem Glück lang vor mir fertig und wieder unten, denn ich tat es nicht ohne Bangen und hatte Schwindel.
Zu der Szene mit den Offizieren: Der Ausdruck »Arschloch« war in München sehr beliebt, wo eine Zeitlang in dem mir nahestehenden Künstlerkreis eine höchst ungenierte, übertrieben zynische Redeweise sehr Mode war. Namentlich ein Schweizer Bildhauer konnte, wenn er ein wenig Wein getrunken hatte, oft schlimm werden, und in Gesellschaft zu Damen sagen: lecken Sie mich im Arsch! und ähnliches.
Zur Szene als Mechaniker: Das erinnert mich daran, daß ich ja einmal ein Jahr lang Mechaniker war[150], wo auch das Handwerkersein etwas Spielhaftes und Unwirkliches hatte im Gegensatz zu meinem innern Wesen und Beruf.
Zur »Musterung« fällt mir vor allem die ganze Stimmung ein, mit welcher mich Kaserne und Dienst, Staat und Militarismus erfüllt. Ich sehe die Persönlichkeit hoffnungslos einer höhern, bösen Macht preisgegeben, welche durch Sachlichkeit und Höflichkeit nichts von ihrer Unerbittlichkeit verliert, ja fast noch schlimmer dadurch ist. Bei den Übungen hatte ich anfangs den Willen, zu folgen und mich anzupassen, fühlte aber bald, daß ich das nicht

150 Nachdem Hesse 16jährig das Gymnasium in Cannstatt mit Obersekundareife, dem sog. »Einjährigen-Freiwilligen-Examen« abgeschlossen hatte, absolvierte er vom Juni 1894 bis September 1895 eine Mechanikerlehre bei Heinrich Perrot, dem Turmuhrenfabrikanten in seiner Geburtsstadt Calw.

aushalten werde. Das Beschneiden der Hautfetzchen war angenehm, war mir aber dadurch peinlich, daß es gewissermaßen eine schweigende Korrektur und Rüge enthielt. Ich habe es nie vermocht, meine Hände und mein Äußeres überhaupt sehr zu pflegen. Ich habe zeitweise sehr starkes Bedürfnis nach Reinlichkeit, Bad und Wäschewechsel, aber nicht immer, und in der Kleidung ziehe ich das Tragen recht alter, bequemer, etwas schäbiger Kleider allem andern vor. Die offizielle Welt (auch die Leute auf meinem Büro) verstehen und schätzen das natürlich gar nicht.
Zu der Szene mit den Hoden: das Wegschneiden eines Hoden paßt ganz gut zu den übrigen Grausamkeiten und Vergewaltigungen durch Staat und Militär. Das Gefühl, als der Mann meine Hoden ergriff, erinnert mich an die Sensationen, die ich als Knabe von etwa 10 Jahren bei Anfassen der Hoden empfand (deren Wesen und Zweck mir noch unbekannt war). Ich fühlte bei schwacher Berührung Reiz und Wollust, bei kleinem Druck aber tiefe Angst und das Vorgefühl großer Schmerzen, ein Zusammenziehen und Krampfen tief im ganzen Unterleib.

18. Februar 1918

Heut Nacht hatte ich einen furchtbaren Traum, völlig im Charakter einer alten Ballade oder Sage. Der Eindruck des Grauens war so groß, daß ich nach dem Erwachen noch eine kleine Weile lang im Dunkeln Angst empfand.
Am Schluß einer längern Traumreihe, in welcher eine polnische Stadt, oder die Stadt Prag, und ein dortiges Theater vorkamen, kamen folgende Bilder:
Ich war in einem Schloß und ging durch die Räume. Auf der großen Terrasse (sie war üppig und prachtvoll geschweift im Barockstil, erinnerte an die katholischen Prachtbauten süddeutscher Bischöfe, wie sie in Bamberg, Wien, Meersburg etc. sind) auf der Terrasse saß in einem gewaltigen Thron ein mächtiger Mann allein, fast ein Riese. Ich hielt ihn für eine Art katholischen Machthaber (seine riesige Figur erinnert an einen Kardinal in Pfitzners Oper »Palestrina«[151], die ich sah). Ich ging

151 Bei Pfitzner ist es der römische Kardinal Carlo Borromeo.

auch durch einen ungeheuern Keller, sah Leute dort arbeiten, sprach mit ihnen. Es war die Rede davon, daß hier in diesem Schloß hie und da Menschen verschwänden, ermordet würden, und daß es der gewaltige Schloßherr oben sei, der das tat. Doch schien dies alles mehr eine Seltsamkeit, ohne direkten Bezug auf mich.

Jetzt verwandelt sich alles ein wenig. Der Raum wird undeutlich. Ich bin bei meinen Freunden, dem Kapellmeister Andreae und seiner Frau (deren Gast in Zürich ich sehr oft war).[152] Aber halb ist es doch auch noch das Schloß von vorher. Nur die beiden Andreae-Figuren sind äußerst deutlich. Ich sprach mit ihm, und zwar sagte ich ihm, daß ich gehört habe, er sei ein Verbrecher und geheimer Mörder, und stellte ihn darüber zur Rede, zunächst ohne es selber ganz ernst zu meinen. Er aber wurde sofort totenbleich und tief ernst, ein furchtbarer , überaus trauriger, schwermütiger, fast erhabener Ernst bedeckte seine sonst fast immer heiteren Züge. Er begann mit mir zu ringen, und ich spürte sofort, daß es ums Leben ging. Verzweiflungsvoll wehrte ich mich mit unzulänglichen Mitteln, bezwang ihn aber doch. Ich drückte ihm den Kopf ein, schlug auch mit der Faust darauf und tötete ihn. Seine Frau (in Wirklichkeit eine sehr zarte, feine, sanfte Dame) war wild und fanatisch, ganz wie eine Hexe. Ich sah sofort, sie würde mir nie verzeihen und sei meine Todfeindin. Doch glaubte ich, mit dem Mann den gefährlichsten Feind getötet zu haben. Ich will sie verhaften oder einsperren, aber sie läuft hinaus. Bei mir war noch ein Freund (mit einem Anklang an Schoeck), der stumm blieb und nichts tat, obwohl ich ihn mehrmals anrief: »Hilf!« Noch ehe ich mich nun besonnen hatte, was weiter zu tun sei, und während das Bewußtsein, meinen Freund Andreae getötet zu haben und in diese furchtbare Tragödie verstrickt zu sein, schwer auf mir liegt, kommt Frau Andreae zurück. Sie bringt jemand mit sich, und ich sehe sogleich: das ist der Rächer und Töter – das ist ihr Diener und Krieger, der auch schon früher alle die Morde für seine Herrschaft begehen mußte. Er war ein riesiger bärtiger Kerl, in alter Tracht, und trug ein seltsames Instrument mit sich herein. Halb war es eine Harfe, halb eine moderne Maschine mit sausenden Flügeln aus Stahl, die sich oben drehten und einen niedermä-

152 Mit Marianne und Volkmar Andreae (1879-1962), Schweizer Komponist und Dirigent, Leiter des Zürcher Konservatoriums, war Hesse etwa seit 1905 befreundet. Für ihn schrieb er 1915 das Opernlibretto »Romeo«.

hen sollten. Der Mann lächelte und war sehr ruhig, seiner Kraft und des Sieges sicher, und ich wußte, daß es jetzt ums Letzte ging und daß die Hexe und der Riese mich bald töten würden, wenn mir nicht Rettung gelang. Indem ich wieder den stummen Freund um Hilfe anrief, ohne daß er etwas getan hätte, warf ich mich auf den Riesen, packte sein Instrument (es war teilweise wie aus Gummi elasticum und ließ sich von mir ziehen und zerren) und begann zu kämpfen. Der Mann regte sich nicht auf, er setzte sein Instrument hin und begann zu sprechen oder zu singen. Was er sprach oder sang, das war eine lange grausame Beschreibung der Art und Weise, wie seine Feinde durch das Instrument getötet würden. Es war, als locke sein Gesang die Opfer selber her. Von den metallenen kreisenden Flügeln war nicht mehr die Rede. Er sprach oder sang, daß vorn am Instrument die metallene Saite klingen werde, und dann werde das Opfer von der Saite angezogen, die ihm dann mit ihren Schwingungen den Hals abschneide. Während er sang und der Freund ganz passiv blieb, kam von hinten die hexenhafte Frau A[ndreä] und legte mir ihre langen, harten Finger um den Hals, als versuche sie probeweise, mich zu erwürgen. Ich versuchte ihr in die Finger zu beißen, damit sie abließe, doch gelang es nicht recht. Inzwischen ließ der furchtbare Mann sich Zeit, er rüstete oder stimmte sein Instrument und setzte sich, einige Schritte von mir weg, auf einen niedrigen Stuhl. Es war wie in der Halle eines sagenhaften Schlosses. Jetzt kam in raschem Gang oder Lauf eine amazonenartige Frau, eine Jägerin, herein, und ich wußte, daß es uns magisch heilsam sein würde, wenn wir uns gegen sie höflich benähmen. Ich und mein Freund grüßten sie also mit Ehrfurcht. Sie reagierte nicht darauf, aber es trat doch etwas ein, was die Möglichkeit einer Rettung zeigte. Vor der Jägerin her lief ein ganz kleines Wildschweinchen, das rannte den sitzenden Mann mit seinem Instrument an, und schien ihn empfindlich gestört und verletzt zu haben, denn er stand brummend und gekränkt auf und ging hinaus. Ich wußte, daß er gleich wieder da sein würde, und daß es jetzt gelte, aus dem glücklichen Zufall die richtigen Folgen zu ziehen, um mich zu retten, sonst war ich verloren. Ich wußte, daß es eine märchenhafte Lösung geben müsse (so wie in Märchen der Held oft etwas tut, dessen Sinn sich erst später als rettend zeigt), und besann mich heftig darauf, was ich wohl zu tun hätte. Darüber erwachte ich.

Eine Stunde später hatte ich nochmals eine Reihe lebhafter

Träume, von denen einer mir auffiel. Ich bekam (was bisher nie weder in der Realität noch im Traum geschehen war) Streit mit Prof. Woltereck, d. h. er verlangte etwas im Büro von mir, was ich nicht tun wollte und was nicht in meine Pläne und Arbeiten paßte, und als er meine Gegengründe nicht verstand und auf seinem Willen beharrte, begann ich zu weinen, worauf er zornig wegging.
Einfälle: Die Disposition, die dem Traum zu Grunde lag, war diese: ich war durch die Gespräche mir Dr. Lang, nach so langer Pause[153], stark angeregt. Am Abend war ich sehr lebendig, sprach auch mit meiner Frau noch über Analytisches. Dann blieb ich allein noch länger als sonst auf, trank ein Glas Wein mehr als sonst und fühlte mich sehr angeregt. Heute ist große Müdigkeit und Kopfweh die Reaktion.
Der Traum vom Schloß und von Andreae hat als Ganzes etwas seltsam Schauriges und dabei Poetisches, etwas von einem schauerlichen Märchen. Ans Märchen erinnert mich besonders das Hexenhafte der Frau, dann der Riese mit seiner Todesharfe, und die Amazone, sowie das Gefühl, daß magische Mittel zu meiner Rettung nötig seien.
Andreae ist in Wirklichkeit ein gut angepaßter, heiterer Mann, sehr regsam und temperamentvoll, als Künstler ist er ein wenig äußerlich und wohl nicht im tiefsten Sinn schöpferisch, doch voll Geschmack, und von guter, rassiger Natur. Ich war sehr oft sein Gast, bis der Krieg und die Änderung meiner Lebensweise das unterbrach. Ich sah ihn zuletzt im November in Zürich in einem Konzert, das er dirigierte. Wenn ich früher in Zürich war, so war Andreae für mich stets der geschickte und bereitwillige Mann, der alles ermöglicht und arrangiert: Plätze in Konzert und Theater und andres.
Seine Frau ist ein hellblondes, zartes, mädchenhaftes Frauchen, vom Zürichsee, aus konservativer, etwas altmodisch biederer Familie. Ich hatte sie immer gern und war im Hause dort wohlgelitten, auch bei den Kindern. Schrecklich war im Traum die Stärke des Hasses gegen mich, während bei Andreae selbst es mehr eine unsägliche Traurigkeit und Schicksalhaftigkeit war, die mich ergriff.
Die Hände, die mir die Frau um den Hals krallte, erinnern leicht

153 Am Tag zuvor, am 17. 2. 1918. Es war die erste Konsultation seit November 1917.

an die Hände von Dr. Lang, die ich gestern, während er mir vorlas, eine Weile ansah, und deren Finger mir durch gute schlanke Form und glatte Haut gefielen.
Merkwürdig ist mir der Freund, der dabei war und gar nichts tat, obwohl ich wußte, daß er auf meiner Seite war. Er erinnerte sehr entfernt an Schoeck. In Wirklichkeit ist Schoeck trotz äußerer guter Beziehungen kein Freund Andreaes. Er half mir im Traum nie, einzig bei der Begrüßung der Amazone tat er mit. Alles andre blieb allein meine Sache. – Die Amazone erinnert mich an niemand, die Gestalt ist wenig deutlich. Ganz schwach fällt mir dabei die Figur und das Kostüm einer jüngern Dame ein, die ich vor manchen Jahren in Andermatt einmal Skilaufen sah und deren Künste ich, damals ganz Anfänger, bewunderte, ohne jedoch sonst einen Eindruck von ihr zu haben. Das kleine Wildschwein klingt an irgendeine Vorstellung an, deren ich nimmer habhaft werden kann. Es erinnert mich auch an die Tiere, die im »Freischütz« in der Szene der Wolfsschlucht[154] über die Bühne laufen, und meistens mißglückt und drollig statt schrecklich aussehen. Charakteristisch an dem Traumtier war, daß es kleiner war als in Natur, dabei äußerst rasch wie ein aufgezogner Automat drauflos lief. Merkwürdig war, daß der furchtbare Riese durch das kleine Tier sich so aus der Laune bringen ließ. Der Riese selbst erinnert mich dunkel an Figuren aus Märchen, doch nicht an bestimmte.
Zum Traum mit Woltereck:
Auffallend ist, daß die Figur Wolterecks damit zum erstenmal etwas fast Feindliches annimmt. Im Leben sind wir gute Freunde, und ich bin ihm nicht nur durch große Dankbarkeit verpflichtet, da er während dem Krieg und in meinen so schwierigen Angelegenheiten[155] mehr an mir getan hat als sonst irgend jemand, sondern er ist mir auch überaus sympathisch. Ihm gegenüber spreche ich alles aus, und wir arbeiten in vollem Vertrauen miteinander, wobei er mir alle Freiheit läßt. Auch als er wegen meiner Zeitungsartikel von seinem Amte sehr heftige Vorwürfe erhielt[156],

154 Im zweiten Akt der Oper »Der Freischütz« von Carl Maria von Weber.

155 Er hatte sich für Hesses Freistellung vom Militärdienst engagiert, zugunsten seines weiteren Einsatzes in der Kriegsgefangenenfürsorge.

156 Wegen seiner gegen die deutsche Kriegspolitik gerichteten Publikationen hatte das Berliner Kriegsministerium 1917 u.a. gedroht, Hesse von seinem Amt zu suspendieren. Dies war der äußere Anlaß, warum der Dichter ab September 1917 seine zeitkritischen Appelle unter dem Decknamen Emil Sinclair veröffentlichte.

teilte er mir das nur schonend und freundschaftlich mit. Zwischen ihm und mir ist viel mehr Gemeinsames als Trennendes. Doch ist er unendlich angepaßter, gesellschaftlicher als ich.

10. März 1918

Aus einem Traum: Ich war in Räumen, wo es sich um Gefangenenarbeiten wie in meinem Büro[157] handelte, und hatte ähnliche Funktionen dort wie in Wirklichkeit. Wir warteten auf Prof. Woltereck, bis ich ihn in einem Nebenzimmer hörte. Ich ging durch einen Raum, der wie eine Schule aussah, an den Wänden waren Gegenstände gemalt, halb naiv halb kubistisch, ich dachte darüber nach, ob ich die vielleicht auch hätte malen können. Dann hatte ich mit Woltereck zu tun, freundlich und zum Teil lachend, aber meinerseits mit schlechtem Gewissen. Zuletzt waren wir alle, das ganze Personal unsrer Gefangenenfürsorge, beisammen in einem Automobil. Wir sprachen darüber, wie lang das Auto wohl »bis zur Stadt« brauchen würde. Man hielt mich für bekannt mit der Gegend, ich war es aber nicht. Zuerst sagte einer, man werde wohl bis fünf Uhr dort sein, da sagte ich, nein, es sei ja noch Vormittag, und ich glaube, daß wir nur etwa 20 Minuten fahren würden, der Wagen gehe sehr rasch. Inzwischen lief das Auto, das jetzt viel mehr einem Tramwagen glich, durch eine fremde Gegend, und zwar hoch im Gebirg, und bald bemerkte ich, daß wir schwindelnd hoch und steil an Abgründen hinfuhren. Wenn ich nach vorn sah, sah ich in die leere Luft, dabei stand der Chauffeur ganz unbekümmert und blickte nach hinten. Ich rief ihn an, er müsse nach vorn blicken! Er deutete durch Mienen an, daß er ganz recht tue und daß er seiner Sache sicher sei. Jetzt erschien ein neues Bild: es zeigte sich, daß unser seltsamer Wagen, hoch wie ein Luftschiff, über der Stadt Luzern fuhr und sich gegen sie senkte: die Stadt war sehr deutlich mit den alten Befestigungen und Mauern zu sehen wie ein Spielzeug oder Modell, ich dachte an Dr. Lang und suchte sein Haus, sah die Gegend des Bahnhofs, doch war alles ein wenig verändert und nicht recht kenntlich. Unsre Situation schien mir jetzt mehr so, als seien wir Fremde, die in einem Lift oder Aussichtswagen durch die Luft

157 Das Büro der Deutschen Kriegsgefangenenfürsorge, Thunstraße 23 in Bern.

nach Luzern hinab fuhren. Man sah unten Leute in Tramwagen sitzen, offenbar Eingeborene, die wenig auf uns achteten, und uns mit einem gewissen Spott betrachteten, so wie Einheimische die Sommerfrischler oft ansehen. Zuletzt stiegen wir aus. Das Letzte, was ich noch weiß, ist, daß plötzlich sehr laut mein voller Name gerufen wurde, so wie an einer Billet-Kontrolle.

Einfälle: Zum Anfang des Traumes: Woltereck ist seit einigen Tagen in Berlin, und seine Rückkunft ist für meine Arbeit wichtig, ich warte auf ihn, auch meiner Ferien wegen, die ich bald anzutreten hoffe. Ich stehe neben ihm in dieser Gefangenenarbeit, deren Träger wir beide sind, aber ich habe dabei kein reines Gefühl. Zwar habe ich unendlich viel für die Sache getan, habe dabei aber auch meinen eigenen Vorteil verfolgt. Es ging mir wie bei vielen Anlässen: ich schwankte immer zwischen zwei Extremen, bald schien jede Kleinigkeit mir nur ein Anlaß zu persönlichem Vorteil, oder zur Befriedigung einer Eitelkeit, bald trieb mich ein übereifriges Pflichtgefühl zur heftigsten Arbeit, weit über alles hinaus, was man von mir verlangte. In Wirklichkeit habe ich in dieser ganzen Zeit wesentlich mehr geleistet, als die Arbeit eines Einzelnen, habe aber die moralische Genugtuung davon nicht, denn ich habe zwischenein immer wieder eigene kleine Vorteile der Sache vorgezogen.

Die Fahrt durchs Gebirge (ein Gebirg und eine geplante Tour kam heut Nacht nochmals in einem Traum vor) mahnt mich an das Gefühl des Höhenschwindels und an eine ganze Menge von früheren Träumen, in denen Gebirgstouren etc. vorkamen, wobei ich stets Angst vor Schwindel hatte und mich meinen Kameraden nicht gewachsen fühlte.

Der schlimmste Moment der Fahrt war der, wo ich den Chauffeur nach der Seite und nach hinten blicken sah, obwohl vor uns Abgründe lagen. Aber zugleich verwandelte sich hier auch das Traum-Auto mehr und mehr in ein Fahrzeug, das mechanisch läuft, auf Schienen oder an Drähten, also mehr Sicherheit verspricht. Am Ende war es sogar eine Art Aufzug für Fremde, eine halb lächerliche Mode-Einrichtung! Eindrücklich war mir das Rufen meines Namens am Schluß. Es bedeutete, daß ich mein Billet (oder meinen Paß) vorzeigen müsse.

Bei Luzern fällt mir natürlich vor allem Dr. Lang ein, nach dessen Haus ich auch im Traum Ausschau hielt. Statt dem Bahnhof sah ich ein ähnlich großes, aber moderneres, ziemlich nüchternes

Gebäude, alles steil von oben gesehen wie in Vogelperspektive. Dazu fällt mir das Fliegen ein: Ich war einmal im Zeppelin[158], einmal in Biders Flugapparat[159] in der Luft. Die Sensation war nicht so groß wie ich dachte, und ist in der Erinnerung völlig verblaßt. Damals, als ich flog, dachte ich dabei (ebenso wie oft bei größeren Reisen etc.) sehr an die Möglichkeit des Verunglückens, und es wäre mir ganz lieb gewesen, so gelegentlich auf eine bequeme Art aus der Welt zu kommen. Heute ist das Leben mir wieder wertvoller.

11. März [1918]

Ein kurzes Traumbild, dessen Zusammenhänge ich nimmer weiß: Ich sollte mit dem Dichter Emil Strauß zusammen in einem Bett schlafen, es war auf einer Wanderung. Das Bett war geräumig, Strauß lag, in eine Reisedecke eingerollt, schon schlafbereit. Er lag gegen die Innenseite des Zimmers hin, ich aber gegen die Wand, und ich sah, daß neben dem Bett die Wand offen war und es dort tief hinabging. Wenn ich im Schlaf mich drehen würde, konnte ich haushoch hinabfallen.
(Da Strauß in früheren Träumen meist eine gewisse kritische Intelligenz und Moral bedeutete, ist die Deutung einfach).

12. März 1918

Ich war irgendwo zu Gast, viele Leute waren da, es waren Professoren und Künstler. Ein Bildhauer, an Hildebrand[160] erinnernd, zeigte einen Kopf, den er eben modelliert hatte. Später sprach ich länger mit einer sympathischen Frau, nicht mehr jung, sie trug vorn auf der Brust oder am Hals das Ohr ihres Kindes, ein sehr hübsches, flaches, ornamental schönes Ohr. Ich nahm an, das Kind sei tot, und vermied es, von ihm zu reden. Sie aber sagte, es sei schwach und kränklich. Ich glaube, sie war die Frau des Hausherrn. Ich sagte ihr, sie sehe gut aus, obwohl sie viel durchgemacht habe. Sie bestritt es. Später sprach der Hausherr mit mir,

158 Hesses Zeppelinflug am 23. 7. 1911
159 Rundflug über Bern im Eindecker. Vgl. H. Hesse, »Luftreisen« a. a. O.
160 Adolf von Hildebrand (1847-1921)

dessen Gast ich war. Er war eine Art Professor, aber im Aussehen mit künstlerischem Einschlag, etwas Romantisches, ein wenig Altmodisches, sympathisch Schönes war in seiner Erscheinung, er erinnerte an Figuren wie Cornelius, Steinle, Runge[161]. Dieser Mann schien sich für mich zu interessieren und Mitleid mit mir zu haben. Er schien viel von mir zu wissen, doch war seine Auffassung eine irgendwie dogmatisch gebundene, sein Wille und Mitleid für mich war echt und wertvoll, wurde von mir auch so erkannt und geschätzt, aber seine ganze Art war zu wenig differenziert, um mir gerecht werden zu können. Zuerst sagte er, daß er von meiner Heimatlosigkeit wisse, er habe eine Dichtung von mir gelesen, worin ich erzähle, daß mein Haus abgebrannt sei und ich schon zweimal eine Heimat verlassen und aufgegeben habe. Ich sagte, das Abbrennen sei poetisch und nicht in Wirklichkeit passiert, der Sinn aber sei richtig so. Später standen wir beide im Freien unter vielen anderen Männern, es war eine Art Gottesdienst, bei Eintritt des Priesters erhoben wir uns und zogen den Hut, sonst ging es bequem und nicht steif zu. Der Professor bot mir je und je Brissagocigarren an, die ich rauchte. Nachher waren wir wieder allein und im Haus. Er meinte, ob mir nicht geholfen wäre, wenn ich mich etwas Katholischem zuwende, wenn ich irgendeine fromme, asketische Pflicht auf mich nähme. Als ich nicht recht darauf einging und ihm nur andeutete, er könne mich nicht ganz verstehen, da ließ er plötzlich merken, daß er genau über mich Bescheid wisse. Er kannte nämlich meine Träume, und sowohl die Träume selbst, wie die Tatsache, daß ich mich mit ihnen beschäftige und sie aufschreibe, schien ihm ein Zeichen für tiefe seelische Zerrüttung. Ich begriff sofort, daß die Dienstmagd mein Notizbuch auf dem Nachttisch gefunden haben müsse, worin ich Träume notiere. Ich beklagte mich bitter und sagte, ich fände es äußerst gemein und verächtlich, daß im Haus, wo ich Gast sei, durch die Magd so ein Vertrauensbruch an mir begangen werde. Rest vergessen.
Einfälle: Der Bildhauer hatte Züge von mehreren feinen alten Herren, die man aus Bildern kennt, von Brahms[162], Billroth[163], am meisten erinnerte er mich, doch nicht durch physische Züge,

161 Die Maler Peter Cornelius (1783-1867), Edward Ritter von Steinle (1810-1886), Philipp Otto Runge (1777-1810).
162 Der Komponist Johannes Brahms (1833-1897)
163 Der Chirurg Theodor Billroth (1829-1894)

an den Bildhauer Hildebrand, einen feinen, etwas klassizistischen Künstler, einen der besten unsrer Zeit. Der Kopf, den er modelliert hatte, wurde zeitweise mit seinem eigenen identisch. – Ich komme nicht darauf, an wen die Frau mich erinnert. Daß sie die Ohrmuschel ihres Kindes an sich trug, etwa wie eine Brosche, war seltsam, sah aber ganz schön aus. Das Ohr ist beim Zeichnen und Malen eine heikle Sache, schön, aber schwer zu machen. Ferner gehört das Ohr zu den Formen, in denen es viele individuelle Launen und Naturspiele gibt, viele Menschen kann man am sichersten an den Ohren wiederkennen. Die Frau war verblüht, blaß und etwas müde, hatte aber doch großen Reiz. In Schickele's »Benkal«[164] hat der Held viel Liebe für solche Frauen, gerade für das rührend Müde, Verbrauchte, Welkende. Mit Schickele und der ganzen modernen, expressionistischen Dichtung war ich gestern in Gedanken intensiv beschäftigt. Ich bekam gestern eine Aufforderung, in der Neuen Rundschau zu antworten auf einen Artikel Edschmids über Expressionismus[165]. Ich saß sogleich hin und schrieb, ich war aus dem Büro gekommen und hatte noch andre Arbeit, so pressierte ich, und überanstrengte mich bis zu starkem Kopfweh, war aber mit meinem Artikel sehr zufrieden (heute bin ich es schon weniger). Ich lege eine Copie des Artikels bei (bitte später zurück).

Zum Professor fallen mir jene Romantiker ein, auch Figuren aus den Dichtungen Eichendorffs, die etwas Veraltetes, aber prachtvoll Männliches und Charakterstarkes haben, wie alte Ritter. So war er, und ich empfand gegen ihn etwas von der Liebe, die ich zu allem religiös Ehrwürdigen habe. (Wir lasen gestern Abend aus dem Leben Jung-Stillings[166], und einiges war so rührend, daß diese naiv fromme, vertrauensvolle Lebensstimmung uns ergriff, obwohl wir über die Naivität und Kindlichkeit beinah lächeln mußten.) Da ist ein Gedanke zu erwähnen, der mir zur Zeit wichtig ist:

Ich begann neulich ein Buch des Theosophen Steiner zu lesen, über die Wege, auf denen man zu okkulten Erkenntnissen

164 René Schickele, »Benkal, der Frauentröster«. Roman, Leipzig 1914.

165 Kasimir Edschmid, »Expressionismus in der Dichtung«. Rede, die Edschmid am 13. 12. 1917 gehalten hatte, abgedruckt im März-Heft der Zeitschrift »Die neue Rundschau«. Hesses Entgegnung »Zu Expressionismus in der Dichtung« erschien dort im Juni-Heft 1918. Vgl. H. Hesse »Gesammelte Werke« in 12 Bdn., a.a.O. Bd. 11, S. 202ff.

166 »Heinrich Stillings Leben«, 5 Bde. Basel, Leipzig 1806.

kommt[167]. Ich kam nicht weit, habe zuviel andre Arbeit und Unruhe. Aber der erste greifbare Gedanke, den ich in den ersten Seiten fand, ergriff mich stark. Er ist eine Ermahnung zur Ehrfurcht. Die Ehrfurcht, das Gefühl der idealistischen Devotion wird als erste Vorbedingung und Vorstufe für jede seelische Höherentwicklung dargestellt. Diese Mahnung traf mich ernstlich, sie klingt harmonisch zusammen mit meinem eigenen Mißtrauen gegen den kritisch-leeren, höhnischen Intellektualismus, der über alles nur Witze machen kann. Andrerseits widerspricht dieser Devotionsgedanke einigermaßen jenem anderen, ebenfalls lebendigen und mir wertvoll gewordenen Gedanken von der Notwendigkeit des Bruches mit Hergebrachtem, wie er im »Demian« ausgesprochen ist und so oft bei Meyrink steht. Zwischen beiden stehe ich. Ich fühle tief den Wert des religiösen Verehrens, ich selber habe bei jeder früheren Renaissance meines Lebens (so wie Sinclair mit Beatrice) damit begonnen, etwas Heiliges vor mir aufzurichten, und kenne die Kraft, die daraus kommen kann. Andrerseits sehe ich auch die Gefahr des Steckenbleibens im Hergebrachten und weiß, wie leicht die Frömmigkeit konservativ-äußerlich und lebensfeindlich wird. Die überlegene Liebe, von der ich in meinem Artikel spreche, ist mir selber ja ein Ideal, kein Besitz, wenigstens nur einer für gute Momente.
Jener Professor im Traum vertritt alle diese edlen Werte des Glaubens und der Hingabe, aber er vertritt auch das Kollektive, nicht genügend Individualisierte. Ich lehne ihn im Traum ab, wie ich es in der Wirklichkeit tue. Aber ich habe dabei im Traum (wie je und je im Leben auch) jenes unschöne, gequälte, gekränkte Gefühl von Zwiespalt und Nichtverstandensein, es fehlt mir Freudigkeit, Humor und Überlegenheit.
Zu den aufgeschriebenen Träumen und der Magd fällt mir noch ein: Neulich hatte ich den so sehr eindrucksvollen und grausigen Traum mit Andreä halb aufgeschrieben auf der Maschine, hatte aber ins Büro gehen müssen. Abends erzählte ich meiner Frau den Traum. Da gestand sie, sie habe ihn schon gelesen, sie sei im Studierzimmer gewesen und habe das Blatt da liegen sehen.

167 Rudolf Steiner, »Wie erlangt man Erkenntnisse der höheren Welten«, 1909.

20. Juni 1918

Rest aus sehr vielen und lebhaften Träumen:
Ich fahre in der Eisenbahn an einem Dorf und Haus vorbei, das für mich Bedeutung und Erinnerung hat, in Bezug auf Adele, Pietismus etc., ein Haus mit Namensschild »Zech« (auch der Vorname Zechs stand dort, doch vergaß ich ihn). Ein Mädchen, das bei mir sitzt, interessiert sich für das Haus und Zech, fragt mich, scheint zum Teil dort bekannt. Ich aber will meinem Vetter Paul[168], der einige Bänke weiter hinten im Wagen sitzt, zurufen, er solle hinaussehen, und ihn über das Haus und den Zech aufklären (sie haben etwas mit Adele zu tun, Zech ist ein alter, sehr charaktervoller, bäuerlicher Pietist). Das Mädchen stört mich, doch kann ich trotzdem Paul anrufen. Jetzt fahren wir ganz dicht an dem Hause vorbei. Da sehen wir etwas sehr feierlich Furchtbares: der alte Bauer Zech mit einem oder zwei Knechten trägt eine menschliche Leiche an Händen und Füßen und wirft sie, grade wie wir vorbeifahren, in die mit Wasser oder Gülle gefüllte Grube bei seinem Haus. Er sieht sehr ernst und feierlich aus, das Kämpfen und Zucken des Schmerzes auf seinem festen Gesicht macht es unwillig, fast böse, so wie Köbi[169] manchmal aussah.
Traumstück: bin auf einem Bahnhof mit Dr. Lang, habe Gepäck, unter anderem viel Stöcke, die ich kaum mehr mit der Hand umspannen kann und die mich sehr genieren. Eile auf einen Zug, Angst vor Zuspätkommen.
Anderes Traumstück: komme in der Bahn irgendwo an, erinnert an Ostermundigen[170]. Habe ein Wägelchen, in dem ich Holz oder so was führen will. Nachher im Wartesaal ist Ugel, wir begrüßen uns, auch Dorle[171] ist da, ich glaube mit Kindern, ich begrüße sie nicht, sie ist ganz animalisch dabei, schwer, riesig, massiv, mütterlich, sie zieht sich aus und setzt sich nackt neben mir [hin], beinahe auf mich.
In einem weiteren Traum war ich in einer Badeanstalt, wir gingen in einer Reihe durchs Wasser flußaufwärts, um dann hinunter zu

168 Paul Gundert (1883-1918) Verlagsbuchhändler, zweiter Sohn von David und Marie Gundert, dem Bruder von Hesses Mutter.
169 Der befreundete Schweizer Schriftsteller, Maler und Puppenspieler Jakob Flach (1894-1982).
170 Bahnstation, ca. 4 km vom Stadtzentrum Bern entfernt, 1,5 km von Hesses Wohnung am Melchenbühlweg.
171 Der Schriftsteller und Jugendfreund Ludwig Finckh und seine Frau.

schwimmen, unterwegs erinnerten mich Stellen des Geländers, Gerüche und andres sehr stark an Kindheit (Basel?)*

3. Juli 1918

Traum: Reise, Bahnhof. Mein Bruder (Stiefbruder) Karl taucht auf, höchst erregt, wie ekstatisch, sehr verändert, verwildert (erinnert zugleich an meines Vaters Bruder Gustav[172], der Trinker war). Er beginnt, wie ein zum Geständnis innerlich genötigter Verbrecher, allerlei zu sagen und zu rufen, eruptiv kommt Unanständiges heraus. Worte weiß ich nicht, doch klang es an »Schweinereien« an, wie Knaben sie oft lieben, Anales, Scheißdreck etc. Er zieht mich beiseite in einen Raum, wo noch andre sind, eine Art Wartesaal, zu intimsten Mitteilungen. Ich habe Angst vor ihm, fürchte, er könnte mich anfallen und vielleicht töten wollen, möchte ihm aber doch helfen. Schließlich fahre ich in einem Zug ab, stehe am Fenster. Karl ist jetzt auch meinem jüngeren und wirklichen Bruder Hans[173] ähnlich. Ich habe ihm durchs Wagenfenster Adieu gesagt und bin nun, ohne mehr nach ihm zu sehen, mit irgendwelchen Bagatellen beschäftigt, ich glaube unter anderem mit Aufkleben von Briefmarken, und vergesse darüber den Bruder.
Dann andre Träume, die vergessen sind. Beim Erwachen fällt unsre Magd mir ein, und daß ich sie immer sehr fremd und unpersönlich behandle. Mir scheint, das sei die Folge einer Angst davor, vor dem jungen Mädchen anders denn als Herr und sachlicher Gebieter zu erscheinen. Dann fällt »Fräu« mir ein, jenes hübsche Mädchen, das 1910/11 bei uns im Haus war, und ich erinnere mich daran, wie ich sie zum erstenmal sah.
Einfälle: Stiefbruder Karl (aus der ersten Ehe meiner Mutter) stand mir nie sehr nah. Als Knabe von etwa 12 Jahren interessierte ich mich für ihn und meinen zweiten, etwas älteren Stiefbruder sehr, mein Interesse blieb dann für Jahre bei dem älteren, Theodor, hängen, der Musiker war und mir als Künstler, als verstehen-

* [*Ab hier beginnt wieder eine neue Seitenzählung des Tagebuches*]

172 Gustav Jakob Barthold Hesse (1856-1910), Freiwilliger im Türkenkrieg, danach Landwirt.

173 Hans Hesse (1882-1935) jüngstes von Hermann Hesses sieben Geschwistern.

der Freund, Kritiker und Helfer wichtig schien, sich meiner zu Zeiten auch in diesem Sinn annahm. Ich erinnere mich, daß ich einst ein Gedicht an ihn richten wollte, das ich nie schrieb, zu dem mir aber die zwei Zeilen eingefallen waren: »Und hat uns nicht derselbe Mann gezeugt, so hat uns doch dieselbe Brust gesäugt«[174] (etwa mit 14 Jahren). Einst im Alter von etwa 13 schlief ich in Ferien zuhause im gleichen Zimmer mit Karl und Theodor und war glücklich, so kameradschaftlich mit den beiden viel älteren Brüdern zu hausen. Sie waren Studenten und schon Männer und stellten für mich etwas von der Welt und Erwachsenheit vor. Im Bett abends, als allerlei geplaudert wurde, erwähnte ich erwartungsvoll, daß ich eine historische Dichtung begonnen hätte. Karl lachte und meinte: »Na, wenn du nur sonst gesund bleibst!« Theodor nahm mich in Schutz. Karl ist Gymnasialprofessor, ich bin seit vielen Jahren kaum noch in Verbindung mit ihm.

Seine Geständnisse im Traum hängen wohl zusammen mit Gesprächen, die ich gestern Abend mit meiner Frau über Analyse hatte. Seit längerer Zeit kämpfe ich wieder um ein näheres Verhältnis zum Unbewußten und Traum, möchte in der Analyse fortfahren, erreiche aber nichts, vergesse die Träume und bin bei Tag unfähig, mich mit ihnen zu beschäftigen. Damit hängt seit vielen Jahren gewiß auch mein schlechter Zustand am Morgen zusammen. Der Morgen ist mir stets schrecklich, ich bin da müde, zerschlagen, reizbar, oft schwer ärgerlich und zornig. Es ist, als sei mit dem Abbruch des Schlafs und Träumens, mit der Rückkehr ins Bewußte stets wieder die Verdrängung besonders stark am Werk, etwas wie schlechtes Gewissen.

Karls Figur, zusammen mit der des Onkels Gustav, den ich als Knabe einigemal sah, ist bärtig, männlich, ein wenig animalisch. Sie erinnert mich an das Bild des reuigen Sünders in einer kleinen Ausgabe von Bunyans Pilgerreise[175], die meine Eltern besaßen. Ich las das Büchlein nie, es war englisch, weiß aber ungefähr seine Fabel: der Sünder geht mit einem großen Sack oder Bündel auf dem Rücken den beschwerlichen Weg der Besserung, wird von

174 Karl und Theodor waren die Stiefbrüder aus Marie Hesses erster Ehe mit Charles Isenberg.

175 Das bekannte Erbauungsbuch des englischen Kesselflickers und Laienpredigers John Bunyan (1628-1688), das u. d. T. »The pilgrims progress« 1678-1684 erstmals erschien.

Löwen und andern Schrecken überfallen, bleibt aber standhaft, und sein Sündenpack wird allmählich immer kleiner und leichter. Erinnerlich ist mir jenes eine Bild, wo er mit großem Bündel am Anfang des Weges steht, er trägt das Bündel auf dem Rücken, und hält in der Hand ein Büchlein, worin er liest. Als kleiner Knabe (etwa 8 Jahre) äußerte ich einmal die Meinung, er habe wohl in dem Bündel drin lauter solche Büchlein. Das Bild erinnerte mich stets an den Onkel Gustav, und im Weiteren an etwas Naives, gutmütig Rauhes, Bäurisches und leicht Tierisches. So schwebt Onkel G[ustav] mir vor, er war Trinker, wurde geheilt, machte seiner Familie viel Sorgen, war aber ein netter, sympathischer Kerl, als Kind hatte ich ihn gern, sah ihn seither nie mehr.
Daß Karl auch an Bruder Hans anklingt, hängt damit zusammen, daß ich in neuster Zeit meinen Bruder Hans, der bald heiraten will[176], auf die Wichtigkeit des Sexuellen und namentlich der Aufrichtigkeit in sexuellen Dingen hinwies. Ich vermutete, mit Recht, Onanie bei ihm, suchte ihn darüber zu beruhigen und vor dem Versteckspiel und Sichselbstbelügen in diesem Punkt zu warnen. Was ich ihm über die Ehe sagte, war etwa das, was Nohl[177] darüber sprach.

4. Juli [19]18

Traum: In einem Zimmer, das neben einem Schulzimmer liegt. Nebenan ist Schule, man hört wenig davon, die Tür ist aber zu. Ich rede mit einigen Leuten, darunter vor allem eine jüngere Dame. Ich äußere politische Meinungen, übe Kritik am Kaiser, sage, er sei schuldig am Krieg, und wenn er nur soviel Menschlichkeit (dabei zeige ich ein Minimum durch Fingergebärde an) gehabt hätte, hätte er den Krieg vermeiden können. Aber ein Held und Krieger sei er auch nicht, er sei nur aus Angst so draufgängerisch gewesen. Die andern hören mit wenig Aufmerksamkeit zu, sie sind andrer Meinung und nehmen mich nicht ernst, ich werde böse und deprimiert. Zwischenein geht die Tür zum Schulzimmer auf, ich empfinde mein Reden als Störung des Unterrichts nebenan und erschrecke etwas.

176 Hans Hesse heiratete am 14. 10. 1918 Frieda Gerber (1889-1966).
177 Johannes Nohl (1882-1963) Arzt, Psychologe und Pädagoge, mit dem Hesse vermutlich ab Mai 1918 in Ascona analytische Gespräche führte.

Meine Gespräche im Traum drückten ungefähr meine wirkliche Tagesmeinung aus. Mein Urteil über Deutschlands Schuld am Krieg, das schon vorher nicht national war, ist durch die Lektüre von zwei Broschüren (Lichnowsky[178] und Muehlon[179]) noch verschärft; ich halte den Kaiser für sehr schuldig, sein Wort kurz vor der Kriegserklärung: »Diesmal falle ich aber nicht um« machte mir sehr Eindruck, ich spüre darin die Schwäche eines Menschen, der auch gegen sein Gefühl etwas Folgenschweres tut, weil er Angst hat, als weich und schwach beurteilt zu werden.
Die junge Dame erinnert mich an eine deutsche Lazarettschwester, die ich gut kenne, aus sehr gutem Hause, sehr fein und geistig, ein Freund von mir liebt sie sehr. Sie gehört zum Typ der geistigen, unsinnlichen Frauen, für welche trotz körperlicher Frische und Schönheit keine Sexualität zu existieren scheint. Gestern abends sprach ich mit meiner Frau über dergleichen, im Anschluß an einen Traum, den sie gehabt hatte: Sie sah Jungfrauen, die in einem religiösen Kult gegeißelt oder gequält wurden, ihr Blut mußte an die Wand gestrichen werden. Ich sagte meiner Frau, ich sehe darin etwas von ihrer Stellung zur Sexualität, wir sprachen darüber. Sie sagte, sie habe bis zum 14. oder gar 15. Jahr an den Engel geglaubt, der die Kinder bringe, sei nie sexuell gewesen, habe auch als Erwachsene sich zwar je und je verliebt, aber den engern sexuellen Verkehr nie begehrt, nur das Küssen und der geistige Umgang sei ihr begehrenswert gewesen. Eigentliches Verlangen nach Geschlechtsgenuß habe sie erst in den letzten, jüngsten Jahren je und je gespürt, und es beklagt, daß der Moment sexuellen Begehrens bei Frau und Mann selten zusammenfalle.
Die Dame im Traum erinnert auch etwas an ein Ladenfräulein, bei der ich dieser Tage Papier und Bleistifte kaufte. Das Mädchen selbst machte mir keinen Eindruck, der Einkauf aber hing mit

178 Karl, Fürst von Lichnowsky (1860-1928), deutscher Botschafter in London, der sich um eine englisch-deutsche Verständigung bemühte und 1918 die Denkschrift »Meine Londoner Mission« veröffentlichte.

179 Wilhelm Muehlon (1878-1944) trat bei Ausbruch des Ersten Weltkriegs aus Gewissensgründen von seiner Tätigkeit im Direktorium der Krupp-Werke zurück, wandte sich gegen die deutsche Kriegspolitik und setzte sich in zahlreichen Stellungnahmen für eine europäische, insbesondere deutsch-französische Aussöhnung ein. 1918 publizierte er die vielbeachtete Denkschrift »Die Verheerung Europas« und hatte bereits ein Jahr zuvor Kontakt mit Hesse aufgenommen. Vgl. Hesse, »Gesammelte Briefe«, Bd. 1 a. a. O., sowie das Nachwort zu H. Hesse »Zarathustras Wiederkehr«, Frankfurt am Main 1993.

Kleptomanie zusammen, indem ich (wie öfters) Dinge auf amtliche Kosten einkaufte, die in der Hauptsache für mich selber dienen. Dieser unwiderstehliche Trieb, irgend etwas an mich zu nehmen, mich irgendwie zu bereichern, kehrt je und je wieder, verbunden mit starker nervöser Unruhe und Angst, Unsicherheitsgefühl und schlechtem Gewissen. Daß ich in meinem Amt die verhältnismäßig kleinen egoistischen Gewinne vielfach einbringe und durch Mehrleistung überzahle, ist mir keine Beruhigung. Auch zum Hamstern fühle ich je und je den Drang: Zigarren, Schokolade, Wein, Briefpapier und dergleichen, davon lege ich oft weit mehr auf Lager, als nötig wäre. Überhaupt macht mir zur Zeit, seit in Ehe und Sexualität eine wesentliche Besserung eintrat, der »Geldkomplex« mehr zu schaffen.

5. Juli [1918]

Traumstücke:
I. Ich bin mit einem Stuttgarter Freund in einem Hallenschwimmbad, es sind zwei große Säle mit Wasserbassins, sie sind eine Zeitlang unbenutzt gewesen. Beim Baden sehe ich, daß das Wasser voll Wasserpflanzen ist, am Boden Schlamm. Nach kurzem Bad, bei dem ich durch eine leise Angst vor den Pflanzen vom Schwimmen abgeschreckt wurde, habe ich an der rechten Hand rote erstorbne Fingerspitzen, sie sehen aus wie blutunterlaufen nach einer Quetschung und fühlen sich tot an wie »eingeschlafne« Glieder. An mir und meinem Freund zeigt sich beim Stehen an der Luft der trocknende graue Schlamm.
II. Gang oder Fahrt, ich glaube in der Nacht, durch ein Dorf, irgend etwas erinnert mich an meinen frühern Wohnort Gaienhofen. Zeitschriften liegen in Stößen da, darunter die Fliegenden Blätter[180]. Mir scheint, ich sollte sie expedieren, wie ich es einst als Buchhändler mußte. Am Boden liegen Sachen verstreut, die ein umgefallener Wagen verloren zu haben scheint, unter andrem Päcke von Bleistiften, von denen ich einen an mich nehme.
III. Zwei Freunde sind bei mir. Der eine, ein Berner, hält zu mir, der andre, ein sehr lieber Freund, Beamter in der Gegend von

180 »Fliegende Blätter«, Humoristische Zeitschrift aus München, die von 1845-1944 erschien, bekannt durch ihre Illustratoren, u.a. Moritz von Schwind, Carl Spitzweg, Wilhelm Busch, A. Oberländer, F. Stuck und Th. Th . Heine.

Hannover, will uns zureden, mit ihm in eine Aufführung der »Isolde« zu gehen. Ich lehne ab und sage, es gebe bessere Musik; im Gespräch, das sich dran knüpft, ist von Spanien die Rede, wobei ich an Carmen denke. Der norddeutsche Freund geht uns nun voraus, macht allerlei knabenhafte drollige Kapriolen, unter andrem setzt er sich einen Augenblick aus Ulk in eine Pfütze und tänzelt dann mit Flecken auf den Kleidern vor uns her. Wir lachen.

Die »erstorbnen Fingerspitzen«, wie blutunterlaufen, erinnern an eine kleine Quetschung an der Hand, die ich mir dieser Tage mit der Gartenschere zuzog und die einen kleinen schwarzen Fleck hinterließ.

Gaienhofen war der Ort, wo wir in den ersten 8 Jahren unsrer Ehe wohnten. Meine Frau sprach gestern davon, wie wenig ungern sie ihn damals verlassen habe, weil sie dort fast nie glücklich gewesen sei. Wir hatten abends wieder eine längere Unterhaltung über frühe Erinnerungen, Analyse etc. Die Zeitschriften erinnern an meine Pflichten als Buchhändler, die ich im Ganzen gerne tat, doch war das Expedieren der Zeitschriften eine Zeit lang, da es sehr eilig und in Hetze gemacht werden mußte, mir zur Qual, ich spürte dabei Nervosität und Versagen einer Aufgabe gegenüber zum erstenmal so deutlich. Dann erinnern mich die Zeitschriften daran, daß ich neulich zwei Zeitschriften für mich bestellte, die mir zwar für meine Amtsarbeit Dienste tun sollen, die ich aber auf eigene Kosten nicht bestellt hätte. Daran erinnern auch die Bleistifte. Solche Sachen wie Stifte, Papier etc. stahl ich oft, auch in unsrem Berner Büro nahm ich oft Bleistifte mit, die wir dort eine Zeitlang, da sie in Massen an die Gefangenen versandt wurden, in ganzen Kisten liegen hatten.

Der norddeutsche Freund[181] ist ein sehr lieber, guter, kindlicher und herzlicher Mensch, katholisch, aus Osnabrück, Jurist. Ich habe ihn oft erwähnt, wenn ich über die Preußen schimpfte und dann hinzufügen wollte, daß ich freilich auch unter ihnen famose Menschen kenne. Sein Benehmen im Traum entspricht, wenn auch übertrieben, der Wirklichkeit, er kann, obwohl sonst schwerlebig und oft bedrückt, in Gesellschaft oft entzückend froh und kindlich ausgelassen sein. Zur Zeit stehe ich mit ihm noch in bestem Verhältnis, empfinde aber, wie so vielen Freunden gegen-

181 Vermutlich Bernhard Wiemann, den Hesse am 20.10. 1909 in Osnabrück besucht hatte.

über, daß wir über Politisches nicht reden könnten, ohne sofort weit auseinander zu kommen. Die »Isolde«, in die er gehen will, ist jedenfalls der Tristan, den ich übrigens nie auf der Bühne sah. Ich spiele dagegen die Carmen aus, das naive gesunde Stück gegen das nervöse, krampfhafte Wagnersche. Die tiefe Abneigung gegen Wagner, für den ich in frühster Jugend eine Weile geschwärmt hatte, beruht sicher auf einem Gefühl von schwüler, unfroher, verdrängter Sexualität in seinen Werken. Meine Abneigung gegen das Theater überhaupt ist auch zum Teil nicht bloß richtige ästhetisch begründete Ablehnung, sondern ein Ablehnen moralisch-zwanghafter Art, Vaterzwang.

10. Juli [19]18*

... sie für etwas verantwortlich zu machen suchte, woran einzig ich selber schuldig war. Diese Agnes war ein kräftiges, aber stilles und etwas schüchternes Kind, eigensinnig aber fromm, sie heiratete später einen Missionar und starb in Afrika, von ihrem kleinen Kreis wie eine Heilige verehrt, eine Art Märtyrertod.
Noch ein Traumstück: Ich bin zu Gast, ich glaube bei einem Kleriker(?), gehe im Garten, sehe eigentümliche, weiße, gerollte Pflanzen, welche eine Art Farn sein sollen. Ihr Name steht dabei, etwas wie »Mädchenfarn« oder so, und ich weiß, daß das in Beziehung zu meiner Frau steht. Ich habe Scheu und schlechtes Gewissen vor einem Dienstboten, der durch den Garten geht.
Hierzu fällt mir nur eines ein: der vergessene Name des Farnkrautes erinnert mich an ein Gespräch von gestern Abend, wo ich mit Mia (meiner Frau) wieder manches besprach, auf Grund einiger Träume, die sie mir erzählte. Der Name des Farns klingt an an »Martha«. Und Mia hatte mir erzählt, daß sie seinerzeit unzufrieden war mit dem Namen Martin, den ich für unsern Jüngsten wählte. Das war in der Zeit, wo wir beide am weitesten auseinander waren und beide an Trennung dachten, weil die Ehe uns nicht mehr erträglich schien. Ich hatte es bei den beiden Älteren zugelassen, daß gegen meine Wünsche die Namen gewählt wurden, die meine Frau vorschlug. Nun beim dritten Jungen setzte ich etwas brüsk meinen Wunsch durch. Im Sprechen darüber (ich hatte alles

* Hier fehlen etwa 19 Zeilen in dem von Ninon Hesse durchgesehenen Typoskript.

seit Jahren vergessen) fanden wir, daß meine Frau eigentlich nichts gegen den Namen »Martin« habe, aber damals erinnerte er sie erstens an den Sohn einer Familie in Basel[182], auf die sie etwas eifersüchtig war, weil ich dorthin mehr Anhänglichkeit hatte als an ihr Vaterhaus in Basel – zweitens fand sie, in Basel spreche man den Namen wie »Marti« aus, und das klinge ganz gleich wie ein Mädchenname, nämlich wie die baslerische mundartliche Koseform für »Martha«. – Im gestrigen Gespräch mit Mia zeigte sich wieder allerlei. Ich kann und will sie nicht eigentlich analysieren, bespreche aber ihre Träume je und je mit ihr, und sie empfindet die aus den Gesprächen folgende Auflockerung der Erinnerungen etc. als wohltuend und wertvoll. Gestern sprachen wir einiges über jene Zeit der schlimmsten Krisis in unsrer Ehe, kurz vor meiner Indienreise, wo unser Verhältnis ziemlich genau so war wie das in der »Roßhalde«. Bei meiner Frau war das Gefühl, verschmäht zu sein, und Eifersucht da, bei mir größte Enttäuschung und völlige Abwendung von ihr. Ich sehe wieder, wie viel mehr meine Frau mich liebte und liebt als ich sie – über mein Grundgefühl für sie bin ich noch immer etwas im Unklaren, ich meine, die eigentliche Liebe noch gar nicht in mir erfahren zu haben. Mia erzählte, daß sie während meiner Indienreise mich gar nimmer liebte und zuzeiten haßte, sie habe aber dann doch gefunden, daß mein Urteil über sie ihr nicht gleichgültig sei, daß sie unbewußt immer wieder auf mich Bezug nehme und an mich denke ...*

14. Juli 1918

Traum:
Ich bin bei meinem Vetter Theodor in Barmen[183], Lokal entstellt, er selbst aber deutlich, auch die Rolle, die er spielt, paßt zu ihm. Er hat, offenbar mir zu Ehren (wie es früher einmal in Wirklichkeit geschah) eine sehr große Gesellschaft eingeladen, auch meine Frau ist zeitweise mit dabei. Trotz dem Krieg gibt es ein sehr

182 Martin Wackernagel, Sohn des Staatsarchivars Rudolf Wackernagel und seiner Frau Elisabeth.

* Hier fehlen ca. 10 Zeilen in dem von Ninon Hesse durchgesehenen Typoskript.

183 Theodor Gundert (1865-1948) führte die Textilfabrik seines Vaters in Barmen weiter.

üppiges Essen. Unter den Gästen fallen mir zwei Frauen oder ältere Mädchen auf (eigentlich ist es nur eine, die sich aber je und je verdoppelt) von grauenhafter, grotesker Häßlichkeit: Dies Mädchen hat ein Gebiß, das wie eine Art Maske ihr Gesicht bedeckt, und das aus etwas wie einem präparierten Wolfsgebiß, also ganzen 2 Wolfskiefern besteht, auch erinnert es mich an den präparierten Kopf eines riesigen Hechtes, den ich einst sah. Hinter diesem spitzen, furchtbaren Gebiß, das bald den Eindruck eines natürlichen, bald den eines künstlichen, einer Art Prothese, macht, steckt ein Gesicht mit scharfen, stechenden Augen (dunkel), das ganze Gesicht sieht aus wie vernarbt, so als sei es einmal operiert oder sonst furchtbar verstümmelt worden, die Haut rötlich, hart, narbig, mir höchst widerlich. Ich wundre mich, daß andre Mädchen mit diesem Kobold so unbefangen und scheinbar ohne jeden Widerwillen reden können. – Das üppige Essen wird auf seltsame Art unterbrochen, man schiebt eine Pause ein, während der die Gäste sich beliebig herumtreiben, auf die Straße gehen, spazieren, in Wirtshäusern Kaffee trinken etc., doch besteht stets die Voraussicht, das Essen gehe bald wieder weiter. Ich fahre mit andern eine Strecke weit in einem Auto, wobei mir nach reichlichem Weingenuß der frische Wind im Gesicht wohltut, wir kommen an eine hölzerne Notbrücke, über die der Wagen kaum kommen kann, die meisten steigen aus, ich bleibe drin, wir fahren vorsichtig hinüber, eine jenseits der Brücke befindliche rohe Balkentür (wie ein Viehgatter) aufstoßend. Dann bin ich wieder bei meinem Vetter zuhaus. Seine Frau[184], rötlich blond, erinnert etwas an Frau Sauerbeck, noch mehr an Frau Nohl[185], mit unschönem, aber sehr ausdrucksvollem Munde, sie erzählt von großer Verschwendung, die früher in mancher Hinsicht bei ihr zuhaus getrieben worden sei (sie stammt aus einem sehr reichen, aber streng frommen und sicher nicht üppigen Haus), zum Beispiel habe man oft aus sehr großen Stücken Fleisch nur das innerste, beste Stückchen herausgeschnitten und das andre weggeworfen. – Nachher sagt man mir, was man für morgen für mich ausgemacht und vorbereitet habe: ich soll früh um 4 Uhr aufstehen und, eine Strecke weit mit der Bahn, dann zu Fuß meines Vetters Jagdrevier besuchen und ansehen, er selbst mit den Seinen

184 Maria Gundert (geb. Lechler, 1876-1962)

185 Die russisch-polnische Ärztin Iza Nohl (geb. Prussak), Frau des Psychologen und Pädagogen Dr. Johannes Nohl (1882 – 1963).

komme dann später gegen Mittag nach. Es werde dann draußen ein Essen mit großer, flotter Weinkneiperei geben. Ich habe sowohl vor dem Frühaufstehen wie vor der Kneiperei Furcht und sage meinem Vetter, daß das mir gar keine Freude mache, ich schlafe viel lieber aus, und beim Kneipen würde ich nicht mittun. Ich werde nervös und fühle mich vergewaltigt, komme in die tief müde und traurige Stimmung, in der ich oft auf Reisen bin, wenn ich bei frohen vergnügten Leuten zu Gast bin und selber an alledem, was sie freut, nur mit Mühe und großer Müdigkeit teilnehmen kann. Mein Vetter lacht und sagt, er werde nun einmal aus uns »Blonden« nicht klug, wobei ich sofort weiß, daß er damit mich und meinen Vater meint, der in der Tat fast genau dieselben neurasthenischen Symptome zeigte wie ich.

Einfälle: Der Vetter: ist ziemlich wie in Natur, er war neulich hier, wir waren einen Abend zusammen und ich sagte ihm, der preußischer Offizier ist, meine politische, fast antideutsche Meinung sehr frei heraus, worauf er zwar zum Teil erschrak und mich widerlegen wollte, dann aber selber auch sich zu mancher politischen Ketzerei bekannte, auch in Bezug auf die Person des Kaisers, die ihm verhaßt sei. Ich erinnere mich, daß er in seiner Jugend (er ist fast 10 Jahre älter als ich) Offizier werden wollte, sein Vater[186] war der einzige Reiche in unserer Verwandtschaft, daß er sich aber durch eine Unvorsichtigkeit im Dienst die Karriere verdarb und dann in die Fabrik seines Vaters eintrat; jetzt ist er Hauptmann der Reserve. Netter, guter Mensch, ziemlich konventionell, im Grunde schüchterner und zarter, als er scheint. Sein Haus in Barmen, wo ich einmal wenige Tage war[187], machte mir den Eindruck einer wohlhabenden, aber kulturell unsicheren Bürgerlichkeit, wobei ein Rest der väterlichen Frömmigkeit (seine Frau und er stammen beide von Pietisten ab) seltsam fossil wirkte. In seiner Jugend galt er für leichtsinnig und leichtlebig, dann kroch er so allmählich zu Kreuz und wurde ein braver Bürger. Ich hatte Sympathien für ihn, nahm ihn aber nie ganz ernst. Neulich fiel mir an ihm auf, wie sehr er sich neuerdings für das Herkommen und den Stammbaum seiner väterlichen (meiner mütterlichen) Familie interessiert. Seinem reichen Schwiegervater versprach er etwas

186 Theodor Gundert (1822-1909), der Bruder von Hesses Großvater Hermann Gundert, der in Barmen eine Textilfabrik gründete.

187 Hesse hatte seine Verwandten in Barmen vom 30.10. bis ca. 3.11. 1909 besucht.

von meiner Gefangenensache zu sagen, um jenen zu einer Geldstiftung zu veranlassen, doch ist offenbar nichts draus geworden.
Die Dame mit dem Wolfsgesicht: klingt mir an Märchen an, an den Wolf im Dornröschen [sic! statt Rotkäppchen], dann an einen Hechtkopf, den ich in einem Fischerhaus einmal sah und der dort als Hülle einer elektr. Lampe diente. Beim Erwachen morgens hatte ich die Idee, dieser scheußliche Kopf mit dem »Raub«tiergesicht bedeute die Kleptomanie, wo sich auch hinter der Maske des Raubens etwas andres, Heikleres, Kompliziertes verstecke, etwas Operiertes, Verstümmeltes. Das Operierte, Vernarbte mahnt mich an Spital, Blut, Karbolgeruch, Geburt, Frauenleiden, was alles mir zuwider ist.
Daß mein Vetter mich mit meinem Vater vergleicht, geht [zurück] auf die Gebundenheit an meinen Vater, die ich früher als eine Art erblicher Belastung ansah. Warum er uns beide »blond« nennt (er selbst ist es auch), weiß ich nicht, doch denke ich dabei an Onanie, schlechtes Gewissen, überzarte nervöse Reizbarkeit, leichtes Erröten. Letzteres kam dieser Tage viel in den Assoziationen meiner Frau vor.

18. Juli [1918]

Diese und vorletzte Nacht mehrere Träume, darunter der seltsame, wo ich neben einem alten Mann und Meister wie Rodin[188] saß und er kleine Raketen (Schwärmer) losließ, heut Nacht mehr Angstträume. Aber ich kann nicht dabei verweilen. Das Leid ist plötzlich gekommen und ist so, daß nichts mehr mich interessiert. Mia schien die ersten Tage nach dem begonnenen Analyse-Versuch[189] sehr aufgeschlossen und geneigt, mit mir in neue, vertiefte Beziehungen zu kommen. Plötzlich hat das alles wieder aufgehört – warum, sagt sie nicht, sie deutete nur vorgestern Abend an, es sei etwas Neues da, was zwischen ihr und mir stehe, was sie mir aber noch nicht sagen könne. Inzwischen hat alles ein anderes Gesicht bekommen. Bei Mia ging der schöne, reiche Zustand einer mächtigen neuen Einstellung und Liebe weiter – nur mit der einen Ausnahme, daß ich davon völlig ausgeschlossen

188 Der französische Bildhauer Auguste Rodin (1840-1917).
189 Vermutlich mit Dr. Johannes Nohl.

bin. Sie nimmt sich der Nachbarkinder an, wäscht und badet sie, ist rührend mit ihnen, sie ist ebenso mit der Magd. Sie hat einen Arbeitslosen[190], der nachfragte, angestellt, und sich mit ihm befreundet. Er schläft im Hause, er ist stundenlang der Gegenstand lebhafter, angeregter Gespräche für Mia, überhaupt ist sie für alles und jedes wie in einer neuen, schönen Liebe aufgeschlossen, mich ausgenommen. Vermutlich empfindet sie es nicht, aber es ist merkwürdig, wie sie ohne Worte und ohne scheinbare Aggressivität zu zeigen weiß, wie tief sie meiner überdrüssig ist. Der fremde Arbeiter beschäftigt sie fast den ganzen Tag, sie sitzt Stunden bei ihm, und heut Abend war es zum erstenmal, daß er auch äußerlich meine Stelle einnahm und ich ausgeschaltet blieb. Ich hörte Mia unten Klavier spielen, ging hinunter, um wie sonst dabei zu sein und hoffte, es gebe sich vielleicht die Möglichkeit einer Aussprache. Aber der Arbeiter saß neben dem Klavier bei ihr. Sie spielte ihm Schubert, fein und rührend, um ihm eine Freude zu machen. Er ist ein sympathischer, großer, etwas verkrüppelter Mann, teilweise gebildet, Mia sagte mir gestern, er sei der feinste und gescheiteste Mensch, der ihr begegnet sei. Dies alles, diese ganze Liebe und Hilfsbereitschaft, diese Mitteilungslust (sie erzählt ihm viel und fragt ihn über alles) ist schön und rührt mich oft, ist aber begleitet von einem so deutlichen (vielleicht nur halb bewußten) Verlangen, diesen Mann zu meinem Schaden mit mir zu vergleichen, ihn mir überall vorzuziehen, und die ganze von der Analyse bewirkte Offenheit und Bereitschaft zu Entgegenkommen und Vertrauen ist so völlig von mir weg zu ihm gewendet, daß ich ganz in ein passives Verhältnis höflichen Geduldetseins gedrängt bin. Das Leid dieser Tage ist etwas, das ich noch nie gespürt hatte, oder nur früh im Leben, beim ersten Verlassen des Elternhauses und ersten Heimweh, es ist ein Weggestorbensein von dem, wo man zuhause zu sein meinte, ein Verwaistsein, das ich nicht ausdrükken kann. Es schmerzt furchtbar, doch ist es nicht Eifersucht. Ich verstehe gut, daß Mia sich selbst auf eine neue Art gefunden hat, in der Wegwendung von mir, den sie nur noch als Intellektuellen empfindet (sie warf mir schon neulich vor, ich suche das Wichtigste im Leben mit lateinischen Worten zu erklären und abzutun – während wir eben erst begonnen hatten, dies Wichtigste gemeinsam zu suchen), aber dieses völlige Weggeworfensein schmerzt

190 In einem Brief Hermann Hesses vom 10. 10. 1918 taucht dieser unter dem Namen »Mannli« auf.

mich doch mehr als ich sagen kann, und nicht nur aus Eitelkeit und gekränktem Selbstgefühl, sondern ich sehe unser Leben in tiefe Gefahr kommen. Wenn die Kinder, nach denen ich quälendes Heimweh habe, zurückkommen und dieser Zustand noch dauert, so weiß ich keinen Rat als fortzugehen. Und eben jetzt, wo ich seit der neuen Analyse alle Kräfte und Gedanken mit neuen Hoffnungen auf ein neues, wertvolleres Zusammenleben gerichtet hatte, ist das wie eine Verurteilung. Ich habe die unsinnigsten Einfälle in der Angst: Selbstmord, in den Krieg gehen und andre Phantasien, deren Bilder mich wie Träume tagsüber verfolgen, – am meisten aber quält mich doch die Unsicherheit darüber, ob Mias Verhalten seit diesen Tagen eine Art Bekehrungsversuch an mir ist, oder ob sie selbst entschieden wünscht, mich zu vertreiben und los zu sein. Von der Analyse ist schon lang nicht mehr die Rede, sie hat gefunden, was sie brauchte, und was ich ihr von Herzen gönne. Nur daß es ganz und gar mich ausschließt und auf meine Kosten geht. Seit der Zeit unsrer allerersten Freundschaft und Liebe hat sie sich niemals mit so viel Innigkeit mir gewidmet, mir so viel Vertrauen gezeigt, wie jetzt diesem Mann. Wohl habe ich das verdient, wenn man moralisch rechnen will – aber noch vor drei, vier Tagen sah alles völlig anders aus. Es ist so schwer, darüber nachzudenken.

19. Juli [1918]

Wie ich gestern Abend draußen auf der Veranda saß und als Geduldeter so von fernher der Musik zuhörte, während der Arbeiter drin in der Stube saß und mit jeder Liebe und Aufmerksamkeit überhäuft wurde, das war ganz das Bild der Situation, wie sie jetzt ist. Ich ging dann in mein Zimmer und wartete, was werden würde. Wenn man mich auch sonst allein ließe, so würde Mia mir doch Gutenacht sagen, dachte ich. Ich wartete aber umsonst. Sie ging vergnügt ins Bett. Heut früh brachte ich ihr Kleider für den Arbeiter, sie hatte gestern Hosen für ihn gewünscht. Ich dachte, es würde sie freuen. Sie sah mich kaum an, kein frohes Wort, kein Dank. Zum Frühstück bekam ich kein Brot. Ich bin überzeugt, der Arbeiter hat welches bekommen. Mia hat sich angewöhnt, von allem Schlimmen, wovon sie erfährt, zu sagen: das macht nichts! Daß Krieg ist, daß eine schlimme Seuche herrscht, alles »macht

nichts«. Gemeint ist das natürlich ganz richtig, als Einverständnis mit dem Schicksal. Auch wenn ich heut den Hals breche, macht das nichts. Aber wenn ich nun sagen würde, es mache nichts, daß der Arbeiter keine Hosen hat – da wäre alles anders.
Übrigens erwachte ich heut früh, vom schönen Wetter überrascht, mit einem guten Gefühl, alles schien mir leichter, alles noch möglich. Zehn Minuten später hatte Mias Empfang unten zwar alles weggespült, ich spüre ihren Widerstand, ihre Abneigung, ihren Willen, mich nach ihrer Fasson zu bekehren, mit einer kaum erträglichen Aufdringlichkeit. Trotzdem glaube ich heut etwas mehr als gestern. Von Träumen weiß ich nichts. Aber es liegt mit der Verzweiflung ein entgegengesetztes Gefühl im Streit. Auch gebe ich Mia fast in allem Recht, sie hat wirklich einen Schatz gefunden. Daß sie mich nun solange wie Luft behandeln will, bis ich ihn zwangsweise auch finde, ist zwar schrullig und erreicht das Gegenteil, aber schließlich ist es begreiflich. Sie hat viel durchgemacht, weiß aber nicht, was eigentliches seelisches Kranksein ist, dazu war sie stets zu gesund und ist es jetzt doppelt.
(Später). Der Vorwand der Arbeit, unter dem der Mann neulich bei uns eingestellt wurde, wird mehr und mehr fallen gelassen. Anfangs sollte er unser Holz sägen – er bedang sich auch gleich einen anständigen Tageslohn aus – saß auch mehrere Tage beim Holz und sägte, soweit Mia nicht bei ihm war. Jetzt liegt das Holz und jede Arbeit unbeachtet, er ist nur noch Freund und Gast. Er wohnt im Gastzimmer, bekommt Lohn, Kost, Kleider, während für uns durch seinen Appetit (er ist ohne Brotkarte) das Brot knapp wird.
Erst saßen sie etwa zwei Stunden plaudernd auf der Altane, jetzt (etwa zehn Uhr) sind sie wieder zusammen unten am Klavier. Das Holz kann verfaulen, oder ich kann es sägen. Es ist mir selber ganz wunderlich, wie ich durch die schreckliche Herausforderung und Krankhaftigkeit dieses Verhaltens [hin]durch doch das Schöne und Rührende an Mias Tun sehe. Sie predigt mir Neues Testament, nur immer mit dem deutlich betonten Zusatz: »So du nicht auch wirst wie wir, so kannst du verrecken!« Kein Gedanke dran, daß man einen Unbekehrten etwa auch als Menschen gelten lassen, daß man ihm etwa gar ein wenig helfen, ihn einigermaßen freundlich behandeln könne. Der Gegensatz zwischen dem, wie es gemeint ist, und dem, wie es herauskommt und auf mich wirkt, – dieser seltsame Gegensatz fällt nur dann weg, wenn ich wirklich

daran glauben kann, daß sie mich einfach vertreiben und loswerden will. Und das kann ich bis jetzt nur momentweise, nicht im vollen Ernst. So bleibt der Zwiespalt bestehen, und ich glaube nicht, daß ich es noch länger als einige Tage im Hause werde aushalten können. Eines Tages liegt der Arbeiter in meinem Bett, wäscht sich mit meinem Schwamm und beginnt mir zu befehlen. Was dann? Schon jetzt fehlt nicht viel mehr daran, der Mann sitzt im Haus und läßt sich dafür zahlen, daß meine Frau ihm den ganzen Tag Klavier vorspielt. Ich glaube nicht, daß ihr der Zustand ganz bewußt ist. Aber das ist auch der einzige Trost.
(Nach Mittag) Es entwickeln sich immer neue Finessen. Heut Mittag sah ich, wie der Arbeiter, lang ehe ich selber etwas zu essen bekam, feierlich an seinem Extratisch saß, ein frisches weißes Tischtuch vor sich, Blumen auf dem Tisch, und eine Flasche von meinem Wein vor sich. Morgen werden die Zigarren an die Reihe kommen, übermorgen vielleicht die Zahnbürste. Meine Frau sagt kein Wort dazu, sie lächelt kühl und beobachtet, wie es auf mich wirkt, wenn sie wieder etwas Neues ausgedacht hat. Sie denkt es nicht meinetwegen aus, nicht um mich zu ärgern, sondern ihrer selbst und jenes Mannes wegen, aber der Nebenerfolg der Wirkung auf mich macht ihr doch viel Freude, die sie nicht verbirgt. Da ein Reden mit ihr gar nicht möglich ist (sie fährt mir auch beim höflichsten und vorsichtigsten Wort sofort über den Mund), weiß ich nicht recht, was tun. Ich kann ja den Mann von der Polizei hinauswerfen lassen, doch hat das weder er noch Mia verdient. Und doch wird es sich bei diesen Zuständen schon sehr bald drum handeln, ob er oder ich im Hause bleiben soll. Wären die Kinder nicht, ich ginge schon heut.
Während dem Essen war es wieder peinlich, jedes Wort hatte irgend einen Haken, auf beiden Seiten. Nachher besann ich mich, dachte nochmals die paar Möglichkeiten durch. Die eine davon ist, daß ich die gegen mich gerichteten Spitzen ignoriere, soweit ich irgend kann, daß ich versuche, an diesem Leben teilzunehmen, mich dazu zu setzen, und dabei vielleicht wieder etwas wie Geltung und Lebensberechtigung bei ihr zu finden. Ich weiß nicht, ob ich es können werde, versuchen möchte ich es..

24. Juli [19]18

Traum: Ich hatte es mit Herrn Hermes[191] zu tun (dem Mann, der vor 20 Jahren mein Vorgesetzter und Lehrmeister im Buchhandel war), und es ist, als analysiere er mich. Ich komme dabei auf die Assoziation »Rhetorik«, weiter reichen meine Einfälle nicht. Hermes sagt, ich solle weiter assoziieren, Rhetorik sei doch etwas sehr Schönes, ich solle sagen, was Rhetorik sei. Ich sagte etwa: Rhetorik sei etwas ganz Hübsches, aber nicht das, was es vorgebe zu sein, es sei eine Art Ersatz oder Schablone. Hermes lacht und sieht mich an mit dem Blick des Analytikers, der aus einem Einfall des Patienten Tieferes liest, als dieser ahnt. Dann zeigt er eine eiserne oder blecherne Tafel mit einer Aufschrift, die sich irgendwie auf Hodler bezieht, in der aber auch mein Name steht – ich fasse es so auf, als sei mein Name darin nur die Deckadresse für einen Freund aus Deutschland (so wie ich während dem Krieg oft Briefe an meine Adresse bekam, nur um sie weiterzubefördern). Jetzt fehlt ein Stück im Traum. Nachher war da eine Figur aus Stoff, anfangs mehr wie eine große Puppe, dann schien es eine nachgebildete Schlange, ich warf sie einige Stufen hinab, sie fiel oder lief, wie lebendig, in den Keller hinunter, wo Hermes unten war. Auch die Brüder Sturzenegger, der Maler und sein Bruder[192], waren da oder doch in Beziehung zu mir. Dann kam von unten ein Mädchen gegangen, das einen Dolch trug, ich erinnerte mich an etwas wie eine Sage oder Prophezeiung (das hängt mit Mias Mordvorstellungen zusammen) und lief davon, sie mir nach. Indessen wurde Mädchen und Dolch, obwohl ich sie noch fürchtete, mehr und mehr spielerisch, das Mädchen war ein Kind, sehr hübsch, etwa wie zehn- oder elfjährig, der Dolch war klein und dünn und aus Gold, erinnerte an Schmucksachen (Brosche oder so was). Ich rang mit ihr um den Dolch, dabei zerbrach er (wobei mir ein zerbrochener silberner Kaffeelöffel einfällt). Der Traum schloß mit einer erotischen Szene zwischen dem kl[einen] Mädchen und mir.

191 Heinrich Hermes (1855-1931), Prokurist in der Tübinger Buchhandlung Heckenhauer während Hesses Lehrzeit von 1895-1899.

192 Der Maler Hans Sturzenegger und dessen jüngerer Bruder Robert (Kaufmann in Singapur), der seinen Bruder und Hesse während ihrer Indonesienreise am 27. 9. 1911 von Penang nach Singapur begleitet hatte.

29. Juli [1918]

Seit Tagen wieder jener üble Morgen-Zustand: Ich habe nach dem ersten Erwachen bei mehrmaligem Wiedereinschlafen wiederholt denselben Traum, irgendein schönes Bild, an das ich mich aber nie erinnern kann. Ich träume von Blumen, oder von irgend etwas Schönem, von einem Zustand gestillter Sehnsucht, von Glück, und suche bei jedem Erwachen rasch wieder in den Traum zurück zu fliehen, bis schließlich beim Aufstehen ein schwerer, leerer Kopf, ein tiefes Unbefriedigtsein und eine schwere Nervosität da ist. Seit vorgestern hilft das Wetter mit, das vom herrlichsten Sommerglanz plötzlich grau, schlapp, windig und kalt geworden ist. Es riecht mir schon wieder nach Winter, nach endlosen grauen Reihen lustloser, blöder, nur mühsam ertragener Tage. Seit Mias Erregtheit sich gelegt hat, bin ich zwar die momentane Sorge los, dafür aber ist auch zwischen ihr und mir der alte Zustand wieder da, ein stilles, lebloses Nebeneinander, Schweigsamkeit, Schonung, aber kein Leben, keine Offenheit, kein Fortgang der Analyse. Es ist die alte Hölle, ohne wilde Flammen, ein langsames Kaputtgehen in Gleichgültigkeit, Alltag und Spinnweben. Dazu sexuelles Unbefriedigtsein.

Traumrest von heut früh: Ich lief über Felder, bald auf Fußwegen, bald ohne Weg, und konnte mich ungeheuer rasch und kräftig fortbewegen, oft in gewaltigen Sätzen. Dann wars, als säße ich in einem Automobil, fuhr drauf los, nie auf der richtigen Straße, alles forcierend, halb frech, halb ängstlich, Hindernisse wie Gebäude etc. umfuhr ich bald, bald fuhr ich direkt drauf los und schob sie weg. Köbi[193] war da, bald eins mit mir, bald mein Gegensatz. Er (oder ich?) war glücklich gewesen, begann aber jetzt in seinem Innern etwas (zu denken? zu malen? Es hatte mit Blau zu tun, bedeutete Unbefriedigtsein, ungewiß ob Rückschritt oder Fortschritt). Gegenüber lag [eine] italienische Stadt, ich sagte: das ist Cremona (die Stadt war aber anders als Cr[emona]). Buzi[194] war einen Augenblick dabei. Jetzt war ich wieder zu Fuß. Ich ging mit andern (Stirner?[195]) gen Cremona, hinter uns Köbi, uns halb

193 Jakob Flach, siehe Hesses Brief an Hildegard Neugeboren in H. Hesse, »Gesammelte Briefe« Bd. 1, a.a.O., S. 331 ff.

194 Sein Sohn Bruno.

195 Der befreundete Maler und Illustrator Karl Stirner (1882-1943), den Hesse Ende März 1918 in Orselina und Locarno-Monti getroffen hatte.

verfolgend, wir rauchten qualmend Pfeifen, suchten einander durch den Rauch zu vertreiben. Ich erfuhr, Köbi »gehe oft hinein« oder ähnlich, ich bezog es auf Hilde[196] und deutete es als Erotik oder Sehnsucht. Schmerzliches, oftmaliges Erwachen und Zurücksinken in den selben Traum. Schwerer, schlechter Morgen.

30. Juli [1918]

Schweres, angstvolles Erwachen aus vielen schönen Träumen, sehr gedrückte, bange schwere Stimmung, am Telefon Zank mit Woltereck.
Reste von Träumen:
Albert Welti kam mehrmals vor. Einmal saß er mit mir und andern in einer Wirtschaft, ich glaube in Gaienhofen, und erklärte, daß er jetzt Mittag essen wolle. Mir paßte das nicht, ich wollte gar nicht oder zuhause essen.
In einem spätern Traum war wieder Welti da, diesmal trug er einen Pfarrerstalar und sollte für einen gestorbnen Freund die Leichenfeier halten. Er erinnerte in Tracht und Aussehen an den »Palestrina« Pfitzners, wie ich ihn in Zürich sah.
In einem andern Traumstück ist die Rede von Friedrich Schiller, man spricht davon, was für ein prächtiger, edler, feiner Mann er gewesen. Ich sagte, ich habe ihn nicht mehr gekannt. Man erinnert mich an eine Rede oder Arbeit von ihm, die allein genüge, um ihn richtig zu schätzen.
Ein andermal war ich selber eine Art Schiller, d.h. ich war unterwegs, um irgendwo bei der Jugend etwas zu tun, eine Stellung anzutreten oder Rede zu halten, und hatte das Bewußtsein, von der Jugend mit Begeisterung und Vertrauen erwartet und betrachtet zu werden. Ich kam, noch incognito, mit einigen jungen Leuten zusammen, die auf dem Weg von Schule oder Universität waren. In der Luft hingen Gebilde in der Form wie Bienenwaben, aber weit leichter, dünner, transparenter, mehr wie Spinnweben, grau, mit vielen Kügelchen darin, sahen aus wie die Flecken, die ich fast immer vor Augen sehe. Ein Schüler machte mich freudig auf diese Dinger aufmerksam, von denen die ganze Luft voll war, und sagte: Da hätten jetzt viele Tausende ihren Doktor (oder ihr Examen)

196 Hildegard Jung-Neugeboren (1891-1979), die ihre Villa in Locarno-Monti Künstlern zur Verfügung stellte.

gemacht. Das sollte bedeuten: in diesem Tierstaat von bienenähnlichen Wesen habe etwas wie ein Examen stattgefunden, und eine große Zahl junger Männer habe diese Prüfung abgelegt. Ich sagte: ob man eigentlich wirklich wisse, daß es bei diesen Tieren so etwas wie einen »Doktor« gebe.

1. August 1918

Gestern Abend endlich versöhnliche neue Aussprache mit Mia, ein großer Fortschritt, neue Hoffnungen. Auch wieder erstes eheliches Zusammensein nach der Pause und Entfremdung.
Traumstück:
Ich war in einer Hütte, wie ein Gartenhäuschen oder Holzschuppen. Ich war im obern Stock, unterm Dach, unten war ein Bekannter, ich glaube Prof. Woltereck. Dieser hatte es unten mit einem Idioten zu tun, es war der neulich von meiner Frau aufgenommene Fremde, zum Teil auch eine vulgär derbe Figur aus einem Theaterstück. Der Mann unten (Woltereck?) spielte mit dem Idioten etwa wie mit einem Hund, es endete damit, daß er ihn vor die Tür ins Freie befahl, und nun lockte er ihn, gegen seinen eigenen Befehl, dazu, wieder hereinzukommen und etwas zu nehmen oder uns spielerisch anzugreifen. Genau wie ein Hund. Nun erschien, nach einigem Hin und Her an der Tür, der Idiot plötzlich wieder, aber mit wütendem, verzerrtem, schrecklichem Fratzengesicht, und bewaffnet mit einer Stange (oder zwei zusammengebundnen Stangen), an deren Spitze er ein von mir nicht deutlich wahrgenommenes, aber vermutetes Stück Eisen angebracht, also eine Art primitiver Speer. Damit drang er ein und zuerst auf Woltereck los, der lachte und für den es bloß ein Spaß und Spiel war. Ich aber war erschrocken und hatte tiefe Angst, und richtig wandte der Idiot sich auch plötzlich gegen mich, obwohl meine Stellung (oben über der Treppe) für ihn, der unter mir stand, sehr ungünstig war. Er stak mit seinem Speer nach mir herauf, ich hätte sehr leicht ausweichen und mich verteidigen können, war aber wie gelähmt, fühlte mich nahezu verloren, hielt die Hände vors Gesicht und konnte mich nicht anders verteidigen, als indem ich um mich griff und die nächsten Gegenstände, die ich erfaßte, hinunter warf, doch nicht zielend, sondern ganz aufs Geratewohl. Das erste, was ich so warf oder eigentlich nur fallen ließ, war eine

Art Puppe, dann noch ein ähnliches Stück, Spielwaren oder kleine Plastiken (Nippes). Erwachen unter großer Angst, keuchend.
Beim Erwachen kam mir bald der Gedanke: dieser Traum wäre sehr einfach zu deuten, und meine Frau würde ihn auch so deuten. Nämlich etwa so: Der Idiot erschlägt mich, der heilige Narr (der Kindliche, Begnadete) besiegt und tötet den Verstandes- und Pflichtmenschen, den unter Zwang Lebenden, Verbitterten, Kranken. Das Schöne daran sprach mich an, doch fühlte ich zugleich Widerspruch gegen die unanalytische Art, einen Traum so zu deuten.
Der Idiot glich zum Teil jenem Bettler, der in meinem Haus etwa 10 Tage lang eine so große Rolle spielte, zum Teil glich er der Theaterfigur eines Stallknechts in einem Stück von Schickele, das ich letzten Winter sah[197] (jener Knecht ist ein gutmütig barscher Naturbursche, er wird im Stück von einem Kollegen erstochen, das Entsetzen dabei in seinem Gesicht und Blick war mir von der Bühne her in Erinnerung geblieben). Mir fällt ein, daß ich vor einigen Tagen, über unsern »Bettler« nachdenkend, daran dachte, daß ich bis jetzt von ihm noch nie geträumt habe und daß er sich zu einer furchtbaren Traumfigur für mich auswachsen könnte.
Woltereck war nicht deutlich. Ich hatte gestern mit ihm zu tun, sogar Wichtiges, denn ich hatte mich vor zwei Tagen, in einer sehr erregten und schlechten selbstmörderischen Morgenstimmung, am Telefon mit ihm verzankt, was mir leid tat und mir jenen Tag sehr verdarb. Gestern kam das wieder in Ordnung. Woltereck bedeutete für mich früher stets den feinen, geistig wertvollen Mann, der trotzdem gut in die Welt paßt, Formen hat, Lebenstechnik und Routine besitzt. Neuerdings hat sich das, obwohl es immer noch da ist, doch verschoben, und ich sehe in ihm nicht mehr nur den besser Angepaßten und darum etwas Beneideten, sondern auch den Leidenden, der zwanghaft in den Mechanismus seiner riesigen Amtsarbeit verwickelt ist, der Tag und Nacht von Geschäften gehetzt ist (wie ich selbst es so oft war und noch bin), in denen er igendwie vor sich selbst auf der Flucht ist. Ähnliches sagte ich ihm auch schon. Ich habe mit W[oltereck] diesen Sommer Freundschaft geschlossen und ihm das Du angeboten, obwohl wir uns nie völlig nah kommen werden; möglich war diese Annäherung mir (der ich freilich auch W[oltereck] sehr brauche

197 René Schickele, »Hans im Schnakenloch«, Schauspiel in vier Aufzügen.

und in vielem von ihm abhänge) erst, als ich in ihm auch den Kranken sah, Mitleid mit ihm haben konnte.
Der »Idiot« ist zusammengesetzt aus dem Bettler meiner Frau und jener Theaterfigur, er war übertrieben seltsam und häßlich, mir feindlich. Der Bettler war in Wirklichkeit unschön, mit verwachsenem klumpigem Fuß, groß und nicht uninteressant von Aussehen, geistig war er für meine Frau ein »Weiser«, eine Offenbarung unbewußter, kindlicher, nicht buchmäßiger Weisheit. Ich konnte ihm nicht näher treten, er stand zu sehr zwischen uns und war mir zu sehr zur Qual, doch hatte ich nichts gegen seine Person. Er sah alles mystisch-symbolisch an, war in Alltagsdingen scheu, sprach aber aus seiner Welt heraus zu meiner Frau, zu der er Vertrauen hatte, offen und fließend.
Wenig fällt mir ein zu den Gegenständen, die ich im Traum nach dem Eindringling warf. Es war mehr ein Fallenlassen als ein Werfen, erinnert mich (ich habe dieser Tage viel Holz gespalten) an das Fallenlassen des vom Beil angepackten Holzstücks auf den Klotz. Es waren Puppen, eine davon schien weich, aus Stoff. Ich fühle eine Bedeutung dahinter, komme aber nicht darauf. Das Wegwerfen von spielerischen Luxusgegenständen erinnert an eine gestrige Lektüre, ein schönes Büchlein von Holitscher[198], das vom »Heiligen« handelt, der aus der proletarischen Armut kommen müsse. Dort stand auch, es sei eigentlich schon falsch und unrecht, mehr als einen Anzug zu besitzen, was mich an Gespräche über Kleider mit J[ohannes] Nohl erinnert.
Den Abend vor dem Traum hatte ich eine Aussprache mit Mia, sie war auch abends bei mir im Bett. Ich hatte ihr gesagt, daß seinerzeit mein Onanie-Geständnis mich eigentlich enttäuscht habe, indem es für mich eine Erschütterung war, während sie es leicht und wenig bewegt aufnahm. Dagegen hatte sie, entgegen ihren damaligen Worten, mein Geständnis einer kurzen, flatterhaften ehelichen Untreue aus früherer Zeit stark beschäftigt und geplagt. Sie sagte mir gestern, wie sehr es sie geplagt habe, daß ich ihr das erst jetzt gesagt. Mir selbst war jene Episode fast ganz entschwunden, sie hatte bei mir keine wichtige Rolle gespielt, während die dauernde Untreue, die in ...*
... ernster schien. Alles in allem bin ich seit gestern meiner Frau

198 Arthur Holitscher, »Bruder Wurm«, S. Fischer Verlag, Berlin 1918.
* Hier fehlen ca. 4 Zeilen in dem von Ninon Hesse durchgesehenen Typoskript.

um sehr Vieles näher gekommen, doch fühle ich mich immer noch in einer Welt von vereinsamter Verlogenheit (Phantasieleben für mich allein, Leben in Büchern und Kunst statt im Realen, Kleptomanie), die ich erst mit Hilfe weiterer Analyse hoffen kann zu überwinden. Vor der Wiederaufnahme der Analyse habe ich ebenso Scheu und Angst wie Begierde danach ...*

5. August [19]18

Aus vielen ganz verflogenen Traumresten weiß ich noch halbdeutlich den Anfang eines Traumes, den ich sehr ähnlich schon oft hatte:
Ich ging wieder zur Schule. Ich hatte mich entschlossen, als Erwachsener doch noch die einst zu früh abgebrochnen Schulstudien aufzunehmen und durchzuführen. Dabei hatte ich, wie meist bei diesem Traum, ein doppeltes Gefühl: einesteils froh und verjüngt, meines Entschlusses froh, andernteils aber auch ängstlich vor den neuen Aufgaben, mit dem Gefühl: Wirst du das, wovor du einst als Junger versagt hast, jetzt wirklich durchführen können? Im Traum war ich bei einem Manne abgestiegen oder hatte ein Zimmer gemietet, ich glaube, er war selbst auch Lehrer. Dort erwachte ich nun am ersten Morgen des Schulbeginns, aber viel zu spät, sah erschrocken auf die Uhr, es war schon sehr spät, etwa zehn Uhr. Der Hausherr kam, ich klagte ihm, daß man mich nicht geweckt habe, er nahm die Sache leicht. Er sah auf die Uhr, wo es beinah elf Uhr war, und sagte: »Jetzt ist es zehn Uhr sechzig«, und deutete an, ich könnte etwa noch für die letzte Schulstunde des Vormittags zurecht kommen. Das versuchte ich auch, hatte mit dem Anziehen der Unterhosen und Hosen zu kämpfen, kam schließlich in die Schule, wo ein alter Lehrer mich empfing, der mich an einen alten Lehrer meiner Göppinger Schulzeit erinnerte[199]. Er war nicht mein Lehrer, gab mir aber beruhigende Auskunft und regte sich über mein Spätkommen nicht auf. Jetzt wird alles undeutlich, ich weiß nur noch: ich versuchte mich an irgendwelchen sehr einfachen Aufgaben, wie Lesen und Schrei-

* Hier fehlen etwa 40 Zeilen in dem von Ninon Hesse durchgesehenen Typoskript.

199 Rektor Otto Bauer (1830-1899) einer von Hesses Lieblingslehrern, der ihn auf das Stuttgarter Landexamen vorbereitet hatte.

ben, und ein kleines Schulkind sprach mir ermutigend zu, es gehe ja gut und ich könne zufrieden sein.

Einfälle: Der Schultraum kommt oft, meist in dieser selben Form, daß ich als Erwachsener freiwillig nochmals versuche, das Gymnasium oder Seminar durchzumachen, das ich in Wirklichkeit mit der Obersekunda verließ. Mit Ausnahme der Zeit, wo ich in Tübingen Buchhändler war, während meine einstigen Schulkameraden Studenten waren, habe ich diesen Mangel eigentlich nie ernstlich empfunden, doch scheint unter der Oberfläche doch auch eine Reue und Schwäche zu stecken darüber, daß ich damals die Schulen nicht zu Ende besuchte. Griechisch und namentlich Teile der Mathematik (Algebra, Geometrie etc.) machten mir dann viel Sorge – das waren die Fächer, bei denen einst in der Schule mein Nachlassen und Zurückbleiben begann, während ich bis zum 14. Jahr ein sehr guter Schüler und stets einer der Ersten der Klasse gewesen war.

Der Lehrer (?) bei dem ich wohne, kommt auch in Träumen öfter wieder, er behandelt mich als Erwachsenen, doch mit einem kleinen Einschlag von Gönnerhaftigkeit oder so. Sein Urbild ist wohl ein Gymnasiallehrer, dessen Pensionär ich in Cannstatt war, in der Zeit wo meine Schulstudien ihr Ende nahmen und mit einem Fiasko für mich abbrachen. Dieser Lehrer, ein Präzeptor Geiger[200], war mir verächtlich und unangenehm, wir machten uns viel über ihn lustig. Als ich damals begann in der Schule schlecht zu werden und auszuarten (ich begann viel in Kneipen zu laufen, nichts mehr zu lernen etc.), kam er einst zu mir aufs Zimmer (es war im Herbst) und fragte mich über mein Befinden aus, da fragte er auch unter andrem, ob ich etwa in letzter Zeit Pollutionen gehabt habe (ich war 16 Jahre alt). Ich erschrak bei der Frage, da ich täglich onanierte, sagte aber kühl mit geheuchelter Sachlichkeit: nein, ich habe zwar im Frühjahr je und je Pollutionen gehabt, jetzt aber nicht mehr. Sein süßlich grinsendes Gesicht, mit dem er mir jene heikle Frage stellte, war mir sehr zuwider, es sollte Diskretion ausdrücken, war aber mehr wie das Gesicht eines Zotenden, von einer gemeinen, mir höchst zuwideren Vertraulichkeit.

»Zehn Uhr sechzig« sollte bedeuten, daß es eigentlich schon elf

200 Ludwig Geiger, in dessen Pension Hesse während seiner Cannstatter Gymnasialzeit vom November 1892 bis Oktober 1893 mit drei anderen Schülern untergebracht war.

Uhr sei, aber doch noch nicht ganz, daß noch ein Minimum daran fehle. Das Spätsein erinnert mich an Gedanken über das Altwerden und Abblühen, meine Frau wird übermorgen 50 Jahre alt.

7. August [1918]

Heute fünfzigster Geburtstag meiner Frau. Schweres kaltes Regenwetter, dunkler Morgen, kaum erträgliche Stimmung. Ich habe meine Gaben für Mia auf einem Tisch bereit gelegt und sie dort gelassen, ich ertrug es nimmer, dabei zu sein. Unsre Festtage, wo einer sich Mühe gibt, dem andern eine Freude zu machen, mißglücken ohnehin stets. Und gestern hat Mia, entgegen allen unsern Abmachungen, unsern Jüngsten mit heimgebracht[201], der nun mit seinem hysterischen Geschrei und seinem lieben, aber kranken Anblick mir das Herz zerreißt. Ich weiß, daß Mia es nur tat, um an ihrem Geburtstag alle Kinder da zu haben (Bruno fehlt nun trotzdem), aber ich empfinde es dennoch wie eine neue Spitze gegen mich. Den ganzen Sommer hatten wir im Sinn, den Kleinsten eine Weile heimzunehmen, während die Großen in Ferien fort waren, weil er das Zusammensein mit den größern Brüdern so schlecht verträgt und weil wir doch Freude an ihm haben wollten, nicht nur Händel und Sorgen. Aber es kam nicht dazu, es wurde die Schule, die Grippe und alles mögliche als Grund vorgeschützt, den Kleinen doch nicht heimzuholen. Jetzt aber, im Augenblick wo die andern wieder da sind und es so furchtbar schwer geht, jetzt wird er plötzlich, gegen alle unsre frühern Pläne mitgebracht, ist auch schon wieder recht nervös und hat jeden Augenblick, Reibungen mit Heiner. Ich habe das Gefühl, das alles ist nur wieder arrangiert, um mir einen Stoß und Fußtritt zu geben. Ich werde auch in diesen Dingen nie mehr gefragt, bin nur noch der, der daheim wartet und so nebenher als Pensionär im Haus lebt.
Heut Nacht hatte ich viele Träume, über die ich noch vor einer Stunde einiges hätte sagen können – jetzt sind die ersten Morgenszenen schon dazwischen, und schweres bitteres Kopfweh. Mit Heiner allein ging es dieser Tage sehr gut, aber der Belastungsprobe mit dem Kleinen bin ich nicht gewachsen, Mia wird den Triumph haben, mich wieder daliegen zu sehen. Es ist ihr ge-

201 Den siebenjährigen Martin Hesse, der bei Alice und Johanna Ringier in Kichdorf aufwuchs.

lungen, alle guten Anfänge dieser letzten Zeit wieder zu vernichten.
Nach einer Stunde kam dann meine Frau für eine Minute, dankte für den Geburtstag, war verwundert, daß ich nicht vergnügter bin, und ging wieder.
Jetzt um Mittag hat das Kopfweh und die Wut etwas nachgelassen, ich bin müd und bedrückt, und von den Träumen ist fast nichts mehr da ...*

13. August [1918]

Nach langer Pause endlich einige schwache Erinnerung an Träume. Alle diese Nächte träumte ich viel, wirr und schwer, und fand am Tage nichts mehr davon. Auch alle Vorsätze zu Selbstanalyse etc. fielen dahin – entweder trieb mich Unruhe und Zwang zu allerlei Arbeiten, oder befiel mich Kopfweh und Schlafsucht.
Heut Nacht träumte ich sehr viel. Es war eine Art Ausstellung, eine Reihe von Räumen, die zum Teil auch meine Wohnung sein sollten. Halb war ich Beurteiler oder Veranstalter der Ausstellung, teils als Auch-Maler dran beteiligt. Zeichnungen oder Bilder eines Russen namens »Rjepin«[202] spielten eine Rolle. Ich weiß nicht mehr, ob ich sie auffallend bevorzugte oder abwies, jedenfalls fühlte ich mich in meinen Urteilen unsicher und falsch, verlogen, hatte eine übertriebene Neigung, Expressionistisches auf Kosten des Andern zu bevorzugen, ohne selbst ganz dran zu glauben. Auch Frau Werefkin[203] war da, sie war mit mir eine Weile in einer Gesellschaft, später fragte mich ein Herr, ob das die Werefkin sei, und als Bekannter von ihr stieg ich plötzlich sehr in seinem Interesse, das vorher gefehlt hatte.
Zu »Rjepin«: Der Name scheint mir aus Lektüre bekannt. Ich las neulich auch von einem russischen Maler, der zeitlebens lauter Bilder sozialer Not gemalt habe und jetzt selbst in Rußland Hungers gestorben sei. Also einer, der seine Kunst auch gelebt hat,

* Hier fehlen etwa 1⅓ Seiten aus dem von Ninon Hesse durchgesehenen Typoskript.

202 Ilja Repin (1844-1930), sozialkritisch-realistischer russischer Maler, von 1893-1907 Professor an der Kunstakademie von St. Petersburg.

203 Die russische Malerin Marianne Werefkin (1860-1938), befreundet mit I. Rapin und Alexej von Jawlensky, Mitbegründerin der Künstlergruppe »Der blaue Reiter«, lebte in Ascona.

während sonst der Künstler, wie ich, sich vor dem Leben in die Kunst flüchtet.

16. August [1918]*

Ein andres Traumstück dieser Nacht: ich war für einen Aufenthalt in eine andre Gegend gekommen, ich glaube ins Tessin, manches klingt dorthin an, auch an Frau Jung[204] (von der ich neulich einen schönen Brief erhielt) und an Soffel[205] etc. Ich hatte zwei Zimmer, neben dem Schlaf- noch ein Wohnzimmer, wo aber zu meiner Enttäuschung, wie etwa im Salon einer Pension, allerlei Leute sich aufhielten, Kinder spielten etc. Ich hatte mit einem Ofen, oder zwei Öfen, zu tun, es war August, aber kühl, und auf den Bergen lag ganz dünner Schnee, jemand sagte mir, das sei ihm ganz recht, bei mir zuhause (also in Bern) sei jetzt gutes Sommerwetter, und das sei uns zu gönnen. Nun die Hauptsache in diesem sehr zerflossenen, aber doch eindrücklichen Traum: Beim Öffnen oder Verschieben einer Tür oder eines Ventils am Ofen strömte mit starkem Zug Feuer heraus und ergriff einige kleine nahe Gegenstände, Papierstücke etc., die ich aber rasch löschen konnte. Ich sah, wie in dem Bereich der herausstrahlenden Feuerzunge (etwa wie eine Gas-Stichflamme) alles die Farbe und das Aussehen änderte, und hatte Bedenken, dahinein mit den Händen zu greifen, um das Ventil wieder zu schließen. Ich tat es doch, und dabei kam meine rechte Hand in die Feuerzone (jetzt faßte ich sie als Elektrizität auf), wobei sie entstellt wurde. Sie schrumpfte teils, teils verbog sie sich (erinnert an die rachitischen Hände des Buchhändlers Brepohl), und verlor das Gefühl, ich hatte keinerlei Schmerz, die Hand war gefühllos wie abgestorben, der Mittelfinger abgebogen und wie gebrochen, zwei andre Finger häßlich ineinander gewachsen, alles deformiert, die ganze Hand nicht mehr brauchbar. Ich zeigte sie deprimiert, ich glaube weinend, den Leuten, die sich um mich kümmerten. Allmählich (während die andern Traumerlebnisse undeutlich weitergingen, Steigen

* Hier fehlen etwa 12 Zeilen aus dem von Ninon Hesse durchgesehenen Typoskript.

204 Hildegard Jung-Neugeboren, seit 1917 mit dem Psychiater und Neurologen Dr. Felix Jung verheiratet.

205 Der in Ascona lebende Zoologe Karl Soffel (gest. 1948).

einer Treppe hinab in einen Hof, wie ein Burghof, hübsches Mädchen dabei) wurde die Hand wieder, wie ein »eingeschlafenes« Glied, lebendiger, wärmer und begann wieder beweglich zu werden.

In diesem Traum, in dem sehr viel los war und gleichsam auf mehreren Ebenen zugleich gespielt wurde, kam noch eine kleine Szene vor, die ich noch weiß: ein Mädchen (Anklang an Frau Dr. Jung) führte mich durch ein Zimmer, ich hatte ein Tuch überm Kopf, eine junge Engländerin begegnete uns, das Mädchen rief ihr auf englisch zu »Was für ein hübsches Mädel!«, wobei sie auf mich wies, als sei ich ein verkleidetes Mädchen. Die Engländerin sah mich einen Augenblick aufmerksam an, zugleich konnte ich mich selbst, d.h. mein Gesicht, wie in einem Spiegel sehen, wobei der Schnurrbart mir auffiel, etwas größer als ich ihn sonst trage – dann lachte die Engländerin und lief weg ...*

Die Sache mit Feuer und Elektrizität erinnert mich, daß wir gestern von der bevorstehenden Einrichtung des elektrischen Lichts in unserm Haus sprachen. Bei Elektrizität denke ich auch ein wenig an Bildungslücken, die ich oft empfand: ich weiß über Elektrizität und viele andre physische und technische Dinge sehr wenig, weiß über Induktion, Zweiphasenstrom, Transformator etc. nichts Richtiges, habe nur flüchtige unklare Vorstellungen dabei. Früher dachte ich mir in Tagphantasien zuweilen, daß Goethe wieder auf die Erde käme und uns begegnete, und wie beschämt wir wären: wir würden ihm anfangs mit Stolz und Überlegenheit unsre Trambahnen, elektrischen Lampen, Automobile etc. zeigen, er aber würde sehr genau und scharf nach Einrichtung und Betrieb dieser Dinge fragen und uns darüber ertappen, daß wir sie zwar stets benützen, aber elend wenig über sie wissen. Für ihn würde die elektrische Lampe, die für uns einfach eine Bequemlichkeit ist, etwas Ehrwürdiges und Heiliges sein, das er genau zu verstehen suchen würde.

Die entstellte Hand war mir im Traum selbst widerlich, ich war betrübt darüber, daß nun auch ich so etwas mit mir herumtragen solle, woran andre, gleich mir leicht verletztliche Naturen, so leicht einen kleinen Ekel fassen. Die zusammengewachsenen Finger erinnerten mich an Buchenholz, der herabhängende, fast losgetrennte Mittelfinger scheint mir ähnlich schon früher in

* Hier fehlen etwa 38 Zeilen in dem von Ninon Hesse durchgesehenen Typoskript.

Träumen oder Phantasieen vorgekommen zu sein, ohne Schmerz, aber mit Gefühlen von Schwindel und Ekel, als gehöre ein Teil meines Leibes nimmer zu mir, falle ab.
Auch die verkrüppelte Hand der Frau Werefkin fällt mir ein, und an einem der Internierten meines Büros eine tiefe vernarbte Schußwunde in der Stirn. Jetzt fällt mir auch der richtige Vergleich für die verderbliche Strahlung ein, die ich erst wie Feuer sah, dann als elektrisch empfand: es ist die Röntgenstrahlung, durch die bei längerem Einwirken ganze Glieder einschrumpfen und sich zersetzen können.

17. August [19]18

Traum: Ich war in der Nähe von Konstanz am Bodensee, wohnte oder war erwartet in einem der nahen Dörfer und Hotels. Ich ging in Konstanz mit einem Bekannten, einem Studenten oder Schüler, durch alte Gassen, sagte, das habe ich nun viele Jahre nicht mehr gesehen, die Gassen und Plätze waren etwas phantastisch, die Architektur übertrieben, doch sehr schön. Wir sprechen von einem Schiff, ich glaube, es hieß »Stadt Konstanz«, das war in alten Zeiten einmal als Prunk- und Ehrenschiff gefahren, und von einer englischen Fürstin oder Prinzessin, und von einem Tier (Fisch, Vogel oder so), das diese Prinzessin aufbewahrt und präpariert habe (halb so, als sei die Prinzessin ebenfalls aus sagenhafter alter Zeit wie jenes Schiff, teils als habe sie die Schätze jenes Schiffes später entdeckt, gehoben etc.). Mit der Zeit verwandelte sich mein Begleiter in meinen Jugendfreund Karl Hammelehle[206], den ich vom Seminar her kenne und mit dem ich lang befreundet war. Er sah ruppig aus, ganz schwarze Haare oder schwarze Pelzmütze, wir waren in einem Hotel, alles zweifelhaft, schmierig, unsauber. Dann eine Szene, in der Hammelehle mit einigen kleinen, dicken, etwas bleichen und wenig sympathischen Kindern wieder erschien, die erbrachen sich und schissen und gaben allerlei von sich, mir wurde übel, ich suchte einen Abort, fand nur einen sehr schmierigen, verdreckten, spuckte einen Mund voll aus (wie halb-

206 Karl Hammelehle (1876-?), Mitschüler Hesses in Maulbronn, der dort mit ihm das selbe Zimmer (Hellas) bewohnte und der sich als Student in Tübingen Hesses Freundeskreis »Petit Cénacle« anschloß, in »Hermann Lauscher« und »Unterm Rad« kommt er als Carl Hamelt bzw. Karl Hamel vor.

gekaute Bissen) und ging fort. (Die Zeitfolge all dieser Szenen ist ganz zweifelhaft, doch ist der Schauplatz und die Atmosphäre stets dieselbe). Ich suchte zeitweise nach der Bahn, frug nach einem Fahrplan, war in einer Pension, wo es nett, sauber, freundlich war, meine Frau und meine Mutter waren zeitweise da, eigentlich beide in einer Person, ich nahm von ihnen Abschied, nur für kürzere Zeit, blieb in einem Hotel zurück und wollte Billard spielen, suchte die Kugeln. Außerdem hatte ich es (mündlich oder telefonisch?) mit Prof. Woltereck zu tun, der mich (wie es in der Wirklichkeit schon vorkam und sich leicht wiederholen könnte) in Ermatingen erwartete. Mir schien, ich käme für einige Tage nach Ermatingen zu Wolterecks dortigen Freunden zu Gast. Er nannte mir Züge, die ich von Konstanz aus benutzen könne, und wollte mir für den Zug ein Abonnement bestellen, eine Jahreskarte. Dabei schwebte mir stets die Strecke Konstanz-Schaffhausen vor, mit Anklängen an Göppingen (wo ich mit 13 Jahren Schüler war[207]). Ich erfuhr, daß es verschiedene Kombinationen von Billeten gab und daß (wie ich auf einem plakatartigen Plane sah) nicht nur die gewöhnliche Bahn wie früher dort fuhr, sondern daß zwischen Tal und Berg auch zwei Bergbahnen, oder vielmehr diverse, verkehrten, wovon zwei übers Kreuz liefen. Ich erkannte sofort, daß all diese Bergbahnen nur einen Sinn hätten für die Schlittenfahrer im Winter und also jetzt ganz entbehrlich wären, da nicht Winter und der Berg gar nicht hoch war. Die Verhandlungen über das Billet zogen sich hin, doch verlor sich alles ins Ungewisse. – Jetzt kommt ein andrer, der eindrücklichste Teil des Traumes. Ich war (immer noch etwa wie in Konstanz) in einem sehr reichen, üppigen Privathause, bei einem mächtigen reichen Mann, der wie ein Engländer mit Kotelette-Bart aussah. Dort reizte mich eine gebogene Flasche mit Mundwasser, ähnlich, doch nicht gleich wie Odol, ich hatte großes Verlangen, sie mir zu stehlen. Ich machte allerlei Versuche, und immer wieder kam solches Mundwasser in meinen Bereich, z. B. in einem halb ausgepackten Koffer in einem Zimmer, wo der Hausherr mit zwei jungen Leuten war, lagen sehr viele solche Flaschen. Es gelang mir nicht, eine einzustecken, obwohl es nicht schwer gewesen wäre, ich war sehr geniert und gehemmt. Einer der jungen Männer war

207 Von Februar 1890 bis April 1891 besuchte Hesse in Göppingen die Lateinschule von Otto Bauer, um sich auf das Landexamen in Stuttgart vorzubereiten.

einer, der früher eine Weile in unsrem Büro war, ein Internierter. Dann stand ich mit einem Mädchen von etwa 25 Jahren, rötlichblond, nicht besonders hübsch, Tochter des Hauses, auf einer Treppe, und sah hinaus – da war auf dem Bodensee ein Sturm und Gewitter, auf dem grünblauen dunklen See sah man mit fabelhafter Deutlichkeit weiße mächtige Wellen tanzen, jagende Schäume und Wolken drüber. Ich deutete hinüber, und während wir das fabelhafte Bild genossen, näherten wir uns einander leicht erotisch, ich lehnte mich an ihre Brust, es entstand ohne Worte oder weitere Zärtlichkeiten plötzlich ein Einverständnis, als ergriffe sie von mir Besitz, ich war jetzt etwas jünger als sie, suchte meinen Hut, um zu gehen, fand ihn, sah, wie schäbig er war, hatte auch eine Mütze mit Schirm, die ich nun aufsetzte und die ebenfalls wenig vornehm aussah. Mir schien, sie sei älter als ich und verfüge als Tochter eines Millionärs nun über mich als über den Liebhaber, den sie sich in einer Laune nehme. Sie wollte mir eine Toilette zeigen (etwa so, als müsse ich mir den Mund spülen, damit im Haus niemand merke, daß wir uns geküßt), ging mit mir ins Treppenhaus, wo überall fabelhaft üppige, zum Teil rätselhafte, zum Teil etwas vernachlässigte und nicht ganz gut funktionierende Räume und Apparate waren zum Kleiderbürsten, Pissoirs, Waschräume etc. Sie öffnete mehrere Räume, suchend, fand schließlich den rechten, das war ein Kabinett aus Stäben wie ein Käfig, das wachsen und sich vergrößern konnte, wenn man seinen Mechanismus bewegte, sie tat es, das Ding tat sich auf, an den Stäben wuchsen künstliche Pflanzen, und eine warme Dusche tropfte herab und durchnäßte mich ganz. Ich sagte, seit manchen Jahren sei ich nimmer so vollgeregnet worden, damals hätte ich noch meine (letzten?) Bubenhosen angehabt. Mir war, als sei ich wenig über 20 Jahre alt und spräche von der Zeit, wo ich etwa 14 war. Sie fragte, wo das gewesen wäre, und ich nannte Gegenden in meiner engern Heimat. Hirsau, Teinach, sah dabei das heimatliche Flußtal und geliebte dortige Landschaften vor mir. Inzwischen waren wir wieder auf der Vortreppe vor dem Hause, auf der Straße ging der Hausherr, in der Richtung gegen uns zu, und ich wunderte mich drüber, daß die Tochter aus ihrer Neigung zu mir kein Hehl mehr zu machen schien, wenigstens legte sie mir, während sie mich ein Stück weit begleitete, die Hand auf die Schulter.

Einfälle:
Von Sinn und Deutung weiß ich hier so wenig wie sonst bei meinen Träumen, nur zu Einzelheiten fallen mir Anklänge ein.
Konstanz und die ganze Gegend dort, wo ich die ersten acht Jahre meiner Ehe lebte, wurden mir gestern durch einen Brief wieder ins Gedächtnis gerufen, durch eine Einladung aus Kreuzlingen (ein Dorf dicht bei Konstanz) zu einem literarischen Abend für den nächsten Winter. Kreuzlingen, Ermatingen etc., sind lauter benachbarte Dörfer, in Ermatingen war ich schon zu Gast bei Freunden Woltereck's, überall in jener Gegend habe ich aus der Zeit bis vor 6 Jahren allerlei Bekannte, oder kenne doch die Gegend. Kreuzlingen ist Sitz eines sehr großen Sanatoriums (Binswanger)[208], wo man auch Analyse treibt. Ferner ist dort die Grenze, die ich zur Zeit nicht überschreiten möchte, da ich mich Deutschland und seinen Gesetzen nicht überlassen möchte. Ich überlegte mir das, kurz nach dem Traum, heut früh, dachte erst: »da könntest du ja nach Konstanz hinüber und deine Freunde dort besuchen!«, dachte dann aber sofort: nein, deine Freunde sollen nach Kreuzlingen zu mir herüber kommen, da ich es nicht riskiere, über die Grenze zu gehen. Das hängt wieder etwas mit Woltereck zusammen. Als es sich seinerzeit darum handelte, meine Militärsache in Ordnung zu bringen, wurde mir auch nahegelegt, nach Deutschland zu reisen und mich dort mustern zu lassen, man würde möglichst dafür sorgen, daß ich gut davon käme – ich wollte aber nicht und weigerte mich, weil ich die Grenze als tödliche Mausefalle empfand, aus der ich nimmer entkäme, wenn es irgend schief ginge. – Im Traum war übrigens von Grenze, Krieg etc. nichts angedeutet.
Sowohl im Verhältnis zu Woltereck und seinen Ermatinger Freunden wie im Haus des Reichen klingt das »zu Gast sein« an, das ich stets gern hatte. Mir war es stets angenehm, von Zeit zu Zeit ein wenig im Schlaraffenland zu leben, bei reichen und wohlwollenden Leuten ein bißchen zu Gast zu sein, eine Weile verwöhnter und materiell besser zu leben als sonst, auch das »Gastsein« war mir lieb im Sinn des Kein-Geld-Brauchens, während ich sonst im Hotel etc. ängstlich mit den Ausgaben bin. Sobald ich zahlen muß, erscheint Reise, Hotel etc. mir als zu üppig und großartig, im Vergleich mit den einfachen ärmlichen Gewohnheiten meiner

208 Ludwig Binswanger (1881-1966) Schweizer Psychiater.

Jugend – bin ich aber Gast, dann nehme ich das Angenehme hin als einen schönen flüchtigen Ausnahmezustand.*

... Mundwasser, feine Seife etc. gehören zu den Dingen, die ich ganz gern habe und schätze, für die ich aber nicht gern Geld ausgebe. Seife stahl ich früher mehrmals in Hotels. An diese Dinge mahnt auch Woltereck, der mir, obwohl ich nur wenig Tage da sein soll, ein Jahresbillet für die Bahn kaufen will. Ich finde es unnütz, habe aber doch einige Lust, es mir schenken zu lassen. Auch mein amtliches Verhältnis zu Woltereck und unsrem Büro kommt mit herein: dort bin ich sehr schlecht bezahlt, nur Unterbeamter, habe aber viele Kompetenzen, und mache mir nichts daraus, je und je diese Kompetenzen etwas auszunützen. Von dem vielen Geld, das mir oft durch die Hände geht, und das ich (ohne amtliche Verpflichtung dazu) freiwillig für unsere Arbeiten aufbringe, bin ich stets in Versuchung, Teile zu behalten, tat es auch schon, wobei ich dem Staat und Amt gegenüber zwar das Gefühl habe, meine Leistung sei noch lang nicht honoriert – dennoch Angst und übles Gewissen.

Karl Hammelehle war mein Freund in der kurzen Seminarzeit (Kloster) und dann wieder in Tübingen, ein intelligenter, eigentümlicher, begabter Mensch, aber gehemmt und in manchen Dingen auch durch seine bäuerliche Herkunft gehindert; er war übrigens der Knabe, der einst mit einem andern im Seminar großen Streit darüber hatte, wessen Vater die größeren Stiefel besitze. Hammelehle schien mir lange Zeit ein dämonischer, faustischer Mensch zu sein, enttäuschte mich aber später. Eine Zeitlang sah er in mir fast einen Heiligen, weil ich so intensiv in Verdrängung und Sublimierungs-Streben lebte und jeden »Fall« ins weltlich-Banale verschmähte. Ich führte damals eine moralisch-ästhetische Askese und Selbstrettung durch, wie manche sie im Anschluß an St[efan] George[209] üben mögen, den ich jedoch damals noch nicht kannte. Ich faßte manche Entschlüsse, gab z. B. plötzlich das Biertrinken (dem ich sehr gefrönt hatte) völlig auf, zwar nicht zu Gunsten der Abstinenz, aber zu Gunsten der Be-

* Hier fehlen 1½ Zeilen in dem von Ninon Hesse durchgesehenen Typoskript.

209 Stefan George (1868-1933), deutscher Dichter, Hauptvertreter einer symbolistischen Neuromantik und Künder einer klassizistisch-neuantiken Weltschau. Hesse, der Georges Gedichte und Jünger des George-Kreises erst um die Jahrhundertwende in Basel kennenlernte, hatte ein eher distanziertes Verhältnis zu diesem Kollegen.

schränkung auf Wein als das Edlere und Ästhetischere, ich habe dann auch tatsächlich etwa 7 oder mehr Jahre lang nie einen Tropfen Bier mehr getrunken.
Besonderen Eindruck im Traum machte mir der Anblick des Sturmes auf dem See. Ich las dieser Tage in einem analytischen Buch von Stekel[210], daß in Träumen der Dichter schöne Landschaften eine große Rolle spielten, und hielt das für Täuschung, da das in meinen Träumen fast nie vorkommt. Nun brachte dieser Traum eine solche Ausnahme, eine sehr schöne und intensive, meine Gesichtseindrücke im Traum sind seit langem nicht mehr so stark gewesen. Die Gegend, die ich sah, ist ebenfalls die von Ermatingen, Konstanz etc., wo ich früher oft Föhnstürme sah. Bei einem solchen Föhnsturm fuhr ich auch einmal morgens mit Kater nach einer durchschwärmten Nacht von Konstanz heim. In der Gegend von Kreuzlingen, durch Erinnerung an See, Föhn etc. verbunden, wohnte auch die einzige Frau, mit der ich meiner Frau physisch untreu geworden bin. Es war eine hübsche Strohwitwe, die ich eine Weile hübsch fand, nie ernst nahm und bald wieder vergaß. Ich gestand das kurze erotische Abenteuer mit ihr meiner Frau während der Analyse, vor einigen Wochen, und sie machte sich im Moment nichts draus, mir selbst war diese Sache auch nie sehr wichtig gewesen.*
... [Sie] wurde, wie sie mir später zugab, durch dies andre Geständnis sehr geplagt und nahm mir diese Geschichte sehr übel. Ich glaube, sie trug sehr viel zu ihrer Abwendung von mir bei und hat ihr Vertrauen zu mir sehr gestört.
Ich könnte noch viel schreiben, doch ruft mich Arbeit, immerhin bin ich froh, einmal wieder einen richtigen Traum gehabt und einige Gedanken und Einfälle damit gefunden zu haben.

18. August [1918]

Traumstücke: Ich hatte ein Zimmer gemietet (kommt oft in meinen Träumen vor, Rückkehr zu Junggesellentum, Sorgen um

210 Wilhelm Stekel (1868-1940) Psychoanalytiker, Schüler Sigmund Freuds, der sich wie C. G. Jung und Alfred Adler vom Einfluß seines Lehrers emanzipierte.

* Hier fehlen ca. 13 Zeilen in dem von Ninon Hesse durchgesehenen Typoskript.

Miete, Unbequemlichkeiten) und war darin bemüht, den Ofen gut warm zu machen. Dabei hatte ich eine Schachtel voll verschiedener Zigarren von denen ich teils rauchte, teils in den Ofen steckte, ein Teil davon, empfindliche brüchige Brissago-Cigarren waren zerbrochen. Dann hatte ich es mit einer Familie Baeschlin[211] zu tun, derselben, bei der ich in Basel um 1900 längere Zeit wohnte. Einer der Söhne, mein damaliger jüngerer Freund[212], war da, ich schloß mich ihm an und sagte, daß ich mit ihnen allen bleiben, den Tag verbringen und speisen werde. Sie waren freundlich, fühlten sich geehrt, doch war Verlegenheit da, nicht die alte Vertraulichkeit. Ich ging mit ihnen spazieren, die Anwesenheit der Mutter störte je und je, übrigens glich sie nicht der wahren Frau B[aeschlin], sondern meiner Tante Elisabeth[213]. Dann aßen wir bei Baeschlins, und es wurde mir extra ein Teller mit Würstchen etc. hingestellt, die andern hatten nur Suppe oder Gemüse oder so etwas, ich war etwas verlegen, überlegte, daß ich das bezahlen müsse, daß ich die armen Leute durch mein Zugastsein in Verlegenheit bringe.

Einfälle: Das Zimmermieten (wobei dann das Zimmer stets entweder nimmer wiederzufinden ist oder keine Türen hat oder ich fremde Mitbewohner darin finde etc.) ist ein altes Traumelement, erinnert mich an die Bequemlichkeit des eigenen Hauses, stiller eigener Zimmer zu Arbeit und Schlaf, nach denen ich stets strebte und die mir zum Leben stets unentbehrlich schienen. Klingt auch an Abenteuer und Verbrechen an, erinnert mich etwas an Romane von Dickens, mit grotesken und zum Teil kriminellen Details aus dem kleinbürgerlichen Leben. Die Zigarren spielen bei mir eine große Rolle, ich bin starker Raucher, fühle hie und da den Drang, mich davon zu entwöhnen, habe auch oft längere Zeiten abstiniert, doch unter Qualen. Rauchen ist die Gewohnheit, die ich am schwersten aufgeben und entbehren könnte. Zerbrochene Zigarren gab es je und je bei mir, bei der Gartenarbeit, oder im Reisekoffer, stets sehe ich das mit Bedauern. Besitz und Hamstern von Zigarren ist bei mir schon lang wichtig. Ebenso der Ofen, der

211 Hesse wohnte vom Mai bis November 1901 als Untermieter bei Familie Baeschlin in der Basler Burgfelderstraße 12.

212 Theo Baeschlin (1881-1963), Hesses Buchhändlerkollege und Billardpartner.

213 Elisabeth Isenberg (1846-1922), Frau des Indienmissionars Samuel Gundert (1840-1880), dem zwei Jahre älteren Bruder von Hermann Hesses Mutter Marie.

zur Bequemlichkeit gehört, ohne den der Winter unerträglich ist (ich leide sehr unter Kälte). Ein Zimmer fällt mir ein, das ich einst in Basel gemietet hatte, eine große schöne altmodische Bude, mit einem großen alten Kachelofen. Als Buchhändler konnte ich nur die Abende zuhause zubringen, und nun konnte ich es nie erreichen, daß der Ofen zeitig genug eingeheizt wurde, obwohl die Kosten mir einerlei waren. Abend für Abend kam ich heim, begierig zu lesen, zu studieren, meine Ruhe zu haben, meinen Dichtungen nachzuhängen, und nie war das Zimmer warm! Im Ärger darüber hatte ich einmal mit der Hausfrau einen scharfen Wortwechsel, der sie beleidigte, ich mußte mich (sie war eine Dame) entschuldigen, später erfuhr ich, daß sie sich über mein Benehmen sehr erzürnt und übertreibend geäußert [hatte]. Und so, wie ich es mit aller Mühe, mit Güte und Zorn nicht erreichen konnte, wenigstens abends mein warmes Zimmer zu haben, so, schien mir, ging es mir häufig mit dem Leben überhaupt, ich mußte um kleine Dinge kämpfen und mich absorgen, die sich von selber verstehen sollten, und wenn ich unzufrieden war und schalt oder klagte (auch als Dichter), fand man das unnötig oder komisch und begriff mich nicht. Darin fühlte ich mich meinem Vater stets sehr ähnlich.

Die Familie Baeschlin in Basel, bei der ich dort wohnte und eine Zeitlang auch Kost hatte, war kleinbürgerlich; eine Witwe, die sich mit mehreren Söhnen durchschlagen mußte und eine kleine Pension hielt. Der eine Sohn, Buchhändler, war mir befreundet, jünger als ich, hing eine Zeitlang sehr an mir, er war ein netter, doch nachahmerischer, unorigineller Mensch, kindlich und gut, machte auch Gedichte, wurde von mir in vieles Künstlerische eingeführt. Die andern Brüder interessierten mich nicht. Jetzt bin ich seit vielen Jahren ohne Verbindung mit ihnen. Die Frau Baeschlin aber war im Traum ersetzt durch Tante Elisabeth. Diese Tante ist die, bei der ich mit 9 Jahren (nach unsrem Umzug von Basel nach Calw) eine kurze Zeit wohnte, sie hatte einen Sohn (ein Jahr älter als ich)[214] und eine Tochter (ein Jahr jünger oder gleich alt wie ich)[215], auf ihrer Laube war der Abort, wo wir Buben oft Unfug trieben und am Fensterchen hineinsahen, wenn jemand (namentlich eine andre, etwas ältere Cousine) drin saß. Auf jener Laube wohnten auch die Hasen, von denen ich einst einen 3

214 Hesses Vetter, der spätere Pfarrer Hermann Gundert (1876-1956).
215 Agnes Gundert (1879-1913)

Stockwerke tief hinunterfallen ließ. Die Tante war eine gute Seele und nicht uninteressant, war in Indien Missionsfrau gewesen, früh verwitwet und in Sorge und Bedrückung geraten, sie lebt heut noch. Mir war sie zu Zeiten zuwider durch eine gewisse Kleinlichkeit, die mir ärmlich und fad schien und die ich von meiner Mutter her nicht kannte; sie war pedantisch, oder konnte es doch oft sein, war sehr sparsam, wußte für alles Mögliche billige, aparte Bezugsquellen etc. An ihr störte mich namentlich ein Mangel an Freiheit, Rasse und Temperament, ich fand sie fad und liebte einen gewissen klagenden Ton nicht, in dem sie oft sprach, sie war mir zu sehr arme Witwe. Ihr Sohn Hermann, mein damaliger Kamerad, hat später zu meiner großen Überraschung meine ältere Schwester geheiratet[216], Adele, meine Lieblingsschwester. Diese Ehe gefiel mir stets nicht recht, sie ist auch nicht eben glücklich. Adele hat viel von unsrer Mutter (auch vom Vater, dessen ausgesprochener Liebling sie war!), sie bedeutet für mich den Rest der Kindheit und Heimat, bei ihr und beim Denken an sie wacht das Schöne von damals wieder auf. Der Vetter, ihr Mann, ist Pfarrer in Schwaben, ein guter und tüchtiger Kerl, aber etwas langweilig, leicht verdrießlich, bequem, launisch. Ich glaube, er hat meine Schwester viel gequält. Sein Hängenbleiben an einer jugendlichen Cousinenliebe und das Eingehen meiner Schwester darauf scheint mir infantile Züge zu haben.

19. August [19]18

Traumreste: Ich war in einem Hotel, an einem fashionablen Bergort. Der Wirt hieß Camenzind, ein sehr großer stattlicher Mann, ich bedankte mich beim Abschied bei ihm, denn ich war sein Gast gewesen. Es handelte sich darum, das Gepäck oder Briefe oder sonst etwas zu bezeichnen oder zu adressieren, und der Ort, wo ich war, wurde mir als italienisch »Locarno« bezeichnet. Ich fand das nicht richtig, riet an Locarno und Licorno herum, sagte dann, nein, es heiße ja Sankt Moritz.
Später war ich auf einem Bahnhof, um abzureisen, Woltereck war mit. Ich hatte eine Handtasche, kam eine Treppe herunter und suchte in der Westentasche nach meinem Billet oder Retourbillet,

216 Hermann Gundert hatte Hesses ältere Schwester Adele (1875-1949) im April 1906 geheiratet.

doch schien es mir, ich habe es weggeworfen, und da auf dem Boden und in einem Kehricht- oder Spucknapf mehrere Billete weggeworfen lagen, suchte ich unter diesen, ob meines drunter sei. Ich warf sie dann wieder weg, da kam ein Herr, sagte, es sei nicht richtig, hier Billete zu suchen oder wegzuwerfen. Er war sehr höflich, kühl, sachlich, machte mir den Eindruck wie ein Hotelier oder Agent, etwa so wie in Montecarlo. Mir schien, er wolle mir helfen, fortzukommen, und so war es auch. Ich hatte geklagt, daß mir eine Tasche (oder Geldbeutel) abhanden gekommen sei, nun drückte er mir im letzten Augenblick ein Päckchen in die Hand, das zwei neue, leere, lederne Portemonnaies enthielt.
Zu »Camenzind« fällt mir ein: Der Name stammt aus Gersau am Vierwaldstätter See. Ich selbst habe zu keinem Camenzind ein näheres Verhältnis, wohl aber kenne ich in Brunnen, in der Nähe, einen Hotelier namens Faßbind, den Onkel eines nahen Freundes von mir, war auch einmal für eine Nacht dessen Gast. Der Camenzind, bei dem ich zu Gast bin und dem ich danke, ist wohl auch Anspielung auf mein Buch [Peter] Camenzind, dem ich meinen Erfolg und Namen verdanke, von dem ich also indirekt seit langem lebe. »Licorno« soll die Lasker-Schüler[217] statt Locarno stets gesagt haben, das erzählte mir Soffel, es kam mir teils lustig-naiv, teils auch etwas gekünstelt vor. Die Lasker selbst kenne ich nicht. Zwischen St. Moritz und Locarno besteht insofern Verbindung, als sehr viele Fremde, auch Kranke, die den Winter im Gebirge verbracht haben, bei [Schließung] der dortigen Hotels nach Locarno etc. gehen, ich selbst machte es, zusammen mit einem Freunde, vor zwei Jahren auch so. Dies und der Freund erinnert wieder an Hotel, Gastsein, Dankbarkeit und Geldkomplex, ich war lang im Hotel in St. Moritz sein Gast[218]: er legte Wert darauf, mich in der Nähe zu haben und mit mir täglich zu plaudern, und ich nahm die Gastfreundschaft, die recht kostspielig war, gerne an. An sich würde ich nie nach St. Moritz gehen und in einem komfortablen Hotel dort längere Zeit wohnen, nicht nur aus Scheu vor den hohen Kosten, sondern vor allem aus Abnei-

217 Die Dichterin Else Lasker-Schüler (1876-1945). Hesse hat sie erst im August 1926 persönlich kennengelernt.

218 Im Februar 1916 war Hesse in Davos, ein Jahr später, Februar bis März 1917 als Gast von Emil Molt im St. Moritzer Hotel Suvrettahaus zum Skilaufen. Dort fand eine seiner Lesungen zu Gunsten der Kriegsgefangenenfürsorge statt.

gung gegen solche Modeorte, gegen Art und Publikum solcher mondäner Hotels. Aber als Gast, so nebenher, gelegentlich kurze Zeit in solcher Welt zu leben, gewissermaßen eine kleine Weile so spielen und mimen, als gehöre ich auch zu dieser Welt, machte mir je und je Spaß.

20. August [1918]

Traum: Ich sollte einen Vortrag in Frankfurt halten, es schien mir aber, als sei es bis dahin noch lange Zeit. Da sehe ich plötzlich, daß das Datum schon morgen ist. Ich bin irgendwo in der Ostschweiz, Graubünden oder so, bin nicht vorbereitet, habe keine Bücher, keinen passenden Anzug, und ohnehin reicht die Zeit gar nicht mehr, ich rechne mit anderen aus, daß in Friedenszeiten es sehr gut noch reichen würde, jetzt aber ganz unmöglich sei. Da fällt mir auch ein, daß ich gar keinen Paß habe. Ich besinne mich, ob ich an die Gesandtschaft um einen Paß telegrafieren könnte, doch glaube ich selber nicht an den Erfolg. Schließlich gebe ich die Sache auf und telegrafiere am letzten Tag in Frankfurt ab. Dazwischen war momentweise es so, als sei ich doch unterwegs auf einer großen Schnellzugstrecke, oder in Frankfurt, und es handelte sich dort um mehrere Damen, mit denen ich wegen des Vortrags zu tun hatte, eine hieß Frau Edinger. – Später: Ich treibe mich halb betrunken in der Nacht herum, zum Teil ist es in Calw. Ich sehe an einer wohlbekannten Gassenecke mehrere Häuser, die unten noch wie früher sind, oben aber durch neue draufgesetzte Stockwerke erhöht. Ich beginne die Stockwerke zu zählen, sage fünf, ein andrer sagt sechs. Obwohl es Sommer ist, fällt plötzlich Schnee, ich falle, wälze mich im Schnee, gehe mühsam und gleitend auf steilen Wegen an der Berghalde. Dann »schleife« oder »schlittere« ich, auf blanker Eisbahn stehend, einen Bergweg hinunter, junges Volk auf Schlittschuhen und mit Schlitten kommt mir entgegen, ich lenke meine Fahrt, zu meinem eigenen Erstaunen, recht geschickt, und unten, wo ich zwischen den andern durchfahre, bin ich einen Moment auf Schlittschuhen und führe einige Bögen und Kunststücke aus, die den andern imponieren. Das alles geht wie im Flug, nur so nebenher, und ist nicht betont. Vielleicht ist jetzt erst der Augenblick, wo ich an jene Häuser mit den erhöhten Stockwerken kam, es fällt mir ein, daß dort vor einem Hause, einer Konditorei, etwas wie eine Säule oder ein Brunnen errichtet wurde, teilweise noch verhüllt, ich dachte an etwas wie eine Mariensäule, doch konnte es sich bei diesem Haus nur um eine törichte, eitle Nachahmung handeln, um etwas zur Reklame, wir lachten drüber. – Später: Ich saß, ziemlich betrunken oder dösig, in einem Café, mein Freund, der Maler Fritz Widmann war dabei, auch viel andre Bekannte und Künstler, unter andern die mir sehr liebe und befreundete Sängerin Durigo[219], der ich einen Kuß gab. Ich saß vor einer großen Tasse Chokolade, auf dem Teller oder der Untertasse waren lauter kleine Abteilungen mit diversen Füllungen, Chokolade mit Mandel, mit Haselnuß etc. Ich aß lange dran, war versunken und beschäftigt, wollte mich stärken wie nach einem Rausch, dabei war ich ziemlich unbekümmert und sah zwischenein für Momente, daß der Tisch mit meiner Chokolade beschmiert war. So war ich in diesem ganzen Traum: halb wie betrunken, halb wie ein müdes, etwas weinerliches Kind, unfähig recht wach und dabei zu sein. Plötzlich wurde mir klar, daß ich ja heut Abend eine literarische Vorlesung zu halten habe – die Leute gingen schon in den Saal, ich sah viele Bekannte darunter. Ich bekomme etwas Angst, habe einige Bücher bei mir, um draus vorzulesen. Unterwegs, bei den Toiletten und Garderoben, sehe ich, daß meine Kleider gar nicht stimmen, ich entdecke, daß ich das Hemd über dem Rock trage, weiß auch nicht, welchen Rock ich anhabe, vermute, es sei ein weißer leinener, den ich zum Vortrag nicht anhaben darf. Ich rufe ängstlich und flehentlich nach Fritz Widmann, daß er sich meiner annehme, mir helfe. Mir schien, er sei eben in einen Toiletten-Raum getreten. Ich ging hinein. Es waren da lauter Türen zu separaten Aborten, ich rief ihm, ein anderer gab Antwort, duzte mich wie ein Jugendfreund, doch kannte ich ihn nicht, sagte, ich habe keine Zeit, lief weg. Ich fand Widmann, flehte ihn an, mir zu helfen, er blieb nun bei mir, tröstend und beruhigend, wie er in Wirklichkeit auch sein kann. Als alles wieder ein wenig gut und in Ordnung war, es war schon spät, und das Publikum im Saal wartete schon über eine Viertelstunde, da sah ich wieder plötzlich, daß ich ohne Stiefel in Strümpfen ging. Ich machte wieder Halt und flehte Widmann um Hilfe an, wir waren jetzt plötzlich auf einer ansteigenden Gasse, halb wie in Calw, halb italienisch, doch wußte ich beständig, daß

219 Ilona Durigo (1881-1943), in Budapest gebürtige Sängerin (Konzert-Altistin), mit Hesse seit 1911 befreundet.

nebenan der Saal sei und die Leute dort peinlicher auf mich warten, denn es verging eine Viertelstunde um die andre, zuletzt war [es] beinahe eine Stunde zu spät. Eine Frau mit einer Gehilfin trieb da einen Schuhhandel, bei denen wollten wir ein Paar Schuhe für mich kaufen. Sie brachten lauter sonderbare, altmodische und unbrauchbare Formen von Stiefeln daher, wir waren auf der Gasse, zeitweise saß ich müde auf einem Wagen (leer und ohne Pferd), der dastand. Zwischenein vergaß ich wieder alles, versank in Dösen, wunderte mich, daß die Situation und das Versäumen des Vortrags mich so kalt ließen, heimlich aber litt ich Todesangst. Dann flehte ich Widmann wieder an, als ginge es ums Leben, oft beinahe mit Schluchzen. Zuletzt brachte uns die Gehilfin, die eine Italienerin war und mit der ich einige Brocken Italienisch sprach, ein Paar brauner Schuhe, vorn sehr breit, originelle Form, aber etwas zu kurz und von recht seltsamer Form, ich fühlte mich auch in ihnen sehr geniert und eingeklemmt. Doch nahm ich sie, um nur endlich, endlich in den Vortrag zu kommen. Wir gingen jetzt, es war um eine Stunde zu spät, ich fühlte mich tief elend. Aber es ging doch nicht mit den Schuhen, ich konnte schlecht in ihnen gehen, wir kehrten bald wieder um, um nochmals in das Schuhgeschäft zu gehen. Dabei dachte ich, ob es wohl jetzt, abends zehn, noch offen sein werde? Auf der Straße, wo wir vorher anprobiert hatten, war niemand mehr, aber aus benachbarten kleinen Häusern kamen die Frauen wieder, sie eilten nicht und achteten kaum auf uns, ich rief der Gehilfin flehentlich zu: »Venga, venga!«[220] Dabei machte ich auch wieder Spaß und lief eine kleine Strecke weit, so daß ich die Fußspitzen in den Händen hielt und auf den Knien lief. Aber hinter allen diesen Gebärden war Trostlosigkeit und das Gefühl, verloren zu sein.
Einfälle: Der »Vortrag« stammt von dem Brief her, den ich dieser Tage erhielt und der mich zu einem literarischen Abend im Dezember einlädt. Ich habe noch nicht geantwortet, etwas daran ist mir widerlich, ich mag weder zu- noch absagen. Die ganze Mode der literarischen Vorlesungen scheint mir recht entbehrlich, doch war für mich die damit verbundene kleine Reise und Abwechslung oft sehr angenehm. Auch jetzt denke ich etwa so: Mich jetzt schon für einen gewissen Tag im Dezember zu verpflichten, ist eigentlich dumm und unbequem, aber wenn ich es tue, so kann ich

220 Komm, komm!

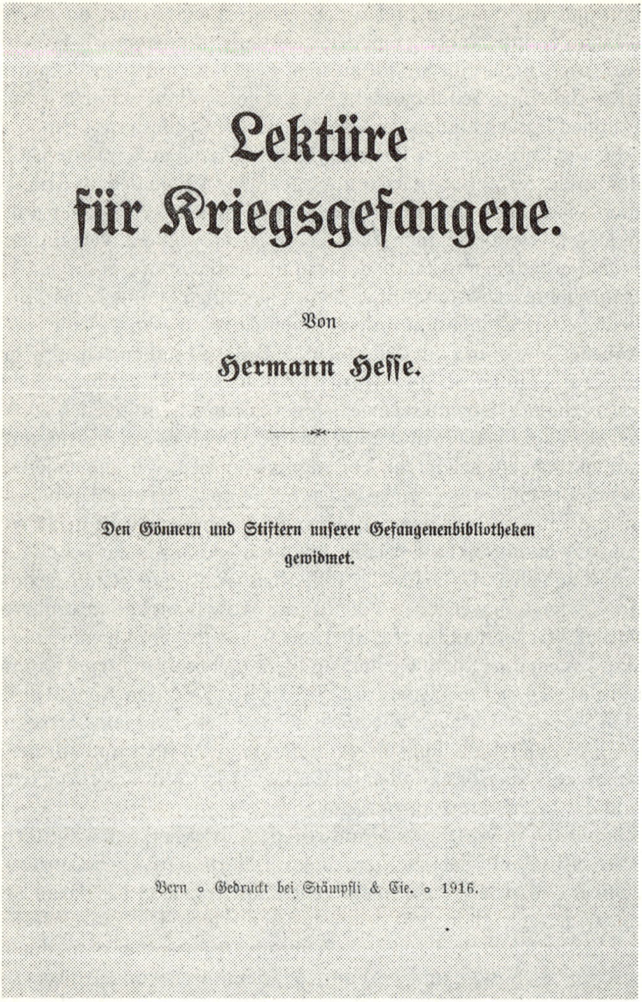

Lektüre für Kriegsgefangene.

Von

Hermann Hesse.

Den Gönnern und Stiftern unserer Gefangenenbibliotheken gewidmet.

Bern ∘ Gedruckt bei Stämpfli & Cie. ∘ 1916.

Einer von Hesses Spendenaufrufen zugunsten der Gefangenenfürsorge

im Winter ohne Sorge und Kost den einen Tag oder zwei in Zürich und am Bodensee zubringen, Freunde dort besuchen etc. Frankfurt und »Frau Edinger« hängen zusammen mit Adressen von Leuten, die mir auf meine öffentlichen Aufrufe hin Geld für die Gefangenenbibliotheken gaben. Ich glaube davon schon gesprochen zu haben: bei diesen Geldsammlungen, auf die ich viel Mühe verwendet habe[221] und mit denen ich früher längere Zeit meine ganze Gefangenensache bestritt, ist für mich stets eine Zweischneidigkeit da: Einerseits freut mich jeder erhaltene Betrag im Interesse der Gefangenen, oder richtiger, im Interesse der von mir organisierten Arbeiten, andererseits aber führt fast jeder solche Beitrag mich in Versuchung, ihn mir anzueignen und macht mir Kämpfe. Oft halte ich solches Geld einige Tage zurück, aus Unentschlossenheit, oft gebe ich es mit übertriebener Eile weiter, um die Versuchung abzuwälzen. Dabei kann es nicht das Geldinteresse selbst sein, das dominiert, denn ich bin gegen das Geld, das einmal mir gehört, sehr gleichgültig, weiß nie, wieviel ich habe, nehme es ohne den mindesten Verdruß hin, daß etwa die Hälfte meines Vermögens keinen Zins mehr trägt etc. Das Gefühl des Stehlens hängt wohl weniger mit dem Geld selbst, als mit den Regungen von Angst und Kriminalität zusammen. Angst vor Polizei war bei mir schon früh, als Knabe, da. – Die Vorträge stellten für mich nicht Einnahmequellen dar, denn ich ließ mich nie auf »Tourneen« etc. ein, wohl aber bildeten sie erwünschte Gelegenheiten, für einige Tage wegzureisen, eine fremde Stadt kennenzulernen. Sie gaben den Vorwand, aus oft unerwünschten häuslichen und inneren Zuständen eine Weile zu fliehen, sie wurden bezahlt, belasteten also den Geiz nicht, sie gaben mir, als dem Mann, den man zu einem Vortrag kommen läßt, noch ein gewisses Relief, während ich mit mir selbst wenig genug zufrieden war. Mit solchen Reisen (übrigens nicht nur Vortragsreisen, sondern auch andern Reisen und Unternehmungen, die man eine Weile vorher beschließt und verabredet) geht es mir fast immer so, daß ich zusage und verabrede mit der frohen Hoffnung auf eine ange-

221 Von 1915 bis 1918 veröffentlichte Hesse in deutschen, schweizer und österreichischen Zeitungen unter Überschriften wie »Lektüre für Kriegsgefangene«, »Bücher für Gefangene«, »Lieber reicher Mann!«, »Denket der Gefangenen«, »Gruß aus Bern«, »Einladung zur Patenschaft« etc. etwa zehn teilweise recht ausführliche Artikel, um Gelder und Spenden für die Kriegsgefangenenfürsorge zu mobilisieren, die sich hauptsächlich aus diesen Einnahmen finanzierten.

nehme Unterbrechung des Alltags, auf eine willkommene Anregung, – kommt dann aber der Moment, wo ich den Koffer packen, abreisen etc. muß, dann erscheint alles mir nur noch als Pflicht, die ich erfüllen muß, und ich gäbe etwas darum, nicht gehen zu müssen.

»Halb betrunken sich herumzutreiben«: Kam in Träumen je und je vor, mehr als in der Wirklichkeit, wo ich seit manchen Jahren nicht mehr, und auch früher selten richtig betrunken war. Das Trinken war für mich zu Zeiten etwas wie Selbstvernichtung, ich sah mit einer Art Schadenfreude zu, wie es mir schlecht bekam und ich mich ruinierte, es war eine Art Ersatz für Selbstmord. Diese Stimmung, wo man halbtrunken Elend und Sinnlosigkeit seines Lebens empfindet, kommt in meinen Gedichten (Musik des Einsamen)[222] öfter vor und ist oft erlebt worden. Auch das Infantile dabei, das weinerliche Gefühl von Elend, Hilfsbedürftigkeit, Verlassenheit, Hilflosigkeit, empfand ich oft in Wirklichkeit. Ich erinnere mich eines Abends in Konstanz, wo ich mit meinem Freund Finckh bei Freunden übernachtete, gemeinsam im selben Gastzimmer. Wir hatten ein Fest mitgemacht, ich hatte mich hineingesteigert und überanstrengt, jetzt war ich müde, hatte zu viel getrunken und spürte Ernüchterung und Elend kommen. Es war spät in der Nacht, wir gingen zu Bett, ich wollte aus einer Dose, die ich bei mir trug, als Prophylaxis für morgen ein Kopfwehpulver nehmen, dabei fiel mir die Büchse aus der Hand, die Tabletten rollten alle über den Fußboden, ich kniete hin, um sie aufzulesen, dabei überfiel mich ein Jammer, daß ich plötzlich in Tränen ausbrach und mir den Tod wünschte. Mein Freund, mit dem ich damals noch sehr intim war, dem ich aber (wie jedermann, und wie auch mir selbst) die Enttäuschungen meiner damals noch jungen Ehe verschwiegen hatte, suchte mich zu trösten und nahm etwa die Rolle ein, wie Widmann im Traum. Diese äußerst traurige, verzweifelnde, kindlich-schluchzende, dabei selbstzerstörerische Stimmung ist bei mir zeitweise fast ständig dagewesen, ich habe sie künstlerisch oft dargestellt, ich finde sie, mir bis in jede Nuance vertraut, intensiv wieder bei Lenau, bei Hugo Wolf[223] und andern mir lieben Künstlern.

Das mit dem plötzlichen Schnee im Traum begann so: ich sah in der sommernächtlichen Gasse einen Freund weggehen, da ent-

222 H. Hesse, »Musik des Einsamen«. Neue Gedichte, Heilbronn 1914.

223 In den Gedichten von Nikolaus Lenau und den Liedern von Hugo Wolf.

standen auf den Schultern seines (ich glaube grünen) Mantels weiße Flecken, ich fragte mich erstaunt, ob das wohl Schnee sei, da fiel richtig überall Schnee herab. Es erinnert mich an einige junge Eichenbäumchen, die ich gestern auf einem Spaziergang sah, ganz überzogen mit einem weißen schorfigen Gespinst oder Anflug, zu dem mir das Wort »Mehl...*

* Hier fehlt eine Passage in dem von Ninon Hesse durchgesehenen Typoskript, das damit abbricht.

Traum am Feierabend

Es geht mir, dem Beamtenstellvertreter auf seinen Bureaus, so wie es wohl den meisten geht, welche nun, gegen frühere Gewohnheiten, seit Jahren ihren Dienst tun – tagelang und wochenlang hält einen die Arbeit in Atem, man geht mit ihr zu Bett und steht mit ihr auf, man macht die Sorgen des Dienstes zu den seinen, sucht bessere, neue Wege, einfachere Methoden, und steckt seine Person ohne Rest in den Schmelztiegel der Zeit. Und dann kommt plötzlich eine Stunde, wo das eigene Ich – der »alte Adam« der Theologen – sich wieder mit einer Regung meldet, erwachend und schwerfällig wie ein Mann, der aus einer Narkose zu erwachen strebt und dem seine Glieder und Gedanken noch nicht wieder richtig dienen wollen.
So ging es mir dieser Tage, als ich mit einem Stoß Akten unterm Arm vom Amt nach Hause wanderte. Es war ein Frühlings-Vorklang in der Gegend, die Sonne schien warm, und es roch, als müßten schon irgendwo Haselbüsche blühen. Eben noch, in der Trambahn, hatte ich alle meine Gedanken bei meinen Gefangenenfragen gehabt und mir eine Anzahl von Briefen und Vorschlägen überlegt, die ich nach Tisch zu Hause schreiben wollte. Nun ging ich, von der Stadt weg, meiner ländlichen Wohnung entgegen, und meine Gedanken waren plötzlich nicht mehr bei den Gefangenen, nicht mehr bei der Zensur, nicht mehr beim Papiermangel, den Ausfuhrsorgen und Krediten. Sondern es sah mich unvermutet wieder einmal die Welt an, wie sie ohne unsere Sorgen aussieht, es schlüpften schwarze fette Amseln durch die kahlen Hecken, und die Lindenbäume vor den Gutshöfen zeichneten die feinen Netze ihrer Kronen in einen hellblau atmenden, weißlich durchzogenen, frühlingshaften Himmel, an den Feldrändern schimmerte es da und dort von frischem Grün, und das Moos an den Stämmen der Nußbäume spielte saftig im Licht. Und da war alles vergessen, was ich unterm Arm im Aktendeckel und im Kopfe trug, und eine Viertelstunde lang, so lang mein Weg dauerte, lebte ich nicht in dem, was wir »Wirklichkeit« nennen, sondern in der richtigen, echten, schönen Wirklichkeit, die wir in uns haben. Ich tat, was Kinder und Liebende und Dichter zu tun pflegen, ich trieb willenlos und eifrig hinter farbigen Wunschträumen her.

Indem ich so willenlos zusah, was da in mir gewünscht und geträumt wurde, kamen lauter alte Dinge zum Vorschein, die ich alle als völlig neu und heute erfunden empfand. Zum Vorschein kam ein reiner, unschuldiger, fleckenloser Egoismus, eine runde, in sich begnügte Welt von egoistischen, unethischen, unsozialen Wünschen und Zukunftsbildern. Nichts von Krieg und Frieden, nichts von Gefangenenaustausch, nichts von Zukunftskunst, Zukunftsgesellschaft, Zukunftsschule, Zukunftsreligion. Das alles saß nicht zutiefst, das war nur obendrauf. Wenn mein alter Adam sich einmal unverhüllt zeigte, so war er ein Kind und hatte lauter Wünsche, die ihm selber und seinem kleinen Wohlsein galten.

Ich träumte wundervoll. Ich träumte, es sei Frieden und wir seien alle entlassen und auseinandergelaufen, und die Sonne scheine und ich könne jetzt ganz und gar machen, was ich mochte.

Dreierlei war es, was ich in meinen Träumen tat. Zuerst lag ich an einem Seestrand, die Füße im Wasser, auf dem Sande. Ich nagte an einem Grashalm, hatte die Augen halb geschlossen und summte ein Lied. Dazwischen versuchte ich mich zu besinnen, was es eigentlich für ein Lied sei, das ich summte, aber das war zu mühsam. Was ging es mich an? Ich summte weiter, bis ich genug hatte, und plätscherte mit den Füßen im Wasser. Fast wäre ich in der Sonnenwärme eingeschlafen, da fiel mir plötzlich meine ganze Lage ein: daß ich frei und mein eigener Herr war, daß ich tun und lassen konnte, was mir beliebte, daß ich an einem Seestrand lag und eine Stunde ringsum kein Mensch außer mir da sei. Da sprang ich auf, stieß ein kurzes Indianergeheul aus und stürzte mich mit einem Sprung ins blaue Wasser, daß es klatschte. Ich schlug und ruderte, schwamm hinaus und wieder zurück, fühlte Hunger, sprang ans Land, schüttelte die Tropfen aus dem Haar und legte mich vor meinen geöffneten Rucksack. Langsam nahm ich ein dickes Stück Brot heraus, vorzügliches Schwarzbrot von gestern, und eine Wurst – dieselbe Wurst, wie wir sie als Knaben auf festlichen Schulausflügen bekommen hatten – und weiter ein Stück Schweizerkäse, einen Apfel, ein Stück Schokolade. Das alles legte ich nebeneinander vor mich hin und sah es so lange an, bis ich es nimmer aushielt und mich darüber stürzte. Da fühlte ich mit Freude und tiefer Rührung im Kauen aus dem Brot und der Wurst eine ferne, versunkene, innige Knabenwonne strömen, die mich ganz hinnahm und selig machte.

Nicht lange, so war die Szene verändert. Ich saß angekleidet und ernsthaft in einem kühlen Gartenzimmer. Zweigeschatten spielten an den Fenstern herein. Und ich saß und hatte ein Buch im Schoß, in das ich ganz und gar vertieft war. Ich wußte nicht, was für ein Buch es sei. Ich wußte nur, es war ein Philosoph – aber nicht Kant und nicht Plato, sondern mehr so einer wie Angelus Silesius – und ich las und las und sog in tiefen Zügen den unsäglichen Genuß, mich frei und ungestört und ohne Gestern oder Morgen in dies Meer zu stürzen, in dies schöne, volle Meer von Aufmerksamkeit und Erhöhung, Gespanntheit und Vorahnung von Ergebnissen, die mich selber und mein Denken bestätigen würden. Ich las und sann, langsam wendete ich die Blätter um, und am Fenster sang und brummte eine Biene golden braun und tief, als sei die ganze verstummte Welt in ihr und begehre nichts als ihre satte Stille und Zufriedenheit auszudrücken.

Manchmal schien mir, ich höre aus der Ferne oder aus der Tiefe des Hauses her feine edle Klänge, eine Violine oder ein Cello, und mit der Zeit wurde das stärker und wirklicher, und mein Lesen und Denken wurde ein Hören und genießerisches Versunkensein, Mozarttakte herrschten in einer beruhigten, reinen Welt.

Und noch einmal verschob sich die Traumwelt. Als wäre es niemals anders gewesen, saß ich in einem südlichen Tal am Rand eines Weinberges, neben der niedrigen Mauer auf einem kleinen Feldstuhl. Auf den Knien hatte ich einen kleinen Karton liegen, in der Linken eine leichte Palette, in der Rechten einen Haarpinsel. Neben mir stak im weichen Boden mein Wanderstock und lag mein Rucksack, der war geöffnet, und man sah die kleinen zerdrückten Farbentuben darin liegen. Ich holte eine her, schraubte das Köpfchen ab und ließ mit Wonne einen kleinen Klecks vom schönsten reinsten Kobaltblau auf die Palette, und dann Weiß, und ein feines, smaragdenes Veronesergrün für die abendliche Luft, und sparsam einen Spritzer Krapplack. Und ich blickte lang vor mich hinaus, auf die fernen Berge und das golden braun rauchende Gewölk, und mischte Ultramarin ins Rot und hielt den Atem an vor Sorgfalt, weil das alles unsäglich zart und leicht und luftig werden mußte. Und mein Pinsel schwang nach kurzem Zaudern rasch und rund eine lichte Wolke ins Blau, mit grauen und violetten Schatten, und die erst angedeuteten grünen Gründe der Nähe und der laubigen Kastanienbäume begannen nun mit dem gedämpften Rot und Blau der Fernen zusammenzuklingen und aufeinander zu wirken, und Freundschaften und Neigungen der Farben, Anziehungen und Feindschaften klangen auf, und nicht lange, so war alles Leben in mir und außer mir zusammengezogen auf den kleinen Karton, der auf meinen Knien lag, und alles, was die Welt mir und ich der Welt zu sagen und anzutun, zu gestehen und abzubitten hatte, das geschah still und glühend in Weiß und Blau, in frohem kühnem Gelb und süßem lauschigem Grün. Und ich fühlte: das war das Leben! Das war mein Teil an der Welt, mein Glück, meine Last. Hier war ich zu Hause. Hier blühte mir Lust, hier war ich König, hier kehrte ich der ganzen sehr geehrten Welt mit Wonne und Gleichmut den Rücken.

Ein Schatten fiel auf mein kleines Bild, ich sah auf – da stand ich vor meinem Hause, und der Traum war aus.

(1918)

Ein Stück Tagebuch

Heut nacht träumte ich sehr viel, ohne doch etwas Deutliches davon noch im Gedächtnis zu haben. Nur das weiß ich noch, daß die Erlebnisse und Gedanken dieser Träume in zwei Richtungen liefen: die einen waren ganz beschäftigt und erfüllt mit allerlei Leid, das mir widerfuhr – die andern waren voll Sehnsucht und Streben, dieses Leides durch vollkommenes Verständnis, durch Heiligkeit Herr zu werden.

So zwischen Elend und Selbstbesinnung, so zwischen Jammer und innigstem Streben liefen stundenlang bis zur schmerzlichen Ermüdung meine Gedanken, Wünsche und Phantasien sich an steilen Wänden wund, sie verwandelten sich zu Zeiten in halbdunkle körperliche Gefühle: seltsam genau umschriebene, äußerst differenzierte Zustände von Trauer, von Qual, von Herzensmüdigkeit stellten sich in Bildern und Anklängen sinnlich dar, und gleichzeitig traten in einer andern Schicht der Seele Regungen von mehr geistiger Energie auf: Mahnung zu Geduld, zu Kampf, zur Fortsetzung des Weges, der kein Ende hat. Einem Seufzer hier entsprach ein mutiger Schritt dort; ein Qualgefühl auf der einen Stufe fand Antwort in einer Mahnung, einem Antrieb, einer Selbstbesinnung auf der andern Stufe.

Wenn es überhaupt einen Sinn hat, bei solchen Erlebnissen zu verweilen und sich lauschend über den Rand von Wassern und Schluchten zu bücken, die man in sich trägt, dann kann dieser Sinn sich nur ergeben, wenn wir möglichst treu und genau den Regungen unserer Seele zu folgen suchen – viel weiter und viel tiefer, als Worte reichen. Wer das aufzuzeichnen versucht, der tut es mit dem Gefühl, mit dem man in fremder, kaum flüchtig erlernter Sprache über zarte, heikle, persönliche Dinge reden würde.

Mein Zustand und Erlebniskreis war also dieser: einerseits Erleben schweren Leides, anderseits bewußtes Streben nach Überwindung des Leides, nach reinem Einklang mit dem Schicksal. So etwa urteilte mein Bewußtsein oder doch eine erste Stimme in meinem Bewußtsein. Eine zweite Stimme, leiser, doch tiefer und nachtönender, stellte die Lage anders dar. Diese Stimme (die ich gleich der ersten im Schlaf und Traum deutlich, doch ferne hörte) gab nicht dem Leiden unrecht, und dem geistig-energischen Stre-

ben nach Vervollkommnung recht, sondern verteilte Recht und Unrecht auf beide. Diese zweite Stimme sang von der Süßigkeit des Leidens, sie sang von seiner Notwendigkeit, sie wollte nichts von Überwindung oder Abschaffung des Leidens wissen, sondern von seiner Vertiefung und Beseelung.
Die erste Stimme sagte, grob in Worte übersetzt, etwa so: »Leid ist Leid, daran ist nicht zu markten. Es tut weh. Es peinigt. Es gibt Kräfte, die das Leid überwinden können. Also suche diese Kräfte, pflege sie, übe sie, rüste dich mit ihnen! Du wärest ein Narr und Schwächling, wenn du ewig weiter leiden und leiden wolltest.«
Die zweite Stimme aber sagte, grob übersetzt, etwa so: »Leid tut nur weh, weil du es fürchtest. Leid tut nur weh, weil du es schiltst. Es verfolgt dich nur, weil du vor ihm fliehst. Du mußt nicht fliehen, du mußt nicht schelten, du mußt nicht fürchten. Du mußt lieben. Du weißt ja alles selbst, du weißt in deinem Innersten ganz wohl, daß es nur einen einzigen Zauber, eine einzige Kraft, eine einzige Erlösung und ein einziges Glück gibt und daß es Lieben heißt. Also liebe das Leid! Widersteh ihm nicht, entflieh ihm nicht! Koste, wie süß es im Innersten ist, gib dich ihm hin, empfange es nicht mit Widerwillen! Nur dein Widerwille ist es, der weh tut, sonst nichts. Leid ist nicht Leid, Tod ist nicht Tod, wenn nicht du sie dazu machst! Leid ist herrlichste Musik – sobald du sie anhörst. Aber du hörst sie ja niemals an, du hast ja immer eine andere, eine eigene, eigensinnige Musik und Tonart im Ohr, die du nicht loslassen willst und zu der die Musik des Leides nicht stimmt. Höre mich! Höre mich und erinnere dich: Leid ist nichts, Leid ist Wahn. Nur du selbst schaffst es, nur du selbst tust dir weh!«
Und so lagen, außer dem Leid und dem Erlösungswillen selbst, auch noch die beiden Stimmen beständig in Widerstreit und Reibung. Die erste, näher dem Bewußtsein, hatte vieles für sich. Sie setzte dem dumpfen Reich des Unbewußten ihre Klarheit entgegen. Auf ihrer Seite waren die Autoritäten, waren Moses und die Propheten, war Vater und Mutter, war die Schule, war Kant und Fichte. Die zweite Stimme klang ferner, klang wie aus dem Unbewußten und aus dem Leide selber heraus. Sie schuf nicht eine trockene Insel im Chaos, sie schuf nicht ein Licht in der Finsternis. Sie war selbst dunkel, sie war selbst Urgrund.
Unmöglich ist es nun, auszudrücken, wie das Konzert der beiden Stimmen sich entwickelte. Jede von den beiden anfänglichen Stimmen nämlich teilte sich, und jede neue Unterstimme teilte sich

wieder, und zwar nicht so, daß einfach zwei Chöre geworden wären, die einander gegenüberstanden, etwa ein heller und ein dunkler, ein hoher und ein tiefer, ein männlicher und ein weiblicher oder wie immer. Nein, sondern jede neue Stimme enthielt etwas von *beiden* Oberstimmen, enthielt Schwingungen des Chaos und Schwingungen des gestaltenden Willens, enthielt Tag und Nacht, Männlich und Weiblich in neuer, eigener Mischung. Überall hatte jede Stimme den gegensätzlichen Charakter jener Stimme, deren Kind und Teilung sie zu sein schien. Eine neue Unterstimme der chaotischen Mutterstimme klang immer mehr männlich und klar, wollend und beschränkend und umgekehrt. Aber jede war eine Mischung, jede war entstanden aus Sehnsucht nach dem andern Prinzip.

So entstand eine Polyphonie und Vielfältigkeit, in der mir die ganze Welt mit sämtlichen Millionen Möglichkeiten enthalten schien. Sie hielten alle einander die Waage; es schien die ganze Welt unter beständigem leisem Schmerz sich in meiner träumenden Seele abzuspielen. Es war Kraft und Schwung in ihrem Ablauf, aber auch viel Reibung, Gegensätzlichkeit und schmerzvolle Hemmnis. Die Welt drehte sich, sie drehte sich schön und leidenschaftlich, aber die Achse knarrte und rauchte.

Wie gesagt, weiß ich nichts mehr von dem, was ich träumte. Die Noten sind weg, nur die Vorzeichen der Tonarten und Stimmen stehen noch in mir aufgeschrieben. Ich weiß nur: ich erlebte viel Schlimmes, und an jedem neuen Schmerz entzündete sich neu der sehnliche Gedanke an Befreiung und Erlösung. So war ein ewiger Ablauf gegeben, ein Kreis von Antrieb und Empfänglichkeit, von Formung und Duldung, von Tun und Leiden, ohne Ende.

Ich empfand mich dabei nicht wohl. Das Ganze schmeckte mehr nach Schmerz als Lust, und wo die Traumzustände sich in Körpergefühlen äußerten, waren es peinliche; ich fühlte Kopfweh, Schwindel, Bangigkeit.

Mannigfach war, was mir widerfuhr, und auf jedes neue Erlebnis oder Leid gab eine neue Stimme Antwort, auf jeden Ansturm folgte eine innere Mahnung. Vorbilder tauchten auf, unter andern sah ich den Staretz Sossima aus den »Brüdern Karamasoff« als Vorbild und Lehrer auftreten. Aber jene mütterliche Urstimme, ewig und immer neu gestaltet, widersprach jedesmal, vielmehr sie widersprach nicht, sondern es war, als wende ein teures Wesen sich von mir ab oder schüttle schweigend den Kopf.

»Nimm kein Vorbild!« schien diese Stimme zu sagen. »Vorbilder sind etwas, was es nicht gibt, was du dir nur selber schaffst und vormachst. Vorbildern nachstreben ist Tuerei. Das Rechte kommt von selber. Leide nur, mein Sohn, leide nur und trink den Becher aus! Je mehr du dich um ihn zu drücken suchst, desto bitterer schmeckt der Trank. Schicksal trinkt der Feige wie Gift oder wie Medizin, du aber sollst es wie Wein und Feuer trinken. Dann schmeckt es süß.«

Aber es schmeckte bitter, und die ganze lange Nacht hindurch rollte das Weltrad ächzend auf rauchender Achse. Hier war die blinde Natur, dort der sehende Geist – aber der sehende Geist verwandelte sich immer wieder in blinde, tote, öde Dinge: in Moral, in Philosophie, in Rezepte, und die blinde Natur tat immer da oder dort wieder ein Auge auf, ein wunderbares feuchtes Seelenauge, scheu und hell. Nichts blieb seinem Namen treu. Nichts blieb seinem Wesen treu. Alles war nur Name, alles war »nur« Wesen, und hinter allem wich das Lebensheiligtum und Sendungsgeheimnis in immer neue, fernere, bangere Spiegeltiefen zurück. So mochte meine Welt sich rauchend weiter drehen, solang die Achse hielt.

Als ich erwachte, war die Nacht schon fast ganz vergangen. Ich sah nicht nach der Uhr – so weit wach war ich nicht, aber ich hielt kurze Zeit die Augen offen und sah bleiches Morgenlicht auf dem Sims, auf dem Stuhl und auf meinen Kleidern liegen. Ein Ärmel des Hemdes hing lose und etwas verdreht herab und forderte zu gestaltenden Phantasiespielen auf – nichts in der Welt ist ja fruchtbarer und anregender für unsere Seele als die Dämmerung: ein zerfließender Fleck Weiß im Finstern, ein zerrinnendes System von grauen und schwarzen Dunkelheiten auf nebelhaftem Grund.

Aber ich folgte der Anregung nicht, aus dem hangenden weißen Fleck schwebende Tänzerinnen, kreisende Milchstraßen, Schneegipfel und heilige Standbilder zu formen. Ich lag noch im Bann der langen Traumfolge, und mein Bewußtsein tat nichts weiter als feststellen, daß ich wach und der Morgen nahe sei, daß ich Kopfweh habe und hoffentlich nochmals werde schlafen können. Der Regen trommelte sanft auf Dach und Fensterbrett. Trauer, Schmerz und Nüchternheit erhoben sich in mir, fliehend schloß ich die Augen und kroch in die Nähe des Schlafs und der Träume zurück.

Doch fand ich sie nicht völlig wieder. Ich blieb in einem dünnen, gebrechlichen Halbschlaf, in dem ich weder Müdigkeit noch Schmerz empfand. Und jetzt erlebte ich wieder etwas, etwas wie Traum und nicht Traum, etwas wie Gedanken und doch kein Denken, etwas wie Vision, etwas wie flüchtiges Beleuchten des Unbewußten mit Strahlenwellen des Bewußtseins.

In meinem leichten Morgenhalbschlaf erlebte ich einen Heiligen. Halb war es so, daß ich selbst der Heilige war, seine Gedanken dachte und seine Gefühle empfand; halb auch war es, als sähe ich ihn als einen Zweiten, von mir getrennt, aber von mir durchschaut und innigst gekannt. Es war, als sähe ich ihn, und es war auch, als höre oder läse ich von ihm. Es war, als erzähle ich mir selbst von diesem Heiligen, und es war zugleich auch so, als erzähle er mir von sich oder als lebe er mir etwas vor, das ich wie mein Eigenstes empfand.

Der Heilige – einerlei nun, ob er ich war oder wer sonst – der Heilige erlebte ein großes Leid. Aber ich kann das nicht schildern, als wäre es einem andern als mir selbst begegnet, ich selbst erlebte und fühlte es. Ich fühlte: das Liebste war mir genommen, meine Kinder waren gestorben oder starben soeben unter meinen Augen. Und sie waren nicht nur meine leibhaftigen, wirklichen Kinder, mit ihren Augen und Stirnen, ihren kleinen Händen und Stimmen – es waren außerdem meine geistigen Kinder und Besitztümer, die ich da sterben und von mir gehen sah, es waren meine eigensten, persönlichsten Lieblingsgedanken und Gedichte, es war meine Kunst, mein Denken, mein Augenlicht und Leben. Mehr konnte mir nicht genommen werden als dies. Schwereres und Grausameres konnte ich nicht erleben, als daß diese lieben Augen erloschen und mich nicht mehr kannten, daß diese lieben Lippen nicht mehr atmeten.

Dies erlebte ich – oder erlebte der Heilige. Er schloß die Augen und lächelte, und in seinem kleinen Lächeln war alles Leid, das sich irgend ersinnen läßt, war das Eingeständnis jeder Schwäche, jeder Liebe, jeder Verwundbarkeit.

Aber es war schön und still, dieses kleine schwache Lächeln des Schmerzes, und es blieb unverändert und schön in seinem Gesicht stehen. So sieht der Baum aus, wenn in der Herbstsonne ihn die letzten goldenen Blätter verlassen. So sieht die alte Erde aus, wenn in Eis oder Feuer ihr bisheriges Leben untergeht. Es war Schmerz, es war Leid, tiefstes Leid – aber es war kein Widerstreben, kein

Widerspruch. Es war Einverstandensein, Hingebung, Zuhören, es war Mitwissen, Mitwollen. Der Heilige opferte, und er pries das Opfer. Er litt, und er lächelte. Er machte sich nicht hart und blieb doch am Leben, denn er war unsterblich. Er nahm Freude und Liebe und gab sie hin, gab sie zurück – aber nicht einem Fremden, sondern dem Schicksal, das sein eigenes war. Wie ein Gedanke im Gedächtnis untersinkt und eine Gebärde in der Ruhe, so sanken dem Heiligen seine Kinder und alle Besitztümer seiner Liebe dahin, unter Schmerzen dahin – aber unverloren, aber ins eigene Innere. Sie waren verschwunden, nicht getötet. Sie waren verwandelt, nicht vernichtet. Sie waren ins Innere zurückgekehrt, ins Innere der Welt und in das des Dulders. Sie waren Leben gewesen und waren Gleichnisse geworden, wie alles Gleichnis ist und einmal unter Schmerzen erlischt, um als neues Gleichnis ein anderes Kleid zu tragen.

(1918)

Ein Traum

Geträumt: Ich bin in einem Museum, vielmehr in einer Ausstellung. Ausgedehnte Säle, die Wände mit Bildern, Gobelins, alten Fahnentüchern und vielerlei buntem Kram behängt. Ich ermüde bald, die Säle nehmen kein Ende. Namentlich in den Füßen bin ich sehr müde und sehne mich danach, ein paar Augenblicke ausruhen zu können, ehe ich den Rückweg antrete. Aber nur in wenigen der großen Räume sah ich einen Stuhl stehen, und wenn ich einen sah, so saß schon ein andrer Ruhesuchender darauf. Allmählich spann jenes ängstlich-trübe Kafkasche Gefühl von Verlorenheit, ewig vergeblicher Bemühung, Trauer und sinnlos werdender Tugend mich ein, denn ich war ja nicht aus Übermut in diese ermüdende Ausstellung gegangen, sondern Bekannten oder Verwandten zuliebe, die mich darum gebeten hatten und denen ich einen Bericht über diese Veranstaltung hatte versprechen müssen.

So kam ich auf schmerzenden Füßen und mit geringer Hoffnung in eine neue, große Halle; für den Überfluß an ungeordneten Sehenswürdigkeiten hatte ich kaum noch einen Blick übrig. Plötzlich aber begann ich, rasch und rascher zu laufen: ein an der Wand stehender, bisher von einem gelangweilten Besucher besetzter Polsterstuhl war frei geworden. Ich lief und lief; der Raum war schrecklich groß. Aber als ich eben noch einen Schritt oder zwei vom Sessel entfernt war, kam ein Mann mir zuvor, den ich bisher für einen Custoden gehalten hatte. Es war aber, wie ich nun erkannte, ein Angehöriger jener Invaliden- oder Halbinvaliden-Klasse, die der Staat protegiert; ich erkannte es an seinen Schuhen, kräftigen genagelten Schuhen, die der Staat diesen Leuten zur Verfügung stellt.

Er kam mir also knapp zuvor und setzte sich mit befriedigtem Ausdruck auf den bequemen Stuhl. Wie er mir aber jetzt sein Gesicht zuwandte, war es nicht nur gutmütig und menschenfreundlich, sondern strahlte mir ein ganz besonderes persönliches Wohlwollen entgegen. Denn es zeigte sich das Unerwartete: während ich in gieriger Hast auf jenen Stuhl zugeeilt und schwer enttäuscht gewesen war, als im letzten Augenblick ein anderer ihn einnahm, war der Sitzende und Sieger offenbar der Meinung, ich habe ihm den Vortritt aus lauter Artigkeit gelassen; er bedankte sich und gab sich jede Mühe, seine Dankbarkeit und sein Wohlwollen zu zeigen. Ja er stand wieder auf und begleitete mich, der ich mich schon weggewendet hatte, auf meinem Weiterweg. Es begann ein von meiner Seite gespielter und erzwungener, bei ihm aber echter Wettkampf der Höflichkeit, der auch in der Sprache Ausdruck fand. Wir waren, so glaube ich, in Italien, und mein »Invalide« war Italiener; aber er sprach mir, dem Fremden zu Ehren, ein undeutliches Französisch, worauf ich in schlechtem Italienisch erwiderte.

Erstens also hielt mich dieser artige Mann, der nun gleich mir die Müdigkeit und das Sitzenwollen vergessen hatte, irrtümlich für einen Musterknaben an Höflichkeit, ja für seinen Wohltäter, und wollte mir an Edelmut und guten Formen nicht nachstehen. Weiter aber hielt er mich, ebenfalls irrtümlich, für viel jünger als ich war, und für arm und schutzbedürftig; er verhielt sich zu mir wie ein einfacher Mann in gesicherter Stellung gegen einen jungen armen Künstler, und kaum waren die ersten Höflichkeiten unter beidseitiger linguistischer Anstrengung ausgetauscht, so ließ er mich merken, daß er es von Herzen gut mit mir meine und daß ich mich ruhig seiner Obhut und Fürsorge anvertrauen könne. Da er bemerkt hatte, daß ich seine Schuhe beachtet habe und über ihre Bedeutung und Herkunft Bescheid wisse, flüsterte er mir zu: ja, das seien die bekannten vortrefflichen Invalidenschuhe, und er werde schon Wege finden, um auch mir gratis ein Paar dieser Schuhe zu verschaffen.

Wenn sich seit unserem Wettlauf um den Sitzplatz meine Lage und Stimmung auch sehr verbessert hatte, so sanken beide doch allmählich wieder mehr und mehr. Ich hatte seinen Irrtum, daß er meiner Artigkeit den Sitz im Stuhl verdanke, nicht zu korrigieren vermocht, ich hatte einfach nicht den Mut aufgebracht, ihm klar zu sagen, daß das eine Täuschung und ich keineswegs ein so edler und gefälliger Mann sei, und nun stak ich, als hätte ich schon die genagelten schweren Staatsschuhe an, in einem lähmenden Brei von Verpflichtung und unechter Bindung und bewegte mich, wenn auch aus andern Gründen, kaum weniger gehemmt und mühsam als vorher auf der Stuhlsuche. Das Versprechen mit den Schuhen hatte ich schon so gut wie angenommen; ich hatte mir zwar eine dankende und leicht abwinkende Erwiderung schon auszudenken begonnen, aber es waren da einige Phrasen nötig, auf die ich mich mit aller Anstrengung nicht besinnen konnte;

auch die italienische Bezeichnung für diese Art von Stiefeln konnte und konnte ich nicht wiederfinden, obwohl ich sie einmal gewußt hatte. Und während wir lächelnd und in überspitzt gepflegter Konversation dahin schritten, wurde ich mit jedem Schritte mehr zum Sklaven meines Wohltäters, vielmehr der falschen Rolle, in die ich da hinein geraten war.

Und schon öffnete der beflissene Mann eine schmale Tür in der Wand und bat mich einzutreten. Er sei mir Dank schuldig und habe sich ausgedacht, ich könnte gewiß im großen Betrieb dieser Ausstellung eine Arbeit und einen bescheidenen Verdienst finden, sagte er, und gerade hier könne er mir eine solche Gelegenheit zeigen. Wir hatten einen engen und etwas düsteren Nebenraum betreten, und da stand vor einer winzigen Nische, die etwas wie einen Herd enthielt, eine derbe lustige Frau mit Backen beschäftigt. Über einer kleinen Gasflamme hielt sie eine große flache Pfanne am Stiel, und in der Pfanne schmorte eine Art Gebäck, ein flacher runder Kuchen oder Fladen. In die Mitte dieses Fladens war ein gedrucktes, grellbuntes kleines Bild aus Papier oder Karton geklebt, und ich begriff, rund um dies eingebackene Bild sollte dann der Teigrand umgefaltet werden und das Bild plastisch umrahmen. Diese Kuchen oder Fladen waren, so begriff ich, ein humoristischer, für diese Ausstellung erfundener Verkaufsartikel, den die Frau in Mengen herstellte. Auch ich sollte nun in der Kunst dieser Herstellung unterrichtet werden. Invalide und Frau suchten mir den Vorgang und die Handgriffe eifrig zu erklären. Und wieder war ihr Eifer der echte, mein Eifer aber, mit dem ich darauf einging und mich lernbegierig und verstehend stellte, war ein falscher und kostete mich darum Mühe.

Ohne daß ich die Bäckerei richtig begriffen hätte, fiel mir aber doch auf, wie beklemmend eng die Herdnische war, vor der die Frau stand, und daß ich niemals geschickt und kräftig genug sein werde, um es ihr gleichzutun. Der Hohlraum, in den die schwere Pfanne jedesmal geschoben werden mußte, war so schmal, daß auf beiden Seiten zwischen Pfanne und Nischenrand kaum ein Millimeter Zwischenraum blieb. Nein, diese Arbeit mußte überaus heikel und sehr anstrengend sein. Die beiden teilten aber meine Beklommenheit nicht, sondern lachten und waren höchst vergnügt...

(1932)

Ein Tagebuchblatt

(14.5.1955)

Allerlei geträumt, das teils mit meiner Lektüre der letzten Zeit, teils mit familiären Erinnerungen zusammenhängt, aufgerufen durch mehrere Todesnachrichten aus dieser Sphäre, und alles auf jene prächtig-trügerische Traumbühne gestellt, in einen Raum, der nicht so sehr Raum ist als ein ständiges Wechseln von verschiedenen Dimensionen der Zeit, ein Vermischen von vielerlei Arten von Vergangenheit. Die wirkliche, erlebte Vergangenheit war dabei nicht nur umgedichtet und umgeschichtet, es war auch das Erlebte auf gleiche Ebene und in gleiche Beleuchtung gestellt wie Gelesenes. Was nun das Gelesene betrifft, so bestand es aus Bruchstücken, von André Gides Tagebüchern der dreißiger Jahre, die ich in letzter Zeit las und wo der große Kamerad sich in seiner hartnäckigen und gewissenhaften Art bald mit den Problemen der sozialen Moral, bald mit denen des Alterns herumschlägt, und wo leicht senile Betrachtungen mit solchen von jugendlichster Vitalität abwechseln. Außerdem war ich und bin ich – denn die Lektüre ist längst noch nicht beendet – mit einem Buch beschäftigt, einem ungewöhnlichen und aufregenden Buch, dem Roman »Heimat ohne Gnade« von Friedrich Forrer. Unter den vielen deutschen Romanen, die den ganzen Tisch in der Bibliothek und noch eine ganze Ecke am Boden meines Studierzimmers in Stapeln bedecken und irgendeine Reaktion von mir erwarten, ist mir da etwas erfreulich Kräftiges und Gekonntes begegnet, das ich vermutlich nicht so bald wieder vergessen werde. Aus Klängen dieses Romans, aus Notizen bei Gide und aus jüngst Erlebtem oder Erinnertem brachte ich im Traum ein vielfädiges Gespinst und beziehungsreiches, wenn auch sinnleeres Spiel zuwege, Lustspiel könnte ich sagen, aber es schimmerte durch die muntere Glasur immerhin viel von der Bedrohtheit des Weltzustandes und von den Spätproblemen des eigenen Lebens aus ungewissen Tiefen herauf wie dunkle Tangflora unter glatter Wasserfläche.

Traumdichtungen

Der Inseltraum

Eine langhin gewölbte, sanfte Welle hob meinen Kahn mit dem gerundeten Bug auf das Gestein. Ein schiffbrüchiger Träumer verließ die Ruderbank und dehnte die Arme dem stummen Lande entgegen.

Mein purpurner Mantel war mürbe geworden und warf von den Hüften abwärts weiche, demütige Falten. Meine Arme und mein Hals waren vom Rudern und Fasten mager geworden, mein Haar war lang gewachsen und bog sich in dichter Fülle in den Nacken. In dem dunkelgrünen, stillen Gewässer der Bucht lag mein Spiegelbild gebreitet, und ich sah, daß auf der langen Fahrt alles an mir anders geworden war, brauner, schlanker und biegsamer. Auf meinen Wangen hatten grausame Stunden Denkmale ihrer Gefahren und Niederlagen und Überwindungen geschaffen. Alle Morgen ohne Sonne, an denen ich mit wunden Gliedern an mein Fahrzeug geklammert hing, alle Stürme, die mir die Abgründe des Meeres zeigten, hatten sich mir in Ecken und Furchen mit tiefer Schrift auf Wangen und Hals geschrieben.

Aber meine Augen standen klar in weiten Höhlen, mit wachsamen Kinderblicken. Sie hatten viele Nächte durchwacht und nach den ewigen Sternen gesucht und die farbigen Nächte des Meeres aufmerksam durchdrungen nach aufsteigenden Segeln oder Gestaden. Sie hatten viele Tage lang keinen Staub gesehen und selten nur mit lächelnder Sehnsucht von ferne das Grün vorübergleitender Wälder und den Rauch aus fernen, verborgenen Städten gestreift. Nun lachten sie hell und groß mich aus dem glatten Spiegel an.

Und nun tranken sie den lange entbehrten Anblick der weißen Steine, der bräunlichen Erde, der Gräser und Gebüsche. Ich sah die Luft um die Gebüsche wie einen feinen, weißlichen Rand, denn ich war lange der Luft entwöhnt, welche über Erde und Grünem ist. Meine Nüstern sogen mit scheuer Lust den vollen, zärtlichen Duft der Wiese und des nackten Bodens, und mein Fuß trat stark und schonend zugleich auf das köstliche Gut des festen Erdreiches.

Ein Wind kam lässig vom Lande zu mir geflogen. Er trug einen Geruch von Waldkraut und einen leisen Duft aus entfernten Gärten. Da reckte ich in süßer Wonne ihm beide Arme weit

entgegen und fühlte mit Lust seinen weichen Hauch meinen Fingern und Händen entlang und an meinen Schläfen hin gleiten, die schneidende Seewinde gewohnt waren.
Ich zog mein graues Boot auf den Sand und strich mit der Rechten über die harte Wölbung des Bordes, die von meinen klammernden Händen geglättet war. Darauf wandelte ich landeinwärts bis zu dem hohen Gebüsche, das dicht und ringförmig wie eine Mauer stand und sich weiter erstreckte, als meine Blicke reichten. Ich ging der grünen Hecke entlang und freute mich des warmen, bläulichen Schattens, der von grüngoldenen Lichtern durchwirkt war. Mein Gang führte über eine Wiese mit weichen Gräsern, welche allmählich höher wurden und mit seidenen Blüten meine Knie berührten. Die grasige Fläche lag im hellen Sonnenlicht, nur der Rand, den ich entlangschritt, war von den hohen Büschen mit einem gleichmäßigen Schattenbande gesäumt.
Indem ich weiterschritt und eine linde Müdigkeit meine Knie leicht befing, tat sich zu meiner Linken ein schmaler Eingang, einem Tore ähnlich, in die Gebüsche auf. Ich erblickte ein grünes Dunkel, von einem Muschelpfad durchschnitten, und im Hintergrunde ragende Baumkronen. Der Eingang aber war durch eine künstlich gewundene Blumenkette verboten. Ich stand eine Weile, und meine Augen badeten sich in dem zarten Dämmer und erfreuten sich an der Stufenfolge sanfter Farben. Denn von der lichtgrünen Hecke bis zu den halbsichtbaren Geheimnissen des innersten Haines zerfloß das Grün in tausend Schatten; das Auge folgte begierig dem mählich vertieften Dunkel bis zu den entferntesten, braunen Waldfarben und kehrte mit neuer Lust zu dem gelblichen Licht der besonnten Wiese zurück.
Ich löste die Blumenkette in fröhlichem Übermut von den rundköpfigen Pfeilern, daß der Eingang offenlag, und schlang das rote und weiße Gewinde um Hals und Hüften, so daß ich wie zu einem Sommerfeste geziert war. Darauf ging ich behutsamen Schrittes dem halben Dunkel entgegen. Ich fand ein genaues Kreisrund aus dem Dickicht geschnitten, mit dichten Wänden von jungen Stämmen und Büschen, und auch der schmale Pfad war künstlich durch das wilde Gehölz gehauen. Durch die Wipfel überhängender Bäume sank ein braun und grünes Licht. In dem runden Aushau war die Erde mit hellem Sande bestreut, und zwei schmale, halbrunde Sitzbänke aus Marmor standen einander gegenüber. Eine tiefe Waldstille lag darauf. Ich wandte mich und

folgte dem Pfad, der in die Tiefe des Haines führte. Mein Haupt ward von dem ungewohnten Dufte schwer, und ich hörte das Klingen meines raschen Blutes.

Als ich einige Zeit gegangen war, wuchs die Schwere meiner Knie, und ich ersehnte einen Ort, zu ruhen. Indem bog sich mein Weg und wurde breiter, und die auf beiden Seiten schnell zurücktretenden Waldwände gönnten den Anblick eines lichten Raumes, welcher sich weit ausdehnte und wie ein Garten anzusehen war. Viele breite und schmale Wege, oft von Gebüsch gesäumt, schlangen sich um Rasenflächen und um Beete, in welchen Rosen und andere vielfarbige Blumen in Pracht und Fülle wohlgepflegt und ohne braune Blätter standen. In der Mitte des ebenen Gartens erblickte ich edle Gruppen alter Bäume, hinter denen ein Bau, Palast oder Tempel, aus Marmor in dämmerndem Weiß sich zeigte.

Eine niedrige Bank, von großen Zypressen ganz beschattet, zog mich an. Ich setzte mich in den weichen Rasen und lehnte das Haupt mit darunter gekreuzten Armen gegen den steinernen Sitz, wie ich zuweilen in stillen Nächten an meiner Ruderbank gelegen hatte. Ich schaute hoch über mir den weiten Himmel in wunderbarer Bläue und wenige kleine, blanke Flaumwölklein ruhig stehend, dann schloß ich die Augen und ergötzte mich an dem roten Schimmer, der mir durch die Lider drang. Darauf neigte der Gott des Schlafes sich über mich und löste mir wohltätig die müden Glieder.

Meine Seele hob die Schwingen im Traum; die Bilder von gestern und ehegestern erwachten zu neuer Schrecknis oder Trauer. Das Meer umdrängte mein Fahrzeug mit peitschenden Wassern, und der Himmel zürnte in Unwettern. Und gewaltiger als der Himmel lag die lautlose, lang ersehnte, schwer zu tragende Einsamkeit über mir. Und dahinter das Land, aus dem ich mich gerissen, mit geräuschvollen Städten. Ein müdes Echo, ein halbverlorener Duft, ein halbvergessenes Jugendlied – so war in Schmutz und Geräusch ein Schimmer von Schönheit und Kunst gegossen. Wie oftmals sah ich dort ihr scheues Licht in ängstlichen Reflexen, und zitterte mit ihr, und litt mit ihr! Ferner noch mit altmodisch lichten Himmeln lagen die Frühlinge meiner Kindheit und rührten mit zärtlichem Dufte an mein Herz.

Auf leisen Fittichen flog mein Traum über die verschlungenen Pfade meines Lebens zurück bis zu den ersten Sonnenaufgängen, und schwebte lang in verflogener Schwermut über den ersten Bergen, die ich erstieg, und über dem Haus meines Vaters.

Die Sonne war über die Ränder der Zypressenwand gestiegen und traf meine schlummernden Augen mit heißem Lichte. Ich hob das Haupt und erwachte zum neuen Anblick des tiefen Himmels und des grünen Gartenlandes.

Helle Stimmen klangen in mein Ohr, und ich hörte, daß es Menschenstimmen waren, welche in übermütigen Rufen ihre Lust kundgaben. Es war aber in diesen Stimmen ein reiner, meertiefer, metallener Grund, den ich nie bei Menschen vernommen hatte und welcher an den unberührten ersten Fall einer frischen Quelle erinnerte, so ohne Wissen von Unrat und so voll Lust am Leben und an der eignen Schönheit. Es war darin der starke und süße Ton, den wir mit unbeschreiblicher Beklemmung zu hören vermeinen, so oft unsre Seele mit den Menschengeschlechtern der alten, goldenen Zeitalter traurige Unterredungen pflegt.

Indem ich vorsichtig die breiten Fächer der Zweige teilte, erblickte ich eine Schar junger Frauen mit schlanken Leibern um einen vergoldeten Ball bemüht. Sie waren in zwei Lager geteilt und führten einen anmutigen Krieg um den Besitz des blanken Zierats, den ein lachendes Mädchen immer von neuem über ihre Häupter hin empor warf. Sie trugen helle, weite Gewänder und die Haare zumeist in einfache Knoten gebündelt. Ich sah die reinen Linien der Hälse und Nacken, wenn sie sich bückten oder mit ganz zurückgelegten Häuptern nach dem Fall des Spielzeuges spähten. Ich sah die zarten Grübchenformen der Knöchel, über denen sich goldene oder weiße Sandalenbänder kreuzten. Ich sah die bewegten, schlanken Leiber, beim Laufen vorgebeugt, und die schönen, leicht geröteten Arme, die sich häufig aus den weichen Falten der Oberkleider reckten.

Plötzlich vernahm ich ein Wipfelzittern über mir, und der goldene Ball fiel neben mich weich in den Rasen. Ich nahm ihn auf, und mein Herz begann mit hastigen Schlägen zu pochen wie einem, der einer großen Gefahr oder einem großen Glück unvermutet ins Auge sieht. Die Spielerinnen eilten schon meinem Versteck entgegen.

Ich brach durch den Busch und stand wie ein Gespenst vor der hellen Schar, den Ball in der Rechten hoch empor haltend. Ich warf ihn in die Lüfte, aber sie wichen seinem Falle aus und standen mit erstaunten Augen vor dem Fremden. Da ich näher schritt, teilte sich ihre Menge und ließ eine breite Gasse meinem Wandel frei. Aufschauend gewahrte ich eine hohe Frau mir nahe gegenüberstehen, welche die Schönste und die Königin der andern war.

Ich schlug den Blick zum Boden nieder und neigte mich vor ihr. Ein weißes Kleid floß in priesterlichen Falten lang von ihren Knien, und sie war von einer solchen Reinheit und Würde umgeben, daß plötzlich mein Sinn klein und voll Scham wurde. Alle Irrwege, die ich gegangen war, alle Lästerungen, die ich getan hatte, und alles Häßliche und Kranke meines unsteten Lebens ward mir schwer bewußt, und aller Glanz und Stolz fiel von mir ab. Ich lag auf den Knien und beugte mein Haupt in Scham und Demut, da sie ihre reine Stimme erhob. Ihre Stimme war voller und prächtiger als die Stimmen der übrigen Frauen, und hatte einen fürstlich-hohen Ton, vor dem meine Scheu erschrak. »Was suchst du hier, mein Freund, und wie hast du den Weg zu uns gefunden?«

Ich schaute auf und sah große Augen ernst auf mich gesenkt. »Den Weg zu dir fand ich durch hundert einsame Tage und Nächte auf dem feindlichen Meer, durch hundert Ängste und bange Nachtwachen. Mein Arm ist hager geworden von der Mühsal der Fahrt, und meine Hände sind wund geworden. Ich trage einen Purpur, der aus deinem Lande ist und von dir mir in die Wiege ist gelegt worden. Aber meine Hände sind befleckt und meine Augen voll Ekels geworden, ich bin müde und unwert, den Purpur länger zu tragen, der für frohe Hände und selige Augen bestimmt ist. Und bin gekommen, ihn zurückzugeben.«

»So wenig gilt dir der königliche Schmuck?« fragte die Königin und heftete wieder unbeweglich den ernsten Blick auf mich. »Ich kenne dich wohl, du Müder. Ich bin über deinem Leben gewesen, ich habe deiner Kindersehnsucht von blauen Bergen und deiner Knabenfrömmigkeit von Göttern erzählt. Ich zeigte manches Mal deiner Ahnung die Bilder und Gleichnisse der Schönheit. Warst du es nicht, der die Tempel, in welchen ich dich beten lehrte, zerstört und der die Gärten der Liebe, deren Pforte ich dir zeigte, geschändet hat? Warst du es nicht, der die Lieder, die ich dich singen lehrte, in Gassenlieder verkehrte, und der die Becher der Freude, die ich dir reichte, zur Trunkenheit mißbrauchte?«

»Ich war es. Ich ging in der Irre, so oft du mir ferne warst. Ich habe oft die Arme verlangend nach dir gebreitet und habe nach dir gerufen und alles Ehrwürdige meiner frühesten Jugend beschworen, aber du erhörtest mich nicht, und das Leben rollte tot an mir vorüber. Da verzweifelte mein Herz und fluchte seinen Göttern und sank von allen Höhen. Ich bin nun müde des Fallens und Wiederaufstehens – nimm dein Geschenk wieder, leg es auf härtere Schultern, und laß mich werden, wie andre sind!«

Die Königin schaute zur Seite. Ich wagte einen schnellen Blick auf ihr Gesicht, das mir eigen vertraut erschien, und sah den Schatten eines Lächelns darauf. »Mich wundert«, sagte sie, »daß solcher Kleinmut den beschwerlichen Weg zu unsrer Insel gefunden hat.«

»Nicht Kleinmut, meine Königin! Mich trieb der Ekel vom Leben, mich stieß der Dunst der Städte und die geräuschvolle Lust ihrer Tempel von sich, auf der Fahrt wuchs noch täglich mein Verlangen nach deinem Anblick. Arbeit und Gefahr hat mich herb gemacht, die Einsamkeit befreite mein Auge von den Dünsten des verlassenen Lebens. Und da ich dein Land mit sanften Höhen aus blaueren Meeren langsam erstehen sah, da lernte mein verjüngtes Herz einen neuen, fröhlichen Stolz. Als ich deinen Boden betrat, reckte ich Beterarme nach seinen Wundern aus, ich ging durch deinen Wald als ein Wiedergeborener. Wahrlich, fester zog ich den Purpur um meine Schultern, und mein Gang war nicht der Gang eines Büßers. Hinter jenem Dickicht lag ich im Grase gestreckt und belauschte das Spiel deiner Frauen, und mein Herz schlug tiefe Schläge. Aber mein Auge ertrug deinen Anblick nicht; alles, was unwert und krank an mir ist, übermannte mich vor deiner Reinheit.«

»Steh auf!« sagte sie nun mit einem gütig tiefen Ton, »und dränge mich nicht um eine Antwort. Sei mein Gast und versuche noch einmal, unter meiner Herrschaft zu leben!« Ich erhob mich mit unsicherem Blick. Die Schönste aber nahm meine linke Hand und führte mich zu den wartenden Frauen. »Begrüße meine Freundinnen«, sagte sie, »und sieh, ob nicht eine dir bekannt ist.«

Da geschah meinem Auge etwas Seltsames, indem ich mit einem freien Gruße unter die schönen Gestalten trat. Überall sahen bekannte Augen mich an, ich fand Bewegungen und Blicke, die ich zu andern Zeiten schon gesehen hatte, und wunderte mich, daß ich die Schönen nicht mit Namen zu nennen vermochte. Allmählich erkannte ich einige, und bald merkte ich wohl, daß alle schönen Frauen, die ich gekannt und bewundert hatte, hier versammelt waren. Eine jede aber war nur kenntlich durch eben die besonderen Seltenheiten, durch welche sie für mein Auge irgend einmal reizend, verschieden von den andern und schöner als die andern, hervorgetreten war. Alle Augenblicke meines Lebens, welche durch den Anblick der Frauenschönheit wertvoll und liebenswert geworden waren, lebten hier unvergänglich in herrlichen und vollkommenen Bildern. Von diesen Frauen konnte keine den übrigen vorgezogen oder nachgesetzt werden, nur die einzige Königin vereinigte auf eine wunderbare Art die vielfachen besonderen Schönheiten in ihrem vollkommenen Wuchse und in der Bildung ihres Angesichts, deren Würde und Lieblichkeit ich über alle Bilder und Lobpreisungen erhaben fand. Ihre Augen aber, wenn sie die meinigen ruhig und freundlich trafen, riefen in mir den Frühling meiner ersten Liebe mit aller verlorenen und beweinten, scheuen Wonne wach.

Die Nacht zog ihren schwarzen Kreis enger um die Gärten; sie kam rasch und herrisch wie die Nächte des Südens. Nacheinander versanken Hügel, Wald und Gebüsche, bis auch die nahestehenden schnell und lautlos sich verhüllten und plötzlich in das Reich der Geheimnisse verschwanden.

Ich saß zu Füßen der Königin in dem weiten Halbrund einer offenen Halle. Die schweren Säulen hoben sich rein und ruhig, Wächtern gleich, von der matthellen Himmelsferne ab. Zwei rote Feuer brannten am Eingang in steinernen Becken, über uns hing eine silberne, vierflammige Ampel. Von drei Seiten kam die schwere Nachtluft herein und führte den Duft des wohlriechenden Öles in langsamen Wogen davon. Das Meer, dessen Geräusch am Tage nicht bis in den Palast und die Gärten reichte, sang gedämpft in großen Rhythmen. – Der Gesang der Frauen war kaum verstummt, und in der Luft lag noch ein feiner Nachhall festlicher Melodien. Mir wurde eine kleine, fünfsaitige Laute gebracht, die Augen der Wartenden hingen an meinem Munde. Ich schloß die Augen und sog den Duft der Nacht und fühlte ihr lindes Wehen in meinem Haar. Mein Herz war voll wehen Glükkes, und meine Stimme zitterte, als ich zu singen begann. Mein Finger rührte an die feinen Saiten – ich hatte lange Zeit nimmer gesungen, der Takt und Tonfall der Verse stieg mir neu und berückend zu Haupt.

Ich sang von einem vergangenen Sommer, da zum erstenmal mein Knabenauge an der Gestalt und dem Gange eines jungen Weibes hing. Und sang von den späten Abenden, da der Lindenduft schwoll und da ich mein wehes Verlangen mit wilden Schlägen über den schwarzen Weiher ruderte, da ich die Bänke und Wege und Treppen besuchte und alle Stätten, an denen ich die schlanke Wohlgestalt des Tages aus banger Ferne erblickt hatte. Von den Tagen, da meine Liebe mich auf heißem Pferde in langen Ritten umhertrieb. Ich gedachte der in Fülle erblühten Rosenhecken und pries die schattigen Gänge, welche der Duft des Jasmin erfüllte.
Von den Frauen lächelten manche, und manche sahen mich aus großen Augen ernsthaft an. Als ich den Blick nach der Allerschönsten wandte, sah ich breite, bläuliche Lider über ihren Augen geschlossen und sah einen holden Mund und feine Wangen in sanften Frühlingsfarben, und eine blanke Stirn von krausem Blondhaar fröhlich verschattet. Ich erblickte das Bild meiner ersten Liebe, schön und verzaubert von Erinnerung und Heimweh, wie es manchmal in Lieblingsträumen mir erschien. Mein Herz war erregt und schwer von Liedern und Sehnsüchten einer andern Zeit. Ich berührte die Hand der Königin. »Erinnerst du dich, Lieblichste?«
Sie lächelte und schlug die Augen auf. »Sag, bist du nicht glücklicher als andere gewesen?« Ich nickte leise mit dem Haupt und konnte mein Auge nicht von den Lippen wenden, die Elisens Lippen waren.
»Bist du auch dankbar gewesen?« Da ward ich traurig und mußte das Haupt wieder senken. Sie winkte einer der Frauen, welche aus dem mit reicher Kunst aus Silber getriebenen Mischkrug eine leichte Schale mit süßem Weine füllte. Sie nahm das zierliche Gefäß und bot es mir freundlich hin. »Du bedarfst nun der Ruhe. Trinke und lege dich schlafen. Meine Gastfreundschaft wird deinen Schlummer beschützen.«
Ich trank und reichte der Gütigen dankbar meine Hand. Die schöne Dienerin öffnete mir im Innern des geräumigen Palastes ein Gemach, entzündete eine hängende Ampel und verließ mich. Das Gemach war von mäßiger Größe, mit hohen Fensteröffnungen. In der Mitte war ein niedriges und einfaches Lager bereitet. Ich legte mich nieder und sah die Wände entlang in der Höhe des Estrichs einen schmalen Fries gezogen, darauf in halberhabener Arbeit die Tugenden Weisheit, Mäßigkeit, Gerechtigkeit und Tap-

ferkeit der Schönheit dienten und Opfer brachten. Die sanften und edlen Formen dieser Bilder breiteten ihre Ruhe und Einfalt auf meinen erregten Sinn und begleiteten ihn als schwebende Traumbilder in den Schlaf.

Als ich am frühen Morgen stark und fröhlich erwachte, sah ich über mich ein helles Angesicht geneigt, das ganz von langen, mattfarbenen Haaren umkränzt war. Mein Herz erkannte das schöne Bild und begrüßte die Wartende mit dem Namen, den sie trug, als noch ihr leiser Schritt stundenlang neben mir durch Hain und Wiesen ging. »Frau Gertrud!«

»Komm mit«, rief sie bittend, »wir wollen die Wege aufsuchen, die wir sonst gegangen sind.« Hinter dem Palast und diesen weit überragend war ein Hain alter Platanen, welche in Paare und Gruppen verteilt wie Freunde standen. Frau Gertrud ging neben mir auf dem gewundenen Fußweg. Der Weg aber und der Hain waren vollkommen dem Weg und Hain ähnlich, in denen wir vor Zeiten zu lustwandeln geliebt hatten. Mein Herz war weich und hörte Winde und Vogelrufe mit leiser Wehmut klingen. Durch denselben Rasen war mein Fuß einst geschritten, dieselben Winde und Vogelrufe waren einst in mein Ohr gekommen, und ich wußte kaum: war das gestern oder war's vor vielen, vergessenen Jahren.

»Kennst du ihn?« fragte Frau Gertrud und legte ihre Hand an den gefleckten Stamm einer Platane, die wir damals, weil sie die älteste und höchste war, den »Vater« genannt hatten. Ich nickte still. »Und kennst du noch dieses Grün und Gelb, und diese Wege und Gebüsche?« Mir war wohl und müde zu Sinn. Ich nickte still.

»Dein Spätsommertraum!« sagte sie. »Dein Liebling! Die Lieder, die du von ihm gedichtet hast, die Tage, an denen du Heimweh nach ihm hattest, die Nächte, da er dich auf breiten Flügeln besuchte, deine eigene Erinnerung und Sehnsucht ist es, welche dich umgibt.«

Ich legte Frau Gertruds schmale Hand in meine Hand und fand wie vormals ein Wohlgefallen in ihrer adligen Form und Weiße, an den blaß gezogenen Adern und an dem Hellrot der zarten Finger.

»Weißt du noch«, fragte Frau Gertrud, »jenen ersten Mittag unter den überhängenden Zweigen der Syringen?«

»Ich weiß noch. Ich weiß auch alles noch, was damals war. Wie du mein Trost und Ratgeber warst und an die ferne Mutter mich erinnertest. Ich war krank und verirrt gewesen, da wecktest du, was noch fromm und ehrfürchtig in mir war. Du lehrtest mich wieder die verlorene Schönheit suchen und jung werden, wenn ich sie in herrlichen Augenblicken erschaute.«

»Einmal, mein Freund, wolltest du von mir und deinem Glücke ein Lied erschaffen. Weißt du noch? Deine Tage und Nächte waren des werdenden Liedes voll, und mit fleißiger Liebe suchtest du nach allem, was selten und kostbar ist, nach Lichtern und Tönen, die noch kein Künstler fand, nach Liebesworten und Worten der Ehrfurcht, die noch kein Dichter sagte. Sieh um dich! Hier liegt in ungehoffter Vollendung dein ganzes Lied. Bäume und Büsche in edlen Gruppen, goldene und braune Lichter, Gesänge auserwählter Waldvögel. Und auch mich sieh an! Was noch klein und zufällig und künstlich an mir war, das ist von mir genommen. Was du hier siehst, das alles ist schöner als alle Wirklichkeit, und wirklicher als alle Wirklichkeit. Erlausche jeden leisen Tonfall des Windes, trinke mit ungetrübten Augen die vielerlei Farben des Laubes, sorge, daß dies alles dein eigen werde! In der Ferne wirst du des Nachts erwachen und wirst mit Qualen jeden Laut und jeden Schatten vermissen, dessen dein inneres Auge nicht mehr mächtig ist. Dann aber wird auf hundert Wegen dein Lied dir entgegenkommen, die Wonnen deiner ersten Gesänge werden dich heimsuchen, Fremdes wird mit Fremdem sich verbinden, dein Werk wird wachsen und an Leben zunehmen, bis es in einer stillen Stunde die Werkstätte verläßt und vollendet, rein und wohllaut vor dir steht.«

Frau Gertrud schwieg und legte wieder ihre Hand in meine Hand. Das Rauschen entfernter Wasserkünste klang kühl und freundlich zu uns her. Über das Himmelsrund, welches von den Platanenwipfeln eingeschlossen war, glitt ohne Flügelregen langsam hoch oben ein großer Vogel.

Andern Tags wachte ich früh auf, noch ehe die ersten Vögel sangen. In der Nacht war ein schwacher Regen gefallen. Die Erde war noch feucht und duftete herb. An den Blättern hingen klare Wassertropfen. Mit jedem Schritt und Atemzug fühlte ich in mir Jugend und Gesundheit. Die Fernen und der kräftig blaue Himmel hatten ein heiteres und jungfräuliches Ansehen. Nur vor langer Zeit, als ich ein Knabe war und ehe die Ahnung der Liebe und heißblütiger Leidenschaften mich umtrieb, hatte die Erde mir dies genügsam fröhliche Gesicht gezeigt.

Ich schlug einen wenig gepflegten Waldweg ein, der bald gegen die Mitte eines alten Forstes hin mehr und mehr verwilderte. Ein schwerer Wind fuhr über die Kronen alter Eichen, die mit vielfach gekrümmten Ästen über ersticktes Untergehölz hinweg einander umschlangen und gemeinsam als ein einträchtiges Riesengeschlecht nach Raum und Helle sich streckten. Oft fand ich auf den schwarzen Waldboden scharfe Spuren kleiner Hufe gedrückt, den Pfad der Quere schneidend, und einmal meinte ich im Halbdunkel eines nahen Dickichtes den feinen Kopf eines Hirsches sich schlank und königlich erheben und wenden zu sehen. Ich spähte und lauschte und stand manchmal mit verhaltenem Atem lange still, bis meinen oft erregten und getäuschten Sinnen der Wald voll von Erscheinungen und schweigsamen Wundern war. Ein breiter Bach ging brausend über Stein und Moos bergab in ein plötzlich hereintretendes Tal. In den Tiefen seines Bettes, die von Wasserstürzen überwölbt waren, schwammen lautlos und dunkel scheue Forellen und verschwanden wie dunkle Blitze, sobald nur mein Schatten über ihren Schlupfwinkeln hinwegstrich.
Dem fröhlichen Stürmer folgend, gelangte ich unversehens in ein wohlbekanntes Tal. An dessen Mündung bog ich um die vortretende Höhe und verließ den Bach, der zur andern Seite strebte und bald nur noch leise zu hören war. Ein junger Buchenstand, langsam sich lichtend, trat endlich ganz zurück und gab ein heimlich anmutendes Bild meinen Blicken frei. Mehrere Hügel streckten in ein breites Wiesental bewaldete Ausläufer vor. Vor mir lag in hohen Binsen ein dunkler Weiher, an dem ich als Knabe viele Mittagstunden verweilt hatte. Einzelne Laubbäume mit astlos hageren Stämmen und hohen, spärlichen Kronen spiegelten sich voll in der bräunlichen Fläche. Die ersten Lebensträume waren an diesem Schilfufer über die Tiefe meiner Knabenseele gegangen, sich in der unbewegten Fläche spiegelnd. Die ersten, wunderlich krausen Dichtergedanken hatte diese freundlich ernste Einsamkeit in mir erregt.
Ich beschattete meine Augen mit der Rechten und sog die milden Farben in mich ein, und die Stille, und den Frieden, von dem mir schien, als hätte ich ihn dort an den Lieblingsplätzen einer anderen Zeit zurückgelassen. Die trockenen Spitzen der Halme und Schilfblätter bewegten sich unregelmäßig mit einem leblosen Geräusch, welches die Stille noch fühlbarer machte. Am jenseitigen Ufer stieg aus dem warmen, feuchten Boden ein dünner Dampf,

der die weiter liegenden Hügel mit dem hellen Himmel zu einer sanften Ferne verband. Und über den nächsten Hügelrücken ragte kurz und spitz der schmale Turm der Klosterkirche. Dort begann auch bald ein reines Geläute. Die langen Töne gingen in milden Wellen über mich hin.

Hinter dem Hügel wußte ich das Kloster stehen, wo ich zuerst über Heute und Morgen denken lernte, wo ich zum erstenmal die herbe Süßigkeit des Wissens kostete und die süßeren Ahnungen verhüllter Schönheit. Dort vernahm mein empfänglicher Sinn alle großen Namen, die hoch und feierlich über meinen Gedanken standen, die großen Namen des Perikles, des Sokrates und Phidias, und den größeren des Homer.

Mein Geist sah die Wölbungen der Säle und die gotischen Fenster der Kreuzgänge deutlich vor sich stehen, und es zog mich stark hinüber, die wehe Lust des Wiedersehens zu kosten. Aber ich blieb; ich fürchtete, mir das innere Bild zu zerstören; ich fürchtete, andere dort gehen zu sehen, wo ich in Träumen heimisch war.

Die Sonne glänzte auf der Spitze des Turmes. Der Hügelrücken stand scharf und ernst zwischen hier und dort, zwischen mir und jenen untergegangenen Dämmerungen. Ich streckte grüßend die Hand aus und war im Innern bewegt. Ein Stück von mir lag dort begraben, und welch eine Fülle unentfalteter Regungen und unerlöster Jugendträume!

Ein schmaler Brettersteg ragte in den Weiher. Ich beschritt das zitternde Gerüst und beugte mich, wie ich oft getan, über die Brüstung vor. Mein Spiegelbild lag ruhig im Wasser. Ich suchte Züge an ihm, die mich an das Gesicht erinnerten, welches damals aus derselben Tiefe mich ansah. Dann verließ ich den stillen Ort und wanderte langsam durch die Waldung zurück.

Im Garten fand ich die Königin mit ihren Frauen im Kreise sitzend. Eine Schale voll goldgelber, duftender Früchte ging von Hand zu Hand, und jede der Spielerinnen mußte ein Wort über die Früchte sagen, ehe sie eine der lockenden verspeisen durfte. Die Schale schwankte eben in dem Händlein einer kleinen Schwarzen, hinter deren Sitz ich gerade ankam, noch von einer Oleanderreihe verborgen. Die Kleine beugte sich über das schöne Gefäß, einen hellen Nacken mit schwarzen Ringelhaaren zeigend, und suchte mit bedächtigen Augen die reifste Frucht. Diese zog sie am Stiel mit zwei Fingern heraus, hob sie bewundernd über sich und näherte sie langsam ihrem lüsternen Munde. »Da derjenige nicht hier ist«, sagte sie lachend, »welchem allein ich die Süße gönnte, erlaubt mein Neid mir nicht, diese Schönste einer andern zu überlassen.« Sprach's und tat einen guten Biß in das süße Fleisch, indem ich eben aus dem Gezweige hervortrat.

Die Frauen, welche mir gegenüber saßen und mich zuerst erblickten, brachen in ein lustiges Gelächter aus, das sich zu beiden Seiten des Kreises, da immer eine Nachbarin der nächsten nach mir deutete, bis zu der vor mir Sitzenden fortsetzte. Diese blickte mit Verwunderung im Kreise umher, noch die Schale in der Linken, lachte mit, ohne zu wissen warum, stand schließlich auf und drehte sich um, wobei sie erschrocken und schnell errötend mich mit der angebissenen Frucht berührte. Dann aber faßte sie sich eilig, sagte herzhaft »Da!« und hielt mir den Bissen vor den Mund.

»Erst deinen Spruch!« ermahnte heiter die Königin. »Diese köstlichste eurer Früchte«, sagte ich schnell, »ist mir eine sichtbare Gunst des Glückes, welche abzuweisen mir verderblich sein würde. Also gönnt sie mir und erlaubt, daß ich meine tapfere Vorkosterin Fortuna nenne. Tibi, Fortuna!« Der süße Bissen erfrischte mich bis ins Mark.

Indessen war es Mittag geworden, und wir wichen vor der heißeren Sonne in die Halle zurück. Nebst den Früchten wurde Brot und Honig gebracht, Milch in Kannen und Wein in einem steinernen Krug. Wir bedienten einer des andern Hände mit Wasserbekken und saßen fröhlich zu Mahl. Neben mir saß Fortuna, viel geneckt und mit lächerlichen Kosenamen gerufen, tapfer und plaudernd. Sie schwieg aber und horchte, und ich auch, als eine der Frauen mit halbem Ernst Erzählungen aus meinem Leben vorzutragen begann, von den meisten oft durch Gelächter und neue Geschichten unterbrochen. Auch die Königin nahm teil.

»Erinnerst du dich noch«, sagte diese zu mir, »an die Geschichte vom Blondel, aus deiner Kinderzeit? Es ist den Dichtern gegeben, daß sie sich mehr als andere Menschen ihres frühesten Lebens erinnern. Wenn du noch weißt, so erzähle uns doch davon.«

Die Begebenheit aus meiner ersten Knabenzeit, an die ich Jahre lang nicht gedacht hatte, stand plötzlich wieder deutlich vor mir, wie eine schüchterne Kindergestalt. Und ich berichtete: »Als ich noch klein und keine sechs Jahre alt war, geschah es irgendwo und -wann, daß ich die Geschichte des Liedsängers Blondel zu hören bekam. Ich verstand sie wohl schlecht und vergaß sie bald, aber der zarte, freundliche Name Blondel blieb in meinem Gedächtnis und schien mir wunderbar fein und wohltönend, so daß ich ihn mir oft leise vorsagte. Mit diesem Namen genannt zu werden, dünkte mich über alles köstlich und herzerfreuend. Also überredete ich im Spielen bald einen nachbarlichen Kameraden, mich so zu nennen, was mir überaus angenehm und schmeichelnd war. Nun gewöhnte sich das Büblein an meinen Spielnamen, und eines Vormittags kam er vor unser Haus, um mich abzuholen, stellte sich an den Zaun und rief aus vollem Halse gegen die Fenster: ›Blondel! Komm herunter, Blondel!‹ Mein Vater und die Mutter und Besuche waren im Zimmer, und mein laut ausgerufenes Lieblingsgeheimnis beschämte und empörte mich so sehr, daß ich mich nicht ans Fenster zu gehen getraute und nachher meinem erstaunten Kameraden zornig die Freundschaft aufkündigte, welche freilich bald wieder zusammenwuchs.«

»So war es«, sagte die Königin. »Nun aber, wenn du willst, erzähle uns, wo du dich heute am Morgen aufhieltest. Ich hatte gedacht, dir das morgendliche Meer zu zeigen; du aber warst fort, ehe die Sonne schien.«

»Ich verspürte früh eine Lust zu laufen und geriet in einen tiefen Wald, der mich mit allerlei Schatten und Geheimnissen weiter lockte, bis ein liebliches Wunder vor mich trat. Ich stand vor einem Weiher, dessen Spiegelgewässer meine zartesten Jugendgedanken noch mit allem kostbaren Duft bewahrt hatten. Über einen jenseitigen Hügel blickte der Turm des Klosters, das vor Zeiten mich und meine liebsten Jünglingsträume beherbergt hat.«

»Ich weiß«, sagte die Schönste, »das war deine edelste und ehrfürchtigste Zeit. Damals sah ich dich schwermütige Waldwege tun und knabentraurig in gefallenen Blättern rauschen, und nie bin ich dir näher gewesen als an jenen Abenden, da du deine Geige an dich nahmst oder das Buch eines verehrten Dichters. Damals sah ich die Schatten der späteren Jahre sich dir nähern und fürchtete für dich, und ahnte wohl, daß du einmal mit einer neuen Jugend und einer neuen Trauer zu mir kommen würdest. Um jener sehnsüchtigen Zeit willen liebte ich dich noch in deinen verlorensten Jahren.«

Während sie dieses sagte, gliederte sich vor meiner Betrachtung wie ein Bild meine ganze Jugend und sah mich traurig mit Augen eines mißhandelten Kindes an. Die Königin aber ließ eine Geige herbeibringen, beendete das Mahl und bat mich zu spielen. Auch die Frauen bedrängten mich bittend und neckend, und Fortuna reichte mir mit einer gnädigen Bewegung den Bogen. So setzte ich leise an und zog den Bogen mild und probend, bis meine Finger sich wieder in die harten Geigergriffe gewöhnt hatten. Dann legte ich mich mit Lust in das Spiel und strich die leidenschaftlichen Takte einer dunklen Jugendphantasie. Und hernach, da ein langer Blick der schönen Frau Gertrud mich bat, spielte ich ein Notturno von Chopin, jenes schönste, windverwehte, dessen Takte sich wie die Lichter eines mondbeglänzten Meeres bewegen.

Ich war mit der Königin auf Waldwegen in ein Gartenschloß in der Nähe des Meerufers gegangen. Dort führte sie mich vor eine hohe, bemalte Wand. »Mein Lieblingsbild«, sagte sie. Mit großer Kunst war hier ein südländischer Garten gemalt, voll dunkler, tiefschattiger Gebüsche, mit griechischen Bildsäulen und einer springenden Wasserkunst, an deren unterstes Becken eine Leier gelehnt war. »Kennst du den Garten?«
»Nein. Aber die Leier ist Ariosts.« Sie lächelte. »Ariosto! Hier wandelt er noch zuweilen und sagt mir ein helles Spiel wiegender Oktaven vor und läßt sich unter Scherzen von mir bekränzen.«
Auf einen leisen Wink der Herrin ward plötzlich die ganze bemalte Wand hinweggerückt. Ein unermeßlicher Horizont rundete sich vor uns aus, und zu unsern Füßen lag dunkelgrün der ganze Garten des Bildes. Ein schlanker, dunkler Mann trat langsam aus einem Rondell, bückte sich nach der Leier und ahmte darauf spielend den Silberlaut der Fontäne nach. Darauf schritt er abwärts gegen das dunkelnde Meer und verschwand an der Gartenmauer. Mir ging die ganze Erscheinung vorüber wie ein Verspaar des Orlando, schlank, edelförmig und schalkhaft wie ein Mädchengelächter. Dann ging ich selber, an der Hand der Königin, an das Meerufer hinab. Die leicht bewegte Fläche der See lag blau und rot und silberschillernd weit hinaus. Auf diesem Farbenspiel ruhten unsere Blicke lang mit fröhlichem Ergötzen. Dann bog die Schönste einiges Zweigwerk auseinander und zeigte eine weiße, schmale Treppe, welche ins Wasser führte. An diese fand ich mein Boot gebunden. Die Königin brach einen Zweig Orangeblüte, warf ihn in das Boot, drängte mich sanft hinab und gab mir die Hand.

»Nun reise gut! Abschiednehmen ist eine Kunst, die niemand zu Ende lernt. Ich weiß, du wirst einmal wiederkommen, bei mir Licht zu schöpfen, und einmal, wenn du keines Ruders mehr bedarfst.«
Mit einem schweren Gurgellaut zerbrach eine Welle an den Stufen und nahm rückflutend mein Boot auf ihren Rücken. Ich breitete beide Arme nach der hellen Gestalt, bis sie mit einem leichten Grüßen seitab in die Wandelgänge Ariostos verschwand. Die Nacht kam schnell und schlug den schweren Mantel der Finsternis um meine Trauer, und blickte herrlich aus tausend tröstenden Augen auf meine langsame Heimfahrt.

(1898)

Der schöne Traum

Als der Gymnasiast Martin Haberland im Alter von siebzehn Jahren an einer Lungenentzündung starb, sprach jedermann von ihm und seinen reichen Talenten mit Bedauern und hielt ihn für sehr unglücklich, daß er gestorben war, ehe er aus diesen Talenten hatte Erfolge und Zinsen und bares Geld lösen können.

Es ist wahr, der Tod des hübschen, begabten Jünglings hat auch mir leid getan, und ich dachte mir mit einem gewissen Bedauern: wie unheimlich viel Talent muß es doch in der Welt geben, daß die Natur damit so um sich werfen kann! Aber es ist der Natur einerlei, was wir über sie denken, und was das Talent angeht, so ist es ja tatsächlich in solchem Überfluß vorhanden, daß unsre Künstler bald nur noch Kollegen und gar kein Publikum mehr haben werden.

Indessen kann ich den Tod des jungen Mannes nicht in dem Sinne bedauern, als sei ihm selbst dadurch ein Schaden zugefügt und sei er des Besten und Schönsten grausam beraubt worden, das noch für ihn bestimmt gewesen wäre.

Wer mit Glück und in Gesundheit siebzehn Jahre alt geworden ist und gute Eltern hatte, der hat ohnehin in gar vielen Fällen gewiß den schöneren Teil des Lebens hinter sich, und wenn sein Leben so früh endet und aus Mangel an großem Schmerz und grellem Erlebnis und wilder Lebensweite kein Beethovensches Symphoniestück geworden ist, so kann es doch eine kleine Haydnsche Kammermusik gewesen sein, und das kann man nicht von vielen Menschenleben sagen.

Im Falle Haberland bin ich meiner Sache ganz sicher. Der junge Mensch hat tatsächlich das Schönste erlebt, was ihm zu erleben möglich war, er hat ein paar Takte von so unirdischer Musik geschlürft, daß sein Tod notwendig war, weil kein Leben daraufhin etwas anderes als einen Mißklang ergeben hätte. Daß der Schüler sein Glück nur im Traum erlebt hat, ist gewiß keine Abschwächung, denn die meisten Menschen erleben ihre Träume viel heftiger als ihr Leben.

Am zweiten Tag seiner Krankheit, drei Tage vor seinem Tode, hatte der Gymnasiast bei schon beginnendem Fieber folgenden Traum:

Sein Vater legte ihm die Hand auf die Schulter und sagte: »Ich begreife ganz gut, daß du bei uns nicht mehr viel lernen kannst. Du mußt ein großer und guter Mann werden und ein besonderes Glück gewinnen, das findet man nicht daheim im Nest. Paß auf: du mußt jetzt zuerst auf den Berg der Erkenntnis steigen, dann mußt du Taten tun, und dann mußt du die Liebe finden und glücklich werden.«

Während der Vater die letzten Worte sagte, schien sein Bart länger und sein Auge größer, er sah für einen Augenblick wie ein greiser König aus. Dann gab er dem Sohn einen Kuß auf die Stirne und hieß ihn gehen, und der Sohn ging eine breite schöne Treppe hinab wie aus einem Palast, und als er über die Straße ging und gerade das Städtlein verlassen wollte, begegnete ihm seine Mutter und rief ihn an: »Ja Martin, willst du denn fortgehen und mir nicht einmal Adieu sagen?« Bestürzt sah er sie an und schämte sich, zu sagen, er habe gemeint, sie sei schon lang gestorben, denn er sah sie ja lebend vor sich stehen, und sie war schöner und jünger, als er sie in Erinnerung gehabt hatte, ja sie hatte fast etwas Mädchenhaftes an sich, so daß er, als sie ihn küßte, rot wurde und sie nicht wieder zu küssen wagte. Sie sah ihm in die Augen mit einem hellen, blauen Blick, der wie ein Licht in ihn überging, und nickte ihm zu, als er verwirrt und in Hast davonging.

Vor der Stadt fand er ohne Erstaunen statt der Landstraße und dem Tal mit der Eschenallee einen Meerhafen liegen, wo ein großes altmodisches Schiff mit bräunlichen Segeln bis in den goldenen Himmel ragte, wie auf seinem Lieblingsbilde von Claude Lorrain, und wo er sich alsbald nach dem Berge der Erkenntnis einschiffte.

Das Schiff und der goldene Himmel entschwanden jedoch unvermerkt wieder aus der Sichtbarkeit, und nach einer Weile fand sich der Schüler Haberland doch auf der Landstraße wandern, schon weit von daheim, und einem Berge entgegen gehen, der in der Ferne abendrot glühte und nicht näher zu kommen schien, so lange er auch wanderte. Zum Glück schritt neben ihm der Professor Seidler und sagte väterlich: »Hier ist keine andere Konstruktion am Platze als der *Ablativus absolutus*; nur mit seiner Benützung kommen Sie plötzlich *medias in res*.« Er folgte alsbald, und es fiel ihm ein *Ablativus absolutus* ein, der gewissermaßen die ganze Vergangenheit seiner selbst und der Welt in sich begriff und mit jeder Art von Vergangenheit so gründlich aufräumte, daß alles hell voll Gegenwart und Zukunft wurde. Und damit stand er plötzlich auf dem Berge, aber neben ihm auch der Professor Seidler, und dieser sagte auf einmal Du zu ihm, und Haberland duzte auch den Professor, und der vertraute ihm an, er sei eigentlich sein Vater, und, indem er sprach, wurde er dem Vater immer ähnlicher, und die Liebe zum Vater und die Liebe zur Wissenschaft wurde in dem Schüler eins, und beide wurden stärker und schöner, und während er saß und sann und von lauter ahnender Verwunderung umgeben war, sagte sein Vater neben ihm: »So, jetzt sieh um dich!«

Da war eine unsägliche Klarheit rings umher, und alles auf der Welt war in bester Ordnung und sonnenklar; er begriff vollkommen, warum seine Mutter gestorben war und doch noch lebte; er begriff bis ins Innerste, warum die Menschen an Aussehen, Gebräuchen und Sprachen so verschieden und doch aus *einem* Wesen und nahe Brüder waren; er begriff Not und Leid und Häßlichkeit so sehr als notwendig und von Gott gewollt oder gemußt, daß sie schön und hell wurden und laut von der Ordnung und Freude der Welt sprachen. Und ehe er noch ganz klar darüber war, daß er nun auf dem Berg der Erkenntnis gewesen und weise geworden sei, fühlte er sich zu einer Tat berufen, und obwohl er seit zwei Jahren immerzu über verschiedene Berufe nachgedacht und sich nie für einen entschieden hatte, wußte er jetzt ganz genau und fest, daß er ein Baumeister war, und es war herrlich, das zu wissen und nicht den kleinsten Zweifel mehr zu haben.

Alsbald lag da weißer und grauer Stein, lagen Balken und standen Maschinen, viele Menschen standen umher und wußten nicht, was tun; er aber wies mit den Händen und erklärte und befahl, hielt Pläne in Händen und brauchte nur zu winken und zu deuten, so liefen die Menschen und waren glücklich, eine verständige Arbeit zu tun, hoben Steine und schoben Karren, richteten Stangen auf und meißelten an Blöcken, und in allen Händen und in jedem Auge war der Wille des Baumeisters tätig. Das Haus aber entstand und wurde ein Palast, der mit Giebelfeldern und Vorhallen, mit Höfen und Bogenfenstern eine ganz selbstverständliche, einfache, freudige Schönheit verkündigte, und es war klar, daß man nur noch einige solche Sachen zu bauen brauchte, damit Leid und Not, Unzufriedenheit und Verdruß von der Erde verschwänden.

Mit der Vollendung des Bauwerks war Martin schläfrig geworden und hatte nimmer genau auf alles acht, er hörte etwas wie Musik und Festlichkeit um sich tosen und gab sich mit Ernsthaftigkeit und seltsamer Befriedigung einer tiefen, schönen Müdigkeit hin. Aus ihr tauchte sein Bewußtsein erst dann empor, als wieder seine Mutter vor ihm stand und ihn an der Hand nahm. Da wußte er, daß sie nun mit ihm in das Land der Liebe gehen wolle, und er wurde still und erwartungsvoll und vergaß alles, was er auf dieser Reise schon erlebt und getan hatte; nur glänzte ihm vom Berge der Erkenntnis und von seinem Palastbau her eine Helligkeit und ein bis in den Grund hinab gereinigtes Gewissen nach.

Die Mutter lächelte und hielt ihn an der Hand, sie ging bergabwärts in eine abendliche Landschaft hinein, ihr Kleid war blau, und im wohligen Gehen entschwand sie ihm, und was ihr blaues Kleid gewesen war, das war das Blau der tiefen Talferne, und indem er das erkannte und nimmer wußte, war die Mutter wirklich bei ihm gewesen oder nicht, befiel ihn eine Traurigkeit, er setzte sich in die Wiese und begann zu weinen, ohne Schmerzen, hingegeben und ernsthaft wie er vorher im Schaffensdrang gebaut und in der Müdigkeit geruht hatte. In seinen Tränen fühlte er, daß ihm nun das Süßeste begegnen solle, was ein Mensch erleben kann, und wenn er darüber nachzusinnen versuchte, wußte er zwar wohl, daß das die Liebe sei, aber er konnte sie sich nicht recht vorstellen und endete mit dem Gefühl, die Liebe sei wie der Tod, sie sei eine Erfüllung und ein Abend, auf welchen nichts mehr folgen dürfe.

Er hatte es noch nicht zu Ende gedacht, da war wieder alles anders, es spielte unten im blauen Tal eine köstliche ferne Musik, und es kam über die Wiese her Fräulein Voßler gegangen, die Tochter des Stadtschultheißen, und plötzlich wußte er, daß er diese lieb habe. Sie hatte das selbe Gesicht wie immer, aber sie trug ein ganz einfaches, edles Kleid wie eine Griechin, und kaum war sie da, so war es Nacht, und man sah nichts mehr als einen Himmel voll großer, heller Sterne.

Das Mädchen blieb vor Martin stehen und lächelte. »So, bist du da?« sagte sie freundlich, als habe sie ihn erwartet.

»Ja«, sagte er, »die Mutter hat mir den Weg gezeigt. Ich bin jetzt mit allem fertig, auch mit dem großen Haus, das ich bauen mußte. Da mußt du drin wohnen.«

Sie lächelte aber nur und sah fast mütterlich aus, überlegen und ein wenig traurig, wie eine Erwachsene.

»Was soll ich jetzt tun?« fragte Martin und legte seine Hände auf die Schultern des Mädchens. Sie neigte sich vor und sah ihm aus solcher Nähe in die Augen, daß er ein wenig erschrak, und er sah jetzt nichts mehr als ihre großen ruhigen Augen, und darüber in einem Goldnebel die vielen Sterne. Sein Herz schlug heftig und tat weh.

Das schöne Mädchen legte seinen Mund auf Martins Mund, und indessen sein Wesen schmolz und aller Wille von ihm wich, begannen oben in der blauen Finsternis die Sterne leise zu tönen, und während Martin fühlte, daß er jetzt die Liebe und den Tod und das Süßeste koste, was ein Mensch erleben kann, hörte er die Welt um ihn her in einem feinen Reigen klingen und sich bewegen, und ohne seine Lippen vom Mund des Mädchens zu lösen, und ohne mehr irgend etwas in der Welt zu wollen und zu begehren, fühlte er sich und sie und alles in den Reigen mitgenommen, er schloß die Augen und flog mit sanftem Schwindel eine tönende, ewig vorbestimmte Straße dahin, auf welcher keine Erkenntnis und keine Tat und nichts Zeitliches mehr auf ihn wartete.

(1912)

Der Traum des Missionars

(Aus »Robert Aghion«)

In dieser Nacht, als er nach langer Gedankenunruhe und trotz der singenden Moskitos endlich den Schlaf gefunden hatte, wurde der Missionar von sonderbaren Träumen heimgesucht.
Er wandelte in einem dämmernden Palmenhain, wo gelbe Sonnenflecken auf dem rotbraunen Boden spielten. Papageien riefen aus der Höhe, Affen turnten tollkühn an den unendlich hohen Baumsäulen, kleine edelsteinblitzende Vögel leuchteten kostbar auf, Insekten jeder Art gaben durch Töne, Farben oder Bewegungen ihre Lebensfreude kund. Der Missionar spazierte dankbar und beglückt inmitten dieser Pracht; er rief einen seiltanzenden Affen an, und siehe, das flinke Tier kletterte gehorsam zur Erde und stellte sich wie ein Diener mit Gebärden der Ergebenheit vor Aghion auf. Dieser sah ein, daß er in diesem seligen Bezirk der Kreatur zu gebieten habe, und alsbald berief er die Vögel und Schmetterlinge um sich, und sie kamen in großen glänzenden Scharen, er winkte und taktierte mit den Händen, nickte mit dem Kopf, befahl mit Blicken und Zungenschnalzen, und gefügig ordneten sich alle die herrlichen Tiere in der goldenen Luft zu schönen schwebenden Reigen und Festzügen, pfiffen und summten, zirpten und rollten in feinen Chören, suchten und flohen, verfolgten und haschten einander, beschrieben feierliche Kreise und schalkhafte Spiralen in der Luft. Es war ein glänzendes herrliches Ballett und Konzert und ein wiedergefundenes Paradies, und der Träumer verweilte in dieser harmonischen Zauberwelt, die ihm gehorchte und zu eigen war, mit einer beinahe schmerzlichen Lust; denn in all dem Glück war doch schon ein leises Ahnen oder Wissen enthalten, ein Vorgeschmack von Unverdientheit und Vergänglichkeit, wie ihn ein frommer Missionar ohnehin bei jeder Sinnenlust auf der Zunge haben muß.
Dieser ängstliche Vorgeschmack trog dann auch nicht. Noch schwelgte der entzückte Naturfreund im Anblick einer Affenquadrille und liebkoste einen ungeheuren blauen Sammetfalter, der sich vertraulich auf seine linke Hand gesetzt hatte und sich wie ein Täubchen streicheln ließ, aber schon begannen Schatten der Angst und Auflösung in dem Zauberhain zu flattern und das Gemüt des Träumers zu umhüllen. Einzelne Vögel schrien plötz-

lich grell und angstvoll auf, unruhige Windstöße brausten in den hohen Wipfeln, das frohe warme Sonnenlicht wurde fahl und siech, die Vögel huschten nach allen Seiten davon, und die schönen großen Falter ließen sich in wehrlosem Schrecken vom Winde davonführen. Regentropfen klatschten erregt auf den Baumkronen, ein ferner leiser Donner rollte langsam austönend über das Himmelsgewölbe.

Da betrat Mister Bradley den Wald. Der letzte bunte Vogel war entflogen. Hünenhaft groß von Gestalt und finster wie der Geist eines erschlagenen Königs kam Bradley heran, spuckte verächtlich vor dem Missionar aus und begann ihm in verletzenden, höhnischen, feindseligen Worten vorzuwerfen, er sei ein Gauner und Tagedieb, der sich von seinem Londoner Patron für die Bekehrung der Heiden anstellen und bezahlen lasse, stattdessen aber nichts tue als müßig gehen, Käfer fangen und spazierenlaufen. Und Aghion mußte in Zerknirschung eingestehen, jener habe recht und er sei all dieser Versäumnisse schuldig.

Es erschien nun jener mächtige reiche Patron aus England, Aghions Brotgeber, sowie mehrere englische Geistliche, und diese zusammen mit Bradley trieben und hetzten den Missionar vor sich her durch Busch und Dorn, bis sie auf eine volkreiche Straße und in jene Vorstadt von Bombay kamen, wo der turmhohe groteske Hindutempel stand. Hier flutete eine bunte Menschenmenge aus und ein, nackte Kulis und weißgekleidete stolze Brahmanen; dem Tempel gegenüber aber war eine christliche Kirche errichtet, und über ihrem Portal war Gottvater in Stein gebildet, in Wolken schwebend mit ernstem Vaterauge und fließendem Bart.

Der bedrängte Missionar schwang sich auf die Stufen des Gotteshauses, winkte mit den Armen und begann den Hinduleuten zu predigen. Mit lauter Stimme forderte er sie auf, herzuschauen und zu vergleichen, wie anders der wahre Gott beschaffen sei als ihre armen Fratzengötter mit den vielen Armen und Rüsseln. Mit ausgestrecktem Finger wies er auf das verschlungene Figurenwerk der indischen Tempelfassade, und dann wies er einladend auf das Gottesbild seiner Kirche. Aber wie sehr erschrak er da, als er seiner eigenen Gebärde folgend emporblickte; denn Gottvater hatte sich verändert, er hatte drei Köpfe und sechs Arme bekommen und hatte statt des etwas blöden und machtlosen Ernstes ein überlegen vergnügtes Lächeln in den Gesichtern, genau wie es die indischen Götterbilder nicht selten zeigten. Verzagend sah sich der Prediger nach Bradley, nach dem Patron und der Geistlichkeit um; sie waren aber alle verschwunden, er stand allein und kraftlos auf den Stufen der Kirche, und nun verließ ihn auch Gottvater selbst, denn er winkte mit seinen sechs Armen zu dem Tempel hinüber und lächelte den Hindugöttern mit göttlicher Heiterkeit zu.

Vollständig verlassen, geschändet und verloren stand Aghion auf seiner Kirchentreppe. Er schloß die Augen und blieb aufrecht stehen, jede Hoffnung war in seiner Seele erloschen, und er wartete mit verzweifelter Ruhe darauf, von den Heiden gesteinigt zu werden. Statt dessen aber fühlte er sich, nach einer furchtbaren Pause, von einer starken, doch sanften Hand beiseite geschoben, und als er die Augen aufriß, sah er den steinernen Gottvater groß und ehrwürdig die Stufen herabschreiten, während gegenüber die Götterfiguren des Tempels in ganzen Scharen von ihren Schauplätzen herabstiegen. Sie alle wurden von Gottvater begrüßt, der sodann in den Hindutempel eintrat und mit freundlicher Gebärde die Huldigung der weißgekleideten Brahmanen entgegennahm. Die Heidengötter aber mit ihren Rüsseln, Ringellocken und Schlitzaugen besuchten einmütig die Kirche, fanden alles gut und hübsch und zogen viele Beter nach sich, und so entstand ein Umzug der Götter und Menschen zwischen Kirche und Tempel; Gong und Orgel tönten geschwisterlich ineinander, und stille dunkle Inder brachten auf nüchternen englisch-christlichen Altären Lotosblumen dar.

Mitten im festlichen Gedränge aber schritt mit den glatten, glänzend schwarzen Haaren und den großen kindlichen Augen die schöne Naissa. Sie kam zwischen vielen anderen Gläubigen vom Tempel herübergegangen, stieg die Stufen zur Kirche empor und blieb vor dem Missionar stehen. Sie sah ihm ernst und lieblich in die Augen, nickte ihm zu und bot ihm eine Lotosblüte hin. Er aber, in überwallendem Entzücken, beugt sich über ihr klares stilles Gesicht herab, küßt sie auf die Lippen und schließt sie in seine Arme.

Noch ehe er hatte sehen können, was Naissa dazu sagte, erwachte Aghion aus seinem Traume und fand sich müde und erschrocken in tiefer Dunkelheit auf seinem Lager hingestreckt. Eine schmerzliche Verwirrung aller Gefühle und Triebe quälte ihn bis zur Verzweiflung. Der Traum hatte ihm sein eigenes Selbst unverhüllt gezeigt, seine Schwäche und Verzagtheit, den Unglauben an seinen Beruf, seine Verliebtheit in die braune Heidin, seinen unchristlichen Haß gegen Bradley, sein schlechtes Gewissen dem englischen Brotgeber gegenüber.

(1912)

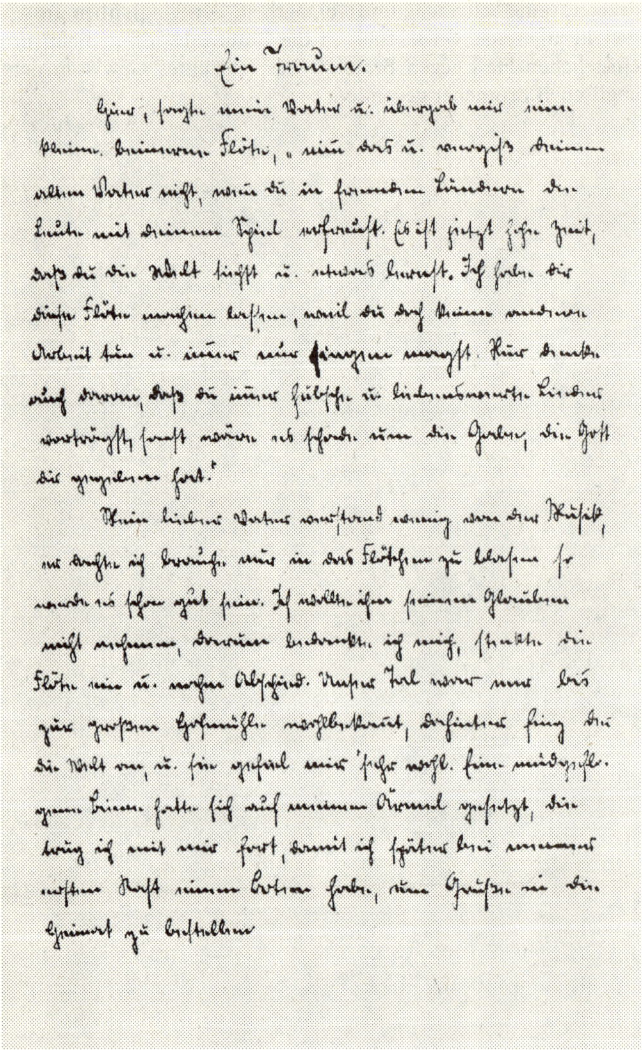

Ein Traum.

Hier, sagte mein Vater u. übergab mir eine kleine beinerne Flöte, „nimm das u. vergiß deinen alten Vater nicht, wenn du in fernen Ländern die Leute mit deinem Spiel erfreust. Es ist jetzt hohe Zeit, daß du die Welt siehst u. etwas lernst. Ich habe dir diese Flöte machen lassen, weil du doch keine andere Arbeit tun u. immer nur singen magst. Nur denke auch daran, daß du immer hübsche u. liebenswürdige Lieder vorträgst, sonst wäre es schade um die Gabe, die Gott dir gegeben hat."

Mein lieber Vater verstand wenig von der Musik, er dachte ich brauche nur in das Flötchen zu blasen so werde es schon gut sein. Ich wollte ihm seinen Glauben nicht nehmen, darum bedankte ich mich, steckte die Flöte ein u. nahm Abschied. Unser Tal war mir bis zur großen Hofmühle wohlbekannt, dahinter fing dann die Welt an, u. sie gefiel mir sehr wohl. Eine müdgeflogene Biene hatte sich auf meinem Ärmel gesetzt, die trug ich mit mir fort, damit ich später bei meiner ersten Rast einen Boten habe, um Grüße in die Heimat zu bestellen

Manuskriptseite des Märchens »Flötentraum« u. d. T. »Ein Traum«

Flötentraum

»Hier«, sagte mein Vater, und übergab mir eine kleine, beinerne Flöte, »nimm das und vergiß deinen alten Vater nicht, wenn du in fernen Ländern die Leute mit deinem Spiel erfreust. Es ist hohe Zeit, daß du die Welt siehst und etwas lernst. Ich habe dir diese Flöte machen lassen, weil du doch keine andre Arbeit tun und immer nur singen magst. Nur denke auch daran, daß du immer hübsche und liebenswürdige Lieder vorträgst, sonst wäre es schade um die Gabe, die Gott dir verliehen hat.«

Mein lieber Vater verstand wenig von der Musik, er war ein Gelehrter; er dachte, ich brauchte nur in das hübsche Flötchen zu blasen, so werde es schon gut sein. Ich wollte ihm seinen Glauben nicht nehmen, darum bedankte ich mich, steckte die Flöte ein und nahm Abschied.

Unser Tal war mir bis zur großen Hofmühle bekannt; dahinter fing denn also die Welt an, und sie gefiel mir sehr wohl. Eine müdgeflogene Biene hatte sich auf meinen Ärmel gesetzt, die trug ich mit mir fort, damit ich später bei meiner ersten Rast gleich einen Boten hätte, um Grüße in die Heimat zurückzusenden.

Wälder und Wiesen begleiteten meinen Weg, und der Fluß lief rüstig mit; ich sah, die Welt war von der Heimat wenig verschieden. Die Bäume und Blumen, die Kornähren und Haselbüsche sprachen mich an, ich sang ihre Lieder mit, und sie verstanden mich, gerade wie daheim; darüber wachte auch meine Biene wieder auf, sie kroch langsam bis auf meine Schulter, flog ab und umkreiste mich zweimal mit ihrem tiefen süßen Gebrumme, dann steuerte sie geradeaus rückwärts der Heimat zu.

Da kam aus dem Walde hervor ein junges Mädchen gegangen, das trug einen Korb am Arm und einen breiten, schattigen Strohhut auf dem blonden Kopf.

»Grüß Gott«, sagte ich zu ihr, »wo willst denn du hin?«

»Ich muß den Schnittern das Essen bringen«, sagte sie und ging neben mir. »Und wo willst du heut noch hinaus?«

»Ich gehe in die Welt, mein Vater hat mich geschickt. Er meint, ich solle den Leuten auf der Flöte vorblasen, aber das kann ich noch nicht richtig, ich muß es erst lernen.«

»So so. Ja, und was kannst du denn eigentlich? Etwas muß man doch können.«

»Nichts Besonderes. Ich kann Lieder singen.«
»Was für Lieder denn?«
»Allerhand Lieder, weiß du, für den Morgen und für den Abend und für alle Bäume und Tiere und Blumen. Jetzt könnte ich zum Beispiel ein hübsches Lied singen von einem jungen Mädchen, das kommt aus dem Wald heraus und bringt den Schnittern ihr Essen.«
»Kannst du das? Dann sing's einmal!«
»Ja, aber wie heißt du eigentlich?«
»Brigitte.«
Da sang ich das Lied von der hübschen Brigitte mit dem Strohhut, und was sie im Korbe hat, und wie die Blumen ihr nachschauen, und die blaue Winde vom Gartenzaun langt nach ihr, und alles was dazugehörte. Sie paßte ernsthaft auf und sagte, es wäre gut. Und als ich ihr erzählte, daß ich hungrig sei, da tat sie den Deckel von ihrem Korb und holte mir ein Stück Brot heraus. Als ich da hineinbiß und tüchtig dazu weitermarschierte, sagte sie aber: »Man muß nicht im Laufen essen. Eins nach dem andern.« Und wir setzten uns ins Gras, und ich aß mein Brot, und sie schlang die braunen Hände um ihre Knie und sah mir zu.
»Willst du mir noch etwas singen?« fragte sie dann, als ich fertig war.
»Ich will schon. Was soll es sein?«
»Von einem Mädchen, dem ist sein Schatz davongelaufen, und es ist traurig.«
»Nein, das kann ich nicht. Ich weiß ja nicht, wie das ist, und man soll auch nicht so traurig sein. Ich soll immer nur artige und liebenswürdige Lieder vortragen, hat mein Vater gesagt. Ich singe dir vom Kuckucksvogel oder vom Schmetterling.«
»Und von der Liebe weißt du gar nichts?« fragte sie dann.
»Von der Liebe? O doch, das ist ja das Allerschönste.«
Alsbald fing ich an und sang von dem Sonnenstrahl, der die roten Mohnblumen liebhat, und wie er mit ihnen spielt und voller Freude ist. Und vom Finkenweibchen, wenn es auf den Finken wartet, und wenn er kommt, dann fliegt es weg und tut erschrokken. Und sang weiter von dem Mädchen mit den braunen Augen und von dem Jüngling, der daherkommt und singt und ein Brot dafür geschenkt bekommt; aber nun will er kein Brot mehr haben, er will einen Kuß von der Jungfer und will in ihre braunen Augen sehen, und er singt so lange fort und hört nicht auf, bis sie

anfängt zu lächeln und bis sie ihm den Mund mit ihren Lippen schließt.
Da neigte Brigitte sich herüber und schloß mir den Mund mit ihren Lippen und tat die Augen zu und tat sie wieder auf, und ich sah in die nahen braungoldenen Sterne, darin war ich selber gespiegelt und ein paar weiße Wiesenblumen.
»Die Welt ist sehr schön«, sagte ich, »mein Vater hat recht gehabt. Jetzt will ich dir aber tragen helfen, daß wir zu deinen Leuten kommen.«
Ich nahm ihren Korb, und wir gingen weiter, ihr Schritt klang mit meinem Schritt und ihre Fröhlichkeit mit meiner gut zusammen, und der Wald sprach fein und kühl vom Berg herunter; ich war noch nie so vergnügt gewandert. Eine ganze Weile sang ich munter zu, bis ich aufhören mußte vor lauter Fülle; es war allzu vieles, was vom Tal und vom Berg und aus Gras und Laub und Fluß und Gebüschen zusammenrauschte und erzählte.
Da mußte ich denken: wenn ich alle diese tausend Lieder der Welt zugleich verstehen und singen könnte, von Gräsern und Blumen und Menschen und Wolken und allem, vom Laubwald und vom Föhrenwald und auch von allen Tieren, und dazu noch alle Lieder der fernen Meere und Gebirge, und die der Sterne und Monde, und wenn das alles zugleich in mir innen tönen und singen könnte, dann wäre ich der liebe Gott, und jedes neue Lied müßte als ein Stern am Himmel stehen.
Aber wie ich eben so dachte und davon ganz still und wunderlich wurde, weil mir das früher noch nie in den Sinn gekommen war, da blieb Brigitte stehen und hielt mich an dem Korbhenkel fest.
»Jetzt muß ich da hinauf«, sagte sie, »da droben sind unsere Leute im Feld. Und du, wo gehst du hin? Kommst du mit?«
»Nein, mitkommen kann ich nicht. Ich muß in die Welt. Schönen Dank für das Brot, Brigitte, und für den Kuß; ich will an dich denken.«
Sie nahm ihren Eßkorb, und über dem Korb neigten sich ihre Augen im braunen Schatten noch einmal mir zu, und ihre Lippen hingen an meinen, und ihr Kuß war so gut und lieb, daß ich vor lauter Wohlsein beinah traurig werden wollte. Da rief ich schnell Lebewohl und marschierte eilig die Straße hinunter.
Das Mädchen stieg langsam den Berg hinan, und unter dem herabhängenden Buchenlaub am Waldrand blieb sie stehen und sah herab und mir nach, und als ich ihr winkte und den Hut

überm Kopf schwang, da nickte sie noch einmal und verschwand still wie ein Bild in den Buchenschatten hinein.

Ich aber ging ruhig meine Straße und war in Gedanken, bis der Weg um eine Ecke bog.

Da stand eine Mühle, und bei der Mühle lag ein Schiff auf dem Wasser, darin saß ein Mann allein und schien nur auf mich zu warten, denn als ich den Hut zog und zu ihm in das Schiff hinüberstieg, da fing das Schiff sogleich zu fahren an und lief den Fluß hinunter. Ich saß in der Mitte des Schiffs, und der Mann saß hinten am Steuer, und als ich ihn fragte, wohin wir führen, da blickte er auf und sah mich aus verschleierten grauen Augen an.

»Wohin du magst«, sagte er mit einer gedämpften Stimme. »Den Fluß hinunter und ins Meer, oder zu den großen Städten, du hast die Wahl. Es gehört alles mir.«

»Es gehört alles dir? Dann bist du der König?«

»Vielleicht«, sagte er. »Und du bist ein Dichter, wie mir scheint? Dann singe mir ein Lied zum Fahren!«

Ich nahm mich zusammen, es war mir bange vor dem ernsten grauen Mann, und unser Schiff schwamm so schnell und lautlos den Fluß hinab. Ich sang vom Fluß, der die Schiffe trägt und die Sonne spiegelt und am Felsenufer stärker aufrauscht und freudig seine Wanderung vollendet.

Des Mannes Gesicht blieb unbeweglich, und als ich aufhörte, nickte er still wie ein Träumender. Und alsdann begann er zu meinem Erstaunen selber zu singen, und auch er sang vom Fluß und von des Flusses Reise durch die Täler, und sein Lied war schöner und mächtiger als meines, aber es klang alles ganz anders.

Der Fluß, wie er ihn sang, kam als ein taumelnder Zerstörer von den Bergen herab, finster und wild; knirschend fühlte er sich von den Mühlen gebändigt, von den Brücken überspannt, er haßte jedes Schiff, das er tragen mußte, und in seinen Wellen und langen grünen Wasserpflanzen wiegte er lächelnd die weißen Leiber der Ertrunkenen.

Das alles gefiel mir nicht und war doch so schön und geheimnisvoll von Klang, daß ich ganz irre wurde und beklommen schwieg. Wenn das richtig war, was dieser alte, feine und kluge Sänger mit seiner gedämpften Stimme sang, dann waren alle meine Lieder nur Torheit und schlechte Knabenspiele gewesen. Dann war die

Welt auf ihrem Grund nicht gut und licht wie Gottes Herz, sondern dunkel und leidend, böse und finster, und wenn die Wälder rauschten, so war es nicht aus Lust, sondern aus Qual.
Wir fuhren dahin, und die Schatten wurden lang, und jedesmal, wenn ich zu singen anfing, tönte es weniger hell, und meine Stimme wurde leiser, und jedesmal erwiderte der fremde Sänger mir ein Lied, das die Welt noch rätselhafter und schmerzlicher machte und mich noch befangener und trauriger.
Mir tat die Seele weh, und ich bedauerte, daß ich nicht am Lande und bei den Blumen geblieben war oder bei der schönen Brigitte, und um mich in der wachsenden Dämmerung zu trösten, fing ich mit lauter Stimme wieder an und sang durch den roten Abendschein das Lied von Brigitte und ihren Küssen.
Da begann die Dämmerung, und ich verstummte, und der Mann am Steuer sang, und auch er sang von der Liebe und Liebeslust, von braunen und von blauen Augen, von roten feuchten Lippen, und es war schön und ergreifend, was er leidvoll über dem dunkelnden Fluß sang, aber in seinem Lied war auch die Liebe finster und bang und ein tödliches Geheimnis geworden, an dem die Menschen irr und wund in ihrer Not und Sehnsucht tasteten, und mit dem sie einander quälten und töteten.
Ich hörte zu und wurde so müde und betrübt, als sei ich schon Jahre unterwegs und sei durch lauter Jammer und Elend gereist. Von dem Fremden her fühlte ich immerzu einen leisen, kühlen Strom von Trauer und Seelenangst zu mir herüber und in mein Herz schleichen.
»Also ist denn nicht das Leben das Höchste und Schönste«, rief ich endlich bitter, »sondern der Tod. Dann bitte ich dich, du trauriger König, singe mir ein Lied vom Tod!«
Der Mann am Steuer sang nun vom Tode, und er sang schöner, als ich je hatte singen hören. Aber auch der Tod war nicht das Schönste und Höchste, es war auch bei ihm kein Trost. Der Tod war Leben, und das Leben war Tod, und sie waren ineinander verschlungen in einem ewigen rasenden Liebeskampf, und dies war das Letzte und der Sinn der Welt, und von dorther kam ein Schein, der alles Elend noch zu preisen vermochte, und von dorther kam ein Schatten, der alle Lust und alle Schönheit trübte und mit Finsternis umgab. Aber aus der Finsternis brannte die Lust inniger und schöner, und die Liebe glühte tiefer in dieser Nacht.
Ich hörte zu und war ganz still geworden, ich hatte keinen Willen

mehr in mir als den des fremden Mannes. Sein Blick ruhte auf mir, still und mit einer gewissen traurigen Güte, und seine grauen Augen waren voll vom Weh und von der Schönheit der Welt. Er lächelte mich an, und da faßte ich mir ein Herz und bat in meiner Not: »Ach, laß uns umkehren, du! Mir ist angst hier in der Nacht, und ich möchte zurück und dahin gehen, wo ich Brigitte finden kann, oder heim zu meinem Vater.«

Der Mann stand auf und deutete in die Nacht, und seine Laterne schien hell auf sein mageres und festes Gesicht. »Zurück geht kein Weg«, sagte er ernst und freundlich, »man muß immer vorwärts gehen, wenn man die Welt ergründen will. Und von dem Mädchen mit den braunen Augen hast du das Beste und Schönste gehabt, und je weiter du von ihr bist, desto besser und schöner wird es werden. Aber fahre du immerhin, wohin du magst, ich will dir meinen Platz am Steuer geben!«

Ich war zu Tod betrübt und sah doch, daß er recht hatte. Voll Heimweh dachte ich an Brigitte und an die Heimat und an alles, was eben noch nahe und licht und mein gewesen war, und was ich nun verloren hatte. Aber jetzt wollte ich den Platz des Fremden nehmen und das Steuer führen. So mußte es sein.

Darum stand ich schweigend auf und ging durch das Schiff zum Steuersitz, und der Mann kam mir schweigend entgegen, und als wir beieinander waren, sah er mir fest ins Gesicht und gab mir seine Laterne.

Aber als ich nun am Steuer saß und die Laterne neben mir stehen hatte, da war ich allein im Schiff, ich erkannte es mit einem tiefen Schauder, der Mann war verschwunden, und doch war ich nicht erschrocken, ich hatte es geahnt. Mir schien, es sei der schöne Wandertag und Brigitte und mein Vater und die Heimat nur ein Traum gewesen, und ich sei alt und betrübt und sei schon immer und immer auf diesem nächtlichen Fluß gefahren.

Ich begriff, daß ich den Mann nicht rufen dürfte, und die Erkenntnis der Wahrheit überlief mich wie ein Frost.

Um zu wissen, was ich schon ahnte, beugte ich mich über das Wasser hinaus und hob die Laterne, und aus dem schwarzen Wasserspiegel sah mir ein scharfes und ernstes Gesicht mit grauen Augen entgegen, ein altes, wissendes Gesicht, und das war ich.

Und da kein Weg zurückführte, fuhr ich auf dem dunkeln Wasser weiter durch die Nacht.

(1913)

Hermann Hesse, 1917

Der schwere Weg

Am Eingang der Schlucht, bei dem dunkeln Felsentor, stand ich zögernd und drehte mich zurückblickend um.
Sonne schien in dieser grünen wohligen Welt, über den Wiesen flimmerte wehend die bräunliche Grasblüte. Dort war gut sein, dort war Wärme und liebes Behagen, dort summte die Seele tief und befriedigt wie eine wollige Hummel im satten Duft und Lichte. Und vielleicht war ich ein Narr, daß ich das alles verlassen und ins Gebirge hinaufsteigen wollte.
Der Führer berührte mich sanft am Arm. Ich riß meine Blicke von der geliebten Landschaft los, wie man sich gewaltsam aus einem lauen Bade losmacht. Nun sah ich die Schlucht in sonnenloser Finsternis liegen, ein kleiner schwarzer Bach kroch aus der Spalte, bleiches Gras wuchs in kleinen Büscheln an seinem Rand, auf seinem Boden lag herabgespültes Gestein von allen Farben tot und blaß wie Knochen von Wesen, welche einst lebendig waren.
»Wir wollen rasten«, sagte ich zum Führer.
Er lächelte geduldig, und wir setzten uns nieder. Es war kühl, und aus dem Felsentor kam ein leiser Strom von finsterer, steinig kalter Luft geflossen.
Häßlich, häßlich, diesen Weg zu gehen! Häßlich, sich durch dies unfrohe Felsentor zu quälen, über diesen kalten Bach zu schreiten, diese schmale schroffe Kluft im Finstern hinanzuklettern!
»Der Weg sieht scheußlich aus«, sagte ich zögernd.
In mir flatterte wie ein sterbendes Lichtlein die heftige, ungläubige, unvernünftige Hoffnung, wir könnten vielleicht wieder umkehren, der Führer möchte sich noch überreden lassen, es möchte uns dies alles erspart bleiben. Ja, warum eigentlich nicht? War es dort, von wo wir kamen, nicht tausendmal schöner? Floß nicht dort das Leben reicher, wärmer, liebenswerter? Und war ich nicht ein Mensch, ein kindliches und kurzlebiges Wesen mit dem Recht auf ein bißchen Glück, auf ein Eckchen Sonne, auf ein Auge voll Blau und Blumen?
Nein, ich wollte dableiben. Ich hatte keine Lust, den Helden und Märtyrer zu spielen! Ich wollte mein Leben lang zufrieden sein, wenn ich im Tal und an der Sonne bleiben durfte.
Schon fing ich an zu frösteln; hier war kein langes Bleiben möglich.

»Du frierst«, sagte der Führer, »es ist besser, wir gehen.«
Damit stand er auf, reckte sich einen Augenblick zu seiner ganzen Höhe auf und sah mich mit Lächeln an. Es war weder Spott noch Mitleid in dem Lächeln, weder Härte noch Schonung. Es war nichts darin als Verständnis, nichts als Wissen. Dies Lächeln sagte: »Ich kenne dich. Ich kenne deine Angst, die du fühlst, und habe deine Großsprecherei von gestern und vorgestern keineswegs vergessen. Jeder verzweifelte Hasensprung der Feigheit, den deine Seele jetzt tut, und jedes Liebäugeln mit dem lieben Sonnenschein da drüben ist mir bekannt und vertraut, noch ehe du's ausführst.«
Mit diesem Lächeln sah mich der Führer an und tat den ersten Schritt ins dunkle Felsental voraus, und ich haßte ihn und liebte ihn, wie ein Verurteilter das Beil über seinem Nacken haßt und liebt. Vor allem aber haßte und verachtete ich sein Wissen, seine Führerschaft und Kühle, seinen Mangel an lieblichen Schwächen, und haßte alles das in mir selber, was ihm rechtgab, was ihn billigte, was seinesgleichen war und ihm folgen wollte.
Schon war er mehrere Schritte weit gegangen, auf Steinen durch den schwarzen Bach, und war eben im Begriff, mir um die erste Felsenecke zu entschwinden.
»Halt!« rief ich so voller Angst, daß ich zugleich denken mußte: Wenn das hier ein Traum wäre, dann würde ihn in diesem Augenblick mein Entsetzen zersprengen, und ich würde aufwachen. »Halt«, rief ich, »ich kann nicht, ich bin noch nicht bereit.«
Der Führer blieb stehen und blickte still herüber, ohne Vorwurf, aber mit diesem seinem furchtbaren Verstehen, mit diesem schwer zu ertragenden Wissen, Ahnen, Schon-im-voraus-verstanden-Haben.
»Wollen wir lieber umkehren?« fragte er, und er hatte noch das letzte Wort nicht ausgesprochen, da wußte ich schon voll Widerwillen, daß ich »nein« sagen würde, »nein« würde sagen müssen. Und zugleich rief alles Alte, Gewohnte, Liebe, Vertraute in mir verzweiflungsvoll: »Sag ja, sag ja«, und es hängte sich die ganze Welt und Heimat wie eine Kugel an meine Füße.
Ich wollte »ja« rufen, obschon ich genau wußte, daß ich es nicht würde tun können.
Da wies der Führer mit der ausgestreckten Hand in das Tal zurück, und ich wandte mich nochmals nach den geliebten Gegenden um. Und jetzt sah ich das Peinvollste, was mir begegnen

konnte: ich sah die geliebten Täler und Ebenen unter einer weißen entkräfteten Sonne fahl und lustlos liegen, die Farben klangen falsch und schrill zusammen, die Schatten waren rußig schwarz und ohne Zauber, und allem, allem war das Herz herausgeschnitten, war der Reiz und Duft genommen – alles roch und schmeckte nach Dingen, an denen man sich längst bis zum Ekel übergessen hat. Oh, wie ich das kannte, wie ich das befürchtete und haßte, diese schreckliche Art des Führers, mir das Geliebte und Angenehme zu entwerten, den Saft und Geist daraus weglaufen zu lassen, Düfte zu verfälschen und Farben leise zu vergiften! Ach, ich kannte das: was gestern noch Wein gewesen, war heut Essig. Und nie wieder wurde der Essig zu Wein. Nie wieder.

Ich schwieg und folgte traurig dem Führer nach. Er hatte ja recht, jetzt wie immer. Gut, wenn er wenigstens bei mir und sichtbar blieb, statt – wie so oft – im Augenblick einer Entscheidung plötzlich zu verschwinden und mich allein zu lassen – allein mit jener fremden Stimme in meiner Brust, in die er sich dann verwandelt hatte.

Ich schwieg, aber mein Herz rief inbrünstig: »Bleib nur, ich folge ja!«

Die Steine im Bach waren von einer scheußlichen Schlüpfrigkeit, es war ermüdend und schwindelerregend, so zu gehen, Fuß über Fuß auf schmalem, nassem Stein, der sich unter der Sohle klein machte und auswich. Dabei begann der Bachpfad rasch zu steigen, und die finsteren Felsenwände traten näher zusammen, sie schwollen mürrisch an, und jede ihrer Ecken zeigte die tückische Absicht, uns einzuklemmen und für immer vom Rückweg abzuschneiden. Über warzige gelbe Felsen rann zäh und schleimig eine Haut von Wasser. Kein Himmel, nicht Wolke noch Blau mehr über uns.

Ich ging und ging, dem Führer nach, und schloß oft vor Angst und Widerwillen die Augen. Da stand eine dunkle Blume am Weg, sammetschwarz mit traurigem Blick. Sie war schön und sprach vertraut zu mir, aber der Führer ging rascher, und ich fühlte: Wenn ich einen Augenblick verweilte, wenn ich noch einen einzigen Blick in dies traurige Sammetauge senkte, dann würde die Betrübtheit und hoffnungslose Schwermut allzu schwer und würde unerträglich, und mein Geist würde alsdann immer in diesen höhnischen Bezirk der Sinnlosigkeit und des Wahns gebannt bleiben.

Naß und schmutzig kroch ich weiter, und als die feuchten Wände sich näher über uns zusammenklemmten, da fing der Führer sein altes Trostlied an zu singen. Mit seiner hellen, festen Jünglingsstimme sang er bei jedem Schritt im Takt die Worte: »Ich will, ich will, ich will!« Ich wußte wohl, er wollte mich ermutigen und anspornen, er wollte mich über die häßliche Mühsal und Trostlosigkeit dieser Höllenwanderung hinwegtäuschen. Ich wußte, er wartete darauf, daß ich mit in seinen Singsang einstimme. Aber dies wollte ich nicht, diesen Sieg wollte ich ihm nicht gönnen. War mir denn zum Singen zumute? Und war ich nicht ein Mensch, ein armer einfacher Kerl, der da wider sein Herz in Dinge und Taten hineingezerrt wurde, die Gott nicht von ihm verlangen konnte? Durfte nicht jede Nelke und jedes Vergißmeinnicht am Bach bleiben, wo es war, und blühen und verwelken, wie es in seiner Art lag?
»Ich will, ich will, ich will«, sang der Führer unentwegt. Oh, wenn ich hätte umkehren können! Aber ich war, mit des Führers wunderbarer Hilfe, längst über Wände und Abstürze geklettert, über die es keinen, keinen Rückweg gab. Das Weinen würgte mich von innen, aber weinen durfte ich nicht, dies am allerwenigsten. Und so stimmte ich trotzig und laut in den Sang des Führers ein, im gleichen Takt und Ton, aber ich sang nicht seine Worte mit, sondern immerzu: »Ich muß, ich muß, ich muß!« Allein es war nicht leicht, so im Steigen zu singen, ich verlor bald den Atem und mußte keuchend schweigen. Er aber sang unermüdet fort: »Ich will, ich will, ich will«, und mit der Zeit bezwang er mich doch, daß auch ich seine Worte mitsang. Nun ging das Steigen besser, und ich mußte nicht mehr, sondern wollte in der Tat, und von einer Ermüdung durch das Singen war nichts mehr zu spüren.
Da wurde es heller in mir, und wie es heller in mir wurde, wich auch der glatte Fels zurück, ward trockener, ward gütiger, half oft dem gleitenden Fuß, und über uns trat mehr und mehr der hellblaue Himmel hervor, wie ein kleiner blauer Bach zwischen den Steinufern, und bald wie ein blauer kleiner See, der wuchs und Breite gewann.
Ich versuchte es stärker und inniger zu wollen, und der Himmelssee wuchs weiter, und der Pfad wurde gangbarer, ja ich lief zuweilen eine ganze Strecke leicht und beschwerdelos neben dem Führer her. Und unerwartet sah ich den Gipfel nahe über uns, steil und gleißend in durchglühter Sonnenluft.
Wenig unterhalb des Gipfels entkrochen wir dem engen Spalt,

Sonne drang in meine geblendeten Augen, und als ich sie wieder öffnete, zitterten mir die Knie vor Beklemmung, denn ich sah mich frei und ohne Halt an den steilen Grat gestellt, ringsum unendlichen Himmelsraum und blaue bange Tiefe, nur der schmale Gipfel dünn wie eine Leiter vor uns ragend. Aber es war wieder Himmel und Sonne da, und so stiegen wir auch die letzte beklemmende Steile empor, Fuß vor Fuß mit zusammengepreßten Lippen und gefalteten Stirnen. Und standen oben, schmal auf durchglühtem Stein, in einer strengen, spöttisch dünnen Luft.

Das war ein sonderbarer Berg und ein sonderbarer Gipfel! Auf diesem Gipfel, den wir über so unendliche nackte Steinwände erklommen hatten, auf diesem Gipfel wuchs aus dem Steine ein Baum, ein kleiner, gedrungener Baum mit einigen kurzen, kräftigen Ästen. Da stand er, unausdenklich einsam und seltsam, hart und starr im Fels, das kühle Himmelsblau zwischen seinen Ästen. Und zuoberst im Baume saß ein schwarzer Vogel und sang ein rauhes Lied.

Stiller Traum einer kurzen Rast, hoch über der Welt: Sonne lohte, Fels glühte, Raum starrte streng, Vogel sang rauh. Sein rauhes Lied hieß: Ewigkeit, Ewigkeit! Der schwarze Vogel sang, und sein blankes hartes Auge sah uns an wie ein schwarzer Kristall. Schwer zu ertragen war sein Blick, schwer zu ertragen war sein Gesang, und furchtbar war vor allem die Einsamkeit und Leere dieses Ortes, die schwindelnde Weite der öden Himmelsräume. Sterben war unausdenkbare Wonne, Hierbleiben namenlose Pein. Es mußte etwas geschehen, sofort, augenblicklich, sonst versteinerten wir und die Welt vor Grauen. Ich fühlte das Geschehnis drücken und glühend einherhauchen wie den Windstoß vor einem Gewitter. Ich fühlte es mir über Leib und Seele flattern wie ein brennendes Fieber. Es drohte, es kam, es war da.

– Es schwang sich der Vogel jäh vom Ast, warf sich stürzend in den Weltraum.

Es tat mein Führer einen Sprung und Sturz ins Blaue, fiel in den zuckenden Himmel, flog davon.

Jetzt war die Welle des Schicksals auf der Höhe, jetzt riß sie mein Herz davon, jetzt brach sie lautlos auseinander.

Und ich fiel schon, ich stürzte, sprang, ich flog; in kalte Luftwirbel geschnürt schoß ich selig und vor Qual der Wonne zuckend durchs Unendliche hinabwärts, an die Brust der Mutter.

(1916)

Eine Traumfolge

Mir schien, ich verweile schon eine Menge von unnützer dickflüssiger Zeit in dem blauen Salon, durch dessen Nordfenster der falsche See mit den unechten Fjorden blickte und wo nichts mich hielt und anzog als die Gegenwart der schönen, verdächtigen Dame, die ich für eine Sünderin hielt. Ihr Gesicht einmal richtig zu sehen, war mein unerfülltes Verlangen. Ihr Gesicht schwebte undeutlich zwischen dunklen, offenen Haaren und bestand einzig aus süßer Blässe, sonst war nichts vorhanden. Vielleicht waren die Augen dunkelbraun, ich fühlte Gründe in mir, das zu erwarten, aber dann paßten die Augen nicht zu dem Gesicht, das mein Blick aus der unbestimmten Blässe zu lesen wünschte und dessen Gestaltung ich bei mir in tiefen, unzugänglichen Erinnerungsschichten ruhen wußte.
Endlich geschah etwas. Die beiden jungen Männer traten ein. Sie begrüßten die Dame mit sehr guten Formen und wurden mir vorgestellt. Affen, dachte ich und zürnte mir selber, weil des einen rotbrauner Rock mit seinem hübsch koketten Sitz und Schnitt mich beschämte und neidisch machte. Scheußliches Gefühl des Neides gegen die Tadellosen, Ungenierten, Lächelnden! »Beherrsche dich!« rief ich mir leise zu. Die beiden jungen Leute griffen gleichgültig nach meiner dargereichten Hand – warum hatte ich sie hingeboten?! – und machten spöttische Gesichter.
Da spürte ich, daß etwas an mir nicht in Ordnung sei, und fühlte lästige Kälte an mir aufsteigen. Hinunterblickend sah ich mit Erbleichen, daß ich ohne Schuhe in bloßen Strümpfen stand. Immer wieder diese öden, kläglichen, dürftigen Hindernisse und Widerstände! Andern passierte es nie, daß sie nackt oder halb nackt in Salons vor dem Volk der Tadellosen und Unerbittlichen standen! Traurig suchte ich den linken Fuß wenigstens mit dem rechten zu decken, dabei fiel mein Blick durchs Fenster, und ich sah die steilen Seeufer blau und wild in falschen düsteren Tönen drohen, sie wollten dämonisch sein. Betrübt und hilfsbedürftig blickte ich die Fremden an, voll Haß gegen diese Leute und voll von größerem Haß gegen mich selbst – es war nichts mit mir, es glückte mir nichts. Und warum fühlte ich mich für den dummen See verantwortlich? Ja, wenn ich es fühlte, dann war ich's auch. Flehentlich sah ich dem Rotbraunen ins Gesicht, seine Wangen

glänzten gesund und zart gepflegt, und wußte doch so gut, daß ich mich unnütz preisgebe, daß er nicht zu rühren sei.
Eben jetzt bemerkte er meine Füße in den groben dunkelgrünen Strümpfen – ach, ich mußte noch froh sein, daß sie ohne Löcher waren – und lächelte häßlich. Er stieß seinen Kameraden an und zeigte auf meine Füße. Auch der andre grinste voller Spott.
»Sehen Sie doch den See!« rief ich und deutete durchs Fenster.
Der Rotbraune zuckte die Achseln, es fiel ihm nicht ein, sich nur gegen das Fenster zu wenden, und sagte zum andern etwas, das ich nur halb verstand, das aber auf mich gemünzt war und von Kerlen in Strümpfen handelte, die man in einem solchen Salon gar nicht dulden sollte. Dabei war »Salon« für mich wieder so etwas wie in Bubenjahren, mit einem etwas schönen und etwas falschen Klang von Vornehmheit und Welt.
Nahe am Weinen bückte ich mich zu meinen Füßen hinab, ob da etwas zu bessern sei, und sah jetzt, daß ich aus weiten Hausschuhen geglitten war; wenigstens lag ein sehr großer, weicher, dunkelroter Pantoffel hinter mir am Boden. Ich nahm ihn unschlüssig in die Hand, beim Absatz packend, noch ganz weinerlich. Er entglitt mir, ich erwischte ihn noch im Fallen – er war inzwischen noch größer geworden – und hielt ihn nun am vorderen Ende.
Dabei fühlte ich plötzlich, innig erlöst, den tiefen Wert des Pantoffels, der in meiner Hand ein wenig federte, vom schweren Absatz hinabgezogen. Herrlich, so ein roter schlapper Schuh, so weich und schwer! Versuchsweise schwang ich ihn ein wenig durch die Luft, es war köstlich und durchfloß mich mit Wonnen bis in die Haare. Eine Keule, ein Gummischlauch war nichts gegen meinen großen Schuh. Calziglione nannte ich ihn auf italienisch.
Als ich dem Rotbraunen einen ersten spielerischen Schlag mit dem Calziglione an den Kopf gab, sank der junge Tadellose schon taumelnd auf den Diwan, und die andern und das Zimmer und der schreckliche See verloren alle Macht über mich. Ich war groß und stark, ich war frei, und beim zweiten Schlag auf den Kopf des Rotbraunen war schon nichts mehr von Kampf, nichts mehr von schäbiger Notwehr in meinem Zuhauen, sondern lauter Jauchzen und befreite Herrenlaune. Auch haßte ich den erlegten Feind nicht im mindesten mehr, er war mir interessant, er war mir wertvoll und lieb, ich war ja sein Herr und sein Schöpfer. Denn jeder gute Schlag mit meiner welschen Schuhkeule formte diesen unreifen

und affigen Kopf, schmiedete ihn, baute ihn, dichtete ihn, mit jedem formenden Hieb ward er angenehmer, wurde hübscher, feiner, wurde mein Geschöpf und Werk, das mich befriedigte und das ich liebte. Mit einem letzten zärtlichen Schmiedehieb trieb ich ihm den spitzen Hinterkopf gerade hinlänglich nach innen. Er war vollendet. Er dankte mir und streichelte mir die Hand. »Schon gut«, winkte ich. Er kreuzte die Hände vor der Brust und sagte schüchtern: »Ich heiße Paul.«
Wundervoll machtfrohe Gefühle dehnten meine Brust und dehnten den Raum von mir hinweg, das Zimmer – nichts mehr von »Salon«! – wich beschämt davon und verkroch sich nichtig; ich stand am See. Der See war schwarzblau, Stahlwolken drückten auf die finsteren Berge, in den Fjorden kochte dunkles Wasser schaumig auf, Föhnstöße irrten zwanghaft und ängstlich in Kreisen. Ich blickte empor und reckte die Hand aus zum Zeichen, daß der Sturm beginnen möge. Ein Blitz knallte hell und kalt aus der harten Bläue, senkrecht herab heulte ein warmer Orkan, am Himmel schoß graues Formengetümmel zerfließend in Marmoradern auseinander. Große runde Wogen stiegen angstvoll aus dem gepeitschten See, von ihren Rücken riß der Sturm Schaumbärte und klatschende Wasserfetzen und warf sie mir ins Gesicht. Die schwarz erstarrten Berge rissen Augen voll Entsetzen auf. Ihr Aneinanderkauern und Schweigen klang flehentlich.
In dem prachtvoll auf Gespenster-Riesenpferden jagenden Sturm klang neben mir eine schüchterne Stimme. Oh, ich hatte dich nicht vergessen, bleiche Frau im langschwarzen Haar. Ich neigte mich zu ihr, sie sprach kindlich – der See komme, man könne hier nicht sein. Noch schaute ich gerührt auf die sanfte Sünderin, ihr Gesicht war nichts als stille Blässe in breiter Haardämmerung, da schlug schon klatschendes Gewoge an meine Knie und schon an meine Brust, und die Sünderin schwankte wehrlos und still auf steigenden Wellen. Ich lachte ein wenig, legte den Arm um ihre Knie und hob sie zu mir empor. Auch dies war schön und befreiend, die Frau war seltsam leicht und klein, voll frischer Wärme und die Augen herzlich, vertrauensvoll und erschrocken, und ich sah, sie war gar keine Sünderin und keine ferne unklare Dame. Keine Sünden, kein Geheimnis; sie war einfach ein Kind.
Aus den Wellen trug ich sie über Felsen und durch den regenfinsteren, königlich trauernden Park, wohin der Sturm nicht reichte und wo aus gesenkten Kronen alter Bäume lauter sanft-mensch-

liche Schönheit sprach, lauter Gedichte und Symphonien, Welt der holden Ahnungen und lieblich gezähmten Genüsse, gemalte liebenswerte Bäume von Corot und ländlich-holde Holzbläsermusik von Schubert, die mich mit flüchtig aufzuckendem Heimweh mild in ihre geliebten Tempel lockte. Doch umsonst, viele Stimmen hat die Welt, und für alles hat die Seele ihre Stunden und Augenblicke.

Weiß Gott, wie die Sünderin, die bleiche Frau, das Kind, ihren Abschied nahm und mir verlorenging. Es war eine Vortreppe aus Stein, es war ein Haustor, Dienerschaft war da, alles schwächlich und milchig wie hinter trübem Glase, und andres, noch wesenloser, noch trüber, Gestalten windhaft hingeweht, ein Ton von Tadel und Vorwurf gegen mich verleidete mir das Schattengestöber. Nichts blieb von ihm zurück als die Figur Paul, mein Freund und Sohn Paul, und in seinen Zügen zeigte und verbarg sich ein nicht mit Namen zu nennendes, dennoch unendlich wohlbekanntes Gesicht, ein Schulkameradengesicht, ein vorgeschichtlich sagenhaftes Kindermagdgesicht, genährt aus den guten nahrhaften Halberinnerungen fabelhafter erster Jahre.

Gutes, inniges Dunkel, warme Seelenwiege und verlorene Heimat tut sich auf, Zeit des ungestalteten Daseins, unentschlossene erste Wallung überm Quellgrund, unter dem die Ahnenvorzeit mit den Urwaldträumen schläft. Taste nur, Seele, irre nur, wühle blind im satten Bad schuldloser Dämmertriebe! Ich kenne dich, bange Seele, nichts ist dir notwendiger, nichts ist so sehr Speise, so sehr Trank und Schlaf für dich wie die Heimkehr zu deinen Anfängen. Da rauscht Welle um dich, und du bist Welle, Wald, und du bist Wald, es ist kein Außen und Innen mehr, du fliegst Vogel in Lüften, schwimmst Fisch im Meer, saugst Licht und bist Licht, kostest Dunkel und bist Dunkel. Wir wandern, Seele, wir schwimmen und fliegen, und lächeln und knüpfen mit zarten Geistfingern die zerrissenen Fäden wieder an, tönen selig die zerstörten Schwingungen aus. Wir suchen Gott nicht mehr. Wir sind Gott. Wir sind die Welt. Wir töten und sterben mit, wir schaffen und auferstehen mit unsern Träumen. Unser schönster Traum, der ist der blaue Himmel, unser schönster Traum, der ist das Meer, unser schönster Traum, der ist die sternhelle Nacht, und ist der Fisch, und ist der helle frohe Schall, und ist das helle frohe Licht – alles ist unser Traum, jedes ist unser schönster Traum. Eben sind wir gestorben und zu Erde geworden. Eben haben wir das Lachen erfunden. Eben haben wir ein Sternbild geordnet.

Stimmen tönen, und jede ist die Stimme der Mutter. Bäume rauschen, und jeder hat über unsrer Wiege gerauscht. Straßen laufen in Sternform auseinander, und jede Straße ist der Heimweg.

Der, der sich Paul nannte, mein Geschöpf und Freund, war wieder da und war so alt wie ich geworden. Er glich einem Jugendfreunde, doch wußt' ich nicht welchem, und ich war darum gegen ihn etwas unsicher und zeigte einige Höflichkeit. Daraus zog er Macht. Die Welt gehorchte nicht mehr mir, sie gehorchte ihm, darum war alles vorige verschwunden und in demütiger Unwahrscheinlichkeit untergegangen, beschämt durch ihn, der nun regierte.

Wir waren auf einem Platz, der Ort hieß Paris, und vor mir stand ein eiserner Balken in die Höhe, der war eine Leiter und hatte zu beiden Seiten schmale eiserne Sprossen, an denen konnte man sich mit den Händen halten und mit den Füßen auf sie treten. Da Paul es wollte, kletterte ich hinan und er daneben auf einer ebensolchen Leiter. Als wir so hoch geklettert waren wie ein Haus und wie ein sehr hoher Baum, begann ich Bangigkeit zu fühlen. Ich sah zu Paul hinüber, der fühlte keine Bangigkeit, aber er erriet die meine und lächelte.

Einen Atemzug lang, während er lächelte und ich ihn ansah, war ich ganz nahe daran, sein Gesicht zu erkennen und seinen Namen zu wissen, eine Kluft von Vergangenheit riß auf und spaltete sich bis zur Schülerzeit hinab, zurück bis da, wo ich zwölfjährig war, herrlichste Zeit des Lebens, alles voll Duft, alles genial, alles mit einem eßbaren Duft von frischem Brot und mit einem berauschenden Schimmer von Abenteuer und Heldentum vergoldet – zwölfjährig war Jesus, als er im Tempel die Gelehrten beschämte, mit zwölf Jahren haben wir alle unsre Gelehrten und Lehrer beschämt, waren klüger als sie, genialer als sie, tapferer als sie. Anklänge und Bilder stürmten in Knäueln auf mich ein: vergessene Schulhefte, Arrest in der Mittagsstunde, ein mit der Schleuder getöteter Vogel, eine Rocktasche klebrig voll gestohlener Pflaumen, wildes Bubengeplätscher im Schwimmbad, zerrissene Sonntagshosen und innig schlechtes Gewissen, heißes Abendgebet um irdische Sorgen, wunderbar heldische Prachtgefühle bei einem Vers von Schiller. – –

Es war nur ein Sekundenblitz, gierig hastende Bilderfolge ohne Mittelpunkt, im nächsten Augenblick sah Pauls Gesicht mich wieder an, quälend halb bekannt. Ich war meines Alters nicht mehr sicher, möglich, daß wir Knaben waren. Tiefer und tiefer unter unsern dünnen Leitersprossen lag die Straßenmasse, welche Paris hieß. Als wir höher waren als jeder Turm, gingen unsre Eisenstangen zu Ende und zeigten sich jede mit einem waagrechten Brett gekrönt, einer winzig kleinen Plattform. Es schien unmöglich, sie zu erklimmen. Aber Paul tat es gelassen, und ich mußte auch.

Oben legte ich mich flach aufs Brett und sah über den Rand hinunter, wie von einer kleinen hohen Wolke. Mein Blick fiel wie ein Stein ins Leere hinab und kam an kein Ziel, da machte mein Kamerad eine deutende Gebärde, und ich blieb an einem wunderlichen Anblick haften, der mitten in den Lüften schwebte. Da sah ich, über einer breiten Straße in der Höhe der höchsten Dächer, aber noch unendlich tief unter uns, eine fremdartige Gesellschaft in der Luft, es schienen Seiltänzer zu sein, und wirklich lief eine der Figuren auf einem Seil oder einer Stange dahin. Dann entdeckte ich, daß es sehr viele waren und fast lauter junge Mädchen, und sie schienen mir Zigeuner oder wanderndes Volk zu sein. Sie gingen, lagerten, saßen, bewegten sich in Dachhöhe auf einem luftigen Gerüst aus dünnsten Latten und laubenähnlichem Gestänge, sie wohnten dort und waren heimisch in dieser Region. Unter ihnen war die Straße zu ahnen, ein feiner schwebender Nebel reichte von unten her bis nahe an ihre Füße.

Paul sagte etwas darüber: »Ja«, antwortete ich, »es ist rührend, alle die Mädchen.«

Wohl war ich viel höher als jene, aber ich klebte angstvoll auf meinem Posten, sie indessen schwebten leicht und angstlos, und ich sah, ich war zu hoch, ich war am falschen Ort. Jene hatten die richtige Höhe, nicht am Boden und doch nicht so teuflisch hoch und fern wie ich, nicht unter den Leuten und doch nicht so ganz vereinsamt, außerdem waren sie viele. Ich sah wohl, daß sie eine Seligkeit darstellten, die ich noch nicht erreicht hatte.

Aber ich wußte, daß ich irgendeinmal wieder an meiner ungeheuren Leiter werde hinabklettern müssen, und der Gedanke daran war so beklemmend, daß ich Übelkeit spürte und es keinen Augenblick mehr hier oben aushalten konnte. Verzweiflungsvoll und zitternd vor Schwindel tastete ich mit den Füßen unter mir nach den Leitersprossen – sehen konnte ich sie vom Brett aus nicht – und hing grauenvolle Minuten, krampfhaft angeklammert, in der schlimmen Höhe. Niemand half mir, Paul war fort.

In tiefer Bangigkeit tat ich gefährliche Tritte und Griffe, und ein Gefühl hüllte mich wie Nebel ein, ein Gefühl, daß nicht die hohe Leiter und der Schwindel es waren, was ich auszukosten und durchzumachen habe. Alsbald verlor sich denn auch die Sichtbarkeit und Ähnlichkeit der Dinge, es war alles Nebel und unbestimmt. Bald hing ich noch in den Sprossen und spürte Schwindel, bald kroch ich klein und bang durch furchtbar enge Erdschächte und Kellergänge, bald watete ich hoffnungslos im Sumpf und Kot und fühlte wüsten Schlamm mir bis zum Munde steigen. Dunkel und Hemmung überall. Furchtbare Aufgaben mit ernstem, doch verhülltem Sinn. Angst und Schweiß, Lähmung und Kälte. Schweres Sterben, schweres Geborenwerden.

Wieviel Nacht ist um uns her! Wieviel bange, arge Qualenwege gehen wir, geht tief im Schacht unsre verschüttete Seele, ewiger armer Held, ewiger Odysseus! Aber wir gehen, wir gehen, wir bücken uns und waten, wir schwimmen erstickend im Schlamm, wir kriechen die glatten bösen Wände hinan. Wir weinen und verzagen, wir jammern bang und heulen leidend auf. Aber wir gehen weiter, wir gehen und leiden, wir gehen und beißen uns durch.

Wieder stellte aus dem trüben Höllenqualme Bildlichkeit sich her, wieder lag ein kleines Stück des finsteren Pfades vom gestaltenden Licht der Erinnerungen beschienen, und die Seele drang aus dem Urweltlichen in den heimatlichen Bezirk der Zeit.

Wo war das? Bekannte Dinge sahen mich an, ich atmete Luft, die ich wiedererkannte. Ein Zimmer, groß im Halbdunkel, eine Erdöllampe auf dem Tisch, meine eigne Lampe, ein großer runder Tisch, etwas wie ein Klavier. Meine Schwester war da und mein Schwager, vielleicht bei mir zu Besuch oder vielleicht ich bei ihnen. Sie waren still und sorgenvoll, voll Sorgen um mich. Und ich stand im großen und düsteren Zimmer, ging hin und her und stand und ging in einer Wolke von Traurigkeit, in einer Flut von bitterer, erstickender Traurigkeit. Und nun fing ich an, irgend etwas zu suchen, nichts Wichtiges, ein Buch oder eine Schere oder so etwas, und konnte es nicht finden. Ich nahm die Lampe in die Hand, sie war schwer, und ich war furchtbar müde, ich stellte sie bald wieder ab und nahm sie doch wieder, und wollte suchen,

suchen, obwohl ich wußte, daß es vergeblich sei. Ich würde nichts finden, ich würde alles nur noch mehr verwirren, die Lampe würde mir aus den Händen fallen, sie war so schwer, so quälend schwer, und so würde ich weitertasten und suchen und durchs Zimmer irren, mein ganzes armes Leben lang.

Mein Schwager sah mich an, ängstlich und etwas tadelnd. Sie merken, daß ich wahnsinnig werde, dachte ich schnell und nahm wieder die Lampe. Meine Schwester trat zu mir, still, mit bittenden Augen, voller Angst und Liebe, daß mir das Herz brechen wollte. Ich konnte nichts sagen, ich konnte nur die Hand ausstrekken und abwinken, abwehrend winken, und ich dachte: Laßt mich doch! Laßt mich doch! Ihr könnt ja nicht wissen, wie mir ist, wie weh mir ist, wie furchtbar weh! Und wieder: Laßt mich doch! Laßt mich doch!

Das rötliche Lampenlicht floß schwach durchs große Zimmer, Bäume stöhnten draußen im Wind. Einen Augenblick glaubte ich die Nacht draußen innerlichst zu sehen und zu fühlen: Wind und Nässe, Herbst, bitterer Laubgeruch, Blättergestiebe vom Ulmenbaum, Herbst, Herbst! Und wieder einen Augenblick lang war ich nicht ich selber, sondern sah mich wie ein Bild: ich war ein bleicher, hagerer Musiker mit flackernden Augen, der hieß Hugo Wolf und war an diesem Abend im Begriff, wahnsinnig zu werden.

Dazwischen mußte ich wieder suchen, hoffnungslos suchen und die schwere Lampe heben, auf den runden Tisch, auf den Sessel, auf einen Bücherstoß. Und mußte mit flehenden Gebärden abwehren, wenn meine Schwester mich wieder traurig und behutsam anblickte, mich trösten wollte, mir nahe sein und helfen wollte. Die Trauer in mir wuchs und füllte mich zum Zerspringen, und die Bilder um mich her waren von einer ergreifend beredten Deutlichkeit, viel deutlicher, als jede Wirklichkeit sonst ist; ein paar Herbstblumen im Wasserglas, eine dunkelrotbraune Georgine darunter, glühten in so schmerzlich schöner Einsamkeit, jedes Ding und auch der blinkende Messingfuß der Lampe war so verzaubert schön und von so schicksalsvoller Einsamkeit umdrungen wie auf den Bildern der großen Maler.

Ich spürte mein Schicksal deutlich. Noch ein Schatten mehr in diese Traurigkeit, noch ein Blick der Schwester, noch ein Blick der Blumen, der schönen seelenvollen Blumen – dann floß es über, und ich sank im Wahnsinn unter. »Laßt mich! Ihr wißt ja nicht!«

Auf der polierten Wand des Klaviers lag ein Strahl Lampenlicht im schwärzlichen Holz gespiegelt, so schön, so geheimnisvoll, so gesättigt von Schwermut!

Jetzt erhob sich meine Schwester wieder, sie ging gegen das Klavier hinüber. Ich wollte bitten, wollte innig abwehren, aber ich konnte nicht, es reichte keinerlei Macht mehr aus meiner Vereinsamung heraus und zu ihr hinüber. Oh, ich wußte, was jetzt kommen mußte. Ich kannte die Melodie, die jetzt zu Wort kommen und alles sagen und alles zerstören mußte. Ungeheure Spannung zog mein Herz zusammen, und während die ersten glühenden Tropfen mir aus den Augen sprangen, stürzte ich mit Kopf und Händen über den Tisch hin und hörte und empfand mit allen Sinnen und mit neuen Sinnen dazu, Text und Melodie zugleich, Wolfsche Melodie, den Vers:

Was wisset ihr, dunkle Wipfel,
Von der alten schönen Zeit?
Die Heimat hinter den Gipfeln,
Wie liegt sie so weit, so weit!

Damit glitt vor mir und in mir die Welt auseinander, versank in Tränen und Tönen, nicht zu sagen wie hingegossen, wie strömend, wie gut und schmerzlich! O Weinen, o süßes Zusammenbrechen, seliges Schmelzen. Alle Bücher der Welt voll Gedanken und Gedichten sind nichts gegen eine Minute Schluchzen, wo Gefühl in Strömen wogt, Seele tief sich selber fühlt und findet. Tränen sind schmelzendes Seeleneis, dem Weinenden sind alle Engel nah.

Ich weinte mich, alle Anlässe und Gründe vergessend, von der Höhe unerträglicher Spannung in die milde Dämmerung alltäglicher Gefühle hinab, ohne Gedanken, ohne Zeugen. Dazwischen flatternde Bilder: ein Sarg, darin lag ein mir so lieber, so wichtiger Mensch, doch wußte ich nicht wer. Vielleicht du selber, dachte ich, da fiel ein andres Bild mir ein, aus großer zarter Ferne her. Hatte ich nicht einmal, vor Jahren oder in einem früheren Leben, ein wunderbares Bild gesehen: ein Volk von jungen Mädchen hoch in Lüften hausend, wolkig und schwerelos, schön und selig, leicht schwebend wie Luft und satt wie Streichmusik?

Jahre flogen dazwischen, drängten mich sanft und mächtig von dem Bilde weg. Ach, vielleicht hatte mein ganzes Leben nur den Sinn gehabt, diese holden schwebenden Mädchen zu sehen, zu ihnen zu kommen, ihresgleichen zu werden! Nun sanken sie fern dahin, unerreichbar, unverstanden, unerlöst, von verzweifelnder Sehnsucht müd umflattert.

Jahre fielen wie Schneeflocken herab, und die Welt war verändert. Betrübt wanderte ich einem kleinen Hause entgegen. Mir war recht elend zumut, und ein banges Gefühl im Munde hielt mich gefangen, ängstlich tastete ich mit der Zunge an einen zweifelhaften Zahn, da sank er schon schräg weg und war ausgefallen. Der nächste – auch er! Ein ganz junger Arzt war da, dem ich klagte, dem ich bittend einen Zahn mit den Fingern entgegenhielt. Er lachte leichtherzig, winkte mit fataler Berufsgebärde ab und schüttelte den jungen Kopf – das mache nichts, ganz harmlos, komme jeden Tag vor. Lieber Gott, dachte ich. Aber er fuhr fort und deutete auf mein linkes Knie: da sitze es, da sei hingegen nicht mehr zu spaßen. Furchtbar schnell griff ich ans Knie hinab – da war es! Da war ein Loch, in das ich den Finger legen konnte, und statt Haut und Fleisch nichts zu ertasten als eine gefühllose, weiche, lockere Masse, leicht und faserig wie welkes Pflanzengewebe. O mein Gott, das war der Verfall, das war Tod und Fäulnis! »Da ist nichts mehr zu machen?« fragte ich mit mühsamer Freundlichkeit. »Nichts mehr«, sagte der junge Arzt und war weg.

Ich ging erschöpft dem Häuschen entgegen, nicht so verzweifelt, wie ich hätte sein müssen, sogar fast gleichgültig. Ich mußte jetzt in das Häuschen gehen, wo meine Mutter mich erwartete – hatte ich nicht ihre Stimme schon gehört? ihr Gesicht gesehen? Stufen führten hinauf, wahnsinnige Stufen, hoch und glatt ohne Geländer, jede ein Berg, ein Gipfel, ein Gletscher. Es wurde gewiß zu spät – sie war vielleicht schon fort, vielleicht schon tot? Hatte ich sie eben nicht wieder rufen hören? Schweigend rang ich mit dem steilen Stufengebirge, fallend und gequetscht, wild und schluchzend, klomm und preßte mich, stemmte brechende Arme und Knie auf, und war oben, war am Tor, und die Stufen waren wieder klein und hübsch und von Buchsbaum eingefaßt. Jeder Schritt ging zäh und schwer wie durch Schlamm und Leim, kein Vorwärtskommen, das Tor stand offen, und drinnen ging in einem grauen Kleid meine Mutter, ein Körbchen am Arm, still und in Gedanken. Oh, ihr dunkles, schwach ergrautes Haar im kleinen Netz! Und ihr Gang, die kleine Gestalt! Und das Kleid, das graue Kleid – hatte ich denn alle die vielen, vielen Jahre ihr Bild ganz verloren, gar niemals richtig mehr an sie gedacht?! Da war sie, da stand und ging sie, nur von hinten zu sehen, ganz wie sie war, ganz klar und schön, lauter Liebe, lauter Liebesgedanke!

Wütend watete mein lahmer Schritt in der zähen Luft, Pflanzenranken wie dünne starke Seile umschlangen mich mehr und mehr, feindselige Hemmnis überall, kein Vorwärtskommen! »Mutter!« rief ich – aber es gab keinen Ton... Es klang nicht. Es war Glas zwischen ihr und mir.
Meine Mutter ging langsam weiter, ohne zurückzublicken, still in schönen, sorglichen Gedanken, strich mit der wohlbekannten Hand einen unsichtbaren Faden vom Kleide, bückte sich über ihr Körbchen zum Nähzeug. O das Körbchen! Darin hatte sie mir einmal Ostereier versteckt. Ich schrie verzweifelt und lautlos. Ich lief und kam nicht vom Ort! Zärtlichkeit und Wut zerrten an mir.
Und sie ging langsam weiter durch das Gartenhaus, stand in der jenseitigen offenen Tür, schritt ins Freie hinaus. Sie senkte den Kopf ein wenig zur Seite, sanft und horchend, ihren Gedanken nach, hob und senkte das Körbchen – ein Zettel fiel mir ein, den ich als Knabe einmal in ihrem Körbchen fand, darauf stand von ihrer leichten Hand aufgeschrieben, was sie für den Tag zu tun und zu bedenken vorhatte – »Hermanns Hosen ausgefranst – Wäsche einlegen – Buch von Dickens entlehnen – Hermann hat gestern nicht gebetet.« Ströme der Erinnerung, Lasten von Liebe!
Umschnürt und gefesselt stand ich am Tor, und drüben ging die Frau im grauen Kleide langsam hinweg, in den Garten, und war fort.

(1916)

Pistorius antwortet Sinclair

(Aus dem »Demian«)

Häufig erzählten wir auch einander unsere Träume. Pistorius verstand ihnen eine Deutung zu geben. Ein wunderliches Beispiel ist mir eben erinnerlich. Ich hatte einen Traum, in dem ich fliegen konnte, jedoch so, daß ich gewissermaßen von einem großen Schwung durch die Luft geschleudert wurde, dessen ich nicht Herr war. Das Gefühl dieses Fluges war erhebend, ward aber bald zur Angst, als ich mich willenlos in bedenkliche Höhen gerissen sah. Da machte ich die erlösende Entdeckung, daß ich mein Steigen und Fallen durch Anhalten und Strömenlassen des Atems regeln konnte.

Dazu sagte Pistorius: »Der Schwung, der Sie fliegen macht, das ist unser großer Menschheitsbesitz, den jeder hat. Es ist das Gefühl des Zusammenhangs mit den Wurzeln jeder Kraft, aber es wird einem dabei bald bange! Es ist verflucht gefährlich! Darum verzichten die meisten so gerne auf das Fliegen und ziehen es vor, an Hand gesetzlicher Vorschriften auf dem Bürgersteig zu wandeln. Aber Sie nicht. Sie fliegen weiter, wie es sich für einen tüchtigen Burschen gehört. Und siehe, da entdecken Sie das Wunderliche, daß Sie allmählich Herr darüber werden, daß zu der großen allgemeinen Kraft, die Sie fortreißt, eine feine, kleine, eigene Kraft kommt, ein Organ, ein Steuer! Das ist famos. Ohne das ginge man willenlos in die Lüfte, das tun zum Beispiel die Wahnsinnigen. Ihnen sind tiefere Ahnungen gegeben als den Leuten auf dem Bürgersteig, aber sie haben keinen Schlüssel und kein Steuer dazu, und sausen ins Bodenlose. Sie aber, Sinclair, Sie machen die Sache! Und wie, bitte. Das wissen Sie wohl noch gar nicht? Sie machen es mit einem neuen Organ, mit einem Atemregulator. Und nun können Sie sehen, wie wenig ›persönlich‹ Ihre Seele in ihrer Tiefe ist. Sie erfindet nämlich diesen Regulator nicht! Er ist nicht neu! Er ist eine Anleihe, er existiert seit Jahrtausenden. Er ist das Gleichgewichtsorgan der Fische, die Schwimmblase. Und tatsächlich gibt es ein paar wenige seltsame und konservative Fischarten noch heute, bei denen die Schwimmblase zugleich eine Art Lunge ist und unter Umständen richtig zum Atmen dienen kann. Also haargenau wie die Lunge, die Sie im Traum als Fliegerblase benutzen!«

Er brachte mir sogar einen Band Zoologie und zeigte mir Namen und Abbildungen jener altmodischen Fische. Und ich fühlte in mir, mit einem eigentümlichen Schauer, eine Funktion aus frühen Entwicklungsepochen lebendig...

Plötzlich schlug er mir auf die Schulter, daß ich zusammenzuckte. »Junge«, sagte er eindringlich, »auch Sie haben Mysterien. Ich weiß, daß Sie Träume haben müssen, die Sie mir nicht sagen. Ich will sie nicht wissen. Aber ich sage Ihnen: leben Sie sie, diese Träume, spielen Sie sie, bauen Sie ihnen Altäre! Es ist noch nicht das Vollkommene, aber es ist ein Weg. Ob wir einmal, Sie und ich und ein paar andere, die Welt erneuern werden, das wird sich zeigen. In uns drinnen aber müssen wir sie jeden Tag erneuern, sonst ist es nichts mit uns. Denken Sie dran! Sie sind achtzehn Jahre alt, Sinclair, Sie laufen nicht zu den Straßendirnen, Sie müssen Liebesträume, Liebeswünsche haben. Vielleicht sind sie so, daß Sie sich vor ihnen fürchten. Fürchten Sie sich nicht! Sie sind das Beste, was Sie haben! Sie können mir glauben. Ich habe damit viel verloren, daß ich in Ihren Jahren meine Liebesträume vergewaltigt habe. Man muß das nicht tun. Wenn man von Abraxas weiß, darf man es nicht mehr tun. Man darf nichts fürchten und nichts für verboten halten, was die Seele in uns wünscht.«

Erschreckt wandte ich ein: »Aber man kann doch nicht alles tun, was einem einfällt! Man darf doch auch nicht einen Menschen umbringen, weil er einem zuwider ist.«

Er rückte näher zu mir.

»Unter Umständen darf man auch das. Es ist nur meistens ein Irrtum. Ich meine auch nicht, Sie sollen einfach alles das tun, was Ihnen durch den Sinn geht. Nein, aber Sie sollen diese Einfälle, die ihren guten Sinn haben, nicht dadurch schädlich machen, daß Sie sie vertreiben und an ihnen herummoralisieren. Statt sich oder einen andern ans Kreuz zu schlagen, kann man aus einem Kelch mit feierlichen Gedanken Wein trinken und dabei das Mysterium des Opfers denken. Man kann, auch ohne solche Handlungen, seine Triebe und sogenannten Anfechtungen mit Achtung und Liebe behandeln. Dann zeigen sie ihren Sinn, und sie haben alle Sinn. – Wenn Ihnen wieder einmal etwas recht Tolles oder Sündhaftes einfällt, Sinclair, wenn Sie jemand umbringen oder irgendeine gigantische Unflätigkeit begehen möchten, dann denken Sie einen Augenblick daran, daß es Abraxas ist, der so in Ihnen phantasiert! Der Mensch, den Sie töten möchten, ist ja nie der

Herr Soundso, er ist sicher nur eine Verkleidung. Wenn wir einen Menschen hassen, so hassen wir in seinem Bild etwas, was in uns selber sitzt. Was nicht in uns selber ist, das regt uns nicht auf.«
Nie hatte mir Pistorius etwas gesagt, was mich so tief im Heimlichsten getroffen hatte. Ich konnte nicht antworten...
»Die Dinge, die wir sehen«, sagte Pistorius leise, »sind dieselben Dinge, die in uns sind. Es gibt keine Wirklichkeit als die, die wir in uns haben. Darum leben die meisten Menschen so unwirklich, weil sie die Bilder außerhalb für das Wirkliche halten und ihre eigene Welt in sich gar nicht zu Worte kommen lassen. Man kann glücklich dabei sein. Aber wenn man einmal das andere weiß, dann hat man die Wahl nicht mehr, den Weg der meisten zu gehen. Sinclair, der Weg der meisten ist leicht, unsrer ist schwer. – Wir wollen gehen.«

(1917)

Traum von einer Audienz bei Goethe

Aus einem unvollendeten Roman

Von

Hermann Hesse

Was mir von diesem Traume im Gedächtnis blieb, war dieses: Ich saß und wartete in einem altmodischen Vorzimmer. Zuerst wußte ich nur, daß ich bei einer Exzellenz angemeldet sei, dann fiel mir ein, daß es ja Herr von Goethe sei, von dem ich empfangen werden sollte. Leider war ich nicht ganz als Privatmann hier, sondern als Korrespondent einer modernen Zeitschrift, das störte mich sehr, und ich konnte nicht begreifen, welcher Teufel mich in diese Situation hineingeritten habe. Außerdem beunruhigte mich ein Skorpion, der soeben noch sichtbar gewesen war und an meinem Bein hochzuklettern versucht hatte. Ich hatte mich zwar gegen das kleine schwarze Kriechtier gewehrt und geschüttelt, wußte aber nicht, wo es jetzt stecke und wagte nirgends hinzugreifen.

Auch war ich nicht ganz sicher, ob man mich nicht aus Versehen statt bei Goethe bei Matthisson angemeldet habe, den ich aber im Traum mit Bürger verwechselte, denn ich schrieb ihm die Gedichte an Molly zu. Uebrigens wäre mir ein Zusammentreffen mit Molly höchst erwünscht gewesen, ich dachte sie mir wundervoll, weich, musikalisch, abendlich. Wäre ich nur nicht im Auftrag jener verwünschten Redaktion dagesessen! Mein Unmut hierüber stieg mehr und mehr und übertrug sich allmählich auch auf Goethe, gegen den ich nun mit einem Mal alle möglichen Bedenken und Vorwürfe hatte. Das konnte eine schöne Audienz geben! Der Skorpion aber, wenn auch gefährlich und vielleicht in meiner nächsten Nähe versteckt, war doch vielleicht nicht so schlimm; er konnte, so schien mir, vielleicht auch Freundliches bedeuten, es schien mir sehr möglich, daß er irgend etwas mit Molly zu tun habe, eine Art Bote von ihr sei oder ihr Wappentier, ein schönes, gefähr-

Vorabdruck aus H. Hesse, »Der Steppenwolf« in der »Frankfurter Zeitung« vom 12. 9. 1926

Traum von einer Audienz bei Goethe

(Aus dem »Steppenwolf«)

Was mir von diesem Traume im Gedächtnis blieb, war dieses: Ich saß und wartete in einem altmodischen Vorzimmer. Zuerst wußte ich nur, daß ich bei einer Exzellenz angemeldet sei, dann fiel mir ein, daß es ja Herr von Goethe sei, von dem ich empfangen werden sollte. Leider war ich nicht ganz als Privatmann hier, sondern als Korrespondent einer modernen Zeitschrift, das störte mich sehr, und ich konnte nicht begreifen, welcher Teufel mich in diese Situation hineingeritten habe. Außerdem beunruhigte mich ein Skorpion, der soeben noch sichtbar gewesen war und an meinem Bein hochzuklettern versucht hatte. Ich hatte mich zwar gegen das kleine schwarze Kriechtier gewehrt und geschüttelt, wußte aber nicht, wo es jetzt stecke, und wagte nirgends hinzugreifen.
Auch war ich nicht ganz sicher, ob man mich nicht aus Versehen statt bei Goethe bei Matthisson angemeldet habe, den ich aber im Traum mit Bürger verwechselte, denn ich schrieb ihm die Gedichte an Molly zu. Übrigens wäre mir ein Zusammentreffen mit Molly höchst erwünscht gewesen, ich dachte sie mir wundervoll, weich, musikalisch, abendlich. Wäre ich nur nicht im Auftrag jener verwünschten Redaktion dagesessen! Mein Unmut hierüber stieg mehr und mehr, und übertrug sich allmählich auch auf Goethe, gegen den ich nun mit einem Mal alle möglichen Bedenken und Vorwürfe hatte. Das konnte eine schöne Audienz geben! Der Skorpion aber, wenn auch gefährlich und vielleicht in meiner nächsten Nähe versteckt, war doch vielleicht nicht so schlimm; er konnte, so schien mir, vielleicht auch Freundliches bedeuten, es schien mir sehr möglich, daß er irgend etwas mit Molly zu tun habe, eine Art Bote von ihr sei oder ihr Wappentier, ein schönes, gefährliches Wappentier der Weiblichkeit und der Sünde. Konnte das Tier nicht vielleicht Vulpius heißen? Aber da riß ein Diener die Tür auf, ich erhob mich und ging hinein.
Da stand der alte Goethe, klein und sehr steif, und richtig hatte er einen dicken Ordensstern auf seiner Klassikerbrust. Immer noch schien er zu regieren, immer noch in Audienz zu empfangen, immer noch die Welt aus seinem Weimarer Museum her zu kontrollieren. Denn kaum hatte er mich erblickt, so nickte er ruckend mit dem Kopf wie ein alter Rabe und sprach feierlich: »Nun, ihr

jungen Leute, Ihr seid ja wohl mit uns und unseren Bemühungen recht wenig einverstanden?«

»Ganz richtig«, sagte ich, von seinem Ministerblick durchkältet. »Wir jungen Leute sind in der Tat nicht mit Ihnen einverstanden, alter Herr. Sie sind uns zu feierlich, Exzellenz, und zu eitel und wichtigtuerisch und zu wenig aufrichtig. Dies dürfte das Wesentliche sein: zu wenig aufrichtig.«

Der kleine alte Mann bewegte den strengen Kopf etwas nach vorn, und indem sein harter, amtlich gefalteter Mund sich in einem kleinen Lächeln entspannte und entzückend lebendig wurde, schlug mir plötzlich das Herz, denn es fiel mir auf einmal das Gedicht ein »Dämmrung senkte sich von oben«, und daß dieser Mann und dieser Mund es sei, aus dem die Worte jenes Gedichtes gekommen waren. Eigentlich war ich in diesem Augenblick schon vollkommen entwaffnet und übermannt und wäre am liebsten vor ihn hingekniet. Aber ich hielt mich stramm und hörte aus seinem lächelnden Munde die Worte: »Ei, also der Unaufrichtigkeit zeihen Sie mich? Was das für Worte sind! Wollen Sie sich nicht näher erklären?« Gerne wollte ich das, sehr gerne.

»Sie haben, Herr von Goethe, gleich allen großen Geistern die Fragwürdigkeit, die Hoffnungslosigkeit des Menschenlebens deutlich erkannt und gefühlt: die Herrlichkeit des Augenblicks und sein elendes Verwelken, die Unmöglichkeit, eine schöne Höhe des Gefühls anders zu bezahlen als durch die Kerkerhaft des Alltags, die brennende Sehnsucht nach dem Reich des Geistes, die mit der ebenso brennenden und ebenso heiligen Liebe zur verlorenen Unschuld der Natur in ewigem tödlichem Kampfe liegt, dies ganze furchtbare Schweben im Leeren und Ungewissen, dies Verurteiltsein zum Vergänglichen, niemals Vollgültigen, ewig Versuchhaften und Dilettantischen – kurz: die ganze Aussichtslosigkeit, Verstiegenheit und brennende Verzweiflung des Menschseins. Dies alles haben Sie gekannt, sich je und je auch dazu bekannt, und dennoch haben Sie mit Ihrem ganzen Leben das Gegenteil gepredigt, haben Glauben und Optimismus geäußert, haben sich und anderen eine Dauer und einen Sinn unserer geistigen Anstrengungen vorgespiegelt. Sie haben die Bekenner der Tiefe, die Stimmen der verzweifelten Wahrheit abgelehnt und unterdrückt, in sich selbst ebenso wie in Kleist und Beethoven. Sie haben jahrzehntelang so getan, als sei das Anhäufen von Wissen, von Sammlungen, das Schreiben und Sammeln von Briefen, als sei

Ihre ganze Weimarer Altersexistenz in der Tat ein Weg, um den Augenblick zu verewigen, den Sie doch nur mumifizieren konnten, um die Natur zu vergeistigen, die Sie doch nur zur Maske stilisieren konnten. Das ist die Unaufrichtigkeit, die wir Ihnen vorwerfen.«

Nachdenklich blickte der alte Geheimrat mir in die Augen, sein Mund lächelte noch immer. Dann fragte er zu meiner Verwunderung: »Die Zauberflöte von Mozart muß Ihnen dann wohl recht sehr zuwider sein?«

Und noch ehe ich protestieren konnte, fuhr er fort: »Die Zauberflöte stellt das Leben als einen köstlichen Gesang dar, sie preist unsere Gefühle, die doch vergänglich sind, wie etwas Ewiges und Göttliches, sie stimmt weder dem Herrn v. Kleist noch dem Herrn Beethoven zu, sondern predigt Optimismus und Glauben.«

»Ich weiß, ich weiß!« rief ich wütend. »Weiß Gott, wie Sie gerade auf die Zauberflöte verfallen sind, die mir das Liebste auf der Welt ist! Aber Mozart ist nicht zweiundachtzig Jahre alt geworden und hat nicht in seinem persönlichen Leben diese Ansprüche an Dauer, an Ordnung, an steife Würde gestellt wie Sie! Er hat sich nicht so wichtig gemacht! Er hat seine göttlichen Melodien gesungen und ist arm gewesen und ist früh gestorben, arm, verkannt – –«

Der Atem ging mir aus. Tausend Dinge hätten jetzt in zehn Worten gesagt werden müssen, ich begann an der Stirn zu schwitzen.

Goethe aber sagte sehr freundlich: »Daß ich 82 Jahre alt geworden bin, mag immerhin unverzeihlich sein. Mein Vergnügen daran war indessen geringer, als Sie denken mögen. Sie haben recht: ein großes Verlangen nach Dauer hat mich stets erfüllt, ich habe stets den Tod gefürchtet und bekämpft. Ich glaube, der Kampf gegen den Tod, das unbedingte und eigensinnige Lebenwollen ist der Antrieb, aus welchem alle hervorragenden Menschen gehandelt und gelebt haben. Daß man am Ende dennoch sterben muß, dies hingegen, mein junger Freund, habe ich mit 82 Jahren ebenso bündig bewiesen, wie wenn ich als Schulknabe gestorben wäre. Wenn es zu meiner Rechtfertigung dienen kann, möchte ich dies noch sagen: in meiner Natur ist viel Kindliches gewesen, viel Neugierde und Spieltrieb, viel Lust zum Zeitvergeuden. Nun, und da habe ich eben etwas lange gebraucht, bis ich einsah, es müsse des Spielens einmal genug sein.«

Während er dies sagte, lächelte er ganz durchtrieben, geradezu schlingelhaft. Seine Gestalt war größer geworden, die steife Haltung und die krampfhafte Würde im Gesicht war verschwunden. Und die Luft um uns her war jetzt ganz voll von lauter Melodien, lauter Goetheliedern, ich hörte Mozarts Veilchen und Schuberts »Füllest wieder Busch und Tal« deutlich heraus. Und Goethes Gesicht war jetzt rosig und jung und lachte und glich bald dem Mozart, bald dem Schubert wie ein Bruder, und der Stern auf seiner Brust bestand aus lauter Wiesenblumen, eine gelbe Primel blühte froh und feist aus seiner Mitte hervor.

Es paßte mir nicht ganz, daß der alte Mann sich meinen Fragen und Anklagen auf eine so scherzhafte Art entziehen wollte, und ich blickte ihn vorwurfsvoll an. Da neigte er sich vor und brachte seinen Mund, den schon ganz kindlich gewordenen Mund, dicht an mein Ohr und flüsterte leise in mein Ohr hinein: »Mein Junge, du nimmst den alten Goethe viel zu ernst. Alte Leute, die schon gestorben sind, muß man nicht ernst nehmen, man tut ihnen sonst unrecht. Wir Unsterblichen lieben das Ernstnehmen nicht, wir lieben den Spaß. Der Ernst, mein Junge, ist eine Angelegenheit der Zeit; er entsteht, soviel will ich dir verraten, aus einer Überschätzung der Zeit. Auch ich habe den Wert der Zeit einst überschätzt, darum wollte ich hundert Jahre alt werden. In der Ewigkeit aber, siehst du, gibt es keine Zeit; die Ewigkeit ist bloß ein Augenblick, gerade lang genug für einen Spaß.«

In der Tat war kein ernstes Wort mehr mit dem Mann zu reden, er tänzelte vergnügt und gelenkig auf und nieder und ließ die Primel aus seinem Stern bald wie eine Rakete herausschießen, bald klein werden und verschwinden. Während er mit seinen Tanzschritten und Figuren glänzte, mußte ich denken, daß dieser Mann es wenigstens nicht versäumt habe, tanzen zu lernen. Er konnte es wundervoll. Da fiel der Skorpion mir wieder ein oder vielmehr Molly, und ich rief Goethe zu: »Sagen Sie, ist Molly nicht da?«

Goethe lachte laut. Er ging zu seinem Tisch, schloß ein Schubfach auf, nahm eine kostbare lederne oder samtene Dose heraus, öffnete sie und hielt sie mir unter die Augen. Da lag klein, tadellos und schimmernd ein winziges Frauenbein auf dem dunklen Sammet, ein entzückendes Bein, im Knie ein wenig gebogen, der Fuß nach unten gestreckt, in die zierlichsten Zehen spitz auslaufend.

Ich streckte die Hand aus und wollte das kleine Bein an mich nehmen, das mich ganz verliebt machte, aber sowie ich mit zwei Fingern zugreifen wollte, schien das Spielzeug sich mit einem winzigen Zuck zu bewegen, und es kam mir plötzlich der Verdacht, dies könne der Skorpion sein. Goethe schien das zu begreifen, schien sogar gerade dies gewollt und bezweckt zu haben, diese tiefe Verlegenheit, diesen zuckenden Zwiespalt von Begehren und Angst. Er hielt mir das reizende Skorpiönchen ganz nahe vors Gesicht, sah mich danach verlangen, sah mich davor zurückschaudern, und dies schien ihm ein großes Vergnügen zu machen. Während er mich mit dem holden gefährlichen Ding neckte, war er wieder ganz alt geworden, uralt, tausend Jahre alt, mit schneeweißem Haar, und sein welkes Greisengesicht lachte still und lautlos, lachte heftig in sich hinein mit einem abgründigen Greisenhumor.

(1926)

Mit Mozart im magischen Theater

(Aus dem »Steppenwolf«)

Ich hörte, aus den leeren Räumen im Innern des Theaters her, eine Musik tönen, eine schöne und schreckliche Musik, jene Musik aus dem »Don Juan«, die das Auftreten des steinernen Gastes begleitet. Schauerlich hallten die eisigen Klänge durch das gespenstische Haus, aus dem Jenseits, von den Unsterblichen kommend.

Mozart! dachte ich und beschwor damit die geliebtesten und höchsten Bilder meines inneren Lebens.

Da klang hinter mir ein Gelächter, ein helles und eiskaltes Gelächter, aus einem den Menschen unerhörten Jenseits von Gelittenhaben, von Götterhumor geboren. Ich wandte mich um, durchfroren und beseligt von diesem Lachen, und da kam Mozart gegangen, lachend ging er an mir vorüber, schlenderte gelassen auf eine der Logentüren zu, öffnete sie und trat ein, und ich folgte ihm begierig, dem Gott meiner Jugend, dem lebenslangen Ziel meiner Liebe und Verehrung. Die Musik erklang weiter. Mozart stand an der Logenbrüstung, vom Theater war nichts zu sehen, den grenzenlosen Raum füllte Finsternis.

»Sie sehen«, sagte Mozart, »es geht auch ohne Saxophon. Obwohl ich diesem famosen Instrument gewiß nicht zu nahe treten möchte.«

»Wo sind wir?« fragte ich.

»Wir sind im letzten Akt des Don Giovanni, Leporello liegt schon auf den Knien. Eine vortreffliche Szene, und auch die Musik kann sich hören lassen, nun ja. Wenn sie auch noch allerlei sehr Menschliches in sich hat, man spürt doch schon das Jenseits heraus, das Lachen – nicht?«

»Es ist die letzte große Musik, die geschrieben worden ist«, sagte ich feierlich wie ein Schullehrer. »Gewiß, es kam noch Schubert, es kam noch Hugo Wolf, und auch den armen herrlichen Chopin darf ich nicht vergessen. Sie runzeln die Stirn, Maestro – o ja, auch Beethoven ist ja da, auch er ist wunderbar. Aber das alles, so schön es sei, hat schon etwas von Bruchstück, von Auflösung in sich, ein Werk von so vollkommenem Guß ist seit dem Don Giovanni nicht mehr von Menschen gemacht worden.«

»Strengen Sie sich nicht an«, lachte Mozart, furchtbar spöttisch. »Sie sind ja wohl selber Musikant? Nun, ich habe das Metier aufgegeben, ich habe mich zur Ruhe gesetzt. Nur spaßeshalber sehe ich zuweilen dem Betrieb noch zu.«

Er hob die Hände, als dirigierte er, und ein Mond oder sonst ein bleiches Gestirn ging irgendwo auf, über die Brüstung blickte ich in unmeßbare Raumtiefen, Nebel und Wolken zogen darin, Gebirge dämmerten und Meergestade, unter uns dehnte sich weltenweit eine wüstenähnliche Ebene. In dieser Ebene sahen wir einen ehrwürdig aussehenden alten Herrn mit langem Barte, der mit wehmütigem Gesicht einen gewaltigen Zug von einigen zehntausend schwarzgekleideten Männern anführte. Er sah betrübt und hoffnungslos aus, und Mozart sagte:

»Sehen Sie, das ist Brahms. Er strebt nach der Erlösung, aber damit hat es noch gute Weile.«

Ich erfuhr, daß die schwarzen Tausende alle die Spieler jener Stimmen und Noten waren, welche nach göttlichem Urteil in seinen Partituren überflüssig gewesen wären.

»Zu dick instrumentiert, zuviel Material vergeudet«, nickte Mozart.

Und gleich darauf sahen wir an der Spitze eines ebenso großen Heeres Richard Wagner marschieren und fühlten, wie die schweren Tausende an ihm zogen und sogen; müde mit Dulderschritten sahen wir auch ihn sich schleppen.

»In meiner Jugendzeit«, bemerkte ich traurig, »galten diese beiden Musikanten für die denkbar größten Gegensätze.«

Mozart lachte.

»Ja, das ist immer so. Aus einiger Entfernung gesehen, pflegen solche Gegensätze einander immer ähnlicher zu werden. Das dicke Instrumentieren war übrigens weder Wagners noch Brahms' persönlicher Fehler, es war ein Irrtum ihrer Zeit.«

»Wie? Und für den müssen sie nun so schwer büßen?« rief ich anklagend.

»Selbstverständlich. Es ist der Instanzenweg. Erst wenn sie die Schuld ihrer Zeit abgetragen haben, wird sich zeigen, ob noch so viel Persönliches übrig ist, daß sich eine Abrechnung darüber lohnt.«

»Aber sie können doch beide nichts dafür!«

»Natürlich nicht. Sie können auch nichts dafür, daß Adam den Apfel gefressen hat, und müssen es doch büßen.«

»Das ist aber furchtbar.«

»Gewiß, das Leben ist immer furchtbar. Wir können nichts dafür und sind doch verantwortlich. Man wird geboren, und schon ist man schuldig. Sie müssen einen merkwürdigen Religionsunterricht genossen haben, wenn Sie das nicht wußten.«

Mir war recht elend geworden. Ich sah mich selbst, einen todmüden Pilger, durch die Wüste des Jenseits ziehen, beladen mit den vielen entbehrlichen Büchern, die ich geschrieben, mit all den Aufsätzen, mit allen den Feuilletons, gefolgt vom Heer der Setzer, die daran hatten arbeiten, vom Heer der Leser, die das alles hatten schlucken müssen. Mein Gott! Und Adam und der Apfel und die ganze übrige Erbsünde waren außerdem noch da. Alles dieses also war abzubüßen, endloses Fegefeuer, und erst dann würde die Frage entstehen, ob hinter alledem auch noch etwas Persönliches, etwas Eigenes vorhanden, oder ob all mein Tun und seine Folgen bloß leerer Schaum auf dem Meere, bloß sinnloses Spiel im Fluß des Geschehens war!

Mozart begann laut zu lachen, als er mein langes Gesicht sah. Vor Lachen überschlug er sich in der Luft und schlug Triller mit den Beinen. Dazu schrie er mich an: »He, mein Junge, beißt dich die Zunge, zwickt dich die Lunge? Denkst du an deine Leser, die Äser, die armen Gefräßer, und an deine Setzer, die Ketzer, die verfluchten Hetzer, die Säbelwetzer? Das ist ja zum Lachen, du Drachen, zum lauten Lachen, zum Verkrachen, zum In-die-Hosen-Machen! O du gläubiges Herze, mit deiner Druckerschwärze, mit deinem Seelenschmerze, ich stifte dir eine Kerze, nur so zum Scherze. Geschnickelt, geschnackelt, spektakelt, schabernackelt, mit dem Schwanz gewackelt, nicht lang gefackelt. Gott befohlen, der Teufel wird dich holen, verhauen und versohlen für dein Schreiben und Kohlen, hast ja alles zusammengestohlen.«

Dies hingegen war mir zu stark, der Zorn ließ mir keine Zeit mehr, der Wehmut nachzuhängen. Ich packte Mozart am Zopf, er flog davon, der Zopf wurde länger und länger, wie ein Kometenschweif, an dessen Ende ich hing und durch die Welt gewirbelt wurde. Teufel, war es kalt in dieser Welt! Diese Unsterblichen vertrugen eine scheußlich dünne Eisluft. Aber sie machte vergnügt, diese eisige Luft, das spürte ich noch in dem kurzen Augenblick, eh mir die Sinne vergingen. Es durchdrang mich eine bitterscharfe, stahlblanke, eisige Heiterkeit, eine Lust, ebenso hell, wild und außerirdisch zu lachen, wie Mozart es getan hatte. Aber da war Atem und Bewußtsein zu Ende.

(1926)

Gedichte

Eine Stunde hinter Mitternacht

Eine Stunde hinter Mitternacht,
Wo nur der Wald und der späte Mond
Und keine einzige Menschenseele wacht,
Steht breit und groß ein weißes Schloß,
Nur von mir und meinen Träumen bewohnt.

Dort prunkt in Bildern Saal an Saal,
Und meine Träume sind zu Gast
Bei mir. Rundum geht der Pokal,
Und Liedergruß und Plauderfluß
Bringt erst der frühe Tag zur Rast.

Der pocht derbfäustig an die Wand
Und tritt herein, und schilt, und hält
Die Sonnenlampe in der Hand.
Und wie ein Licht im Wind zerbricht,
Zerstiebt mir meine Träumewelt.

Von allen Wänden fällt die Pracht,
Das strenge Leben gellt herein
Und ich muß dienen seiner Macht
Scheu und verzagt, ins Joch geplagt,
– O Mitternacht, wie harr ich dein!

(1897)

Elisabeth

Wie eine weiße Wolke
Am hohen Himmel steht,
So weiß und schön und ferne
Bist du, Elisabeth.

Die Wolke geht und wandert,
Kaum hast du ihrer acht,
Und doch durch deine Träume
Geht sie in dunkler Nacht.

Geht und erglänzt so silbern,
Daß fortan ohne Rast
Du nach der weißen Wolke
Ein süßes Heimweh hast.

(1900)

Mon rêve familier

Ich träume wieder von der Unbekannten,
Die schon so oft im Traum vor mir gestanden.

Wir lieben uns, sie streicht das wirre Haar
Mir aus der Stirn mit Händen wunderbar.

Und sie versteht mein rätselhaftes Wesen
Und kann in meinem dunklen Herzen lesen.

Du fragst mich: ist sie blond? Ich weiß es nicht.
Doch wie ein Märchen ist ihr Angesicht.

Und wie sie heißt? Ich weiß nicht. Doch es klingt
Ihr Name süß, wie wenn die Ferne singt –

Wie Eines Name, den du Liebling heißt
Und den du ferne und verloren weißt.

Und ihrer Stimme Ton ist dunkelfarben
Wie Stimmen von Geliebten, die uns starben.

(Aus dem Französischen des Paul Verlaine)
(1901)

Traum

Es ist immer derselbe Traum:
Ein rotblühender Kastanienbaum,
Ein Garten, voll von Sommerflor,
Einsam ein altes Haus davor.

Dort, wo der stille Garten liegt,
Hat meine Mutter mich gewiegt;
Vielleicht – es ist so lange her –
Steht Garten, Haus und Baum nicht mehr.

Vielleicht geht jetzt ein Wiesenweg
Und Pflug und Egge drüber weg,
Von Heimat, Garten, Haus und Baum
Ist nichts geblieben als mein Traum.

(1901)

Landstreicherherberge

Wie fremd und wunderlich das ist,
Daß immerfort in jeder Nacht
Der leise Brunnen weiterfließt,
Vom Ahornschatten kühl bewacht.

Und immer wieder wie ein Duft
Der Mondschein auf den Giebeln liegt
Und durch die kühle, dunkle Luft
Die leichte Schar der Wolken fliegt!

Das alles steht und hat Bestand,
Wir aber ruhen eine Nacht
Und gehen weiter über Land,
Wird uns von niemand nachgedacht.

Und dann, vielleicht nach manchem Jahr,
Fällt uns im Traum der Brunnen ein
Und Tor und Giebel, wie es war
Und jetzt noch und noch lang wird sein.

Wie Heimatahnung glänzt es her
Und war doch nur zu kurzer Rast
Ein fremdes Dach dem fremden Gast,
Er weiß nicht Stadt nicht Namen mehr.

Wie fremd und wunderlich das ist,
Daß immerfort in jeder Nacht
Der leise Brunnen weiterfließt,
Vom Ahornschatten kühl bewacht!

(1901)

Venezianisches Gondelgespräch

Was ich träume, fragst du? Daß wir beide
Gestern starben und im weißen Kleide,
Weiße Blumen in den losen Haaren,
In der schwarzen Gondel meerwärts fahren.
Glocken läuten fern vom Kampanile,
Werden leiser, werden bald vom Kiele
Übergurgelt, den die Wellen schlagen.
Weiter meerwärts werden wir getragen,
Dorthin, wo mit himmelhohen Masten
Schiffe schwarz am Horizonte rasten,
Wo die Fischerbarken mit den feuchten
Rot und gelben Segeln tiefer leuchten,
Wo die blauen großen Wogen brausen,
Wo die wilden Schiffermöwen hausen.
Dort, durch eines Wassertores blauen Rachen
Segelt abwärts unser leichter Nachen
In die Tiefen, deren weite Räume
Fremd erfüllen die Korallenbäume,
Wo in Muscheln, die verborgen glimmern,
Bleiche Riesenperlen köstlich schimmern,
Scheue Silberfische glänzen leise
Uns vorbei und lassen Farbengleise,
Deren Furchen andre überglänzen
Mit den goldenroten, schlanken Schwänzen.
Träumend dort in meilentiefer Tiefe
Wird uns sein, als ob zuweilen riefe
Einer Glocke Ton, ein Windeswehen,
Deren fernes Lied wir nicht verstehen,
Deren fernes Lied von engen Gassen
Redet, die wir langeher verlassen,

Und von Dingen, die wir ehmals kannten,
Und von Wegen, die wir ehmals fanden.
Einer Straße, eines Kircheninnern
Werden wir verwundert uns erinnern,
Eines Gondelrufs und mancher Namen,
Die wir manchesmal vorzeit vernahmen.
Lächelnd, wie im Schlaf die Kinder pflegen,
Werden wir die stummen Lippen regen,
Und das Wort wird, eh wir's können lallen,
In Vergessenheit und Traumtod fallen.
Über uns die großen Schiffe gleiten,
Dunkle Barken bunte Segel breiten,
Große Vögel in der Sonne fliegen,
Blanke Netze auf dem Wasser liegen,
Und darüber hoch und rein gezogen
Eines Sonnenhimmels blauer Bogen.

(1901)

Inspiration

Nacht. Finsternis. In müder Hand
Laß ich von Tages lautem Tun
Abwärts zur ewigen Nacht gewandt
Die Stirne ruhn.
Wie still! Wie ohne Laut die Weite!
Kaum rauscht im Weg ein welkes Blatt,
Der Wolken dunkle Reise hat
Nicht Mond, nicht Sterne zum Geleite.
Langsam entgleitet meiner Brust
Der arge Stachel, unbewußt
Streift alles, was sie tags umgab,
Die Seele ab.
Was Tröstliches und Liebes ihr bekannt,
Tritt aus des Traumes Wunderheimatland
Vertraut hervor und neigt sich über sie.
O Seelentrösterin, sei mir willkommen,
Du Ahnungsvolle, deren Melodie
So oft den Alp von meiner Brust genommen!

Auf deine Stimme laß mich wieder,
Traumtiefer Born geschmückter Lieder,
Auf deiner Silbersaiten Rauschen
Entrückt und traumverloren lauschen!

(1902)

Traum von der Mutter

Draußen auf den warmen Wiesen
Will ich nach den Wolken sehen
Und die müden Augen schließen
Und ins Träumeland hinüber
Hin zu meiner Mutter gehen.

Oh, sie hat mich schon vernommen!
Leise geht sie mir entgegen,
Der ich ferneher gekommen,
Meine Stirne, meine Hände
Still in ihren Schoß zu legen.

Wird sie jetzt nach Dingen fragen,
Die ich nur mit Scham gestehe
Und mit bitterlichen Klagen?
Nein, sie lacht! Sie lacht und freut sich
Meiner lang vermißten Nähe.

(1904)

Mittag im September

Es hält der blaue Tag
Für eine Stunde auf der Höhe Rast.
Sein Licht hält jedes Ding umfaßt,
Wie man's in Träumen sehen mag:
Daß schattenlos die Welt,
In Blau und Gold gewiegt,
In lauter Duft und reifem Frieden liegt.

– Wenn auf dies Bild ein Schatten fällt! –

Kaum hast du es gedacht,
So ist die goldene Stunde
Aus ihrem leichten Traum erwacht,
Und bleicher wird, indes sie stiller lacht,
Und kühler wird die Sonne in der Runde.

(1905)

Wohl lieb ich die finstre Nacht

Wohl lieb ich die finstre Nacht;
Oft aber, wenn sie also bleich
Und düster wie aus Schmerzen lacht.
Graut mir vor ihrem argen Reich
Und ich sehne mich, die Sonne zu schauen
Und lichterfüllte Wolken im Blauen,
Um warm in glänzenden Tagesräumen
Von der Nacht zu träumen.

(1905)

Wir leben hin …

Wir leben hin in Form und Schein
Und ahnen nur in Leidestagen
Das ewig wandellose Sein,
Von dem uns dunkle Träume sagen.

Wir freuen uns an Trug und Schaum,
Wir gleichen führerlosen Blinden,
Wir suchen bang in Zeit und Raum,
Was nur im Ewigen zu finden.

Erlösung hoffen wir und Heil
In wesenlosen Traumesgaben –
Da wir doch Götter sind und teil
Am Urbeginn der Schöpfung haben.

(1907)

Nacht

Ich habe meine Kerze ausgelöscht;
Zum offenen Fenster strömt die Nacht herein,
Umarmt mich sanft und läßt mich ihren Freund
Und ihren Bruder sein.

Wir beide sind am selben Heimweh krank;
Wir senden ahnungsvolle Träume aus
Und reden flüsternd von der alten Zeit
In unsres Vaters Haus.

(1907)

Traum

Aus einem argen Traume aufgewacht
Sitz ich im Bett und starre in die Nacht.

Mir graut vor meiner eignen Seele tief,
Die solche Bilder aus dem Dunkel rief.

Die Sünden, die ich da im Traum getan,
Sind sie mein eigen Werk? Sind sie nur Wahn?

Ach, was der schlimme Traum mir offenbart,
Ist bitter wahr, ist meine eigne Art.

Aus eines unbestochenen Richters Mund
Ward mir ein Flecken meines Wesens kund.

Zum Fenster atmet kühl die Nacht herein
Und schimmert nebelhaft in grauem Schein.

O süßer, lichter Tag, komm du heran
Und heile, was die Nacht mir angetan!

Durchleuchte mich mit deiner Sonne, Tag,
Daß wieder ich vor dir bestehen mag!

Und mache mich, ob's auch in Schmerzen sei,
Vom Grauen dieser bösen Stunde frei!

(1907)

Schlaflosigkeit

An der letzten Grenze des Bewußtseins
Lauert müd und grimmig wachsam der Geist,
Tausend Leben in Augenblicken
Schattenhaft lebend, fiebermüd
Und in Ewigkeit keiner Ruhe gewärtig.
Dunkel lodert aus träumendem Aderspiel
Sehnsucht nach Leben – nach Tod,
Deren der Geist mit bittrem Lächeln
Greisenhaft spottet.
In schweigender Folter
Atmen die tausend Nerven ihr feines
Horchendes Leben, auf jeden Laut
Antwort gebend und jede Regung der Nacht
Mit schmerzlicher Spannung erlauschend.

Da – Musik! Aus zitternden Fernen her
Wehen Töne, edle, heilige Töne,
Schlingen Reigen und schöpfen die Nacht,
Die furchtbar lange, spielend
In lebendige Takte, lösen die Zeit
Lächelnd aus der Unendlichkeit.

Sieh, und farbig aus Tiefen her
Der ermüdeten Seele steigen
Liebevoll die Gebilde des Tags;
Selig schwelgt die Erinnerung
Lichter, wahrhaftiger Bilder voll.

Blühende Bäume! Kinder im Reigenspiel!
Blumen, Farben, leuchtende Menschenaugen
Grüßen erstaunt und unverloren
In die gestaltenlose Düsternis.

Wie in glühender Sommernacht
Welkende Gärten der Tau berührt,
Rührt mir Erinnerung leise mit Zauberhand
An die schweigenden Saiten, und träumend
Wandeln die Sinne im Spiegel der Wirklichkeit.

O Erinnerung, einzige Göttin du,
Trösterin, sei mir gegrüßt!
Still nun und lauschend wie ein Bezauberter
Schau ich die Reihen ehmals gelebter Stunden
Unzerstört im ewigen Tage wandeln,
Jede vollkommen, jede der Zeit entrückt.
Heimlich duftet indes im Fenster die Nacht,
Heimlich wartet der goldene Schlaf und wirft mir
Schon vom nahenden Land
Seine rettenden Seile zu.

(1908)

Vergiß es nicht

Es ist kein Tag so streng und heiß,
Des sich der Abend nicht erbarmt,
Und den nicht gütig, lind und leis
Die mütterliche Nacht umarmt.

Auch du, mein Herz, getröste dich,
So heiß dein Sehnen dich bedrängt,
Die Nacht ist nah, die mütterlich
In sanfte Arme dich empfängt.

Es wird ein Bett, es wird ein Schrein
Dem ruhelosen Wandergast
Von fremder Hand bereitet sein,
Darin du endlich Ruhe hast.

Vergiß es nicht, mein wildes Herz,
Und liebe sehnlich jede Lust
Und liebe auch den bittern Schmerz,
Eh du für immer ruhen mußt.

Es ist kein Tag so streng und heiß,
Des sich der Abend nicht erbarmt,
Und den nicht gütig, lind und leis
Die mütterliche Nacht umarmt.

(1908)

Beim Schlafengehen

Nun der Tag mich müd gemacht,
Soll mein sehnliches Verlangen
Freundlich die gestirnte Nacht
Wie ein müdes Kind empfangen.

Hände laßt von allem Tun,
Stirn vergiß du alles Denken,
Alle meine Sinne nun
Wollen sich in Schlummer senken.

Und die Seele unbewacht
Will in freien Flügen schweben,
Um im Zauberkreis der Nacht
Tief und tausendfach zu leben.

(1911)

Adagio

Traum gibt, was Tag verschloß;
Nachts, wenn der Wille erliegt,
Streben befreite Kräfte empor,
Göttlicher Ahnung folgend.
Wald rauscht und Strom, und durch der regen Seele
Nachtblauen Himmel Wetterleuchten weht.
In mir und außer mir
Ist ungeschieden, Welt und ich sind eins.
Wolke weht durch mein Herz,
Wald träumt meinen Traum,
Haus und Birnbaum erzählen mir
Die vergessene Sage gemeinsamer Kindheit.
Ströme hallen und Schluchten schatten in mir,
Mond ist und bleicher Stern mein vertrauter Gespiele.
Aber die milde Nacht,
Die sich über mich mit sanftem Gewölke neigt,
Hat meiner Mutter Gesicht,
Küßt mich lächelnd in unerschöpflicher Liebe,
Schüttelt träumerisch wie in alter Zeit
Ihr geliebtes Haupt, und ihr Haar
Wallt durch die Welt, und es zittern
Blaß aufzuckend darin die tausend Sterne.

(1912)

Jeden Abend

Jeden Abend sollst du deinen Tag
Prüfen, ob er Gott gefallen mag,
Ob er freudig war in Tat und Treue,
Ob er mutlos lag in Angst und Reue;
Sollst die Namen deiner Lieben nennen,
Haß und Unrecht still vor dir bekennen,
Sollst dich alles Schlechten innig schämen,
Keinen Schatten mit ins Bette nehmen,
Alle Sorgen von der Seele tun,
Daß sie fern und kindlich möge ruhn.

Dann getrost in dem geklärten Innern
Sollst du deines Liebsten dich erinnern,
Deiner Mutter, deiner Kinderzeit;
Sieh, dann bist du rein und bist bereit,
Aus dem kühlen Schlafborn tief zu trinken,
Wo die goldnen Träume tröstend winken,
Und den neuen Tag mit klaren Sinnen
Als ein Held und Sieger zu beginnen.

(1912)

Zusammenhang

Aus lang verschwundener Völker Liedern her
Klingt oft ein Ton verwandt uns bis ins Herz,
Daß wir betroffen und mit halbem Schmerz
Hinüberlauschen, ob dort Heimat wär.

So auch ist unsres Herzschlags Ab und Auf
In festem Bann geknüpft ans Herz der Welt,
Das unsern Schlaf und unser Wachen hält
Im Einklang mit der Sonn' und Sterne Lauf.

Und unsrer wildesten Wünsche trübe Flut
Und unsrer frechsten Träume Fieberbrand
Ist Geist vom Urgeist, der noch nie geruht.

So gehn wir, unsre Fackeln in der Hand,
Gezeugt, genährt von uralt heiliger Glut
Und ewig neuen Sonnen zugewandt.

(1912)

Frühlingsnacht

Im Kastanienbaum der Wind
Reckt verschlafen sein Gefieder,
An den spitzen Dächern rinnt
Dämmerung und Mondschein nieder.

Alle Brunnen rauschen kühl
Vor sich hin verworrene Sagen,
Zehnuhrglocken im Gestühl
Rüsten feierlich zum Schlagen.

In den Gärten unbelauscht
Schlummern mondbeglänzte Bäume,
Durch die runden Kronen rauscht
Tief das Atmen schöner Träume.

Zögernd leg ich aus der Hand
Meine warmgespielte Geige,
Staune weit ins blaue Land,
Träume, sehne mich und schweige.

(1912)

Neues Erleben

Wieder seh ich Schleier sinken,
Und Vertrautestes wird fremd,
Neue Sternenräume winken,
Seele schreitet traumgehemmt.

Abermals in neuen Kreisen
Ordnet sich um mich die Welt,
Und ich seh mich eiteln Weisen
Als ein Kind hineingestellt.

Doch aus früheren Geburten
Zuckt entfernte Ahnung her:
Sterne sanken, Sterne wurden,
Und der Raum war niemals leer.

Seele beugt sich und erhebt sich,
Atmet in Unendlichkeit,
Aus zerrißnen Fäden webt sich
Neu und schöner Gottes Kleid.

(1914)

Die Nacht

Blume duftet im Tal,
Ferne Blume der Kindheit,
Die nur selten dem Träumer
Ihre verborgenen Kelche öffnet
Und das Innre, Abbild der Sonne, zeigt.
Auf den blauen Gebirgen
Wandelt die blinde Nacht,
Überm Schoß das dunkle Gewand gerafft,
Streut sie ziellos und lächelnd
Ihre Gaben, die Träume, aus.
Unten lagern, vom Tag verbrannt,
Schlafende Menschen;
Ihre Augen sind voller Traum,
Seufzend wenden viele das Antlitz
Hin nach der Blume der Kindheit,
Deren Duft sie zärtlich ins Dunkel lockt
Und dem väterlich strengen
Ruf des Tages tröstlich entfremdet.
Rast des Ermüdeten ist's,
In der Mutter Umarmung zurückzufliehn,
Die mit lässigen Händen
Über das Haar dem Träumenden streicht.
Kinder sind wir, rasch macht die Sonne uns müd,
Die uns doch Ziel und heilige Zukunft ist,
Und aufs neue an jedem Abend
Fallen wir klein in der Mutter Schoß,
Lallen Namen der Kindheit,
Tasten den Weg zu den Quellen zurück.
Auch der einsame Sucher,
Der den Flug zur Sonne sich vorgesetzt,
Taumelt, auch er, um die Mitternacht
Rückwärts seiner fernen Herkunft entgegen.
Und der Schläfer, wenn ihn ein Angsttraum weckt,
Ahnt im Dunkeln mit irrer Seele
Zögernde Wahrheit:
Jeder Lauf, ob zur Sonne oder zur Nacht,
Führt zum Tode, führt zu neuer Geburt,
Deren Schmerzen die Seele scheut.

Hermann Hesse, 1917

Aber alle gehen den Weg,
Alle sterben, alle werden geboren,
Denn die ewige Mutter
Gibt sie ewig dem Tag zurück.

(1917)

Verlorenheit

Nachtwandler, tast ich mich durch Wald und Schlucht,
Phantastisch um mich glüht ein Zauberkreis,
Nicht achtend, ob umworben, ob verflucht,
Folg ich getreu dem inneren Geheiß.

Wie oft hat mich die Wirklichkeit geweckt,
In der ihr lebt, und mich zu sich befohlen!
Ich stand in ihr ernüchtert und erschreckt
Und habe bald mich wieder fortgestohlen.

O warme Heimat, der ihr mich entzieht,
O Liebestraum, aus dem ihr mich gestört,
Zu dir zurück auf tausend Schlichen flieht
Mein Wesen, wie zum Meer das Wasser kehrt.

Mich leiten heimlich Quellen mit Gesang,
Traumvögel rühren glänzendes Gefieder;
Aufklingt aufs neue meiner Kindheit Klang,
Im Goldgeflecht, im süßen Bienensang
Find ich mich endlich bei der Mutter wieder.

(1918)

Erwachen in der Nacht

Mond vom Fenster weckte mich,
Schlafbeschwerte Augen ringen,
In der Blässe feierlich
Ahn ich neue Träume schwingen.

Da und dort ein Hell und Weiß,
Hinter allem blaue Schwärzen,
Glasig spiegelndes Gegleiß,
Teufelsschwanz und fromme Kerzen.

Aus dem Hell und Dunkel baut
Traumgeist schweigende Paläste,
Block und Beil, bekränzte Braut,
Tänzerinnen, Räusche, Feste.

Und die Seele reißt entzückt
An den morschen Wirklichkeiten,
Um hinüber neu beglückt
In ihr eignes Reich zu gleiten.

(1919)

Die Welt unser Traum

Nachts im Traum die Städt' und Leute,
Ungeheuer, Luftgebäude,
Alle, weißt du, alle steigen
Aus der Seele dunklem Raum,
Sind dein Bild und Werk, dein eigen,
Sind dein Traum.

Geh am Tag durch Stadt und Gassen,
Schau in Wolken, in Gesichter,
Und du wirst verwundert fassen:
Sie sind dein, du bist ihr Dichter!
Alles, was vor deinen Sinnen
Hundertfältig lebt und gaukelt,
Ist ja dein, ist in dir innen,
Traum, den deine Seele schaukelt.
Durch dich selber ewig schreitend,
Bald beschränkend dich, bald weitend,
Bist du Redender und Hörer,
Bist du Schöpfer und Zerstörer.
Zauberkräfte, längst vergeßne,

Spinnen heiligen Betrug,
Und die Welt, die unermeßne,
Lebt von deinem Atemzug.

(1919)

Verzückung

Biegt sich in berauschter Nacht
Mir entgegen Wald und Ferne,
Atm' ich Blau und kühle Sterne
Und der Träume wunde Pracht,
O dann liegt die trunkne Welt
Wie ein Weib an meinem Herzen,
Lodert in verzückten Schmerzen,
Deren Schrei betörend gellt.
Und aus fernsten Tiefen her
Tiergestöhn und Flügelschlagen,
Nachklang aus verschollnen Tagen
Grüner Jugendzeit am Meer,
Opferschrei und Menschenblut,
Feuertod und Klosterzelle,
Alles meines Blutes Welle,
Alles heilig, alles gut!
Nichts ist außen, nichts ist innen,
Nichts ist unten, nichts ist oben,
Alles Feste will zerrinnen,
Alle Grenzen sind zerstoben.
Sterne gehn in meiner Brust,
Seufzer gehn am Himmel unter,
Jedes Lebens Herz und Lust
Brennt entzückter, flackert bunter,
Jeder Rausch ist mir willkommen,
Offen steh ich jeder Pein,
Ströme betend, hingenommen
Mit ins Herz der Welt hinein.

(1919)

Traum von dir

Oft wenn ich zu Bette geh
Und die Augen fallen mir zu,
Mit nassem Finger klopft am Sims der Regen,
Da kommst mir du,
Schlankes zögerndes Reh,
Aus Traumländern still entgegen.
Wir gehen, oder schwimmen, oder schweben
Durch Wald, Ströme, plauderndes Tiergevölk,
Durch Sterne und regenbogenfarbenes Gewölk,
Ich und du, unterwegs nach dem Heimatland,
Von tausend Gestalten und Bildern der Welt umgeben,
Bald im Schnee, bald in Sonnenflammen,
Bald getrennt, bald nah zusammen
Und Hand in Hand.

Am Morgen ist der Traum entflossen,
Tief sank er in mich hinein,
Ist in mir und doch nicht mein,
Schweigend beginn ich den Tag, unfroh und verdrossen,
Aber irgendwo gehn wir auch dann,
Ich und du, von Bilderspielen umgeben,
Fragend durch ein verzaubertes Leben,
Das uns täuschen und doch nicht betrügen kann.

(1921)

Paradies-Traum

Es duften blaue Blumen hier und dort,
Mit bleichem Blick hält Lotos mich gefangen,
In jedem Blatte schweigt ein Zauberwort,
Aus allen Zweigen äugen still die Schlangen.
Aus Blumenkelchen wachsen straffe Leiber,
Mit Tigeraugen blinzeln aus dem Grün
Der blühenden Sümpfe lauern weiße Weiber,
Aus deren Haaren rote Blumen glühn.
Es duftet feucht nach Zeugung und Verführung,

Nach dunkler Wollust unerprobter Sünden,
Unwiderstehlich aus verschlafnen Gründen
Lockt Frucht an Frucht zu kosender Berührung,
Geschlecht und Wonne atmet jeder Hauch
Der lauen Luft und schwillt vor Lustverlangen,
Wie Liebesfingerspiel um Brust und Bauch
Der Frauen spielen listigen Blicks die Schlangen.
Nicht die, nicht jene zieht mich werbend an,
Sie alle blühn und locken, nicht zu zählen,
Ich fühle alle, alle mir beglückend nahn,
Ein Wald von Leibern, eine Welt von Seelen.
Und langsam schwillt der Sehnsucht seliges Weh
Und löst, entfaltet mich nach hundert Seiten,
Zum Weibe schmelz ich hin, zum Baum, zum See,
Zum Quell, zum Lotos, zu den Himmelsweiten,
Auf tausend Flügeln auseinanderfaltet
Sich meine Seele, die ich Eins gemeint,
Vertausendfacht, zum bunten All gestaltet,
Erlösch ich mir und bin der Welt vereint.

(1926)

Doch heimlich dürsten wir...

Anmutig, geistig, arabeskenzart
Scheint unser Leben sich wie das von Feen
In sanften Tänzen um das Nichts zu drehen,
Dem wir geopfert Sein und Gegenwart.

Schönheit der Träume, holde Spielerei,
So hingehaucht, so reinlich abgestimmt,
Tief unter deiner heitern Fläche glimmt
Sehnsucht nach Nacht, nach Blut, nach Barbarei.

Im Leeren dreht sich, ohne Zwang und Not,
Frei unser Leben, stets zum Spiel bereit,
Doch heimlich dürsten wir nach Wirklichkeit,
Nach Zeugung und Geburt, nach Leid und Tod.

(1932)

Ein Traum

In einem Kloster im Gebirg zu Gast,
Trat ich, da alle beten gangen waren,
In einen Büchersaal. Im Abendsonnenglast
Still glänzten an der Wand mit wunderbaren
Inschriften tausend pergamentene Rücken.
Voll Wißbegierde griff ich und Entzücken
Ein erstes Buch zur Probe, nahm und las:
»Zur Zirkelquadratur der letzte Schritt.«
Dies Buch, so dacht ich rasch, nehm ich mir mit!
Ein andres Buch, goldlederner Quartant,
Auf dessen Rücken klein geschrieben stand:
»Wie Adam auch vom andern Baume aß« ...
Vom andern Baum? Von welchem? Dem des Lebens!
So ist Adam unsterblich? Nicht vergebens,
So sah ich, war ich hier, und einen Folianten
Erblickt ich, der an Rücken, Schnitt und Kanten
In regenbogenfarbenen Tönen strahlte.
Sein Titel lautete, der handgemalte:
»Der Farben und der Töne Sinn-Entsprechung.
Nachweis, wie jeder Farb' und Farbenbrechung
Als Antwort eine Tonart zugehöre.«
O wie verheißungsvoll die Farbenchöre
Mir funkelten! Und ich begann zu ahnen,
Und jeder Griff nach einem Buch bewies es:
Dies war die Bücherei des Paradieses;
Auf alle Fragen, die mich je bedrängten,
Alle Erkenntnisdürste, die mich je versengten,
War Antwort hier und jedem Hunger Brot
Des Geistes aufbewahrt. Denn wo ich einen Band
Mit schnellem Blick befragte, jedem stand
Ein Titel angeschrieben voll Versprechen;
Es war hier vorgesorgt für jede Not,
Es waren alle Früchte hier zu brechen,
Nach welchen je ein Schüler ahnend bangte,
Nach welchen je ein Meister wagend langte.
Es war der Sinn, der innerste und reinste
Jedweder Weisheit, Dichtung, Wissenschaft,
War jeder Fragestellung Zauberkraft

Samt Schlüssel und Vokabular, es war die feinste
Essenz des Geistes hier in unerhörten,
Geheimen Meisterbüchern aufbewahrt,
Die Schlüssel lagen hier zu jeder Art
Von Frage und Geheimnis und gehörten
Dem, dem der Zauberstunde Gunst sie bot.

So legt' ich denn, mir zitterten die Hände,
Aufs Lesepult mir einen dieser Bände,
Entzifferte die magische Bilderschrift,
So wie im Traum man oft das Niegelernte
Halb spielend unternimmt und glücklich trifft.
Und alsbald war beschwingt ich in besternte
Geisträume unterwegs, dem Tierkreis eingebaut,
In welchen alles, was an Offenbarung
Der Völker Ahnung bildlich je erschaut,
Erbe jahrtausendalter Welterfahrung,
Harmonisch sich zu immer neuen Bindungen
Begegnete und eins aufs andre rückbezog,
Alten Erkenntnissen, Sinnbildern, Findungen
Stets neue, höhere Frage jung entflog,
So daß ich lesend, in Minuten oder Stunden,
Der ganzen Menschheit Weg noch einmal ging
Und ihrer ältesten und jüngsten Kunden
Gemeinsam inneren Sinn in mir empfing.
Ich las und sah der Bilderschrift Gestalten
Sich miteinander paaren, rückentfalten,
Zu Reigen ordnen, auseinanderfließen
Und sich in neue Bildungen ergießen,
Kaleidoskop sinnbildlicher Figuren,
Die unerschöpflich neuen Sinn erfuhren.

Und wie ich so, von Schauungen geblendet,
Vom Buch aufsah zu kurzer Augenrast,
Sah ich: ich war hier nicht der einzige Gast.
Es stand im Saal, den Büchern zugewendet,
Ein alter Mann, vielleicht der Archivar,
Den sah ich ernsthaft, seines Amts beflissen,
Beschäftigt bei den Büchern, und es war
Der eifrigen Arbeit Art und Sinn zu wissen

Mir seltsam wichtig. Dieser alte Mann,
So sah ich, nahm mit zarter Greisenhand
Ein Buch heraus, las, was auf Buches Rücken
Geschrieben stand, hauchte aus blassem Munde
Den Titel an – ein Titel zum Entzücken,
Gewähr für manche köstliche Lesestunde! –
Löscht' ihn mit wischendem Finger leise fort,
Schrieb lächelnd einen neuen, einen andern,
Ganz andern Titel drauf, begann zu wandern
Und griff nach einem Buch bald da, bald dort,
Löscht' seinen Titel aus, schrieb einen andern.

Verwirrt sah ich ihm lange zu und kehrte,
Da mein Verstand sich zu begreifen wehrte,
Zurück zum Buch, drin ich erst wenig Zeilen
Gelesen hatte; doch die Bilderfolgen,
Die eben mich beseligt, fand ich nimmer,
Es löste sich und schien mir zu enteilen
Die Zeichenwelt, in der ich kaum gewandelt
Und die so reich vom Sinn der Welt gehandelt;
Sie wankte, kreiste, schien sich zu verwolken,
Und im Zerfließen ließ sie nichts zurück
Als leeren Pergamentes grauen Schimmer.
Auf meiner Schulter spürt ich eine Hand
Und blickte auf, der fleißige Alte stand
Bei mir, und ich erhob mich. Lächelnd nahm
Er nun mein Buch, ein Schauer überkam
Mich wie ein Frieren, und sein Finger glitt
Wie Schwamm darüber; auf das leere Leder
Schrieb neue Titel, Fragen und Versprechungen,
Schrieb ältester Fragen neueste jüngste Brechungen
Sorgfältig buchstabierend seine Feder.
Dann nahm er Buch und Feder schweigend mit.

(1936)

Wache Nacht

Bleich blickt die föhnige Nacht herein,
Der Mond im Wald will untergehn.
Was zwingt mich doch mit banger Pein
Zu wachen und hinauszusehn?

Ich hab geschlafen und geträumt;
Was hat mir mitten in der Nacht
Gerufen und so bang gemacht,
Als hätt ich Wichtiges versäumt?

Am liebsten liefe ich vom Haus,
Vom Garten, Dorf und Lande fort
Dem Rufe nach, dem Zauberwort,
Und weiter und zur Welt hinaus.

(1946)

Träumerei am Abend

Banges müdgewordnes Herz,
Das so froh einst schlug,
Sinnst verloren jugendwärts,
Hast des Spiels genug.

Bilder steigen ohne Zahl
Aus dem Dunkel hold,
Lang erloschner Sonnenstrahl
Taucht sie tief in Gold.

Licht und fern erglänzt die Welt,
Die wir einst gekannt:
Hohes Kindheits-Sternenzelt,
Kinder-Heimatland.

Die wir noch im Dunkel stehn
Milder Träumerei'n,
Sehnen uns ins Licht zu gehn,
Selber Licht zu sein.

(1952)

Ein Traum

Säle, bang zu durchwandern,
Hundert fremde Gesichter...
Langsam, eins nach dem andern,
Werden blasser die Lichter.
Da, wie ihr Schimmer ergraut
Und zu Dämmrung erblindet,
Scheint mir ein Antlitz vertraut,
Liebesgedächtnis findet
Eins ums andre bekannt
Die zuvor fremden Gesichter.
Namen hör ich genannt:
Eltern, Geschwister, Gespielen,
Helden auch, Frauen und Dichter,
Die ich als Knabe verehrt.
Aber keines der vielen
Einen Blick mir gewährt.
Gleich den Flammen der Kerzen
Schwinden sie weg ins Nichts,
Lassen im trauernden Herzen
– Klänge vergeßnen Gedichts –
Dunkel zurück und Klage
Um die zu Traum und Sage
Eingedämmerten Tage
Einst genossenen Lichts.

(1958)

Einst vor tausend Jahren

Unruhvoll und reiselüstern
Aus zerstücktem Traum erwacht
Hör ich seine Weise flüstern
Meinen Bambus in der Nacht.

Statt zu ruhen, statt zu liegen
Reißt michs aus den alten Gleisen,
Weg zu stürzen, wcg zu fliegen,
Ins Unendliche zu reisen.

Einst vor tausend Jahren gab es
Eine Heimat, einen Garten,
Wo im Beet des Vogelgrabes
Aus dem Schnee die Krokus starrten.

Vogelschwingen möcht ich breiten
Aus dem Bann, der mich umgrenzt,
Dort hinüber, zu den Zeiten,
Deren Gold mir heut noch glänzt.

(1961)

Volker Michels

Die Stimmen der Seele im Traum

Traumbilder und Traumbewußtsein bei Hermann Hesse

Ein Drittel unseres Lebens verbringen wir im Schlaf, einem Zustand scheinbarer Ruhe, welcher der Regeneration des Stoffwechsels und der Erneuerung unserer körperlichen und geistigen Funktionen dient. Ein Fünftel dieser Zeit entfällt auf den Traum, so daß ein 80jähriger Mensch wohl annähernd sechs Jahre seines Lebens verträumt hat. Die restlichen vier Fünftel der Schlafzeit dienen – den jüngsten neurobiologischen Erkenntnissen zufolge – dazu, die tagsüber erlebten Eindrücke, Erfahrungen und Engramme im Langzeit-Gedächtnis (dem Kortex und den subkortikalen Archivierungszentren) des Gehirns auszuwählen, zu speichern und in der haltbaren Form der Erinnerung dauerhaft zu verankern.

Über die körperlichen Vorgänge, welche die so ganz andere Existenzform des Schlafens und Träumens bestimmen, wissen wir inzwischen vergleichsweise gut Bescheid. Wir wissen, daß sich das Wachbewußtsein, das wie unser Sprachzentrum im linken Teil des Gehirns lokalisiert ist, im Schlaf zurückzieht, während die rechte Hirnseite die Regie und Verarbeitung dessen übernimmt, was wir tagsüber erfahren, gesehen, gehört, gelesen oder gedacht haben. Hirnelektronische Versuchsreihen der amerikanischen Forscher N. Kleitman und E. Aserinsky haben ergeben, daß sich während der Traumphasen die Augen unter den Lidern, angeregt durch das Gewebshormon Acetylcholin aus dem Stammhirn, sehr rasch bewegen. Dabei entstehen Bildfolgen, die so sichtbar wahrgenommen und von den Augen verfolgt werden, als befänden wir uns im Wachzustand. Obwohl die verschiedenen Traumspannen äußerstenfalls zehn Minuten dauern sollen, können sie uns doch unendlich viel länger vorkommen. Die Schranken von Zeit und Ort sind aufgehoben wie im Märchen. Vergangenes kann gegenwärtig, Entlegenes ganz nah erscheinen, Verstorbene können lebendig werden, Lebende von der Bildfläche verschwinden. Mühelos überwinden wir größte Entfernungen, können uns traumschnell an andere Orte versetzen oder gleichzeitig an mehreren Schauplätzen aufhalten. Personen können sich verwandeln oder verschiedene Menschen zu einer Person verschmelzen.

Doch für die Inhalte dessen, was wir träumen, gibt es bis heute noch keine eindeutige Erklärung. Nur eines steht mittlerweile fest: Was der Schlaf für das körperliche Wohlergehen, das leistet der Traum für die Stabilität der Psyche. Er ist das Ventil, das uns vom Überdruck innerer Spannungen entlastet. Diese befreiende und entgiftende Wirkung ist unerläßlich für die seelische Hygiene. Verhinderte Träume können zum Trauma werden. Sobald wir vom Träumen abgehalten werden, kommt es, wie W. Dements Experimente an mehr als 10 000 Personen erwiesen haben, tagsüber zu Bewußtseinsstörungen, Halluzinationen und Depressionen. Spätestens nach sieben Nächten mit dauerndem Traumentzug stellt sich eine lebensbedrohliche Psychose ein. Es ist, als ob uns dann ein Organ genommen wäre, auf dessen Verlust wir nicht anders reagieren als auf den Ausfall eines lebenswichtigen Körperteils, mit dem uns die Natur aus guten Gründen ausgestattet hat.

Mit dem aber, was sich beim Träumen in unserem Bewußtsein abspielt, tappen wir immer noch, bald hundert Jahre, nachdem Sigmund Freud (1856-1939) mit seiner *Traumdeutung* die Erforschung des Unbewußten als Wissenschaft salonfähig gemacht hat, im Dunkeln. Dabei hat den Menschen, seit es ihn gibt, am Schlaf nichts mehr interessiert als seine psychologischen Phänomene.

Die Beschäftigung mit der Bedeutung der Träume reicht mindestens zurück bis ins vierte Jahrtausend vor unserer Zeitrechnung, als die Ägypter mit ihrem *Hieratischen Traumbuch* eine Art Lexikon der Traumsymbole zu erstellen versuchten, ein Verzeichnis, das in gute und schlechte Träume unterteilt ist, und das 1935, als es erstmals von A. H. Gardiner entziffert wurde, wegen seiner oft verblüffenden Übereinstimmung mit den Befunden der modernen Traumforschung großes Aufsehen erregte. Aber auch deren Ergebnisse führen uns nach wie vor auf das unsichere Terrain der Hypothesen, der mehr oder weniger plausiblen Deutungsmodelle, denen zwar statistisch eine gewisse Stimmigkeitsquote nicht abzusprechen ist, die sich aber im individuellen Einzelfall doch meist als unzulänglich erweisen, weil sie der Vielfalt menschlicher Anlagen und Lebensumstände kaum gerecht werden. Denn jedes Hirn trifft eine andere, einzigartige Auslese der Eindrücke, die es erfährt. So ist die Treffsicherheit der Traumdiagnostik heute nicht viel genauer als die der Ägypter, Babylonier, Perser, Araber oder Griechen und ähnlich wie die Befunde der Graphologen zu sehr vom Format, der Erfahrung und Intuition des jeweiligen Deuters abhängig, der dadurch in die suspekte Nachbarschaft der Wahrsager, Chiromanten und Astrologen gerät. Meist sagen die Befunde mehr über den Deuter als über das zu Deutende aus. Das haben sie mit der Bewertung und Interpretation von Dichtung seitens der Literaturkritiker und Philologen gemein.

Um diesem Umfeld zu entkommen, sind in unserem Jahrhundert die Behavioristen auf den Plan getreten, eine nach wie vor einflußreiche Gruppe von Wissenschaftlern im Gefolge des amerikanischen Experimentalpsychologen J.B. Watson, der die Erforschung der subjektiv seelischen Antriebe unseres Verhaltens ablehnte, da weder unter dem Mikroskop noch im Reagenzglas eine Seele nachweisbar sei, und deshalb nur die Verhaltensforschung an Tieren und Menschen als zuverlässige Erkenntnisquelle gelten ließ. Dabei war es dem Schweizer Psychoanalytiker C.G. Jung (1875 – 1961) bereits 1907 geglückt, anhand galvanometrischer Experimente physikalisch meßbare Wirkungen seelischer Energien nachzuweisen und somit den Anstoß zur Entwicklung von Meßgeräten zur hirnelektronischen Erforschung des Schlafens und Träumens zu geben (das von dem deutschen Neurologen Hans Berger entwickelte und erstmals 1924 angewandte EEG).

Wie Sigmund Freud war auch sein Schüler und Kollege C. G. Jung weit davon entfernt, die Existenz der Seele zu leugnen. War sie auch nicht wie andere Organe anatomisch zu lokalisieren, so waren ihre Auswirkungen doch unbestreitbar und der Traum der wohl ergiebigste Zugang, sie zu erforschen. Erfahrungen, die Generationen von Menschenkennern, Philosophen und Künstlern aus allen Kulturen damit gemacht hatten, lieferten die Bausteine für eine um die Jahrhundertwende einsetzende systematisch-wissenschaftliche Erkundung der Psyche.

Dabei fand man bestätigt, was schon der griechische Arzt Hippokrates (460-377 v. Chr.) erkannt hatte, daß die Seele, tagsüber durch das Wachbewußtsein abgelenkt, erst während der körperlichen Immobilität des Schlafes zu einer ungestörten Innenwahrnehmung kommt, wobei der Traum uns einen tagsüber verschlossenen Zugang zu den unbewußten Antrieben, dem Reservoir unserer noch nicht verwirklichten Wünsche und Möglichkeiten verschafft. Henri Bergson (1859-1941) variierte diese Erkenntnis in Richtung der Tagträume mit der Feststellung: »Wachen ist Wollen. Träumen ist der Zustand, in dem man sich befindet, wenn man sich gehen läßt, wenn man davon absieht, sich auf einen Punkt zu konzentrieren.« Auch daß der Traum nach Platos (427-347 v. Chr.) Auffassung ein Hinweis der Götter auf Zukünftiges und ein Orientierungsangebot in Konfliktsituationen sein kann und für Aristoteles (384-322 v. Chr.) »eine Fortsetzung der seelischen Tätigkeit im Schlafzustand« ist, erwies sich für die Psychoanalyse als ähnlich fruchtbar wie die Erklärungen des Talmud: »Ein ungedeuteter Traum gleicht einem ungelesenen Brief« oder: »Was und wie der Mensch ist, so träumt er.«

Friedrich Nietzsche (1844-1900) hat diese Erkenntnis zur moralischen Aufgabe gemacht mit seinem Appell: »Nichts ist mehr euer eigen, als eure Träume, nichts mehr euer Werk. Stoff, Form, Dauer, Schauspieler, Zuschauer in diesen Komödien seid alles ihr selber!« Ja, sogar den Kern der Freudschen Verdrängungstheorie hat Nietzsche vorweggenommen mit seiner Beobachtung: »Das habe ich getan, sagt mein Gedächtnis. Das kann ich nicht getan haben, sagt mein Stolz und bleibt unerbittlich. Schließlich gibt das Gedächtnis nach.« Auch einer der Hauptpfeiler der Traumforschung C. G. Jungs wurde von Nietzsche antizipiert mit seiner Feststellung, daß »der Traum uns ferne Zustände der menschlichen Kultur wieder zurückbringt«, und daß wir »im Schlaf und Traum das Pensum früheren Menschentums noch einmal durchmachen«. Phylo- und Ontogenese, Stammesentwicklung und Entfaltung des Einzelwesens werden dabei rekapituliert.

Man könnte Bücher füllen mit solch treffsicheren Vorwegnahmen dessen, womit Dichter und Denker die verschiedensten Richtungen der Psychoanalyse und die diversen Schulen der modernen Traumforschung befruchtet haben. Sind doch vor allem die Künstler durch die Exponiertheit ihrer meist leidvollen Sensibilität dem Gleichmut der beamteten Wissenschaftler oft weit voraus.

Die Beschäftigung der Dichter mit ihren Träumen ist so alt wie die Dichtung selbst. Denn niemand ist mit den Regungen des Unbewußten vertrauter als die Künstler, welche die Flut der Eindrücke nicht ertragen könnten, ohne sie auszudrücken, ins Bewußtsein zu übersetzen und beim Namen zu nennen. Um sie mit ihren persönlichen Antrieben zu synchronisieren, Innen und Außen in Einklang zu bringen, das Passende zu integrieren, das Störende abzuwehren, bedienen sie sich der Gestaltung und erfinden Waffen »gegen die Infamitäten des Lebens« (H. Hesse). Damit leisten sie im Wachbewußtsein etwas ganz Ähnliches, wie das, was der Traum im Schlaf bewirkt. Schreibend setzen sie den Klärungsprozeß des Träumens fort, und mit Hilfe der Phantasie, dieser disziplinierteren Schwester des Traumes, gestalten sie alternative Welten, welche die turbulente Bildersprache der Träume an ordnungsstiftender Eindringlichkeit übertreffen. Und merkwürdiges Paradox: je sensitiver, schonungsloser und genauer es ihnen dabei glückt, das scheinbar Private und Subjektive auszudrücken, desto objektiver, überpersönlicher und allgemeingültiger wird es, so daß auch andere Menschen sich darin wiedererkennen und an diesem Klärungsvorgang teilhaben können.

Nur wenigen Dichtern unseres Jahrhunderts ist diese Selbstdarstellung auf eine so prototypische und deshalb die Generationen- und Kulturschranken überwindende Weise geglückt wie Hermann Hesse, dem Thomas Mann am Ende eines Glückwunschbriefes zu seinem 75. Geburtstag schrieb: »Auf Wiedersehen, lieber alter Weggenosse, durchs Tal der Tränen, worin uns beiden der Trost der Träume gegeben war, des Spieles und der Form.«
Der Trost der Träume? Wie Thomas Mann war auch Hesse darauf angewiesen, sich herauszuträumen aus einem Alltag, mit dem er sich nur schwer abfinden konnte. Schon die Erwartungen der Eltern und der Schule machten beiden zu schaffen. Sie nicht erfüllen zu können, war das lebensbestimmende Trauma, das Thomas Mann und Hesse verband. Was sie bereits am Gymnasium scheitern ließ, war das Gegenteil dessen, was man ihnen dort ins Zeugnis schrieb. Es war nicht ein Mangel an Begabung und Gutwilligkeit, sondern deren Übermaß, was sie daran hinderte, den Zukunftsplänen der Familie und den Bildungsvorstellungen der Schule zu entsprechen, und sich mit normativer Schnellfertigkeit der Didaktik gymnasialer Wissensvermittlung zu fügen. Wer den Drill nicht ertrug, in einem Minimum an Zeit ein Maximum unterschiedlichsten Wissensstoffes unreflektiert zu speichern und automatenhaft abrufbar zu haben, galt als faul oder als Träumer. Wen aber das Gelernte beschäftigte und aufwühlte, wie Hans Giebenrath (*Unterm Rad*) *Die Odyssee* des Homer und *Tonio Kröger* Schillers *Don Carlos*, der blieb zurück und verpaßte den Anschluß. Denn die Überflutung mit immer neuen Informationen behindert das Bedürfnis, sie zu durchdringen. Und diese Abnei-

gung gegen die Schnellfertigkeit, ein Unvermögen zu Anpassung und wendiger Mimikry, nötigten Thomas Mann wie Hermann Hesse, das Gymnasium schon mit Sekundareife zu verlassen. Ein folgenreiches Stigma für beide. Denn das Minderwertigkeitsgefühl, das es erzeugte, brachte sie dazu, den Gegenbeweis anzutreten, den Vorwurf der Träumerei und Trägheit zu widerlegen und durch ein Lebenswerk zu rechtfertigen, das als Erkenntnis-, Fleiß- und Bildungsleistung alles übertrifft, was durch gymnasiale und akademische Wissensvermittlung erreicht werden kann. Wie unauslöschlich dieses frühe Trauma gewesen sein muß, zeigt sich u.a. darin, daß noch der 76jährige Thomas Mann in seinem letzten Werk *Felix Krull* das (bereits 1909 konzipierte) Hochstaplermotiv wieder aufgreift und Hesse gleichfalls im Alter von mehr als 70 Jahren immer noch träumt, die drei letzten Schulklassen bis zum Abitur nachholen zu müssen, um vielleicht »doch noch etwas Rechtes zu werden«.

Im Märchen *Kindheit des Zauberers* (1923), das zurückreicht in seine allerersten Lebensjahre, erforscht Hermann Hesse seine frühesten Antriebe zu träumen. Es sind Expeditionen ins Unbegrenzte. Denn Kindern, deren Sinn für das Mögliche noch stärker entwickelt ist als der für das Wirkliche, fällt es schwer zu begreifen, daß etwas unmöglich sein soll. So empfand Hesse von klein auf »eine gewisse Unzufriedenheit mit dem, was man Wirklichkeit nannte, und was mir zu Zeiten wie eine alberne Vereinbarung der Erwachsenen erschien. Eine gewisse bald ängstliche, bald spöttische Ablehnung dieser Wirklichkeit war mir früh geläufig und der brennende Wunsch, sie zu verzaubern, zu verwandeln, zu steigern ... Reich und vielstimmig klang das Leben ... aber schöner noch war die Welt meiner Wunschgedanken. Reicher noch spielten meine Wachträume. Wirklichkeit war niemals genug, Zauber tat not.« Aber Wachträume und Wunschgedanken stehen unter dem Verdacht, den Heranwachsenden untauglich zu machen für den sogenannten Ernst des Lebens, der nicht selten auf eine Preisgabe dessen hinausläuft, was von der Norm abweicht.

Je mehr Hesse mit zunehmendem Alter den Urwald seiner Phantasien und Träume, die verlockende Welt des Möglichen »begrenzt und in Felder geteilt und von Zäunen durchschnitten« sah, wünscht er sich, Zauberer zu werden, um sie sich zu erhalten. Die magischen Kräfte aber, die man dazu braucht, gab es offenbar nur im Märchen, wie sie die Mutter ihm vorliest, und die er bald selber nachzuahmen lernt. Sein allererstes Manuskript *Die beiden Brüder* ist ein solches Märchen, geschrieben im Alter von zehn Jahren, als Bereinigung eines Gewissenskonfliktes gegenüber seinem jüngeren Bruder, eine poetische Wiedergutmachung im Wachbewußtsein, wie er sie wohl auch hätte träumen können, doch dem Traum mit seinem Märchen zuvorgekommen ist.

Beides, einerseits das Bedürfnis, den Käfig der Konvention und der sogenannten Wirklichkeit zu sprengen, den eigenen Spielraum zu erweitern, um der ungleich größeren und vitaleren Wirklichkeit der Seele zu ihrem Recht zu verhelfen, und andererseits das Bedürfnis, die Konflikte zu rechtfertigen, die sich daraus ergeben, bestimmen fortan die Inhalte seiner Träume.

Mehr aber als von deren Tendenz war Hesse zunächst von der Poesie der Träume fasziniert. Spätestens als Zwanzigjähriger, schon während seiner Lehrzeit als Buchhändler in Tübingen, hat er Traumtagebücher geführt, die leider nicht mehr erhalten sind, bis auf die Fragmente *Aus meinem Traumbuch*, überliefert in einem Manuskript, das er mit anderen Aufzeichnungen, Gedichten und Impressionen unter dem Titel *Zum 14. Juni 1898* seinem Vater zum 51. Geburtstag geschenkt hat.

Überschrieben als *Der Inseltraum* kehren diese Traumfragmente wieder in Hesses frühestem Prosabuch *Eine Stunde hinter Mitternacht* (1899). Hier hat er erstmals die verworrene Poesie des Geträumten zu ordnen und in einen sowohl autobiographischen wie auch erzählerisch sinnvollen Zusammenhang zu bringen versucht.

Ähnlich wie er die zwanglos sich einstellenden Stimmungsbilder in den Anfangszeilen seiner Gedichte poetisch fortentwickelt hat, konnten ihn mitunter auch Motive aus Träumen verlocken, sie aufzugreifen und auszugestalten. Er hält sie für ein Präsent der Seele (*Traumgeschenk* hat er denn auch eine seiner Betrachtungen überschrieben), für den Wink des Unbewußten, die Spur der *Traumfährte* (so der Titel eines Sammelbandes mit seinen Märchen) zu verfolgen und nachzuzeichnen, wohin sie führt. Dabei gilt es, die persönliche Geheimsprache des Geträumten der Allgemeinsprache so weit anzunähern, daß Sender und Empfänger einander entsprechen. Denn »in der Dichtung muß jenes Wunder zustande kommen, daß einer zwar seine ganz persönliche Sprache spricht und seine ganz eigenen Bilder sieht, daß aber seine Sprache und seine Bilder, sei es auch nur assoziativ, dem Anderen verständlich sind. Das unterscheidet ja eben den Traum von der Dichtung«, schreibt er im Juni 1934 in einem Brief an Hans Reinhart. »Es wäre ja wunderbar, wenn man beim Dichten einfach die Traumbilder nachsprechen könnte, aber nur in ganz seltenen Fällen, und auch dann nur als Zufall, entstehen auf diese Weise wirkliche Gedichte: z. B. gibt es einige Verse von Hölderlin aus der Zeit des Wahnsinns, in denen das Hingegebensein an die eigene Innenwelt und die Kunst dichterischer Sprache für Momente wunderbar zusammentreffen.« Das aber ist die Ausnahme. Denn es sei etwas anderes, heißt es in seinem Roman *Gertrud* (1909), »seinen Träumen nachzugehen und berauschte Stunden auszukosten, als unerbittlich und klar mit den Geheimnissen der Form wie mit Feinden zu ringen.« Diese arbeitsintensive Verwandlung des »Traumgeschenks« in Dichtung, des Rohmaterials in Gestaltung, läßt sich am frühen Manuskript *Inseltraum* beispielhaft für die vielen Traumelemente in Hesses Erzählungen verfolgen.

Aus jedem der vier seiner 1898 aufgezeichneten Traumfragmente greift Hesse einzelne Motive heraus, um sie in ganz unterschiedlicher Reihenfolge zu verknüpfen. Ausgelöst wurden diese Träume durch eine Reproduktion des Gemäldes »Villa am Meer« (1864) von Arnold Böcklin, die sich der 20jährige Hesse in seinem Tübinger Zimmer in der Herrenbergerstraße aufgehängt hatte. Und ein klassizistisch anmutendes mythologisches Idealgebilde mit Zypressenhain, Tempel und ballspielenden Jungfrauen ist denn auch daraus geworden, durchsetzt mit autobiographischen Elementen aus der Erinnerung, die das Böcklinsche Motiv beleben und es sich auf ganz persönliche Weise zu eigen machen.

Wie dieser *Inseltraum* nicht nur an Böcklins »Villa am Meer«, sondern zugleich an andere Bilder des Malers, die »Frühlingslandschaft« (1870), den »Heiligen Hain« (1882), »Die Lebensinsel« (1888), den »Bacchustempel« (1890) und die berühmte »Toteninsel« (1880/1883) erinnern, so tauchen nun auch alle die Mädchengestalten wieder auf, die in Hesses Kindheit und Jugend die idealisierte Rolle von Dantes Beatrice gespielt hatten, die Blumenkönigin Elise, »Maria und Frau Gertrud«, denen er sein erstes Büchlein, die *Romantischen Lieder*, gewidmet hat, und verschmelzen nach einer Art Heilschlaf des Träumenden zu einer einzigen Person, der Königin unter den Mädchen. Durch die Kulisse des Böcklinschen Bildes hindurch, wobei »plötzlich die ganze bemalte Wand hinweggerückt« wird, führt sie ihn durch den wirklichen Garten, den der Maler abgebildet hat, zurück zur Anlegestelle seines Bootes und lädt ihn ein, wiederzukommen, wenn er erneut bei ihr »Licht schöpfen« will, und schließlich, wenn er »keines Ruders mehr bedarf«, um sie zu erreichen.

Diese mythologisch-symbolistische Darstellungsweise, wie sie der damals populäre flämische Dichter Maurice Maeterlinck kultivierte, die dem Schattenspiel der eigenen Ängste und Wünsche auf eine verschlüsselt traumhafte Weise beizukommen suchte, hat Hesse nach der Jahrhundertwende aufgegeben. 1941, anläßlich einer Neuausgabe der *Stunde hinter Mitternacht*, schrieb er, daß er sich damals als 20jähriger Buchhandelsgehilfe »ein Künstler-Traumreich, eine Schönheitsinsel« geschaffen habe als »Rückzug aus den Stürmen und Niederungen der Tageswelt in die Nacht, den Traum und die schöne Einsamkeit«. Doch schon mit dem darauffolgenden Prosabändchen *Hermann Lauscher* habe er »den Versuch unternommen, mir ein Stück Welt und Wirklichkeit zu erobern und den Gefahren einer teils weltscheuen, teils hochmütigen Einsamkeit zu entkommen. Der nächste Schritt auf diesem Weg, ein das Gesunde, Natürliche und Naive schon beinah übertreibender Schritt war dann der *Peter Camenzind*, in dem ich tatsächlich eine Art Befreiung fand.«

Nicht, daß Hesse fortan darauf verzichtet hätte, die verborgene Quelle des noch Unbewußten zu belauschen, die Impulse seiner Träume zu beachten, ihren Verlauf zu verfolgen und nachzuzeichnen. Insbesondere die Lyrik der ersten Lebenshälfte oder Aufzeichnungen wie der im Februar 1914 geschriebene und den Weltkrieg ankündigende *Traum von den Göttern*, sowie der seinen Vater-Konflikt tangierende *Singapur-Traum* (1911), der sich präzisiert im »Traum des Missionars« in der gleichfalls nach seiner Indonesienreise entstandenen Erzählung *Robert Aghion* (1912), die Geschichten *Der schöne Traum* (1912) und *Flötentraum* (1913) sind solche, teilweise in Märchenform überlieferte Visionen, in welchen »Geister und Verstorbene, Gestalten der Wirklichkeit und des Glaubens, Mögliches und Gewünschtes, Süßes und Grausiges Hand in Hand im Dämmerlicht vorkommt, sich teils umrißlos ins Dunkle verliert oder sich im Ausdruck zum Symbol steigert.« ... »Hier ist die Schwelle ..., wo wir jene von der Logik entbundene Welt der Assoziationen wiederfinden, aus welcher einst Sagen und Märchen aller Völker entstanden sind.« Wie die Phantasie jugendlicher und naiver Völker schöpfte damals auch Hesse »harmlos aus dem Traumbrunnen, in welchem Fremdestes beisammen liegt und Übergänge von jeder Stufe des Daseins zu einer anderen möglich sind«, Spielarten der Magie, worin er »der Kontrolle des Verstandes für Stunden entlaufen, seinen Trieben und Wunschbildern Gewährung gönnt.« (So charakterisiert er in Buchbesprechungen* damals wohl auch seinen eigenen poetischen Umgang mit Träumen.) Ab 1916 verliert sich diese Arglosigkeit. Denn immer mehr beginnt ihn nun die Funktion der Träume als imaginäre Ersatzbefriedigung realer Versagungs- und Mangelsituationen zu interessieren, und gut ein Jahrzehnt lang bedient er sich ihrer als Schlüssel zur Selbstfindung, Realitätsbewältigung und Fortentwicklung.

Wann Hermann Hesse sich erstmals mit Sigmund Freuds bereits 1900 erschienenem Standardwerk *Die Traumdeutung* befaßt hat, ist bisher noch nicht eindeutig zu ermitteln. In seiner Bibliothek bewahrte er die Ausgabe von 1914, und aus demselben Jahr stammt auch Hesses erste bisher auffindbare öffentliche Erwähnung Freuds in einer kritischen Empfehlung von Richard Löwensteins Abhandlung *Nervöse Leute* (»Münchner Zeitung« vom 18. 12. 1914), worin es heißt: »Freud und seine ›Psychoanalyse‹ haben erbitterte Gegner, und gewiß ist Freuds Methode noch mit subjektiven Vorurteilen behaftet, aber der Weg zur Erkennung und Heilung der ›Nervosität‹ ist von ihm gezeigt ... Daß es dieselben psychischen Leiden waren, die Beethovens Symphonien und van Goghs Bilder geschaffen, ist eine andere Seite der Sache, und diese Seite verschweigt Löwenstein zu Unrecht.«
In seiner nächsten öffentlichen Äußerung über Freud, dem Aufsatz *Künstler und Psychoanalyse* in der »Frankfurter Zeitung« vom 16. 7. 1918, einer ersten beherzten Verteidigung der analytischen Psychologie, betont er, daß er darin »fast alle seine aus Dichtern und eigenen Beobachtungen gewonnenen Ahnungen bestätigt fand.« Jedem Künstler bescheinige Freud den Wert der Phantasie, der Fiktion. Denn überall benutze die Psychoanalyse die Dichtung aus der voranalytischen Zeit als Belege. Dennoch könne ihrerseits auch die Analyse für den Künstler fruchtbar

* Über die 1912 von Martin Buber herausgegebenen *Chinesischen Geister- und Liebesgeschichten* und das von Buber übersetzte keltische Sagenbuch *Die vier Zweige des Mabinogi*, das 1914 im Leipziger Insel Verlag erschien. (»Neue Zürcher Zeitung« vom 20. 12. 1914)

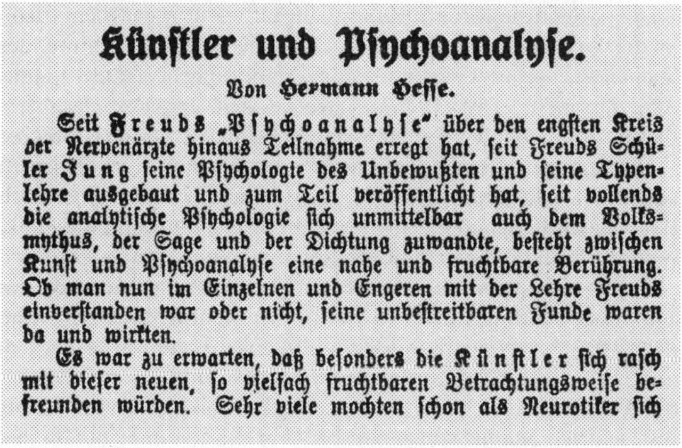

Künstler und Psychoanalyse.

Von Hermann Hesse.

Seit Freuds „Psychoanalyse" über den engsten Kreis der Nervenärzte hinaus Teilnahme erregt hat, seit Freuds Schüler Jung seine Psychologie des Unbewußten und seine Typenlehre ausgebaut und zum Teil veröffentlicht hat, seit vollends die analytische Psychologie sich unmittelbar auch dem Volksmythus, der Sage und der Dichtung zuwandte, besteht zwischen Kunst und Psychoanalyse eine nahe und fruchtbare Berührung. Ob man nun im Einzelnen und Engeren mit der Lehre Freuds einverstanden war oder nicht, seine unbestreitbaren Funde waren da und wirkten.

Es war zu erwarten, daß besonders die Künstler sich rasch mit dieser neuen, so vielfach fruchtbaren Betrachtungsweise befreunden würden. Sehr viele mochten schon als Neurotiker sich

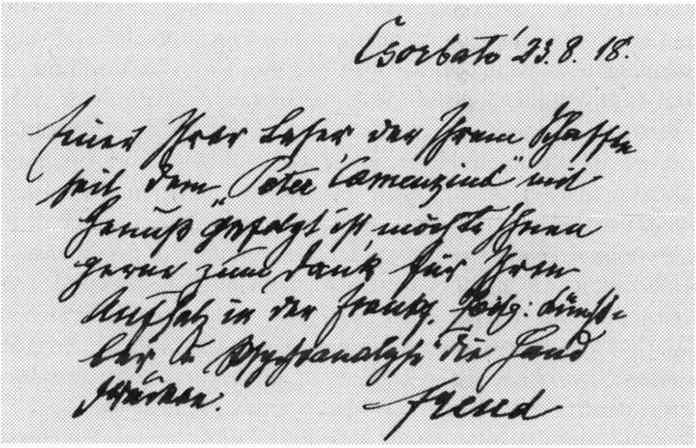

Csorbato 23.8.18.

Einer Ihrer Leser der Ihrem Schaffen seit dem „Peter Camenzind" mit Genuß gefolgt ist, möchte Ihnen gerne zum Dank für Ihren Aufsatz in der Frankf. Zeitg: Künstler u. Psychoanalyse die Hand drücken.

Freud

»Einer Ihrer Leser, der Ihrem Schaffen seit dem ›Peter Camenzind‹ mit Genuß gefolgt ist, möchte Ihnen gerne zum Dank für Ihren Aufsatz in der Frankfurter Zeitung ›Künstler und Psychoanalyse‹ die Hand drücken.«

Hesses Essay in der »Frankfurter Zeitung« vom 16. 7. 1918 und Sigmund Freuds Reaktion darauf.

werden, denn sie fordere »eine Wahrhaftigkeit gegen sich selbst, an die wir nicht gewöhnt sind...« »Wer den Weg der Analyse, das Suchen seelischer Urgründe, aus Erinnerungen, Träumen und Assoziationen, ernsthaft eine Strecke weit gegangen ist, dem bleibt als bleibender Gewinn das, was man etwa das innigere Verhältnis zum eigenen Unbewußten nennen kann. Er erlebt ein wärmeres, fruchtbareres, leidenschaftlicheres Hin und Her zwischen Bewußtem und Unbewußtem, er nimmt von dem, was sonst ›unterschwellig‹ bleibt und sich nur in unbeachteten Träumen abspielt, vieles ans Licht herüber.« Vor allem die Methode der Traumbetrachtung hielt Hesse für außerordentlich ergiebig, denn, so schrieb er an anderer Stelle, »der Traum ist das Loch, durch das du den Inhalt deiner Seele siehst, und dieser Inhalt ist die Welt. Die ganze Welt, von deiner Geburt bis heute, von Homer bis Heinrich Mann, von Japan bis Gibraltar, vom Sirius bis zur Erde, vom Rotkäppchen bis zu Bergson.« So sei die erziehende, fördernde und spornende Kraft der Analyse für niemand ergiebiger als für den Künstler, »denn ihm ist es ja nicht um die möglichst bequeme Anpassung an die Welt und ihre Sitten zu tun, sondern um das Einmalige, was er selbst bedeutet.«

Feststellungen wie diese, aber auch seine Vorbehalte, waren alles andere als angelesen. Hatte sich Hesse doch zwei Jahre zuvor als erster deutscher Dichter nach seiner schweren persönlichen und weltanschaulichen Krise in den ersten Kriegsjahren selber einer Psychoanalyse unterzogen, sprach also aus eigener Erfahrung.

Unerträgliche Kopfschmerzen, Schwindel und Angstzustände waren es, die ihn Anfang April 1916 gezwungen hatten, für sieben Wochen das Sanatorium Sonnmatt bei Luzern aufzusuchen. In dieser Privatklinik unter der Leitung des Hydrotherapeuten Dr. Hotz nahm sich ein Team von Medizinern verschiedenster Spezialisierung der Patienten an. Er habe jetzt drei Ärzte, schrieb Hesse am 3. 5. 1916 an Walter Schädelin, »welche zwar gemeinsam arbeiten, aber in vielem doch sehr divergieren, so daß meinem behandelten Ich je und je die Rolle einer letzten Instanz übrigbleibt. Der eine Arzt hier im Haus ist mein Sanatoriumsonkel, er berät mich in Diät etc., verschreibt mir Bäder, Güsse, Massagen und schwebt über dem Ganzen. Der zweite Arzt ist [der Internist] Hans Brun. Er hat mir gestern den Magen ausgepumpt ... Der dritte ist ein Psychiater, die Kur bei ihm ist für mich nicht bloß die wichtigste, sondern auch die interessanteste.«

Nachdem die internistische Behandlung mit der damals noch neuen Methode der Diathermie (eine Elektrotherapie, die das Gewebe mit hochfrequentem Wechselstrom durchflutet und durch Widerstandswärme erhitzt) keine Linderung gebracht hatte, blieb nur noch die gleichfalls neue Methode der Psychotherapie. »Wir doktern zwar auch am Körper emsig herum«, schrieb Hesse noch am 20. 5. 1916 dem befreundeten Maler Ernst Kreidolf, »ich werde jetzt täglich von innen her elektrisch geheizt und mit Chlorophyll gefüttert. Aber wenn ich dabei auch ein Herkules werde, so bin ich damit vor Rückfällen in die schlimmsten nervösen Zustände gar nicht gesichert. Das muß im Gemüt und Willen vor sich gehen, und da ist zwischen Erkennen des Wahren und Tun immer ein Zwiespalt. Es geht mir diesmal ans Leben, und ich kann mich nimmer um eine entscheidende innere Krisis drücken.«

Der behandelnde Arzt, der Schweizer Psychoanalytiker Josef Bernhard Lang (1881-1945), war nach dem Urteil seines sechs Jahre älteren Lehrers und Kollegen C. G. Jung ein »sehr merkwürdiger, aber außerordentlich gelehrter Mann«. Nach seiner Dissertation über *Assoziationsversuche bei Schizophrenen und den Mitgliedern ihrer Familien* hatte der ehemalige Stiftsschüler aus dem Kloster Einsiedeln in mehreren Kliniken gearbeitet, zunächst als Assistenzarzt in der Berner Nervenheilanstalt Waldau, der psychiatrischen Klinik St. Urban im Kanton Luzern und später als Chefarzt der Privat-Nervenheilanstalt von Meiringen. In Luzern unterhielt er damals eine Privatpraxis am Schwanenplatz und betreute darüberhinaus die Patienten des Sonnmatter Sanatoriums.

Was Hesse bisher durch die Lektüre der Schriften Freuds (aus seinen Ausführungen über den Witz, zur Traumdeutung und den »Abhandlungen zur Sexualtheorie«) nur theoretisch wußte, lernte er nun, während zwölf, jeweils etwa drei Stunden dauernden analytischen Gesprächen mit J. B. Lang in der Praxis und auf seine eigene Situation hin angewandt kennen. Dann aber mußte er seinen Aufenthalt in Sonnmatt unterbrechen. Denn die Arbeit für die Kriegsgefangenenfürsorge, die er auch noch im Sanatorium fortsetzte, sowie seine familiären und finanziellen Verhältnisse ließen es nicht zu, länger in der Klinik zu bleiben.

Da nach so kurzer Therapie die Konflikte längst noch nicht ausgeräumt waren, einigte man sich auf eine ambulante Fortsetzung der Analyse. Von Juni 1916 bis November 1917, fast anderthalb Jahre lang, reiste Hesse, zunächst allwöchentlich,

später nur noch sporadisch, von seinem Wohnsitz Bern nach Luzern, um Dr. Lang aufzusuchen. Nie zuvor und auch in seinem späteren Leben nie wieder hat er so regelmäßig und mit einem solchen Aufwand an Zeit (allein die Hin- und Rückfahrt dauerte sechs Stunden) einen Arzt konsultiert wie damals.
Ein Schwerpunkt dieser Therapie war die Traumanalyse. Dabei hatte der Patient nicht nur die ihm erinnerlichen Traumreste zu rekapitulieren, sondern vor allem die aktuellen und lebensgeschichtlichen Zusammenhänge aufzudecken, die ihm dazu einfielen. Erst danach war der Analytiker am Zuge, um den »manifesten« Inhalt des Traumes in den psychologischen zu übersetzen. Wenn dies glückte, konnte es zu einer Befreiung kommen, einer Entlastung aus der Erkenntnis, daß man »subjektive Erlebnisse und Zustände zu sehr objektiviert hatte«. Erst dann wurde es wieder möglich, mit den als unveränderlich vermuteten »Objekten zu spielen, auch mit den scheinbar starren Begriffen Krank und Gesund, Schmerz und Freude«. Auf diese Weise könne die Verzweiflung zur Gnade werden, indem sich unser Leben durch Abschälen einer Haut für neue Verwandlungen öffne. »Diese Erlebnisse des Erlöstwerdens sichern natürlich nicht gegen neue Verzweiflungen, aber sie fördern den Glauben daran, daß jede Verzweiflung von innen heraus überwindbar sei. Man wird nicht ›gesund‹, man verliert nicht den Schmerz, aber man beginnt wieder neugierig auf das zu werden, was uns noch bevorsteht, und findet den amor fati«, eine neue Motivation weiterzumachen.
Was Hesse im Rückblick auf seine eigene Analyse solchermaßen zusammenfaßte (als Antwort auf einen Leserbrief vom April 1931), ist auch eines der Leitmotive des *Demian*, worin es heißt: »Man muß seinen Traum finden, dann wird der Weg leicht. Aber es gibt keinen immerwährenden Traum, jeden löst ein neuer ab, und keinen darf man festhalten wollen...« »Ich lebe in meinen Träumen. Die anderen Leute leben auch in Träumen, aber nicht in ihren eigenen. Das ist der Unterschied.«

Der beschwerliche Weg, der zu diesen Resultaten geführt hat, läßt sich mittlerweile auf detaillierte Weise nachvollziehen anhand eines Traumtagebuches aus der Schlußphase seiner ersten Psychoanalyse, das von seiner Frau Ninon bis 30 Jahre nach dem Tod des Dichters gesperrt und der Forschung erst im letzten Jahr zugänglich wurde.

Dieses Tagebuch, ein Typoskript (geschrieben auf der alten Smith-Premier-Schreibmaschine mit den kursiven Lettern, die Hesse sich 1908 in seinen Bodenseejahren zugelegt hatte), umfaßt 111 eng beschriebene DIN A4-Seiten mit jeweils bis zu 55 Zeilen. Wie die Druckvorlage des *Demian* sind sie größtenteils auf den Rückseiten des Briefpapiers der Deutschen Kriegsgefangenen-Fürsorge, Bern, getippt. Unter dem Zitattitel »Möglichst vorurteilslos die Erlebnisse der Seele notieren« wird dieses Tagebuch hier erstmals in der Form überliefert, wie es sich nach Ablauf der Sperrfrist befand. Das Original hat keinen Titel, ist aber vom Autor mit Seitenzahlen und Datierungen versehen, die am 9. Juli 1917 einsetzen. Das war gut 14 Monate nach Beginn seiner Analyse, zu einem Zeitpunkt, als die zuvor allwöchentlichen Fahrten zu Dr. Lang nach Luzern bereits unregelmäßiger zu werden begannen.
Aus der kritischen ersten Phase von Hesses Analyse (Mai 1916 bis Juni 1917) sind keine solche Traumprotokolle überliefert, denn Arzt und Patient trafen sich ja laufend. Einzig die Schilderungen *Der schwere Weg* (entstanden im Verlauf der ersten zwölf Sitzungen im Mai 1916) und *Eine Traumfolge* (geschrieben im Oktober 1916, beide später in die *Märchen* aufgenommen) ermöglichen eine Vorstellung von den Hürden, die es zu Beginn der Konsultationen zu nehmen galt.
Das bald darauf begonnene Traumtagebuch setzt ein in der Zeit, als Hesse sich genötigt sah, für die Schriften der Kriegsgefangenenfürsorge einen eigenen Verlag zu gründen, Aktivitäten, die ihn noch unabkömmlicher von Bern machten als zuvor. Diese Umstände waren es wohl, die ihn bewegten, die Traumanalyse von nun an auf schriftlichem Weg fortzusetzen, einerseits um sie nicht zu unterbrechen, andererseits um anhand dieser Aufzeichnungen, wo es ihm erforderlich schien, das therapeutische Gespräch auf dem Postweg wieder aufnehmen zu können. Immerhin hatte sich Hesses Befinden mittlerweile schon so weit stabilisiert, daß er in der Lage war, C. G. Jungs Maxime zu beherzigen, derzufolge »das Unbewußte nur dann befriedigend funktioniert, wenn das Bewußtsein seine Aufgaben bis zum Rand des Möglichen erfüllt.« Dies muß damals der Fall gewesen sein, denn nie zuvor war Hesse sowohl durch seinen karitativen Einsatz während des Krieges als auch durch seine journalistische Zeitkritik ähnlich gefordert wie in den Jahren 1917 bis 1919.
Das vom Juli 1917 bis August 1918 geführte Traumtagebuch ist

ein wichtiges autobiographisches und zugleich ein unverzichtbares Dokument zur Werkgeschichte, besonders was die Entstehung der 1919 pseudonym erschienenen Erzählung *Demian* betrifft. Für Hesse selbst war es, wie gesagt, auch ein Mittel zur Fortsetzung des analytischen Dialogs mit Dr. Lang, worauf viele Formulierungen hinweisen, die sich wie an seinen Arzt gerichtete Briefe lesen (z. B.: »... dazu weiß ich nichts Neues, wir sprachen ja oft davon«, am 24. 7. 1917, oder »mein Verhältnis zum Ruhm und Publikum haben wir ja oft besprochen«, am 7. 9. 1917). Auf weite Strecken jedoch, besonders im letzten Teil der Aufzeichnungen, scheinen sie sich ganz vom ärztlichen Gegenüber zu lösen und in ein Selbstgespräch zu münden, das aber mitunter auch an Leser oder eine Öffentlichkeit ohne Vorkenntnisse gerichtet zu sein scheint (z. B. Anmerkungen wie: »Mia ist meine Frau«, 22. 7. 1917, was seinem Arzt natürlich längst bekannt war, oder eine Feststellung wie diese: »in Zürich verabredete ich mit Dr. Lang, daß ich ans Zeichnen oder Malen gehen solle«, 5. 8. 1917). Solche und viele andere Formulierungen deuten darauf hin, daß das Journal offenbar nicht ausschließlich für den therapeutischen Dialog verfaßt wurde.

Hesse selbst gibt zu Beginn seiner Aufzeichnungen an, der Wunsch, solch ein Tagebuch zu versuchen, sei aus der Erkenntnis entstanden, »daß bei mir der Trieb zu rascher Gestaltung und Ausmünzung [meiner Wahrnehmungen] das Erleben schädigt«. Folglich hat er sich vom retardierenden Vorgang des Protokollierens seiner Traumerlebnisse eine Intensivierung ihrer Wirkung erhofft, verstärkt durch deren rationale Durchdringung, sei es in der Form einer Selbstdeutung, sei es mit professioneller Hilfe. Von besonderem Interesse dabei sind natürlich seine eigenen Assoziationen.

Doch nicht alle im Tagebuch überlieferten Traumfragmente hat Hesse mit autobiographischen Erklärungsversuchen und Einfällen versehen, vielleicht weil er dem Arzt bei gewissen Träumen keine Deutungshilfen liefern wollte, um dessen Entschlüsselung nicht zu beeinflussen, oder einfach auch nur aus Mangel an Zeit, Lust oder Disposition. An anderen Stellen fehlen Hesses Kommentare deshalb (ganz oder teilweise), weil sie postum von seiner dritten Frau Ninon entfernt wurden. Schnittspuren und mit Tesafilm befestigte Anschlüsse sowie Seitenangaben in ihrer Handschrift weisen darauf hin, daß sie das Tagebuch auf seine

Publikationswürdigkeit durchgesehen hat. Dabei sind 17 Stellen (die zusammengerechnet wohl etwas mehr als 7 Typoskript-Seiten ergeben mögen) ihrem Bedürfnis nach Diskretion zum Opfer gefallen. Die entfernten Passagen waren nicht mehr auffindbar. Wo solche Auslassungen vorkommen, wurde es vom Herausgeber mit Umfangsschätzungen vermerkt. Nur an zwei Stellen des Tagebuchs sind auch Kommentare des Therapeuten Dr. Lang überliefert, in Form von Briefen an Hesse vom 12. und 18. 12. 1917, die dem Skript beilagen. Weitere Schreiben Dr. Langs zu Hesses Aufzeichnungen scheinen nicht mehr erhalten zu sein.

Von einigen, die Entstehung des *Demian* betreffenden Seiten jedoch, hat sich Ninon Hesse, bevor sie das Tagebuch sperrte, Kopien angefertigt. Diese fanden sich (ohne Quellenvermerk) in ihrem Nachlaß. Sie dienten als Druckvorlage der u.d.T. »Aus einem Träume-Tagebuch vom August/September 1917« erschienenen Passagen, die ich 1993 in den ersten Band der *Materialien zu Hermann Hesses Demian* aufgenommen habe, ohne noch deren Kontext zu kennen. Inzwischen also ist das Umfeld bekannt, es kann hier nachgelesen werden und bringt auch für die Entstehungsgeschichte des *Demian* neue Erkenntnisse, z.B. daß Hesse den Privatdruck mit C.G. Jungs mysteriösen *Septem sermones ad mortuos* schon damals von Dr. Lang erhielt und ihn am Vortag seines ersten und folgenreichen *Demian*-Traumes gelesen hat, also nicht erst nach Erscheinen des *Demian*, als C.G. Jung selbst ihm diese Schrift sandte.

Von Beginn seines Traumtagebuches an ist sich Hesse über die Fragwürdigkeit bereits der Ausgangsbedingungen, nämlich der Wiedergabe von Geträumtem, im klaren. Er weiß, daß die noch erinnerbaren Traumreste nicht repräsentativ sind für den Schlaf insgesamt. Denn was die Seele während der ersten Tiefschlaf-Phasen erlebt, entzieht sich dem Erinnerungsvermögen. Und nur die Traumreste, die wir kurz vor dem Aufwachen noch rekonstruieren können, lassen sich, fragmentarisch genug, greifen: »Ich habe oft Träume«, notiert er am 30. 8. 1917, »wo Bilder gleichsam übereinander fotografiert sind, was die Erinnerung erschwert.« Teils kommen sie ihm wie ein fast unauflösbares »Gewirr und Gefilz« vor, teils spricht er von »reichlichen Folgen flüchtiger Bilderreihen« und vergleicht sie mit bemalten und übereinandergelegten Glasscheiben, welche ihren Ablauf nicht nur komplizieren, sondern auch den Durchblick verstellen. Doch

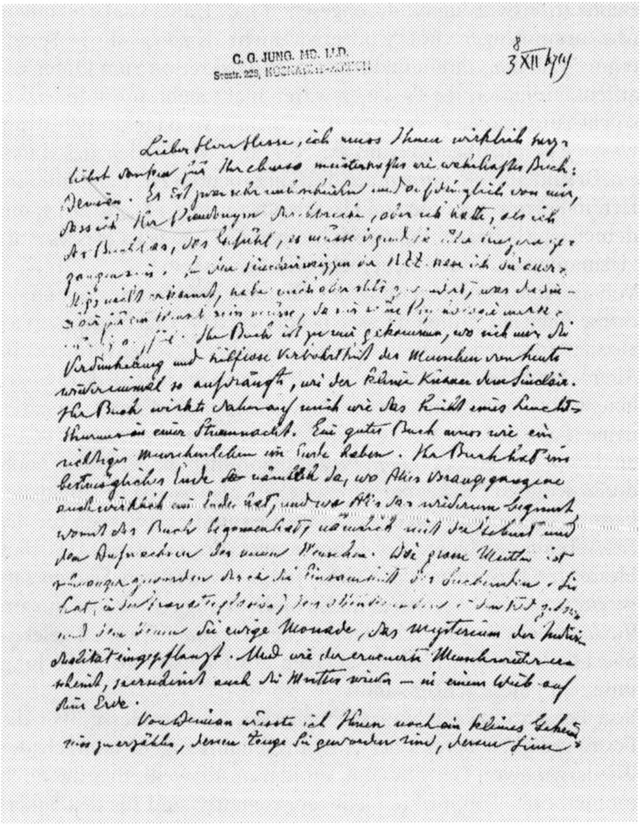

C. G. JUNG, MD. LLD.
Seestr. 228, KÜSNACHT-ZÜRICH

8
3 XII 1919

Lieber Herr Hesse, ich muss Ihnen wirklich herzlichst danken für Ihr ebenso meisterhaftes wie wahrhaftes Buch: Demian. Es ist zwar sehr unbescheiden und aufdringlich von mir, dass ich Ihr Pseudonym durchbreche, aber ich hatte, als ich das Buch las, das Gefühl, es müsse irgendwie [illegible] hineingegangen sein. In den Zeitungsnotizen der NZZ [illegible] nicht erkannt, habe mich aber stets gewundert, was das [illegible] sein müsse, da [illegible]. Ihr Buch ist zu mir gekommen, wo sich mir die Verdunkelung und hilflose Verlorenheit des Menschen von heute wieder einmal so aufdrängte, wie der kleine Knaben dem Sinclair. Ihr Buch wirkte dabei auf mich wie das Licht eines Leuchtturmes in einer Sturmnacht. Ein gutes Buch muss wie ein richtiges Menschenleben ein Ende haben. Ihr Buch hat ein befriedigendes Ende, da nämlich da, wo Alles Vorausgegangene auch wirklich ein Ende hat, und wo Alles das wiederum beginnt, womit das Buch begonnen hatte, nämlich mit der Geburt und dem Aufwachen des neuen Menschen. Die grosse Mutter ist [illegible] die Einsamkeit des Suchenden. Sie hat [illegible] und ihm die ewige Monade, das Mysterium der Individualität eingepflanzt. Und wie der erneuerte Mensch wieder erscheint, so erscheint auch die Mutter wieder – in einem Weib auf dieser Erde.

Von Demian wüsste ich Ihnen noch ein kleines Geheimnis zu erzählen, dessen Zeuge Sie geworden sind, dessen Sinn [illegible]

Brief C. G. Jungs vom 3. 12. 1919 an H. Hesse über den »Demian«

entschlossen, diesen Widerständen etwas Positives abzugewinnen, setzt er sie in Bezug zur Ausdrucksarbeit überhaupt und tröstet sich mit dem Vergleich: So wie der Versuch, einen Traum aufzuschreiben sich zur Welt verhalte, die dieser Traum umfaßt, so verhalte sich ja schließlich das Werk jedes Künstlers zu dem, was er eigentlich darstellen wolle. Auch im besten Falle käme nur ein Bruchteil dessen zur Ausführung, was man zu sagen habe. Dennoch sei dies kein Anlaß, zu resignieren, sondern ein Antrieb, immer neue Darstellungsversuche zu unternehmen. Gewiß hätte Hermann Hesse die Vorbehalte Martin Walsers nachvollziehen können, der 1995 schrieb: »Wenn es mir gelingt, einen Traum zu einem nicht ausrechenbaren Teil in Sprache wiederzugeben, ihn also festzuhalten, dann ist das schon eine zerstörerische Aktion. Aber wenn ich ihn dann auch noch, um ihn sozusagen zu verstehen, einer ihn deuten wollenden Sekundärsprache aussetze, dann ist er hin.«* Den Jargon und das Deutungsinventar der Psychoanalyse, die damit gemeint sind, hat auch Hesse als wenig hilfreich erfahren. Acht Jahre nach diesem Traumtagebuch, in der *Nürnberger Reise* (1925), spricht er vom »Panzer allzu enger, allzu eitler Akademik«, der das Vokabular der Analyse umgebe und der ohnmächtig sei »wie jeder Versuch, das Phänomen des Lebens zu vereinfachen, es auf eine wissenschaftliche, scheinbar exakte Formel zu bringen«.

So ist es kein Zufall, daß er nicht nur im Tagebuch, sondern auch in seinen späteren Verlautbarungen zur Psychoanalyse nur selten deren professionelles Vokabular übernimmt. Kein einziges Mal ist bei ihm z.B. von einem »Ödipus-Komplex« die Rede, den zu diagnostizieren bei Hesses problematischer Mutter-Fixierung und seiner konfliktgeladenen Vaterbeziehung für die Schulpsychiatrie ja die naheliegendste Schablone gewesen sein muß. Nur einmal übernimmt er einen Terminus von C. G. Jung (»Was mich an individuelles und kollektives Unbewußtes mahnt«, 9.9. 1917), sonst ist er weitgehend immun gegen akademische Patent-Definitionen und interessiert sich als Künstler viel eher für die artistische Seite der »nächtlichen Spiele«, wie z.B. »die Gleichzeitigkeit mehrerer Traumschichten, die ineinander übergehen können«, was ihn an die Gleichzeitigkeit des Realen und Visionären erinnert, die ihm erstrebenswert erscheint als »ein Zustand, in

* »Die Stimmung, das Wissen, die Sprache« in Martin Walser, *Über freie und unfreie Rede*, Edition Isele, Eggingen, 1995.

dem wir gewissermaßen durch die Wirklichkeit hindurch wie durch Glas eine bedeutsame, andere, höhere Welt sehen« können (19. 12. 1917). »Das Glück der Träume«, lesen wir noch in seinem 14 Jahre später entstandenen Märchen *Die Morgenlandfahrt*, »bestand aus der Freiheit, alles Erdenkliche gleichzeitig zu erleben, Außen und Innen spielend zu vertauschen, Zeit und Raum wie Kulissen zu verschieben.«

Im unbewußten Seelenleben, wie es sich in der dichterischen Sprache des Traumes, der Visionen und Halluzinationen äußere, finde man über die eigenen privaten Verwicklungen hinaus etwas durchaus Überindividuelles und Zeitloses, das mit Grundsituationen des Lebens, uralten mythologischen Mustern, Systemen und religiösen Kulten übereinstimmen könne.

Zweifellos hat ihm 1916-1918 und erneut 1920/21, während der Produktionskrise im Verlauf der Niederschrift des *Siddhartha* die Prozedur der Analyse weitergeholfen, auch weil er damals keine andere Wahl und sie als notwendig akzeptiert hatte. 1918, im Rückblick seines Aufsatzes »Künstler und Psychoanalyse«, nennt er die Gründe. Sie habe ihn genötigt, das zu sehen, zu erkennen, zu untersuchen und ernst zu nehmen, was er gerade am erfolgreichsten in sich verdrängt hatte. Nur in der intensiven Selbstprüfung der Analyse werde ein Stück Entwicklungsgeschichte wirklich erlebt und durchdrungen, »über Vater und Mutter, über Bauer und Nomade, über Affe und Fisch zurück wird Herkunft, Gebundenheit und Hoffnung des Menschen nirgends so erschütternd erlebt wie in einer ernsthaften Psychoanalyse.«

In seinem Traumtagebuch legt sich Hesse so schonungslos wie möglich Rechenschaft ab auch über seine persönlichen Schwächen und Fragwürdigkeiten. Im Gegensatz zu der daraus hervorgegangenen überpersönlichen Seelenbiographie des *Demian* hat es noch ganz den Aggregatzustand des Privaten und zeigt gerade in der Preisgabe der eigenen Problematik einmal mehr, was er 1929 in seinem *Bekenntnis des Dichters* von sich und seinesgleichen erwartet hat: »Wir suchen unsere Zeit nicht zu erklären, nicht zu bessern, nicht zu belehren, sondern wir suchen ihr, indem wir unser eigenes Leid und unsere eigenen Träume enthüllen, die Welt der Bilder, die Welt der Seele, die Welt des Erlebens immer wieder zu öffnen. Diese Träume sind zum Teil arge Angstträume, die Bilder sind zum Teil grausige Schreckbilder – wir dürfen sie nicht verschönern, wir dürfen sie nicht weglügen.«

Mont. 26. Januar 1920

Lieber Freund überm Gotthard drüben!

Ja, ich wäre Ihnen längst einen Gruß schuldig gewesen, und bin nun froh, daß Sie so lieb waren, an mich zu denken. Ich war nicht krank, aber reduziert und phantasielos, und in mechanische Arbeit versunken, für die neue Zeitschrift. Ein wenig habe ich auch gemalt, unter andrem wieder einmal einen kleinen goldenen »Ichthüs«, einen altchristlichen Fisch für eine Wand meiner Bude. Und wie Sie aus Beiliegendem sehen, habe ich diesen Monat in Basel ausgestellt. Meine schwache Hoffnung, vielleicht einiges zu verkaufen, ist zwar nicht in Erfüllung gegangen, aber ich glaube, daß ich nun gegen den Sommer hin wohl einmal in Zürich zu einer Ausstellung komme.

Die 2 Buben sind also im Schwarzwald. Leider habe ich über Buzi schlechte Nachrichten, er sei lügnerisch und verdreht und bös zu haben, ich habe Ambühl geschrieben, weiß aber nicht wie weit sein Verständnis für diese Dinge samt Pubertät etc reicht. Meine Frau ist seit einiger Zeit nicht mehr in Mailen, doch weiß ich nichts direktes von ihr. Momentan ist sie wohl in Thun bei ihrer Schwester.

Es wäre Zeit für mich, entweder wieder eine rechte künstlerische Arbeit zu beginnen oder wieder Analyse zu treiben, was ich leider allein nicht kann. Ich war eine Zeitlang ganz vernagelt, las wahnsinnig viel und schrieb mechanisch für das neue Blatt. Jetzt fühle ich mich etwas freier, habe aber oft ängstliche Zustände und schwimme nicht in Wellen, wie ich sollte. Denn Kunst treiben, richtig dichten und malen kann man nicht halb, da muß der ganze Kerl brennen. Ich werde allmählich ein alter Kerl mit Anflügen von Grau und einem Tropfen an der spitzen Nase, der Teufel hole es! Die ganzen Erschütterungen der letzten Monate wirken eben auch noch nach. Zum Glück hatten wir den ganzen Januar viel Sonne, ich war viel draußen und habe sehr oft erst gegen Abend das Feuerchen angezündet.

Mit den Finanzen komme ich zunächst durch, ein Freund hilft mir etwas, doch ist die Lage ziemlich lächerlich. Wenn ich einige Tage recht brav arbeite und damit hundert Mark verdiene, kriege ich acht Franken dafür. Nun, einstweilen geht es.

Ich habe die Hoffnung, daß Sie im Frühling einmal für eine Woche oder so kommen und bei mir sind. Das Billet kann ich bezahlen, so daß Sie keine Ausgaben haben, und kann vermutlich auch etwas Honorar für Analysetreiben anbieten. Denken Sie daran.

Einer der wenigen noch auffindbaren Briefe Hermann Hesses an seinen Psychoanalytiker Dr. Josef B. Lang

Es kann nicht die Aufgabe des Herausgebers sein, das Traumtagebuch zu interpretieren oder die Schlüssigkeit der beigefügten Schreiben des Arztes zu bewerten. Deshalb wird hier bewußt auf jeden Deutungsversuch verzichtet, dagegen im Tagebuch selbst die das Verständis fördernden sachlichen und biographischen Daten kommentiert, soweit sie bisher zu ermitteln waren.

Auf Anfragen seiner Leser hin hat Hesse noch Jahrzehnte später immer wieder bestätigt, daß ihm die damalige Analyse gut bekommen sei, insbesondere das Eingehen auf Träume, in deren selbstregulierendem Umgang mit unseren Problemen er »das Wunder der Seele bestaunt, einerlei welche schönen oder anderen Seiten sie uns zeigen möge«. Doch betont er, daß man dabei die Hauptsache selber leisten müsse. Nützlicher als die Technik der praktischen Analyse habe sich für ihn die Lektüre einiger Bücher von Freud und Jung erwiesen. »Später wurde mein Verhältnis zur Psychoanalyse kühler, teils weil ich viele Fälle erfolglos, ja schädlich wirkender Analysen mitanzusehen bekam, teils aber auch, weil ich nie einem Analytiker begegnet bin, der ein echtes Verhältnis zur Kunst gehabt hätte« (in einem Brief vom November 1958 an Dr. Seidmann). Und an Herbert Schulz schrieb er im April 1950: Kein einziger von den vielen Therapeuten, die er gekannt habe, »sah in der Kunst etwas anderes als eine Ausdrucksform des Unbewußten. Der neurotische Traum eines beliebigen Patienten war ihnen ebenso wertvoll und weit interessanter als der ganze Goethe. Mit dieser Erkenntnis war ich erst endgültig und völlig von der analytischen Atmosphäre frei. Die Kur ist mir aber im Ganzen gut bekommen.«
Das Verständnis für den Künstler, die Antriebe und Wirkungen seines Schaffens, die Hesse bei den Nervenärzten so sehr vermißte, steht in engem Zusammenhang mit dem, was der Traum für ihn bedeutet hat. Denn, so schreibt er 1932 an Christoph Schrempf: »Die Künste dienen dem Leben, sie sind Funktionen wie Schlaf und Traum« und helfen biologische Bedürfnisse zu befriedigen. Therapeuten aber, denen der neurotische Traum eines beliebigen Patienten ebenso wertvoll, ja noch interessanter als der ganze Goethe vorkam, waren für Hesse gelehrte Banausen, ohne Gespür für die Antitoxine, die der Dichter aus eben diesen Neurosen entwickelt hat, zunächst als Autotherapie für sich selbst und später als Hilfe für unzählige Leser, ähnliche Krisen zu überste-

hen. Denn »alles Gute, was geschieht«, vermerkt Goethe in *Dichtung und Wahrheit*, »wirkt nicht einzeln. Seiner Natur nach setzt es sogleich das Nächste in Bewegung.«

Während die Aufmerksamkeit des Arztes auf die Abweichung von der Norm, also auf das Pathologische gerichtet sein muß, ist einem kreativen, also künftige Entwicklungen vorausträumenden und anbahnenden Menschen, nichts so verdächtig, wie das sogenannte Normale. Nicht die Träume, die uns die Antriebe unseres Inneren enthüllen, sind es, denen er mißtraut, sondern vielmehr der auf Gleichschaltung bedachten Außenwelt, die zwischen dem Menschen und »seiner Seele einen Wächter, eine Moral, eine Sicherheitsbehörde gesetzt hat und nichts von dem anerkennt, was direkt aus dem Seelenabgrund kommt, ohne daß es vorher von jener Behörde abgestempelt wurde«. Das schrieb Hesse 1917 in seiner Betrachtung über die *Sprache* und fährt fort: »Der Künstler aber richtet sein ständiges Mißtrauen nicht gegen das Land der Seele, sondern gegen eben jene Grenzbehörde und geht heimlich aus und ein zwischen hier und dort, zwischen bewußt und unbewußt, als wäre er in beidem zu Hause.« Nur unsere Träume setzen sich hinweg über diese Grenzen. Sie sind für Hesse sowohl eine Stimme des Gewissens als auch ein Motor des Fortschritts und der Evolution, die sich des exponierten Einzelnen zu ihrer Entfaltung bedient und sich dabei nicht im geringsten um die jeweiligen Vorstellungen von normal und verrückt, krank und gesund kümmert. Über die Relativität dessen, was normal und verrückt sei, hat er sich oft geäußert: »Wir Künstler und Intellektuelle«, schrieb er am 29. 11. 1929 an Arthur Stoll, »sind ja heute alle Neurastheniker, vielmehr wir haben eigentlich keine schwachen Nerven, sondern normale«. Oder im bereits fünf Jahre zuvor entstandenen *Kurgast*: »Die Psychiater erklären einen Menschen für gemütskrank, der auf kleine Störungen, kleine Reizungen, kleine Beleidigungen seines Selbstgefühls empfindlich und heftig reagiert, während derselbe Mensch vielleicht Leiden und Erschütterungen gefaßt erträgt, welche der Majorität sehr schlimm erscheinen. Und ein Mensch gilt für gesund und normal, dem man lange auf die Zehen treten kann, ohne daß er es merkt, der die elendeste Musik, die kläglichste Architektur, die verdorbenste Luft klaglos und beschwerdelos erträgt.« Deshalb könnten »diese Neurosen am Ende ja auch eine Gesundheit sein, nämlich das einzig mögliche Reagieren beseelter Naturen auf eine Zeit, die nur Geld und Zahl und keine Seele mehr kennt«.

Menschen dagegen, denen solche Dickfelligkeit abgeht, denen Behinderungen und Mängel zu schaffen machen, neigen zu Insuffizienzgefühlen und Komplexen, welche – sobald die Ventilfunktion des Traumes überfordert ist – auch noch im Tagesbewußtsein auf die unterschiedlichste Weise ausgeglichen werden müssen. Tagsüber, bemerkt Hesse in einem Brief vom Juni 1929, versage die schützende Magie des Traumes häufig, weil auch der beste Träumer im Wachen die Außenwelt wichtiger nehme, als er es sollte. »Die Verrückten können das besser. Sie erkären sich für Kaiser und die Zelle für ihr Schloß, und alles stimmt wunderbar.« Die Außenwelt umzaubern zu können, ohne dabei verrückt zu werden, das sei sein Ziel als Künstler. Es zu erreichen, sei nicht leicht, »dafür aber ist wenig Konkurrenz da. 99 Menschen von 100 haben ja ganz andere Ziele.« Und weil das so ist, weil die Mehrheit der Zeitgenossen (die für den Arzt ja das Maß der Normalität abgeben) die kreativen Formen der Kompensation nicht zu erkennen und einzuschätzen verstehe, fehle auch den meisten Psychiatern ein Sensorium dafür, daß es sinn- und wertvoll sei, »wenn ein Dichter aus den Nöten und Beklemmungen seiner persönlichen Gebundenheit heraus« den Antrieb nehme, »die Unvollkommenheit seines Lebens durch die Vollkommenheit seines Werkes zu erlösen«.

Den Wertmaßstäben der Psychoanalyse zufolge, bemerkt Hesse 1930 in seinen *Gedanken über Gottfried Keller*, müsse ein Dichter, der »den langen und mühseligen Weg zur Sublimierung seiner Spannungen im Werk verschmäht und statt dessen eine Anpassungskur durchführt und ›normal‹ wird, wertvoller sein als jeder andere«. Deshalb seien für die Nervenärzte Menschen wie Novalis, Hölderlin, Lenau, Beethoven, Nietzsche nichts als schwer pathologische Erscheinungen, wenn sie deren Werke ohne Kenntnis ihrer Namen und ihres Ruhmes läsen. Denn nur dies habe der Künstler dem Geistesgestörten voraus, daß er seiner Verrücktheit wegen nicht eingesperrt werde, sondern aufgrund seiner Werke etwas gelte. »Daß diese Männer aus ihren Komplexen eine Welt geschaffen haben und ... daß jede kulturelle Leistung aus Komplexen kommt, daß Kultur überhaupt nichts anderes ist als ein Einschalten von Widerständen und Reibungsgelegenheiten zwischen Trieb und Geist, und daß Leistungen nicht dort entstehen, wo Komplexe ›geheilt‹ werden, sondern wo ihre Hochspannungen sich schöpferisch erfüllen, von alledem weiß die Analyse so

wenig wie die moderne Wissenschaft überhaupt. Wie sollte sie auch. Der Zweck der Medizin inklusive Analyse ist ja nicht die Erkenntnis des Genies und der Tragik des Geistes, sondern ihr Zweck ist, zu bewirken, daß die Patientin Meyer womöglich ihr Asthma oder ihre nervösen Magengeschichten verliert. Der Geist läuft wahrlich auf anderen Pfaden, nicht auf diesen«, schrieb Hesse am 3. 6. 1928 an den Psychotherapeuten Theodor Schnittkin. Auch in seinen *Notizen zum Thema Dichtung und Kritik* hat Hesse 1930 den geistfeindlichen Einflüssen der Analyse auf die Literaturkritik u. d. T. »Psychologie der Halbgebildeten« ein ganzes lesenswertes Kapitel eingeräumt.
Selbst noch für C. G. Jung war die Kunst, also die kreative Form des Träumens und seiner Sublimierung, ein Mechanismus der Verdrängung. Hesse hat das zwar nicht abgestritten, entgegnete ihm aber, er selbst wende das hohe Wort Sublimierung nur dort an, »wo es mir erlaubt scheint, von geglückter Verdrängung zu reden, also von der Auswirkung eines Triebs auf einem zwar uneigentlichen, aber kulturell hochrangigen Gebiet, z. B. in der Kunst ... Wo ein begabter Mensch mit einem Teil seiner Triebkräfte solche Dinge fördert, finde ich seine Existenz und sein Tun von höchstem Wert, auch wenn er vielleicht als Individuum pathologisch ist. Was mir also während einer Psychoanalyse unerlaubt scheint: das Ausbiegen in ein Scheinsublimieren, das scheint mir erlaubt, ja höchst wertvoll und erwünscht, wo es gelingt, wo das Opfer Frucht trägt. Eben darum ist ja die Psychoanalyse für Künstler so sehr schwierig und gefährlich, weil sie dem, der es ernst nimmt, gleich das ganze Künstlertum zeitlebens verbieten kann. Geschieht das bei einem Dilettanten, dann ist es gut, geschähe es bei einem Händel oder Bach, so wäre es mir lieber, es gäbe keine Analyse, und wir behielten dafür den Bach«, heißt es in seiner Antwort vom September 1934 auf einen Brief von C. G. Jung.
Damit ist ausgesprochen, was sich in der Praxis seit Menschengedenken bewährt hat: die kompensatorische Wirkung der Kunst, welche die Bilderrätsel der Nacht in Tagträumen ordnet, fortsetzt, im Spiel und Gleichnis sublimiert und dabei Konfliktlösungen von beachtlicher sozialer Wirkung erzielt. Auch die Psychiatrie hat das inzwischen erkannt, überall dort, wo sie Musik, Malerei und Dichtung für therapeutische Zwecke verwendet.
Mehr als ein Jahrzehnt lang (von 1916 bis 1927) hat sich Hesse

der Psychoanalyse und der Traumdeutung bedient für seine Expeditionen ins Innere. Sein Werk hat von dieser Erfahrung an Komplexität und Tiefgang gewonnen, ohne darüber an Bildhaftigkeit zu verlieren. Der Gefahr, durch zergliedernde Analyse die kreative Synthese aufs Spiel zu setzen, ist er dabei auf ebenso problembewußte Weise entronnen, wie Rilke, der nicht daran dachte, sich mit den »Teufeln« auch seine »Engel« austreiben zu lassen.

Mit zunehmendem Alter distanzierte sich Hesse von der Traumdeutung als Vehikel der Selbsterkenntnis, nicht ganz so abrupt zwar wie Goethe, der im Dezember 1788 an Herder schrieb: »Die verwünschte Aufmerksamkeit auf Träume! Es ist doch immer das Traumreich ein falscher Lostopf, wo unzählige Nieten und höchstens kleine Gewinnstchen untereinander gemischt sind. Man wird selbst zum Traum, wenn man sich ernstlich mit diesen Phantomen beschäftigt.« Diese Gefahr bestand für Hesse nie, in dessen Traumgedicht »Verzückung« es heißt: »Nichts ist außen, nichts ist innen, / Nichts ist unten, nichts ist oben, / Alles Feste will zerrinnen, / Alle Grenzen sind zerstoben.« Er zitierte gern den Ausspruch des chinesischen Dichters Dschuang Dse (400 v. Chr.): »Ich habe geträumt, ich sei ein Schmetterling, und jetzt weiß ich nicht, ob ich ein Mensch bin, der träumt, er sei ein Schmetterling oder vielleicht ein Schmetterling, der träumt, er sei ein Mensch.« Stets fand der Surrealismus der Träume sein artistisches Interesse, die »Unerschöpflichkeit ihrer Spielphantasie, ihre geistreiche Kombinatorik und ihr oft hinreißender Humor.« Auch im Alter noch blieben Traum, Märchen und Magie für ihn so verwandte Bereiche, daß ihm sein eigenes Leben mitunter wie ein Märchen vorkommen konnte: »Oft fühle ich«, heißt es in seinem *Kurzgefaßten Lebenslauf*, »die Außenwelt mit meinem Inneren in einem Zusammenhang und Einklang, den ich magisch nennen muß ... Weil die sogenannte Wirklichkeit für mich keine sehr große Rolle spielt, weil Vergangenes mich oft wie Gegenwart erfüllt und Gegenwärtiges mir unendlich fern erscheint, darum kann ich auch die Zukunft nicht so scharf von der Vergangenheit trennen, wie man es meistens tut. Ich lebe sehr viel in der Zukunft.«

Die Wirkungsgeschichte seiner Bücher hat dieser Feststellung recht gegeben. Gerade auch dort, wo sie auf Kritik und Widerstand stoßen, ist es nicht selten ihr evolutionärer Impuls, der als ungemütlich oder gar als provozierend empfunden wird. Das war

aber auch schon zu Hesses Lebzeiten so, als ihm z.B. 1926 ein junges Mädchen mitteilte, sie habe neulich geträumt, sie sei ein Affe und Hesse wolle sie dazu verführen, ein Mensch zu werden. »In Träumen habe ich scheints keinen guten Ruf«, kommentiert Hesse diese Episode am 23. 11. 1926 seinem Freund Hugo Ball, »doch sehe ich, daß die Träumer wenigstens nicht ihre schwächsten Antriebe mit meiner Maske bekleiden.«

Frankfurt am Main im Februar 1996

Quellennachweise

Traumtheater
Erstdruck in »National-Zeitung«, Basel vom 25. 4. 1948. Später u.d.T. »Nächtliche Spiele«, aufgenommen in H. Hesse, »Beschwörungen«, Frankfurt am Main 1955.

Traumgeschenk
Erstdruck in »Neue Zürcher Zeitung« vom 5. 11. 1946. Aufgenommen in H. Hesse, »Späte Prosa«, Frankfurt am Main 1951.

Des Deutenwollens müde
Aus: »Brief im Mai«. Erstdruck in »Neue Zürcher Zeitung« vom 26. 5. 1962. Aufgenommen in H. Hesse, »Briefe an Freunde« (Rundbriefe 1946 bis 1962), Frankfurt am Main 1977.

Schreiben und Schriften
Erstdruck in »Neue Zürcher Zeitung« vom 15. 8. 1961. Aufgenommen in H. Hesse, »Briefe an Freunde« a.a.O.

Aus meinem Traumbuch
Passus aus dem unveröffentlichten Manuskript »Zum 14. Juni 1898«. Hier erstmals veröffentlicht.

Singapur-Traum
Erstdruck in »Simplicissimus«, München vom 16. 12. 1912. Aufgenommen in H. Hesse, »Aus Indien«, Berlin 1913.

Der Traum von den Göttern
Geschrieben im Februar 1914. Erstdruck in »Jugend«, München, Nr. 38, 1914 u.d.T. »Ein Traum von den Göttern«. Aufgenommen in H. Hesse, »Bilderbuch«, Berlin 1926.

Möglichst vorurteilslos nur die Erlebnisse der Seele notieren
Traumtagebuch der Psychoanalyse 1917/18. Hier erstmals veröffentlicht.

Traum am Feierabend
Erstdruck in »Vossische Zeitung«, Berlin vom 8. 3. 1918. Aufgenommen in H. Hesse, »Betrachtungen«, Berlin 1928.

Ein Stück Tagebuch
Erstdruck in »Die Schweiz«, Zürich vom Mai 1918. Aufgenommen in H. Hesse, »Kleiner Garten«, Leipzig und Wien 1919.

Ein Traum
Geschrieben 1932. Erstdruck in »Dresdner Neueste Nachrichten« vom 21. 8. 1932 (1950 auch als Privatdruck u.d.T. »Aus einem Notizbuch«). Aufgenommen in H. Hesse, »Die Kunst des Müßiggangs, Frankfurt am Main 1973.

Ein Tagebuchblatt
Erstdruck in »Neue Zürcher Zeitung« vom 24. 5. 1955. Aufgenommen in H. Hesse, »Beschwörungen«, a.a.O.

Der Inseltraum
Erstdruck in H. Hesse, »Eine Stunde hinter Mitternacht«, Leipzig, 1899.

Der schöne Traum
Geschrieben im Januar 1912. Erstdruck in »Licht und Schatten«, München vom Mai 1912. Aufgenommen in H. Hesse, »Kleiner Garten« a.a.O.

Der Traum des Missionars
Auszug aus der Erzählung »Robert Aghion«. Geschrieben im Mai 1912. Erstdruck in »Die Schweiz«, Zürich vom Januar 1913. Aufgenommen in H. Hesse, »Aus Indien«, a.a.O.

Der Flötentraum
Erstdruck in »Licht und Schatten«, München vom Dezember 1913. Aufgenommen in H. Hesse, »Märchen«, Berlin 1919.

Der schwere Weg
Geschrieben im Juni 1916. Erstdruck in »Die neue Rundschau«, Berlin vom April 1917. Aufgenommen in H. Hesse, »Märchen«, a.a.O.

Eine Traumfolge
Geschrieben im Oktober 1916. Erstdruck in »Die weißen Blätter«, Leipzig vom Dezember 1916. Aufgenommen in H. Hesse, »Märchen«, a. a. O. Im Manuskript finden sich zwei (verworfene Titelvarianten »Der Traum« und »Traum-Pfad«.

Pistorius antwortet Sinclair
Auszug aus dem »Demian«, geschrieben September bis Oktober 1917. Veröffentlicht unter dem Pseudonym Emil Sinclair, Berlin 1919.

Traum von einer Audienz bei Goethe
Vorabdruck aus »Der Steppenwolf« in »Frankfurter Zeitung« vom 12. 9. 1926.

Mit Mozart im magischen Theater
Vorabdruck aus »Der Steppenwolf« u. d. T. »Gespräch mit Mozart« in »Neue Schweizer Rundschau«, Zürich vom Januar 1927.

Gedichte
Aus Hermann Hesse, »Die Gedichte«, Frankfurt am Main 1977.

Zeittafel

1877 geboren am 2. Juli in Calw/Württemberg
1892 Flucht aus dem evgl.-theol. Seminar in Maulbronn
1899 »Romantische Lieder«, »Hermann Lauscher«
1904 »Peter Camenzind«, Ehe mit Maria Bernoulli
1906 »Unterm Rad«, Mitherausgeber der antiwilhelminischen Zeitschrift »März« (München)
1907 »Diesseits«, Erzählungen
1908 »Nachbarn«, Erzählungen
1910 »Gertrud«
1911 Indienreise
1912 »Umwege«, Erzählungen, Hesse verläßt Deutschland und übersiedelt nach Bern
1913 »Aus Indien«, Aufzeichnungen von einer indischen Reise
1914 »Roßhalde«, bis 1919 im Dienst der »Deutschen Kriegsgefangenenfürsorge, Bern«
Herausgeber der »Deutschen Interniertenzeitung«, der »Bücher für deutsche Kriegsgefangene« und des »Sonntagsboten für deutsche Kriegsgefangene«
1915 »Knulp«
1919 »Demian«, »Märchen«, »Zarathustras Wiederkehr«
Gründung und Herausgabe der Zeitschrift »Vivos voco«, ›Für neues Deutschtum‹. (Leipzig, Bern)
1920 »Klingsors letzter Sommer«, »Wanderung«
1922 »Siddhartha«
1924 Hesse wird Schweizer Staatsbürger
Ehe mit Ruth Wenger
1925 »Kurgast«
1926 »Bilderbuch«
1927 »Die Nürnberger Reise«, »Der Steppenwolf«
1928 »Betrachtungen«
1929 »Eine Bibliothek der Weltliteratur«
1930 »Narziß und Goldmund«
Austritt aus der »Preußischen Akademie der Künste«, Sektion Sprache und Dichtung
1931 Ehe mit Ninon Dolbin geb. Ausländer
1932 »Die Morgenlandfahrt«
1937 »Gedenkblätter«
1942 »Gedichte«
1943 »Das Glasperlenspiel«

1945 »Traumfährte«, Erzählungen und Märchen
1946 Nobelpreis
1951 »Späte Prosa«, »Briefe«
1952 »Gesammelte Dichtungen«, 6 Bde.
1957 »Gesammelte Schriften«, 7 Bde.
1962 9. August: Tod Hermann Hesses in Montagnola
1966 »Prosa aus dem Nachlaß«, »Kindheit und Jugend vor Neunzehnhundert. Hermann Hesse in Briefen und Lebenszeugnissen 1877–1894«
1968 »Hermann Hesse – Thomas Mann«, Briefwechsel
1969 »Hermann Hesse – Peter Suhrkamp«, Briefwechsel
1970 »Politische Betrachtungen«, Hermann Hesse – Werkausgabe in 12 Bänden, dort:
»Eine Literaturgeschichte in Rezensionen und Aufsätzen«
1971 »Hermann Hesse – Sprechplatte«, »Mein Glaube«, eine Dokumentation, Lektüre für Minuten«
1972 Materialien zu Hermann Hesse »Der Steppenwolf«
1973 »Gesammelte Briefe, Band 1, 1895–1921«, »Die Kunst des Müßiggangs«, Materialien zu Hermann Hesse »Das Glasperlenspiel«, Bd. 1
1974 »Hermann Hesse, Leben und Werk im Bild«, von Volker Michels, »Begegnungen mit Hermann Hesse« von Siegfried Unseld, Materialien zu Hermann Hesse »Das Glasperlenspiel«, Bd. 2
1975 »Lektüre für Minuten«. Neue Folge, »Piktors Verwandlungen«, Materialien zu Hermann Hesses »Siddhartha«, Bd. 1
1976 Materialien zu Hermann Hesses »Siddhartha«, Bd. 2
Ursula Chi, »Die Weisheit Chinas und ›Das Glasperlenspiel‹«
»Über Hermann Hesse«, Bd. 1 (1904–1962)
1977 »Kleine Freuden, Verstreute und kurze Prosa aus dem Nachlaß«
»Über Hermann Hesse«, Bd. 2 (1963–1977)
Sämtliche Erzählungen in 4 Bänden
Bd. 1 »Aus Kinderzeiten« 1900–1905
Bd. 2 »Die Verlobung«, 1906–1908
Bd. 3 »Der Europäer«, 1909–1918
Bd. 4 »Innen und Außen«, 1919–1955
»Josef Knechts Lebensläufe«
»Von Wesen und Herkunft des Glasperlenspiels«
»Die Gedichte«
»Die Welt der Bücher«

»Politik des Gewissens. Die politischen Schriften 1914–1962«

1978 »Kindheit und Jugend vor Neunzehnhundert. Hermann Hesse in Briefen und Lebenszeugnissen 1895 bis 1900«

1979 Hermann Hesse. Sein Leben in Bildern und Texten von Volker Michels

Theodore Ziolkowski, »Der Schriftsteller Hermann Hesse«

»Gesammelte Briefe, Band 2, 1922–1935«

1982 »Gesammelte Briefe, Band 3, 1936–1949«

Ralph Freedman, »Hermann Hesse, Autor der Krisis«. Eine Biographie

1983 *Italien.* Schilderungen und Tagebücher, herausgegeben von Volker Michels.

1986 *Gesammelte Briefe,* Band 4, 1949–1962.

1987 *Hermann Hesse in Augenzeugenberichten.* Herausgegeben von Volker Michels.

1988 *Die Welt im Buch.* Rezensionen und Aufsätze 1900–1910.

1990 *Beschreibung einer Landschaft, Schweizer Miniaturen.*

Tessin. Betrachtungen und Gedichte.

Hermann Hesse
Briefe

»Hesse war einer unserer gewissenhaftesten Briefschreiber. In der deutschen Briefliteratur unseres Jahrhunderts ist die Feder Hermann Hesses ohne Zweifel eine der am wenigsten prätentiösen. Er gibt sich von einer immer wieder in Erstaunen setzenden menschlichen Nähe und Eindringlichkeit, einer unermüdbar scheinenden Lebhaftigkeit der Anteilnahme.« *Karl Krolow*

Gesammelte Briefe. In Zusammenarbeit mit Heiner Hesse herausgegeben von Ursula und Volker Michels. Vier Bände in Kassette. Leinen

Ausgewählte Briefe. Erweiterte Ausgabe. Zusammengestellt von Hermann Hesse und Ninon Hesse. st 211

Briefe an Freunde. Rundbriefe 1946-1962. Zusammengestellt von Volker Michels. st 380

Kindheit und Jugend vor Neunzehnhundert. Hermann Hesse in Briefen und Lebenszeugnissen. 1. Band: 1877-1895. Ausgewählt und herausgegeben von Ninon Hesse. Leinen und st 1002

Kindheit und Jugend vor Neunzehnhundert. Hermann Hesse in Briefen und Lebenszeugnissen. 2. Band: 1895-1900. Herausgegeben von Ninon Hesse. Fortgesetzt und erweitert von Gerhard Kirchhoff. Leinen und st 1150

Hermann Hesse – Rudolf Jakob Humm. Briefwechsel. Herausgegeben von Ursula und Volker Michels. Leinen

Hermann Hesse – Thomas Mann. Briefwechsel. Herausgegeben von Anni Carlsson (1968), erweitert von Volker Michels (1975), mit einem Vorwort von Prof. Theodore Ziolkowski, aus dem Amerikanischen übersetzt von Ursula Michels-Wenz. Leinen und BS 441

Hermann Hesse – Peter Suhrkamp. Briefwechsel 1945-1959. Herausgegeben von Siegfried Unseld. Leinen

16/1/8.95

Erzählungen von Hermann Hesse in den suhrkamp taschenbüchern

Die Romane und großen Erzählungen. Jubiläumsausgabe mit farbigem Dekorüberzug in Schmuckkassette. Acht Bände. Gebunden

Aus Kinderzeiten. Gesammelte Erzählungen Band 1. 1900-1905. Zusammengestellt von Volker Michels. st 347

Bericht aus Normalien. Humoristische Erzählungen, Gedichte und Anekdoten. Herausgegeben und mit einem Nachwort von Volker Michels. st 1308

Berthold. Erzählung. st 1198

Der Bettler. Zwei Erzählungen. Mit einem Nachwort von Max Rychner. st 1376

Casanovas Bekehrung und Pater Matthias. Zwei Erzählungen. st 1196

Emil Kolb. Erzählung. st 1202

Der Europäer. Gesammelte Erzählungen Band 3. 1909-1918. Zusammengestellt von Volker Michels. st 384

Freunde. Erzählung. st 1284

Die Heimkehr. Erzählung. st 1201

Heumond. Erzählung. st 1194

In der alten Sonne. Erzählung. st 1378

Innen und Außen. Gesammelte Erzählungen Band 4. 1919-1955. st 413

Josef Knechts Lebensläufe. BS 541

Kinderseele. Erzählung. st 1203

Klingsors letzter Sommer. Erzählung mit farbigen Bildern vom Verfasser. BS 608

Klingsors letzter Sommer. Erzählung. st 1195

Knulp. Drei Geschichten aus dem Leben Knulps. BS 75

Knulp. st 1571

Ladidel. Erzählung. st 1200

Der Lateinschüler. Erzählung. st 1193

Legenden. Zusammengestellt von Volker Michels. BS 472

Liebesgeschichten. Geschichten, Gedanken und Gedichte über die Liebe. Herausgegeben und mit einem Nachwort versehen von Volker Michels. st 2400

Die Marmorsäge. Zwei Erzählungen. st 1381

Die Morgenlandfahrt. Eine Erzählung. BS 1 und st 750

Narziß und Goldmund. Erzählung. BS 65 und st 274

Peter Camenzind. Erzählung. st 161

Robert Aghion. Erzählung. st 1379

Schön ist die Jugend. Erzählung. st 1380

Unterm Rad. Erzählung. st 52

15/1/8.95